COLLECTION TEL

Oscar Lewis

Les enfants de Sánchez

Autobiographie d'une famille mexicaine

TRADUIT DE L'ANGLAIS
PAR CÉLINE ZINS

Gallimard

Cet ouvrage a initialement paru
dans « Du Monde entier » en 1963
et a ensuite été repris
dans « Témoins » en 1972.

Titre original :

THE CHILDREN OF SANCHEZ

Je dédie ce livre, avec toute mon affection et ma gratitude, à la famille Sánchez, dont l'identité réelle ne peut être révélée.

*Au cours de la rédaction de cet ouvrage, j'ai demandé à un certain nombre de mes amis et collègues d'en lire le manuscrit et de me faire part de leurs observations. Je suis particulièrement reconnaissant au professeur Conrad Arensberg et au professeur Frank Tannenbaum de l'Université de Columbia, au professeur William F. Whyte de l'Université Cornell, et au professeur Sherman Paul de l'Université de l'Illinois, qui ont lu la version définitive. Je voudrais également remercier Margaret Shedd, Kay Barrington, le docteur Zelig Skolnik, le professeur Zello Luria, le professeur Charles Shattuck et le professeur George Gerbner qui ont lu une première version de l'histoire de Consuelo; le professeur Richard Eells qui a lu une partie de l'histoire de Manuel, et le professeur Ralph W. England qui a lu l'histoire de Roberto. Pour leur lecture critique de l'*Introduction*, je suis reconnaissant au professeur Irving Goldman, au professeur Joseph D. Phillips, au professeur Joseph B. Casagrande, au professeur Louis Schneider et à mon fils Gene L. Lewis.*

Je suis reconnaissant au docteur Mark Letson et à Mrs. Caroline Lujan, de Mexico, pour leur interprétation des tests de Rorschach et d'aperception thématique, et pour l'aide qu'ils m'ont apportée dans l'analyse des structures caractérielles des différents membres de la famille Sánchez. Les protocoles des tests, les analyses et l'interprétation que j'en ai faite moi-même, seront publiés ultérieurement. Je suis reconnaissant à Gerald Markley pour l'aide qu'il m'a apportée dans la traduction des matériaux utilisés pour l'histoire de Marta. A ma femme, Ruth M. Lewis, compagne et collaboratrice de mes études sur le Mexique, je présente mes remerciements pour l'aide inestimable qu'elle m'a fournie dans l'organisation et l'assemblage des matériaux.

Je suis reconnaissant à la Fondation Guggenheim pour la bourse d'études qu'elle m'a accordée en 1956; à la Wenner-Gren Foundation for Anthropological Research *et au* Social Science Council *pour les bourses qu'ils m'ont accordées en 1958; à la* National Science Foundation *pour une bourse de recherche allouée en 1959. Je voudrais enfin remercier le Conseil de Recherche de l'Université de l'Illinois, ainsi que le Centre d'Etudes de cette même Université qui m'a accordé un séjour de recherche de quatorze mois au Mexique, et la section d'Anthropologie qui a bien voulu m'accorder un congé afin que je puisse mener à bien ces études.*

INTRODUCTION

Ce livre raconte l'histoire d'une famille pauvre de Mexico : Jesús Sánchez, le père, cinquante ans, et ses quatre enfants, Manuel, trente-deux ans; Roberto, vingt-neuf ans; Consuelo, vingt-sept ans, et Marta, vingt-cinq ans. Mon but est d'offrir au lecteur une vision en profondeur de la vie d'une famille, et ce que cela signifie d'avoir grandi dans un logement d'une pièce d'un immeuble de rapport délabré, au cœur d'une grande ville d'Amérique latine en pleine évolution sociale et économique.

Depuis 1943, au cours de mes recherches sur le Mexique, j'ai tenté de mettre sur pied un certain nombre de méthodes d'étude sur la vie de famille. Dans *Cinq familles*, j'ai essayé de donner au lecteur quelques aperçus sur la vie quotidienne de cinq familles mexicaines moyennes, étalée sur cinq journées parfaitement ordinaires. Dans ce volume, j'offre au lecteur une vision plus approfondie de la vie de l'une de ces familles, grâce à l'utilisation d'une nouvelle technique par laquelle chaque membre de la famille raconte sa propre histoire dans les termes qui lui sont propres. Cette méthode nous donne une vision cumulative, multiple et panoramique de chaque individu, de la famille dans son ensemble et de nombreux aspects de la vie du prolétariat mexicain. Les différentes versions données d'un même incident par les divers membres de la famille sont un moyen de vérification interne quant à la véracité et à la validité de la plupart des faits et contrebalancent ainsi en partie le caractère subjectif inhérent à une autobiographie unilatérale. Elles révèlent également la différenciation des processus du souvenir chez chacun des personnages.

Cette méthode d'autobiographie à plusieurs faces tend par ailleurs à réduire l'élément d'interprétation introduit par l'enquêteur car les récits ne sont pas transmis par l'intermédiaire d'une tête de bourgeois américain, mais livrés dans les termes mêmes des protagonistes. Je pense avoir ainsi évité les deux écueils les plus courants auxquels se heurtent les études sur les milieux pauvres : l'excès de sentimentalisme et la simplification grossière. J'espère enfin que cette méthode préserve pour le lecteur la satisfaction émotionnelle et la communication humaine que ressent l'anthropologiste en travaillant directement avec ses sujets, mais qui apparaissent rarement à travers le jargon conventionnel des monographies anthropologiques.

Il existe très peu d'études en profondeur de la psychologie des gens pauvres, dans les pays sous-développés pas plus que dans notre propre pays. Les gens qui vivent au niveau de pauvreté décrit dans ce livre, par ailleurs nullement le plus bas, n'ont pas fait l'objet d'études sérieuses de la part des psychologues et des psychiatres. Les romanciers, de leur côté, ne nous ont pas non plus donné de description exacte de la vie intérieure des pauvres dans le monde contemporain. Les taudis ont produit très peu de grands écrivains, et lorsque ceux-ci sont devenus célèbres, ils revoient généralement leur passé à travers des lunettes de bourgeois et s'expriment au moyen de formes littéraires traditionnelles, de sorte que l'œuvre rétrospective manque de la spontanéité de l'expérience originelle.

Le magnétophone, utilisé pour enregistrer les récits de ce livre, a rendu possible l'avènement d'un nouveau genre de réalisme social en littérature. Grâce au magnétophone, des individus non spécialisés, incultes, voire illettrés, peuvent parler d'eux-mêmes et raconter leurs expériences et leurs observations d'une façon non inhibée, spontanée et naturelle. Les récits de Manuel, de Roberto, de Consuelo et de Marta possèdent une simplicité, une sincérité et une franchise caractéristiques du récit parlé, de la littérature orale à l'opposé de la littérature écrite. En dépit de leur manque de formation, ces jeunes gens s'expriment remarquablement bien surtout Consuelo, qui atteint parfois des sommets poétiques.

Encore empêtrés dans leurs problèmes non résolus et leurs complexités, ils ont su livrer suffisamment d'eux-mêmes pour nous permettre de pénétrer dans leur vie et nous rendre compte de leurs possibilités et de leurs talents gaspillés.

Certainement, la vie des pauvres n'est pas monotone. Les histoires de ce volume dévoilent un univers de violence et de mort, de souffrance et de privation, d'infidélité et de foyers brisés, de délinquance, de corruption, de brutalité policière et de cruauté des pauvres envers les pauvres. Ces histoires révèlent également une intensité d'émotion et de chaleur humaine, un sentiment profond de la valeur de l'individu, une capacité de joie, l'espoir d'une vie meilleure, un désir de compréhension et d'amour, une disposition à partager le peu que l'on possède, et le courage de continuer à vivre malgré les nombreux problèmes restés sans solution.

Le décor de ces récits est la *vecindad* Casa Grande, un grand immeuble vétuste à un étage, au cœur de Mexico. La Casa Grande est une *vecindad* parmi la centaine que je fus amené à connaître en 1951, lorsque j'étudiais l'urbanisation des paysans qui avaient quitté le village d'Azteca pour Mexico. J'avais commencé une étude d'Azteca bien des années auparavant, en 1943. Plus tard, avec l'aide des villageois, j'avais pu localiser des Aztécans en plusieurs endroits de la ville et trouver deux familles dans la Casa Grande. Après avoir terminé mon étude sur les immigrants des villages, j'élargis mon plan de recherches et me mis à étudier des *vecindades* entières, englobant tous les résidents indépendamment de leur lieu d'origine.

En octobre 1956, au cours de mes études sur la Casa Grande, je rencontrai Jesús Sánchez et ses enfants. Jesús y habitait depuis plus de vingt ans et bien qu'entre-temps ses enfants l'aient quitté, puis y soient revenus plusieurs fois, la pièce de la Casa Grande était un centre majeur de stabilité dans leur vie. Lénore, leur mère et la première femme de Jesús, était morte en 1936, quelques années avant qu'ils n'emménagent dans la Casa Grande. La sœur aînée de Lénore, Guadalupe, âgée de soixante ans, vivait dans une *vecindad* plus petite, Los Panaderos, dans la rue des Boulangers, à quelques centaines de mètres. La tante Guadalupe jouait le rôle de mère auprès de chacun des enfants; ils lui rendaient souvent visite et se réfugiaient chez elle en cas de besoin. L'action des récits se situe donc entre la Casa Grande et la *vecindad* des Panaderos.

Les deux *vecindades* sont situées près du centre de la ville, à dix minutes de marche de la grande place ou *Zócalo,* avec sa Cathédrale et son Palais résidentiel. A une demi-heure seulement se trouve la chapelle dédiée à la Vierge de Guadalupe, la patronne du Mexique, vers laquelle affluent des pèlerins venus de tous les coins du pays. La Casa Grande et Los Panaderos se trouvent toutes deux dans le quartier Tepito, quartier pauvre doté de quelques petites usines et d'entrepôts, de bains publics, de cinémas miteux, d'écoles surpeuplées, de bars, de *pulquerías* (tavernes où l'on vend du *pulque,* l'alcool national) et de nombreuses petites boutiques. Tepito, le plus grand marché d'occasion de Mexico, également connu sous le nom de Marché des Voleurs, est tout près; d'autres grands marchés, la Merced et la Lagunilla, récemment reconstruits et modernisés, sont à peu de distance. Ce quartier atteint un chiffre élevé d'homicides, de cas d'ivresse et de délinquance. La population y est très dense; dans la journée et bien après la tombée de la nuit, les rues et les porches des maisons sont remplis de gens qui vont et viennent ou se rassemblent devant l'entrée des boutiques. Des femmes vendent des *tacos* ou de la soupe dans des petites cuisines aménagées le long des trottoirs. Les rues et les trottoirs sont larges et pavés, mais dépourvus d'arbres, de gazon et de jardins. La plupart des habitants vivent dans des rangées de logements composés d'une seule pièce, à l'intérieur de cours dissimulées aux yeux des passants par des boutiques ou des murs de *vecindad.*

La Casa Grande est située entre la rue des Barbiers et la rue des Ferblantiers. S'étendant à tout un pâté de maisons et abritant sept cents personnes, la Casa Grande forme une sorte de microcosme limité par de hauts murs de ciment au nord et au sud, et par des rangées de boutiques sur les deux autres côtés. Ces boutiques — des épiceries, un blanchisseur, un verrier, un charpentier, un salon de coiffure, ainsi que le marché voisin et les bains publics — satisfont les besoins élémentaires de la *vecindad,* de sorte que beaucoup de ses locataires quittent rarement le quartier et sont presque étrangers au reste de Mexico. Cette partie de la ville était jadis le foyer de la pègre, et aujourd'hui encore on a peur de s'y promener la nuit. Mais la plupart des criminels se sont déplacés ailleurs et la majorité des habitants se compose de pauvres commerçants, artisans et ouvriers.

Deux entrées étroites, discrètes, chacune munie d'une grande grille, ouverte le jour mais que l'on ferme tous les soirs à dix heures, donnent sur la *vecindad* par les côtés est et ouest. Quiconque veut entrer ou sortir après l'heure de fermeture doit sonner le portier et payer pour se faire ouvrir la grille. Le *vecindad* est également protégée par ses deux saintes, la Vierge de Guadalupe et la Vierge de Zapopán, dont les statues respectives sont placées à chaque entrée dans une cage en verre. Des offrandes de fleurs et de cierges entourent chaque image et sur leurs jupes sont épinglées de petites médailles étincelantes, témoins des miracles accomplis pour les résidents de la *vecindad*. Peu d'entre eux passent devant les Vierges sans faire au moins un signe de reconnaissance, ne fût-ce qu'un coup d'œil ou un rapide signe de croix.

A l'intérieur de la *vecindad* se succèdent quatre longs *patios* (cours intérieures) cimentés, d'environ quatre mètres cinquante de large. Cent cinquante-sept logements d'une pièce, sans fenêtre, donnent sur les cours par des portes rouges situées tous les trois mètres cinquante environ. Dans la journée, à côté de la plupart des portes, est posée une échelle menant à une soupente située au-dessus du coin-cuisine de chaque logement. Ces soupentes offrent de multiples usages et sont bourrées de linge suspendu à des cordes, de cages à poules, de pigeonniers, de pots de fleurs ou d'herbes médicinales, de bidons de gaz butane et parfois d'une antenne de télévision.

Dans la journée, les cours sont remplies de gens et d'animaux, des chiens, des dindes, des poules et quelques porcs. Les enfants y jouent car ils y courent moins de dangers que dans la rue. Les femmes font la queue pour prendre de l'eau ou se parlent très fort d'une soupente à l'autre tout en suspendant leur linge, et des marchands ambulants viennent vendre leur marchandise. Tous les matins, un éboueur passe dans les cours avec un grand réservoir monté sur roues pour ramasser les ordures de chaque famille. Dans l'après-midi, des bandes de garçons prennent souvent possession de l'une des cours pour y faire une partie de football mouvementée. Le dimanche soir, il y a généralement un bal en plein air. A la porte ouest, se trouvent les bains publics et une petit jardin dont les quelques arbres et le carré de gazon servent de lieu de rendez-vous pour les jeunes gens et offrent un coin relativement calme où les vieillards peuvent s'asseoir, bavarder ou lire les journaux. C'est également à cet endroit que l'on trouve une baraque sur laquelle est inscrit : « Bureau administratif » où un registre contient la liste des familles qui ne payent pas leur loyer.

Les locataires de la Casa Grande sont originaires de vingt-quatre des trente-deux Etats qui forment le Mexique. Certains viennent d'aussi loin au sud que l'Oaxaca ou le Yucatan, d'autres des Etats au nord tels que le Chihuahua et le Sinaloa. La plupart des familles vivent dans la *vecindad* depuis quinze ou vingt ans, certaines même depuis trente ans. Plus du tiers ont des parents par le sang à l'intérieur de la *vecindad* et le quart environ sont parents par alliance et par *compadrazgo* (une parenté rituelle entre parents, parrains et filleuls). Ces liens, outre le prix peu élevé du loyer et la pénurie de logements dans la ville, contribuent à la stabilité générale. Certaines familles aux revenus plus élevés, leur appartement bondé de meubles de qualité et d'appareils électriques, attendent l'occasion d'emménager dans de meilleurs logements, mais la majorité sont satisfaits, voire fiers de vivre dans la Casa Grande.

Le sens de la communauté est très puissant dans la *vecindad*, surtout parmi les jeunes gens qui appartiennent à la même bande, se créent des amitiés de longue durée, fréquentent les mêmes écoles, se rencontrent dans les mêmes cours pour danser et se marient souvent avec quelqu'un de la *vecindad*. Les adultes ont eux aussi des amis auxquels ils rendent visite, avec lesquels ils sortent et auxquels ils empruntent de l'argent. Des groupes de voisins organisent des tombolas et des *tandas*, partent ensemble à des pèlerinages et se réunissent pour célébrer les fêtes des saints de la *vecindad* et les *posadas* de Noël et autres jours de fête.

Mais ces expériences collectives sont rares; la plupart du temps, les adultes ne « s'occupent que de leurs propres affaires », et essaient de préserver l'intimité de la famille. Les portes sont généralement fermées et on a coutume de frapper et d'attendre qu'on vous dise d'entrer. Certaines personnes ne rendent visite qu'à des parents ou à des *compadres* et n'ont en fait pénétré que dans très peu de logements. Il n'est pas courant d'inviter des voisins ou des amis à manger, sauf en des occasions officielles telles qu'un anniversaire ou une fête religieuse. Bien que les voisins s'entraident parfois, surtout en cas d'absolue nécessité, cette entraide est réduite au minimum. Les querelles entre familles à propos des méfaits de leurs enfants, les batailles de rues entre bandes adverses, et les bagarres personnelles entre garçons ne sont pas inhabituelles dans la Casa Grande.

Les habitants de la Casa Grande gagnent leur vie en exerçant une grande variété de métiers, dont certains dans l'enceinte même de la *vecindad.* Les femmes se chargent de travaux de lessive et de couture, les hommes sont cordonniers, teinturiers, ou marchands de fruits et de bonbons. Certains vont travailler au-dehors, dans des usines, des ateliers, comme chauffeurs ou petits commerçants. Le niveau de vie est bas, mais nullement le plus bas de Mexico, et les gens du voisinage considèrent la Casa Grande comme un endroit élégant.

Les *vecindades* de la Casa Grande et des Panaderos offrent des contrastes frappants l'une par rapport à l'autre, quoique dans un même contexte de pauvreté. Los Panaderos est une petite *vecindad* composée d'une unique rangée de douze pièces sans fenêtres, exposées à la vue des passants, sans murs d'enceinte, sans grille, avec seulement une cour très sale. Là, contrairement à la Casa Grande, il n'y a pas de waters intérieurs ni d'eau courante. Deux lavabos et deux waters délabrés faits de brique et d'adobe à demi en ruine et protégés par des morceaux de toile déchirée, servent aux quatre-vingt-six locataires.

En passant des Panaderos à la Casa Grande, on trouve davantage de lits par tête d'habitant et moins de gens qui dorment par terre, un plus grand nombre qui font la cuisine au gaz plutôt qu'au pétrole ou au charbon de bois, davantage parmi eux qui font régulièrement trois repas par jour, utilisent des couteaux et des fourchettes en plus des *tortillas* et des cuillères, boivent de la bière au lieu de *pulque,* achètent des meubles et des vêtements neufs plutôt qu'usagés, et célèbrent le Jour des Morts en allant à la messe au lieu de laisser chez eux les traditionnelles offrandes d'encens, de cierges, de nourriture et d'eau. La tendance va de l'adobe au ciment, de la terre cuite à l'aluminium, des herbes médicinales aux antibiotiques, et des guérisseurs aux médecins.

En 1956, 79 pour 100 des locataires de la Casa Grande possédaient un poste de radio, 55 pour 100 un réchaud à gaz, 50 pour 100 une montre-bracelet, 49 pour 100 utilisaient des couteaux et des fourchettes, 46 pour 100 avaient une machine à coudre, 41 pour 100 des casseroles en aluminium, 22 pour 100 un mixer, 21 pour 100 un poste de télévision. Aux Panaderos, la plupart de ces articles de luxe étaient absents. Un seul foyer possédait la télévision et deux une montre-bracelet.

A la Casa Grande, le revenu mensuel par tête variait de 23 à 500 *pesos* (de 3 à 40 dollars au taux normal du change), 68 pour 100 annonçaient un salaire inférieur ou égal à 200 *pesos* par mois (16 dollars), 22 pour 100 entre 201 et 300 *pesos* (24 dollars) et 10 pour 100 entre 301 et 500 *pesos*. Aux Panaderos, plus de 85 pour 100 des familles avaient un revenu mensuel moyen inférieur à 200 *pesos*, soit 16 dollars, aucune ne dépassait 200 *pesos* et 41 pour 100 étaient au-dessous de 100 *pesos*.

Le loyer mensuel pour une pièce dans la Casa Grande variait de 30 à 50 *pesos* (2,40 dollars à 4 dollars); de 15 à 30 *pesos* (1,20 dollar à 2,40 dollars) aux Panaderos. Beaucoup de familles composées du mari, de la femme et de quatre enfants en bas âge s'arrangeaient pour vivre sur 8 à 10 *pesos* (64 centavos à 80 centavos) par jour de nourriture. Leur alimentation se composait de café noir, de *tortillas*, de fèves et de chile.

Dans la Casa Grande, l'échelle des niveaux d'éducation était assez étendue, allant de douze adultes qui n'étaient jamais allés à l'école, à une femme qui détenait onze années de scolarité. Le chiffre moyen d'années scolaires était de 4,7. Seulement 8 pour 100 des locataires étaient analphabètes, et 20 pour 100 des couples étaient des unions libres.

Dans les Panaderos, le niveau de scolarité était de 2,1 années; pas un seul parmi les résidents n'avait le certificat d'études primaires; 40 pour 100 étaient analphabètes; et 46 pour 100 des couples étaient des unions libres. Dans la Casa Grande, un tiers seulement des familles avait des liens de sang et environ le quart était apparenté par alliance et *compadrazgo*.

La famille Sánchez représentait un échantillon, pris au hasard, parmi les soixante et onze familles sélectionnées pour une étude de la Casa Grande. Jesús Sánchez bénéficiait d'un salaire moyen par rapport au niveau de la *vecindad*, touchant 12,50 *pesos*, soit un dollar par jour, comme acheteur de nourriture pour le restaurant La Gloria. Il pouvait à peine subvenir à ses propres besoins avec cette somme et il complétait son revenu en vendant des billets de loterie, en élevant et vendant des porcs, des pigeons, des poules, des oiseaux chanteurs et, probablement, en recevant des « commissions » au marché. Jesús était discret quant à ses sources non officielles de revenu, mais grâce à elles il parvenait à faire vivre, très modestement, trois foyers différents situés en des lieux très éloignés les uns des autres. A l'époque de mon étude, il vivait avec sa jeune femme, Delila, sa favorite, dans une pièce de la rue de l'Enfant-Perdu, où il l'entretenait, elle, leurs deux enfants, le fils qu'elle avait eu d'un premier mari, la mère de Delila, et les quatre enfants de son propre fils Manuel. Jésus avait une autre femme, plus âgée, nommée Lupita, qui vivait avec leurs deux filles et deux petits-enfants, tous entretenus par Jesús, dans une petite maison qu'il avait construite en banlieue dans la colonie El Dorado. Jesús entretenait également la pièce de la Casa Grande pour sa fille Marta et ses enfants, sa fille Consuelo et son fils Roberto.

Hormis un vieux poste de radio, il n'y avait pas d'articles de luxe dans le foyer Sánchez de la Casa Grande, mais il y avait en général suffisamment à manger et la famille pouvait se vanter d'avoir eu plus d'éducation que la plupart de leurs voisins. Jesús n'avait qu'une année de scolarité, mais Manuel, son fils aîné, avait suivi les six années du premier degré. Consuelo possédait elle aussi son certificat d'études primaires et avait en outre fait deux ans d'école commerciale. Roberto avait quitté l'école en troisième année, Marta en quatrième.

La famille Sánchez se distinguait de ses voisins par le fait qu'elle avait une domestique, qui venait dans la journée pour faire le ménage, la lessive et préparer les repas. Ceci, après la mort de la première femme de Jesús, Lénore, et tandis que les enfants étaient encore petits. La domestique était une voisine ou une parente, généralement veuve ou abandonnée par son mari, prête à travailler pour un salaire très bas. Bien que cela donnât un certain prestige à la famille, ce n'était pas un signe de richesse mais un phénomène relativement courant dans la *vecindad*.

Je fus introduit dans la famille Sánchez par l'un de mes amis de la *vecindad*. Lors de ma première visite, je trouvai la porte entrouverte, et tandis que j'attendais que l'on répondît au coup que j'avais frappé, j'aperçus un triste intérieur délabré. Le petit vestibule qui abritait la cuisine et les waters avait grand besoin d'être repeint et n'était meublé que d'un réchaud à pétrole muni de deux feux, d'une table et de deux chaises en bois blanc. Ni la cuisine, ni la chambre à coucher qui lui était immédiatement contiguë, ne portaient la marque de prospérité consciente que j'avais observée dans certaines pièces les plus aisées de la Casa Grande.

Consuelo vint à la porte. Elle semblait pâle et mince et m'expliqua qu'elle venait de sortir d'une grave maladie. Marta, sa sœur cadette, portant un bébé enveloppé dans un châle, la rejoignit sans rien dire. J'expliquai que j'étais un professeur et un anthropologiste nord-américain, que j'avais passé plusieurs années dans un village du Mexique pour y étudier ses mœurs. Je voulais à présent comparer le mode de vie des familles de *vecindades* citadines avec celui des villages, et je cherchais des gens de la Casa Grande qui seraient prêts à m'aider.

Pour faire démarrer la conversation, je leur demandai si selon elles, on vivait mieux à la campagne qu'à la ville. Après quelques questions de ce genre, que j'avais utilisées avec succès dans de précédentes interviews, je lançai immédiatement quelques paragraphes de mon premier questionnaire. Ceux-ci concernaient le sexe, l'âge, le lieu de naissance, l'éducation, la profession et l'histoire du travail de chaque membre de la famille.

J'en avais presque terminé avec ces questions lorsque le père, Jesús Sánchez, fit brusquement son entrée, un sac de nourriture sur l'épaule. C'était un petit homme trapu, énergique, au visage d'Indien, vêtu d'une salopette de toile bleue et d'un chapeau de paille, mi-paysan, mi-ouvrier d'usine. Il déposa le sac près de Marta, échangea quelques paroles avec ses deux filles et se tourna vers moi d'un air méfiant pour me demander ce que je voulais. Il répondit à mes questions d'une manière brève et ordonnée, déclarant que la vie à la campagne était de loin supérieure à celle de la ville, car les jeunes sont corrompus par la ville, surtout lorsqu'ils ne savent pas tirer profit de ce qu'elle leur offre. Puis il déclara qu'il était pressé et sortit aussi brusquement qu'il était entré.

Lors de ma seconde interview de la famille Sánchez, je fis la connaissance de Roberto, le fils cadet. Il était plus grand et légèrement plus brun que les autres membres de la famille, et avait le physique d'un athlète professionnel. Il était doux et agréable et me donna l'impression d'être exceptionnellement poli et respectueux. Il était toujours poli avec moi, même quand il était ivre. Je ne rencontrai Manuel, le fils aîné, que bien des mois plus tard, car il était à l'époque à la campagne.

Au cours des semaines et des mois qui suivirent, je continuai mon travail avec les autres familles-témoins de la *vecindad*. J'avais rassemblé toutes les informations dont j'avais besoin sur la famille Sánchez au bout de quatre interviews, mais je m'arrêtais souvent chez eux pour bavarder avec Consuelo, Marta ou Roberto, qui étaient tous aimables et me donnaient des renseignements utiles sur la vie dans la *vecindad*. Tandis que je commençais à apprendre des choses sur chacun des membres de la famille, je me rendis compte qu'à elle seule cette famille semblait illustrer la plupart des problèmes sociaux et psychologiques des milieux pauvres de Mexico. C'est alors que je décidai de tenter une étude en profondeur. D'abord Consuelo, puis Roberto et Marta acceptèrent de me raconter leur histoire, récits qui furent enregistrés avec leur consentement. Lorsque Manuel revint, il y participa également. Mon travail avec Jesús ne commença qu'alors que j'étudiais ses enfants depuis six mois. Il était difficile de gagner sa confiance, mais lorsqu'il m'autorisa enfin à enregistrer le récit de sa vie, cela facilita davantage encore mes relations avec ses enfants.

En raison de l'isolement nécessaire à l'obtention d'une version indépendante pour chaque récit, la plus grande partie des enregistrements se fit chez moi, dans mon bureau. La plupart des séances furent individuelles, mais lors de mes voyages à Mexico en 1957, 1958 et 1959, je m'arrangeai pour obtenir des discussions de groupes réunissant deux ou trois membres de la famille. J'enregistrais parfois chez eux, à la Casa Grande. Toutefois, ils parlaient plus librement lorsqu'ils étaient hors de leur *vecindad.* Je m'aperçus également qu'il était plus utile d'éliminer le microphone de leur vue, en l'attachant à leurs vêtements; nous pouvions ainsi mener notre conversation comme s'il n'existait pas.

Pour obtenir les détails intimes de ces récits, je n'ai eu recours à aucune technique secrète, aucun sérum de vérité, aucun divan psychanalytique. Les instruments les plus efficaces de l'anthropologiste sont la sympathie et la compassion envers les gens qu'il étudie. Ce qui a commencé par un intérêt professionnel pour leur vie, s'est transformé en amitié chaleureuse et durable. J'en suis venu à me sentir profondément concerné par leurs problèmes et j'eus souvent l'impression d'avoir deux familles à ma charge, la famille Sánchez et la mienne. J'ai passé des centaines d'heures avec eux; j'ai mangé chez eux, j'ai assisté à leurs danses et à leurs fêtes, je les ai accompagnés sur leurs lieux de travail, j'ai rencontré leurs parents et amis, je suis allé avec eux en pèlerinage, à l'église, au cinéma, à des réunions sportives.

La famille Sánchez a appris à me faire confiance. Ils faisaient appel à moi et à ma femme en temps de besoin ou de crise; et nous les avons aidés à sortir de la maladie, de l'ivresse, d'ennuis avec la police, du chômage et des querelles de famille. Je n'usais pas de la pratique courante en anthropologie qui consiste à les payer en tant qu'informants (pas informateurs !), et je fus frappé par l'absence de motivation financière dans leurs relations avec moi. Ce fut essentiellement leur sentiment d'amitié qui les mena à me raconter leur vie. Le lecteur ne devrait pas sous-estimer le courage dont ils ont fait preuve en se remémorant ainsi les nombreux souvenirs douloureux de leur passé. Dans une certaine mesure, cela leur a servi de catharsis, les délivrant ainsi de leurs angoisses. Ils furent émus par l'attention soutenue que je leur manifestais, et mon retour à Mexico plusieurs années de suite fut un facteur essentiel dans l'accroissement de leur confiance. L'image positive qu'ils avaient des Etats-Unis, considérés comme pays « supérieur », contribua incontestablement à rehausser ma position vis-à-vis d'eux et me valut plutôt le rôle d'autorité bienveillante que celui de figure punitive qu'ils avaient l'habitude de voir en leur père. L'identification qu'ils opérèrent avec mon travail et l'idée de participer à une recherche scientifique, quelque vague que fût leur conception de ses objectifs ultimes, leur procuraient un sentiment de satisfaction et d'importance qui les transportait au-delà des limites de leur vie quotidienne. Ils m'ont souvent dit que si leur histoire pouvait aider quelque part des êtres humains, ils en éprouveraient un sentiment d'accomplissement.

Au cours de nos entrevues, j'ai posé des centaines de questions à Manuel, à Roberto, Consuelo, Marta et Jesús Sánchez. Naturellement, mon expérience d'anthropologiste, mes années de familiarité avec la culture mexicaine, mes propres critères et ma personnalité ont influencé les résultats de cette étude. Tout en pratiquant la méthode directive dans les interviews,. j'ai encouragé la libre association d'idées et j'ai su écouter. J'ai tenté de parcourir systématiquement une vaste série de sujets : leurs souvenirs les plus lointains, leurs rêves, leurs espoirs, leurs craintes, leurs joies, leurs souffrances; leur travail; leurs relations avec leurs amis, leur famille, leurs patrons; leur vie sexuelle; leur conception de la justice, de la religion et de la politique; leurs connaissances en géographie et en histoire; bref, leur vision du monde. Nombre de mes questions les incitèrent à s'exprimer sur des sujets auxquels ils n'auraient peut-être jamais pensé ou dont ils n'auraient pas parlé de leur plein gré. Toutefois, les réponses leur étaient propres.

En préparant la publication des interviews, j'ai éliminé mes questions et choisi, arrangé et organisé les matériaux pour en faire des récits cohérents. Si l'on partage l'opinion de Henry James selon laquelle la vie est toute inclusion et confusion tandis que l'art est discrimination et sélection, eh bien, ces récits appartiennent à la fois à l'art et à la vie. Je crois que cela ne diminue en rien l'authenticité des données ni leur intérêt pour la science. Pour ceux de mes collègues qui seraient intéressés par les matériaux bruts, je tiens les bandes enregistrées à leur disposition.

La partie publiée est plus importante pour certains personnages que pour d'autres. Manuel, de loin le meilleur conteur de la famille, nécessitait relativement peu de pages. Son histoire reflète beaucoup de sa structure originale. Pourtant, le récit de Manuel, peut-être plus que celui des autres, perd beaucoup dans la transposition et la traduction, car c'est un acteur-né, très doué pour les nuances, le rythme et l'intonation. Une seule question provoquait souvent un monologue ininterrompu d'une quarantaine de minutes. Roberto parlait avec facilité, bien qu'avec moins de sens dramatique et une langue plus simple, de ses aventures, mais il était moins à l'aise et plus réticent au sujet de sa vie affective et sexuelle. Il a fallu réserver une large place à Consuelo, en raison de la surabondance des matériaux. En dehors des interviews enregistrées, elle a longuement rapporté par écrit divers incidents sur lesquels je l'avais interrogée. Marta s'est montrée la moins douée pour le monologue et l'organisation des idées. Pendant longtemps elle ne répondit à mes questions que par une seule phrase ou quelques mots. De ce point de vue, elle était comme son père. A la longue et grâce à de constants encouragements, tous deux acquirent plus de facilité et ils eurent leurs moments d'éloquence.

Manuel était le moins gêné pour utiliser l'argot typique des bas-quartiers, avec ses jurons et ses fortes métaphores sexuelles. Roberto parlait lui aussi très naturellement, mais il faisait souvent précéder quelque expression grossière d'un « sauf votre respect, docteur » très poli. Marta aussi s'exprimait dans son langage quotidien. Consuelo et son père étaient les plus conventionnels et les plus « corrects » et ils faisaient rarement usage de mots vulgaires pendant les séances d'enregistrement.

La traduction de l'espagnol mexicain populaire a présenté des difficultés énormes, voire insolubles, surtout lorsqu'il s'est agi de trouver des équivalents d'expressions argotiques, idiomatiques ou de plaisanteries à allusion sexuelle. J'ai tenté de rendre la signification essentielle et la saveur de la langue, plutôt qu'une traduction littérale. Comme cela était inévitable, une partie de la qualité et du charme de l'original, ainsi que du style personnel de chaque individu, a été perdue. La traduction anglaise offre un niveau de langage et de vocabulaire étonnamment élevé pour des gens relativement illettrés. La richesse du langage et du vocabulaire des Mexicains, qu'ils fussent paysans ou habitants des taudis, m'a toujours impressionné. Dans l'ensemble, le vocabulaire de Manuel et de Consuelo est sensiblement plus riche que celui de Roberto et de Marta, peut-être parce que les premiers ont étudié davantage que les seconds. Le fait que Manuel utilise des termes aussi sophistiqués que « subconscient », « corps lumineux » et « prodigieuse opulence », peut paraître surprenant, mais Manuel lit la version espagnole du *Reader's Digest* et possède un certain sens de l'intellect. En outre, à notre époque, mêmes les analphabètes des taudis recueillent des bribes d'idées avancées ou d'une certaine terminologie, grâce à la télévision, à la radio et au cinéma.

Il apparaîtra évident pour le lecteur qu'il existe un contraste frappant entre Jesús Sánchez et ses enfants. Ce contraste reflète non seulement la différence entre une origine campagnarde et une origine citadine, mais aussi la différence entre le Mexique pré et postrévolutionnaire. Jesús est né dans un petit village de l'Etat de Vera Cruz en 1910, l'année même où commença la révolution mexicaine. Ses enfants sont nés entre 1928 et 1935, dans les taudis de Mexico. Jesús a grandi dans un Mexique dépourvu de voitures, de cinémas, de radio et de télévision, sans enseignement gratuit et obligatoire, sans élections libres, sans espoir d'élévation du niveau de vie, ni possibilité de devenir riche rapidement. Il a été élevé dans l'autoritarisme traditionnel, où l'on apprend à chacun à rester à sa place, à travailler dur et à vivre dans l'abnégation. Les enfants de Sánchez, bien que soumis à son caractère dominateur et autoritaire, étaient par ailleurs influencés par les valeurs postrévolutionnaires et par l'importance plus grande accordée à l'individualisme et à la mobilité sociale. Il est, par conséquent, d'autant plus étonnant que le père, qui n'a jamais aspiré à être autre chose qu'un simple ouvrier, se soit sorti des bas-fonds de la pauvreté, alors que les enfants en sont restés à ce niveau.

Au dix-neuvième siècle, quand les sciences sociales en étaient encore au stade du balbutiement, la tâche d'observer et de rapporter les effets du processus d'industrialisation et d'urbanisation sur la vie personnelle et familiale était laissée aux romanciers, aux auteurs dramatiques, aux journalistes et aux réformateurs sociaux. Aujourd'hui, un processus d'évolution culturelle analogue se déroule dans les pays sous-développés, mais nous ne trouvons pas dans le monde d'équivalence littéraire susceptible de nous aider à comprendre le processus et les gens qui y sont soumis. Pourtant la nécessité d'une telle compréhension n'a jamais été aussi pressante, maintenant que les pays sous-développés représentent une force majeure sur la scène mondiale.

Dans le cas des nouveaux Etats africains qui émergent d'une tradition culturelle tribale et illettrée, l'absence de grande littérature indigène sur les classes pauvres n'est pas surprenante. Au Mexique, et dans d'autres pays d'Amérique latine, où il existait une classe moyenne d'où sont issus la plupart des écrivains, cette classe était très restreinte. En outre, le caractère hiérarchisé de la société mexicaine a empêché toute communication profonde entre les classes. Un autre facteur a joué au Mexique : préoccupés par le problème des Indiens, les écrivains et anthropologistes ont négligé celui des déshérités des villes.

Cette situation offre une occasion unique aux sciences sociales et plus particulièrement à l'anthropologiste, de combler ce vide et de développer ainsi une littérature qui lui serait propre. Les sociologues, qui ont été les pionniers dans l'étude des taudis des villes, concentrent à présent leur attention sur les banlieues au détriment relatif des pauvres. Aujourd'hui, la plupart des romanciers sont si absorbés par l'étude de l'âme petite-bourgeoise qu'ils ont perdu le contact avec la pauvreté et les réalités d'un monde en évolution. Comme C.P. Snow l'a récemment déclaré : « Je crains parfois que les gens des pays riches... aient si totalement oublié ce qu'est la pauvreté qu'ils ne puissent plus communiquer, que ce soit par le sentiment ou la parole, avec les déshérités. C'est ce que nous devons apprendre à faire. »

Ce sont les anthropologistes, traditionnellement les porte-parole des peuples primitifs des coins les plus reculés du monde, qui tournent de plus en plus leurs énergies vers l'étude des grandes masses paysannes et urbaines des pays sous-développés. Ces masses sont encore désespérément pauvres, malgré les progrès sociaux et économiques réalisés dans le monde depuis un siècle. Plus d'un milliard d'hommes appartenant à soixante-quinze nations d'Asie, d'Afrique, d'Amérique latine et du Proche-Orient, ont un revenu annuel moyen de deux cents dollars par tête d'habitant, alors que celui des Etats-Unis s'élève à deux mille dollars. L'anthropologiste qui étudie le mode de vie dans ces pays est en fait devenu à la fois le chercheur et le porte-parole de ce que j'appelle la culture des pauvres.

Pour ceux qui croient que les pauvres n'ont pas de culture, le concept de culture des pauvres peut paraître contradictoire dans ses termes mêmes. Cela semblerait d'autre part accepter la pauvreté comme une donnée de fait et lui conférer une certaine dignité. Là n'est pas mon propos. En anthropologie, le mot culture implique essentiellement une certaine tradition du mode de vie retransmise de génération en génération. En appliquant ce concept de culture à l'étude des milieux pauvres, je voudrais attirer l'attention sur le fait que dans les nations modernes, la pauvreté est non seulement un état de privation économique, de désorganisation ou d'absence de quelque chose, mais qu'elle présente également un côté positif dans la mesure où elle est douée d'une structure, d'un système de rationalisation et d'auto-défense sans lesquels les pauvres ne pourraient guère survivre. En bref, il s'agit d'un mode de vie, remarquablement stable et persistant, transmis d'une génération à l'autre par l'intermédiaire des lignées familiales. La culture des pauvres possède ses propres modalités, ainsi que les conséquences sociales et psychologiques distinctes qui en découlent pour ses membres. C'est un facteur dynamique qui empêche la participation à la culture nationale dans son ensemble et qui devient une sous-culture en soi.

La culture des pauvres, telle qu'elle a été définie ici, ne comprend pas les peuples primitifs dont le retard résulte de l'isolement et d'une technologie insuffisamment développée, et dont la société n'est généralement pas divisée en classes. Ces peuples possèdent une culture relativement intégrée, satisfaisante et se suffisant à elle-même. Par ailleurs, la culture des pauvres n'est pas synonyme de classe ouvrière, de prolétariat ou de paysannerie, dont la situation économique est très variable selon les pays du monde. Aux Etats-Unis, par exemple, la classe ouvrière possède un niveau de vie privilégié, comparé à celui des classes pauvres des pays sous-développés. La culture des pauvres ne s'appliquerait qu'aux gens qui sont tout à fait au bas de l'échelle socio-économique, les ouvriers les plus défavorisés, les petits paysans, les ouvriers agricoles des plantations, et cette grande masse hétérogène de petits artisans et commerçants que l'on nomme habituellement le « Lumpenproletariat ».

La culture — ou la sous-culture — des pauvres prend naissance dans toute une série de contextes historiques. La plupart du temps, elle se développe lorsqu'un système social et économique stratifié s'écroule ou est en voie d'être remplacé par un autre, comme dans le cas du passage du féodalisme au capitalisme ou au cours de la révolution industrielle. Elle résulte parfois d'une conquête coloniale dans laquelle les vaincus sont maintenus dans un état d'esclavage qui peut durer des générations. Elle peut également voir le jour au cours d'un processus de détribalisation, comme cela se passe actuellement en Afrique, où, par exemple, les émigrants des tribus vers les villes engendrent une « culture de cour » très proches des *vecindades* de Mexico. Nous avons tendance à considérer cette vie en taudis comme une phase transitoire ou temporaire d'une impitoyable évolution culturelle. Mais cela n'est pas nécessairement le cas, car la culture des pauvres est souvent une condition persistante, même à l'intérieur de systèmes sociaux stables. Au Mexique, cela a constitué un phénomène plus ou moins permanent depuis la conquête espagnole de 1519, époque à laquelle le processus de détribalisation et le déplacement des paysans vers les villes ont commencé. Seuls les dimensions, l'emplacement et la composition des taudis ont changé. J'ai l'impression qu'il a dû se passer la même chose dans beaucoup d'autres pays au monde.

Il me semble que la culture des pauvres comporte des caractéristiques universelles qui transcendent les distinctions régionales, rurales ou urbaines, et même nationales. Dans mon volume précédent, *Cinq Familles* (Basic Books, 1959), j'ai suggéré le fait qu'il existe des similitudes frappantes sur le plan de la structure familiale, des relations interpersonnelles, de l'emploi du temps et de l'argent, de la hiérarchie des valeurs, et du sens de la communauté entre les milieux pauvres de Londres, Glasgow, Paris, Harlem et Mexico. Bien qu'il n'y ait pas place dans cet ouvrage pour une analyse comparative des différents types de culture des pauvres, j'aimerais décrire un certain nombre de ses caractéristiques afin de présenter un modèle conceptuel provisoire de cette culture, basé principalement sur mon expérience mexicaine.

Au Mexique, la culture des pauvres comprend au moins le dernier tiers de la population rurale et urbaine. Cette population se distingue par un taux de mortalité relativement plus élevé, une longévité moindre, un plus grand nombre d'individus jeunes, et, en raison du travail des femmes et des enfants, une plus grande proportion de membres rentables. Certains de ces indices sont plus élevés dans les *colonies* pauvres (c'est-à-dire arrondissements de Mexico) que dans la campagne mexicaine dans son ensemble.

A Mexico, la culture des pauvres est une culture provinciale, orientée en fonction des besoins locaux. Ses membres ne sont que partiellement intégrés aux institutions nationales, et restent un milieu marginal, même s'ils vivent au cœur d'une grande ville. A Mexico, par exemple, la plupart des pauvres ont un niveau d'éducation très bas, n'appartiennent pas à des syndicats ouvriers, ni à des partis politiques, ne profitent pas de l'aide médicale, de l'aide à la maternité, ni de l'allocation vieillesse prodiguées par la Sécurité Sociale, et ne fréquentent guère les banques, les hôpitaux, les grands magasins, les musées, les galeries de tableaux et les aérodromes.

Les données économiques les plus caractéristiques de la culture des pauvres sont la lutte constante pour la vie, le sous-emploi, le chômage, les bas salaires, une variété d'emplois non spécialisés, le travail des enfants, l'absence d'épargne, une pénurie chronique d'argent liquide, l'absence de réserves de nourriture dans les foyers, l'habitude d'acheter de petites quantités de nourriture plusieurs fois par jour, au fur et à mesure des besoins, la mise en gage des biens personnels, l'emprunt à des prêteurs locaux moyennant un taux usuraire, des systèmes de crédit spontanés et non officiels (*tandas*) organisés par des voisins, et l'usage de vêtements et de meubles d'occasion.

Parmi les autres caractéristiques sociales et psychologiques, il y a celles de vivre dans des quartiers à forte densité de population, le manque d'intimité, l'esprit grégaire, l'alcoolisme, le recours fréquent à la violence pour régler les querelles, les châtiments corporels pour les enfants, battre sa femme, l'initiation précoce à la vie sexuelle, l'union libre ou le mariage consanguin, l'abandon relativement fréquent de l'épouse et des enfants, une tendance au matriarcat et une union plus étroite avec les membres de la famille du côté maternel, la prédominance de la famille souche, une forte prédisposition à l'autoritarisme, et l'accent mis sur la solidarité familiale — idéal rarement atteint. On note en outre une préférence pour le présent, accompagnée d'une relative impossibilité à remettre les plaisirs ou les projets au lendemain, un sens de la résignation et un fatalisme fondés sur les dures réalités de leur existence, la croyance en la supériorité masculine qui atteint sa cristallisation dans le *machismo* ou culte de la masculinité, et sa conséquence chez la femme, le complexe du martyre; enfin, une tolérance générale pour tous les cas de psycho-pathologie.

Certaines des caractéristiques ci-dessus énumérées ne sont pas du seul ressort de la culture des pauvres; on les trouve également dans la moyenne et haute bourgeoisie mexicaine. C'est néanmoins leur agencement spécifique qui définit la culture des pauvres. Dans les classes moyennes, par exemple, le *machismo* s'exprime en termes d'exploits sexuels et de complexe de Don Juan, tandis que dans les classes pauvres, il s'exprime en termes d'héroïsme et de courage physique. De même, la boisson pour les classes moyennes est un plaisir social, tandis que pour les classes pauvres, s'enivrer remplit des fonctions différentes et multiples : oublier ses soucis, prouver sa résistance à l'alcool, se forger une assurance suffisante pour affronter les difficultés de la vie.

Nombre de caractéristiques de la sous-culture des pauvres peuvent être considérées comme des tentatives de solution locale des problèmes non résolus par les institutions et organismes d'Etat parce que les gens n'y ont pas droit, n'ont pas les moyens d'en profiter ou s'en méfient. Un exemple : dans l'impossibilité d'obtenir du crédit des banques, ils doivent s'en remettre à leurs propres ressources et organisent officieusement des systèmes de prêt sans intérêt. Dans l'incapacité de se payer un médecin, appelé seulement en cas d'extrême urgence, et se méfiant des hôpitaux « où l'on ne va que pour mourir », ils s'en remettent aux herbes ou autres remèdes de bonne femme, et aux guérisseurs et sages-femmes. Jugeant les prêtres « humains et par conséquent pécheurs comme nous tous », ils vont rarement à confesse ou même à la messe et préfèrent adresser leurs prières aux images des saints qu'ils ont dans leur maison et aller en pèlerinage en des lieux populaires.

Une attitude critique envers certaines des valeurs et institutions des classes dominantes, la haine de la police, la méfiance à l'égard du gouvernement et des personnalités haut placées, et un cynisme qui s'étend même à l'égard de l'Eglise, donnent à la culture des pauvres une qualité d'opposition et un potentiel utilisable dans des mouvements politiques dirigés contre l'ordre social existant. Enfin, la sous-culture des pauvres possède également une qualité résiduelle, en ce sens que ses membres essaient d'utiliser et d'intégrer d'une manière viable les restes de croyances et coutumes d'origines diverses.

Je voudrais insister sur le fait que la famille Sánchez n'est aucunement au plus bas degré de pauvreté au Mexique. A Mexico, environ un million et demi de gens, sur une population de quatre millions d'habitants, vivent dans des conditions analogues ou pires encore. La persistance de la pauvreté dans la première ville de la nation, cinquante ans après la grande Révolution mexicaine, soulève de sérieuses questions quant à la mesure dans laquelle la Révolution a atteint ses objectifs sociaux. A en juger sur la famille Sánchez, leurs amis, voisins et parents, la principale promesse de la Révolution est encore à réaliser.

Cette affirmation est énoncée en pleine connaissance des profonds changements qui ont été opérés par la Révolution mexicaine — la transformation d'une économie semi-féodale, la distribution de terres aux paysans, l'émancipation des Indiens, le renforcement de la position ouvrière, l'extension de l'enseignement, la nationalisation du pétrole et des chemins de fer, et la naissance d'une nouvelle classe moyenne. Depuis 1940, l'économie est en expansion et le pays est devenu conscient de la nécessité d'augmenter la production. Les plus grands journaux annoncent quotidiennement par de gros titres les records qui ont été battus dans l'agriculture et l'industrie et les énormes réserves d'or que possède le trésor national. Il s'est créé une atmosphère de « boom » économique, qui n'est pas sans rappeler celle des Etats-Unis au début du siècle. Depuis 1940, la population a augmenté de plus de treize millions d'habitants, pour atteindre le chiffre de trente-quatre millions en 1950. Le développement de la ville de Mexico a été prodigieux, passant d'un million et demi d'habitants en 1940 à plus de quatre millions en 1960. Mexico est aujourd'hui la plus grande ville d'Amérique latine et la troisième ou quatrième ville du continent américain.

L'un des traits les plus caractéristiques du Mexique depuis 1940 a été l'influence croissante des Etats-Unis sur la vie mexicaine. Jamais, au cours de l'histoire des relations américano-mexicaines, il n'y a eu une interaction aussi multiple et intense entre les deux pays. L'étroite coopération pendant la Deuxième Guerre mondiale, le rythme rapide des investissements américains, qui ont atteint près d'un milliard de dollars en 1960, l'extraordinaire afflux de touristes américains au Mexique et de visiteurs mexicains aux Etats-Unis, la migration annuelle de plusieurs centaines de milliers d'ouvriers agricoles, les échanges d'étudiants, de techniciens et de professeurs, et le nombre croissant de Mexicains devenant citoyens américains ont créé un nouveau type de rapports entre les deux pays.

Les plus grandes émissions de télévision sont patronnées par des compagnies étrangères telles que Nestlé, General Motors, Ford, Procter and Gamble, et Colgate. Seuls l'utilisation de la langue espagnole et l'emploi d'artistes mexicains distinguent les émissions publicitaires de celles des Etats-Unis. Le système américain d'achat au détail dans de grands magasins s'est répandu dans la plupart des grandes villes par des chaînes telles que Woolworth, Sears Roebuck and C°, et des supermarkets vendent à présent des produits alimentaires américains de qualité pour la classe moyenne montante. L'anglais a remplacé le français comme seconde langue dans les écoles, en médecine la tradition française se voit lentement mais sûrement remplacée par les méthodes américaines.

En dépit de l'accroissement de la production et de l'apparente prospérité, l'inégale répartition du revenu national dont le volume global augmente, a plus que jamais accentué la disparité entre le revenu des riches et celui des pauvres. Et malgré une légère élévation du niveau de vie, pour la population dans son ensemble, en 1956, plus de 60 pour 100 de la population était mal nourrie, mal logée et mal habillée; 40 pour 100 était analphabète, et 46 pour 100 des enfants de la nation n'allaient pas à l'école. Une inflation chronique depuis 1946 a réduit le revenu réel des pauvres, et le coût de la vie pour les ouvriers de Mexico a augmenté plus de cinq fois depuis 1939. Selon le recensement de 1950 (publié en 1955), 89 pour 100 de toutes les familles mexicaines ayant déclaré un revenu gagnaient moins de 600 *pesos* par mois, soit 59 dollars au taux de change de 1959 ou 48 dollars à celui de 1960 (un dollar = 12,50 *pesos*). Une étude publiée en 1960 par un éminent économiste mexicain, Ifigenia M. de Navarrete, montrait qu'entre 1950 et 1957, le tiers environ de la population avait souffert d'une diminution du revenu réel.

C'est un fait bien connu que l'économie mexicaine ne peut fournir de travail à tous ses ressortissants. Entre 1942 et 1955, environ un million et demi de Mexicains sont venus aux Etats-Unis pour être employés comme *braceros* (journaliers agricoles), et ce chiffre n'inclut pas les *wetbacks* [1] et autres immigrants illégaux. Si les Etats-Unis fermaient brusquement leurs frontières aux *braceros*, il s'ensuivrait probablement une crise grave au Mexique. Le Mexique est également devenu de plus en plus dépendant du tourisme américain pour stabiliser son économie. En 1957, plus de 700 000 touristes venus des Etats-Unis ont dépensé près de six millions de dollars au Mexique, faisant ainsi du tourisme la plus grande industrie du pays. Le revenu de l'industrie touristique est à peu près égal à la totalité du budget fédéral mexicain.

Le logement est l'un des aspects du niveau de vie qui s'est très peu amélioré depuis 1940. En raison de l'accroissement rapide de la population et de l'urbanisation, le surpeuplement et les conditions de vie dans les taudis des grandes villes se sont en fait aggravés. Parmi les 5 200 000 logements recensés en 1950, 60 pour 100 ne comprenaient qu'une seule pièce et 25 pour 100 deux pièces; 70 pour 100 de tous les bâtiments étaient faits d'adobe, de bois, de poutres et de baguettes, ou de moellons, et 18 pour 100 seulement de briques et de maçonnerie; 17 pour 100 seulement avaient l'eau courante.

A Mexico, les conditions ne sont pas meilleures. La ville est chaque année embellie à l'intention des touristes amé-

1. Mexicains qui passent aux Etats-Unis en traversant le Rio Grande à la nage, d'où le terme de « wetbacks » (les « dos mouillés »). (*N.d.T.*)

ricains par la construction de nouvelles fontaines, la plantation de fleurs le long des rues principales, l'installation de nouveaux marchés plus hygiéniques et l'interdiction faite aux mendiants et aux petits marchands de stationner dans les rues. Mais plus du tiers de la population urbaine vit dans des logements proches du taudis, connus sous le nom de *vecindades*, où elle souffre d'un manque d'eau chronique et de l'absence d'installations sanitaires les plus élémentaires.

Généralement, les *vecindades* consistent en une ou plusieurs rangées de logements à un étage composés d'une ou deux pièces, face à une cour commune. Les logements sont faits de ciment, de brique ou d'adobe, et forment un bloc bien défini qui leur donne l'aspect d'une petite communauté. Le genre et la dimension des *vecindades* sont très variables. Certaines ne consistent qu'en quelques logements, d'autres en ont plusieurs centaines. Certaines se trouvent au cœur du quartier commercial de la ville, dans des immeubles vétustes du type colonial espagnol remontant au XVIe ou XVIIe siècle et formés de deux ou trois étages; tandis que d'autres, à la périphérie de la ville, se composent de baraques en bois ou *jacales* et ressemblent à des bidonvilles semi-tropicaux.

Il me semble que le contenu de cet ouvrage est d'une grande importance pour notre conception des pays sous-développés et notre politique à leur égard, en particulier ceux d'Amérique latine. Il met en lumière les complexités sociales, économiques et psychologiques auxquelles il faudra faire face dans tout effort en vue de transformer et d'éliminer la culture des pauvres dans le monde. Il laisse entendre que l'amélioration des conditions matérielles d'existence des pauvres est un phénomène nécessaire à la transformation de leur comportement et de leur système de valeurs.

Même les gouvernements les mieux intentionnés des pays sous-développés rencontrent des obstacles difficiles à surmonter en raison de ce que la pauvreté a fait des pauvres. En effet, la plupart des personnages de cet ouvrage sont des êtres moralement détériorés. Et pourtant, avec tous leurs peu glorieux défauts et leurs faiblesses, ce sont les pauvres qui apparaissent comme les véritables héros du Mexique contemporain, car ils paient le prix de l'essor industriel de la nation. La stabilité politique du Mexique est certainement un triste témoignage de la grande capacité de misère et de souffrance du Mexicain moyen. Mais même la capacité de souffrance des Mexicains a ses limites, et à moins qu'on ne trouve un moyen de réaliser une répartition plus équitable de la richesse nationale et une plus grande égalité dans la répartition des sacrifices au cours de la difficile période d'industrialisation, on doit s'attendre, tôt ou tard, à des troubles sociaux.

PROLOGUE

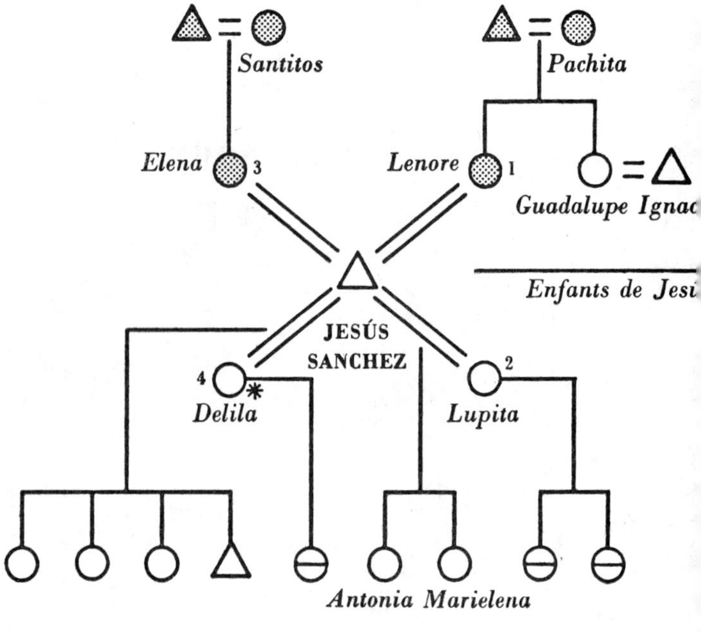
Santitos
Pachita
Elena
3
Lenore
1
Guadalupe Ignac
Enfants de Jesú
JESÚS
SANCHEZ
4
Delila
2
Lupita
Antonia Marielena

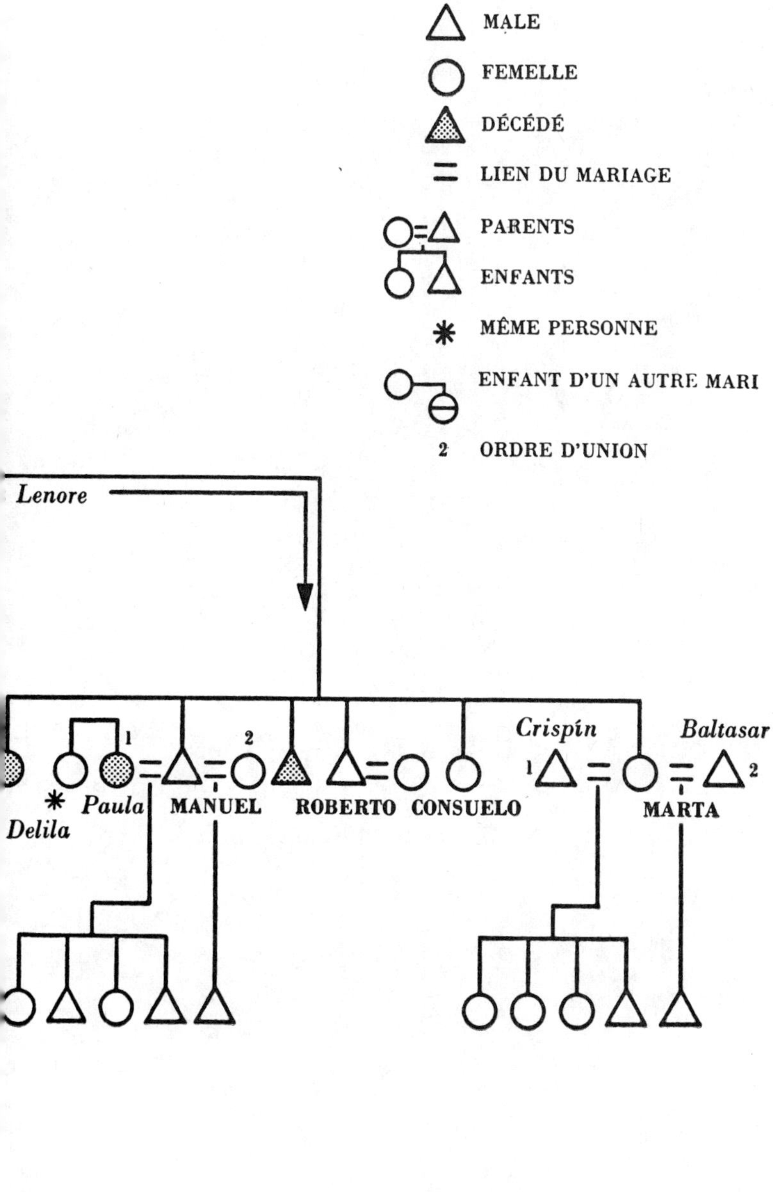
MALE
FEMELLE
DÉCÉDÉ
LIEN DU MARIAGE
PARENTS
ENFANTS
MÊME PERSONNE
ENFANT D'UN AUTRE MARI
2 ORDRE D'UNION
Lenore
Crispín
Baltasar
1
2
1
2
* Paula
Delila
MANUEL
ROBERTO
CONSUELO
MARTA

Jesús Sánchez

Je peux dire que je n'ai pas eu d'enfance. Je suis né dans un pauvre petit village de l'Etat de Veracruz. C'était triste et solitaire. A la campagne, les enfants n'ont pas les mêmes possibilités que ceux de la capitale. Mon père ne nous permettait pas de jouer avec qui que ce soit, il ne nous achetait jamais de jouets, nous étions toujours seuls. A l'âge de huit ou neuf ans, je suis allé à l'école, pour un an seulement.

Nous avons toujours vécu dans une seule pièce, comme celle dans laquelle je vis aujourd'hui, juste une pièce. Nous y couchions tous, chacun sur un petit lit fait de planches et de boîtes. Le matin, je me levais et faisais le signe de croix. Je me lavais le visage et la bouche et j'allais tirer l'eau. Après le petit déjeuner, si l'on ne m'envoyait pas chercher du bois, je m'asseyais à l'ombre. D'habitude, je prenais un *machete* et une corde et je partais dans la campagne chercher du bois sec. Je revenais avec un énorme fardeau sur le dos. Tel était mon travail quand je vivais à la maison. Je travaille depuis que je suis tout petit. Je ne me suis jamais amusé.

Mon père était conducteur de mules dans sa jeunesse. Il achetait des marchandises et les transportait vers des villes lointaines pour les y vendre. Il était complètement illettré. Plus tard, il a monté un petit comptoir sur la route près du village où nous sommes nés. Puis nous sommes partis pour un autre village où mon père a ouvert une petite boutique dans laquelle il vendait de tout. Il n'avait que vingt-cinq *pesos* en poche quand il est arrivé là-bas, mais avec ce capital, il a commencé à développer son affaire. Il avait un *compadre* qui lui a vendu une grande truie pour vingt *pesos* et cette truie lui a donné onze cochons à chaque portée. A l'époque, un cochon de deux mois valait dix *pesos.* On était quelqu'un avec dix *pesos* en ce temps-là ! Les *pesos* valaient réellement quelque chose ! Et c'est ainsi que mon père a recommencé, avec beaucoup de persévérance et d'épargne, il a relevé la tête. Il s'est mis à apprendre à compter, à additionner des chiffres, et il même réussi à apprendre un peu à lire, par ses propres moyens. Beaucoup plus tard, il a ouvert un vrai magasin avec un tas de marchandises, dans le petit village de Huachinango.

Je suis l'exemple de mon père, et je garde de petites notes de ce que je dépense. Je note l'anniversaire de mes enfants, les numéros de mes billets de loterie, ce que je dépense pour les cochons et ce que je gagne en les vendant.

Mon père m'a raconté très peu de choses sur lui et sa famille. Tout ce que je sais sur lui, c'est que j'ai connu sa mère, ma grand-mère, et un homme qui était le demi-frère de mon père. Nous ne connaissions pas son père. Je n'ai jamais connu la famille du côté de ma mère, car mon père ne s'entendait pas avec eux.

Mon père n'avait personne pour l'aider. Vous savez ce que c'est, dans certaines familles, ils ne s'entendent pas, comme par exemple ma fille Consuelo et ses frères. Si un désaccord surgit entre eux, chacun s'en va de son côté. Et c'est ce qui s'est passé entre mon père et sa famille. Ils vivaient séparés.

Dans ma propre famille, nous étions plus unis, mais mes frères ont grandi et quitté la maison, chacun suivant son propre chemin. Parce que j'étais le plus jeune, je suis resté à la maison. Mon frère aîné est entré dans l'armée et a été tué dans un accident. Son fusil est parti et il s'est tué. Puis, il y avait Mauricio, le cadet, il a hérité du magasin de Huachinango, le second magasin, car le premier a été fermé au moment de la Révolution. Mon frère Mauricio était dans le second magasin quand quatre hommes sont venus le cambrioler. Il en a frappé un et l'a désarmé. Mais un autre a frappé mon frère par-derrière et l'a tué. Il est mort tout de suite, le ventre ouvert. Ça fait deux. Ensuite, il y avait ma sœur Enteleia. Elle est morte là-bas, à Huachinango, toute jeune, une vingtaine d'années. Puis il y avait un autre frère, Leopoldo, qui est mort ici, à Mexico, à l'Hôpital Général. Donc, sur cinq frères et sœur — nous étions six, mais il y en a un qui est mort très jeune; j'étais un jumeau — donc sur cinq, je suis le seul survivant.

Mon père n'était pas un homme tendre ni affectueux. Naturellement, comme la majorité des chefs de famille, il était très économe. Il ne remarquait jamais quand j'avais besoin de quelque chose, et à la campagne il n'y avait pas beaucoup d'occasions de dépenser de l'argent. Il n'y avait pas de théâtre, pas de cinémas, pas de football, rien. Maintenant, la vie est plus remplie, mais à l'époque il n'y avait rien. Ainsi tous les dimanches, mon père ne nous donnait que quelques centavos à dépenser. Il y en a de toutes sortes en ce monde, mais tous les pères ne gâtent pas leurs enfants. Mon père pensait que prêter trop d'attention à un enfant l'abîmerait. Je le crois aussi. Si l'on gâte un enfant, il ne grandit pas, il ne se développe pas pour devenir indépendant. Il devient peureux.

Ma mère est née dans une petite ville. Je ne me souviens pas du nom. C'était une personne qui ne parlait pas beaucoup et parce que j'étais le plus jeune, elle ne m'a jamais rien dit. Ma mère était une personne calme, une femme au grand cœur et elle m'a donné beaucoup de tendresse. Mon père était plus dur, plus sévère, plus énergique. Ma mère était une femme décente et droite, consciencieuse dans tout ce qu'elle faisait, y compris dans sa vie conjugale. Mais mes parents avaient leurs disputes, car mon père avait une autre femme et ma mère était jalouse.

J'avais environ sept ans quand mes parents se sont séparés. Les révolutionnaires avaient déjà démoli le magasin... le commerce était mort, la famille était morte, notre foyer ruiné, et naturellement je suis parti avec ma mère et mon frère, qui travaillait comme *peón* dans une *hacienda* de sucre. Moi aussi, je suis allé travailler aux champs. Deux ans plus tard, ma mère est tombée malade et mon père est revenu sur un âne pour nous voir. Nous vivions dans une petite masure très pauvre. Elle n'avait de toit que sur un côté, l'autre était ouvert. Nous empruntions du blé car nous n'avions vraiment rien à manger. Nous étions très, très pauvres ! Il n'y avait aucun médicament pour ma mère, pas de médecin, rien, et elle est partie chez mon père pour mourir. Leur réconciliation a donc eu lieu au tout dernier moment.

Quand ma mère est morte, mon drame a commencé. J'avais

dix ans environ quand je suis allé vivre avec mon père. J'y suis resté deux ans, puis je suis parti travailler autre part. Nous n'avions pas de belle-mère, sinon bien plus tard, à la fin. J'avais déjà quitté la maison quand c'est arrivé. Mon père a épousé une femme là-bas, une femme qui l'a volé; elle lui a tout pris et l'a jeté à la rue, elle et ses frères. Ils allaient le tuer, un soir, pour son argent, mais des voisins les en ont empêchés, puis la femme l'a quitté. Ils s'étaient mariés légalement. La femme et ses gens ont pris la maison et tout à mon père.

Alors il a acheté une autre petite maison à l'autre bout de la ville, la même ville, et il s'est remis au commerce. Mais il est tombé gravement malade. Oui, parfois, nous les hommes, nous voulons être très forts, très *machos*, mais au fond il n'en est rien. Quand il s'agit d'une question de moralité ou de famille qui nous atteint au cœur, ça fait mal et un homme pleure quand il est tout seul. Vous avez dû remarquer que beaucoup de gens se noient dans la boisson et que d'autres attrapent un pistolet et se tuent, parce qu'ils ne peuvent pas supporter ce qu'ils ont en eux. Ils n'ont aucun moyen de s'exprimer ni personne à qui raconter leurs peines, alors ils attrapent le fusil et c'est tout. Ils sont morts ! Et parfois ceux qui se croient des *machos* ne le sont pas du tout quand ils sont seuls avec leur conscience. Ce ne sont que des vantards du moment.

Quand mon père est mort, il a laissé une petite maison là-bas, avec un peu de marchandise, que j'ai reprise. J'étais le seul enfant qui lui restait. J'étais déjà ici, à Mexico, travaillant pour le restaurant. Des gens de là-bas m'ont envoyé un télégramme.

Quand je suis arrivé, mon père vivait encore, et je l'ai vu mourir. Il m'a dit : « Je ne te laisse rien, mais je vais te donner un conseil. Ne t'embarrasse pas d'amis. Il vaut mieux que tu fasses ton chemin tout seul. » Et c'est ce que j'ai fait toute ma vie.

Ce qu'il m'a laissé était très peu de chose. Son demi-frère et ses gens m'ont fait jeter en prison. Je lui ai donné ce que mon père lui avait laissé dans un testament écrit; je devais lui donner cinquante pesos. Mais il était très paresseux, un bon à rien qui n'aimait pas travailler. Enfin, j'ai obéi au testament à la lettre, et selon la loi. Je lui ai même donné une vieille machine à coudre Singer qui se trouvait dans la maison. Je lui ai dit : « Vous pouvez prendre ça, mon oncle. » Moi, généreux et sincère, je lui dis : « Tenez, voilà ce qui vous revient, et prenez cette machine pour votre femme. » Eh bien, même après tout ça, il m'a fait jeter en prison. Pour une centaine de pesos ! Je lui ai dit : « Vous êtes un misérable. » Je lui ai donné les cent pesos, les autres se les sont partagés et lui en ont laissé dix. Vous voyez ce que c'est ? Même dans sa propre famille, on ne peut faire confiance à personne quand il s'agit d'argent. Les gens veulent attraper tout ce qu'ils peuvent.

Depuis que je suis tout petit, j'aime travailler. Je voulais gagner de l'argent pour m'acheter des vêtements. J'ai vu mon père en gagner avec son petit commerce, et je voulais avoir quelque chose pour moi, rien de très important, mais je voulais le gagner avec ça, avec mes mains, pas avec l'argent de mon père. Je n'ai jamais été avide de l'héritage de mon père, pas du tout. Je pensais : « Si un jour j'ai un peu d'argent dans ma poche, je veux que ce soit grâce à mon propre travail, non parce que quelqu'un me l'a donné, voisin, parent, oncle ou père, non, monsieur. Je veux le gagner avec mes mains. » D'autre part, en quittant la maison, je savais que si je ne travaillais pas, je ne mangerais pas.

J'avais environ douze ans quand j'ai quitté la maison de mon père. Je me suis enfui sans rien dire à personne. J'ai d'abord travaillé dans un moulin à grains, puis comme ouvrier agricole sur une plantation de sucre, puis comme coupeur de cannes à sucre. C'était dur dans les champs; je travaillais toute la journée avec une houe au soleil. Ils payaient un peso et demi par millier de cannes, mais j'arrivais à peine à en couper la moitié, ce qui fait que je gagnais soixante-quinze centavos par jour, pas même assez pour manger. J'avais très faim et je passais des journées entières sans manger ou avec un seul repas par jour. C'est pourquoi je dis que je n'ai pas eu d'enfance. J'ai travaillé comme ça pendant quatre ans.

Et puis j'ai rencontré un Espagnol qui possédait un moulin à blé. Il savait que j'avais quelque expérience de pesage et un jour, il me dit : « Je vais à Mexico. Si tu veux venir, je peux te fournir du travail. — Oui, monsieur, je suis prêt. » Tout mon bagage consistait en une petite boîte qui contenait mes vêtements. Je voulais connaître Mexico, car je n'y étais jamais allé. Nous avons pris le train le lendemain matin et nous sommes arrivés à Tacuba, où nous sommes restés. Après m'avoir fait travailler pour lui pendant quelque temps, il m'a mis à la porte. Nous nous étions disputés à propos des poids d'une balance. Il cherchait un prétexte pour me jeter dehors. Vous savez comment sont les gens quand ils voient quelqu'un de plus ignorant et plus illettré qu'eux-mêmes ! Ils font ce qu'ils veulent, non ? A cette époque, je revenais juste d'une *hacienda* et je ne savais rien ! Mes yeux étaient aveugles. Je ne connaissais pas une seule rue ! J'avais dépensé le peu d'argent que je possédais. Et je me suis retrouvé là, sans un centavo et sans connaître personne.

Enfin, comme on dit : « Quand tout manque, Dieu fait son entrée. » Il y avait un homme qui travaillait dans une usine à côté. Il passait tous les jours. Un jour, il m'a vu et m'a dit que son patron voulait que je vienne travailler dans son usine. Ce soir-là, je me tenais au coin de la rue, avec ma petite boîte de vêtements sous le bras, sans un sou, sans la moindre idée de ce que j'allais faire. Si j'avais eu de l'argent, je serais retourné dans mon pays. C'est alors que l'homme est passé, comme tombé du ciel. Il me dit : « Qu'est-ce que tu fais là ? » Je lui raconte. Il dit : « Ne t'en fais pas. Allons chez moi et je te trouverai du travail. » Mais il y avait cette histoire de syndicat. Le lendemain, nous sommes allés voir son patron. Il me dit que je devais être inscrit au syndicat pour travailler dans son usine. Je n'avais pas un centavo. Nous étions partis de La Tlaxpana et j'ai marché presque jusqu'à Tepito. Le syndicat de l'usine se trouvait là-bas. Ils m'ont demandé combien d'argent j'avais sur moi. Quand ils ont appris que je n'avais rien, ils m'ont dit qu'on ne pouvait rien faire. J'ai donc refait tout le chemin à pied, sans la moindre parcelle de nourriture dans l'estomac. Je me retrouvais donc dans la même situation, ayant de plus en plus faim. C'est pour ça que je gronde parfois mes enfants, parce que je leur ai toujours donné à manger et un toit pour les protéger.

J'ai commencé à courir les épiceries pour voir si quelqu'un avait besoin d'un garçon-commis ou d'un aide. Je m'y connaissais un peu en épicerie et je savais m'occuper rapidement d'un client. Je suis allé de boutique en boutique sans succès.

Il y avait du pain partout, et moi qui avais si faim, vous n'avez aucune idée de ce que cela représente. Au bout de quelques jours, j'ai rencontré un homme à La Tlaxpana, non loin de là où j'habitais. Il possédait une épicerie. Il m'a demandé :

« Voulez-vous du travail ? »

« Oui, monsieur. »

« Vous avez des références ? »

« Non, monsieur. Je viens d'arriver de Veracruz. »

Je priais Dieu qu'il me donne du travail ou quelque chose. Je lui ai expliqué que le seul homme que je connaissais avait une usine dans le coin. Il est allé le voir, puis il m'a dit qu'il allait me prendre à l'essai pour deux semaines. La paye était de cinquante centavos pas jour, plus la nourriture. J'y suis donc allé le lendemain, avec mon paquet de vêtements, car je n'avais pas d'endroit où le laisser. Je me suis mis au travail immédiatement. J'étais rapide, je circulais comme sur des roulettes. J'avais besoin de travailler, je devais manger. Deux semaines passèrent, puis un mois, puis trois. J'étais très heureux. Je travaillais de six heures du matin à neuf heures du soir sans m'arrêter. Je prenais mon petit déjeuner froid au magasin, je n'avais pas le temps de le faire chauffer. Il y avait beaucoup de clients. Je livrais des commandes et traînais des boîtes que je pouvais à peine soulever, des caisses de bière, des sacs de sel.

Un matin, mon patron a amené un autre gars d'un village et m'a dit : « Hé, Jesús, viens ici. Ce garçon va prendre ta place. Tu ne vaux rien, fiche le camp. » Avec ces paroles aimables et réconfortantes, il m'a congédié. C'était tout. Il n'y avait rien à dire. Le lendemain matin, j'étais de nouveau à la rue.

Mais ces difficultés aident à devenir un homme, à apprécier la valeur réelle des choses. On apprend ce que c'est de gagner sa vie à la sueur de son front. Grandir loin de ses parents aide un homme à mûrir.

Quand j'étais au magasin, j'avais rencontré un garçon qui avait un parent qui était concierge dans un immeuble au bas de la ville. J'ai demandé un mot d'introduction pour cet homme et je suis allé le voir. Je lui ai montré le mot. « Oui, pourquoi pas ? L'immeuble est vide, dit-il. Choisissez l'endroit que vous voudrez et mettez-y votre boîte. » Je me suis donc installé là-bas sans payer un sou et une fois de plus, je me suis mis à chercher du travail.

C'est alors que j'ai trouvé du travail au restaurant La Gloria. Ils me payaient douze centavos par mois et trois repas. Je suis entré avec mon paquet de vêtements et j'ai commencé à faire tout ce qu'ils me demandaient. J'étais très désireux de travailler et un jour, en soulevant un paquet très lourd, j'ai attrapé une hernie. Je suis allé aux toilettes et j'ai vu que j'avais une petite bosse, là sur l'aine. J'ai appuyé dessus et ça m'a fait mal. Je suis allé voir un médecin qui m'a dit que j'avais une hernie. J'avais de la chance, car le médecin appartenait à l'Hôpital Général et m'y a fait admettre. Et mon travail ? J'ai parlé au patron, un Espagnol, un honnête homme, très humain. J'ai demandé l'autorisation d'aller me faire opérer. Ils m'ont opéré rapidement, mais j'ai fait une chose stupide. Après l'opération, j'avais mal près de la couture, alors j'ai soulevé le bandage, j'ai touché et je me suis infecté. Au lieu de rester deux semaines à l'hôpital, j'y suis resté cinq.

En sortant, je suis allé au restaurant où j'ai trouvé quelqu'un d'autre à ma place. Mais le patron m'a repris. Oui, je travaille là-bas depuis plus de trente ans, et j'ai rarement manqué un jour. Les quinze premières années, j'ai travaillé à l'intérieur comme garçon à tout faire et j'ai appris à cuire du pain et faire des glaces. Je travaillais de quatorze à quinze heures par jour. Plus tard, j'ai commencé à faire les achats pour le restaurant et je suis devenu leur acheteur de nourriture. Quand j'ai commencé à travailler, je gagnais quatre-vingts centavos par jour. A présent, après trente années, je gagne un salaire minimum de onze pesos par jour. Mais je ne pourrais jamais vivre uniquement sur ce salaire.

En trente ans, j'ai rarement manqué un seul jour. Même lorsque je suis malade, j'y vais. Il me semble que le travail est mon remède. Il me fait oublier mes soucis. Et j'aime mon travail. J'aime tout le parcours que je fais à pied et j'ai du plaisir à parler aux vendeurs du marché. Je les connais tous après tant d'années passées à acheter des fruits, des légumes, du fromage, du beurre et de la viande. Je cherche les meilleurs prix et tout. On doit s'y connaître en nourriture, car chaque fruit a sa saison, non ? Comme les melons; ils deviennent bons en ce moment et je peux les acheter. Les premiers melons étaient mauvais. Ils viennent de différents endroits, de Morelos, de Michoacán, de Cortazar. Ceux de Guanajuato sont très bons; les jaunes de Durango également. C'est pareil pour les oranges, elles viennent de tous les coins de la République. Les légumes aussi. Les meilleurs avocats viennent de Atlixco et de Silao, mais ils en envoient la plupart aux Etats-Unis. De même pour les tomates. On doit beaucoup observer pour arriver à connaître les fruits et être capable d'en acheter.

J'achète pour six cents pesos de nourriture pour le restaurant chaque jour. Ils me donnent l'argent le matin et je paie tout comptant. Il n'y a pas de factures ni de reçus. Je tiens mes comptes moi-même et je remets chaque jour une liste de dépenses.

J'arrive au restaurant tous les matins à sept heures pour ouvrir le rideau de fer. Je travaille un peu à l'intérieur, je prends mon petit déjeuner, puis je pars au marché à neuf heures trente. Je suis aidé par deux commis qui rapportent les marchandises au restaurant dans une charrette. Je reviens vers une heure et demie; mais il manque généralement quelque chose, et je cours à nouveau au marché. Je retourne au restaurant à trois heures, je déjeune et je m'en vais vers quatre heures pour m'occuper de mes cochons, pour vendre des billets de loterie et aller voir ma fille Marta et les enfants.

Mes camarades de travail au restaurant pensent du bien de moi et m'estiment parce que je suis le plus ancien employé de l'établissement. Nous plaisantons et nous nous moquons les uns des autres, et ça aussi c'est une distraction. Je me suis toujours bien conduit et bien entendu avec mon patron. Beaucoup d'ouvriers détestent leur patron et ne se sentent pas loyaux, mais sur ce plan, je me sens bien car je sais que mon patron me tient en haute estime. Pour me prouver son estime, il me laisse travailler sept jours par semaine et tous les jours de congé, afin que je puisse augmenter mes gains. Depuis des années, je travaille le mercredi, mon jour de congé. Je respecte mon patron et je fais de mon mieux. Il est comme un père pour moi.

Je ne fais que travailler et prendre soin de ma famille. Je ne vais jamais aux *fiestas*. Une fois seulement, quand nous vivions dans la rue Cuba, des gens de ma *vecindad* ont organisé une *fiesta* et j'ai un peu dansé. Je n'ai pas bu beaucoup et je suis directement rentré me coucher. Pour moi, il n'y a pas de sorties, pas de réunions, rien... seulement le travail et la famille.

Je n'ai pas de *compadres* là où je travaille. Je considère le *compadrazgo* comme une chose sérieuse, une affaire de respect mutuel. Quand j'avais besoin de *compadres*, je choisissais des gens âgés, pas de jeunes ni de camarades de travail. Avant de vous en apercevoir, les jeunes vous invitent à boire avec eux et à faire des choses ensemble. Certains s'entretuent même, et c'est mauvais. Quand je suis invité quelque part, je n'y vais pas.

C'est au restaurant La Gloria que j'ai rencontré la mère de mes enfants, Lénore. Je suis tombé amoureux d'elle. Elle était petite mais large d'épaules et avec la peau brune. J'avais environ seize ans, et elle devait en avoir deux ou trois de plus que moi. Elle vivait à Mexico depuis plus longtemps que moi, et avait un mari en union libre. Je l'ai acceptée avec un enfant de dix mois. J'étais très content de le faire. Cela me semblait parfaitement naturel, mais l'enfant est tombé malade et est mort peu après. Je ne gagnais que quatre-vingts centavos par jour et ne pouvais payer dix à quinze pesos par mois pour un endroit à nous; je suis donc allé vivre avec sa famille. J'étais jeune, très pauvre et très sot à cette époque. J'étais aussi stupide qu'un morceau de bois. Mais à quinze ans, quelle expérience avais-je ? Tout ce que je savais, c'est que je voulais coucher avec elle.

Mais, comme on dit ici, au bout de vingt-quatre heures, un cadavre et un invité commencent à sentir mauvais. Ses frères buvaient beaucoup, rentraient à la maison et battaient leur femme, et nous avions des difficultés. J'ai cherché très sérieusement un endroit où habiter et j'ai fini par trouver une pièce qu'on louait pour dix pesos. Je n'avais même pas de lit. Ma femme vendait des restes de pain et des gâteaux rassis et gagnait plus que moi. Elle allait parfois jusqu'à huit pesos par jour. Oui, le commerce rapporte et moi j'étais là, enterré comme une patate dans ce restaurant.

Lénore avait une forte personnalité et c'est pourquoi je ne pouvais pas vivre très tranquillement avec elle. Elle voulait que je l'épouse mais cela me mettait en colère. Je pensais qu'elle voulait m'attacher pour la vie ! J'avais tort mais j'étais ainsi.

Lénore était ma première femme. Nous avons perdu notre premier enfant, une petite fille nommée Maria. Elle est morte quelques jours après sa naissance, d'une pneumonie. Des gens disent que son petit ventre a éclaté. Manuel est né ensuite et j'étais très heureux d'avoir mon premier fils. J'étais même fier d'être père. Je le regardais comme s'il était une chose étrange. Etant si jeune, je manquais d'expérience. On ne ressent pas l'amour tout de suite, mais mes enfants m'ont toujours procuré du plaisir. Mais à l'époque, nous vivions dans la misère. Je ne gagnais que quatre-vingts centavos par jour, et nous n'allions pas loin avec. Naturellement, quand Lénore venait d'avoir un bébé, elle ne pouvait pas travailler et sans ses dix ou douze pesos par jour, nous manquions de tout. Elle subvenait généralement aux dépenses de la maison.

Après Manuel, il y eut un autre garçon qui est mort au bout de quelques mois. Il est mort à cause du manque d'argent et à cause de notre ignorance. Nous n'avions pas d'expérience et nous n'avons pas lutté pour sauver le bébé. Lénore était une personne généreuse mais elle avait très mauvais caractère et était sujette à de graves attaques du cœur et de la bile. Elle avait toujours des ennuis avec son lait. Elle n'était pas une de ces mères affectueuses qui gâtent leurs enfants. Elle ne les battait pas, ça je m'en souviens, elle était à peu près raisonnable sur ce sujet, bien qu'elle se mît souvent très en colère et utilisât des mots durs avec les enfants. Elle ne les embrassait pas, ni ne les prenait dans ses bras, mais elle ne les maltraitait pas. Elle était toute la journée dehors à vendre ses gâteaux.

Je n'étais pas très affectueux avec les enfants non plus. Je ne sais pas si c'est parce que je n'avais pas eu beaucoup d'affection dans mon enfance, ou parce que je suis resté seul à m'occuper de moi, ou parce que je me suis toujours fait du souci pour l'argent. Il me fallait travailler dur pour les nourrir. Je n'avais pas de temps à leur consacrer. Il me semble que dans la plupart des foyers, les disputes et les drames ont une cause économique, parce que quand vous avez cinquante pesos par jour de dépenses et que vous n'avez pas d'argent, cela vous préoccupe et vous vous faites du souci et vous vous disputez avec votre femme. Je crois que c'est ce qui arrive dans la plupart des foyers pauvres.

Quand Lénore était enceinte de Manuel, j'ai commencé à voir Lupita en cachette. Lupita travaillait elle aussi au restaurant La Gloria. Lénore et moi nous nous disputions souvent et à chaque fois, elle voulait démolir la maison. Elle était terriblement jalouse et faisait de véritables scènes. Quand je rentrais du travail, je la trouvais souvent de mauvaise humeur; un rien la bouleversait. Elle devenait folle de rage et se rendait malade. Son pouls s'arrêtait presque de battre et elle semblait morte. Le docteur ne savait pas ce qui motivait ces crises. Je ne pouvais pas le supporter. J'avais besoin de tendresse. Après avoir travaillé toute la journée, j'avais besoin de quelqu'un à qui parler, quelqu'un qui puisse me comprendre, à qui je puisse raconter mes ennuis. Vous savez, il y a des hommes en tous genres, et quand un pauvre type ne trouve pas de tendresse chez lui, il la cherche ailleurs. Le docteur m'a dit un jour : « Pour être contente, une femme a besoin d'un mari qui l'habille bien, la nourrisse bien et la baise bien, et pour ça il faut qu'il soit fort et qu'il pense souvent à elle. Essayez et vous verrez. »

Lénore avait un caractère difficile, et je crois que c'est l'une des raisons... enfin, elle aurait pu vivre... mais, enfin, une femme qui est toujours en train de rouspéter se fait oublier par son mari. Ce n'est pas la bonne chose à faire, je sais, mais c'est à ce moment-là que j'ai fait des avances à Lupita au restaurant. Je ne suis pas un type très fort, mais j'ai toujours eu le sang un peu chaud. C'est ma nature. Avant Lupita, j'étais allé dans un bordel de la rue Rosario, mais j'y ai attrapé une infection. C'est parce que je n'étais pas prudent, par manque d'expérience, rien d'autre. Depuis, je ne suis jamais retourné dans ce genre d'endroit. Maintenant, je n'irais pas, même si c'était gratuit !

Mais en dépit de ma mauvaise conduite, j'ai eu la chance de n'avoir jamais entendu dire qu'aucune des femmes qui ont vécu avec moi m'ait été infidèle. Elles étaient toutes brunes et d'un tempérament très passionné... ici, au Mexique, nous pensons que les blondes sont moins sensuelles... mais même si je ne les ai pas utilisées pendant quelque temps, elles ne sont pas allées chercher un autre homme. Une femme honnête, surtout si elle a des enfants, doit se dominer et attendre. J'ai eu cinq femmes... Il y en a une avec laquelle j'ai eu un fils, mais elle a épousé quelqu'un d'autre.

Ce fils a maintenant vingt-deux ans et je pense qu'il est temps que j'aille le réclamer. Oui, j'ai eu cinq femmes, et quelques-unes à côté, et la chance me sourit encore, dans l'ensemble. On ne peut pas dire que ce ne soit pas de la chance quand un type comme moi, un rien du tout, un illettré sans éducation, sans capital, pas grand, pas jeune, rien, a de la chance de tous les côtés, avec les femmes.

Un autre type serait en prison depuis le temps ! Mais j'apprécie ma liberté et je n'ai jamais cherché de femmes non mariées. Non ! Toutes mes femmes avaient déjà été mariées avant que je vive avec elles. Autrement, il y aurait des complications. Si elles avaient été vierges, j'aurais probablement dû en épouser une à l'église ou dans le civil, ou je me serais retrouvé en prison pour vingt ans !

Quoi qu'il en soit, quand j'ai commencé à avoir des rapports avec Lupita, je n'avais pas l'intention de fonder une famille avec elle. Mais elle est vite tombée enceinte. Je la retrouvais dans sa chambre de la rue Rosario, où elle vivait avec ses deux petites filles. Elles étaient si petites qu'elles ne se rendaient pas compte de ce qui se passait. Mais plus tard, elles m'ont toujours respecté et m'appelaient même papa. A l'époque, je gagnais très peu d'argent, je ne pouvais donc pas entretenir Lupita, qui continuait à travailler au restaurant. Mais depuis quinze ans, je lui paie son loyer.

Ici, au Mexique, quand une femme avec un enfant est adoptée par un homme, comme j'ai adopté Lénore, elle sent généralement qu'elle n'a pas le droit de protester si son mari sort. Elle sait qu'elle a fauté. C'est différent quand la femme est vierge et a été épousée à l'église et à la mairie. Elle aurait tous les droits de se plaindre. Mais Lénore était difficile. Enfin, j'ai beaucoup souffert avec elle, mais je ne l'ai jamais abandonnée. J'étais fidèle à mes bannières. Je quittais seulement la maison pour quelques jours après les disputes. Je revenais toujours car j'aimais les enfants.

Puis, un soir, elle est morte, et ce fut un coup terrible. Il était environ sept heures du soir, nous buvions de l'*atole* et nous mangions des *gorditos* quand elle m'a dit d'un ton très triste : « *Ay*, Jesús, je vais mourir cette année. » Elle se plaignait toujours de maux de tête. Puis à une heure du matin, elle a dit : « *Ay*, *ay*, je vais mourir, prends bien soin de mes enfants. » Et l'agonie a commencé. Quel temps me restait-il pour faire quelque chose ? Le docteur est venu et lui a fait une piqûre mais cela ne lui a fait aucun bien. Elle était enceinte, mais le docteur a dit qu'elle est morte de l'éclatement d'un vaisseau sanguin dans la tête. Ce que j'ai souffert pendant ces journées ! Je marchais dans les rues comme un somnambule. Heureusement que la grand-mère était à la maison. Elle s'occupait des enfants.

PREMIÈRE PARTIE

Manuel

J'avais huit ans quand ma mère est morte. Je dormais sur une paillasse par terre à côté de mon frère Roberto. Mes petites sœurs, Consuelo et Marta, dormaient dans le lit avec mon père et ma mère. Comme dans un rêve, j'ai entendu mon père crier. Il nous a appelés quand il a vu ma mère lui échapper, quand il a senti qu'elle allait mourir. J'ai toujours eu le sommeil très profond et mon père devait crier. Cette fois, il a hurlé littéralement : « Debout, chenapans ! Debout, fils de pute, *hijos de la chingada !* Votre mère est en train de mourir et vous restez couchés. Debout, *cabrones.* » Je me suis levé, très effrayé.

Je me souviens des yeux de ma mère et de la façon dont elle nous regardait. Elle avait de l'écume sur la bouche et elle ne pouvait pas parler. On est allé chercher un docteur qui habitait tout à côté, mais elle n'a pas résisté longtemps. Son visage est devenu noir et elle est morte dans la nuit. Ma mère est morte enceinte d'un autre petit frère, déjà bien avancé, car je me souviens que maman avait un gros ventre. Une autre femme allaitait ma sœur; c'est pour ça que Marta est restée si petite.

Si c'était en raison de la grossesse ou réellement d'une « congestion du foie et du cœur », comme on me l'a dit, je ne sais pas. Mais quand on lui a fait sa toilette, la chose qu'elle avait dans le ventre, mon frère, remuait à l'intérieur. Il remuait encore, et mon père avait l'air désespéré. Il ne savait que faire, s'il devait les laisser lui ouvrir le ventre et sortir le bébé ou le laisser dedans. Mon père a beaucoup pleuré; il a pleuré et est allé raconter la chose à tous ses *compadres*.

Sa mort a été un choc pour tout le monde. Elle n'avait que vingt-huit ans et oh, elle était en bonne santé, en si bonne santé. Les gens l'avaient vue laver la cour et faire son ménage le matin. Enfin dans l'après-midi, elle avait épouillé papa. Ma mère était assise sur le seuil de la porte et mon père à ses pieds.

A l'époque, nous vivions dans une *vecindad* de la rue Tenochtitlán. Dans la soirée, ma mère m'a dit : « Va acheter des *tortillas* frites et du gruau de blé. » Je suis allé au coin de la rue et j'ai acheté la nourriture à une femme qui tenait un étalage.

Je suis certain que c'était un lundi car la veille avait été un dimanche et nous étions allés en excursion à la Basilique avec mon père et ma mère.

Ce dimanche, nous avions tous mangé des avocats et de l'andouillette et des *chirimoyas*, toutes choses mauvaises pour la bile si on les mange après ou avant une crise de colère. Enfin, le lundi matin, ma mère a eu une véritable crise de colère à cause de mon frère Roberto. Elle avait eu une grosse dispute avec une voisine.

Toute la journée passa. Mon père est rentré du travail et tous deux étaient de bonne humeur. Ils n'avaient pas encore terminé de dîner, quand nous les enfants allâmes nous coucher. Cette nuit-là, ma mère eut son attaque et mon père n'a même pas eu le temps d'appeler un prêtre pour l'épouser avant qu'elle meure.

Beaucoup de gens sont venus à l'enterrement, des gens de l'immeuble et du marché. Je ne sais pas combien de temps on est censé garder un mort dans une maison, mais mon père ne voulait pas les laisser l'emmener et des gens ont commencé à se plaindre car le corps était déjà en décomposition. Au cimetière, quand on a descendu le cercueil de ma mère dans le trou, mon père a essayé de sauter dans la tombe avec elle. Il pleurait comme si son cœur allait se briser. Mon père a pleuré jour et nuit à cause d'elle.

Après son enterrement, mon père nous dit que nous étions tout ce qu'il lui restait et que nous devions essayer d'être de bons enfants parce qu'il allait être à la fois notre père et notre mère. Il a tenu parole exactement comme il l'avait promis. Il aimait beaucoup ma mère, car il a mis six ans avant de se remarier, avant d'épouser Elena.

Je crois que mon père aimait beaucoup ma mère, malgré leurs fréquentes querelles. Mon père était très sévère et c'était un homme d'action. Il se disputait avec ma mère parce qu'il était très pointilleux sur la propreté. S'il trouvait une chose là où elle n'aurait pas dû être, ou n'importe quoi de travers, il entamait une dispute. Et quand je les voyais lancés dans une grande querelle, j'avais très peur. Une fois, mes parents se disputaient très violemment et mon père s'est énervé et a essayé de frapper ma mère avec un couteau. Je ne sais pas s'il a seulement fait ça pour lui faire peur, mais de toute façon, je me suis glissé entre eux. Je ne leur arrivais même pas à la taille. Je me suis interposé et mon père s'est immédiatement calmé. Je me suis mis à pleurer et il m'a dit : « Non, non, mon fils, nous ne nous battrons pas. N'aie pas peur. »

Mon père était furieusement contre l'alcool, il n'en supportait même pas l'odeur. Un jour, ma mère est allée célébrer la fête de ma tante Guadalupe et ils l'ont fait un peu boire. Il en a résulté une violente dispute et je me souviens vaguement que mes parents se sont séparés. Je devais avoir trois ou quatre ans. A l'époque, nous vivions au 14 de la rue des Boulangers dans une *vecindad* — juste une pièce avec une cuisine. Ma mère est allée habiter chez ma tante Guadalupe dans la même rue. Ils m'ont demandé si je voulais rester avec mon père ou avec ma mère. Je crois que je me sentais davantage attaché à ma mère en ce temps-là, car j'ai décidé d'aller avec elle. Ils sont restés séparés environ quinze jours.

Le caractère de ma mère était exactement à l'opposé de celui de mon père. Elle était de nature gaie et aimait parler et bavarder avec tout le monde. Le matin, je me rappelle, elle chantait tout en allumant le feu de bois pour nous préparer le petit déjeuner; elle ne cessait jamais de chanter. Elle adorait les animaux et c'est la seule fois où nous avons eu un chien. « Yoyo » prenait bien soin de Roberto et de moi. Ma mère voulait des quantités d'oiseaux chanteurs et de plantes dans la maison, mais à l'époque mon père s'opposait à ce qu'on dépense de l'argent pour ces choses-là.

Maman aimait inviter des gens et faisait les choses en

grand. Lorsqu'elle donnait une *fiesta* pour la fête de mon père ou pour nos anniversaires, elle préparait d'énormes marmites de nourriture et invitait tous nos parents, amis et *compadres.* Elle aimait même boire un verre ou deux, mais seulement lors d'une fête. C'était le genre de personne qui aurait fait cadeau de son propre repas à quiconque en aurait eu besoin, et elle laissait toujours quelque couple sans foyer dormir sur le sol de la cuisine.

Nous avons été une famille heureuse tant qu'elle a vécu. Après sa mort, il n'y a plus eu de fêtes dans notre maison et personne n'est jamais venu nous rendre visite. Je n'ai jamais connu d'amis à mon père; il avait des *compadres* mais nous ne les voyions jamais. Quant aux visites, les seuls foyers dans lesquels mon père soit jamais entré étaient les siens.

La plupart du temps, ma mère travaillait pour aider mon père. Il payait le loyer et lui donnait de l'argent pour la nourriture, mais ma tante m'a dit qu'il n'en a jamais donné à ma mère pour l'habillement ou quoi que ce soit d'autre. Pendant environ cinq ans, elle a vendu des miettes de gâteaux dans le quartier où nous vivions. Elle achetait des décorations de gâteaux et des miettes à la boulangerie El Granaro et les vendait par petits tas pour cinq ou dix centavos. Ensuite, elle s'est associée à des gens qui faisaient commerce de vêtements usagés. Elle m'emmenait avec elle dans le quartier de Rome quand elle allait acheter des vêtements pour son étalage de marché.

C'est là-bas qu'une chose très triste est arrivée, que je suis le seul à savoir. Il y avait un autre homme dans la vie de ma mère. Je ne sais pas, mais je crois que ma mère a épousé mon père par amour. Ils s'étaient rencontrés au restaurant La Gloria où ils travaillaient tous les deux. Mais il y avait une autre femme, Lupita, qui y travaillait également, et ma mère était jalouse d'elle. Elle m'a dit un jour que la femme était la maîtresse de mon père. C'est peut-être pour cette raison que ma mère a commencé à fréquenter en cachette le type des vêtements usagés. Elle m'emmenait avec elle, peut-être pour se protéger ou pour éviter de devenir trop intime avec lui. Je ne sais pas s'ils se voyaient seuls.

Cela me mettait en colère, bien que l'homme, comme le font tous les hommes avec les enfants, me donnait quelques pièces quand nous allions au cinéma, ou il m'achetait quelque chose. Mais malgré tout, je ne lâchais pas ma mère. Je mettais mes bras autour d'elle et je ne la laissais pas lui parler. Une fois, j'ai menacé de tout raconter à mon père. Elle a dit : « Vas-y, dis-lui. Il me tuera et alors tu verras comment vous vous débrouillerez sans moi. » Eh bien, après ça, je n'avais plus le courage de le faire. Mon père a toujours été très jaloux.

Je ne sais pas combien de temps cette histoire a duré, mais nous ne sommes allés que trois fois au cinéma et puis ma mère est morte.

Il devait réellement l'aimer, car il est même venu à la veillée mortuaire. Quand je l'ai vu entrer dans la maison, j'ai eu un sentiment de haine à son égard. Mon père était là, comment avait-il osé venir ? Plus tard, cet homme s'est mis à boire et il a sombré dans la déchéance. Il est mort au bout d'un an. Maintenant, je peux l'excuser, car il aimait sincèrement ma mère. Je ne pouvais pas comprendre à l'époque.

Maman aimait beaucoup aller en pèlerinage. Une fois elle nous a emmenés, Roberto et moi, au sanctuaire de Chalma. Chalma est le sanctuaire populaire pour les pauvres qui, avec beaucoup de foi et d'amour, parcourent à pied les soixante kilomètres à travers les collines. C'est vraiment un voyage pénible, un sacrifice, de marcher chargé de couvertures, de nourriture et de vêtements. Quand nous y sommes allés, il y avait beaucoup de monde. Il nous a fallu quatre jours pour y arriver et nous avons dormi dans les collines ou dans les villages, à la belle étoile, sur nos paillasses. Roberto et moi avions peur la nuit car nous entendions les femmes parler de sorcières qui sucent le sang des enfants. Une *señora* a dit à ma mère : « Faites attention à vos enfants car les sorcières sont très actives en ce moment. Rendez-vous compte, on a trouvé trois enfants hier, sans une seule goutte de sang dans le corps. »

Roberto a dit : « Tu entends ça, frère ? » Et nous étions

tous deux remplis de crainte. J'ai dit : « Tu sais quoi ? Nous allons nous cacher la tête sous la couverture et elles ne sauront pas que nous sommes des enfants. »

Le long de la route, il y avait des croix qui signalaient les endroits où des gens étaient morts, et toutes les femmes croyaient que l'esprit des morts attendait pour posséder les enfants qui passaient. Les femmes, celles qui étaient accompagnées d'enfants, criaient le nom de leur enfant à chaque fois qu'elles passaient devant une croix, afin que l'âme de l'enfant n'y reste pas.

Dans les collines, nous avons vu des boules de feu sauter d'un sommet à l'autre, et les gens disaient : « C'est une sorcière ! Une sorcière ! » Et tout le monde s'agenouillait et se mettait à prier. Les mères couvraient leurs enfants. Maman mettait ses bras autour de nous sous la couverture pour que la sorcière ne nous vole pas. Ils disaient que le meilleur moyen d'attraper une sorcière était de s'agenouiller devant une paire de ciseaux ouverte en forme de croix et de réciter le *Magnificat*. A chaque Notre Père, il faut faire un nœud dans un *relozo*. Quand le dernier nœud est fait, la sorcière est censée tomber à vos pieds; ensuite on la brûle dans un feu de bois vert.

Tandis que nous parcourions les chemins de montagne, ma mère nous racontait des légendes de Chalma. Elle nous montrait « Le Gardien de troupeau », un rocher qui ressemblait à un homme en tenue d'Indien, conduisant un *burro* et un chien. Ce gardien, disait-on, avait tué son associé là-haut, dans la montagne, et s'était transformé en pierre. Plus tard, nous sommes passés devant *Les Compadres*, quelques rochers au milieu d'une rivière. C'était des *compadres* qui avaient péché en forniquant là, dans la rivière, et eux aussi avaient été changés en pierre. Et il y avait encore une autre bizarre formation rocheuse qui ressemblait à un prêtre, avec le *sombrero* et la cape, la main sur la joue, comme s'il était en train de penser. Qui sait quel péché il avait commis, mais lui aussi avait été puni par le ciel. Les vieux croient que ces rochers se tournent vers l'église, une fois par an, et que lorsqu'ils auront atteint l'église, ils seront désenchantés et retrouveront leur être originel.

Nous avons vu les pénitents, des gens qui avaient fait le serment de parcourir la route rocheuse sur les genoux, ou les chevilles étroitement attachées. Ils avançaient lentement, aidés par des *compadres* et arrivaient ensanglantés, la peau arrachée et parfois les os apparents. Cette vision est celle qui m'a le plus impressionné.

Ma mère et toute sa famille allaient régulièrement à Chalma. Ils étaient également très dévoués à la Vierge de Saint-Jean-des-Lacs, mais ce pèlerinage durait plus longtemps; nous y allions avec ma mère chaque année. Mon père ne l'y a accompagnée qu'une seule fois, mais il n'est jamais allé à Chalma. Il n'aimait pas les pèlerinages et c'était encore un sujet de dispute entre eux. Mon père a toujours dit de la famille de ma mère : « Ils sont très pieux, mais ils boivent tout le long du pèlerinage. »

Il est vrai que les frères de ma mère, José, Alfredo et Lucio, buvaient beaucoup; ils sont même tous morts alcooliques. Ma tante Guadalupe aimait elle aussi boire sa *copita* quotidienne. Mais je ne me souviens pas que la mère de ma mère, ma grand-mère, buvait. C'était une vieille dame enjouée qui marchait toujours très droit et qui était très, très propre. Elle ne portait jamais rien de sale, même ses chaussures étaient bien cirées, et elle s'habillait très strictement, avec une blouse de soie noire et une longue jupe noire.

Ma grand-mère habitait avec ma tante Guadalupe, dans une pièce de la rue des Peintres. Grand-mère venait tous les jours chez nous à l'heure du petit déjeuner, après que mon père était parti travailler. Elle aidait ma mère à nous laver le visage, le cou et les mains. Elle nous frottait si dur avec le *zacate* que j'avais envie de hurler. Elle disait : « Bande de gredins, pourquoi vous salissez-vous tellement? »

Ma grand-mère était pétrie de religion, encore plus que ma mère, et elle était comme une marraine pour nous, nous apprenant à faire le signe de croix et à prier. Elle était dévouée à l'archange saint Michel, et nous apprenait la prière qui lui est réservée, et le *Magnificat*, qui, disait-elle, est le meilleur remède contre toutes les maladies. Elle priait pendant une heure tous les jours de fête, la *fiesta* des Palmes, la Pentecôte, le Jour des Morts... toutes. Le Jour des Morts, elle allumait les cierges, posait le verre d'eau, le pain des morts, les fleurs, les fruits. Ma grand-mère était la seule héritière des traditions et essayait de nous les transmettre.

La famille de mon père vivait dans une petite ville de l'Etat de Veracruz et nous ne savions presque rien d'eux. Quand Roberto et moi étions très petits, le père de mon père nous a envoyé chercher. Mon grand-père était seul, car ma grand-mère et mes oncles étaient morts, je ne sais comment. Mon grand-père possédait la plus grande épicerie de Huachinango et beaucoup de gens du village lui devaient de l'argent. Il a dit que le magasin était à nous et mon père finit par le vendre. Mais un oncle à moi, le demi-frère de mon grand-père, fit emprisonner mon père pour lui voler l'argent. Je crois qu'ils voulaient le tuer ou quelque chose dans ce genre-là, mais le soir, ma mère s'est glissée dehors et elle est allée à la prison. Ce n'était qu'une prison de campagne, et elle a frappé le garde avec un gourdin. Je ne sais pas exactement ce qu'elle a fait, mais elle a fait sortir mon père de prison et nous nous sommes enfuis aussi vite que possible vers Mexico. Finalement, mon père n'a pas touché un sou du magasin de mon grand-père.

J'avais six ans quand Consuelo est née. Roberto et moi avons vu entrer la sage-femme et il y avait beaucoup d'agitation, mais nous ne comprenions rien à l'époque. On nous a fait sortir de la pièce, et puis nous avons entendu un cri de bébé. J'ai toujours aimé entendre un bébé crier et pour moi, c'était très agréable d'avoir une sœur. Mais elle dormait dans le lit de mes parents, et quand ma mère s'est mise à la porter tout le temps dans ses bras en l'allaitant et en l'appelant « ma jolie petite fille », j'ai commencé à avoir un affreux sentiment. Ma mère s'est aperçue que j'étais jaloux et elle m'a dit : « Non, non, mon fils, tu sais que tu es mon préféré. Ne crois rien d'autre. » C'était vrai, car lorsqu'elle sortait vendre elle me prenait toujours, toujours avec elle. Nous laissions Roberto avec ma grand-mère et moi j'allais avec maman. Sachant combien elle m'aimait, je réclamais tout ce que je voyais et je me mettais en colère si elle ne me l'achetait pas. Elle disait : « *Ay*, mon fils, je t'aime beaucoup mais tu es très exigeant. Je me demande comment tu seras quand tu seras grand. »

Un jour, maman et moi allions à la boulangerie Granero chercher des miettes de gâteaux. Elle parlait avec sa *comadre*, la marraine de Consuelo, quand j'ai remarqué que du sang coulait le long de la jambe de ma mère. Je lui ai demandé si elle s'était blessée; elle a regardé, elle vu le sang et elle m'a dit : « Je crois que je me suis blessée, en effet. » Elle est rentrée à la maison, s'est mise au lit et elle a envoyé chercher mon père.

Plus tard, la même dame qui avait apporté Consuelo est arrivée et de nouveau, nous avons entendu un bébé crier. Mon frère et moi devions ressembler à deux lapins effrayés, car mon père est sorti et nous a dit de ne pas avoir peur, que la dame nous avait apporté une autre sœur dans sa valise. Quand j'ai vu Marta pour la première fois, j'ai pensé qu'elle était très laide. J'ai dit : « *Ay, mamá,* tu aurais dû en demander une plus blanche, plus jolie, à la dame. »

Mon père fut très, très heureux quand mes sœurs sont nées. Il aurait vraiment préféré n'avoir que des filles. Il était toujours plus affectueux avec mes sœurs, mais je ne m'en rendais pas tellement compte à l'époque, car tant que ma mère était vivante mon père m'aimait encore. Quant à Roberto, je ne m'en souviens pas très bien. Mon père n'a jamais aimé les gens très bruns et c'est probablement à cause de sa peau brune que mon père n'aimait pas Roberto. Mais quand nous étions petits, mon père n'était pas si sévère avec nous. Il nous parlait avec un ton de voix différent. Je crois que le pire qui nous soit arrivé à mon frère et moi, c'est de grandir, car j'ai été très heureux jusqu'à l'âge de huit ans.

C'est à peu près à cette époque que j'ai pris conscience de la vie sexuelle. Il s'est passé que ma mère était en train d'allumer le réchaud à charbon de bois et m'avait envoyé chez des voisins emprunter un soufflet. Je partis chez les voisins en courant et entrai sans frapper. Il y avait Pepita au lit, avec son mari, elle les jambes en l'air et lui le pantalon baissé et tout. Je me suis senti embarrassé sans savoir exactement pourquoi, mais j'ai senti que je les avais surpris en train de faire quelque chose de mal. Pepita eut l'air très ennuyée, ils cessèrent de remuer mais ne changèrent pas de position. Elle dit : « Oui, prends-le, il est là-bas, sur le brasero. » Puis je suis rentré à la maison et j'ai eu l'idée de le raconter à ma mère. *Ay !* quelle fessée j'ai reçue !

Après cela, j'ai voulu en faire moi-même l'expérience et j'ai essayé de convaincre les filles de la *vecindad* à jouer « au papa et à la maman » avec moi. Ma mère avait une fille pour l'aider aux travaux ménagers, et j'ai joué à ça avec elle, chaque fois que nous étions seuls. Un jour, elle est montée au grenier pour accrocher du linge et je l'ai suivie. « Viens, ai-je dit, faisons-le. » J'ai essayé de soulever sa jupe et de lui baisser la culotte, et juste au moment où elle allait céder, j'ai entendu frapper à la fenêtre. Notre maison, à l'époque, faisait face à une fabrique de bas, et quand je me suis retourné pour voir qui frappait, il y avait tous les ouvriers de la fabrique, hommes et femmes, aux fenêtres, nous montrant du doigt en riant. Quelqu'un a crié : « *Cabrón, muchacho,* regardez-moi ce petit salaud. » A quelle allure j'ai quitté ce grenier !

La première fois que ma mère m'a conduit à l'école, j'avais peur et j'ai éclaté en sanglots. J'ai profité d'un moment où l'institutrice ne regardait pas pour rentrer à la maison en courant. *Señorita* Lupe, ma première institutrice, était sévère et jetait le grattoir à quiconque n'était pas sage. Une fois, elle m'a donné un tel coup de règle que celle-ci s'est cassée sur mon poignet.

Cette année-là, j'ai rencontré mon ami Santiago. C'était mon ange gardien à l'école, il me protégeait. Quand des grands garçons me battaient, je le disais immédiatement à Santiago et il leur tombait dessus. Mais il ne voulait pas m'aider contre des garçons plus jeunes. Il disait : « Tu n'as pas honte de pleurer ? S'il est plus petit que toi, dérouille-le ! » Santiago m'apprenait à me défendre, à jurer et à dire des gros mots, et il m'a tout appris de ce qu'on fait avec les femmes.

Je suis resté dans cette école jusqu'en quatrième année. C'est là qu'on m'a donné mon surnom, *Chino,* à cause de mes yeux en amandes. Roberto est entré en première année, alors que j'étais en troisième et à partir de ce moment-là, je me suis beaucoup battu à cause de lui. Pauvre gosse ! Même quand il était petit, il a eu la vie dure ! Il avait toujours des ennuis. A la récréation, je le voyais se faire traîner, en larmes, au bureau du principal, pour être puni de quelque chose, et je me mettais en colère et j'intervenais.

Un jour, mon frère est entré dans ma classe en pleurant et saignant du nez. Il a dit : « Francisco, le Cochon, m'a battu, pour rien du tout. » Sans dire un mot, je suis allé dans la classe du Cochon et je lui ai dit : « Francisco, pourquoi as-tu battu mon frère ?

— Parce que j'en avais envie, et alors ?

— Eh bien, frappe-moi », dis-je, et il m'a frappé. J'ai foncé sur lui et je lui ai flanqué un gros coup de poing. Il a sauté sur moi avec un couteau et si je ne m'étais pas baissé, il m'aurait certainement coupé la figure.

On a envoyé chercher mon père; malheureusement, c'était un mercredi, son jour de congé, et il était à la maison. Cet après-midi, je n'osais pas rentrer chez moi et je suis resté à regarder à travers une fente de la porte pour voir dans quelle humeur était mon père. Mais il ne m'a pas battu cette fois-là. Il m'a seulement dit d'éviter les bagarres autant que possible.

Un jour de Fête des Mères, je suis rentré en chantant une chanson que nous avions répétée à l'école. « Pardonne-moi, chère mère, si je ne puis t'offrir autre chose que de l'amour. » Mon père était à la maison et il paraissait très fier et heureux de quelque chose.

« Non, mon fils, nous pouvons lui donner autre chose; regarde ce que j'ai acheté. » J'ai vu un petit poste de radio sur l'armoire.

« Comme c'est gentil, papa, dis-je. C'est pour maman ?

— Oui, mon fils, c'est pour maman, et pour toi aussi. »

C'est ainsi que mon père me parlait à l'époque. Il avait gagné à la loterie et l'avait acheté avec l'argent du lot. Par la suite, j'en suis arrivé à détester le poste de radio car il occasionnait des disputes dans la maison. Mon père se mettait en colère contre ma mère parce qu'elle le faisait marcher trop souvent. Il disait qu'il allait s'abîmer et « personne ici ne paie pour quoi que ce soit, sauf moi ! » Il voulait que la radio ne marche que lorsqu'il était à la maison.

Après la mort de ma mère, ma grand-mère s'est occupée de nous pendant quelque temps. Je l'aimais beaucoup et une fois ma mère disparue, elle était la seule personne à m'aimer réellement. Elle était la seule personne à qui je demandais conseil, la seule qui pleurait si je ne mangeais pas. Une fois, elle a dit : « Manuelito, tu es très entêté et cela m'inquiète. Le jour où je mourrai, tu verras que personne d'autre ne pleurera pour te faire manger. »

Ma grand-mère ne nous battait jamais, bien qu'elle me tirât parfois les cheveux ou les oreilles si je refusais d'aller faire les courses avec elle. Ma mère nous avait battus davantage, surtout Roberto, qui était très méchant. Une fois, alors que Roberto refusait de sortir de dessous le lit quand elle l'avait appelé, ma mère a attrapé le tisonnier et l'a bourré de coups. Le tisonnier l'a frappé sur la tête et lui a fait une grosse bosse. Comparée à ma mère, ma grand-mère était un modèle de tendresse.

Mon père s'entendait bien avec ma grand-mère; c'est-à-dire qu'ils n'avaient jamais de disputes. Elle nous apprenait à le respecter car il nous nourrissait et nous entretenait. Elle nous disait toujours que nous devions apprécier le genre de père que nous avions, car il y en avait peu comme lui dans le monde. Elle nous conseillait toujours très bien et nous apprenait à respecter la mémoire de notre mère.

Ma tante Guadalupe s'occupait parfois de nous. Un soir, mon père nous a envoyés chercher des bonbons. Je crois qu'il s'attendait à ce que nous ne rentrions pas avant longtemps, mais je revins plus tôt que prévu et je vis mon père essayant de passer ses bras autour de ma tante, par force, vous comprenez ? Je crois qu'il lui faisait la cour, et que je les avais surpris. Je ne crois pas avoir aimé ça, mais, enfin, c'était mon père, non ? et je ne le jugeais pas.

Puis mon père a commencé à engager des femmes pour s'occuper de nous. Je ne me souviens pas du nom de la première domestique; elle fumait beaucoup et ses dents étaient toutes jaunes. Une fois, elle était en train de faire la lessive, je me suis approché d'elle et j'ai mis mes mains sous ses jupes. « Non, sois sage, laisse-moi tranquille, va-t'en, ou tu vas voir ce qui va t'arriver, espèce de petite crapule. » La vieille ne voulait pas, mais j'ai soulevé sa robe et j'ai vu sa queue. *Ay !* elle avait plein de poils et elle était très laide.

Nous avons déménagé de la rue des Peintres pour aller habiter dans une *vecindad* de la rue de Cuba. Notre pièce était petite et sombre, très délabrée, et semblait un endroit très misérable pour y vivre. C'est là que mon père a rencontré Elena.

Je ne me souviens pas du numéro exact de nos portes,

mais admettons que nous vivions au n° 1 et qu'Elena vivait avec son mari au n° 2.

Mon papa ne fit que passer du n° 1 au n° 2, et elle devint sa femme. Avant cela, je la considérais presque comme une compagne de jeux. Elle était très jeune et très jolie, et me demandait souvent de lui lire les journaux illustrés car elle ne savait pas lire. Elle était notre amie, non ? Nous nous sommes donc sentis trahis quand elle et mon père sont tombés amoureux l'un de l'autre. Elle était venue chez nous comme domestique, pour couvrir l'affaire, et elle a fini par devenir notre maîtresse !

Un soir, son mari a envoyé un mot pour dire qu'il voulait voir mon père. Or, mon père est un type assez petit, mais il y est allé. Je l'ai vu attraper un couteau et le mettre sous sa ceinture avant de partir. Ils se sont enfermés et j'étais très inquiet. J'ai dit à Roberto : « Montons au grenier. Si on voit ce type commencer quelque chose, on sautera tous les deux. » Nous n'étions que des enfants, mais nous sommes montés au grenier surveiller. Nous ne pouvions pas les voir, pourtant, car ils avaient même fermé la porte intérieure. J'avais vraiment très peur. Je pensais que ce type allait peut-être tuer mon père. Puis papa est sorti et après cela, Elena est restée à la maison.

Les gens de l'immeuble étaient scandalisés de ce qui était arrivé. Elena sortant d'une pièce pour entrer dans l'autre. Quel courage il avait fallu à mon père ! Mais à cause du scandale, papa a dû déménager et nous sommes allés habiter dans la rue Orlando.

Le jour du déménagement, mon père est rentré tôt du travail, à une heure juste de l'après-midi, et comme il aimait toujours que les choses se passent rapidement, il a dit : « Bon, descendez le lit et roulez le matelas. »

Nous l'avons donc roulé et, pour cacher les taches, il l'a recouvert d'un couvre-lit. Puis mon père a voulu que nous déménagions immédiatement les meubles et la batterie de cuisine. Elena a décroché les casseroles et les a mises dans des baquets afin de pouvoir les transporter avec elle. Nous avions des quantités de baquets pour emmagasiner de l'eau, car il y a toujours eu un problème de pénurie d'eau dans les *vecindades*. Nous n'avons pas loué de charrette; nous avons transporté les choses nous-mêmes. Papa a payé un porteur pour transporter l'armoire, car notre nouvelle maison se trouvait à quelques centaines de mètres.

C'était une *vecindad* plus grande, plus jolie, et pour la première fois, nous occupions deux pièces. J'avais l'impression d'être riche et j'en étais très heureux. Nos pièces se trouvaient au troisième étage et il n'y avait qu'un mince grillage le long de la plate-forme qui donnait sur la cour; mon père fit donc installer une véritable grille pour nous empêcher de tomber.

Mais mon père n'était pas satisfait de notre logement de la rue Orlando et nous sommes retournés dans la rue de Cuba, où il connaissait deux femmes qui travaillaient au restaurant. L'une d'elles avait une fille, Julia, que j'aimais beaucoup. C'était mon ambition de faire de Julia ma *novia*, mais sa famille était plus aisée que la nôtre et je me sentais inférieur. Quand j'ai vu comme sa maison était bien meublée, j'ai décidé de ne jamais lui demander de devenir mon amie.

Au début, Elena a essayé d'être gentille avec nous. Elle n'avait jamais eu d'enfant et elle était très affectueuse avec nous tous. Je ne sais pas pourquoi, mais après que nous avons emménagé rue de Cuba, elle ne nous a plus si bien traités. C'est alors que mon père a commencé de changer d'attitude à notre égard. Elle se disputait avec Roberto à la moindre occasion, et mon père battait plus que jamais mon pauvre petit frère. La seule fois où j'ai eu l'impression que mon père se souciait de Roberto a été le jour où un chien de la *vecindad* lui a arraché un morceau de bras. Mon père a été très bouleversé et est devenu pâle; il s'est complètement troublé et ne savait que faire — des voisins durent l'aider.

Mais il est vrai que Roberto a toujours été très difficile, on pourrait même dire impossible. Il était très obstiné et se bagarrait pour n'importe quoi. Elena disait : « Lavez le plancher », et Roberto répondait : « Pourquoi devrions-nous laver ? C'est toi la maîtresse de maison. » Il en résultait donc une violente dispute et quand mon père rentrait, Elena faisait semblant de pleurer. Il attrapait sa ceinture et nous l'administrait à tous deux. Il nous faisait laver le plancher et la vaisselle et Elena s'asseyait sur le lit en riant pour nous rendre encore plus enragés.

Une fois, nous étions à table, en train de dîner — ma belle-mère, mes sœurs, Roberto, mon père et moi. J'allais boire une gorgée de café quand je me suis retourné pour regarder mon père. Il nous regardait, Roberto et moi, et il a dit, comme s'il nous détestait réellement : « Rien qu'à vous voir manger, crapules, ça me donne la nausée, oui, rien qu'à vous voir manger, sales fils de pute. » Nous n'avions rien fait, et c'est pourtant la façon dont il nous parlait. Depuis lors, je ne me suis plus jamais assis à table avec mon père.

Ayant perdu notre mère, nous les enfants aurions dû nous rapprocher les uns des autres; nous aurions dû nous soutenir mutuellement. Mais il n'a jamais pu en être ainsi car mon père intervenait toujours entre les garçons et les filles. Il se mettait en travers et ne me laissait pas accomplir mon devoir d'aîné. Si ma mère avait vécu, les choses auraient peut-être été différentes. Elle croyait beaucoup à la tradition selon laquelle les cadets doivent respecter leurs aînés. Si elle avait vécu, mes sœurs nous auraient peut-être respectés Roberto et moi et nous n'aurions pas eu à abuser de notre autorité.

Ici au Mexique, l'idée est que l'aîné doit prendre soin des enfants plus jeunes, qu'il doit les maintenir dans le droit chemin, en quelque sorte. Mais mon père ne me le permettait pas et je n'ai jamais eu le sentiment d'avoir des sœurs car je ne pouvais pas les corriger. Il disait : « Pour qui te prends-tu, fils de pute, pour te permettre de les battre ? Je suis seul ici à me casser les reins au travail et aucun de vous n'a le droit de porter la main sur elles. »

Mes sœurs, surtout Consuelo, essayaient de semer la discorde entre mon père et nous. Consuelo savait exactement quoi faire pour qu'il nous batte ou nous tire les oreilles. Dès le début, mon père ne nous a jamais laissés jouer avec elle, ou la faire courir, car elle était si délicate et c'est pourquoi, enfin, je ne l'ai jamais prise en considération. Consuelo a toujours été une enfant geignarde, vraiment, personne ne savait geindre comme ma sœur. Je lui donnais une petite tape, et elle se mettait à hurler. Quand mon père rentrait, elle se frottait les yeux pour les rougir et il disait : « Qu'y a-t-il, mon enfant ? Qu'est-ce qui ne va pas, ma fille ? » Elle gonflait alors n'importe quel petit truc pour en faire une énorme histoire. Pour une petite tape, elle se transformait en sirène d'ambulance. « Papa, il m'a frappée sur les poumons ! » Elle disait toujours ça parce qu'elle savait que c'était la partie de son corps qui inquiétait mon père. Il s'occupait beaucoup plus d'elle car elle était si maigre, et, naturellement, il nous battait ferme.

« Fil de fer » — c'est ainsi que nous appelions Consuelo — présentait toujours un visage humble devant mon père, comme Sœur Juana Inés de la Cruz lors de la Crucifixion. Toute souffrance et résignation, mais elle avait de petits ongles pointus à l'intérieur, vous voyez ce que je veux dire ? Elle était toujours préoccupée d'elle-même, cette fichue sœur, et Dieu, ce qu'elle pouvait nous faire enrager, Roberto et moi !

Je ne sais pourquoi mon père était si dur avec nous et si gentil avec les filles. Il avait un ton de voix pour elles et un autre pour nous. C'est probablement parce qu'il avait été élevé à l'ancienne mode. Il nous a dit, l'une des deux ou trois fois où il a évoqué des souvenirs de sa vie, que mon grand-père avait été très sévère avec lui, et le battait beaucoup. Et c'est pourquoi il a dû décider que pour que nous le respections, il fallait qu'il soit d'abord un homme avant d'être un père. Nous ne lui répondions jamais, nous le respections toujours, en fait nous l'adorions, alors pourquoi nous traitait-il ainsi ?

Mon père nous battait, non par cruauté, mais pour des raisons plus profondes, à cause de son amour pour Elena. Naturellement, sa femme lui importait davantage que ses enfants et il nous battait pour lui plaire. Au fond, il nous aimait également, mais il voulait que nous parvenions à quelque chose et quand il voyait que nous ne réussissions pas, il se sentait trompé, déçu. Il disait qu'Elena était une sainte et que nous étions des canailles, que nous avions mauvais cœur et que nous ne voulions pas la comprendre ni lui permettre d'être heureuse. Mais, à mon avis, son amour pour Elena était un mélange d'affection et de gratitude et mon père est un homme très loyal. Je ne crois pas qu'il aimait autant Elena qu'il avait aimé ma mère, car ma mère avait été son premier amour, un véritable amour.

Quand il s'agissait de ma belle-mère, j'essayais de garder la bouche fermée, car je savais qu'il n'en résulterait rien de bon pour moi autrement. Je conseillais toujours à Roberto de se tenir tranquille, mais il disait qu'il n'avait aucune raison de se taire car cette femme n'était pas sa mère. Elena traitait mieux mes sœurs, parce qu'elles étaient des filles et trop petites pour lui résister. Mais nous les garçons étions assez grands pour penser les choses.

Une fois, nous discutions d'affaires de famille, et j'en suis venu à raconter à Elena que ma mère appelait mon père tendrement « vieux matou ». Elena a alors insulté ma mère. Je me suis réellement mis en rage. Ma mère avait sa façon d'aimer mon père et de lui donner des surnoms et Elena n'avait pas le droit de l'insulter. Nous nous sommes disputés violemment et quand mon père est rentré, il m'a battu. Mais d'habitude, je restais calme quand il me disait quelque chose de blessant. Bref, j'étais prudent, mais Roberto était comme un volcan; il n'y avait qu'à le toucher pour qu'il explose.

Si quelque chose n'allait pas, si une chose manquait, quoi que ce soit, le blâme en revenait à Roberto. Une fois il a été puni pour quelque chose que j'avais fait et j'en ai toujours éprouvé du remords. C'est la seule fois où j'ai fait une chose pareille. Mon ami Santiago m'avait dit : « Prends quelque chose chez toi pour que nous puissions aller au cinéma. » La première chose que j'ai vue était un crucifix que mon père tenait de mon grand-père, je l'ai pris et nous l'avons vendu.

Ce soir-là, ils ont cherché partout le crucifix sans pouvoir le trouver. Puis ils ont battu Roberto en l'accusant de l'avoir volé. Je voulais avouer, mais quand j'ai vu la colère de mon père, j'ai eu peur et je n'ai rien dit. Je n'ai jamais raconté cet incident à personne. C'est comme ça que cela se passait, quand quelque chose n'allait pas, c'était toujours, toujours, Roberto qui était puni.

C'est après la mort de maman que Roberto a commencé à chiper des choses de la maison. La plupart du temps, quand il manquait quelque chose, c'était lui qui l'avait pris. Après le crucifix, je n'ai plus jamais rien volé à la maison. Quand il était petit, les vols de Roberto étaient sans importance, des choses que ses amis lui avaient dit de prendre. Par exemple, papa envoyait à la maison une douzaine d'œufs et Roberto en piquait un ou deux pour aller les vendre.

C'est comme ça qu'il se faisait de l'argent de poche. Mon pauvre papa avait du mal à joindre les deux bouts. Il nous achetait toujours des chaussures et des vêtements quand nous en avions besoin et il nous procurait le meilleur matériel scolaire, mais il y avait des jours où mon frère et moi ne possédions pas cinq centavos à nous deux. J'enviais mes camarades de classe qui pouvaient s'acheter des glaces et des friandises. Enfin, on se sent toujours mal dans ces cas-là. Mais papa ne pouvait gagner suffisamment pour une famille si nombreuse. Je le comprends maintenant.

En cinquième année, j'ai eu ma première petite amie. C'était Elisa, la sœur de mon ami Adán. J'avais l'habitude d'aller chez mon ami Adán pour chanter car il jouait de la guitare. Les parents d'Elisa la surveillaient de très près, mais ils m'acceptaient en tant qu'ami de son frère. J'ai profité de la situation et lui ai carrément demandé de devenir mon amie. Elle était plus vieille et plus grande que moi; j'avais à peu près treize ans et il me fallait monter sur quelque chose pour l'embrasser. Je l'emmenais au cinéma où nous pouvions nous embrasser et nous caresser. Mais c'est tout ce qu'on faisait avec une *novia*. Si l'on couche avec sa *novia*, on est pratiquement marié.

A cause de mes amis, je commençais à négliger mes études, mais mon maître, le professeur Everardo, était un type bien et entre nous, je peux vous dire que j'étais son ami. Quand j'étais encore un nouveau dans cette école, il est arrivé quelque chose qui m'a laissé de bons souvenirs pour plus tard. Il y avait un garçon nommé Bustos dans ma classe. Il était le champion de l'école car il battait tout le monde aux poings. Le premier jour, il y avait une réunion de professeurs et Bustos avait été chargé de surveiller la classe. Il m'a rappelé à l'ordre, mais d'une manière impolie, alors je lui ai dit : « Non, espèce de gringalet, tu n'as pas à hurler contre moi.

— Non ? dit-il. Alors, comme ça, t'es un dur, bien, bien. »

Alors j'ai dit : « Je ne suis pas très dur, mais si tu crois que t'as autant de courage que moi juste parce que t'es un caïd ici, tu te trompes, vieux. Je suis de Tepito, et on ne se laisse pas marcher sur les pieds, par personne. »

Enfin, je lui ai flanqué un coup de poing sur le nez, en pleine classe, un fichu coup et son nez et sa bouche se sont couverts de sang. Alors tous les gars ont dit : « Bustos, *ay !* ça c'est une torgniole que le gosse t'a fichue. » Après ça, ils m'ont surnommé « Numéro 20 », car c'était mon numéro sur l'appel. Parce que j'avais dérouillé le gars le plus fort de l'école, je suis devenu célèbre et tout le monde racontait que le numéro 20, le numéro 20 avait gagné la bataille. Après ça, personne ne m'a jamais ennuyé car, bien que petit, j'étais fort et j'avais les bras puissants.

Josefa Réos fut la première fille dont je suis tombé réellement amoureux; une blonde, à la peau blanche et très jolie. Il y avait un garçon, Pancho, dont les parents étaient, en quelque sorte, plus aisés, et il était vraiment beau. Eh bien, j'étais follement amoureux de Josefa et elle était amoureuse de Pancho, et Pancho ne lui prêtait aucune attention. Je suis devenu si jaloux que j'ai essayé de provoquer Pancho à se battre, pour que Josefa voie que j'étais plus fort que lui. Mais Pancho ne s'est jamais laissé faire car il savait que j'avais dérouillé Bustos.

Puis une fois, c'était bientôt la fête de la directrice et toutes les classes avaient préparé quelque chose en son honneur. Notre classe n'avait rien préparé. Je suis arrivé tôt un matin à l'école et il n'y avait personne et, comme je le fais à chaque fois que je suis triste ou heureux, je me suis mis à chanter. Je n'ai pas remarqué que le professeur Everardo écoutait. Il est entré et a dit : « Ecoute, Manuel, tu as une belle voix; à présent, nous avons quelque chose à présenter pour la fête de la directrice. » Mais je ne savais vraiment pas pourquoi il avait dit ça, jusqu'au jour où la fête eut lieu. La première année présenta un numéro de danse, la seconde une récitation, la troisième autre chose et ainsi de suite jusqu'à la cinquième année; alors on a annoncé: « Cinquième, section A, une chanson dédiée à la directrice, chantée par l'élève Manuel Sánchez Vélez. » Sainte Mère ! je n'en avais rien su et j'étais mort de peur, et il y avait Josefa au premier rang.

Je me suis caché sous les bancs sans vouloir en sortir. Tout le monde s'est mis à chercher et ç'a duré jusqu'à ce que Bustos me voie et me traîne au grand jour. Ils m'ont pris comme si j'étais un prisonnier. Enfin, je suis monté sur l'estrade et j'ai chanté une chanson en vogue à l'époque : « Amor, Amor, Amor... créé par toi, par moi, par l'espoir... » A l'époque, ma voix était plus claire, vraiment, et je pouvais chanter beaucoup plus haut. J'ai chanté à travers ma tension et ma crainte, sans quitter Josefa du regard. Puis, comme sortant d'un rêve, j'ai entendu des applaudissements, beaucoup d'applaudissements, très fort, vraiment. Ah, je me suis senti très fier; Josefa m'applaudissait plus fort que tout le monde, et j'ai dit : « O Dieu tout-puissant, est-il possible qu'elle me remarque ? » Enfin, après ça, j'ai voulu qu'ils me laissent continuer à chanter.

Ce même après-midi, j'ai dit à Josefa : « J'ai quelque chose à te dire. Me permets-tu de te voir à partir de maintenant ? » Je me souviens comme j'ai été heureux quand elle a dit : « Je t'attendrai à six heures au coin de la rue, près de chez moi. » J'étais très heureux, naturellement, et je suis arrivé à six heures tapant, mais elle n'est pas venue. Pancho lui avait parlé ce même jour, alors bien entendu, elle est sortie avec lui et m'a laissé « siffler sur la colline » comme on dit ici.

Enfin, l'école continuait et je séchais au moins une fois par semaine. C'est quand j'ai commencé à fumer avec mes amis. Nous nous promenions et l'un des gars disait : « Si on se payait « trois bouffées » ? » Il me tendait une cigarette; j'en tirais trois bouffées et je la passais à un camarade. Il me fallait cacher à mon père que je fumais. Je fourrais même des cigarettes allumées dans ma bouche quand il rentrait à l'improviste. Il m'a surpris une fois, quand j'avais douze ans, à fumer dans la cour avec mes amis, et en plein devant eux, il a dit : « Ah, ah, petit salaud, alors tu sais déjà fumer ? Maintenant, tu devras travailler pour te payer tes cigarettes. Attends de rentrer à la maison et tu verras, fils de pute. » Après ça, mes amis se moquaient de moi quand je demandais une cigarette. « Non, petit, pourquoi qu'on te donnerait une cigarette, si ton papa va te battre ! »

Ce n'est qu'à l'âge de vingt-neuf ans que j'ai osé fumer devant mon père pour la première fois. C'était une espèce de petite rébellion contre lui, non ? Je suis encore mal à l'aise quand je le fais, mais je veux qu'il voie que je suis un homme maintenant.

Rétrospectivement, il semble que je n'ai pas eu beaucoup

de vie de famille. J'avais très peu de rapports avec ma famille et je passais si peu de temps à la maison que je ne peux même pas me rappeler ce qu'on y faisait. En outre, je n'ai pas de mémoire pour les choses de la vie quotidienne. Je déteste la routine et seules les choses très bonnes ou très mauvaises, les choses passionnantes, me restent à l'esprit.

Je ne veux pas paraître ingrat, mais à propos de mon père... la vérité est qu'il nous a toujours maltraités, mon frère et moi. Je veux dire qu'il nous faisait payer le bout de plancher sur lequel nous dormions, et le pain que nous mangions en nous humiliant. D'accord, il était très honnête et il avait le sens des responsabilités, mais il nous imposait sa personnalité sévère, et ne nous permettait jamais d'exprimer nos opinions ni de l'approcher. Si nous lui demandions quelque chose, il disait : « Bande de porcs ! Qu'est-ce que vous savez ? Fermez vos gueules. » Il nous étouffait à chaque fois.

Dans une certaine mesure, c'était sa faute si je ne rentrais pas à la maison. Je n'ai jamais eu le sentiment d'avoir réellement un foyer car je n'avais pas la possibilité d'y amener mes amis. L'après-midi et le soir, quand mon père avait envie de lire, il nous chassait dans la cour. « Fichez le camp d'ici, bande de mulets. On travaille dur toute la journée et on ne peut même pas lire en paix. Filez ! » Si nous restions à l'intérieur, il fallait être absolument silencieux.

Je suis peut-être hypersensible, mais le manque d'affection de mon père à notre égard me faisait penser que nous étions un fardeau pour lui. Il aurait été plus heureux avec Elena si nous n'avions pas été là; nous étions comme ces lourds fardeaux que l'on traîne parce qu'on y est obligé. Je n'oublierai jamais le regard de haine qu'il nous adressa, à Roberto et moi, au cours du dîner un jour. Je suis allé dans la cuisine pour pleurer, et je ne pouvais manger tant ma gorge était nouée.

J'ai souvent eu envie de dire : « Ecoute, papa, qu'est-ce que je t'ai fait ? Pourquoi as-tu si mauvaise opinion de nous ? Pourquoi nous traites-tu comme des criminels ? Tu ne te rends pas compte qu'il y en a qui ont des fils ivrognes, qui insultent leur famille dans leur propre maison ? Ou bien qui tuent leur propre père ? » Un jour, si j'osais, j'aimerais le lui dire, gentiment, bien sûr.

Mais à chaque fois que j'ai voulu parler à mon père,

quelque chose m'a arrêté. Avec les autres, j'avais plus de mots qu'il n'en fallait, hein ? Mais avec lui, quelque chose se fermait dans ma gorge et m'empêchait de parler. Je ne sais si c'était le profond respect que je lui vouais, ou simplement de la crainte. C'est peut-être pour cette raison que j'ai préféré vivre ma vie en dehors de mon père, et du reste de la famille. Il y avait un abîme entre nous, une désunion, et malgré mon respect à leur égard et la peine que j'éprouvais devant ce qui leur arrivait, je me suis tenu à l'écart. Une attitude égoïste, oui, mais je crois que je les blessais moins, eux et moi-même, de cette façon.

Je sortais tout le temps avec mes amis. Je vivais pratiquement dans la rue. J'allais à l'école dans l'après-midi; le matin, j'allais parfois avec mes amis travailler dans une tannerie, faire des gravures sur cuir. Je ne rentrais à la maison que pour prendre mes livres. Je mangeais encore à la maison, mais je filais aussitôt après. Je le faisais vraiment pour éviter d'avoir des ennuis avec ma belle-mère, pour éviter d'être battu. Mon père ne me disait rien à ce propos, car, je pense, cela l'arrangeait qu'il en fût ainsi.

J'aimais travailler, quand j'étais jeune. Je dois avoir travaillé depuis ma plus tendre enfance, car lors de mon premier emploi, mon père venait me chercher et quand je recevais ma paye, je la lui donnais immédiatement. Je me souviens comme j'étais content quand mon père me serrait dans ses bras en disant : « Maintenant, j'ai quelqu'un pour m'aider. » J'étais aide-cordonnier dans un atelier à quelques centaines de mètres de chez nous. Je travaillais jusque tard le soir; il y avait des fois où nous travaillions toute la nuit. Je ne crois pas que j'avais plus de neuf ans à l'époque.

Mon second emploi a consisté à fabriquer des ceintures, puis j'ai vendu des billets de loterie dans la rue, et pendant quelque temps j'ai travaillé avec le frère cadet d'Elena, comme assistant du fils du cousin de ma grand-mère, qui était maçon. Tandis que j'allais encore à l'école, j'ai été veilleur de nuit dans une boulangerie. Mon oncle Alfredo y travaillait et il m'apprenait à faire des biscuits. En y repensant, je m'aperçois que j'ai passé presque toute ma vie à travailler — même si le travail n'était pas très productif — alors pourquoi dit-on que je suis un paresseux ou un fils de ceci ou de cela ?

A la fin de l'année scolaire, on m'a remis mon avis de renvoi. Le professeur Everardo m'aimait beaucoup mais il ne m'a pourtant pas soutenu. Cela m'a peiné à cause de mon père et je pensais que mon professeur avait été déloyal. Après ça, je me suis désintéressé des études. J'étais stupide quand il était question de grammaire, de conjugaison de verbes et je n'étais que moyen en arithmétique, mais j'étais excellent en histoire et géographie. Ces matières me fascinaient.

Quand il s'agissait de sport, de force physique, j'étais le premier de ma classe. J'ai toujours été bon coureur et en sixième, j'ai remporté le 100 et le 200 mètres. J'aimais aussi tout ce qui touchait aux moteurs et de temps en temps je rêvais de devenir ingénieur mécanicien, de faire des études. Mais j'ai laissé tout cela derrière moi.

Nous vivions toujours dans la rue de Cuba, près de ma grand-mère. Elle continuait à venir nous voir, nous apportant des petits gâteaux et des bonbons, ou des vêtements, et nous demandant comment nous traitait notre belle-mère. Une fois, j'ai couru chez elle, parce que mon père m'avait battu. Je voulais vivre avec elle, mais le soir, mon père est venu et m'a fait rentrer à la maison.

J'ai très mauvaise mémoire des dates, mais je me souviens du jour où nous avons emménagé dans la Casa Grande, car c'était la fête de mon père et c'est le jour où ma grand-mère est morte. Quand mon oncle a envoyé la nouvelle de sa mort, mon père a dit : « Quel joli cadeau pour moi ! »

La veille, elle nous avait envoyé chercher et j'avais été impressionné car elle savait qu'elle était mourante; elle est morte en pleine possession de ses moyens et elle a eu un mot pour chacun. A moi, elle a dit : « Mets-toi à genoux, mon enfant, je vais dormir. Prends bien soin de ton frère et de tes sœurs. Conduis-toi bien dans la vie, afin que la vie te traite bien. Mon fils, ne sois pas méchant, sinon l'âme de ta mère et la mienne ne se reposeront pas en paix. » Elle nous a demandé à tous de réciter un *Notre Père* en son nom, car ce serait comme de la nourriture pour elle. Puis elle nous a bénits. Il y avait un nœud dans ma gorge, mais je ne sentais déjà un homme et j'ai essayé de ne pas pleurer. Mon oncle José était ivre comme d'habitude et dansait devant sa porte.

Ma tante Guadalupe et mes oncles ont lavé et habillé ma

grand-mère pour l'enterrement. Ils ont mis un drap propre sur le lit et l'ont étendue pendant qu'ils allaient acheter le cercueil. Tous les quatre, ils l'ont mise dans le cercueil et ont posé dessous un plateau de vinaigre et d'oignons pour absorber le cancer qui quitte le corps d'un mort. Elle avait deux cierges près de la tête et deux aux pieds, quand nous sommes arrivés pour la veillée. Toute la nuit, des gens sont restés assis autour, à boire du café noir et à manger du pain, tout en racontant des histoires sales qui me mettaient en colère. Mon père, assis d'un côté, bavardait avec mes oncles. Je l'entendis dire : « Tu vois, Alfredo, considère notre cas. Pourquoi tant de rivalités et de désaccords, si cela doit se terminer ainsi, si telle est la réalité des choses ? » Ils avaient toujours eu des conflits, mais mon père les a tout de même aidés pour les frais d'enterrement.

Enfin, nous avons commencé la vie dans la Casa Grande. Les gars, là-bas, la bande de la Casa Grande, ont essayé de m'attirer dans une bagarre. Je n'avais pas perdu une seule bagarre à l'école; alors, quand la bande m'a entouré et que le plus fort d'entre eux m'a lancé le défi, j'ai simplement dit : « Très bien, vieux frère, arrive, tu es cuit. »

Quelle bagarre ! Nous étions couverts de sang mais il en a pris pour son compte. Après ça, un seul a osé se battre avec moi, un type qu'on appelait le Singe, parce qu'il avait un très gros pénis. Un jour, il a cassé une dent à mon frère et c'est à ce moment-là que je lui ai sauté dessus. Le Singe et moi nous nous sommes payé une magnifique bagarre. Je lui ai flanqué un coup qui l'a fait pleurer, mais quand il a vu qu'il n'y arrivait pas avec ses poings, il m'a mordu. J'ai encore la cicatrice sur l'épaule, à l'endroit où ses dents se sont plantées dans ma chair. Ensuite, nous sommes devenus amis intimes, plus intimes que je ne l'étais avec mon propre frère, car nous n'avions aucun secret l'un pour l'autre. Le Singe n'était autre que mon actuel *compadre* et meilleur ami, Alberto Hernández.

Dès notre première bagarre, j'ai été attiré par Alberto. Je l'aimais beaucoup, bien qu'ayant généralement des opinions contraires aux siennes. Je ne sais pas pourquoi, mais il n'avait pas plus tôt émis une idée que je disais le contraire. Mais pour les choses importantes, comme par exemple, si quelqu'un s'en prenait à l'un d'entre nous, nous faisions toujours front ensemble. Nous nous voyions tous les jours; partout où était Alberto, j'étais aussi. En un mot, nous étions inséparables. Nous nous confiions toutes nos joies et toutes nos peines, nos conquêtes et nos secrets. Et il payait toujours pour moi, car il travaillait et avait davantage d'argent de poche que moi.

Alberto avait un an ou deux de plus que moi, mais il avait beaucoup plus d'expérience, surtout avec les femmes. Il avait des cheveux ondulés et de grands yeux, et il plaisait aux filles, bien qu'il fût un paysan et parlât comme un Indien. J'étais impressionné par les choses qu'il savait. Tandis que j'étais encore écolier, il avait travaillé dans une mine à Pachuca, avait lavé des voitures, servi à table et voyagé sur les routes. Il n'était jamais allé à l'école, car il avait toujours dû gagner sa vie tout seul. Sa vie était plus dure que la mienne, parce que sa mère était morte quand il était bébé et son père l'avait abandonné. La mère de sa mère avait d'abord pris soin de lui, puis la sœur de sa mère. Il vivait dans la Casa Grande avec cette tante et le mari de celle-ci.

Bien que je fusse plus jeune que lui, Alberto me racontait des histoires de lit. Il me parlait de différentes positions, de femmes qui « ont du chien » et autres choses de ce genre. Quel *cabrón* il était quand il s'agissait de femmes ! Encore aujourd'hui, il est très porté sur les dames. Nous l'avions surnommé « Trois Fois par Jour », parce qu'il était si *puñetero*, si chaud lapin. Un jour, nous sommes sortis vendre des journaux; il était près d'une voiture dont il a vu la conductrice la jupe relevée, montrant les genoux, et sans faire ni une ni deux, il a mis sa main dans sa poche et a commencé à se masturber.

Nous les gars avions l'habitude d'aller aux établissements de bains pour regarder les filles se baigner à travers les trous des murs. Une fois, Roberto est accouru pour nous dire qu'une jolie fille, Clotilde, prenait un bain; quatre d'entre nous louèrent donc la cabine à côté de la sienne et nous la regardâmes. Nous la vîmes nue et sûr qu'elle avait tout ! Nous étions là, à regarder, les mains dans nos poches, faisant la course pour voir qui arriverait le premier.

Alberto et moi faisions partie de la bande de la Casa Grande. Nous étions à peu près quarante à l'époque; nous faisions des jeux ou nous racontions des histoires sales et nous étions toujours très fiers de maintenir la réputation de la Casa Grande. Les gars de la rue des Barbiers, de la rue des Peintres ou de la rue des Ferblantiers ne pouvaient jamais nous battre. Aux bals, nous ouvrions l'œil pour nous assurer qu'ils n'essayaient pas d'embobiner des filles de la Casa Grande.

Tous les 16 septembre, une certaine bande arrivait avec des bâtons pour nous faire la guerre. Nous les laissions entrer par l'une des grilles et pendant ce temps, le fils du portier, qui était un membre de notre bande, fermait l'autre grille. Quand toute la bande était à l'intérieur, il courait fermer la première grille. Puis nous leur tombions dessus dans toutes les cours, avec des pierres, des seaux d'eau et des bâtons.

Nous ne laissions jamais personne nous vaincre; Alberto et moi étions les premiers à nous attaquer aux autres... nous étions connus comme de bons combattants et on nous mettait toujours à l'avant contre d'autres bandes. Nous nous battions tellement à l'époque, que j'ai commencé à en rêver. Je rêvais qu'Alberto et moi étions entourés de cinq ou six gars et que je sautais pour leur échapper, que je montais, je montais, jusqu'aux câbles électriques, hors d'atteinte pour tout le monde. Je disais : « *Ay !* je vole ! je vole ! » Puis je me laissais descendre en mettant mes jambes à la verticale, en direction du sol, et je disais à Alberto : « Monte, *compadre.* » Et il montait sur mes épaules et je me remettais à voler. « Tu vois ? Ils ne peuvent rien nous faire maintenant ! » Je continuais à voler jusqu'à ce que nous ayons dépassé les câbles. Puis soudain je perdais ma force et je me sentais tomber. J'ai fait ce rêve pendant de nombreuses années.

Le fait est qu'à grandir dans notre milieu ici, nous voyons les réalités de la vie de si près que nous devons apprendre à avoir beaucoup de sang-froid. J'avais souvent très envie de pleurer à cause d'une chose que mon père m'avait dite, mais au contraire, parce que la vie, le cynisme, m'avaient appris à mettre un masque, je riais. Pour lui, je ne souffrais pas, je ne sentais rien, j'étais un cynique éhonté, je n'avais pas d'âme... à cause du masque que je montrais. Mais en dedans, je ressentais chacune de ses paroles.

J'ai appris à cacher ma peur et à ne montrer que du courage, car d'après ce que j'ai observé, on est traité selon l'impression que l'on fait. C'est pourquoi, quand j'ai réellement très peur en dedans, au-dehors je suis calme. Cela m'a aidé aussi, car je n'ai pas autant souffert que certains de mes amis qui tremblaient quand ils étaient attrapés par la police. Si un type fait preuve de faiblesse, s'il a des larmes dans les yeux et implore la pitié, c'est alors que les autres lui tombent dessus. Dans mon quartier, on est soit un *picudo,* un dur, soit un *pendejo,* un imbécile.

Les Mexicains, et je crois, tous les gens, admirent le type qui « a des couilles », comme on dit. Le type qui fait pleuvoir les coups de poing, sans s'arrêter pour penser, est celui qui sort vainqueur.

Celui qui a assez de courage pour faire face à un type plus vieux, plus fort que lui attire davantage le respect. Si quelqu'un crie, il faut crier plus fort. Si un tel arrive et me dit : « Je chie sur ta mère », je réponds : « Je chie sur ta mère un millier de fois. » Et s'il fait un pas en avant et que je fais un pas en arrière, je perds mon prestige. Mais si j'avance aussi, que je lui fonce dedans et que je le ridiculise, les autres me traiteront avec respect. Dans une bagarre, je ne renonce jamais, je ne dis jamais « assez », même si l'autre me tue. J'essaierais d'aller à la mort en souriant. C'est ce que nous entendons par être *macho,* être viril.

La vie ici est brute, plus vraie, que parmi les gens qui ont de l'argent. Ici, un garçon de dix ans n'est pas pris de peur à la vue des parties sexuelles d'une femme. Il n'est pas choqué non plus de voir un type piquer un portefeuille ou sortir un couteau. D'avoir vu tant de mal de si près lui permet d'affronter la réalité. Au bout d'un certain temps, la mort elle-même ne nous effraie pas. Nous recevons nos blessures dans la lutte contre la vie à un très jeune âge, vous comprenez ? Et une croûte commence à se former. Elle ne disparaît jamais, comme le ferait un croûte de sang, mais reste perpétuellement imprimée dans notre esprit. Puis il vient un autre coup, et une autre croûte, jusqu'à former une espèce d'armure qui nous rend indifférent à tout.

Des gens plus aisés peuvent s'offrir le luxe de permettre à leurs fils de vivre dans un monde de fantaisie, à ne voir que le bon côté de la vie, de les protéger des mauvais camarades et du langage obscène, de ne pas heurter leur sensibilité en leur épargnant les scènes de brutalité, de payer toutes leurs dépenses. Mais ces types vivent les yeux fermés et sont naïfs dans tous les sens du mot.

Durant toute mon enfance, et même après, j'ai passé beaucoup de temps avec ma bande. Nous n'avions pas de chef... il aurait dû être trop bon en tout... mais certains garçons se distinguaient d'une manière ou d'une autre. Nous n'avions pas de mauvais éléments, comme dans d'autres bandes. Il y en avait une dans le quartier qui était connue pour voler de l'argent, s'adonner à la boisson et à la marijuana. Un seul gars de ma bande a pris goût à la piqûre et a mal tourné. De mon temps, nous ne faisions rien de plus grave que d'attraper les fesses des filles... des choses comme ça...

A l'époque, j'admirais beaucoup mon cousin Salvador, le fils unique de ma tante Guadalupe. Il était la terreur de la bande de la rue des Boulangers, une bande vraiment dure; de tous les membres, il était le plus craint. Mais je l'admirais seulement parce qu'il se battait bien. Autrement, je n'en pensais pas grand-chose à cause de la méchante façon dont il parlait à ma tante, surtout lorsqu'il était saoul. Il s'est mis à boire et a vite dégénéré à cause d'une femme dont il était amoureux. Il a eu un fils avec elle, mais elle est partie avec un autre homme, celui qui a fini par tuer mon cousin avec un pic à glace.

Quand j'avais environ treize ans, les plus grands de la bande ont voulu m'emmener dans un bordel de la rue des Teinturiers. « Pas moi, vieux frère, je ne vais pas dans la rue des Teinturiers. Mon père me tuerait. Non ! » Mais ils ont dit : « Qu'est-ce que c'est que ce gars ? T'es un pédé ou quoi ? Il est temps que tu y ailles. On va t'en payer une large et tu vas lui rentrer dedans. » Je ne voulais pas y aller car j'avais peur d'attraper une maladie.

J'avais, et j'ai encore, très peur des maladies vénériennes. J'étais très jeune quand cette peur a commencé. Une fois, au bain de vapeur, j'ai vu un type avec un pénis complètement abîmé et plein de pus, et qui m'a fait peur rien qu'à le voir. Puis quelqu'un m'a emmené dans un musée où j'ai vu des photos d'enfants de syphilitiques... et un gars de la Casa Grande avait eu la chaude-pisse quatre ou cinq fois. Il pleurait quand il urinait et je l'ai entendu hurler de douleur quand le médecin le soignait.

Une fois, mon père m'a également fait peur. A l'âge de

douze ans, j'avais de l'arthrite dans les talons et il m'a vu marcher sur la pointe des pieds, pour éviter la douleur. Il pensait que cela pouvait être pour une autre raison, et un jour il m'a enfermé dans la chambre avec lui. « Baisse ton pantalon, je veux voir. *Cabrón*, avec combien de femmes as-tu été dans la rue des Teinturiers ? Je ne veux pas de petits-enfants idiots, infirmes et borgnes ! Baisse ton pantalon que je jette un coup d'œil.

— Non, papa, je n'ai rien, non ! »

J'étais très gêné de me montrer à mon père... j'avais déjà des poils à cet endroit et... enfin, j'ai tourné la tête, tellement j'étais gêné. Mais il ne s'est pas contenté de regarder. Il m'a emmené chez un docteur et le salaud m'a donné des pilules, bien que je n'aie rien eu d'anormal.

C'est pour ça que je voulais et ne voulais pas aller dans la rue des Teinturiers avec les gars. Mais ils m'ont dit que si je pressais du jus de citron sur mon membre aussitôt après, je n'attraperais rien, alors j'y suis allé.

Alberto, moi et un autre gars avons pris la même *señora*. J'étais si nerveux que je ne pouvais même pas bander. Mes jambes tremblaient. L'un des gars lui monta dessus et se mit au travail. Quand il eut fini, il dit : « A toi maintenant.

— D'accord, ai-je dit, mais si j'attrape une maladie, crapule, est-ce toi qui vas me donner de l'argent pour me faire soigner ?

— Ce trouillard n'a pas l'air d'être un homme », dirent-ils et il me fallut y passer.

J'ai monté la *señora*. Elle bougeait d'une manière très exagérée et ce ne me fut pas agréable du tout. Je pensais que la vieille avait eu des tas d'expériences, qu'avec elle n'importe qui, qui en avait envie, pouvait lui mettre son bout dedans. Je n'aimais pas ça du tout. Mais les gars étaient contents de moi et c'était une bonne chose de faite.

Après ça, la fièvre, ce truc sexuel, s'est emparée de moi d'une telle façon que je n'arrêtais pas d'y penser. La nuit, mes rêves étaient remplis de filles et de sexes. Je désirais toutes les femmes que je voyais. Et quand je ne pouvais pas avoir une fille, j'avais recours à la masturbation.

C'est à peu près à cette époque, je crois, qu'Enoé travaillait pour nous. C'était une femme qui habitait dans notre cour et qui venait tous les jours à la maison pour faire le ménage et la cuisine. Son fils était l'un de mes amis. Enfin, j'ai couru après elle parce que je savais que le frère d'Elena, Raimundo, l'avait sautée. Je me disais : « *Chirrión*, pourquoi Raimundo seulement ? Les autres aussi ont envie d'un *taco*, non ? » Mais elle disait : « Ah ! *jodido*..., tu devras rendre des comptes à ton père. » Il semblait que mon père soupirait également après elle !

Je n'avais pas de chance avec nos domestiques, car mon père les prenait toujours en premier. Il est arrivé la même chose avec La Chata. Elle était très grosse et elle ne me plaisait pas. Elle me mettait en colère en essayant de me forcer à manger après l'école. Si je disais non, elle disait : « Tu ne veux pas manger ? Bien, ça en fera plus pour moi. » Et elle s'asseyait immédiatement sur son énorme derrière pour manger mon repas.

Mais c'était une femme, et une fois je lui ai parlé de... la chose. « Non, dit-elle, tu es trop petit, qu'est-ce que tu saurais faire ? » Mais j'ai insisté. « Bon, ai-je dit, vous ne sentirez peut-être rien, mais moi si. Allons, venez !

— Bien, pourquoi pas ? dit-elle finalement. Viens chez moi. » Je suis donc allé chez elle, mais elle avait changé d'avis. « Non ! tu n'es qu'un enfant, qu'est-ce que tu sais de ces choses-là ? Rentre chez toi. » Puis elle m'a raconté au sujet de papa.

Jusque-là, je m'étais amusé avec quelques filles de la *vecindad* et de l'école... Julita, ma cousine, les trois sœurs qui vivaient dans la cour du milieu, Maria... environ huit en tout. Mais ce n'était qu'un jeu... papa et maman, car j'étais trop jeune pour faire quoi que ce soit avec elles.

Puis j'ai rencontré Pachita à un bal, et elle était totalement différente. C'était une excellente danseuse et nous nous plaisions. Elle se serrait contre moi et devenait très rouge pendant que nous dansions. Une nuit, je l'ai emmenée à l'hôtel.

Quand nous sommes entrés dans la chambre, je me suis mis à l'embrasser dans le cou et sur les bras, et elle m'a rendu mes caresses. J'ai enlevé ses chaussures et ses bas... c'est ce qu'il y a de plus excitant pour moi... la fille qui se débat un peu, qui montre un peu de timidité, m'excite encore davantage. Elle était de ce genre. Si je voulais mettre ma main à un certain endroit, elle ne me laissait pas faire. Enfin, petit à petit, je me suis introduit, et j'ai alors éprouvé une sensation entièrement nouvelle dans ma vie, car cette fille avait ce qu'on appelle « du tempérament ». On sent quelque chose d'absorbant, de suçant... enfin, elle est la seule femme que j'ai baisée huit ou neuf fois de suite. En fait, c'était une experte et elle m'a appris beaucoup de choses... différentes positions et comment me retenir. C'est à ce moment-là que j'ai appris que les femmes en tirent elles aussi du plaisir. Mais elle n'était pas pour moi car ce n'était pas moi qui l'avais dépucelée. Les femmes qui s'étaient fait baiser par d'autres n'étaient pas de mon goût.

Il y avait un type qu'on appelait le Rat... il a fini par se faire descendre... eh bien, il voulait m'apprendre à devenir maquereau. Il me disait : « Ne sois pas crétin, vieux. Choisis-en une large, danse avec et fais-la tomber amoureuse de toi. Puis tu la dépucelles et tu la fais travailler dans un cabaret. » C'était un bon danseur et c'est comme ça qu'il arrivait à avoir tant de filles. Je m'obstinais à refuser parce que je n'aimais pas cette idée. Puis il nous montra, à Alberto et à moi, une de ses filles et nous proposa de danser avec elle et de lui faire boire de la bière jusqu'à ce qu'elle soit si saoule que nous puissions tous la sauter.

Nous avons donc entrepris la fille. Nous l'avons imbibée de bière — trois verres pour elle contre un pour nous — jusqu'à ce que nous ne puissions plus rien avaler. Nous lui avons fait prendre deux cachets de narcotique et la fille nous a saoulés tous les trois ! Elle nous a tous liquidés et elle est sortie en marchant droit. Le Rat n'en croyait pas ses yeux. Il a dit : « Sacré nom d'une pute ! Comment cette fichue garce peut-elle avaler tout ça ? » Ça fait une fille qui nous a roulés.

Alberto et moi étions plutôt bas, en vérité nous étions une paire de gredins. Il avait déshonoré une demoiselle, une vierge, en conséquence de quoi il y a un enfant à lui quelque part maintenant. Mais il ne prenait pas l'affaire au sérieux et voulait se débarrasser d'elle. « *Compadre,* m'a-t-il dit, tout ce qu'il reste à faire c'est que tu la prennes. Fais-lui la cour, couche avec, pour que je puisse dire : « Tu m'as trahi avec mon meilleur ami. » Moi, par loyauté vis-à-vis de mon ami, je ne me suis même pas rendu compte combien c'était méchant. et je l'ai donc aidé.

A l'époque, Alberto était chargé de l'étalage de vêtements d'occasion que son oncle possédait au marché découvert. Les étalages étaient alignés des deux côtés de la rue, juste en face du marché. Cet étalage était spécialisé en sous-vêtements, et j'aidais Alberto à vendre quand je n'allais pas à l'école. Il truquait les comptes et ne remettait pas tout l'argent, de sorte que nous allions tous les jours au cinéma. Pendant plus d'un an, nous sommes allés au cinéma chaque jour sans exception.

Nous restions parfois pendant trois ou quatre séances; nous achetions donc quelques petits pains et nous en remplissions un avec des fèves, un autre avec du riz, avec de la crème ou de l'avocat, et nous emportions un tas de nourriture. Nous buvions deux ou trois sodas chacun, nous mangions des oranges, des graines de courgette, des bonbons, des noisettes... bref, nous laissions un énorme tas d'ordures derrière nous. Et Alberto payait tout. Il dépensait environ vingt-cinq pesos par jour, sur l'argent de son oncle.

Voyant que son commerce déclinait, l'oncle d'Alberto vendit l'étalage de vêtements, et nous fûmes privés d'argent facile. La personne qui reprit l'étalage était une fille, Modesta, avec qui nous avions l'habitude de bavarder. Elle nous aimait bien et nous offrait des *tacos* et des sodas. Elle n'était pas jolie... son visage était couvert de boutons et elle avait une cataracte dans un œil... mais elle avait un corps très provocant, un joli petit derrière et une jolie poitrine. Si bien que lorsque nous n'avions pas d'argent pour aller au cinéma, Alberto et moi allions la voir.

Une fois, nous y sommes allés avec un projet dans la tête. La boutique avait un comptoir et un mur de fond et elle était assise entre les deux. J'ai sauté par-dessus le comptoir et j'ai dit : « Bonjour, Modesta. Comment ça va ? *Caray !* tu es chaque jour plus charmante.

— Aha, petit gredin. Est-ce que tu vas commencer ? a-t-elle répliqué.

— Non, vraiment, tu as tout ce qu'il faut. Tout est là. » Et nous avons continué à parler ainsi, pour la chauffer, vous comprenez ?

Finalement, elle a dit : « Dis-moi, Manuel, quel effet ça fait de le faire ? » Elle était vierge, comprenez ?

« *Ay*, ne sois pas bête. Je ne peux pas te le dire. Il faut le faire pour s'en rendre compte. » Elle était assise sur un banc, les jambes écartées. « Ecoute, je vais t'en donner une idée, plus ou moins. » Et je mis ma main entre ses jambes... « Et puis, on fait ça, tu vois ? »

Alberto me fit signe de la faire glisser par terre. Il était presque midi et il y avait beaucoup de passants. Mais avant qu'elle ait eu le temps de s'en apercevoir je l'avais couchée sous le comptoir, et Alberto a jeté un drap sur nous. J'ai déboutonné son corsage et je lui ai pris les seins, les baisant et les mordant, et j'y suis allé.

Les gens passaient et le drap montait et descendait, montait et descendait. Alberto m'a dit ensuite que les gens pouvaient voir bouger le drap et qu'il n'avait cessé de me pincer en me disant d'arrêter, mais je ne l'avais ni senti ni entendu. Tandis que je m'occupais d'elle, Alberto s'est emparé de deux ou trois tiroirs remplis de vêtements d'enfants, avec l'intention de les vendre pour que nous puissions aller au cinéma.

Je rendis visite à Modesta plusieurs fois de suite. Une fois je baissai sa culotte et fus arrêté net par la vue du sang. Je pris peur car je crus qu'elle avait une mauvaise maladie ou qu'elle était en train de pourrir ou quelque chose dans ce genre-là. C'est à ce moment-là que j'ai appris que les femmes avaient des « règles ».

La menstruation m'a toujours semblé une chose sale, peut-être parce que la plupart des femmes que j'ai eues étaient malpropres. *Qué brutas !* s'il y a quelque chose que je ne peux pas supporter, c'est l'odeur forte des femmes. Plus d'une fois, il m'est arrivé d'être au lit, embrassant et mordant un peu partout, avec tout qui marchait très bien, jusqu'au moment de lui écarter les jambes... eh bien, parfois l'odeur était si forte que tout mon désir tombait, et je devais lui demander de se lever pour aller se laver. J'ai toujours été allergique aux femmes sales.

A la maison, Elena devenait de plus en plus malade. Elle était pâle et avait l'air bizarre; papa l'emmena chez le médecin et on apprit que c'était la tuberculose. Papa nous battait plus que jamais si nous énervions Elena. Une fois, il prétendit que Roberto l'avait poussée et avait aggravé sa maladie. Elle était tombée en heurtant le bord du lavabo, mais je ne pense pas que cela avait pu être la cause de sa maladie. En fait, elle et Roberto s'étaient disputés et elle était tombée en s'évanouissant. Plus tard, mon père prétendit que c'était de notre faute si Elena était morte.

Mon père a toujours été un homme jaloux. Une fois, je crois, Elena pensait à quitter mon père pour un boucher, un petit avorton de rien. Mon père eut vent de l'histoire et un jour il est rentré du travail plus tôt que d'habitude. Il a pris un couteau et est allé chez le boucher. Roberto et moi l'avons suivi avec des pierres et des bâtons, au cas où il aurait besoin d'aide. Nous l'avons vu entrer dans la boutique et parler au boucher mais il n'est rien arrivé. Il est rentré à la maison, a engueulé Elena, mais pas avec les mêmes mots grossiers qu'il utilisait avec ma mère.

Il a presque perdu foi en Elena une autre fois, à cause de son neveu. Mon père avait perdu trace de sa famille et il trouva son neveu par accident. Par hasard, mon père avait vu une annonce dans *El Pepín*, un journal illustré : « Sr David Sánchez recherche Sr Jesús Sánchez, qui a quitté la plantation Huachinango en 1922. » Mon père lui a écrit, et David est venu de Veracruz pour vivre avec nous. Il était le fils du frère de mon père. Je ne connais même pas le nom de mes oncles ! David et sa mère étaient les seuls survivants et ils croyaient que mon père était mort lui aussi. A chaque Toussaint, ils avaient brûlé un cierge et déposé de la nourriture pour l'âme de mon père.

Eh bien, mon père a trouvé du travail pour David au restaurant La Gloria et nous nous sommes tous très bien entendus. Mais un jour, en rentrant, mon père a trouvé Elena assise sur les genoux de David. Or, David m'avait toujours donné l'impression d'être une personne dépourvue de méchanceté ou de mauvaises intentions. De toute ma famille, il était celui que je préférais. Il avait conservé la pureté de la campagne et n'était pas pourri comme les gens des villes. Il avait l'âme propre. C'est pourquoi je dis qu'il ne désirait rien d'Elena. C'était elle qui avait couru après lui, et le résultat fut que David retourna à Veracruz.

Que Dieu me pardonne, mais je crois même que mon père était jaloux d'Elena et moi. Je le crois réellement, car lorsque quelqu'un est en colère, il vous regarde d'une façon particulière, et c'est ainsi que mon père avait l'habitude de me regarder. Je ne m'en rendais pas compte à l'époque, mais aujourd'hui je comprends qu'il nous soupçonnait, Elena et moi.

Pour éviter toute querelle entre Roberto et Elena, mon père a loué une autre pièce dans la Casa Grande. Nous les enfants vivions au n° 64 et Elena et sa mère Santitos habitaient au n° 103. Les deux jeunes frères et la sœur d'Elena, Soledad, ont également habité au n° 64 pendant quelque temps. Nous nous entendions bien avec tout ce monde. Santitos était très gentille, très raisonnable. Elle nous traitait toujours très bien, et le fait encore à ce jour. Et, chose étrange, elle ne nous a jamais accusés de la mort d'Elena, comme mon père.

Je n'en voulais plus à Elena; je commençais à lui vouer une certaine affection et de la pitié. Je l'ai accompagnée au dispensaire de la tuberculose et j'ai vu comment on lui faisait un *numo* (pneumothorax). Ils ont introduit une espèce de tube rempli d'air directement entre les côtes. Mon père, le pauvre, était terriblement inquiet et l'a emmenée voir les meilleurs médecins qu'il a pu trouver. Il l'a fait entrer à l'Hôpital Général et m'y a souvent envoyé lui apporter des fruits.

Je crois que c'est pendant qu'Elena était à l'hôpital que mon père est entré un jour avec une cage pleine d'oiseaux. J'ai pensé : « Comme c'est bizarre que mon père ait acheté des oiseaux. » Je me souvenais des disputes qu'il avait eues avec ma mère parce qu'elle voulait qu'il achète des oiseaux pour la maison. Le lendemain, il en a acheté d'autres; il a continué à en acheter jusqu'à ce que les murs de notre pièce soient couverts de cages. Et quel bruit quand tous ces oiseaux commençaient soudain à chanter. C'était joli, cela me donnait l'impression d'être à la campagne ou dans une forêt.

Mais mon père nous faisait lever, Roberto et moi, à six heures du matin pour les nourrir, et je détestais les oiseaux à cause de ça. J'ai toujours eu du mal à me lever tôt et quand j'entendais mon père dire : « Manuel ! Robert ! Debout ! », c'était affreux.

Les premiers jours, quand mon père nous appelait, je disais : « *Ay*, papa, j'ai mal aux jambes. Que Roberto leur donne à manger. » Mais Roberto rechigna bientôt et il me fallut me lever moi aussi. Nous devions hacher plusieurs kilos de bananes avec un grand *machete*, et mélanger les fruits à de la farine et un peu de légumes. Puis nous déposions la nourriture dans chaque cage, nous changions l'eau et nettoyions les saletés faites par les oiseaux.

Un jour, mon père m'a dit : « Manuel, tu vas aller au marché vendre des oiseaux. » C'était agréable d'aider mon père, j'étais content qu'il me croie capable. Mais au fond, j'avais honte de ce travail. Je transportais les cages, les unes sur les autres, et j'arpentais le marché en essayant de vendre les oiseaux.

Un mercredi, mon père est venu avec moi, pour voir comment je me débrouillais. Tandis que nous étions là, un agent des Eaux et Forêts s'est approché de nous et a demandé à mon père son permis de vente d'animaux. Mon père n'avait aucun permis et comme il ne s'était encore jamais trouvé dans cette situation, il est devenu très nerveux. Je crois que le pourboire qu'il a donné à la police était plus élevé que l'amende.

Après ça, il n'a vendu des oiseaux qu'à des voisins et à des compagnons de travail; il a beaucoup augmenté sa clientèle quand il est devenu le *compadre* d'un gros marchand d'oiseaux de la rue des Potiers. Je crois que mon père s'est mis à vendre des oiseaux, puis des pigeons, des dindes, des poulets et des porcs parce que, après avoir été ouvrier pendant tant d'années, il a découvert qu'il avait le goût du commerce. Cela lui est venu trop tard, mais il s'est rendu compte qu'il pouvait gagner davantage d'argent de cette façon.

J'ai commencé à soupçonner l'existence de mes demi-sœurs, Antonia et Marielena, à l'âge de quatorze ans. Jusque-là, je n'avais pas idée que mon père eût une autre femme et d'autres enfants. Mais je me souviens qu'une fois, quand j'avais dix ans, mon père m'a emmené avec lui pour l'aider au restaurant La Gloria. En rentrant, nous sommes passés par la rue Rosario et mon père a dit : « Attends ici au coin. » Il m'a laissé et est entré dans un immeuble. Je me suis demandé : « Qu'est-ce que mon papa va faire là-bas, qui va-t-il voir ? » J'ai ressenti quelque chose comme de la jalousie. Je me suis même demandé si ma mère avait eu raison de croire que mon père avait une autre femme.

Maintenant, je me rends compte qu'il était allé voir Lupita. C'est la mère de mes demi-sœurs. Quand j'étais enfant, je ne l'ai jamais connue et même plus tard, j'ai à peine échangé trois mots avec elle.

Une fois, je suis rentré après minuit et j'ai remarqué que quelqu'un dormait dans le lit de ma sœur. Roberto était à sa place habituelle, par terre, et mon père était dans son lit. Mon père, qui avait dû m'observer dans l'obscurité, me dit soudain :

« C'est ta sœur.

— Ma sœur ?

— Oui, ta sœur Antonia. »

Eh bien, après ça, je n'ai rien dit; je suis simplement allé me coucher. Personne ne m'avait jamais parlé d'elle auparavant. Je me demandais : « D'où vient cette sœur ? » J'étais pressé de voir le jour se lever pour pouvoir voir ma sœur.

Ce n'était pas une fille jolie, bien que charmante et agréable dans sa façon de parler. Mais elle avait toujours une espèce de sentiment inamical à notre égard, quelque chose comme du ressentiment. Dès le début, elle a détesté mon père et lui a fait des difficultés. Elle disait des grossièretés et lui répondait de telle façon que j'avais envie de la gifler. Une fois, mon père lui a dit de ne pas faire quelque chose et elle a répondu : « J'ai fichument le droit de faire ce qui me plaît, et qu'est-ce que ça peut te faire de toute façon... qui encaisse les coups durs, qui ? » C'est comme ça qu'elle hurlait contre mon père.

Je n'ai jamais aimé Antonia après ça. Je me suis tenu autant que possible à l'écart d'elle, en partie parce que j'avais peur de la voir comme une femme, non comme une sœur. Nous nous parlions à peine, tout en vivant dans la même maison.

Mais mon frère Roberto était très amoureux d'elle. Je ne sais pas comment mon père en a eu vent, mais il l'a su. Je ne saurais dire si Roberto l'aimait comme une sœur, ou comme une femme, mais le fait est qu'il l'aimait beaucoup.

Entre-temps, l'état d'Elena ne s'améliorait pas à l'hôpital et elle est revenue à la maison. Lorsque son état s'est aggravé, mon père nous a envoyés dire à ma tante Guadalupe qu'elle fasse venir un prêtre. Le prêtre demanda si mon père avait déjà été marié et nous répondîmes que non. Puis il nous accompagna et maria Elena et mon père, afin que l'âme d'Elena puisse reposer en paix. Je crois que mon père a encore la bague de mariage.

Un après-midi, quand je suis rentré à la maison, Marta m'a dit : « Va dans la chambre d'Elena. » Je suis entré et elle était morte. Mon père avait été assez optimiste quelques jours auparavant, car elle reprenait du poids. Il pensait que c'était le signe que son état s'améliorait, et puis elle était morte. Je me souviens très bien de la scène. Le cercueil était au milieu de la pièce, un cierge allumé à chaque coin. Il y avait quelques personnes, et mon père était debout près de la porte. Quand il m'aperçut, il dit : « Regardez ce que vous avez fait, crapules, c'est vous, vous, qui l'avez tuée, fils de pute. »

J'ai compris que c'était à cause de son chagrin, un éclat de désespoir, mais mon père a toujours été comme ça. Je ne sais pourquoi, mais quoi qu'il arrive, il disait toujours : « Ça ira mal pour toi, et où que tu ailles, on te fermera la porte au nez. » Il me souhaitait toujours malchance. Ce jour-là, mon père m'a rendu si honteux que je me suis caché derrière la porte, et au-dedans de moi je me disais : « Pardonne-moi, pardonne-moi si je t'ai fait du mal, Elena; pardonne-moi pour tout le mal que j'ai pu te faire », et c'est tout ce que je pouvais dire.

Roberto était là, pleurant, pleurant près d'elle; Consuelo aussi était là, et mon père, fou de chagrin et nous accusant de sa mort. Elle ne fut veillée que deux jours — pas comme ma mère — puis nous l'avons enterrée dans le même cimetière. Mon père acheta un petit morceau de terrain « à perpétuité », et fit poser une petite clôture de briques autour. Il paya un homme pour prendre soin de la tombe.

Après l'avoir enterrée, l'attitude de mon père à notre égard devint plus amère et plus rude. Sa rancune augmenta, il nous reprochait de n'avoir pu vivre heureux avec elle. La vie à la maison devint plus impossible et je passai de plus en plus de temps au-dehors.

Juste en face de la boutique de vêtements, il y avait un

restaurant, le Café Lin, tenu par un Chinois. Une jolie fille nommée Graciela est venue y travailler comme serveuse. Elle avait des cheveux noirs et bouclés. Elle me plut tout de suite. « *Ay, ojón !* Vraiment, *compadre,* ai-je dit à Alberto, elle a tout celle-là ! Une *todo dar* ! Regarde comme cette fille est jolie. Combien tu paries que je l'emballe ? » J'ai dit ça, comme ça, sans le penser sérieusement.

« Ouais ? Qu'est-ce que tu veux dire, l'emballer ? Elle ne te remarquera même pas. On ne trouve pas des pépées comme ça sur sa *petate* ! Cette dame sort avec des types qui s'habillent bien et qui ont des sous. »

Le soir, nous sommes allés dîner dans ce restaurant et j'ai vu Graciela. J'étais un peu gêné parce que je ne savais pas encore très bien me servir d'un couteau et d'une fourchette... nous n'en utilisions jamais à la maison, nous mangions avec des *tortillas*... mais je m'y suis vite fait car dès lors j'ai pris tous mes repas là-bas, tous les jours. C'est devenu une habitude... en fait, j'ai passé quatorze ou quinze ans de ma vie dans cet endroit et dans d'autres cafés.

J'ai demandé du travail à Lin, mais il n'y avait rien à faire pour moi là-bas. Il m'a appris à faire du pain et ensuite il m'a parfois laissé payer mes repas de cette façon.

Quoi qu'il en soit, j'avais parié à Alberto que je réussirais à faire de Graciela ma bien-aimée, ma *novia,* et je me lançai dans l'entreprise. Cela demandait de l'argent; alors j'ai déclaré à mon père : « Ecoute, papa, je voudrais gagner quelques centavos. Je vais à l'école, mais je peux travailler en même temps. » J'ai parlé à Ignacio, le mari de ma tante. Il a dit : « Eh bien, pourquoi ne viendrais-tu pas vendre des journaux avec moi, qu'y a-t-il de mal à ça ? »

Le lendemain, je suis sorti vendre des journaux avec Ignacio. Nous sommes allés rue Bucaveli attendre l'arrivée des *Ultimas Noticias* et du *Gráfico.* Un journal valait dix ou quinze centavos et nous avions droit à peu près à un centavo et demi par journal. J'ai pris mes journaux et mon oncle m'a dit : « Maintenant, va-t'en. »

Je dis : « Où ?

— Eh bien, n'importe où, cours et crie *Gráfico! Noticias!* » Je me suis mis à courir, à courir, depuis le Caballito de Troya jusqu'à François I Madero, puis j'ai remonté Le Brésil jusqu'au Peralvillo et de là en sens inverse, en passant devant chez moi. J'ai vendu mes journaux et je suis retourné au Zócalo. J'ai aussitôt donné l'argent à Ignacio. « C'est bien, regarde, tu t'es fait deux *pesos.* » Je suis rentré à la maison, je me suis lavé la figure, je me suis coiffé et je suis parti à l'école.

Au début, je ne plaisais pas à Graciela, mais pas du tout. Je le sais, parce qu'une fois je dînais dans l'une des cabines au fond et elle ne m'avait pas vu. Elle parlait à Alberto et elle lui a dit : « N'amène pas cette colle de Manuel si nous allons au cinéma, je ne l'aime pas. »

Ce fut vraiment un sale coup. « Pourquoi diable a-t-elle dit ça ? Je ne lui ai jamais rien fait. » Alors je me suis dit : « Rien que par dépit, je vais faire de toi ma *novia.* » Elle a dit à l'une des autres serveuses : « Il est très bien, mais il ne travaille pas, il ne fait rien, il perd son temps comme un imbécile avec ses petits bouquins. Je parie qu'il ne va même pas à l'école. Il ne va ni à l'école, ni travailler, alors qu'est-ce que je pourrais bien tirer de sortir avec lui ? » Ah, bien, j'étais content d'entendre ça et je décidai de chercher du travail.

Les examens de fin de sixième année approchaient et j'avais peur de les rater. Mes professeurs n'avaient pas bonne opinion de moi et voulaient m'expulser, mais mon père leur demanda de m'accorder une chance supplémentaire et ils acceptèrent. Je réussis les examens et reçus mon diplôme. J'étais un peu déçu car personne de ma famille ne vint à la remise des diplômes. Je m'attendais à ce que mon père me félicite ou me serre dans ses bras, mais il n'en fit rien. Il ne le fit même pas pour mon quinzième anniversaire, ni le vingt et unième, quand un garçon devient vraiment un homme. Il n'a même pas changé le son de sa voix avec moi !

Après les examens, je dis à mon père que j'en avais terminé avec les études et que je voulais aller travailler. Ce fut la plus grande erreur de ma vie, mais je ne m'en rendis pas compte à ce moment-là. J'étais décidé à faire de Graciela ma *novia* et tout ce que je voulais c'était trouver un emploi et gagner de l'argent. Mon père était très peiné parce que je ne voulais pas continuer mes études. Je crois que s'il en avait discuté avec moi comme un ami, j'aurais peut-être continué. Mais il a dit : « Alors tu penses vouloir travailler ? Tu crois que c'est si agréable d'avoir quelqu'un qui vous commande toute votre vie ? Je suis prêt à te donner une chance et tu la rejettes. D'accord, sois un imbécile. Si c'est ce que tu veux, eh bien, vas-y. »

Alberto travaillait déjà dans un atelier où l'on fabriquait des pieds de lampe en verre. Il ne savait ni lire ni écrire, mais il était intelligent et gagnait pas mal d'argent. Puisque nous voulions être ensemble, je suis allé chercher du travail dans son atelier. J'ai dit au patron que je savais me servir des machines et des perceuses, et il m'a embauché.

Mais je ne cessais de briser les morceaux de verre et j'avais le bout des doigts usés et saignants à force de limer. Ils me brûlaient affreusement et j'ai fini par avouer que je ne m'étais jamais servi des machines auparavant. Ils m'ont alors mis au polissage du verre. Le polissage était un travail facile mais très sale, car le verre se polit à la suie. Ensuite, ils m'ont appris à fabriquer des *cocolitos*, des pendeloques, à la machine. On attrape un morceau de verre avec trois doigts et on le presse très fort contre la roue pour le couper. Je me suis vite habitué à ce travail et ils m'ont gardé. Raimundo, le frère d'Elena, vivait avec nous à l'époque, et je l'ai même fait entrer à l'atelier aussi. Nous travaillions ensemble sur la machine, et à nous deux nous pondions deux ou trois mille *cocolitos* par semaine.

Le patron nous traitait bien; le vendredi, il nous donnait des billets pour les corridas et les jours où nous travaillions tard, il nous offrait à dîner.

Mais il savait aussi comment nous avoir, le salaud. Il était vraiment malin et nous étions des imbéciles. Il me disait : « *Ay, chino*, Raimundo dit qu'il travaille plus vite que toi sur la machine.

— Quoi ! le crétin ! disais-je, comment peut-il travailler plus vite que moi puisque c'est moi qui lui ai appris ? »

Puis le patron allait voir Raimundo et lui disait, sans que j'entende : « Alors, le *Chino* en fait deux fois plus que toi, hein ? Il dit qu'il peut te battre sans même forcer. » Ainsi, nous deux, pauvres imbéciles, nous nous mettions à nous concurrencer, nous dépêchant et produisant davantage pour le compte du patron. C'est comme ça qu'il obtenait de nous un rendement double.

La paye était minime et parce que je mangeais dans un snack avec les gars pendant la semaine, le samedi, il ne me restait que sept pesos en poche. Quand je suis rentré ce soir-là, j'ai dit : « Regarde, papa, il ne me reste que cinq pesos sur mon salaire, prends-les. » A l'époque, mon père était assez monté contre moi, à cause de la mort d'Elena. Enfin, il était debout près de la table, et j'ai posé les cinq pesos. Il n'a pas bougé, il m'a regardé dans les yeux, a pris le billet de cinq pesos et me l'a jeté à la figure.

« Je n'accepte pas d'aumône, gredin. Va dépenser tes sous avec tes sales amis. Je ne te demande rien. Je suis encore assez fort et je peux travailler. » Cela me fit très mal, car Dieu sait que c'est tout ce qu'il me restait. Quand j'essayai à nouveau de lui donner de l'argent, il refit la même chose. Je ne lui ai plus jamais donné un seul centavo !

Plus tard, un autre patron m'a proposé du travail consistant à percer des trous dans du verre. Il payait à la pièce et m'offrait trois centavos et demi par pièce. Les autres emplois payaient moins; j'ai donc accepté la place en pensant que je gagnerais davantage. Eh bien, j'ai travaillé dur et vite toute la semaine. Les milliers de trous que j'ai faits là-bas ! Le samedi, à la fin de la semaine, le patron a dit : « Venez, les gars, voyons ce que vous avez gagné. »

Le vieux ne savait ni lire ni écrire et il faisait faire les comptes par l'un des gars. « Voyons combien de pièces a fait Chinito. » Les yeux du vieux s'écarquillèrent, quand il vit que ma paye s'élevait à trois cent quatre-vingt-cinq pesos.

« Non, non, jeune homme, non ! Comment vais-je donner à un gosse de son âge trois cent quatre-vingt-cinq pesos ! Qu'il garde plutôt toute la sale boutique ! Je ne tire pas un sou de cette baraque, je la garde seulement pour vous entretenir. Je suis le patron et Dieu m'est témoin que je n'en tire pas plus de cinquante pesos par semaine. Non ! Je ne peux pas te donner tout cet argent. L'ennui est que tu travailles trop vite.

— Mais, *maestro*, si vous me payez à la pièce, il faut que je me dépêche, non ? Et vous avez promis trois centavos et demi, n'est-ce pas ?

— Oui, mais je ne pensais pas que tu gagnerais tant ! Tout ce que je peux te donner, c'est une centaine de pesos; à prendre ou à laisser ! »

Eh bien, j'ai dû prendre l'argent, mais c'est alors que j'ai commencé à détester travailler pour un patron.

Graciela est bien devenue ma *novia*, aussitôt que j'ai commencé à travailler. Tous les soirs, après le travail, j'allais la voir au café et je ne rentrais pas à la maison avant minuit passé. Nous sommes allés plusieurs fois au cinéma et je commençais à me sentir très amoureux d'elle, une vraie passion.

C'est à peu près à cette époque que j'ai appris à jouer aux cartes, pour de l'argent. La première fois que j'ai joué, c'était un samedi, une fois rentré à la Casa Grande après le travail. Là, près du bassin, il y avait quelques amis, Domingo, Santiago, le type qui est maintenant en prison pour meurtre, et quelques autres. Santiago a dit : « Regardez, regardez, voici le grand travailleur; il s'est mis au boulot, le salaud.

— Sûr, espèce de crétin ! *pinche guey* ! Tu ne fais qu'arpenter le trottoir toute la journée. Tu crois que tout le monde est incapable ? » C'est ainsi que nous plaisantions. Puis Domingo, sachant que j'avais ma paye de la semaine en poche, me dit : « Allons, *compadre*, faisons un petit poker.

— Mais je ne sais même pas comment ça se mange, vieux ! Quelle blague ! Tu me prends pour un imbécile, un *pendejo* !

— Je vais te montrer, je te dirai quand tu gagneras ! Viens, on ne jouera que pour cinq centavos, assieds-toi. »

Enfin, ils savaient que je ne refusais jamais; nous nous sommes donc tous mis à genoux en cercle derrière le bassin, où nous pouvions voir à la lumière de la cour. Naturellement, je perdis cette fois-là, mais j'appris les règles du jeu. J'en fis une véritable étude, passant toute la semaine à poser des questions. J'ai eu le grand avantage, ou peut-être désavantage, de l'apprendre rapidement, et en une semaine j'étais devenu un bon joueur. J'ai toujours eu une chance exceptionnelle quand il s'agissait de jouer au poker, une chance qui semblait illimitée, même excessive.

Sans m'en rendre compte, je fus emporté dans un tourbillon de jeux de cartes. Si un jour se passait sans jeu, j'étais désespéré. Je cherchais des gars pour faire une partie ou deux. J'avais commencé par parier cinq centavos, mais j'en étais bientôt à miser toute ma paye hebdomadaire. J'avais toujours le sentiment que j'allais gagner. Même si j'avais perdu et que j'étais réduit à mes cinq derniers pesos, je disais : « Voyons si avec ces cinq-là Dieu souhaite ma remontée ! » Eh bien, comme par magie, toujours, enfin neuf fois sur dix, avec mes cinq derniers pesos, je remontais.

Les gars disaient : « Dis donc, crapule, on te passe des cartes par en dessous ! Lève ton jeu, plus haut... pas de filouterie... ne cache pas de petites cartes sous la table, salaud, s'il n'y avait pas de voleurs, il n'y aurait pas de méfiance ! »

Et c'est comme ça que ça marchait. Une fois, j'ai perdu soixante-dix pesos, mais c'était parce que le gagnant, un type nommé Delfino, nous a quittés sans nous laisser la chance de regagner. Il possédait plusieurs camions et il avait beaucoup de fric, mais quand il a vu qu'il gagnait, il s'est levé et il a dit : « Il faut que je m'en aille, les gars. J'ai quelque chose à faire... zut, j'avais complètement oublié ce fichu rendez-vous. »

Quand il est parti, je tremblais de colère, parce que je n'avais pas gagné une seule partie. « Le salaud, ai-je dit, il m'a roulé. »

Le lendemain était un dimanche, le jour où nous jouions généralement au football dans la cour. Je suis allé prendre une douche à l'établissement de bains et en sortant, mon paquet de vêtements sous le bras, je suis tombé sur Delfino.

« Qu'y a-t-il, *Chino* ? dit-il, tu veux ta revanche, crapule ? Tout ce qu'il faut pour jouer, c'est de l'argent et des couilles.

— Sûr, tu crois que je suis infirme ou quoi, tu vas voir. »

Il est allé chercher Domingo et l'Oiseau, deux types de son pays, Chiapas, et nous nous sommes assis pour jouer. Nous avons d'abord joué *conquián* mais comme je gagnais, Delfino a voulu passer au poker.

« D'accord, dis-je, n'importe quel cul me convient — *cualquier culo me raspa el chile.* N'importe quoi, cette fois tu vas suer pour me soutirer mon argent. »

Nous avons donc commencé une partie de poker. Eh bien, ce fut une partie mémorable ! J'ai commencé par miser deux pesos. Quand nous en sommes arrivés à trente pesos, l'Oiseau abandonna. Puis Delfino misa cinquante... il devait avoir la main heureuse... à chaque fois qu'il avait une carte, il soufflait dessus et la frottait entre ses jambes, sur ses testicules, pour la chance.

« il faut la chauffer pour la faire venir, disait-il, la faire mijoter... Ça m'a déjà donné trois sept, tu te rends compte ! » Il dit cela sans montrer ses cartes, vous comprenez ? Mais il était cuit désormais, car j'avais trois rois et un valet. Je misai cinquante de plus, très calmement.

« *Puta madre !* Putain de mère ! dit-il, maintenant, tu t'y mets vraiment. Nom de Dieu, tu es bien sûr de toi, fils de *guayaba* !

— Oui, je suis collé au mur, mais je sais me défendre. Je me débrouille. Ne tremble pas, trouillard. Serre ta cigarette, ta main tremble ! »

De nouveau, il frotta ses cartes entre ses jambes, mais le gars était fichu, parce que je tirai un autre roi.

« C'est toi qui frottes et qui souffles, mais c'est moi qui vais tirer les marrons du feu ! »

Quand il a vu que j'avais quatre rois, il a dit : « Putain de merde ! Tu crois que je vais gober ça ? Non, ce n'est pas de la chance, ce doit être de sales trucs !

— Ecoute, c'est toi qui as distribué, pas moi. Je n'ai que ma petite queue pour m'aider. S'il n'y avait pas un Dieu des arnaqueurs, pauvre de moi... »

Je ramassai plus de mille pesos à cette partie. Puis je me levai : « Je m'en vais, les gars... j'avais oublié que j'avais un rendez-vous... nom de Dieu, j'avais complètement oublié. »

Je vous dis, j'étais célèbre dans la Casa Grande pour être, enfin, un peu moins qu'un sorcier aux cartes. Tout le monde regardait mes mains quand je distribuais, mais je jure que je n'ai jamais utilisé de trucs. J'avais simplement une chance extraordinaire, une chance sans limites ! Je gagnais si souvent que certains gars juraient qu'ils ne rejoueraient plus jamais avec moi. Ils me conseillaient d'aller jouer dans les casinos chics, mais là-bas les cartes sont toutes marquées. Ils m'auraient. Je disais à mes amis : « Non, je vais continuer ici avec ma petite chance. Je suis content de gagner suffisamment pour mes petites dépenses, vous comprenez ? »

Ma chance me poussait à jouer de plus en plus; le mal est que je n'en profitais jamais, car après le jeu je sortais avec mes amis et leurs filles et je dépensais tout. Je n'ai jamais rien fait d'utile avec mes gains.

Quand mon père apprit que je jouais, naturellement il se mit en colère. Mais personne dans ma famille ne savait combien d'argent je gagnais ni comment je le dépensais.

Tous les soirs, j'allais au café voir Graciela. Elle était occupée à servir les tables et je passais la plupart du temps dans la cuisine, à discuter avec son amie, Paula, qui travaillait là-bas aussi. La chose curieuse est que bien que désespérément amoureux de Graciela, je préférais converser avec « Poucette », c'est-à-dire Paula. Je la trouvais plus compréhensive et je la chargeais de « réchauffer » Graciela en glissant un mot gentil à mon égard. Quand Paula me voyait jaloux à cause d'un type ou déprimé après une dispute avec Graciela, elle me disait : « Ne t'inquiète pas, Manuel. Ne fais pas attention à la façon dont elle se comporte, parce que je sais qu'au fond, elle t'aime réellement. Elle me l'a dit. » C'est ainsi qu'elle parlait, me réconfortant toujours.

Le fait est que mes relations avec Graciela étaient incertaines. J'avais toujours peur de la perdre. Je faisais des cauchemars dans lesquels elle me trahissait de quelque odieuse manière; j'étais angoissé à cause d'elle. Elle était si jolie que les hommes étaient toujours après elle — elle avait de la chance sur ce plan-là. Certains de ses clients lui laissaient des pourboires de cinquante pesos. Mais elle semblait m'aimer et plus d'une fois, elle a été jalouse de moi aussi. Nous avons fini par rompre parce que j'ai insisté pour aller à Chalma avec Poucette.

Paula m'avait dit qu'elle allait à Chalma avec sa mère et sa sœur Delila. J'avais l'intention d'y aller également; j'ai donc dit : « Juste trois femmes ? Sapristi, nous pourrions y aller ensemble. » Quand j'en ai parlé à Graciela, elle a dit : « Ah oui ? Eh bien, tu n'iras pas. »

Or, quand nous étions en désaccord, je mettais un point d'honneur à ne pas lui céder. Il fallait que j'en fasse à ma tête, et je laissais clairement entendre que je ne lui étais pas attaché, bien que l'aimant réellement beaucoup. Je disais : « Je ne comprends pas pourquoi certains hommes se battent pour une femme. Si tu me trompes un jour, je ne me battrai pas pour toi. »

Environ deux mois avant d'aller à Chalma, un type de Puebla, Andrés, est venu au café et je l'ai vu faire de l'œil à Graciela. Il me semblait qu'elle le regardait aussi d'une façon intéressée. Le jour où je devais aller à Chalma, je lui ai parlé.

« Ecoute, Andrés, j'ai remarqué qu'il y avait quelque chose

entre Graciela et toi, et si tu es un ami, tu dois être droit avec moi. Dis-moi la vérité et je promets que je ne lèverai pas la main, je ne te ferai rien.

— Non, Manuel, comment veux-tu que Graciela sorte avec moi quand elle est ta *novia* ? dit-il. C'est toi qu'elle aime et je ne suis pas le genre à te jouer un sale tour. »

Pendant ce temps, Poucette et sa mère préparaient des *tortillas* et des œufs durs pour le voyage, de la bouffe pour la route, comme on dit ici. Nous portions les valises sur le dos et nous avons pris l'autobus pour Santiago Temistengo. Cette année, mon ami Alberto est venu avec nous. Nous étions très heureux ensemble, Poucette, Alberto et moi, priant et chantant en chemin. Nous sommes passés à travers bois et c'était très beau à l'aube. Il y avait une bonne odeur de pins et de campagne et quelquefois, du haut d'une colline, nous apercevions un petit village au loin, et les petites Indiennes en train de faire des *tortillas*.

A une heure avant d'arriver au sanctuaire, il y a un gigantesque *ahuehuete* devant lequel les pèlerins s'arrêtent généralement. Cet arbre est ce qu'il y a de plus agréable dans le fait d'aller à Chalma. Il est couvert de nattes de femme et de chaussures d'enfants et autres témoignages de la foi des pèlerins, et il est si gros que je crois qu'il faudrait dix hommes pour l'encercler. L'arbre est situé entre deux collines, et une petite rivière jaillit de dessous l'arbre. Enfin, nous les pèlerins sommes arrivés fatigués de la route, et avec beaucoup de foi dans le cœur, nous avons baigné nos pieds dans les eaux bienfaisantes et toute notre fatigue et nos maux nous ont quittés.

L'entrée de Chalma se trouve au bas d'une route sinueuse qui mène directement au sanctuaire. Cela m'a toujours procuré la plus grande satisfaction d'entrer dans l'église et de m'agenouiller dans l'obscure fraîcheur et de voir la silhouette du saint Christ de Chalma. Il semblait m'accueillir moi seul, et cela me procurait un sentiment merveilleux, parce que j'avais beaucoup de foi à l'époque. Je demandais au saint de me donner de la force, de me montrer le chemin pour gagner assez d'argent pour épouser Graciela et ne pas la laisser me trahir.

Il n'arriva absolument rien entre Poucette et moi au cours de ce voyage. Au contraire, je voulais qu'Alberto et Paula deviennent *novios*, afin que nous puissions sortir tous les quatre. J'ai discuté avec Paula de mes problèmes avec Graciela pendant tout le voyage, pendant les sept jours. Puis j'ai remarqué que Paula me regardait d'une manière particulière. Une fois, je fis semblant d'avoir été mordu par un scorpion. Je m'évanouis et tout, et elle eut peur, la pauvre, vraiment peur, plus qu'on en éprouve d'habitude pour un ami. Aussi, je me suis dit : « Mon Dieu ! est-ce possible ? Elle est probablement amoureuse de moi. » Mais je n'avais nullement l'intention de m'engager avec elle.

Ma prière au Seigneur de Chalma me retomba dessus, car dès mon retour Andrés m'apprit que Graciela était sa *novia*. J'étais très en colère. J'avais envie de lui briser les os, mais j'essayai de tenir ma promesse de ne pas le toucher. « D'accord, Andrés, sauf qu'elle devra venir me le dire elle-même.

— Eh bien, dit-il, c'est impossible car à partir de maintenant, je ne veux pas que tu aies quoi que ce soit à voir avec elle.

— Ah non ? dis-je. Eh bien, maintenant, ce n'est plus une affaire entre amis. Maintenant, c'est une affaire entre hommes, et je vais te prouver que je suis plus homme que toi », et puis vlan ! je lui flanquai un tel coup qu'il tomba les jambes par-dessus la tête. Je le relevai et l'appuyai contre le mur, et pan, pan, je lui bourrai l'estomac.

J'allai parler à Graciela. « Bonsoir, dis-je, je t'apportais un cadeau, un poudrier que j'ai acheté à Chalma... mais quand Andrés m'a raconté pour vous deux, je l'ai piétiné et cassé. » Je m'approchai d'elle et demandai : « Graciela, est-ce vrai qu'Andrés est ton *novio* ? Réponds-moi, n'aie pas peur. »

Elle resta là, à me regarder d'un air triste. Elle hocha simplement la tête, sans parler. Ma première réaction fut de la gifler. Mais je ne voulais pas me battre pour une femme; cela lui aurait montré que je l'aimais beaucoup. Je me maîtrisai. « Ah, très bien ! Mes félicitations. Ecoute, Graciela, je suis un joueur et je joue franc jeu, gagnant ou perdant. Cette fois j'ai perdu, vrai ? Ça ne fait rien, Graciela, voici ma main, restons amis, sans rancune. »

Elle ne bougea pas, à présent très en colère, et éclata en

sanglots. « Sapristi », dis-je, je tournai les talons et m'en allai.

Enfin, j'étais très malheureux de tout ça. J'ai changé de place et je suis allé travailler pour des Espagnols. Je débutai à huit pesos par jour. Ils me payaient le dimanche aussi et je faisais donc cinquante-six pesos par semaine. A présent, j'avais un peu plus d'argent et d'autre part je n'avais rien à donner à mon père.

A propos de Graciela, je pensai : « Puisqu'elle m'a fait ça, je vais lui rendre la monnaie de sa pièce, avec quelqu'un qui lui est proche, de sorte que ce sera vraiment dur pour elle. Il faut que je la fasse souffrir. » Je décidai immédiatement de choisir Poucette et me mis à lui faire la cour. J'allais au café tous les jours pour voir Paula. Je lui demandai d'être ma *novia.*

« Mais ce n'est pas juste, puisque tu es amoureux de Graciela. Pourquoi me parles-tu ainsi ?

— Non, vraiment, je t'ai raconté ça pour que tu le lui dises et que tu lui fasses croire que je l'aime vraiment. Mais je ne l'aime pas. Après tout, n'était-ce pas avec toi que je parlais quand je venais ici ? »

Je ne sais pas où je prenais tous mes arguments, mais le fait est que c'était difficile de faire la cour à Paula.

Cela dura plus d'un mois et elle disait toujours : « Je vais y réfléchir, je vais y réfléchir. » Finalement, elle a dit : « Eh bien, d'accord. » Elle voulait bien être ma *novia.*

Paula eut une violente dispute avec Graciela à cause de ça. Paula dit : « De quoi te plains-tu ? Tu as joué le même tour avec Andrés, qui était son ami. En outre, il n'était pas ton mari, seulement ton *novio.* Maintenant il est le mien et je l'aime. »

Puis Graciela a dit : « L'ennui, c'est qu'Andrés n'était pas mon *novio.* Je n'ai dit ça que pour voir si Manuel m'aimait, parce qu'Andrés m'a dit que Manuel essayait seulement de se moquer de moi. »

Andrés avait convaincu Graciela de me mettre à l'épreuve; ils avaient combiné un piège dans lequel j'étais tombé. Après ça, je ne me sentais plus amoureux de Paula, mais à cause de l'éternelle vanité, le *pendejo machismo* des Mexicains, je ne pouvais pas m'humilier en revenant à Graciela. Je l'aimais de toute mon âme et au fond j'avais envie de lui dire : « Reviens-moi... sortons ensemble sérieusement... » Mais je mettais mon orgueil et ma vanité au-dessus de tout. Mon cœur me disait de lui dire la vérité, mais je craignais qu'elle se moque de mes sentiments. C'était un jeu de tactique entre nous, et petit à petit, sans qu'aucun de nous le désire, nous avons pris des routes différentes.

J'ai donc continué à voir Paula et à la sortir. J'obtins qu'elle quitte son emploi au café et elle en trouva un autre, dans le tissage des manteaux d'enfants.

Une fois, j'ai surpris Paula à mentir et j'ai cru qu'elle me trompait. Elle m'avait dit qu'elle allait à Querébaro voir sa sœur malade, mais pendant son absence, Delila me raconta que Paula était à Veracruz avec un homme et une amie. Quand elle revint, je lui dis : « Comment était-ce à Querébaro, Paula ?

— Bien.

— Comment va ta sœur ?

— Eh bien, elle n'était pas très malade, mais tu sais comment les gens exagèrent ces choses-là. »

Sur ces mots, je l'ai giflée. « Ecoute, ne me raconte pas de bobards; tu n'es pas allée à Querétaro. Ne me prends pas pour un imbécile. Tu t'es payé un petit voyage à Veracruz.

— Qui te l'a dit ?

— Quelqu'un, comme tu vois, dis-je. Alors, tu es effectivement allée à Veracruz ? » et pan ! je l'ai giflée une seconde fois. J'étais vraiment très en colère contre elle et je l'ai battue.

Elle s'est mise à pleurer. « Oui, Manuel, mais je te jure sur ma mère, sur tout ce qui m'est le plus cher, que ma mère meure sur l'heure, si j'ai fait quelque chose de mal. Ce qui s'est passé, c'est que mon amie partait avec ce type et qu'elle m'a demandé de l'accompagner pour la protéger. »

J'étais sûr que Paula m'avait trompé. « Non, ma chère, lui dis-je, je n'accepte pas ce genre d'histoire, et si tu es si facile à avoir, tu vas venir avec moi immédiatement, nous allons à l'hôtel.

— Non, Manuel.

— Non ? lui dis-je. Mais tu es bien partie avec l'autre type, n'est-ce pas ? Alors si tu es une putain, viens avec moi et dis-moi combien tu prends. Tu ne peux pas valoir plus de cinquante centavos, pour moi du moins. »

Elle pleurait et pleurait. « Manuel, je t'en prie, viens avec moi, fais-moi plaisir, je t'en prie. » Enfin, au fond j'espérais qu'elle n'avait rien fait de mal. Nous sommes allés chez son amie et la fille confirma l'histoire de Paula.

Je n'étais pas entièrement convaincu et, que ça lui plaise ou non, j'ai obligé Paula à venir à l'hôtel avec moi cette nuit.

Je dois expliquer qu'au Mexique, au moins dans mon cas, même si je crois que ma *novia* m'aime, il reste toujours un doute, une jalousie, non ? Et un jour le type dit : « Prouve-moi que tu m'aimes. Si tu m'aimes, tu vas venir avec moi. » Je n'avais jamais pensé à passer par un mariage civil ou religieux, mais les types ne veulent pas endosser de respon-il en est ainsi pour la plupart des hommes et des femmes que je connais. J'ai toujours pensé que si la femme m'aime et que je l'aime et que nous voulons vivre ensemble, les papiers officiels et autres sont sans importance. Si ma *novia* me demandait de l'épouser et de lui installer un foyer, je me sentirais immédiatement offensé et je lui dirais : « Ce n'est donc pas vrai que tu m'aimes ! Où est ton amour si tu poses des conditions pour m'aimer ? »

Il y a aussi le problème de la pauvreté. S'il réfléchit à ce que représente un mariage, un homme pauvre s'aperçoit qu'il n'a pas assez d'argent pour un mariage. Il décide donc de vivre de cette façon, de s'en passer, vu ? Il prend simplement la femme, comme j'ai fait avec Paula. D'autre part, un homme pauvre n'a rien à laisser à ses enfants, il n'a donc pas besoin de les protéger légalement. Si j'avais un million de pesos, ou une maison, ou un compte en banque ou des biens matériels, je ferais tout de suite un mariage civil pour faire de mes enfants mes héritiers légitimes. Mais les gens de ma classe n'ont rien. C'est pourquoi je dis : « Tant que je sais, moi, que ce sont mes enfants, je me fiche de ce que le monde en pense. »

Un mariage civil n'est pas aussi coûteux qu'un mariage religieux, mais les types ne veulent plus endosser de responsabilités légales. Nous avons un dicton : « Les illusions du mariage finissent au lit. » Je ne pourrais pas m'engager à toutes les responsabilités légales au risque de souffrir ultérieurement d'un échec. Nous ne nous connaissions pas intimement et comment pouvions-nous savoir comment nous allions réagir à la vie commune ? Et la majorité des femmes ici ne s'attendent pas à des demandes en mariage; elles croient même que la maîtresse vit mieux que l'épouse. Généralement, la femme suit l'homme et ce n'est qu'après six mois de lune de miel qu'elle commence à protester et à vouloir se faire épouser. Mais ceci n'est que le conventionalisme des femmes. Elles veulent enchaîner l'homme !

Nous sommes profondément convaincus qu'être amants et être époux sont deux choses très différentes. Et si je demande à une femme de vivre avec moi, je me sens aussi responsable vis-à-vis d'elle que si nous étions mariés. Le mariage ne changerait rien ! C'est ainsi que ça s'est passé entre Paula et moi.

Nous avons continué à aller à l'hôtel en cachette pendant quelques mois, mais je n'étais pas satisfait. Je crois qu'au fond je cherchais un moyen d'échapper à mon père, un moyen de quitter la maison, une fois pour toutes, et de devenir un homme. Alors, un soir j'ai dit : « Choisis, Paula. Regarde, je vais de ce côté, ta maison est de l'autre. Désormais, je ne veux plus que tu ailles chez toi. Qu'en penses-tu?

— Non, Manuel, dit-elle. Que fais-tu de ma mère, mes frères et mes sœurs ?

— Ah bien, alors tu ne m'aimes pas. Choisis l'une des deux routes, sauf que si tu rentres chez toi, nous ne nous reverrons plus. Si tu viens avec moi, tu seras ma femme, tu vivras avec moi. »

Eh bien, elle a fait son choix : au lieu de rentrer chez elle, elle est venue avec moi. C'est ainsi que nous nous sommes mariés : je venais juste d'avoir quinze ans et elle en avait dix-neuf.

Roberto

J'ai commencé à voler des choses de ma propre maison quand j'étais tout petit. Je voyais quelque chose qui me plaisait et je le piquais sans en demander la permission à personne. Comme ça, tout simplement. J'ai commencé par voler un œuf. Ce n'était pas que je mourais de faim, vous comprenez ? parce que ma mère me nourrissait bien. C'était juste pour le plaisir de le piquer, et de le partager avec mes amis dans la cour, et de me sentir important.

J'ai volé vingt centavos à ma mère quand je n'étais encore qu'un petit garçon, cinq ou six ans environ. Vingt centavos à l'époque, c'était comme dix pesos aujourd'hui. Mon père nous donnait tous les jours cinq centavos, mais toute ma vie j'ai eu envie de plus, et quand j'ai vu une pièce de vingt centavos sur le buffet, eh bien, il n'y avait personne et j'ai pensé que je pouvais aussi bien la prendre. J'ai acheté des bonbons et j'ai eu la malchance qu'on me rende beaucoup de monnaie, tout en centavos.

J'avais donc beaucoup d'argent dans ma poche, vous comprenez ? Quand je suis rentré à la maison le soir, ils ont commencé à poser des questions à propos de la pièce qui avait disparu. Je pensais : « *Caramba !* aussitôt qu'ils auront l'idée de me fouiller, ils trouveront l'argent, et je recevrai une raclée que je n'oublierai pas d'ici dix ans. Je ferais mieux d'aller aux toilettes. »

Les toilettes, qui se trouvaient dans la maison, n'avaient qu'une demi-porte, aussi quand j'ai jeté les centavos dans la cuvette, ç'a fait un bruit du tonnerre et ils ont compris ce que je faisais. Les pièces avaient à jamais disparu, mais ils savaient. Or, n'était-ce pas déjà quelque chose ? Comme je l'ai dit, j'étais de la mauvaise graine dès ma naissance. J'ai donc reçu une véritable correction ce jour-là. Ma mère, mon père et la mère de ma mère, qu'elle repose en paix, m'ont puni pour que je ne recommence plus.

Ma mère prenait bien soin de nous. Elle était tendre avec moi, mais c'est Manuel qu'elle aimait le plus. Elle me battait rarement, et je sais qu'elle m'aimait beaucoup parce qu'elle m'emmenait toujours avec elle partout où elle allait, moi plus que les autres. Elle disait : « Roberto, allons chercher les garnitures pour gâteaux.

— D'accord, maman, allons-y. »

Ma mère et mon père s'entendaient généralement bien, à l'exception d'une seule terrible dispute qui m'a laissé un souvenir durable. Mon père gueulait après ma mère, qu'elle repose en paix, et, bref, il était fou de colère. La mère de ma mère et ma tante Guadalupe l'empêchaient de la frapper. L'anneau de sa clé est tombé par terre au cours de la bagarre, je l'ai ramassé et je me suis enfui. Une lame de rasoir était accrochée à l'anneau et comme mon père était assez vif de tempérament, je pensais qu'il pourrait vouloir s'en servir contre ma mère.

Ma tante, ma grand-mère Pachita et la servante Sofia, lui sautèrent dessus et l'éloignèrent. Quand je suis rentré à la maison, la bagarre était finie. Mon père m'a emmené à la Villa où il a fait une prière à la Vierge. Je l'ai vu pleurer et j'ai pleuré avec lui. Puis il s'est calmé et m'a acheté un *taco*.

Chaque année, les Trois Rois venaient le 6 janvier et nous laissaient des jouets dans les pots de fleurs où ma mère faisait pousser ses plantes favorites. Mais une fois les Trois Rois n'ont pu venir dans notre pauvre maison et je me suis senti l'enfant le plus malheureux de la terre. Nous les enfants, nous nous sommes levés tôt, comme tous les enfants ce jour-là, pour chercher nos jouets. Nous sommes allés voir dans les pots de fleurs; puis nous avons regardé dans le fourneau pour voir si les Rois nous avaient laissé quelque chose dans les cendres et le charbon de bois. Malheureusement, non, et tout ce qu'il nous restait à faire était de sortir dans la cour pour regarder nos amis jouer avec leurs jouets. Quand ils nous ont demandé : « Qu'est-ce que les Rois vous ont apporté ? » Manuel et moi nous avons répondu : « Ils ne nous ont rien apporté. »

Ce fut le dernier 6 janvier que ma mère a passé avec nous avant de mourir. Après ça, j'ai pleuré pendant des années.

Nous vivions dans une pièce de la rue Tenochtitlán. Mon père et ma mère dormaient dans un lit, Manuel, Consuelo et moi dormions dans un autre. Quand Marta fut plus grande, elle dormit avec nous aussi. Nous dormions en travers, d'abord Manuel, puis Consuelo, puis Marta, puis moi, toujours dans cet ordre.

J'avais un vrai problème. Je mouillais toujours le lit, jusqu'à l'âge de neuf ou dix ans. Ils m'appelaient le champion des mouilleurs de lits de la maison. Je n'étais pas le seul mouilleur de lit, car Manuel et Consuelo le faisaient également quelquefois. A cause de cette habitude, mes parents m'ont souvent fessé et menacé de me baigner dans l'eau froide le lendemain matin. Une fois, ma mère l'a vraiment fait. Naturellement, je ne lui en veux pas; elle l'a fait pour me faire passer cette habitude, mais le souvenir m'en est resté pendant longtemps.

J'avais six ans quand ma mère est morte dans les bras de mon père, un matin à l'aube. Sa mort a été un choc et un tourment pour moi toute ma vie, parce que je sens que j'en étais responsable. La veille de sa mort, nous étions tous allés à la Basilique avec ma tante et mes oncles Alfredo et José. Nous étions heureux. Ma mère bien-aimée célébrait toujours le jour de notre fête et nous mangions du porc et des choses de ce genre, qui, vous le savez, ne sont pas bonnes pour la santé. Elles donnent des crises, et ma mère a eu une crise à cause de moi. En fait, ce qui est arrivé, c'est que plus tard dans la journée, elle m'a demandé de descendre les cages à oiseaux du grenier. Ma mère aimait beaucoup les oiseaux, vous comprenez ? Elle couvrait les murs de cages, simplement parce qu'elle aimait ces petites créatures. J'ai donc grimpé sur le toit et un peu de poussière est tombée chez notre voisine et la femme a commencé à me jeter de l'eau.

« Dis donc, marmot, tu ne peux pas faire attention à ce que tu fais ? »

Ma mère est accourue pour me défendre et s'est disputée avec la voisine. Si elle n'avait pas eu de dispute, maman ne serait pas morte. De toute façon, que je sois coupable ou non, voilà ce qui est arrivé.

On nous a réveillés vers deux heures du matin. Je ne voulais pas me lever parce que j'avais mouillé le lit et que j'avais peur d'être puni. Mais nous avons vu mon père pleurer et nous nous sommes levés, effrayés. Je savais qu'il se passait quelque chose de grave car mon père tenait ma mère dans ses bras. Nous étions tous près du lit en train de pleurer quand le docteur est arrivé. Les gens de notre famille ont essayé de nous faire sortir de la maison, mais je me suis battu pour rester.

Je ne voulais pas croire que ma mère était morte. On l'a couverte d'un suaire et cette nuit je me suis glissé dans son lit en cachette. Ils me cherchaient et je dormais près de ma mère sous le drap dont ils l'avaient recouverte. A mon âge, je savais déjà que mourir voulait dire que la personne quittait ce monde pour toujours; pourtant j'ai dit à mon frère et à mes sœurs : « Ne pleurez pas, maman est simplement endormie. » Et quand je me suis approché de ma mère et que je lui ai dit : « Maman, maman, tu dors, n'est-ce pas ? » j'ai touché son visage, mais je savais qu'elle ne se réveillerait jamais.

Dès lors, ma mère m'a manqué et elle me manque encore. Dès qu'elle est morte, j'ai su que je ne pourrais plus jamais être heureux. Il y a des gens qui se sentent soulagés après avoir parlé de leurs ennuis, mais j'ai raconté ça à beaucoup de gens et cela ne m'a jamais aidé. Je ne me sens calme que lorsque je m'enfuis, quand je pars comme un vagabond, quand je suis seul dans la campagne ou au haut d'une montagne. Je crois que si ma mère vivait encore je serais très différent. Ou je serais peut-être pire.

Quand ma mère est morte, ma grand-mère est devenue ma seconde mère. Je la suivais tout le temps. Je l'appelais petite grand-mère avec autant d'amour que je mettais à appeler ma mère *maman*. Elle était toujours bonne avec nous, mais elle était très stricte et sévère de caractère. Après tout, elle était vieille et avait été élevée à l'ancienne mode. On était plus raide pour tout.

Elle est venue vivre avec nous et elle a bien pris soin de nous. Elle vendait des miettes de gâteaux sur la plaza et j'allais la voir tout le temps. Je sentais le besoin d'être avec elle, parce qu'elle me comprenait et me donnait beaucoup de conseils. Le reste de la famille, même ma tante Guadalupe, qui est la plus proche de nous, me traitait de *negro cambujo* et de *face de diable*. Je ne savais pas ce que signifiait *cambujo* noir mais cela me blessait tout de même. Je me tenais donc toujours près de ma grand-mère.

Manuel ne voulait jamais aller avec elle acheter les miettes de gâteaux ou le pain. C'était moi qui aimais l'accompagner. Je ne sais pourquoi, je n'étais qu'un enfant, mais j'avais l'impression que si je l'accompagnais tôt le matin, il ne pouvait rien lui arriver, et Dieu merci, il ne nous est jamais arrivé de mal. Une fois, Manuel est venu avec nous et il a mis ma grand-mère très en colère. Un marchand vendait des pommes sucrées plantées sur une baguette en criant : « *Tejocotes, tejocotes*, un centavo. » Manuel, qui taquinait toujours ma grand-mère, s'est mis à crier : « Grand-mère, un centavo... un centavo la grand-mère... » Eh bien, elle l'a grondé et a essayé de l'attraper, mais, naturellement, elle n'a jamais pu. Il courait vite. Il plaisantait simplement, mais il l'a fait pleurer cette fois, et cela m'a fait beaucoup de peine.

Nous vivions dans la rue de Cuba à l'époque, oui, rue de Cuba, car papa venait juste de rencontrer Elena, et ma grand-mère nous a quittés pour aller habiter avec ma tante Guadalupe. Je me suis senti encore plus seul et ma mère m'a réellement manqué alors, parce que tant que ma grand-mère était là, je n'avais pas l'impression que ma mère était morte.

Quand Elena est devenue ma belle-mère, je suis allé me plaindre à ma grand-mère Pachita, en lui disant qu'Elena était comme ci et comme ça. Ma grand-mère était mon mouchoir à l'époque. Je me déchargeais vraiment devant elle. J'ai même volé les plantes, enfin, je ne les ai pas volées, elles appartenaient à ma mère et je ne voulais pas qu'Elena les touche, je les ai donc apportées à ma grand-mère et à ma tante. Mais j'ai également perdu ma pauvre petite grand-mère, car elle est morte peu après.

Dès le début, ma belle-mère et moi ne nous sommes pas aimés. Nous ne nous entendions pas très bien. Pour moi, il n'y avait qu'une seule mère au monde, et même si une centaine d'autres arrivaient avec le désir de remplacer ma mère, ce n'était pas la même chose. D'autre part, j'avais appris de mes amis que les belles-mères étaient méchantes.

Elena avait environ dix-huit ans, je crois, ou moins. De toute façon, elle était trop jeune et manquait d'expérience pour s'occuper d'un veuf avec quatre enfants. Elle ne savait comment nous obliger à obéir, surtout moi, car j'étais le plus sauvage. Si elle m'avait parlé gentiment, j'aurais été de la pâte entre ses mains, mais elle voulait toujours me contrôler, me commander, dominer ma vie. Depuis que je suis petit, je n'aime pas être commandé, sauf par mon père ou ma mère. Si Elena mettait la main sur moi, je me défendais. Je me suis toujours défendu physiquement, je n'ai jamais su me défendre avec des mots.

L'une des raisons pour lesquelles je me battais tant avec Elena c'est qu'à cause d'elle, Manuel et moi dormions par terre. Une fois j'ai entendu une conversation entre Elena et papa. Elle disait que nous avions eu le lit pendant assez longtemps et que les filles grandissaient. Ainsi mon père nous a donné l'ordre de dormir par terre. Pas exactement par terre, car papa nous a acheté des paillasses. Je suppose qu'à l'époque il ne pouvait pas acheter de lit.

J'ai pleuré plusieurs fois, mais je n'ai jamais dit un mot à mon père. J'avais de la peine et un sentiment d'angoisse autour du cœur. Je me sentais triste, comme un chien, à dormir par terre. Je regrettais beaucoup ma mère à cette époque. Quand elle vivait nous dormions dans un lit et nous étions plus aisés. Même après sa mort... avant l'arrivée d'Elena... Nous dormions dans un lit, avec mon père, à la place qu'Elena était venue prendre.

J'étais très content de dormir près de mon père. Quelles bagarres j'avais avec Manuel quand il prenait ma place près de mon père ! Nous nous disputions jusqu'à ce que papa dise : « Tout le monde se tait et dort. » Hop ! Lumière éteinte, ses chaussures enlevées, son pantalon posé sur une chaise, et tout devenait silencieux.

Tout de suite, une chose qui m'a déplu c'est qu'Elena avait vécu avec un autre homme. J'avais très peur pour mon père, car son ex-époux aurait pu se venger ou quelque chose comme ça.

Mon père me grondait et me battait souvent à cause des idées que ma belle-mère lui mettait dans la tête. Elle n'avait pas entièrement tort, mais elle brodait sur la vérité et déformait les choses. Et souvent, elle me poussait à être méchant. Si je sautais sur le lit et le salissait, elle disait : « Va-t'en, *negro cambujo !* » Cela me blessait et je répondais : « Espèce de sale mégère, pourquoi me traites-tu de noir ? Si je suis noir, c'est parce Dieu m'a fait ainsi. » Alors elle me battait, et je la battais à mon tour et je la faisais pleurer.

Quand mon père rentrait, au lieu de lui dire bonjour, elle lui disait du mal de moi. Aussi mon père, qui était très fatigué après une journée de travail, était exaspéré et ne m'écoutait même pas. Il me battait tout simplement. Le lendemain, je me disputais à nouveau avec Elena.

Mon pauvre père ! Combien d'argent mes querelles avec cette femme lui coûtaient ! Combien de billets de cinquante, de cent, trois cents pesos, combien de manteaux, de chaussures et de robes pour contenter la dame. Comme cela me rendait fou ! Elle gardait l'argent et je lui en volais parfois à cause de la façon dont elle le soutirait à mon père.

Bien que je n'aie pas pu le montrer, non seulement j'aime mon père, mais je l'idolâtre. J'étais sa joie et son orgueil quand j'étais petit. Il m'aimait plus que mon frère, parce que, quand il allait quelque part, il m'emmenait moi de préférence. Souvent, nous allions juste tous les deux à la Basilique ou au cinéma ou simplement nous promener dans la soirée. Il m'aime toujours aussi profondément, sauf qu'il ne me le montre plus car je ne le mérite pas.

Mon père a toujours été très sec avec nous; il ne parlait pas beaucoup et nous ne pouvions jamais lui faire part de nos problèmes. J'ai essayé de me rapprocher de lui. J'aurais aimé qu'il nous traite d'une manière particulière, comme les autres pères, qu'il nous parle, qu'il s'occupe de nous. J'aimais tant la façon dont nous lui embrassions la main ou le serrions dans nos bras autrefois quand il rentrait. Je sentais que mon père me comprenait mieux à l'époque, bien que même alors il me manquait un signe d'affection, un mot d'encouragement.

Deux fois dans ma vie seulement, mon père m'a parlé intimement. Il m'a demandé : « Mon fils, qu'est-ce qui te préoccupe ? Qu'y a-t-il ? Raconte-moi tes ennuis. » Je me sentais la personne la plus considérée et la plus heureuse au monde de l'entendre m'appeler « mon fils » d'un ton si affectueux. D'habitude, il m'appelait Roberto ou « tu », et me grondait avec des mots grossiers.

Je n'ai jamais aimé qu'un fils élève la voix contre son père. Quand mon père nous grondait ou même nous parlait tout simplement, il était impossible de le regarder dans les yeux car il avait une expression féroce. Si je voulais m'expliquer ou du moins éclaircir un peu la vérité, il ne me laissait pas parler. « Toi, ferme ta bouche », et, « tu n'es qu'un bon à ceci ou cela ». Je ne lui répondais jamais quand il m'engueulait. Au contraire, je me faisais des reproches. Je disais à mon frère et à mes sœurs que si mon père n'était pas bon avec nous c'était de notre faute. Un père est sacré, surtout le mien. C'est un homme bon et honnête. Il n'y en a pas un autre comme lui.

Mon père ne nous battait jamais s'il n'y avait pas une bonne raison. Il nous frappait avec une large ceinture qu'il porte encore. Elle était très épaisse et nous frappait fort, surtout moi. Il nous tapait tellement que nous nous étions en quelque sorte durcis et nous ne sentions plus rien; pourtant quand il était en colère, il en mettait un coup. Malheureusement pour moi, j'avais une sale habitude. Quand j'étais fouetté, je me cognais la tête contre le mur, ou contre l'armoire ou autre chose. Je n'arrêtais pas de me cogner la tête, sans savoir pourquoi.

Puis, quand j'ai eu dix ans, mon père a pris l'habitude d'utiliser un fil électrique, très épais, de deux mètres de long. Il l'avait plié en quatre et fait un nœud dedans. Ouah ! alors nous sentions le châtiment. A chaque coup, il traçait un sillon. Et mon père n'était pas homme à s'arrêter au coupable, il nous tenait tous les deux. Il était impartial comme ça.

Mon père me poussait toujours à aller à l'école. Comme j'ai été bête de ne pas l'écouter ! Je n'ai jamais pu m'expliquer pourquoi je n'aimais pas l'école. Quand mes camarades étaient envoyés au tableau, ils faisaient leurs exercices rapidement et sûrs d'eux-mêmes, mais quand c'était mon tour, je sentais un poids sur mon dos car je savais que tous les yeux étaient fixés sur moi. Je croyais qu'ils se chuchotaient des choses sur moi. Je voulais être beaucoup plus brillant qu'eux et à cause de cela, je ne pouvais me concentrer et je mettais plus longtemps.

Ma mère, ma tante ou ma grand-mère m'emmenaient à l'école; il fallait parfois qu'elles m'y traînent. J'étais désespéré d'être laissé seul au milieu de tous ces garçons et filles. Je me sentais inférieur à côté de tant de gens.

Je suis resté quatre ans en première année, non pas parce que j'étais idiot, mais parce que je faisais l'école buissonnière. J'ai fait la seconde année en un an, mais en troisième, je suis resté deux ou trois mois et n'y suis jamais retourné. A cause de mes amis et peut-être parce que j'avais si peu de liberté à la maison, j'aimais faire l'école buissonnière et j'allais souvent au parc Chapultepec. Mon père était averti quand je manquais l'école et attendait mon retour le fouet à la main.

Quand nous étions enfants, mon frère et moi étions plus proches l'un de l'autre. Il me protégeait toujours; pendant des années, Manuel a été le mouchoir sur lequel je séchais mes larmes. J'étais très poltron et pleurnichard, très *rajón*, comme on dit au Mexique, car si on criait simplement après moi, je me mettais à pleurer; si on me touchait, je hurlais. Je courais chercher mon frère et lui, le pauvre, devait se livrer à des tas de bagarres à cause de moi.

J'étais en troisième quand Manuel a eu son diplôme de fin d'études. Je n'avais pas le courage de faire face à tous ces garçons sans lui et c'est pourquoi j'ai quitté l'école.

Je ne sais pas pourquoi mais je me suis toujours senti moins que rien. Jamais de ma vie je n'ai senti que quelqu'un faisait attention à moi. J'ai toujours été raillé... amoindri. J'ai toujours voulu être quelque chose dans la vie, faire ce dont j'avais envie et ne recevoir d'ordre de personne. Je voulais faire de ma vie un cerf-volant et le faire voler dans n'importe quel champ.

Je voulais être quelqu'un en athlétisme, un grand conducteur d'automobiles ou un motocycliste et faire des courses. J'ai toujours voulu être aviateur. Un jour, mon père m'a emmené au marché de la Lagunilla pour m'acheter une casquette. Il a dit : « Quelle casquette veux-tu ? » J'ai immédiatement demandé celle avec les lunettes, le genre porté par les aviateurs.

Quand je jouais avec mes amis, le jeu était toujours

l'aviation. Pour le rendre plus réel, je baissais mes lunettes et je montais sur le toit pour y courir comme un avion. Ou je me mettais à courir autour de la cour. J'attachais des cordes aux tuyaux d'eau et je faisais la balançoire. C'était un avion et j'avais vraiment l'impression de voler. C'était l'un de mes rêves. A chaque fois qu'un avion passait, encore aujourd'hui, je le regardais, espérant qu'un jour j'en piloterais un.

Je me suis ouvert la tête à cause de cette envie de voler. Mon cousin Salvador, le fils de ma tante Guadalupe, qu'il repose en paix, était très gai et aimait jouer avec nous. Une fois je lui ai demandé de me faire faire un tour en avion, c'est-à-dire de me faire tournoyer. Il faisait toujours ce que nous voulions et il m'a donc pris par le poignet et la cheville et m'a fait tournoyer, tournoyer. Il a brusquement perdu le contrôle et boum ! Je me suis écrasé contre le mur. Ma tête était ouverte et quand je me suis réveillé, mon père et ma mère, et tout le monde, étaient très alarmés. J'étais couvert de sang mais je n'ai pas eu peur. En fait, j'avais du plaisir à saigner. Ça m'a laissé une cicatrice, là, sur la tête.

Je suis plein de cicatrices. Je recevais toujours des coups. Je me suis plusieurs fois ouvert la tête, en tombant du toit ou dans des bagarres à coups de pierres, dans des batailles, avec mes amis. Une fois, j'ai failli perdre un œil et je saignais tellement que j'ai cru que j'allais mourir. Je courais et je suis tombé sur une petite pelle que j'avais à la main. Elle est entrée directement dans mon œil gauche, mais on m'a emmené chez un médecin et je vois encore assez bien avec cet œil. La pire cicatrice et l'une des plus grandes frayeurs de ma vie, c'est quand j'ai été mordu au bras par un chien.

J'ai appris à nager avant mon frère, bien qu'il soit souvent allé se baigner avec ses amis. Je tournais autour d'eux, en espérant qu'ils m'emmèneraient. Je faisais l'école buissonnière pour aller nager dans une piscine non loin de chez moi. Il y avait un employé là-bas, Josué, que j'admirais beaucoup parce qu'il était bon nageur et un type sympathique. Il était grand, fort et avait une voix très rauque. Je n'ai pas honte de vous le dire, il avait un corps terrible. Je voulais être comme lui, sympathique, grand, fort et capable de susciter un peu d'estime. Il nous racontait ses voyages à travers la République.

Une fois, j'avais huit ans, je n'avais pas d'argent pour acheter un ticket d'entrée à la piscine. Manuel, son ami Alberto le Singe et moi, étions devant la porte d'entrée, essayant de rassembler un peu d'argent entre nous quand un ivrogne est arrivé. L'homme a donné à Manuel et au Singe l'argent dont ils avaient besoin. Alors j'ai dit : « Et moi ? Vous n'allez pas m'en donner aussi ? » Il est parti et j'ai dit : « Eh, Monsieur, vous ne voulez pas me donner l'argent du ticket ?

— Qui es-tu ? dit-il.

— Je suis le frère de l'un des garçons à qui vous venez de donner de l'argent. » Et je lui ai dit combien de centavos j'avais besoin pour entrer.

« Non, petit-fils de pute. Fiche le camp. T'as la peau trop noire. »

Cela m'a fait beaucoup de peine. Mon frère et Alberto sont entrés sans moi, me laissant désespéré et humilié.

Quand je faisais l'école buissonnière, ou quand mon père m'envoyait au marché de la Lagunilla pour que je lui rapporte les choses qu'il achetait, j'avais pris l'habitude d'emmener ma petite sœur Marta. Je l'ai toujours aimée plus que les autres. Je ne sais si c'est parce qu'elle n'avait jamais connu notre mère ou parce qu'elle me suivait partout.

J'ai appris à Marta à faire des voyages gratuitement en sautant sur le pare-chocs du trolley et en s'y accrochant. J'emmenais également un petit chien blanc de la Casa Grande, parce qu'il me suivait partout. Nous nous promenions donc, confortables et heureux, collés comme des mouches à l'arrière du trolley, avec le chien courant après nous. Tout le monde s'arrêtait pour nous regarder, les gens sortaient la tête des vitres de voitures et d'autobus pour voir le spectacle. Je pensais qu'ils nous admiraient et j'en tirais du plaisir.

J'aimais sauter tandis que le trolley roulait à toute vitesse. Marta était très courageuse et apprit à sauter elle aussi. Je risquais non seulement ma vie, mais la sienne, mais elle s'en amusait tellement que cela m'impressionnait. Je crois que c'est pour cela que je la préférais à Consuelo et à Manuel.

Je l'emmenais au parc Chapultepec et à la Villa, où nous grimpions au sommet des collines les plus abruptes. Je faisais une tresse avec trois cordes et j'attachais une extrémité autour de ma taille et l'autre autour de la sienne. Je choisissais les falaises les plus dangereuses et je grimpais le premier, puis je la hissais après moi. Elle aimait ça et ne s'est jamais plainte.

Je tiens à dire clairement que j'ai toujours respecté Marta comme une sœur. Le contact avec les femmes éveillait mes instincts naturels, pas vrai ? Mais c'est très différent avec mes sœurs. Cela me faisait de la peine que mon père prenne parfois l'air soupçonneux en apprenant que nous étions allés ici ou là. Il demandait : « Et pourquoi y êtes-vous allés ? Et qu'avez-vous fait ? » et il posait des questions à Marta pour savoir si nous avions fait quelque chose de mal. J'avais travaillé une fois dans une boulangerie de l'hôpital militaire où ils m'avaient payé en petits pains. Ensuite, j'ai eu l'idée d'y emmener Marta pour voir s'ils nous donneraient quelques petits pains à manger. L'hôpital était très loin et quand mon père apprit que je l'avais emmenée là-bas, il me flanqua une terrible raclée.

Il y avait une grande différence entre Marta et Consuelo. Consuelo était plus intelligente et persévérante et aimait étudier. Quand elle décidait de faire quelque chose, elle s'y accrochait. Elle ne jouait jamais avec des garçons comme Marta et elle était très réservée même avec les filles. Elle était gentille et calme, très mince, avec l'air effrayé.

Quand nous étions petits, je m'entendais bien avec Consuelo. Plus tard, j'ai été surpris de voir changer ma sœur. Elle explosait pour presque rien et soulevait une tempête dans un verre d'eau. Elle était d'humeur changeante et me semblait insociable, renfermée et irritable. Elle était très sèche, et avait peu de rapports avec les gens. Mais en dehors de ça, elle était bonne, très bonne.

Les ennuis entre Consuelo et moi ont commencé quand ma belle-mère est venue vivre avec mon père. Je prenais mon petit déjeuner tard, après les autres, car, je ne sais pourquoi, mais depuis mon plus jeune âge, j'avais honte d'être assis à table sans rien faire. Je faisais toujours quelque chose dans la maison, j'allumais le feu, je mettais le café en route, je nettoyais les cages et je nourrissais les oiseaux. Personne ne me le demandait, mais cela me gênait de ne rien faire avant de manger.

Après que la famille avait mangé, je fouillais la cuisine à la recherche de nourriture. Souvent, devant mes yeux, Consuelo ou Elena versait le reste de café dans l'évier ou émiettait mon pain. Je disais : « Ha, ha, vous me faites rire, je n'ai même pas faim. » J'attrapais l'une des bananes que l'on donnait aux oiseaux et je sortais. Je les envoyais au diable, non de colère mais de chagrin. La vérité est que quand elles détruisaient comme ça mon petit déjeuner, je sentais une grande angoisse au cœur et une boule dans la gorge. Je pleurais, pas devant elles, mais dans l'une des petites cabines de douche de la cour. J'essayais de ne rien dire de ces choses, car je savais que si je les racontais à mon père, il les gronderait et peut-être même les punirait avec la corde. Il grondait effectivement Consuelo de temps en temps, mais elle ne changeait pas.

Mais j'ai toujours été un frère pour mes sœurs. Je ne les ai jamais punies sans une raison valable, comme par exemple si elles ne m'obéissaient pas, ou si elles répondaient à mon père, ou si elles m'appelaient « sale nègre ». Je suis désespéré à l'idée du nombre de fois où je les ai battues. Je voudrais leur demander pardon, mais quand je les vois je perds mon courage. Cela me fait souffrir, car un homme ne devrait pas battre une femme. Mais je ne les frappais que de la paume ou du revers de la main. Et quand je tapais, ce n'était que sur le bras, sur le dos ou sur la tête.

Mais quand mon père rentrait, Consuelo lui disait que je lui avais donné un coup de pied ou un coup au poumon. *Ay !* mon Dieu ! Ce n'étaient pas des caresses que mon père me donnait à cause de ces mensonges ! Parole d'honneur ! Je jure que je ne l'ai jamais battue de cette façon. C'était une petite menteuse à l'époque, et c'était la faute d'Elena, enfin, la brave femme repose en paix à présent, Dieu l'a en son paradis, mais quand elle et ma sœur m'accusaient et exagéraient, mon père me fouettait avec ce câble électrique double, qui avait un fil de cuivre à l'intérieur et un nœud au bout.

Ce que Consuelo et Elena pouvaient me rendre la vie difficile ! Je sentais qu'elles étaient contre moi et que je devais constamment être sur mes gardes. Et mon père favorisait les femmes. Il s'était toujours mieux occupé d'elles, et il me semblait qu'il aimait davantage mes sœurs. Ou plutôt, il nous aimait autant qu'elles, mais elles seules avaient le privilège de recevoir la preuve de son affection. Il a toujours préféré les femmes. Je n'y ai jamais prêté attention; cela ne m'a jamais préoccupé. Au contraire, cela me plaisait parce que, de cette façon, j'étais plus sûr de mes sœurs, c'est-à-dire, à mon avis, elles ne pouvaient jamais avancer comme excuse que l'amour de leur père leur avait fait défaut.

Je vais vous dire pourquoi je battais mes sœurs. Ce n'est pas que je ressentais de la haine ou de l'amertume à leur égard. C'est que je n'ai jamais aimé que mes sœurs jouent avec des garçons. Mais elles ne m'ont jamais écouté, c'est logique, n'est-ce pas ? Parce que, eh bien, les petites filles doivent naturellement jouer avec les petits garçons.

J'avais ce sentiment parce que depuis que je suis tout petit, j'ai été sournois envers les petites filles, terriblement sournois. J'étais plein de méchanceté. Quelquefois, j'emmenais une petite fille aux toilettes quand il n'y avait personne à la maison. J'essayais toujours de trouver un moyen pour qu'on ne la voie pas, et puis je commençais à la peloter, avec son consentement, bien entendu. Je n'avais que cinq ou six ans, et même après la mort de ma mère, à huit ou neuf ans, je le faisais encore. C'est pour ça que je ne voulais pas que mes sœurs jouent avec des garçons, parce que j'imaginais que les garçons pouvaient leur faire la même chose. Juste les peloter, comme on dit, c'est tout ce que je faisais aux petites filles.

Quand nous avons été plus vieux, Manuel, ma cousine Matilde, ma cousine Julia et moi, avons commencé à jouer. Mon frère disparaissait avec Julia dans une direction, et moi avec Matilde dans une autre. Elle était la belle-fille de mon oncle Alfredo, nous n'étions donc pas réellement parents. Malheureusement, depuis mon enfance et même maintenant que je suis adulte, le moindre contact avec une femme, rien que la toucher ou lui serrer la main, éveille mes instincts naturels et je ne peux pas me contrôler. C'est la même chose pour tous les hommes, je suppose.

J'avais donc l'idée d'aller avec Matilde dans la salle de

bains. Il n'y avait pas de toilettes intérieures dans la *vecindad* où elle habitait; elles étaient dehors, dans la cour c'était donc commode pour ce que je voulais faire.

Je l'ai convaincue et nous y sommes allés. Je lui ai dit de s'allonger dans le coin. J'ai soulevé sa robe et baissé sa culotte, et à l'époque, je ne pouvais appeler ce que j'avais, un membre, il pointait à peine, mais je l'ai mis entre ses jambes. Je ne pouvais vraiment rien faire et je ne savais même pas où il devait aller, mais avec son consentement nous étions là, tous les deux, essayant de le faire d'une façon ou d'une autre, jouant à papa et maman.

J'ai donc fait cette chose honteuse avec ma cousine et c'est pour ça que j'essayais toujours de surveiller mes sœurs.

Quand nous avons emménagé dans la Casa Grande, j'étais encore tout petit. Notre première pièce là-bas était minuscule et en très mauvais état. Le plancher était plein de trous, d'où sortaient de gros rats. Nous perdions des tas de choses dans ces trous, de l'argent, des billes, des peignes. Il n'y avait pas d'électricité avant que mon père paie pour la faire installer. J'aimais être dans l'obscurité ou n'avoir que la lumière des bougies, mais mon père tenait toujours à avoir le confort moderne. Il aimait qu'un endroit soit vaste et très propre, et c'est pour cette raison que nous avons emménagé dans une pièce plus grande.

Elena aimait elle aussi entretenir sa maison. *Hombre*, elle voulait toujours ceci ou cela pour la maison, et elle déplaçait tout le temps les meubles. Je n'aimais pas tous ces changements, mais on peut dire ce qu'on veut sur Elena, elle faisait de notre maison un objet de fierté, un exemple pour les voisins, car elle était toujours propre et bien rangée. Notre maison a beaucoup changé depuis; on ne la respecte plus. Avant, elle était si estimée que les gens allaient jusqu'à soulever leur chapeau en passant. Et tout le temps que mon père a vécu avec nous, il n'a jamais manqué de payer le loyer. Au contraire, il payait un mois à l'avance et, en récompense, le propriétaire lui donnait un ticket d'entrée gratuit aux bains.

La loi de la Casa Grande était : nouveau locataire... nouvelle bagarre. Pour entrer dans la bande, il me fallut passer par un certain nombre d'épreuves. Ils expédiaient leurs meilleurs *gallos* ou bagarreurs sur le nouveau garçon, pour voir s'il était acceptable comme ami. Avant, les familles emménageaient et déménageaient sans arrêt et il y avait beaucoup de bagarres. N'importe qui me voyant dans la cour me frappait, me pinçait ou me lançait des pierres. Si je rapportais quelque chose du magasin, ils me le jetaient par terre et je me faisais à nouveau punir à la maison. Et par conséquent, de même que la quantité de souffrance que le corps humain peut supporter a ses limites, ainsi la patience a ses limites, et on se trouve obligé de se battre.

Un jour, je me promenais dans la cour, et là mon frère et les quatre gars Ramirez m'attendaient. Ils attendaient cette épreuve décisive. Manuel s'était senti obligé de me proposer comme membre de la bande. Mais je n'allais pas leur servir de souffre-douleur simplement parce que j'étais nouveau. Mon frère m'a dit : « Viens te battre. » Daniel allait être mon examinateur. J'ai imploré Manuel, mais cela l'a rendu furieux que je me montre si poltron. « Ne sois pas une poule mouillée. Défends-toi. Je ne me battrai pas pour toi toute ta vie. »

Puis ils m'ont lancé Jorge Ramirez, en disant : « Débrouille-toi avec lui, ou on te dérouille. » Alors je me suis battu malgré moi, parce que j'avais si peur de ces gars. Jorge a tenu deux ou trois coups et il est parti en pleurant. Je saignais. Ensuite, je me suis battu avec Hermilio et Daniel... tous de bons amis... car il ne s'agissait que de bagarres amicales, même si elles semblaient vraies. Je me suis battu avec chacun d'eux, jusqu'au premier *gallo* et je l'ai battu. Je croyais que c'en était fini, mais des voisins ne cessaient d'arriver et il me fallait les mettre à l'épreuve, les faire entrer dans notre cercle. S'ils n'acceptaient pas, on leur rendait la vie misérable.

J'ai commencé à aimer me battre. Je ne me plaignais pas quand on me frappait, mais je fonçais immédiatement sur n'importe qui. Ainsi, j'ai soulagé mon frère de la responsabilité d'avoir à se battre pour moi. En fait, je n'ai jamais voulu me battre avec qui que ce soit, mais ils ne cessaient de me chercher. Je devais me défendre et j'ai continué à le faire toute ma vie.

Les meilleurs *gallos*, ceux qui se battaient le mieux, devenaient membres du groupe dirigeant. Ils étaient gradés comme dans l'armée : Wilfredo, capitaine; Ignacio, lieutenant; Hermilio, sous-lieutenant; Manuel, sergent-chef; moi, Roberto, sergent etc. Quand nous mesurions notre force à celle du capitaine, c'était nous qui décidions de ce que nous allions faire en jouant. L'un après l'autre, nous nous mettions à dominer.

Il y avait un jeu, « suivez le chef », dans lequel dix à quinze membres de la bande se mettaient ensemble et suivaient « la main », le chef. S'il sautait par-dessus une gouttière, les autres devaient en faire autant. S'ils ne le faisaient pas, nous devions leur tomber dessus. Quand c'était moi « la main », mon père recevait ensuite un certain nombre de plaintes. J'ai eu des ennuis parce que j'ai sauté par-dessus la clôture qui entoure le petit jardin de la *vecindad*. Je pouvais la sauter aisément, mais il y avait des garçons qui ne pouvaient pas et ils l'ont abîmée. Il y avait également mes randonnées sur les tuyaux d'eau ou les gouttières. Les tuyaux montaient jusqu'au sommet de la maison et je grimpais grâce à eux sur le toit. J'en ai ainsi arraché ou décollé quelques-uns.

J'aimais aussi me promener sur les toits et je suis tombé plus d'une fois. La plupart du temps, je tombais sur les pieds debout, et c'est pourquoi les gars m'appelaient « l'orang-outang ». Quand nous jouions au football et que la balle allait se perdre sur le toit, « l'orang-outang », pour faire bonne impression, grimpait la chercher. Les voisines le disaient à Elena ou se plaignaient à mon père qui envoyait Manuel me chercher. Il était toujours sensible aux plaintes des voisins. Plus tard, quand je rentrais à la maison, je me reposais en attendant les coups.

Quand Elena demanda à mon père la permission de rendre visite à sa mère qui vivait dans un village du Jalisco, je l'ai priée de m'emmener avec elle. Consuelo, qui était celle qu'Elena aimait le plus, croyait que c'était elle qu'on emmènerait mais mon père m'a envoyé moi, pour prendre soin d'Elena, ou peut-être pour l'espionner. Quoi qu'il en soit, nous sommes partis tous les deux par le train. C'était mon premier long voyage et le souvenir en est agréable.

Pour moi, me souvenir, c'est revivre ! J'aimais le genre de vie là-bas. Le village était pittoresque, avec des rues non pavées et des maisons d'adobe. Ce que je préférais c'était l'église. J'ai fait connaissance avec la famille d'Elena, sa mère Santitos, ses frères Raimundo et Arturo, ses deux sœurs Soledad et Concha, qui sont mortes depuis. Señora Santitos était une agréable personne, très décente. Comme Elena, elle n'était pas allée à l'école et ne savait ni lire ni écrire. Je les aimais bien tous.

Ils m'ont appris à traire les vaches, et je buvais même directement le lait aux mamelles. Je repoussais les veaux et les chevreaux et je m'allongeais pour boire ! Nous avons passé un mois là-bas, un mois heureux pour moi.

Une autre fois où je me suis bien entendu avec Elena c'est lorsque j'ai été malade, de peur, selon elle. J'avais sommeil tout le temps. Je ne mangeais pas, j'étais pâle et maigre et j'avais des cernes sous les yeux. Je ne savais pas de quoi j'étais malade. Seules Elena et sa mère le savaient... Elles disaient que c'était de la peur et elles ont essayé de me soigner avec toutes sortes de mixtures d'herbes. Mon père, qui prenait toujours soin de nous, m'a envoyé chez un médecin. Elena s'est occupée de moi cette fois, car il y avait une trêve entre nous du fait de ma maladie. Si elle m'avait toujours traité comme elle m'a traité à ce moment-là, elle serait peut-être encore en vie, ou du moins nous nous serions mieux entendus.

A l'âge de onze ans, alors que j'étais encore en première année, je me suis enfui de chez moi pour la première fois. Je suis allé à Veracruz avec rien de plus que les vêtements que j'avais sur le dos. Je n'avais pas d'argent pour partir. A cette époque, je ne parvenais pas à réunir un peso entier dans ma poche en une seule fois. J'étais limité aux cinq centavos que mon père déposait sous notre oreiller chaque matin avant de partir travailler. Le dimanche, nous avions droit à vingt centavos chacun. Mais je dépensais généralement mon argent tout de suite et n'en avais jamais sur moi. Sur la route, le seul argent que je possédais était celui qui m'avait été donné par un chauffeur.

Le prétexte pour m'enfuir c'était que mon père m'avait grondé, mais en fait, il me grondait toujours. La raison principale c'est que j'entendais les gars parler de leurs aventures et que je voulais en faire l'expérience par moi-même. Je suis donc allé à Veracruz. J'ai choisi cet endroit parce que j'y étais déjà allé une fois avec mes parents, Manuel et Consuelo, qui était un bébé à l'époque. Mon grand-père était mort et des oncles avaient mis mon père en prison et pris son héritage. Rien qu'à y penser, j'en avais le sang qui bouillait ! Rendez-vous compte, mes oncles avaient fait ça à mon père ! Des gens aussi mesquins, matérialistes ! L'argent était tout pour eux ! Mais mes oncles étaient morts et je n'ai rien su des autres membres de la famille avant bien plus tard.

A toute allure, j'ai fait environ vingt-trois kilomètres sur la route de Mexico à Puebla. J'ai toujours aimé la route; marcher est ma vie. J'ai marché depuis Maltrata tout le long de la voie de chemin de fer jusqu'à Orizala (environ soixante-dix kilomètres), juste pour voir la végétation et l'extraordinaire paysage. Le train passait et j'aurais pu sauter (je n'ai pas la mauvaise habitude démodée de payer mes voyages), mais je préférais marcher, contemplant le paysage. J'aime marcher jour et nuit, jusqu'à tomber d'épuisement. Puis je vais dormir sur le côté de la route. Je trouve de l'herbe n'importe où et j'en coupe un tas pour m'en faire un lit.

Sur la route, je me sentais heureux et insouciant. Le problème de la nourriture ne m'inquiétait pas. Il m'était facile d'aller dans une cabane demander du travail en échange d'un *taco*. Tout le monde me donnait quelque chose à faire : tirer l'eau du puits, couper du bois, ou toute autre chose simple de ce genre, puis ils me donnaient quelque chose à manger. Beaucoup de gens me disaient de m'asseoir pour manger d'abord, puis ils ne me laissaient rien faire pour eux. Ils me préparaient un paquet de *tortillas* et de sel et je m'en allais.

Je m'étais fixé un itinéraire et le suivais comme prévu. De Los Reyes, je suis allé jusqu'au carrefour, là où les routes de Texcoco, de Puebla et de Veracruz se croisent. Aucune fichue voiture ne voulait s'arrêter, même en voyant que j'étais un enfant. Un autocar m'a pris et ils m'ont demandé d'où je venais. Si j'avais su que dire que l'on vient de Mexico vous ferme les portes, j'aurais dit que je venais d'autre part. Les gens de la capitale ont très mauvaise réputation. Aux carnavals ou aux *fiestas*, quand on attrape quelqu'un en train de voler ou de faire quelque chose de mal, il se révèle être de Mexico. Pendant la Semaine Sainte et le Carnaval du 24 Juillet, beaucoup de drogués et d'homosexuels vont à Veracruz. J'en ai vu quelques-uns là-bas, habillés en femmes. Qui sait pourquoi ils font ça ? C'est écœurant.

Je voyageais seul. Je n'ai jamais voulu emmener d'amis car j'ai toujours préféré aller seul. Il m'est plus facile de me débrouiller. Je demandais mon chemin aux gens. En demandant, on peut aller à Rome.

Quand j'ai quitté la maison, j'ai eu l'impression d'être soulagé d'un grand poids. Vivre avec d'autres gens est difficile. Je n'ai jamais voulu m'attacher de nouveau à la famille. Parfois, je demandais à être logé pour une nuit et je restais plusieurs jours dans une famille. Mais je n'étais pas à l'aise car ce que je recherchais était la liberté. J'allais donc, comme l'air, sans difficultés, sans but, libre... On me demandait : « Pourquoi es-tu parti de chez toi ?

— Parce que mon père me grondait. J'ai une belle-mère. »

Comme Elena me servait de prétexte ! Je crois que c'est pour ça que je la mettais toujours en colère, pour pouvoir l'utiliser comme prétexte à mes mensonges. J'avais une chance de canaille, car je parvenais à mes fins, momentanément. Je me traite de canaille, car je me servais d'une autre personne pour couvrir mes mensonges. Ce que j'ai enduré n'est rien à côté de ce que je mérite.

Comme tous les aventuriers, en arrivant à Veracruz j'ai demandé le chemin pour aller à la mer. J'y suis parvenu et je suis resté assis toute la journée sur le quai à regarder son immensité. La mer était magnifique, écrasante. Je suis resté toute la journée et j'ai vu comment les touristes et les gardiens qui surveillent les docks et les cargos n'ont rien d'autre à faire qu'à pêcher. Quand la nuit est tombée, je me suis demandé où j'allais dormir. C'était le moindre des problèmes là-bas, car il y fait très chaud. J'ai décidé de rester sur l'une des plages, la meilleure et la plus douce. La nuit, la marée monte, je me suis donc installé à quelque distance de la mer.

Le lendemain, j'ai eu faim. Je n'avais rien mangé la veille. J'étais si fasciné de voir la mer et la pêche. Je suis allé aux docks, à cause des cargos qui étaient ancrés. J'ai vu beaucoup de gens aller et venir. C'étaient des types durs, à la peau noire, enroués comme l'enfer, les salauds. Je me suis approché du cuistot et je lui ai demandé s'il n'avait pas de travail pour moi en échange d'un *taco*. Il a eu pitié de moi. Et c'est grâce à ce cuistot que j'ai travaillé comme débardeur pour la première fois de ma vie. Je transportais n'importe quelle petite chose et ils me donnaient des repas en échange. Nous commencions à travailler à huit heures et nous arrêtions à midi, puis de midi et demie à quatre heures et demie. C'est comme ça que j'ai pu me nourrir et me loger, car ils m'ont autorisé à dormir sur le bateau.

Après un certain temps, cela ne m'a pas paru être une bonne situation pour moi. Un bateau entrait dans le port et je m'y collais comme une sangsue. Mais le lendemain, il repartait et je me retrouvais sans abri et sans pain. Il me fallait toujours trouver un endroit pour manger et dormir. Mais je savais que si quelqu'un meurt de faim, c'est parce qu'il est paresseux. Si l'on aidait les pêcheurs à tirer leurs filets sur les plages, on ne recevait pas d'argent mais ils vous donnaient quelques poissons. En un seul lancer, ils rapportent toutes sortes de choses, depuis des requins jusqu'à des tortues. Je vendais le poisson, en en gardant un ou deux, que je demandais aux femmes des pêcheurs de faire cuire pour moi.

J'étais prêt à faire n'importe quel travail qui se présentait, je pouvais donc manger. Je n'ai jamais gagné un sou en travaillant, on me donnait simplement des fruits la plupart du temps. Je mangeais même des légumes sauvages et il y avait des fois où je ne goûtais pas au pain pendant quinze jours. Quand je n'avais rien à manger, je demandais aux gardiens de me laisser prendre quelques noix de coco. Quand les bateaux arrivaient de Tabasco, ou d'endroits où l'on cultive des fruits, c'était jour de fête pour moi !

J'ai commencé à m'inquiéter d'un endroit pour dormir, car j'avais entendu dire qu'un car de police ratissait les plages, où tous les voyous de Veracruz se réunissaient. Quiconque trouvé dormant sur le sable serait emmené en prison. Il ne m'est rien arrivé, mais je dormais moins tranquillement, et je me suis éloigné davantage encore de la plage, vers les montagnes. Dans la journée, je n'osais pas m'éloigner des docks — ils étaient la source de ma vie.

Environ trois mois ont passé ainsi. Le moment est venu où j'ai eu envie de rentrer chez moi. Je ne pensais que rarement à la famille, mais quand j'y pensais, j'avais envie de rentrer à la maison le plus vite possible. Il y avait des moments où je me sentais assez courageux pour partir, puis je perdais courage. Je n'ai jamais écrit chez moi, car je ne savais pas écrire une lettre et je ne voulais pas qu'ils sachent où j'étais. Je supposais que si mon père l'apprenait, il me rejoindrait et me battrait à mort. C'est ce que je pensais, mais je suis tout de même rentré.

Le voyage de retour fut difficile, car j'ai dû marcher de Veracruz à Puebla. Cela m'a pris huit ou neuf jours. Je marchais jour et nuit, car aucun fichu camion ne voulait me prendre. J'ai pris la route de Córdoba et je suis arrivé au poste de police, à l'entrée de la ville de Puebla. Mes chaussures étaient tout usées, de grosses chaussures de mineur que mon père achetait toujours pour nous. J'ai demandé aux chauffeurs de camion de me prendre un bout de chemin, mais ils ont refusé. Quelques-uns se sont moqués de moi. Je ne leur ai prêté aucune attention, mais pour la première fois je me suis senti seul, seul comme une plume volant dans l'air. Je me suis assis au bord de la route et j'ai pleuré.

Finalement, la police a arrêté un camion et a dit au conducteur : « Prenez soin de ce gosse aventurier. Il va à Mexico. » Je suis monté et nous sommes arrivés tard dans la nuit, au marché de la Merced, près du Zócalo, la place centrale de Mexico. Rendez-vous compte, c'était la première fois que je le voyais. J'étais allé à Veracruz, mais je n'avais jamais vu le Zócalo ! En traversant devant le Palais national, j'ai vu sonner la grosse cloche de la cathédrale. J'étais là, tout seul sur la place. Je me suis dépêché de rentrer à la maison, j'ai frappé à la grille de la *vecindad* et la concierge m'a ouvert.

Devant notre porte je suis resté assis, hésitant à entrer. Je m'attendais à une terrible correction. J'ai frappé, puis je me suis rassis. Et puis quelque chose d'étrange est arrivé. Je ne suis pas superstitieux, mais si vous aviez vu ce que j'ai vu, vous me croiriez un être supérieur. Assis là, à ce moment, j'ai vu quelqu'un habillé en *charro*, en cow-boy, descendre du toit, près du réservoir à eau. Il a allumé quelque chose, un cigare, je crois, parce que le feu était très grand. J'avais les yeux fixés sur lui, me demandant ce qu'il cherchait. Puis le cigare est tombé par terre et l'homme a disparu... comme ça. Je supposais qu'il s'amusait... mais où était-il allé ?

J'ai toujours aimé le danger et les émotions fortes et quand il se passe quelque chose d'inhabituel, je veux en savoir davantage. J'ai donc grimpé le long du réservoir, jusqu'en haut. Je suis allé au petit jardin et à l'établissement de bains. Il avait couru des rumeurs dans la *vecindad* selon lesquelles ces endroits étaient hantés. Eh bien, si j'étais superstitieux, je serais mort maintenant, car en allant à l'établissement de bains, j'ai entendu un bruit énorme, un craquement, comme si quelque chose s'était cassé. J'ai été pris de panique et j'ai couru à la maison et j'ai frappé à la porte. On a lancé : « Qui est là ? » et j'ai dit : « C'est moi, papa. »

Mon père a immédiatement ouvert la porte. « Alors, tu t'es décidé à revenir, mon fils. Eh bien, entre. » Il a été très gentil. J'avais cru qu'il me recevrait avec une ceinture à la main et qu'il me flanquerait la raclée de ma vie. Mais il m'a dit : « Tu as dîné ? » Nous n'avions pas de réchaud à pétrole à l'époque, rien qu'un poêle à charbon de bois, et il s'est mis en devoir d'allumer le feu. Il a fait chauffer les haricots et le café et il m'a dit : « Mange. Quand tu auras fini, éteins la lumière. » Puis il est retourné se coucher. Comme je savais qu'il se levait tôt pour aller travailler et qu'il avait le sommeil léger, j'ai éteint la lumière et j'ai mangé dans l'obscurité. Puis je suis allé dormir... et il ne m'avait pas grondé ni battu, ni rien.

Le lendemain, avant de partir, mon père m'a terriblement engueulé, ce que je méritais bien. Puis j'ai remarqué saint Antoine, dans l'armoire, la tête en bas, enveloppé dans ma chemise. Elena l'a sorti en disant : « Eh bien, *señor* San Antonio, maintenant que vous nous l'avez ramené, retournez à votre place. » Et elle l'a remis sur ses pieds. Je ne sais si je suis un bon catholique ou non... je n'aime pas beaucoup parler de religion, mais cela m'a fait rire quand elle a fait ça. En même temps, je me suis demandé si cela avait réellement un sens profond.

Cet après-midi, l'orage a éclaté et j'ai reçu ce à quoi je m'étais attendu la veille... mais pour de bon. Ensuite, les jours ordinaires se sont suivis, l'un après l'autre, ici dans la *vecindad*. Mes amis me harcelaient pour que je leur raconte mes aventures et je me sentais un type important car ils ne connaissaient que le parc de Chapultepec. J'étais très fier de parler de ce que j'avais fait, que je n'avais pas d'argent ni rien à manger ni d'endroit où dormir.

J'ai également raconté un tas de mensonges sur les femmes que j'avais eues à Veracruz. Je l'ai fait parce que mes amis, des gars plus jeunes que moi, disaient combien celle-ci était douée, et ce qu'ils avaient fait avec celle-là. Ils me dépassaient et pour ne pas être en reste, je leur ai dit qu'à Veracruz moi aussi j'avais eu quelques bonnes « doublures » comme on dit.

Je travaillais dans un établissement de bains, quand une femme, la femme d'un tailleur que je connaissais, est entrée et a demandé une cabine individuelle. Elle était avec un homme qui tenait un jeu d'adresse dans la rue, un escroc, et là il lui a demandé... enfin, ce qu'il lui a demandé. Elle a dit : « Non ! Comment peux-tu penser à une chose pareille. Si mon mari l'apprenait, il me tuerait. » Alors il a dit : « Oui, mais tu ne vas pas le lui dire. »

Les gars qui travaillaient aux bains avec moi ont entendu le dialogue. Enfin, il l'a convaincue et ils sont entrés dans la cabine numéro 1 ensemble. L'un des employés, un vieil homme, est monté sur le toit pour regarder. Au bout d'un moment, il est redescendu et il a dit : « Sapristi, il l'a fait passer par toutes les positions. » Alors je suis monté aussi et je les ai vus faire ce truc sexuel et cela m'a beaucoup excité. Tout le restant de la journée, je n'ai cessé de penser : « Je me demande comment on s'y prend. Je me demande quel effet ça fait. »

Je me suis donc mis à en parler avec les autres garçons et nous avons décidé d'aller dans la rue des Teinturiers ce soir-là. Je voulais le faire, mais je n'aimais pas l'idée d'aller avec une femme, surtout dans un endroit où l'on pouvait attraper une maladie. Mais les gars ont dit : « Vas-y, *Negro*, et racole un petit morceau. Combien ça peut coûter ? Comme ça, tu sauras à quoi ça ressemble d'être un homme. » Je me suis dit : « Oh, alors c'est ce qu'on doit faire pour être un homme. Eh bien, il faut que je le fasse. » Et j'y suis allé.

La femme que j'ai piquée a dit : « Viens, petit, n'aie pas peur. » J'avais vraiment envie de ressortir en courant, mais elle a dit :

« Vas-y, grimpe. N'aie pas peur. C'est la première fois ?

— Oui, madame. Je ferais mieux de m'en aller.

— N'aie pas peur. Tu vas voir comme c'est bon. »

Elle m'a pris par la main et je me suis retrouvé sur le lit et nous avons commencé à faire... ce que nous avons fait. J'ai aimé ça et par la suite j'ai continué à y aller seul... quelques fois seulement... mais j'ai continué.

Je travaillais à l'établissement de bains, surveillant les coffres, fournissant des serviettes et du savon, et faisant même des massages contre un pourboire supplémentaire; mais l'autre garçon qui y travaillait a commencé à se plaindre que nous n'étions pas assez payés... seulement deux pesos cinquante centavos par semaine, alors, pour égaliser les choses, nous avons sorti cinquante pesos de la caisse, mais ce salaud de patron est allé dire à mon père que nous avions pris davantage et mon père l'a cru. J'ai donc perdu mon emploi et reçu en outre une raclée.

Puis Miguel, un de mes amis, m'a demandé si je voulais travailler dans une verrerie. Je devais entrer comme apprenti à deux pesos cinquante par semaine, mais je l'ai fait pour apprendre le métier. Environ deux mois plus tard, je suis allé travailler dans la verrerie de José Pinto. Ce n'était qu'un petit atelier à l'époque, mais maintenant, ce type a une grosse boîte, une maison à lui, un compte en banque et une voiture. C'est un type qui a su faire son chemin. Il payait à la pièce et je me faisais de trente à trente-cinq pesos par semaine.

Je donnais à mon père tout l'argent que je gagnais, et j'en étais heureux et fier. Mon père disait à mon frère : « Manuel, tu devrais prendre exemple sur Roberto. Il est plus jeune que toi et il te donne le bon exemple. Il donne tout ce qu'il gagne. Et toi ? »

Evidemment, quand je l'entendais dire ça, je me sentais merveilleusement bien. J'étais satisfait de ce que mon père me donnait : les frais de transport et un peso par jour pour mes besoins personnels. Je ne buvais ni ne fumais alors, et j'aimais travailler. Toute ma vie j'ai aimé travailler, et quand je suis au travail, je ne parle pas et je ne m'amuse pas. Je me renferme et je ne m'intéresse à rien d'autre.

Au bout de six mois, j'en ai eu assez de couper du verre et mon oncle Alfredo m'a pris dans la boulangerie pour m'apprendre à faire du pain. J'y suis allé parce que j'aimais manger le pain chaud sorti du four, mais faire du pain en soi ne m'attirait pas. Mon cousin Tomás, le fils de ma grand-tante Catarina, était maçon et il m'a proposé de m'apprendre son métier. Cela me plaisait car il fallait travailler sur de grands bâtiments. J'ai toujours aimé être tout là-haut... c'est pourquoi je grimpais aux arbres et aux poteaux et je jouais sur les toits... mais j'ai perdu cet emploi car j'ai volé un écusson d'acier juste à côté du bâtiment. Il était si joli et si brillant que je l'ai arraché du mur. Malheureusement, quelqu'un m'a vu. Je suis donc retourné travailler à la verrerie. Là, les choses ont mal tourné, car le samedi, notre jour de paie, le patron n'avait jamais assez d'argent pour nous payer. Il dépensait son argent à boire toute la semaine et le samedi il se cachait.

A l'âge de treize ans, j'avais déjà été débardeur, gardien, verrier, boulanger et maçon. Ma tentative suivante consista à vernir des meubles. Quand j'ai pris cet emploi, tout le monde m'a prévenu que le patron était un entourloupeur, surtout les jours de paie. Et c'était vrai. Il fallait vraiment que je courre après ce type dans la rue le samedi, ou que je regarde derrière les meubles ou dans toutes les armoires, pour l'obliger à me donner les malheureux dix-huit pesos que je gagnais dans la semaine. Je courais après lui comme après un voleur. Je le suivais jusque chez lui et je le voyais entrer, puis sa *señora* avait le culot de me dire qu'il n'était pas là. Et quand je l'attrapais, il ne me donnait jamais toute la paie. Au bout de quelques semaines, j'en ai eu assez de ce petit jeu et je suis parti. Je n'ai plus cherché de travail et je me suis mis à vadrouiller.

Une fois, j'étais dans la cour en train de raconter aux gars mes aventures. Je me suis monté la tête en parlant de Veracruz et comment il y avait tant de fruits le long de la route. Je me suis si bien remonté que j'ai eu envie d'y retourner et, sans m'arrêter pour réfléchir, je suis rentré à la maison, j'ai attrapé un pantalon, un *T-shirt* et un sac en papier, et je me suis mis en route. Je ne crois pas avoir eu vingt centavos en poche, et c'est comme ça que j'ai repris la route pour la seconde fois.

J'en suis venu à connaître réellement bien Veracruz. Grâce à ma première expérience, je connaissais plus ou moins les ficelles et il m'était plus facile de me procurer de la nourriture. Je ne me souviens de rien de particulièrement impressionnant pendant ce second voyage si ce n'est que j'ai vu un ouragan. J'aimais bien la façon dont le vent me poussait, mais en même temps cela me faisait peur, surtout quand j'ai vu des palmiers chargés de noix de coço s'abattre sur la chaussée. J'ai vu la mer déchaînée... elle a balayé une grande partie du mur à l'entrée de la baie, l'emportant comme une feuille de papier.

Je n'ai pas fait la connaissance de la famille de mon père lors de ce voyage. Ils vivaient à Córdoba, mais je ne l'ai appris que lorsque je suis rentré à la maison, quand nous avons lu l'annonce de David dans *El Pepín.*

Mon père avait toujours acheté des journaux illustrés pour Elena et pour nous les enfants. Quelles bagarres nous avions en attendant qu'il arrive avec les « illustrés » ! Consuelo et Marta se voyaient toujours accorder la préférence, et les lisaient en premier. Je ne sais pas qui a vu l'annonce, mais quelqu'un l'a montrée à mon père. Mon père n'avait jamais parlé de sa famille... cette fois il s'est assis et il a écrit une lettre. C'était une chose rare, quelque chose de nouveau pour nous, de le voir écrire une lettre.

Je me souviens très bien de l'arrivée de David, car j'ai emmené mon père à la station de cars. Un matin, très tôt, vers cinq heures, mon père a dit : « Roberto.

— A ton service, papa, ai-je répondu.

— Voyons si toi, qui as tant vadrouillé, tu sais où arrivent les cars de Córdoba. » Je l'ai donc emmené, et nous avons reconnu mon cousin à la fleur qu'il portait sur le revers de son veston. Il était grand, un géant, et quand nous nous sommes serré la main, quelle poigne il avait ! Nous avons pris un taxi pour rentrer et nous avons passé toute la journée à bavarder avec lui. Il nous a parlé du village où il vivait, et de sa mère, Olivia, qui avait épousé le frère de mon père qui était mort. Elle vivait à présent avec son second mari, qui était un paysan.

David s'est installé chez nous et mon père lui a trouvé un

emploi de gardien de nuit au restant La Gloria. David s'est toujours bien conduit et nous l'aimions tous. Des années plus tard, bien après la mort d'Elena, il m'a raconté un incident qui s'était passé entre elle et lui. Il me l'a raconté en secret, je ne crois pas que Manuel ou mes sœurs en aient eu connaissance. David était allongé sur le lit un jour, et Elena s'est assise sur ses jambes, sur ses genoux. Il s'est levé comme un ressort et a dit : « Non, Elena. Je suis peut-être pauvre et de sang indien, mais faire une chose pareille, non. Tu es la femme de mon oncle et nous devons nous respecter, alors, je t'en prie, comporte-toi autrement. » Elena était très fâchée contre lui après ça. Ah ! comme cela m'a rendu furieux. S'il me l'avait raconté quand elle était encore vivante, qui sait comment cela aurait tourné pour Elena. *Caray !* incontestablement les femmes sont les pires garces du monde !

David est retourné à Córdoba sous un prétexte quelconque, mais il est ensuite revenu avec sa mère. Ils m'ont emmené à Córdoba. Je m'y suis beaucoup plu. Je suis resté un mois avec eux, et je ne voulais plus m'en aller. Je n'avais pas le confort que m'offrait mon père, mais j'étais heureux et en bonne santé. Je préfère la vie à la campagne. C'est plus calme, on y respire tranquillement. On sent l'honnêteté jusqu'au bout des doigts ! Ce sont des gens différents, plus respectables et plus loyaux, une autre manière d'être. Ici, en ville, je suis obligé d'être toujours sur le qui-vive, prêt à n'importe quoi de la part de n'importe qui.

Je voulais être fermier, et j'ai appris à travailler pendant que j'étais là-bas. Le mari d'Olivia m'a tout appris : à labourer, à cultiver, à sarcler, à planter, à désherber, à moissonner, tout. Il me donnait des leçons dans les champs et j'apprenais à planter la canne à sucre, le blé et le riz. Cela m'a été utile par la suite, car au cours de mes voyages, j'ai travaillé dans les champs. Il y a des parties de la République où il n'y a pas d'autre mode de vie. J'allais travailler partout où il y avait la même végétation qu'à Córdoba ou à Veracruz, parce qu'elle me plaisait. La troisième ou quatrième fois que je me suis enfui de chez moi, je suis allé directement à Córdoba.

La cinquième fois, je ne suis pas parti de mon plein gré, mais parce que mon père m'a mis à la porte. Il avait de bonnes raisons de le faire. Je ne l'aidais pas du tout; je ne me conduisais même pas assez bien pour mériter d'être à la maison, il me mettait donc tout le temps à la porte. Comme Elena versait de l'huile sur le feu, il me battait et m'engueulait. Pour moi, une engueulade m'a toujours davantage peiné qu'une correction. Je préférais une raclée à quelques reproches. Les coups font plus mal physiquement, mais quand il me traitait de fainéant, de bon à rien, de cochon, cela me faisait mal moralement. Il disait que je n'étais pas une personne décente, et que tout ce que j'étais capable de faire était de lui donner des maux de tête ou de lui faire honte. Vraiment, je préférais qu'il me batte.

Pour tout ce que Roberto faisait de mal, Manuel et ses sœurs pâtissaient aussi, car mon père hurlait après nous tous. Il s'en prenait toujours à moi. Quand il était de mauvaise humeur, pas même les mouches n'osaient voler. Aucun de nous ne pouvait l'approcher. Ce n'est qu'après la mort d'Elena que j'ai pu me reposer des engueulades et des raclées qu'elle avait poussé mon père à me donner.

J'étais juste au pied du lit quand Elena est morte et je vois encore le regard de ses yeux. Je ne sais si elle me maudissait ou me pardonnait. Je ne l'ai jamais su. Ses yeux étaient déjà vitreux et elle n'a pas cessé de me regarder. Au-dedans de moi, je lui demandais de me pardonner pour tout ce que je lui avais fait, pour toutes mes offenses. Je priais Dieu de lui pardonner et de l'emmener rapidement, ou de la guérir. J'ai toujours fait cette prière quand quelqu'un était très malade. Elle gardait les yeux fixés sur moi, et je n'oublierai jamais son regard. Puis, elle a simplement remué les bras, et ce fut la fin.

Elle est morte, et mon père avait envie de mourir lui aussi, à ce moment-là. Tout le monde était bouleversé et il y eut beaucoup d'agitation. Je crois qu'ils m'ont dit de porter ses couvertures et ses oreillers au numéro 64, pour qu'on puisse faire sa toilette mortuaire. Je me suis presque évanoui en arrivant au réservoir d'eau et des gars qui se trouvaient là m'ont soutenu pour que je ne tombe pas.

Je ne sais pas ce que c'est, mais quelque chose m'a effrayé alors. Mon père ne me quittait pas du regard... je sentais qu'il m'accusait des yeux, comme s'il me disait que c'était de ma faute. Il a toujours dit que nous étions responsables de la maladie d'Elena, surtout moi, car j'étais celui qui la mettait en rage, plus que quiconque.

Quand Elena était encore en vie, mais très malade, j'ai appris l'existence de ma demi-sœur Antonia. Un jour, mon père est rentré tôt, ce qui nous a surpris parce qu'il ne l'avait jamais fait auparavant. Il nous a appelés Manuel et moi, et il a tiré une photographie.

« C'est votre sœur. »

« Seigneur, comment peut-elle être notre sœur ? » me suis-je dit. Je l'ai trouvée jolie avec ses deux nattes. « Comment peut-elle être une sœur puisqu'elle est déjà grande ? »

Puis mon père a dit : « Il faut trouver cette fille.

— D'accord, papa.

— Où que vous la voyiez, amenez-la ici. » C'est l'ordre que mon père nous a donné. Puis il s'est procuré l'aide de détectives privés et ils ont trouvé Antonia. Je ne sais où.

Elle s'était enfuie de chez sa mère; cette Antonia et moi semblions être poissons du même bocal. Un soir, mon père a dit : « Roberto, va te coucher. Attends, je vais amener ta sœur. » J'étais impatient de la voir, sur des épines. Consuelo et Marta dormaient, mon frère était sorti, j'étais donc le seul à garder la maison et mes sœurs.

Ils sont arrivés vers minuit, et dès qu'elle eut pénétré dans la cour, la fille s'est mise à pleurer. Elle a continué à pleurer, et pleurer et je ne pouvais voir son visage. Toute la nuit, j'ai été tenté de m'approcher pour voir à quoi elle ressemblait et l'entendre parler, pour voir si elle avait une voix agréable ou non. Et toute la nuit, Antonia a pleuré, dans le lit de mes sœurs.

Le lendemain, mon père est parti travailler et immédiatement Manuel et moi lui avons parlé, lui posant toutes sortes de questions. Il s'avéra qu'elle et sa mère Lupita vivaient dans la rue Rosario qui n'était qu'à quelques dizaines de mètres de notre école. Je me rappelais avoir vu Antonia dans la rue et qu'elle m'avait plu, sans savoir qu'elle était ma sœur.

Mon père avait eu une autre fille avec Lupita, Marielena,

qui était également ma demi-sœur. Je ne l'ai jamais bien connue ni aimée, mais elle avait un caractère fort, noble, et elle était très pieuse. Il fallait faire attention à ce qu'on lui disait, et je l'ai toujours traitée avec un respect particulier. Lupita avait encore deux filles, Elida et Isabel, qui étaient les demi-sœurs d'Antonia. Je les respectais elles aussi, mais elles m'ont toujours semblé sèches et désagréables.

Dès qu'Antonia est venue vivre avec nous, je me suis mis à l'aimer... pour être tout à fait honnête, elle est devenue le grand amour de ma vie. Auparavant, j'avais eu des *novias*, mais parmi les trois je n'ai sérieusement aimé que Rufelia, une fille qui habitait notre cour. Mais Rufelia avait la peau claire et m'était supérieure et je ne m'étais pas déclaré. Je l'aimais simplement à distance. Ma première *novia*, une fille petite et jolie, s'est révélée mauvaise et s'est moquée de moi. Elle me plaisait, mais j'avais honte de lui demander un baiser. Une fois, je l'ai embrassée et je suis rentré chez moi en courant tellement j'étais gêné. Nous avons été amoureux pendant quelques mois, puis elle s'est fait emballer par un type et ce fut la fin de notre idylle.

Ma troisième *novia* était la servante d'un voisin. Elle s'était prise d'un fort béguin pour moi et elle se servait de mes sœurs pour me fixer des rendez-vous. Elle m'a demandé d'être son petit ami, mais ce n'était pas une véritable idylle, rien que des amusements d'enfants. Le grand amour de ma vie, pour mon malheur et mon désespoir, a été ma demi-sœur Antonia.

Nous avions à peu près le même âge, treize ou quatorze ans. Je n'ai pas dit à Tonia ce que je ressentais à son égard. Je ne faisais que la regarder et je me taisais. Elle faisait les lits, balayait, faisait le café, servait le petit déjeuner, et, naturellement, mon frère et moi étions contents d'avoir une nouvelle sœur. Consuelo et Marta également. C'était donc Antonia par-ci et Tonia par-là, et dès le début, quand elle s'asseyait à table, je sentais que je devais m'asseoir à côté d'elle. Si Consuelo ou Marta prenaient ma place à ses côtés, je me disputais avec elles.

Plus le temps passait, plus je l'aimais. Je ne veux pas dire en tant que frère, car j'avais d'autres sentiments à son égard, mais pendant toutes les semaines qu'elle a passées avec nous, je ne lui ai jamais fait part ni même fait allusion à mes sentiments. Sans le vouloir, elle a contribué au renforcement de ce sentiment, jour après jour.

Je travaillais dans un atelier de verrerie. Je commençais à neuf heures du matin et terminais à six heures, mais il me fallait une heure d'autobus pour rentrer chez moi, je ne rentrais donc que vers sept heures du soir. Tout le monde était en train de dîner sauf Antonia. Elle m'attendait toujours. Elle savait que j'aimais la purée de fèves, aussi quand je rentrais, elle disait : « Tu veux un peu de purée juteuse, Roberto ? » Et nous nous asseyions tous deux pour manger dans la même assiette.

Antonia dormait dans le lit avec Consuelo et Marta, et mon père dormait dans l'autre lit. Manuel et moi dormions généralement par terre dans la petite cuisine, mais nous dormions aussi parfois dans la chambre. Le matin, je me levais toujours en même temps que mon père; je lui faisais chauffer son thé aux feuilles d'oranger et je lui servais un peu de pain, avant qu'il parte travailler. Puis, j'allais dans la chambre allumer la *veladora*, le cierge de l'ex-voto à la Vierge. Antonia se réveillait et disait : « Oh, quel poison tu fais.

— Ah, allons, levez-vous, paresseux... il est tard, disais-je.

— Non, non, on n'a pas envie de se lever... »

Consuelo ne répondait même pas. Comme d'habitude, Manuel était absent au monde. Antonia et moi étions les seuls à parler. Souvent, elle disait : « N'y va pas. Couche-toi ici un petit moment et laisse-moi dormir. » Et elle me faisait de la place dans le lit. Elle se poussait et je m'allongeais au bord du lit, elle couverte de sa couverture et moi de la mienne. Elle s'approchait de moi, et s'endormait blottie contre mes côtes ou contre mon dos.

Cela me trouble de parler de ces choses... mais, de toute façon, je n'ai jamais nourri de pensées malsaines à son égard... jamais ! Cela me faisait plaisir qu'elle me dise de me coucher à côté d'elle. J'aurais pu me coucher n'importe où, mais elle me faisait de la place. Je me sentais comme au paradis... d'avoir quelqu'un qu'on ne devrait pas aimer à côté de soi. Voici ce qu'il en était et c'est pourquoi je pensais parfois à me suicider.

A cause de toute cette attention et cette affection qu'elle me montrait, d'une manière très fraternelle, mon amour grandissait de jour en jour. Je faisais plus que l'aimer, je l'adorais, et pendant de nombreuses années, j'ai souffert. Ma souffrance a commencé le jour où elle est arrivée à la maison. Je me rendais compte que ce n'était pas logique, pas raisonnable d'avoir ce sentiment envers elle, mais je ne pouvais le réprimer. Je ne pouvais pas lui dire que je l'aimais et que ce n'était pas tout à fait en frère, car elle avait le même sang que moi. Pour autant que je sache, mon père n'a jamais remarqué ma souffrance, ni mes sœurs et mon frère.

Enfin, c'en est arrivé à un point où j'ai essayé de l'empêcher d'avoir des *novios*, et, naturellement, j'avais plus d'une raison pour agir ainsi. Je voulais qu'elle ne regarde absolument personne, je voulais qu'elle ne regarde que moi. Et j'ai souffert à cause de ça, car elle aimait les garçons.

Aussi, à cause d'Antonia, j'ai commencé à m'éloigner de la maison. C'est l'une des principales raisons pour lesquelles j'ai commencé à vadrouiller, à la recherche d'ennuis. Quand je sentais que je n'en pouvais plus, je filais avec seulement l'argent et les vêtements que j'avais sur moi; souvent avec cinq malheureux centavos en poche, je m'en allais.

Il n'y a pas un Etat au Mexique où je n'aie pas mis les pieds. Et j'ai passé deux fois la frontière... émigrant illégal à quatorze ans !

J'ai l'impression d'avoir traversé le monde. Je m'en allais avec l'idée de ne plus revenir, ou du moins de rester éloigné assez longtemps pour l'oublier. Le principal était de m'en aller afin de ne rien lui dire. Je ne voulais pas être proche de la tentation.

Quand Antonia a eu son malaise, j'ai su tout de suite qu'il y avait quelque chose qui n'allait pas. Mais je n'ai jamais su qui était le salaud qui l'avait mise enceinte. Je n'ai jamais pu le savoir et cela m'a toujours tourmenté. Yolanda, notre voisine, m'a poussé à me battre avec mon meilleur ami, Ruperto, en me disant que c'était lui. Il a nié avoir jamais été l'amant d'Antonia quand je lui en ai jeté l'accusation, mais une fois l'épine plantée, le doute m'est resté dans l'esprit.

Je savais que c'était Luz, la femme du policier Fulgencio, qui avait fait avorter Antonia. En fait, j'étais même dans la maison quand ça s'est passé car on a sorti un paquet de chiffons ensanglantés dans un sac en papier. Ensuite, Antonia a été malade et un peu nerveuse, et elle a eu quelques crises graves. Elle griffait les draps, s'arrachait les cheveux et se mordait. Nous la tenions, car elle se mordait vraiment très fort, comme si elle voulait réellement se faire mal. Elle donnait des coups de pied et il était difficile de la saisir car elle griffait. Elle est allée jusqu'à battre mon père. Elle m'a également donné quelques coups de pied dans la poitrine qui m'ont envoyé rouler à terre, mais c'était quand elle avait une crise très forte et qu'elle ne reconnaissait absolument plus personne.

Puis on l'a envoyée en traitement dans un sanatorium, et je ne pouvais pas la voir. J'ai beaucoup souffert pendant cette période, et plus tard aussi, car je voyais que les autres garçons avaient leur petite amie et qu'ils les étreignaient et les embrassaient, et leur parlaient, mais moi... parfois je me demandais pourquoi il avait fallu que je tombe amoureux de ma sœur.

Puis je me suis enrôlé dans l'armée, d'abord parce que je voulais être soldat, mais surtout parce que cela devenait impossible pour moi à la maison.

Consuelo

Je n'ai éprouvé que de l'amertume pendant toute mon enfance, et un sentiment de solitude. Nous avons perdu notre mère alors que nous étions tous très jeunes : Manuel avait à peine huit ans, Roberto en avait six, moi quatre et ma sœur Marta avait deux ans. Je ne me souviens guère de cette époque. Quand ma mère est morte, je l'ai vue étendue, en partie recouverte d'un drap. Elle avait l'air très sérieuse. Quelqu'un nous a soulevés pour que nous l'embrassions, puis ils lui ont recouvert le visage. C'est tout.

Je me sentais seule, d'une part parce que j'avais perdu ma mère; d'autre part, à cause de la façon dont mes frères et sœur me traitaient. Je n'ai jamais été aussi proche d'eux qu'ils l'étaient entre eux. Ils se partageaient des bonbons et des jouets tandis que je devais les supplier pour qu'ils me donnent quelque chose. Manuel défendait Roberto contre les autres gosses à l'école, et bien qu'il le frappât sur la tête, Manuel aidait mon frère à faire ses devoirs.

Si j'élevais simplement la voix contre Marta, je me faisais battre par mes frères, surtout par Roberto. Mon corps souffrait de ces méchants coups mais ce n'était rien en comparaison de la douleur, forte et aiguë, que je ressentais en voyant combien ils me détestaient. Tant que ma belle-mère, Elena, était en vie, elle me défendait, quoiqu'ils la faisaient pleurer elle aussi. Elle ou moi nous nous plaignions à mon père, qui corrigeait durement mes frères. Mais le lendemain mes frères me punissaient.

Je me sentais persécutée par mes frères. Je n'avais pas réellement peur d'eux, mais je ressentais une émotion profonde que je soulageais en allant secrètement pleurer dans un coin, entre le lit et l'armoire. Je pleurais jusqu'à l'épuisement, ou jusqu'à ce que La Chata, la femme qui travaillait pour nous, revienne du marché. Elle me consolait et m'appelait « ma fille », ce qui ne me plaisait pas, mais dont je n'osais pas me plaindre.

Quelquefois, je me sentais heureuse car mes frères me racontaient une histoire ou me décrivaient une scène de la Nativité, ou me donnaient un petit cadeau. C'était généralement Roberto, car Manuel ne nous donnait jamais rien. Une fois, de temps en temps, il nous achetait du *tepache*, une boisson composée de jus d'ananas, de vinaigre, de sucre et d'eau, pour boire au dîner. Manuel était chargé de corriger notre tenue à table et il nous rendait malheureux en essayant de jouer au frère aîné.

Il entrait au moment des repas et se mettait à nous commander avec sa voix de sergent : « Fil de fer, va chercher Boulotte ! » Mais Marta refusait presque toujours de venir... il fallait la tirer par les cheveux ou par le bras. Puis elle s'écroulait sur la boîte qui lui servait de chaise, affichant sa mauvaise humeur. Je disais : « Va te laver les mains, espèce de cochon.

— Qu'est-ce que ça peut te faire, sale hibou empaillé ! Toujours en train de fourrer son nez où ça ne la regarde pas.

— Ferme ta gueule et va te laver, ordonnait Manuel.

— Oh, tu me fais très peur ! Fais-moi taire si tu peux, maudit *Chino.* »

Manuel se mettait à défaire sa ceinture pour la battre et Marta se levait alors, trempait rapidement ses mains dans l'évier d'émail blanc, se les essuyait sur sa robe, et retombait sur sa chaise en faisant des grimaces à Manuel.

Puis Manuel m'envoyait acheter le *tepache.* Je protestais. « Pas moi ! c'est toujours moi ! tu n'es pas un roi ici. Tu ne nous laisses même pas manger. » Mais j'y allais.

Roberto entrait généralement en trombe tandis que nous étions à table. Si le portier ou quelqu'un d'autre le poursuivait, il entrait par le toit, hurlant des insultes à son poursuivant. Puis il disait : « Avez-vous fini de manger ? Y a-t-il quelque chose pour moi ? » Et La Chata ou Santitos, selon la personne qui nous servait, lui donnait un peu de nourriture. Il attrapait la cruche de *tepache* et avalait une longue gorgée, sans prendre la peine d'aller chercher un verre. Cela mettait Manuel en colère.

« Salaud ! Pourquoi es-tu un tel cochon ? Tu ne peux pas boire comme tout le monde ? Tu es toujours dégoûtant. »

Roberto souriait : « Chacun avale à sa façon, non ? » Puis il se mettait à manger ses *tortillas.* Au premier bruit de mastiquage, Manuel lui lançait une cuillère ou une *tortilla* à la tête et une bagarre se déclenchait. C'est ainsi que se passaient les repas... Manuel grondant et battant et les autres se défendant. Les repas se terminaient d'habitude avec Roberto allant manger dans la cuisine, Marta sortant en courant, en larmes, sans terminer, moi assise en silence de peur d'être battue, et notre frère aîné seul à apprécier son repas.

Ces choses-là arrivaient quand nous étions seuls, car le mercredi, jour de congé de mon père, personne n'osait parler à table. Le premier qu'il entendait ouvrir la bouche était envoyé dans la cuisine. Cela arrivait plutôt aux garçons; Marta et moi nous nous faisions simplement gronder avec un « Ferme ta bouche », « Apprends à manger correctement », « Que se passe-t-il ? Est-ce un animal qui mange ou quoi ? » Il tournait vers nous un regard froid qui faisait peur, à moi tout au moins.

Mercredi était le jour où je me vengeais de mes frères pour tout ce qu'ils m'avaient fait au cours de la semaine. Ce qui contrariait mes frères par-dessus tout c'était que mon père les envoie faire des courses. Je disais à mon père que j'avais envie de chocolat, d'un œuf frit, ou d'une tarte à emporter à l'école. Aussitôt, mon père envoyait Manuel ou Roberto acheter la tablette pour faire le chocolat. Si c'était d'un œuf que j'avais envie, ils devaient le frire. Le soir, c'était la même chose; je me mettais à exiger des choses. Cela me faisait plaisir de voir le visage furieux de mes frères et je profitais de la situation pour leur causer des ennuis. « Regarde, papa, il dit qu'il ne veut pas. Il hausse les épaules. Il me jette des regards furieux. » C'étaient des mensonges que je racontais pour faire punir mes frères.

Le lendemain, les coups pleuvaient. Je me défendais, mais à la fin c'était moi qui étais couverte de bleus, le nez ou la bouche en sang. Mon frère Roberto devait croire qu'il se battait avec un garçon, car quand nous étions par terre, il me donnait des coups de pied et j'étais obligée de passer sous le lit. Je devais presque toujours appeler une voisine à l'aide, señora Yolanda, ou j'arrivais en pleurant chez señor Fulgencio, un agent de police qui habitait avec sa femme au numéro 68, lui demandant de punir mon frère.

J'ai toujours été la malade de la famille et mon surnom, que je détestais, c'était « Fil de fer ». Mon père s'inquiétait beaucoup de ma santé, car je n'arrêtais pas d'attraper des rhumes ou des infections intestinales. J'ai perdu une année entière d'école parce que j'étais malade. Mon père m'a emmenée chez un médecin homéopathe qui m'a donné des petites pilules à prendre toutes les demi-heures. Son remède favori était des lavements au thé de séné et mon père est allé m'en chercher. J'ai passé beaucoup de temps seule au lit. Mon père ne permettait jamais qu'il y eût des visiteurs à la maison et mes frères et sœur jouaient dehors toute la journée.

Mon père nous avait appris à toujours garder la bouche fermée. Nous n'étions pas censés répondre un seul mot à qui que ce soit si on nous grondait sur notre tenue. Toujours, toujours, ce que les adultes faisaient était bien. « Respecte les adultes » — c'étaient les paroles que j'entendais quand je voulais répondre à La Chata ou me plaindre de l'école.

Envers mon père, j'éprouvais du respect, de la crainte et beaucoup d'amour. Quand j'étais petite, on me disait : « Voilà ton papa », et c'était suffisant pour me faire trembler et pour que mon cœur se mette à battre très fort. A la Casa Grande, il ne nous laissait presque jamais sortir dans la cour, et tels étaient les ordres qu'il avait donnés à La Chata. Aussi quand ma sœur et moi sortions, j'avais peur que nous ne rentrions pas avant le retour de mon père. Nos camarades connaissaient ses principes et quand elles le voyaient paraître à l'entrée de l'immeuble, elles nous prévenaient en criant : « Voilà votre père. » La distance entre moi et la maison me semblait d'interminables kilomètres.

Si mon père nous surprenait dans la cour, il nous poussait par le cou en disant : « Où vous ai-je laissées ? Ouste, à la maison ! Vous n'avez aucune raison de sortir, il y a tout ce qu'il faut à la maison ! » Ces réprimandes retombaient également sur la personne qui était chargée de nous surveiller. Quand il la réprimandait en disant : « Pourquoi les filles sont-elles dehors, señora ? Pour quoi êtes-vous là ? » La Chata répondait simplement : « *Ay*, señor, mais elles sortent, elles ne m'obéissent pas. » Alors mon père réglait ses comptes avec nous.

Mais je ne me souviens pas qu'il nous ait battues, nous les filles, comme il battait mes frères quand quelqu'un se plaignait d'eux. Il les frappait dur et cela me faisait très peur. Il les battait avec le câble électrique ou avec l'espèce de lanière en cuir qui avait une extrémité flexible. Le lendemain, je voyais leur peau boursouflée et couverte de bleus. Dieu merci, je n'ai jamais reçu de véritable correction comme celles que recevaient mes frères.

Quand mon père rentrait de son travail au restaurant, il se lavait les pieds, changeait de chaussettes et s'asseyait pour lire ses journaux. Je regardais ce qu'il lisait, mais je n'osais pas poser de questions, parçe qu'il n'aimait pas qu'on l'interrompe. La seule qui pouvait l'interrompre était Marta. Il la mettait sur ses genoux ou sur la table afin qu'elle puisse jouer avec la cigarette non allumée qu'il avait toujours dans la bouche. Puis il lui donnait cinq centavos et l'envoyait jouer dehors.

Quand il rentrait de bonne humeur, mon père s'asseyait dans la cuisine sur un tabouret et nous épouillait, nous coiffait ou nous relaçait nos chaussures. Quand il s'occupait de nous comme ça, j'éprouvais un énorme plaisir, car sa façon d'être habituelle était d'avoir une expression dure sur le visage, avec sa cigarette à la bouche, ses mains sur le front et ses pieds battant à un rythme rapide sous la table. Cela m'empêchait de rechercher ses caresses, son affection, surtout quand j'essayais de lui parler et qu'avant même d'avoir prononcé le mot « papa », il me faisait taire. « Va, va jouer quelque part. Cesse de m'ennuyer. Quelle enquiquineuse, *hombre* ! Tu ne peux pas me laisser lire en paix ? »

J'approchais rarement mon père. Je préférais presque toujours faire ma couture, ou mes devoirs, ou jouer avec mes assiettes par terre, près de la porte de la cuisine. Je disais à ma sœur : « Demande à papa de l'argent pour acheter des bonbons ». « Dis-lui de te donner du lait. » Ma sœur réussissait parfois à se faire entendre et parfois elle se faisait fermer la bouche elle aussi. Je demandais alors à Elena ou à La Chata de lui demander un morceau de sucre ou autre chose pour jouer.

Une chose dont je me souviens nettement, c'est que nous avons souvent déménagé quand j'étais petite. Cela me contrariait beaucoup car mon père ne nous prévenait pas. Il rentrait du travail, donnait l'ordre aux garçons de rouler les matelas avec tout ce qu'il pouvait bien y avoir sur le lit, de mettre le linge mouillé et la batterie de cuisine dans des boîtes, et de commencer à porter les meubles dans la nouvelle maison. Si quelque chose était en train de cuire sur le poêle, la personne qui s'occupait de nous devait transporter les casseroles, les braises chaudes et le reste. Je pensais : « Quelle barbe, bouger sans arrêt, d'un endroit à un autre », mais je ne protestais jamais à haute voix.

Le premier déménagement, après la mort de ma mère, fut pour la *vecindad* de la rue de Cuba, où nous avons rencontré Elena. Elle est devenue ensuite notre belle-mère. Elena vivait avec son mari, à quelques portes de chez nous. Elle n'avait pas d'enfant, et elle nous laissait, Marta et moi, venir jouer avec quelques petits canards jaunes qu'elle élevait. Un jour, mon père a invité Elena à dîner avec nous. C'était bizarre, car mon père n'aimait jamais avoir des étrangers dans la maison. Nous les enfants n'avons pas posé de questions; nous avons mangé tranquillement, en regardant. Mon père était très gentil avec elle. Après ça, elle est restée à la maison et a vécu avec nous.

Puis nous avons emménagé dans une autre *vecindad*, dans la rue du Paraguay. Je me souviens qu'il y avait beaucoup de souris dans cette maison. Le matin, Manuel et Roberto les chassaient et les tuaient avec un balai. Nous n'y avons pas habité longtemps car Elena commençait à avoir des vertiges et s'asseyait le dos au soleil à chaque fois qu'elle le pouvait. Mon père trouvait que notre pièce était trop sombre et trop humide pour elle, nous avons donc emménagé dans un immeuble de deux étages dans la rue Orlando. De toutes les maisons que nous avons habitées, c'est la seule que j'ai aimée.

J'étais ravie qu'elle ait des fenêtres. Elle me semblait jolie. Nous avions beaucoup de plantes. Dans la petite salle à manger, il y avait deux plantes de Caroline dont mon père prenait grand soin. Quand il rentrait et s'asseyait pour lire, il ne cessait de se lever pour aller essuyer les feuilles avec de l'eau savonneuse. J'aimais l'odeur de terre mouillée et quand mon père vidait les grands pots de fleurs sur du papier journal pour en retirer les vers, j'aimais mettre mes mains dans la terre. Mais mon père me chassait toujours. « Va-t'en. Ne te salis pas. Sors d'ici. »

Elena faisait de son mieux pour prendre bien soin de nous, mais il est arrivé des choses qui ont fait que mon père a voulu de nouveau déménager. Une fois, Roberto s'est presque fait écraser par un camion et plus tard il m'est arrivé la même chose. Puis Marta est tombée du toit mais elle a heureusement été arrêtée par les cordes à linge et les fils électriques. Mon père était très bouleversé et il a battu Elena et mes frères pour ne s'être pas mieux occupés d'elle. Le lendemain même, nous emménagions à la Casa Grande.

Je n'aimais pas du tout cette nouvelle *vecindad*. Il n'y avait ni escaliers, ni fenêtres et les cours étaient longues et étroites. Nous vivions dans une seule pièce. La lumière devait presque tout le temps être allumée.

Dans la Casa Grande, nous avons déménagé trois fois avant que mon père trouve une pièce qui le satisfasse. Il était très exigeant sur la propreté. A chaque fois que nous emménagions dans un nouvel endroit, il obligeait mes frères à gratter les murs et à frotter les parquets. La chambre n° 64, celle dans laquelle nous habitons encore, était terriblement sale et mon père a fait peindre les murs en rose et la porte en bleu. Dans son enthousiasme, il fit poser une étagère dans le petit coin entre la douche et les waters, sur laquelle il plaça les plantes qu'Elena aimait.

Tant qu'Elena a vécu avec nous, je n'ai jamais senti que nous étions pauvres car notre pièce semblait toujours plus jolie que celles de nos voisins. J'étais fière de notre maison. Elle était propre et avait des rideaux à l'entrée. Les deux lits de métal avaient des couvre-lits jaunes et l'armoire était toujours soigneusement cirée. La grande table sur laquelle nous mangions était recouverte d'une nappe à carreaux et nous avions les serviettes assorties. Ces dernières, naturellement, n'étaient jamais utilisées sauf quand nous, les enfants, les prenions comme mouchoirs. Nous mangions dans des bols en faïence avec des cuillères en bois, mais Elena avait quelques jolies tasses et soucoupes blanches et des plats en bois qu'elle gardait pour les invités.

Nos quatre chaises se trouvaient au pied des lits. Il y avait une autre chaise, plus petite, en paille de couleur, sur laquelle mon père aimait s'asseoir pour lire son journal. Aussi loin que remontent mes souvenirs, nous avons toujours eu un petit poste de radio, un petit Victor RCA, qui se trouvait sur une étagère spécialement conçue à son intention. Des objets de toutes sortes, tels que des outils, de vieux magazines, des chaussures, des boîtes, un lavabo, les toiles d'emballage sur lesquelles dormaient mes frères, étaient toujours sous le lit ou sous l'armoire, soigneusement cachés.

Quand mon père eut fini de payer la table et l'armoire, il acheta le chiffonnier. Celui-ci était brillant et muni de trois grands tiroirs et de deux petits. Mon père était très content quand on le lui livra et il ne cessait de le frotter avec un chiffon pour le rendre plus brillant. Il a laissé Elena décider où il devait être placé, et le lendemain il a acheté un vase pour le poser dessus. Il s'est mis à envoyer des fleurs du marché — des glaïeuls, des dahlias et des roses magnifiques. Puis il a fait une petite étagère, pour le cierge, sous l'image de la Vierge de Guadalupe. Ensuite, il a acheté une coiffeuse pour Elena. Notre pièce était pleine de meubles à l'époque.

La cuisine se trouvait dans une minuscule cour intérieure, sans toit. Quand arrivait la saison pluvieuse, il était très incommode d'y faire la cuisine. Mon père ne voulait pas supprimer l'air et la lumière et il a essayé de la couvrir à moitié. Mais quand il a commencé à élever des oiseaux, il a fait recouvrir le tout pour les protéger. La dernière chose qu'a fait mon père pour améliorer la maison a été d'acheter des cuillères en métal et deux abat-jour en verre pour les ampoules de la chambre à coucher et de la cuisine. Après ça, Elena est tombée malade et il ne s'est plus occupé de la maison.

Mon père a engagé La Chata pour aider Elena parce que ma belle-mère n'était pas assez solide pour faire de gros travaux. La Chata a fait tous les gros travaux de la maison pendant cinq ans. Elle arrivait à sept heures du matin, à l'heure où mon père partait travailler, elle allait chercher le lait et allumait le poêle. Tandis que le lait et l'eau pour le café chauffaient, elle lavait la vaisselle de la veille au soir. Manuel et Roberto demandaient leur café et s'en allaient à l'école. Marta et moi restions au lit jusqu'à ce que la pièce soit réchauffée ou, si nous devions aller aux toilettes, nous courions pieds nus dans la cuisine, grelottant dans nos sous-vêtements. Après le petit déjeuner, Elena prenait son panier et allait au marché pendant que La Chata empilait les meubles sur les lits pour pouvoir laver le parquet. Si elle était de bonne humeur, elle me laissait m'asseoir sur le lit pour la regarder entre les pieds d'une chaise, mais d'habitude, elle mettait tout le monde dehors quand elle faisait le ménage.

Nous déjeunions à trois heures, serrés autour de la petite table de la cuisine. Après le repas, il nous fallait aller au cinéma avec Elena, que nous le voulions ou non. Elle adorait le cinéma et y allait presque tous les jours. Elle laissait un mot à mon père, lui disant dans quel cinéma il pouvait nous trouver, et il nous rejoignait parfois. Il faisait nuit quand nous rentrions à la maison et nous les enfants devions prendre notre café et du pain et aller immédiatement nous coucher.

Marta et moi dormions dans l'un des lits, mon père et Elena dans l'autre, et mes frères par terre sur des toiles d'emballage. A neuf heures, la porte d'entrée était fermée à clé et la lumière éteinte.

Le samedi et le dimanche, nous nous levions à des heures différentes, bien après que mon père soit parti travailler. Manuel était le plus paresseux de la famille et était généralement le dernier à se lever. Son habitude de dormir tard gênait le ménage de la maison, car personne ne pouvait balayer tant qu'il était allongé par terre, enveloppé des pieds à la tête dans sa couverture. Quel roupilleur il était ! Quand il finissait enfin par se réveiller, il s'étirait avec beaucoup de difficulté, se frottant les yeux et bâillant désespérément, les cheveux dans la figure. Il n'aimait pas se faire couper les cheveux ni se laver.

Un matin, Elena et Roberto ont décidé d'allumer un pétard et de le tenir au-dessus de sa tête. Nous attendions à l'entrée pour voir ce qui allait arriver. Quand il a explosé, Manuel s'est levé d'un bond et s'est mis à courir autour de la pièce, la tête encore enveloppée dans la couverture. Nous avons tous ri de voir comme il était effrayé et fâché.

Quelquefois le dimanche, Elena nous emmenait en promenade au parc Chapultepec, à Xochimilco ou autre part. De temps en temps, elle nous emmenait voir ma grand-mère et ma tante Guadalupe. Roberto et Manuel nous portaient Marta et moi sur leurs épaules pendant tout le chemin. Ma grand-mère faisait des bonbons qu'elle vendait dans la rue et elle nous en donnait toujours. Après sa mort, nous avons continué à rendre visite à ma tante.

Mais ces visites à la famille de ma mère devaient rester secrètes car mon père punissait quiconque nous y emmenait. Il n'aimait pas la famille de ma mère parce qu'ils buvaient beaucoup et lui reprochaient d'avoir épousé Elena. Ma belle-mère était très gentille à ce propos et ne lui racontait jamais quand nous y allions. Elle veillait toujours à ce qu'il ne nous arrive rien.

Je ne sais pourquoi, mais j'ai toujours préféré la compagnie des femmes âgées. Pendant que mes frères et sœur jouaient dehors avec leurs bandes d'amis, je m'asseyais à l'entrée, cousant et bavardant avec La Chata. Elle me racontait combien elle avait été heureuse avant que son mari la quitte, et comment la señora Chucha, qui vivait au n° 27 de la Casa Grande, le lui avait volé. J'avais peu d'amis, mais La Chata me poussait à sympathiser avec Candelaria, la fille de Chucha, afin de pouvoir espionner la famille. Candelaria était très laide mais elle avait un petit berceau bleu dans lequel j'aimais me coucher, faisant semblant d'être son bébé. A chaque fois que je revenais de chez Candelaria, La Chata me posait des questions sur la famille. Elle détestait la señora Chucha et se plaignait souvent à mon père de ce que Chucha l'avait insultée et qu'elle était méchante, surtout quand elle était ivre.

Un jour, La Chata était allée chercher du lait; elle est revenue en courant, puis elle est repartie. Il lui était d'habitude difficile de passer par l'étroite porte, car elle était si grosse, mais cette fois elle est entrée et sortie très aisément. Mon père faisait la lecture à Elena, je m'amusais avec des meubles-jouets qu'Elena m'avait offerts, et Marta jouait aux billes par terre. Nous avons entendu des cris et des hurlements et nous sommes sortis en hâte dans la cour.

Mon père ne voulait pas que Marta et moi voyions ce qui se passait, mais Elena a grimpé sur le toit par l'échelle et a vu La Chata. Ses cheveux étaient ébouriffés et elle était très agitée, lui expliquant ce qui s'était passé.

Quand elle est partie, mon père et Elena ont ri de la querelle et commenté la drôlerie des deux femmes se roulant par terre. Le lendemain La Chata est venue travailler comme si rien ne s'était passé. Mais Candelaria ne m'a plus jamais adressé la parole et je ne suis plus allée chez elle.

Une autre de mes « amies » était la señora Andrea, qui habitait au n° 28. C'était une femme à l'aspect maternel, avec de gros seins. C'était une maîtresse de maison exemplaire et elle m'apprenait à coudre. Je l'aidais en m'occupant de ses enfants. Je passais des journées entières chez elle et Marta ou Roberto y étaient souvent envoyés m'y chercher. Mon amitié avec elle s'est terminée quand elle a accusé Roberto d'avoir volé un rasoir. Mon père a battu Roberto et il a dû racheter un rasoir neuf pour le mari d'Andrea.

Roberto était devenu très têtu et rebelle, et il était tout à fait insupportable à la maison. Il n'avait jamais pu s'entendre avec Elena et cela le rendait fou de me voir beaucoup avec elle. Il me disait : « Imbécile. Elle n'est même pas notre mère. Garde tes distances. » Il insultait Elena devant elle et elle le giflait ou lui tirait les cheveux. Ensuite, mon père le punissait; il recevait une raclée presque tous les jours. Il se battait avec Manuel aussi, et il lui en cuisait toujours.

Roberto disparaissait souvent pendant un ou deux jours et nous ne nous en souciions pas, mais une fois, cinq jours ont passé et mon père s'est inquiété. Quelqu'un lui a conseillé d'envelopper saint Antoine dans un vêtement de mon frère, de le mettre la tête en bas dans l'armoire fermée à clé et, dit-il, Roberto serait de retour dans une semaine. Mon père l'a fait et Roberto était de retour le septième jour. Il était allé à Veracruz chercher la famille de mon père. Il était parti sans argent ni vêtement de rechange, sachant seulement qu'ils vivaient près d'une *hacienda*. Par la suite, la fugue lui est devenue une habitude.

C'est ma belle-mère qui m'a emmenée à l'école la première fois. Elle m'a dit : « Reste là. Je reviendrai dans un moment t'apporter du café. »

Je m'attendais à ce qu'elle revienne vite. Quand j'ai vu qu'elle n'arrivait pas, mon visage a dû se contracter très fort, car la maîtresse m'a caressé le menton en disant : « Ne pleure pas, petite fille. Regarde, tu as beaucoup d'amies ici. Ta mère va bientôt revenir. »

Le matin où je suis entrée en seconde année de l'école primaire, il faisait très froid pendant que nous étions alignées pour l'inscription. Presque toutes les mères attendaient mais Elena n'était pas encore là et j'ai commencé à m'inquiéter. Elena est arrivée exactement au moment où l'on me demandait mon deuxième nom de famille, c'est-à-dire celui de ma mère. Quand Elena a vu que je ne le connaissais pas, elle m'a soufflé : « Ecoute, je vais te donner mon nom. Tu ne seras pas fâchée ? » Je lui ai répondu que non, et c'est ainsi que j'ai été inscrite sous le nom de Consuelo Sánchez Martínez. Quand mes frères et ma tante l'ont appris ils ont tous dit qu'Elena n'était pas ma mère, que j'étais une imbécile, que je n'avais qu'à m'en aller avec elle si je l'aimais tant.

Dans cette classe, j'ai été volée pour la première fois. J'étais très bouleversée et mes frères se moquaient de moi. Une dame m'avait incitée à lui laisser tenir ma cape neuve et ma boîte de matériel scolaire, puis elle a disparu avec. Depuis ce jour-là, sous peine de recevoir une correction, l'un de mes frères devait m'accompagner jusqu'à l'entrée de l'école, où il répétait : « Si une dame te parle... » Je n'avais qu'à dire à mon père que Manuel ou Roberto ne m'avait pas accompagnée à l'école pour qu'il reçoive une raclée.

Comme je me suis sentie importante quand la señorita a dit, vers le milieu de l'année scolaire, que nous allions apprendre à écrire à l'encre. Je me souviens avoir passé la porte d'entrée mes livres sous le bras et les mains vides afin que tout le monde puisse voir mes doigts tachés d'encre. Chaque fois qu'elle nous disait que nous allions écrire à l'encre, je demandais à mon père un nouveau porte-plume. Et j'obtenais toujours ce que je désirais. Je n'avais qu'à montrer à mon père la liste du matériel scolaire et le lendemain j'avais tout ce dont j'avais besoin. C'était pareil pour les vêtements; tant que c'était pour l'école, nous l'avions presque avant de l'avoir demandé.

Elena a été la première à nous apprendre à prier. Le soir, elle nous faisait agenouiller tous les quatre et répéter ses paroles. Les plus réticents étaient Manuel et Roberto, qui se poussaient du coude et riaient jusqu'à ce qu'ils soient envoyés dans la cuisine. Quant à moi, au début je n'aimais pas non plus être à genoux les bras croisés, sans bouger. Je me rappelle comment, quand j'avais quatre ou cinq ans, mon père prenait la main de ma sœur et la mienne le soir et nous faisait faire le signe de croix. Mon père et Roberto se signaient tous les matins avant d'aller travailler; ils ont toujours été plus sévères à ce sujet que le reste d'entre nous.

Quand j'avais six ou sept ans, Elena nous racontait les *Exemples*, qu'elle avait appris par le curé de son village. Il y avait toujours un miracle dans ces histoires, et Notre-Seigneur apparaissait à la personne qui avait été bonne. Dans l'un des *Exemples*, une fille qui avait désobéi à sa mère et lui avait manqué de respect, était punie par Lui. Elle est allée se confesser et le prêtre lui a dit que si une fleur poussait sur un clou, elle serait pardonnée.

Quand j'ai entendu cette histoire, j'ai pensé : « Comme ce serait merveilleux s'il m'arrivait une chose pareille. » Souvent, à l'abri de l'obscurité de la pièce, je pleurais parce que j'avais été méchante dans la journée, et j'étais même contente à l'idée du châtiment que j'allais subir. J'implorais le pardon et je promettais sincèrement de ne plus me fâcher ni crier après mon frère. Les *Exemples* que nous entendions raconter par Elena ont constitué ma première éducation religieuse. Tant qu'elle a vécu avec nous, nous sommes allés à la messe (mon père ne nous y emmenait jamais) et nous avons appris à célébrer les *fiestas* religieuses, telles que le Jour des Morts et la Semaine Sainte.

La première fois que je suis allée au catéchisme, c'est après avoir emménagé dans la Casa Grande. Un après-midi, tandis qu'Elena et moi prenions le café en regardant un illustré, j'ai entendu sonner une petite cloche. J'ai regardé dehors et j'ai vu des enfants courir, chacun un petit banc à la main. Je n'ai rien demandé, mais soudain une lourde silhouette vêtue de noir est apparue, les cheveux en chignon et un chapelet sur la poitrine. Elle est passée tout près de moi en agitant sa clochette. « Tu ne viens pas au catéchisme ? » J'ai souri et secoué la tête. J'ai demandé la permission à mon père. Il a dit oui et nous a envoyés tous les quatre. Comme j'étais contente d'y aller ! Et je me suis mise à courir à travers la cour, une petite chaise sous le bras. Ma sœur et mes frères transportaient eux aussi leur banc. La *señorita* parlait aux enfants assis. Elena nous avait appris le *Notre Père* et l'*Ave*, en plus d'une prière à l'Ange, mais ce n'était pas la même chose.

On nous distribuait toujours des bonbons quand c'était fini. Ce premier jour, nous sommes tous partis en courant pour montrer à mon père ce qu'on nous avait donné. Je me sentais vraiment heureuse. Toute seule, je me suis fait une obligation d'aller au catéchisme. Cela me mettait en colère que Manuel et Roberto ne viennent pas. Je le racontais à mon père.

Une fois, j'ai vu la *señorita* avec un groupe de grandes filles autour d'elle, récitant en chœur. Quand la *señorita* a eu fini, j'ai demandé à une fille : « Qu'est-ce que c'était ? » Elle a répondu : « Comment, tu ne sais pas ! C'étaient les Dix Commandements. » J'étais embarrassée et je n'ai rien dit. En outre, j'avais peur que la fille me batte.

Quand, après la leçon, j'ai dit à la *señorita* que je voulais apprendre les Commandements, elle a répondu : « Mais elles préparent leur première communion. » Ce fut comme un rayon de lumière perçant au-dessus de ma tête. Je n'ai rien dit, mais dès lors mon seul désir fut de faire ma première communion et mourir. Je ne sais pourquoi ce désir m'a envahie. Je ne connaissais même pas la signification de la première communion et je ne l'ai pas demandée.

Puis les *señoritas* ne sont plus venues nous donner de leçons. Nous attendions en vain avec nos petits bancs. Nous sommes restés longtemps sans catéchisme, mais je me souvenais de tout ce que j'avais appris.

Santitos, la mère d'Elena, et ses trois plus jeunes enfants sont venus habiter avec nous. Ils dormaient tous par terre. Santitos était très pieuse. Elle était toujours vêtue de noir et priait tous les soirs ce qui me semblait inhabituel à l'époque. Quand je voyais Santitos prier avec son chapelet à la main et son visage si sérieux, je pensais que ce devait être parce qu'elle allait mourir. Un après-midi, pendant que Santitos priait avec son chapelet, je lui ai demandé comment était Notre-Seigneur Jésus-Christ. Avec la meilleure volonté du monde, elle se mit en devoir de me l'apprendre. Comme cela s'est avéré difficile ! Et comme je respectais Santitos ! Elle m'a appris le *Señor Jesucristo* et le *Yo pecador*. J'ai demandé à mon père d'acheter le livre pour faire ma première communion. Il a accepté et j'y ai lu ce qu'on doit faire devant le curé.

Le seul mauvais souvenir que j'aie d'Elena c'est que c'est elle qui m'a ôté mes illusions sur les *Santos Reyes* (Les Rois Mages). A l'âge de huit ans, je croyais encore que les Rois Mages venaient apporter des cadeaux aux enfants le 6 janvier. J'ai refusé de croire la vérité pendant quelque temps. Même mes frères m'avaient beaucoup parlé des Rois. A la saison de la *Posada* de Noël, à la tombée de la nuit, Roberto ou Manuel s'asseyait avec Marta et moi dans l'entrée et nous montrait les trois plus brillantes étoiles de la Grande Ourse. « Regarde, petite sœur, tu vois ces étoiles là-bas ? Ces étoiles sont les trois Rois. » Je me souviens comment chaque année, avant de m'endormir, je regardais le ciel et il me semblait vraiment que les étoiles se rapprochaient. Dans mon imagination, je les entourais d'une intense lumière qui m'éblouissait même endormie. Le lendemain, je trouvais les jouets.

Cette année-là, j'ai décidé d'espionner mon père, pour voir si Elena avait raison. La nuit, Marta et moi avons fait semblant de dormir. Enfin mon père a profité de notre sommeil et je l'ai vu mettre des jouets dans nos chaussures. C'était vrai ! Mon rêve était terminé et je me sentais triste. Le lendemain matin, quand mon père s'est levé pour aller travailler, il a dit la même chose que chaque année : « Dépêche-toi, ma fille, va voir ce que les Rois t'ont apporté ! Va ! » J'ai regardé mes cadeaux mais je n'y voyais plus cette chose magique qui avait entouré mes jouets. C'est la seule fois où je n'ai pas aimé Elena.

La plus forte impression qui me soit restée de cette époque c'est un soir où nous sommes rentrés du cinéma. D'habitude, mon père portait Marta, tandis qu'Elena s'occupait de moi. Cette nuit particulièrement, il faisait très noir, et soudain, les adultes sont devenus absolument silencieux. En ouvrant la porte, mon père a dit à Elena de me tenir. Ma tête fut pressée très fort contre ses jupes. Ils m'ont dit de fermer les yeux et Elena m'a prise dans ses bras. Je n'entendais rien, ni mon père parler, ni la clé dans la serrure — rien. Quand j'ai pu ouvrir les yeux, j'étais déjà au lit. Je leur ai demandé pourquoi ils m'avaient fait fermer les yeux, mais mon père a simplement répondu : « Dors. Il est tard maintenant. » Je me suis endormie, très intriguée; le lendemain, Roberto m'a dit qu'ils avaient vu des fantômes, des religieuses marchant sur le mur avec un prêtre à leur tête. Je ne sais pas si c'était vrai ou non. Mon père ne m'a jamais rien raconté.

Je paraissais toujours plus effrayée des choses que mes frères et sœur. Une fois, quand j'avais huit ou neuf ans, Roberto m'a fait une peur terrible en me jetant un sac plein de souris. Le choc fut si violent que je me suis évanouie. Après ça, j'ai eu horreur des souris et des rats, plus que de n'importe quoi d'autre au monde. Chaque fois que j'en voyais un, mort ou vif, je m'enfuyais en hurlant.

Je me rappelle, un matin à la Casa Grande, un horrible vieux rat est sorti de son trou. Je dormais mais bientôt je me suis suffisamment réveillée pour entendre quelque chose ronger sous le lit. J'ai ouvert les yeux tout grands, respirant à peine, attendant que l'animal grimpe sur le lit. Tandis que le bruit se faisait de plus en plus proche, j'ai commencé à appeler mon père, d'abord doucement, puis un peu plus fort. Quand j'ai entendu l'animal à la tête du lit, j'ai poussé un hurlement aigu. Mon père s'est levé d'un bond et a allumé la lumière. L'animal s'est mis à courir. J'ai continué à hurler : « Le rat ! Le rat ! » Mes frères se sont levés et ont poursuivi l'animal avec des bâtons. Mais il était difficile à attraper; il ne cessait de s'échapper et ils n'arrivaient pas à le tuer. Quand ils ont enfin pu le frapper (j'en ai encore la chair de poule rien qu'à y penser) l'animal a crié et j'ai hurlé. Je continuais à entendre ses horribles cris perçants. A chaque coup qu'ils lui donnaient, je sursautais. Après ça, mon père a fait poser un nouveau parquet.

Je ne pouvais imaginer, quand je me suis prise d'antipathie pour la Casa Grande combien j'allais la haïr et y souffrir davantage. Je croyais qu'Elena serait toujours avec moi, mais il n'en a pas été ainsi. Là, dans la Casa Grande, elle est morte, et après sa mort sont venus la désagrégation de la famille, le durcissement progressif de mon père, l'hostilité croissante de mes frères à mon égard, et une série de souffrances, suscitées peut-être par mon propre manque de caractère.

Avant la mort d'Elena, mes ennuis n'étaient pas si graves. J'avais l'impression de tout avoir, l'amour de mon père et celui d'Elena. Mes frères me battaient, mais pas tout le temps, et d'autre part leurs coups n'étaient pas toujours durs. Je n'avais même jamais souffert que ma vraie mère ne soit pas en vie. Par exemple, quand j'étais en troisième année d'école primaire, la maîtresse nous apprit un hymne aux mères et il y avait de grands préparatifs pour un spectacle destiné aux mères : des danses, des récitations, des dessins. Cela m'a fait de la peine. Pour moi à l'époque, il n'y avait rien d'aussi sublime que *père*. Je pensais : « Les mères, les mères... pourquoi fait-on tant de *fiestas* pour les mères si les pères comptent bien davantage ? Mon papa nous achète tout et ne nous a jamais abandonnés. On devrait faire une fête pour les pères, et alors je sortirais déguisée en Indienne ou en autre chose. »

Mais Elena a commencé à être malade. Par la suite, nous avons su qu'elle avait la tuberculose. Elle restait assise au soleil pendant des heures pour qu'il pénètre dans son dos. Au soleil ses cheveux paraissaient d'un blond roux. Elle avait maigri et elle était prise de vertiges malgré tous les médicaments qu'elle prenait, et elle allait de médecin en médecin.

Mon père était très inquiet et la gâtait de plus en plus. Il lui avait toujours acheté de jolies robes et des souliers à hauts talons, même une petite veste de fourrure, et il l'emmenait partout où elle désirait aller, mais à présent il lui apportait des cadeaux tous les jours.

Comme elle devenait de plus en plus malade, Elena a pris conseil de ses médecins et elle est entrée à l'hôpital pour un long séjour. Mon père était très triste. Tous les après-midis, à présent, il revenait un peu plus tard à la maison car il allait lui rendre visite. Il me caressait la tête en disant : « Est-ce qu'Elena te manque, *madre ?* Allons, allons, elle va bientôt revenir. » Et je voyais pointer une larme. Le mercredi, jour de congé de La Chata, mon père nous baignait, nous servait notre petit déjeuner, lavait nos chaussettes et faisait faire le ménage par les garçons.

Mais la maison n'était plus la même; peu à peu, elle a commencé à décliner. Je regrettais particulièrement que nos plantes meurent. Mon père se plaignait beaucoup à ce propos. Parfois, je l'entendais crier : « *Caray !* On ne peut rien garder ici ! C'est une honte ! On dirait qu'il n'y a personne pour s'occuper de quoi que ce soit. » La Chata restait silencieuse; Santitos également.

La Chata s'efforçait de tenir la maison propre, mais nous les enfants sautions sur le lit et sur la table et salissions tout. Quand nous nous querellions, ou bien juste pour nous amuser, nous attrapions des morceaux de charbon dans la boîte sous l'évier et nous nous les lancions, faisant des taches noires sur les murs et sur le parquet. La Chata grondait et nous disputait grossièrement et nous faisait sortir dans la cour. Nous, en revanche, nous nous plaignions à notre père qu'elle ne nous servait que du pain rassis et des pommes de terre avec des œufs. Quand Elena était avec nous nous mangions tous bien, mais La Chata cachait le lait et les fruits et faisait des plats spéciaux pour elle et mon père. Elle n'était pas du tout gentille avec nous, mais quand nous le racontions à mon père, il nous faisait taire.

Peut-être parce qu'il avait besoin d'argent pour soigner Elena, ou parce qu'il aimait faire des affaires, mon père s'est mis à vendre des animaux. Il a commencé avec cinquante oiseaux, qu'il gardait dans des cages en bois de toutes tailles. Mes frères nettoyaient les cages deux fois par jour mais malgré cela, la maison à commencé à sentir mauvais et à paraître sale. Les murs et le sol étaient toujours tachés de nourriture d'oiseaux et d'excréments. Au début, mon père n'avait que de petits oiseaux, tels que des perruches et des grives, mais ensuite il a acheté des perroquets, des pigeons, des faisans, et une fois un horrible grand oiseau qui ne mangeait que de la viande crue. Nous avions des dindes et même un blaireau attaché aux pieds du chiffonnier. Presque toute la surface des murs de la chambre et de la cuisine était remplie de cages. Mon père s'est débarrassé des plantes pour faire de la place à des boîtes de poules. Il a posé une autre étagère pour quelques très beaux coqs. Nous les enfants devions ramasser les œufs et les mettre dans le buffet.

Quand Elena a enfin été près de rentrer de l'hôpital, mon père a fait blanchir les murs et a racheté quelques plantes. Mais elle était encore très malade, et elle est allée habiter la chambre n° 103, dans la dernière cour de la Casa Grande. Avec elle s'en sont allés la coiffeuse, le lit et les couvre-lits, les rideaux, le vase, l'abat-jour, et la plupart des jolies choses de la maison. Nous n'avions pas le droit d'entrer dans la chambre d'Elena, mais de temps en temps Santitos ouvrait la porte et nous laissait la voir de la cour. Quand elle se sentait bien, Elena montait sur le toit et je lui parlais d'en bas et je lui montrais ma couture.

Après qu'Elena eut déménagé dans sa chambre, Antonia, ma demi-sœur aînée, est arrivée. Je dormais le soir où mon père l'a amenée. Le lendemain, j'ai trouvé un nouveau visage dans la maison. Elle était couchée à côté de moi dans le lit. « Pourquoi ne dis-tu pas bonjour à ta sœur ? » m'a dit mon père. Mes frères lui ont parlé, mais pas moi. Je ne lui ai pas dit un mot. Je regardais de loin. J'étais extrêmement jalouse. Je n'avais jamais vu mon père avec quelqu'un. Comment était-il possible qu'Antonia existe ? Mais je n'ai pas osé le demander à mon père et il ne m'a pas donné d'explication.

Quelques jours avant, mon père nous avait simplement dit : « Je vais amener votre sœur. C'est déjà une *señorita.* Elle a terminé sa sixième année. » A l'époque, le mot *señorita* signifiait pour moi une jeune femme avec de longs cheveux bouclés et des lunettes, vêtue d'un tailleur sombre, quelqu'un à respecter; j'étais donc très curieuse de rencontrer ma sœur. Mais quand je l'ai vue, elle était très différente. Le visage d'Antonia était mince et ses yeux légèrement proéminents; ses cheveux raides étaient attachés par un ruban et elle portait une robe ordinaire. J'étais en partie déçue et en partie satisfaite car je me sentais ainsi moins mécontente de mon propre aspect.

Au début, Antonia a été très gentille et peu à peu, elle a gagné notre confiance. Elle a arrangé la maison et l'a rendue à nouveau agréable, avec des rideaux à l'entrée et des fleurs sur l'autel. Mais par la suite elle nous a fait tous les quatre beaucoup souffrir. Ce qui m'a fait commencer à la détester, c'est la distinction que mon père faisait entre elle et nous. Il sembla changer complètement.

Le premier signe est arrivé un après-midi où il est rentré en colère. En entrant, il a vu un banc au milieu de la cuisine, il lui a lancé un coup de pied et il a crié : « Idiote, imbécile ! Tu vois les choses et tu ne les bouges pas. Sors-moi ce banc d'ici, en vitesse ! » Un instant, je n'ai pas su quoi faire. Je n'avais aucune idée où mettre le banc. J'ai fini par le pousser sous l'évier. J'étais estomaquée. Mon père ne m'avait jamais parlé sur ce ton. A mes frères, oui, mais jamais directement à moi.

Ce soir-là, j'ai refusé de dîner, pensant que cela donnerait le même résultat qu'en maintes autres occasions. Si je refusais de manger, mon père me parlait tendrement et me demandait ce que je voulais et envoyait chercher des friandises. Cette fois ça s'est passé tout autrement. Je suis allée au lit sans rien manger et mon père ne s'est pas occupé de moi. Il s'est mis à lire le journal à Antonia. J'étais sous les couvertures, retenant mes larmes. J'avais honte de pleurer devant cette inconnue qu'était ma sœur.

En d'innombrables occasions, le goût des larmes faisait partie de mon café. « Arrête de faire le clown et mange », me disait mon père. Il ne lui importait plus que je pleure. La première fois que j'ai entendu Antonia lui répondre, la réaction de mon père m'a paru incroyable : il ne lui a fait aucun reproche pour son impolitesse. Alors que nous n'osions même pas lever les yeux quand il nous disputait, même Manuel, qui était l'aîné, elle, elle pouvait lui répondre librement. Chaque fois qu'il achetait une robe pour Antonia, elle devait toujours être de meilleure qualité que les nôtres. Mon père la laissait presque toujours servir à table. Tout cela me donnait l'impression de n'être personne dans la maison.

Une chose que mon père nous avait strictement défendue c'était de toucher à la radio. Elle devait toujours être branchée sur le poste qu'il avait écouté la veille. D'autre part, on ne pouvait bouger les meubles à moins qu'il en ait donné la permission, sinon il hurlait : « Qui a changé les choses de place ? Est-ce que je compte pour rien dans cette maison ? Remettez tout en place. » Aussi quand j'ai vu Antonia allumer la radio un matin, je lui ai dit de ne pas le faire, sinon mon père allait se fâcher. Elle ne m'a pas écoutée et a tourné le bouton vers un autre poste. Cela nous a effrayés tous les quatre, mais quand mon père s'est aperçu de la chose il n'a rien dit.

Un jour, mon père a donné à Antonia une boîte de poudre Max Factor dont elle avait entendu la publicité à la radio. Elle lui avait dit d'en apporter une boîte pour chacune d'entre nous et quand je l'ai vu rentrer avec une seule boîte et la lui donner, cela m'a fait de la peine. Antonia l'a prise et a dit : « Ecoute, Consuelo, tu en prendras aussi. » Mais j'ai répondu avec mépris : « Non. Pourquoi en aurais-je besoin ? Utilise-la, toi. » Tonia s'est vexée et elle est sortie.

Je me servais du café quand j'ai entendu la porte claquer et mon père fut soudain devant moi, avec une expression sur le visage qui me fit trembler des pieds à la tête. « Qu'as-tu fait à Antonia ? demanda-t-il.

— Rien, papa, ai-je répondu. Je lui ai simplement dit que je ne voulais pas de poudre.

— Imbécile ! Fille stupide et méchante ! La prochaine fois que tu fais une chose pareille, tu auras ma main sur la figure. Tu iras chercher tes dents dans la cour », dit-il en serrant les poings. Je n'ai fait que baisser la tête et je suis allée m'asseoir à l'entrée. Ce soir-là, je suis allée me coucher sans manger et dans le noir, j'ai pleuré et regretté qu'Elena ne soit plus parmi nous.

Les mensonges perpétuels ont également commencé. Dans l'après-midi, quand mon père rentrait, Antonia était tout habillée et ils sortaient. Ils disaient qu'ils allaient chez le médecin, mais ils allaient au cinéma. Je voyais mon père et Tonia traverser la cour. Elle lui prenait le bras et ils s'en allaient tous les deux. Quand papa sortait avec nous, il nous tenait toujours serrées par le bras et quand nous arrivions à la maison, mon bras me faisait mal. Quant à mes frères, il ne les laissait même pas approcher. Ils marchaient presque toujours devant ou derrière, mais jamais près de lui.

J'avais mauvaise opinion d'Antonia pour d'autres raisons également. Elle mettait des cartes postales de femmes à demi nues et de danseuses de music-hall autour de la glace de sa coiffeuse. Nous en étions tous contrariés, même Manuel qui, à l'époque, n'était jamais à la maison et ne s'intéressait pas à ce qui s'y passait. J'ai fini par me plaindre à mon père, en lui demandant d'enlever les photos. Il n'a rien dit mais deux jours plus tard, les photos ont été remplacées par celles de Pedro Infante et d'autres acteurs qu'Antonia montrait à ses amies.

Ceci était encore une autre injustice à notre égard. Mon père ne permettait jamais que nos amis viennent à la maison. S'il lui arrivait d'en trouver en rentrant, il les chassait : « Dehors, petite. Va jouer avec ta mère. Il est trop tard pour rendre visite maintenant. » Mais il ne faisait jamais ça pour les amies d'Antonia et il discutait et riait avec elles.

Nous n'avions jamais tenu compte de nos anniversaires ni de nos fêtes avant que Tonia insiste pour qu'on célèbre la fête de mon père. C'était la première fois et pour la première fois aussi nous avons eu des verres spéciaux pour boire des « cubas ». Pour l'anniversaire d'Antonia, mon père lui a tout acheté : une robe, des chaussures, des bas et même un gâteau. Nous n'avons eu que le plaisir de voir le gâteau, car mon père et Antonia l'ont emporté chez sa mère Lupita, où ils ont célébré l'anniversaire et mangé le gâteau.

Peut-être par orgueil ou pour éviter d'être grondés, ou pour retenir nos larmes, nous n'avons jamais réclamé un morceau du gâteau. Mais cela nous préoccupait beaucoup. Marta le regardait du lit et me chuchotait : « On n'achète un gâteau que pour elle. Qu'ils emportent leur sale gâteau. Il n'est même pas bon. » J'ai osé une fois demander à mon père qui avait acheté le gâteau d'Antonia et il a dit que c'était sa mère. Je ne l'ai pas cru car Lupita s'était blessée la main au restaurant et ne travaillait pas à l'époque.

Nous avons tous voulu un gâteau d'anniversaire après ça, mais mon père disait : « Qu'est-ce que vous croyez ? Que je trouve l'argent dans les rues ? Il faut que je paie le loyer, l'électricité et la nourriture. Où vais-je prendre l'argent pour tout ça ? » C'était ainsi à chaque fois que je lui demandais quelque chose qui ne soit pas pour l'école.

Il y avait quelque chose en moi qui hurlait, qui pleurait, quand mes demandes étaient rejetées, surtout quand je voyais la façon dont Antonia se comportait. Je pensais :

« Comment peux-tu faire dépenser tant d'argent à mon *papacito*. Le pauvre, il travaille si dur ! Cela ne te gêne donc pas ? » J'allais voir Yolanda et lui racontais mes pensées. Je cherchais de la consolation auprès d'elle, et elle me disait de supporter, de ne rien dire, que mon père serait bien obligé de s'apercevoir de la malhonnêteté d'Antonia. Mais j'attendais et j'attendais et il ne s'apercevait jamais de rien. Au contraire, je sentais que mon père s'éloignait de plus en plus de nous.

Au début, Marta ne semblait pas se préoccuper du changement subi par mon père. Mais par la suite, quand elle est devenue sauvage et ne voulait pas aller à l'école, il a commencé à la disputer et à la battre avec une lanière. Alors elle aussi s'est mise à en vouloir à Antonia, et à la maudire. Les paroles de Marta étaient de la musique à mes oreilles et je l'encourageais. Mais la plupart du temps, j'avais le cœur lourd et mes joues brûlaient de honte quand mon père criait après nous en nous traitant de paresseux et de bons à rien.

Naturellement, je me posais des tas de questions. La nuit, ma tête tournait et tournait, et je me perdais dans l'obscurité de la pièce. Quelquefois, quand je pleurais, Antonia essayait de me consoler, mais je la rejetais toujours. Je ne voulais pas accepter ses paroles ni ses caresses. « Qu'y a-t-il, Consuelo ? Pourquoi pleures-tu ? Mon père t'a-t-il grondée ? » Cette dernière question me semblait si cruelle que si j'avais pu je l'aurais giflée. Le soir, quand ma sœur voulait nous lire une histoire ou le journal, je n'aimais pas ça. Je pensais qu'elle ne le faisait que pour s'approprier mon père davantage encore, aussi quand elle commençait à lire, je tournais le dos et faisais semblant de dormir.

Je ne pouvais comprendre que c'était parce qu'elle était plus âgée qu'Antonia était traitée d'une façon différente. Tout ce que je savais, c'est que mon père l'aimait davantage. J'ai commencé à douter que je sois réellement sa fille. C'est ce que je ressentais en voyant son indifférence, non seulement envers moi, mais envers Marta, qui était autrefois sa favorite. Maintenant, il la battait à chaque fois qu'Antonia s'en plaignait. Il ne me battait jamais, mais ce qu'il me disait était pire que des coups de fouet. Je ne lui répondais jamais. Je ne pouvais pas; les mots ne sortaient pas de ma bouche.

Ils n'allaient que dans ma tête et me donnaient envie de m'en aller et de ne voir personne.

C'est environ à cette époque que j'ai eu un cauchemar qui m'a réveillée en sueur et en larmes. J'y avais vu mon père dans sa vieille salopette et son pantalon, avec son *sombrero* sur la tête. Il battait et chassait toute la famille sans pitié. Il ne m'avait pas encore frappée et je hurlais aux autres : « Sortez ! sortez ! Papa est devenu fou ! Il va nous tuer ! » Tout le monde s'est enfui. Les chaises étaient renversées, les assiettes cassées. De l'entrée de la cuisine, je voyais que mon père avait attaché ma sœur Marta avec une corde aux pieds du lit et la battait sans se soucier où tombaient les coups. Il était debout à côté d'elle, regardant ses yeux implorants, et même quand elle s'est mise à saigner, il a continué à la battre. Soudain, l'un des coups à heurté la cruche de cuivre qu'il y a toujours à la maison, elle s'est renversée et les pieds de mon père ont été mouillés. Je lui ai crié : « Papa, papa. Tu es devenu fou ! Laisse-la tranquille ! Tu vas la tuer ! » Mais il n'a pas fait attention à moi et il a continué à la fouetter. Tout en criant, je me suis réveillée. Je me suis rendormie, mais pour reprendre le même cauchemar.

Cette fois dans mon rêve mon père avait déplacé le lit et l'étagère des saints vers un autre mur. Manuel et Roberto étaient dans la chambre, Marta et moi dans la cuisine. L'un des panneaux de la porte était entrouvert et j'ai regardé. J'ai vu mon père penché sur le lit, tenant un cœur dans ses mains, le cœur qu'il avait arraché du corps d'un jeune peintre, Otón, qui habitait dans notre immeuble. Otón était allongé sur le lit, sur le dos. Je voyais la cavité d'où son cœur avait été arraché. Mon père tenait le cœur haut levé, l'offrant à quelqu'un. J'ai eu très peur et je me suis réveillée avec le même cri que je pousse toujours quand je rêve. Je n'ai jamais pu me débarrasser de l'image de mon père tenant ce cœur saignant dans ses mains.

Le jour où Elena est morte, Marta, Tonia et moi étions à la maison. Mon père est entré les larmes aux yeux et nous a dit d'aller lui dire au revoir. Nous avons couru toutes les trois vers sa chambre. Sur le chemin, je n'ai pas cessé de me dire : « *Ay*, mon cher petit Dieu, ce n'est pas vrai, ce n'est pas vrai. » Quand nous sommes entrés, Santitos était là, son chapelet à la main. Elena était très pâle, les lèvres violettes, les cheveux éparpillés sur l'oreiller. Roberto était là, pleurant; Marta et Tonia pleuraient également. J'avais une grosse boule dans la gorge. Santitos a pris la main d'Elena et nous avons reçu sa bénédiction. Puis mon père nous a renvoyées, Marta et moi, à la maison, où nous avons pleuré comme deux loups solitaires.

A l'enterrement, le lendemain, nous avons tous pleuré, surtout mon père. Il a mis ses bras autour de moi en disant : « Elle nous a quittés, ma fille, elle nous a quittés pour toujours. » Elena fut enterrée sous un *pirú* dans le cimetière Dolores. Quand nous sommes rentrés à la maison, mon père est immédiatement allé dans sa chambre pour disposer de ses affaires. La plupart revinrent à sa mère, d'autres furent vendues. Tonia suivit mon père et demanda la coiffeuse d'Elena et son manteau du dimanche, qu'il lui donna. Par la suite, je lui ai demandé un souvenir d'Elena et il m'a donné une petite poupée en porcelaine.

Après ça, j'ai commencé à prendre la maison en horreur. Mon père éteignait la lumière et nous obligeait à aller nous coucher immédiatement après le souper. Il passait la soirée hors de la maison avec Tonia ou restait dans la cuisine jusqu'à très tard. Roberto et moi nous nous détestions de plus en plus. S'il était dans la cour, je rentrais dans la maison; s'il était à la maison, je sortais dans la cour. Le matin, je priais tous les saints qu'il continue à dormir pour qu'il ne puisse pas me battre. Je partais quelquefois à l'école sans avoir pris mon petit déjeuner afin de l'éviter, et je craignais de rentrer à la maison.

Certainement, je n'étais pas un ange. Sachant que cela contrariait Roberto que la porte soit ouverte, je l'ouvrais. S'il la fermait, je la rouvrais, et ainsi de suite, jusqu'à ce que nous nous battions. Roberto me haïssait tellement qu'il m'aurait tuée s'il avait pu. Une fois, il a essayé de m'étrangler, en cognant ma tête contre le montant du lit.

Une autre fois, je ne l'oublierai jamais, je lui tournais le dos tandis qu'il se tenait à l'entrée et j'ai senti une légère brise passer à ma gauche. Quand je me suis retournée pour voir ce qui en avait été la cause, j'ai été prise d'une espèce de vertige et j'ai senti un goût amer dans ma bouche, car à quelques centimètres de moi, fiché dans le mur, il y avait un couteau à lame très tranchante. Tout ce que j'ai pu faire fut de me retourner, regarder mon frère et continuer à chercher ce dont j'avais besoin.

De la porte, Roberto ne me quittait pas des yeux. Je n'ai pas montré que j'étais effrayée ou en colère. Il s'est approché, m'a donné une poussée qui m'a fait tomber et il a arraché le couteau du mur. A ce moment-là, j'ai eu l'impression que la chair de mon cœur se déchirait morceau par morceau, faisant couler en moi un liquide amer et mortel. Mais je me suis levée, me rendant compte que si je le provoquais, il achèverait ce qu'il voulait faire. Je suis donc sortie et je suis allée chez Yolanda.

Malgré tout, je dois reconnaître qu'après que nous nous soyons battus, Roberto s'approchait de moi et disait : « Petite sœur, je t'ai fait mal ? Pardonne-moi, oui ? Je t'en prie, petite sœur. » A quoi je répondais en hurlant : « Sors d'ici, sale nègre. Si tu pouvais crever ! Fiche le camp... attends un peu que papa revienne ! » Et je restais là, à me frotter les yeux, hurlant de douleur et de rage.

Une fois mon père rentré et sa correction reçue, Roberto allait pleurer dans l'obscurité de la cuisine, assis entre le brasero et le buffet, les cheveux sur le front, le nez sale, une bretelle de sa salopette lui pendant sur l'épaule. Il sanglotait pendant longtemps, sans personne pour le consoler. Nous ne nous apercevions pas de son départ, mais quelques minutes plus tard, les gens commençaient à affluer, se plaignant de ce que Roberto avait battu un enfant ou avait accompli quelque autre méfait.

Cependant, à sa façon, Roberto essayait de gagner l'affection de la famille. Je me souviens qu'un jour il est rentré avec les poches de son blouson et de son pantalon pleines de noisettes. Deux jours auparavant, il avait reçu une terrible raclée de mon père en « paiement » d'une chose qu'il avait faite. Tout le monde dans la maison était dégoûté de lui. Je le vois encore entrer... en salopette grise, ses chaussures de « mineur » usées, une manche de chemise déchirée, les cheveux couverts de poussière. A l'époque, il me paraissait détestable, mais maintenant, quand j'y pense, comme mon frère était beau quand il est entré, tendant sa veste à Marta, Tonia et moi, nous offrant des noisettes. Il les a réparties en tas, un pour chacune d'entre nous, et il m'a même aidée à éplucher les miennes. Mais je n'étais pas amadouée... je savais qu'il me battrait bientôt de nouveau, pour une raison ou pour une autre.

Je me souviens très bien d'une nuit, quand Roberto avait environ quatorze ans. La pièce était obscure, pas même le cierge de l'ex-voto n'était allumé, et j'étais couchée, les mains sous la nuque, en train de penser... me demandant pourquoi mon père avait changé à mon égard. Roberto est entré, a étalé sa toile et son oreiller sur le sol au pied du lit de mon père et s'est allongé.

Il y avait un bal dans la cour et l'on pouvait entendre les paroles d'une chanson populaire. Elles disaient à peu près ceci : « L'âme de mon tambour, parce que mon tambour a une âme, dit qu'il a perdu sa tranquillité parce qu'il est noir. Et même si vous n'aimez pas les gens qui sont noirs, ils ont une âme blanche et leur cœur est blanc. »

Je ne sais si Roberto était en train de rêver, ou s'il était simplement ivre, mais les paroles ont soulevé en lui une telle émotion qu'il s'est mis à sangloter, de plus en plus fort. Il disait d'un ton de reproche : « Oui, *papacito*, tu ne m'aimes pas parce que je suis noir, parce que ma peau est noire. C'est pourquoi aucun de vous ne m'aime... mais mon âme est blanche ! »

Ses paroles m'ont fait mal. En fait, je n'avais jamais fait attention à la couleur de mon frère. Je le détestais parce qu'il me battait, non parce qu'il était noir. Je crois que Roberto avait très envie que mon père le console, le prenne dans ses bras, à ce moment-là. Mon père a réagi à ses paroles, car il lui a parlé doucement, en disant : « Chut, chut... tais-toi et dors... dors maintenant, tu entends ? »

Un soir, mon père était assis à table, en train de lire. Il était huit heures passées et il avait déjà enlevé la salopette qu'il portait par-dessus son pantalon et sa chemise. Il transportait souvent de grosses sommes d'argent dans ses poches de pantalon car il était acheteur pour le restaurant La Gloria. Il portait la salopette pour protéger l'argent des voleurs qui abondent dans les marchés de la ville. Marta jouait par terre dans la chambre; Antonia et moi écoutions une pièce à la radio. Nous avons entendu frapper à la porte et Antonia est allée ouvrir.

C'était Manuel, tenant par le bras une fille plutôt grosse, en robe violette avec un gilet bleu. Elle n'était pas jolie car ses traits étaient sombres et irréguliers, mais ses cheveux noirs étaient joliment bouclés. Mon frère essayait de la faire entrer, la poussant devant lui. Ils ont fini par entrer et mon père s'est levé pour les recevoir. Manuel a présenté Paula et mon père leur a dit de s'asseoir. Elle était nerveuse et s'est assise sur ce qui a dû lui paraître « le banc du jugement ». Manuel est resté debout pendant que mon père le regardait de haut en bas.

« Papa, je t'ai parlé de Paula... »

Mon père a répondu : « Oui. » Puis il a dit à Paula : « A quoi penses-tu, ma fille ? Crois-tu que ce vagabond va te sortir de tes difficultés ? » Elle n'a pas répondu. « Oui, ma fille, c'est un vaurien qui ne sait que jouer aux cartes avec ses amis. »

Puis mon père nous a fait sortir dans la cour, Marta et moi. Nous avons obéi comme de petits agneaux. En fait, j'étais gênée par la sévérité de mon père. Il n'aurait pas dû la gronder comme ça. En sortant, je l'ai entendu dire : « Tu vas le regretter mille fois, ma fille, car ce n'est pas un homme. »

Dans la cour, je me suis appuyée contre le mur. J'étais désolée pour Paula. Je suis allée chez *señora* Yolanda et je lui ai dit : « Figurez-vous que Manuel a amené sa *novia* à la maison. » Elle a dit : « Alors, il est déjà marié ? » Je me suis assise. « Marié ? » Je n'avais pas compris. Je me suis sentie fière, car maintenant je pouvais dire que j'avais une belle-sœur. C'est comme ça que mon frère s'est « marié ».

A l'école, j'aimais être tout le temps seule. Je pensais que mes camarades de classes étaient, soit prétentieuses, soit querelleuses. Je restais en classe à dessiner, à coudre, ou simplement à regarder le tableau et la señorita assise au bureau. Si je sortais à la récréation, je m'asseyais dans un coin où il n'y avait pas beaucoup de filles, pour manger un morceau de pain; ou je montais au grenier jeter un coup d'œil à mon image dans les réservoirs à eau.

Je ne croyais pas que je puisse jamais être jolie. Je me sentais inférieure, car j'étais petite et maigre. Ma peau était trop noire, mes yeux légèrement bridés, ma bouche trop grande, mes dents trop serrées. Je cherchais quelque joli trait. Mon nez était droit mais gros, mes cheveux très épais et noirs mais sans une boucle. J'aurais voulu avoir la peau claire et le corps potelé comme Marta, avec des fossettes comme elle. Je rêvais d'être blonde. Me regardant dans l'eau, je pensais : « Consuelo, Consuelo, quel nom étrange. Cela ne ressemble même pas à un nom de personne. Ça sonne très mince, comme sur le point de se briser. »

Le concierge me tirait généralement de mes rêves, me prenant par l'épaule en disant : « Que fais-tu ici ? Tu ne sais pas que tu n'as pas le droit de monter au grenier ? Va jouer ou je t'emmène chez la directrice. » Rouge de honte, je descendais m'asseoir au soleil dans le petit jardin. Quand la première cloche sonnait, nous appelant à rentrer en classe, j'attendais que les autres soient en rang, car sinon elles me bousculaient presque toujours. Je les laissais me bousculer sans protester; elles me faisaient peur.

Ma sœur Marta n'avait peur ni des filles ni des garçons. Elle jouait avec les deux. Cela me rendait furieuse de la voir entourée de garçons, accroupie les jambes écartées, appuyée par terre sur une main, une bille dans l'autre main, calculant la distance. Je l'embarrassais en lui faisant des scènes quand elle était avec ses amis. Je n'aimais pas non plus qu'elle se promène avec Roberto. Ils faisaient tous deux l'école buissonnière et rentraient à la maison avec leurs vêtements salis et déchirés. Parfois, quand j'allais la chercher dans les rues, je la trouvais accrochée au pare-chocs arrière d'un autobus, faisant une promenade gratuite.

Il y avait toujours des disputes entre Marta et moi, surtout quand je voulais l'épouiller, lui faire laver la vaisselle, ou lui faire s'essuyer la figure avec un chiffon mouillé. Et je ne pouvais jamais, jamais, la faire coudre. Toute tentative était la cause d'énormes disputes au cours desquelles elle me jetait le fer à repasser ou me griffait les mains. Ensuite, elle m'accusait de l'avoir battue et de lui avoir tiré les cheveux, et en un sens elle avait raison, bien que je ne me souvienne pas l'avoir traînée « à travers toute la pièce et la cour », comme elle le racontait à mon père.

Dès qu'elle sentait le premier coup, Marta répondait par des coups de pied, des morsures, des pincements, des coups de griffes, et tout ce qu'elle pouvait. Quand je la voyais dans cet état, je me mettais à rire si fort que j'en perdais mes forces. Je sentais mon ventre se tendre comme un élastique et tout ce que je pouvais faire c'était lui tenir les mains pour l'empêcher de me griffer. Si elle n'avait pas réussi à me faire mal, ou si je l'avais enfermée, elle se jetait par terre et se cognait la tête contre le plancher ou contre le mur. Elle pleurait tellement que son visage se congestionnait et si l'un de mes frères la voyait ainsi, il me tombait dessus sans poser de questions.

La Chata, probablement parce qu'elle était fatiguée de ces scènes, ne s'en mêlait pas. Elle se mettait à chanter ou continuait tout simplement à faire ses *tortillas*. Je ne pouvais rien faire de Marta, sauf me plaindre à mon père, et jamais avec le résultat que j'escomptais. Au lieu de la gronder pour avoir fraudé sur l'autobus ou pour n'avoir joué qu'avec des garçons, il me disait : « De quel droit la bats-tu ? » Ou bien : « Laisse-la jouer avec qui elle veut », ou : « Le jour où j'apprends que tu l'as encore battue, je t'écrase la figure. » Malgré cela, je voulais toujours corriger ma sœur, et davantage encore quand elle est devenue grande.

En fait, je ne savais réellement pas comment m'y prendre avec Marta. Je la voyais comme une poupée de sucre habillée de bleu, sur un gâteau blanc, mais en réalité il n'y avait pas de sucre en elle. Au lieu d'être douce, elle était gâtée et égoïste. Je considérais ses accès de mauvaise humeur comme les caprices d'une enfant de cinq ans qu'elle surmonterait en grandissant. Je me disais : « Elle ne veut pas prêter sa poupée, mais elle le fera quand elle sera un peu plus grande... Elle ne veut pas partager ses bonbons maintenant, mais elle le fera plus tard. »

Je me souviens une fois, à l'époque où mon père nous donnait cinq ou dix centavos pour acheter des bonbons, Marta est rentrée avec un tas de bonbons dans sa jupe. J'étais à la porte en train de regarder les autres jouer et elle est entrée dans la pièce. Quand je me suis retournée, elle avait disparu. J'ai regardé sous le lit, et elle était là en train de manger les bonbons.

« *Ay*, regardez-moi ça ! Egoïste. Tu t'es cachée pour ne pas avoir à les partager. Radine ! »

Elle avait la bouche si pleine qu'elle pouvait à peine parler : « Ça ne te regarde pas. Ils sont à moi ! »

J'ai ri et je l'ai laissée terminer les bonbons. Mais elle a fait souvent la même chose. J'essayais de l'aider à faire ses devoirs... Une fois j'ai passé tout un après-midi à faire un dessin dont elle avait besoin pour sa maîtresse... Une autre fois, elle avait un travail de couture et je lui ai prêté le mien. Chaque fois, elle a pris la chose et agi comme si elle l'avait faite elle-même. « Oh, me disais-je, ça ne fait rien. » Et je laissais passer.

Un après-midi, j'avais presque treize ans, j'étais au lit avec de terribles crampes. Nous n'avions pas de bonne à la maison à ce moment-là. Quand Roberto et Marta sont rentrés, en riant et en jouant, j'ai demandé à ma sœur de me faire du thé. Elle m'a regardée d'un air méprisant. « Non, pourquoi ? Tu n'as qu'à te lever et le faire toi-même ! Tu ne sais que rester au lit et te faire servir. »

« Fichue gosse, ai-je pensé. Très bien, je vais demander à Roberto. »

« Et toi, petit frère ? Tu ne veux pas me faire du thé ? J'ai mal au ventre !

— Moi ? Non ! Pour qui tu me prends ? »

Ils sont ressortis et m'ont laissée, pleurant et me tenant le ventre. J'ai attendu longtemps que ma sœur sorte de « l'âge ingrat », mais cela s'est aggravé avec le temps.

Ma demi-sœur Antonia me contrariait de la même façon que Marta, à cause de ses jeux de garçon manqué. Je la regardais elle et ses amies, de chez Yolanda où j'étais assise avec mon travail de couture ou mon cahier à la main, ou du seuil de notre porte parce que je ne voulais pas laisser mon père seul. Quand elles passaient près de moi, je leur disais qu'elles ressemblaient à des chevaux emballés ou à des hommes. Tonia ne faisait que rire, ce qui me mettait en colère et je me plaignais à mon père : « Regarde, papa, Tonia court à travers toutes les cours, la robe en l'air. Parle-lui. » Parfois, mon père la faisait rentrer. D'autres fois, sans même lever les yeux de son journal, il me disait : « Oui, va jouer. Je vais lui parler tout de suite. »

Tonia et ses amies m'invitaient à jouer, mais je n'acceptais jamais. Yolanda, elle aussi, me poussait à jouer : « Vas-y, Consuelo, va jouer. Tu te conduis comme une vieille de quatre-vingts ans, pas comme une jeune fille de treize. Tu vas vieillir trop vite, *hombre* ! » Mais je pensais à la façon dont leur corps bougeait quand elles couraient, et en pensant au mien, j'avais honte, de peur que ma robe se soulève. De temps à autre, seulement, quand je me sentais réellement gaie, en voyant tout le monde rire, j'allais jouer à « chat ». Quand je me mettais à courir, j'étais trop raide et je me faisais presque toujours attraper.

Bien des disputes avec Roberto étaient dues au fait que je n'aimais rien faire dans la maison. « Fais la vaisselle », m'ordonnait-il, et je répondais : « Fais-la toi-même, imbécile. De quel droit me donnes-tu des ordres ? » Mais chez les voisines, je faisais toutes sortes de travaux ménagers et je m'occupais de leurs enfants. Je rentrais à la maison juste à l'heure du dîner ou avant que mon père rentre. Alors La Chata me disait : « Lumière de la rue, obscurité de ta maison », parce que j'aidais les autres.

A cette époque, j'étais en sixième année à l'école et j'avais beaucoup de devoirs. Quand je voulais travailler, mes frères et sœur ouvraient la radio ou se mettaient à hurler. Je montais parfois au grenier pour lire, assise sur une caisse et me servant d'un chiffon en guise d'ombrelle. Mais même cela ne marchait pas; La Chata ou Antonia montait suspendre du linge ou Roberto venait avec une souris attachée par la queue et pourchassait l'animal d'un toit à l'autre. Cela me faisait redescendre à toute allure.

Plus tard, cette année-là, Roberto s'est enfui et s'est engagé dans l'armée, et j'ai été un peu plus tranquille. Jusqu'alors je demandais à mon amie, señora Dolores, la permission d'étudier chez elle. J'allais quelquefois à la bibliothèque près de la Casa Grande ou dans l'une des boutiques de l'immeuble. Dans une maison étrangère, on ne m'ennuierait pas et je pourrais travailler, ce qui était vraiment la chose que je préférais. Puis je rentrais à la maison et refusais de faire quelque chose qu'on me demandait, et de nouveau j'entendais : « Lumière de la rue, obscurité de ta maison. »

Je préférais également l'école à la maison. J'avais presque toujours la médaille de bonne conduite, et j'ai presque toujours été première (premier rang, première place) dans toutes les classes. Parfois, je reculais de trois ou quatre places, mais je regagnais la première ensuite. Comme j'étais fière quand la maîtresse posait une question et que j'étais l'une de celles qui levaient la main !

Quant à mes professeurs, je les admirais, mais j'avais si peu d'estime pour moi-même que je n'ai jamais pensé à devenir comme elles. Pour moi tout était impossible alors. Comment pourrais-je jamais devenir aussi jolie et cultivée qu'elles ? Comment pourrais-je devenir capable de me mettre devant un groupe de filles et de les faire s'asseoir ou se lever à mon commandement ? Non ! Sans aucun doute, cela n'était pas pour moi.

L'un de mes professeurs, señorita Gloria, nous a dit un jour quelque chose que je n'ai jamais oublié. Au cours de couture, une fille lui a demandé si elle avait jamais pensé à se marier. Le professeur a rougi et a répondu : « Oui, naturellement. Nous devons toutes nous marier un jour. » Felipa López, qui était la plus hardie, a demandé : « Avez-vous jamais été amoureuse ? » Señorita Gloria a essayé de sourire, puis elle a dit : « L'amour est une chose merveilleuse, mais je ne me laisse pas tromper. L'amour est comme une étoile, il commence par briller puis il meurt. Vous ne devriez jamais croire les jeunes gens qui vous disent : « Je t'aime. » Il faut être prudente et ne pas s'aventurer dans l'inconnu. Beaucoup d'hommes mentent et il ne faut pas les croire. » Je n'ai jamais oublié ce qu'elle a dit. Je crois que c'est pour ça que je ne me laisse jamais tromper par mes amis, car lorsqu'ils me disent : « Je t'aime », au fond de moi je me moque d'eux et je me répète : « Ne le crois pas, ne le crois pas. »

Cette année-là, j'avais treize ans, j'ai commencé à avoir mes règles. Ça m'est arrivé un jour à l'école; ça m'a fait peur et je me suis sentie terriblement gênée. J'ai eu mal à la tête et des crampes toute la matinée. Maria, la fille qui était assise à côté de moi, l'a dit au professeur qui nous a autorisées à aller toutes les deux aux toilettes. Là, j'ai vu des taches de sang sur ma robe et mon linge. Maria m'a dit de ne pas m'inquiéter car cela arrivait à toutes les femmes et que cela voulait dire que j'étais maintenant une *señorita.* J'étais déçue, car j'avais toujours cru que lorsque je deviendrais une *señorita,* je porterais des hauts talons, de jolies robes, des lunettes et du rouge à lèvres. Et j'étais là, encore en chaussettes et uniforme scolaire ! Ensuite, j'ai vu que tout le monde me traitait comme par le passé, comme si rien en moi n'avait changé.

Le professeur m'a renvoyée à la maison, où j'ai essayé de laver les taches de mes vêtements en cachette. J'avais si mal au ventre que j'en ai pleuré et que j'ai dû le raconter à Antonia. Elle a été très gentille avec moi; elle m'a fait boire de la camomille et m'a donné des tas de conseils. Je craignais que mes frères s'en aperçoivent mais Antonia m'a montré comment il fallait faire. Quand La Chata est rentrée du marché, Tonia lui a dit et elle a eu l'air très contente, elle a dit : « *Ay*, maintenant nous avons une *señorita* dans la maison. » C'est elle qui l'a dit à mon père mais il ne m'en a jamais parlé. Chaque fois que je me plaignais de crampes, il me faisait faire du thé par quelqu'un ou il m'envoyait chez le médecin me faire faire une piqûre.

Je ne crois pas que mon père soit venu une seule fois à l'école au cours de toutes les années que j'ai passées à l'école primaire. Il ne savait rien de ce qui se passait à l'école et il ne demandait jamais rien. Il signait mes bulletins et c'est tout. S'il y avait une réunion de parents d'élèves, il disait qu'il ne pouvait quitter son travail pour y assister, mais il me donnait l'argent ou faisait tout ce qu'on lui demandait. A la fin de ma sixième année, j'ai demandé une robe blanche pour la remise des diplômes. Il a commencé par refuser mais j'ai fini par l'obtenir. Comme d'habitude, il l'a achetée sans moi et elle ne me plaisait pas. Elle avait un col rond et de petites roses brodées. Mes camarades de classe l'ont trouvée jolie mais je me suis sentie une enfant insignifiante en ce jour si important pour moi.

J'avais prié mon père de venir pour la remise des diplômes, mais il n'a pas paru. Je ne cessais de pencher la tête par-dessus le balcon pour voir s'il était arrivé. Alors que toutes les élèves de sixième année et leurs parents étaient déjà installés dans le réfectoire pour le déjeuner, je me retournais encore pour m'assurer qu'il n'était pas là. Comme je me sentais malheureuse de voir mes camarades avec leurs parents. Quelques pères étaient venus en tenue de travail, mais ils étaient tout de même là près de leur fille. Comme je souhaitais que mon père surgisse comme par magie et soit près de moi !

Avant de ranger mon diplôme, je l'ai montré à mon père. Comme toujours, il n'a fait que jeter un coup d'œil sans rien dire. Dans la *vecindad*, on me demandait : « As-tu été reçue, Consuelo ? » et : « Que vas-tu faire maintenant ? » Je ne pouvais que répondre : « Comment savoir ? Je ne sais pas ce que mon père veut que j'étudie maintenant. » Mais toute ma fierté pour mon travail scolaire avait été réduite en miettes par mon père.

Voilà quelle a été ma vie de petite fille — ignorée quand j'avais de bons résultats à l'école et si je posais des questions, ou bien rabrouée par ma famille. Cela me donnait le sentiment d'être une imbécile ou de n'être pas aimée. Mais je n'ai jamais su pourquoi.

Une année entière s'est écoulée avant que je retourne à l'école. J'ai passé cette année à travailler, d'abord dans la couture puis dans une fabrique de chaussures. Une amie de Marta m'avait dit qu'une couturière, señora Federica, cherchait une assistante. « Je ne sais pas combien elle va te payer, tu vois, mais elle est très gentille. » Cela m'a suffi pour que j'accepte l'emploi. La señora m'a dit qu'elle mettrait de l'argent de côté pour moi chaque semaine, mais elle ne m'a jamais payée.

En fait, le salaire m'importait peu. Le plus important c'était de ne pas être battue ni grondée et de n'être pas obligée de voir le comportement de mon père. Je me disais : « Pourquoi resterais-je à la maison ? Si mon père n'aime pas la façon dont je le sers, qu'Antonia s'occupe de lui. » Tonia et moi servions le repas de mon père chacune à notre tour. Malheureusement — je ne sais si c'était de ma faute ou non — mon père n'aimait jamais ce que je lui servais. Si c'était froid, il disait que c'était de la nourriture de chien. Si c'était chaud, il disait que je ne faisais jamais attention à rien. Qu'il y ait des peaux de lait dans le café, ou qu'il n'y en ait pas, c'était un jus infâme. Il disait : « Tu n'es bonne à rien, inutile ! Le jour où tu voudras entrer dans une autre maison, on te fermera la porte au nez. Tu ne sais rien faire. »

Je crois que Tonia aussi se sentait mortifiée. Elle me disait : « Attends, Consuelo, c'est moi qui vais le servir. » Mais mon père ne voulait pas. Il fallait que ce soit elle un jour, et moi le lendemain. Il disait : « Idiote ! Prends exemple sur ta sœur. Elle est propre. Elle sait comment faire les choses. Mais toi ? Qu'est-ce que tu sais faire ? » C'est la raison pour laquelle je préférais travailler sans être payée.

Señora Federica m'a d'abord appris à retourner les ganses. Puis j'ai appris à faire des ourlets, à repasser et à coudre des boutons. Elle allait également m'apprendre à coudre à la machine et elle me donnait en effet l'occasion de le faire quand elle allait livrer une robe, pensant peut-être que j'allais m'y mettre. Mais je n'osais pas. Quand elle n'était pas là, pour rien au monde je n'aurais touché à la machine, elle me faisait peur. Je pensais qu'en appuyant sur la pédale je pourrais me coudre les doigts au tissu et ne saurais pas arrêter la machine.

Elle avait un jeune neveu qui se cachait, dès le premier jour de mon arrivée, à chaque fois qu'il me voyait entrer. Il était très timide, ce qui me paraissait inhabituel car les jeunes gens de la Casa Grande étaient très hardis. Quand ils voyaient une fille, ils l'appelaient « ma fleur ». Je me sentais plutôt laide et quand ce garçon me fuyait, je pensais que je l'étais vraiment.

Je rentrais de chez la *señora* vers huit ou neuf heures du soir. Quand il y avait une panne d'électricité, son frère Gabriel, ou sa sœur et ses nièces me raccompagnaient à la maison et de temps à autre, je leur disais d'entrer. La première fois, j'ai passé la porte en faisant une prière pour que mon père ne soit pas grossier et je crois que ce fut utile. Mon père a simplement levé les yeux de son journal et les a invités à entrer. J'ai servi le café et nous avons dîné. C'était la première fois que j'amenais des invités à la maison.

Au cours de cette année (j'avais quatorze ans), j'ai rendu plus souvent visite à ma tante, mais je ne la recherchais pas autant que señora Yolanda, qui était la personne qui connaissait mes ennuis aussi bien que je connaissais les siens. Elle m'apprenait à faire du crochet et à tricoter avec des aiguilles pour faire des *panecillos* et des *polvorones*, et aussi à utiliser de vieilles *tortillas*. J'étais la personne à qui elle faisait le plus confiance à l'époque. Mais cette amitié s'est brisée plus tard, ne me laissant qu'un sentiment de rancune, car Yolanda est devenue l'amie de Tonia et a changé à mon égard, petit à petit. Tonia lui donnait du sucre, du café et des mouches mortes ou des bananes pour ses oiseaux. Papa ne nous avait jamais permis de toucher tout seuls aux fruits qu'il rapportait tous les jours. Si cela arrivait, c'était un scandale à la maison. Mais Tonia pouvait prendre tout ce qu'elle voulait.

Le changement d'attitude de mon père envers nous ne passa pas inaperçu de Yolanda, qui m'avertit à plusieurs reprises : « Ne sois pas idiote. Fais attention à ton père ou Antonia vous l'enlèvera complètement. » J'essayais de suivre son conseil, mais comment pouvais-je obliger mon père à s'occuper de nous ? Quand j'essayais de lui faire la conversation, même sur des sujets identiques à ceux d'Antonia, il disait : « Je ne m'intéresse pas aux affaires des autres, les miennes me suffisent. »

Quant à le toucher ou à faire des choses pour lui, ni Marta ni moi n'y étions autorisées. Mais Tonia prit l'habitude de lui laver les pieds quand il rentrait du travail et de lui couper les callosités. Si elle lui faisait mal, il riait. Quand il revenait du bain, qu'il allait prendre tous les trois jours, elle insistait pour le coiffer et lui mettre de la brillantine. De temps à autre, elle trouvait un cheveu blanc et l'arrachait et mon père plaisantait à ce sujet. « Un cheveu blanc ? Si jeune ? » et ils riaient ensemble. Mais toute chose qu'il nous demandait à *nous* devait être apportée sur-le-champ et c'est presque avec agressivité qu'il la prenait.

Puis mon père a donné des instructions pour que ni mes vêtements ni ceux de Marta ne soient plus envoyés à laver. Il m'a semblé qu'il commençait à nous traiter en étrangères. La Chata m'a appris à laver. Par la suite, j'ai également dû laver ses lourds vêtements de travail. Cela m'était d'autant plus difficile que mon père n'avait jamais permis jusque-là que je fasse des travaux ménagers. Il disait : « Ne frotte pas les parquets, c'est mauvais pour les poumons », « Ne couds pas, c'est mauvais pour tes poumons »; à mes frères : « Ne la frappez pas sur le dos. » Mon père avait toujours peur que j'attrape la maladie d'Elena.

La première fois que j'ai lavé ses vêtements, j'ai pleuré dans la bassine, en partie parce que le dos me brûlait et que les os de la main me faisaient mal, et en partie parce que j'avais peur que les vêtements ne soient pas propres. A la fin, en les essorant, j'avais l'impression que toutes mes forces m'avaient quittée. J'ai terminé trempée des pieds à la tête.

Et le parquet ! La première fois que j'ai lavé le parquet, mon père a dû m'emmener chez le médecin. Mes jambes, des genoux aux chevilles, étaient enflées, et la main avec laquelle j'avais tenu la brosse saignait. Pas beaucoup, mais elle saignait. C'en était trop pour moi. Je me sentais à présent réellement en dehors de la famille. J'ai commencé à faire des grimaces dans le dos de mon père quand il me disputait. Je ne lui ai dit qu'une seule fois ce qui m'arrivait, mais il n'a pas fait attention, aussi ne lui en ai-je plus jamais reparlé.

Un soir, alors que je travaillais encore pour señora Federica, mon père m'a dit : « La sœur d'Antonia, Elida, va venir te chercher pour t'emmener chez une femme qui va t'apprendre à travailler. Elle viendra à sept heures demain matin. Sois prête. » Les demi-sœurs d'Antonia, Elida et Isabel, avaient commencé à venir nous rendre visite et je les connaissais bien. J'aimais bien Elida et j'étais contente de l'accompagner le lendemain matin.

Nous avons pris l'autobus et nous sommes descendues à l'Alameda. C'était la première fois que j'allais dans le centre de la ville. En traversant le parc, j'écoutais à peine ce que disait Elida, je voyais passer des automobiles, des hommes en costume (et non en salopette) marcher d'un pas rapide. C'était le bout du monde pour moi. Je me sentais si maigre, si mal habillée en dépit de la propreté de mes vêtements, que j'avais l'impression que tout le monde me regardait. Je trébuchais. J'étais très émue.

Quand nous sommes arrivées, Elida a dit : « Monte jusqu'au dernier étage. Demande Sofia, la *maestra*. Dis-lui que je t'ai envoyée. » Là-haut, la *señora* m'a accueillie aimablement. J'ai commencé par peindre les bords des chaussures. Elle m'a montré comment tenir la chaussure afin de ne pas salir ma robe. Elle savait beaucoup de choses sur les chaussures et le cuir et elle avait formé Elida et Isabel. C'est pourquoi elles l'appelaient *maestra*. Jusque-là, le mot *maestra* ne désignait pour moi qu'une maîtresse d'école.

A une heure, tout le monde a déposé les outils et est sorti. La *señora* m'a dit que nous allions déjeuner sur le toit où il y avait une femme qui faisait la cuisine pour les

« garçons ». « Les garçons ? dis-je. Mais ce sont des hommes. Ils n'ont pas l'air de garçons ! » Nous nous sommes mises à monter l'escalier. C'était la première fois que je montais tant de marches. J'avais l'impression d'être au haut d'une balançoire. J'avais peur de monter vite et ne cessais de regarder en bas. Je croyais que si je montais une marche en regardant en l'air je tomberais dans l'escalier. Une fois arrivée sur le toit, je me suis sentie sauvée et j'ai poussé un soupir de soulagement.

Il y avait une règle selon laquelle les hommes ne devaient pas importuner les femmes. Les hommes mangeaient d'un côté et nous de l'autre. Quand la *señora* et moi avons paru à la porte, tous les garçons m'ont regardée, ce qui m'a fait baisser la tête et adopter un visage grave. Naturellement, quelqu'un a lancé une plaisanterie : « Sofia, ne sois pas impolie. Présente-nous à ta petite sœur. » La *señora* a souri et répondu : « D'accord, les gars; levez-vous et je vais vous présenter l'enfant. »

Mais ils ne me considéraient pas comme une enfant. Ils m'appelaient tous *señorita*. J'avais envie de les traiter d'imbéciles. Ils m'offensaient avec ce mot. Quand ils le prononçaient, il me semblait qu'il y avait un sens caché derrière leurs paroles. Par la suite, je m'y suis habituée. Tout le monde me respectait là-bas, sauf un garçon nommé José. Il venait continuellement parler à Sofia. Tandis que j'étais là, les yeux baissés, il avançait la bouche pour m'envoyer un baiser. Je me retenais de rire et ne voulais pas le regarder. Je ne croyais pas qu'un si beau jeune homme pouvait faire attention à moi.

Une fois, étant arrivée en avance à mon travail, José m'a saisie par le bras et a commencé à me faire une déclaration d'amour. Je l'ai écouté sans le croire. Je l'ai simplement laissé parler, et quand il a eu fini, je lui ai dit que j'étais trop jeune pour lui. Cela m'a fait rire de l'entendre dire qu'il voulait m'épouser. Je ne pouvais même pas imaginer ce que le mot voulait dire. José a été le premier à me demander si on m'avait déjà embrassée. « Embrassée ? Comment aurais-je pu faire une chose pareille ? C'est sale », lui dis-je.

Mais chez moi dans l'obscurité, quand tout le monde dormait, je rêvais les yeux ouverts. Je me voyais dans une magnifique robe du soir, dans une pièce luxueuse, dansant avec

José sur de la musique douce. Ou lui en costume sombre, fumant nerveusement en m'attendant dans la rue. Je me disais : « Bien. Que toutes les filles de la maison voient ce que c'est que d'avoir un amoureux. »

José continuait à se montrer entreprenant. Une fois, je suis descendue chercher de l'eau pour Sofia, et José, qui était caché dans l'escalier, m'a attrapée par le bras. « Consuelo, je veux te parler. » Nous avons parlé à voix basse. « Je n'ai rien à te dire, José », ai-je dit, tremblante devant son expression tendue. Il me faisait peur. Depuis plusieurs jours, je me cachais pour ne pas le voir. Quand il été convaincu que je ne changerais pas d'avis, il ne m'a plus ennuyée. Il me faisait simplement un signe de tête en me voyant.

Fermín est venu vivre dans l'immeuble six ou sept mois avant que je fête mes quinze ans. C'était un parent de ma belle-mère Elena. Ce jeune homme était finisseur de chaussures, et il était très beau, bien que ses cheveux et son visage fussent toujours couverts de la poussière de l'atelier, et qu'il portât une vieille salopette sans chemise. Il me suivait quand il me voyait dans la rue en disant : « Consuelo, Consuelo, ne sois pas si fière. Tourne-toi et regarde-moi. Ne sois pas méchante. Regarde-moi ou je me jette sous un autobus, — tant qu'il est à l'arrêt. » Je ne répondais pas mais je souriais et, toujours suivie de Fermín, je pressais le pas, effrayée à l'idée que nous puissions rencontrer Roberto. Si mon frère me voyait, il me tuerait.

Quand il a vu que je ne m'occupais pas de lui, Fermín a tenté de gagner la confiance d'Antonia. Un soir, mon père nous a envoyées Tonia et moi chercher du pain. Je ne sais si elle était de mèche avec lui ou non, mais j'ai vu Fermín à l'entrée de l'immeuble, très propre et les cheveux peignés. Antonia m'a dit : « Reste ici pendant que je vais chercher le pain », et elle est partie. J'ai eu l'impression d'avoir reçu un seau d'eau glacée sur la tête. J'avais peur à cause de toutes les insultes que je lui avais jetées, telles que : « Prends un bain d'abord, *Pachuco*. Tu es fou. » Je pensais aussi aux bavardages si on me voyait dans la rue avec un homme à cette heure.

Mais il a dit : « Consuelo, je t'aime, parole d'honneur, je veux t'épouser. Mais ne m'appelle plus *Pachuco* parce que je travaille. » Il avait l'air si ridicule de me parler ainsi, avec un regard si triste. J'avais envie de rire. Il a continué : « Quand je te vois passer, j'ai envie de hurler tellement tu es jolie. Dis-moi quand je pourrai te voir et tu feras de moi l'homme le plus heureux du monde. Dis-moi ce que tu veux que je fasse. Je ferai l'impossible pour toi. Dis-moi ! » J'ai remarqué qu'il avait de très jolis traits. Parler ainsi paraissait stupide, mais en voyant la tendresse dans ses yeux, j'ai cessé de sourire. Tonia revenait avec le pain, alors je lui ai dit rapidement : « Oui, oui, attends-moi dans un instant au coin de ma cour. »

Sur le chemin du retour, Antonia m'a demandé ce qu'il avait dit. Apparemment indifférente, mais très agitée en dedans, j'ai répondu : « Rien, il me veut simplement comme petite amie. » Tonia a dit : « Fais ce qu'il te demande. Il est très beau. Tu verras comme il prendra soin de toi. » Mais je ne suis pas sortie ce soir-là. Au dîner, mon père était juste en face de moi. Quand j'ai entendu un sifflement qui semblait dire mon nom, j'ai presque renversé mon café. Tonia m'a fait signe des yeux. Je me suis dépêchée de boire mon café et j'ai demandé à mon père la permission d'aller montrer ma couture à señora Yolanda. Cela n'a pas marché.

Quelques jours plus tard, j'ai rencontré Fermín en rentrant du travail. Je lui ai expliqué que mon père était très sévère et ne me laissait pas sortir seule la nuit. Il a accepté mon excuse à la condition que je sorte ce soir-là; si je ne sortais pas, il viendrait frapper à ma porte. Sainte Vierge ! Frapper à la porte ! La maison s'écroulerait sur moi ! « Oui, cette fois je sortirai. Juré, Fermín. Attends-moi. »

A huit heures juste, j'ai entendu le premier sifflement, et cela m'a fait sursauter. « Qu'est-ce que tu as, espèce de clown ? » m'a immédiatement hurlé mon père. « Rien, papa, je crois que je m'endormais. » C'était bon, car alors il ne nous laissait pas aller dormir tout de suite. J'en ai profité pour lui demander de me laisser faire une petite promenade. Il a accepté.

Je suis allée chez Irela — une amie de Marta. Je me souviens du conseil qu'elle m'a donné : « Vas-y, ne sois pas idiote. Maintenant qu'ils t'ont laissée sortir, donne-leur une raison de te battre.

— D'accord, mais préviens-moi si quelqu'un vient, hein, Irela ? »

J'ai traversé la cour comme une flèche et je tremblais encore en arrivant à l'autre bout. Fermín m'a saluée : « Bonsoir, mon amour, je t'ai attendue si longtemps et enfin tu es là. » Puis il m'a embrassée. J'ai retenu mon souffle et j'ai cru étouffer. J'ai serré les lèvres et les yeux grands ouverts j'ai regardé ses yeux qui étaient fermés. Cela n'a duré qu'un instant. Quand Fermín a senti que je ne lui rendais pas son baiser, il s'est éloigné et a dit qu'il savait que je ne l'aimais pas mais que je l'aimerais plus tard. Cependant il m'a remerciée de lui avoir donné ce baiser. « Je lui ai donné un baiser ! » J'ai soupiré de soulagement. A présent, je savais ce qu'était un baiser.

Mais alors je me suis souvenue comme il était sale pendant son travail et cela m'a dégoûtée. Je lui ai dit au revoir et je suis retournée chez Irela. « Tu es terrible », dit-elle en riant de me voir me frotter la bouche avec ma main et faire des grimaces. J'avais envie de vomir. Elle m'a demandé : « Et tu n'as pas aimé ça ? » Je lui ai dit que non, pensant que je lui donnerais le bon exemple. Mais tandis qu'elle parlait, je me suis aperçue qu'elle pouvait m'apprendre des choses.

Le lendemain, à huit heures tapant, Fermín sifflait. Je me suis arrangée pour sortir. Aussitôt qu'il m'a vue, il m'a embrassée. Il y eut un autre baiser quand nous nous sommes quittés. Entre-temps, il a parlé : « Quand j'aurai assez d'argent, nous nous marierons, petit ange. Tu verras quelle jolie maison j'installerai pour toi. Ou je t'emmènerai dans mon pays natal, mon village à Jalisco. » J'ai écouté tout ça appuyée contre son épaule ou en regardant ses yeux, qui étaient ce que je préférais en lui. Mais réussir à être avec lui était une victoire car mon père ne me laissait presque jamais sortir. Fermín me faisait confiance et attendait pendant des heures que je sorte, parfois avec succès, parfois pour rien. Même s'il pleuvait, il était là. Mon père ne se doutait de rien.

Mais je n'étais heureuse qu'à mon travail. Rentrée à la maison, il m'était insupportable de voir mon père uniquement plongé dans sa lecture — ou se mettre en colère si nous faisions du bruit. Comme je rageais quand il battait Marta ou Roberto avec une ceinture. Mais je ne pouvais même pas parler. J'étais incapable de bouger. A ces moments-là, j'aurais voulu être de la fumée pour glisser dehors sans être vue.

Tout en vaquant aux travaux du ménage, Antonia ouvrait la radio pour écouter de la musique cubaine toute la journée. Elle aimait le *danzón*, la *huaracha* et le swing. Elle dansait d'habitude quand mes frères n'étaient pas là. Je dois avouer que la première fois que je l'ai vue danser, j'étais gênée. J'avais environ douze ans à l'époque et je n'avais jamais vu ce genre de danse. Je suppose que j'étais trop collet-monté. Elle entendait une *huaracha* et elle se mettait à bouger tout le corps d'un côté à l'autre. *Híjole*, comme c'était laid ! De temps en temps, elle frappait des mains pour mieux sentir la musique. Malgré tout, j'aimais le rythme, mais je n'osais pas l'avouer, même à moi-même. Comme je critiquais ma sœur ! Je la trouvais indécente. Quand elle sortait son ventre ou le rentrait, j'avais envie de détourner la tête, mais je continuais à regarder.

Peu à peu, sans réellement m'en rendre compte, j'ai commencé à danser aussi. Cela arrivait alors que nous balayions ou faisions la vaisselle, au son de la radio. Tonia dansait avec mon frère et je les regardais de la cuisine, assise sur un tabouret, ou installée sur l'un des montants du lit. Un jour, j'ai vu Tonia secouer les épaules en dansant. J'ai sauté brusquement du tabouret où j'étais assise en criant : « Comment fais-tu ça ? Montre-moi ! Montre-moi ! » Elle me l'a expliqué de bon gré, mais malgré tous mes efforts, je ne parvenais qu'à un mouvement ridicule qui la faisait rire. J'ai fini par l'apprendre après des jours d'exercice.

Il y avait presque toujours des bals dans l'une ou l'autre des cours de la *vecindad*. Mais naturellement, mon père ne nous laissait pas y aller. Il me fallait danser à la maison pendant que Tonia faisait le ménage. Mais à l'époque, je ne savais pas ce que c'était d'aimer réellement la danse. Je me contentais encore de rêver. Je me voyais aller au bal, en robe bleue, élégante; tout le monde se retournait pour me regarder. J'étais le centre d'attraction. Un très beau jeune homme sérieux m'accompagnait. Personne n'osait dire de grossièretés autour de moi; il n'y avait que du respect ! Je dansais d'une manière discrète et digne au son d'une musique lente et douce. Je ne serais pas comme Tonia qui souriait à celui-ci et faisait les yeux doux à celui-là. Vraiment, ce n'était pas joli. Elle était très flirteuse et n'en éprouvait aucune honte.

Une fois, mon père a acheté des robes neuves, pour Tonia et moi. La mienne était dorée, avec un motif de branches formé de petites boules de verre. C'était la plus élégante que j'aie jamais eue et je l'ai mise immédiatement. On entendait très fort une musique de danse et j'ai commencé à bouger les pieds en faisant des signes à Tonia pour qu'elle demande la permission. Elle a refusé d'un haussement d'épaules. J'ai été prise d'angoisse. Il me faudrait lui demander moi-même ! Toute tendue, j'ai demandé la permission à mon père. « Papa, tu ne voudrais pas me laisser aller au bal ? S'il te plaît. » Son ton coupant ne m'a pas arrêtée. « Que les garçons viennent avec moi, papa. Que Manuel et Roberto m'accompagnent. S'il te plaît. » Cette fois, il a marché. J'ai eu ma permission.

La bal avait lieu dans la cour du numéro 80. J'y suis allée, flanquée de mes frères, un de chaque côté. Je n'ai pas mis de gilet afin de montrer ma robe. La cour était pleine de monde. Je me suis mise à trembler des pieds à la tête. Mes frères et moi nous sommes mis dans un coin. Manuel, bien entendu, s'est trouvé une partenaire et nous a quittés. Roberto est resté près de moi. J'ai croisé les bras, les serrant très fort contre ma poitrine, autant pour la cacher que pour cacher mon exaltation.

Le morceau s'est terminé et personne ne m'avait invitée à danser. J'étais plantée là, avec une telle envie de danser que c'était à peine supportable. J'ai cru que je n'allais pas danser du tout et j'ai serré les bras encore plus fort sur ma poitrine. Cela devenait très grave quand un jeune homme s'est approché et a demandé à mon frère la permission de danser avec moi. Je me suis trouvée dans les bras de Sergio, un garçon qui vivait dans la cour du milieu de la Casa Grande. Au contact des bras de ce jeune homme, j'ai été émue et je n'ai pas pu suivre ses pas. Tout mon corps tremblait. J'étais raide comme un bâton. Il faisait de son mieux pour me conduire mais mes pieds étaient maladroits.

Le morceau s'est terminé et je me suis dit : « Quelle imbécile ! Je n'étais même pas capable de remuer les jambes. Je suppose que plus personne ne va m'inviter à danser maintenant. » Je me suis accrochée au bras de mon frère. Un autre morceau a commencé. C'était un air à la mode, très rapide et rythmé, *Chinito, chinito, toca la malaca*, etc. J'ai été contente quand j'ai vu le même garçon revenir m'inviter à danser. Ses pas m'étaient inconnus mais je me suis un peu réchauffée. Mes membres raidis se sont relâchés, et j'ai commencé à danser avec talent. Tous les garçons me regardaient. J'étais nouvelle là-bas. J'en ai vu quelques-uns s'approcher de mon frère, puis se tourner pour me regarder d'un air sérieux. Au troisième morceau, Manuel est venu m'inviter à danser *Nereidas*, un *danzón*. J'ai réussi à le danser avec beaucoup de sûreté. J'ai détendu mon corps et laissé la musique s'en emparer. J'ai dansé huit ou neuf morceaux avec mon frère et ce garçon.

Il y avait continuellement des bals et je faisais des pieds et des mains pour sortir, mais sans succès. Mon père ne le permettait pas. « Non, mademoiselle. Commencer à aller au bal ? Rien à faire ! » Je me mettais en colère et refusais d'aller me coucher. Ils éteignaient la lumière et je restais assise près de la porte, dans la cuisine obscure, pleurant, jusqu'à ce que mes jambes s'engourdissent. Quand j'entendais un air que j'aimais, quelle crise ! Cela me donnait mal à la tête. Mais il n'y avait rien à faire.

Le fait que mon père et Antonia allaient chez la mère d'Antonia chaque semaine me rendait les choses plus faciles. Roberto était presque toujours à la maison à cette heure, mais je me glissais dehors pour aller danser. Manuel ne rentrait presque jamais, je ne m'inquiétais donc pas pour lui. Mais j'avais vraiment de la haine pour Roberto. Il s'approchait de moi pendant que je dansais et disait : « Rentre à la maison, la môme. » Je lui obéissais parce que j'avais peur et honte de faire une scène dans la cour. J'avais peur aussi qu'il le raconte à mon père.

Quelquefois mon père ne sortait pas le soir et il me fallut donc user de ruse. Je commençais par demander la permission. Puis je suppliais, je pleurais, piquais des colères. Mais je ne pouvais obtenir sa permission. Un soir, j'étais assise à l'entrée de la cuisine obscure, les coudes sur les genoux et le visage dans les mains, me sentant désespérée. J'avais une telle envie de danser que j'ai décidé de me sauver. Avec un petit effort, les patères des murs auxquelles étaient accrochés des seaux pouvaient servir d'échelle jusqu'à l'ouverture du plafond. De là, il n'y avait plus qu'une marche jusqu'au toit.

Quand j'ai entendu mon père ronfler, j'ai approché une chaise avec beaucoup de précautions, et, retenant mon souffle et portant mes chaussures à la main, j'ai grimpé sur les patères. Là-haut, j'ai mis mes chaussures et voilà, c'était fait ! Mais qui me prêterait une échelle pour descendre ? Heureusement señora Yolanda parut à ce moment-là. Je lui fis signe de se taire et je lui demandai une échelle. Yolanda a souri lorsque je suis descendue : « Que fais-tu, ma fille ?

— Chut, chut, taisez-vous, ou papa va nous entendre. » Elle m'a fait entrer chez elle où je me suis lavé la figure et je me suis coiffée. J'étais prête pour le bal et je ne courais aucun risque. Roberto dormait déjà, de même que mon père.

Je suis arrivée au bal et, comme d'habitude, c'était plein de garçons. Quelques filles étaient assises et d'autres debout contre le mur, se tenant par le bras. On voyait à leur visage combien elles avaient envie de danser. Les garçons de la bande des grands étaient tous ensemble, formant un cercle. Certains bougeaient les pieds, certains battaient des mains, tandis que d'autres regardaient, choisissant leur future partenaire. Un groupe de garçons plus jeunes s'exerçaient à faire des pas. Une ampoule d'environ cent watts éclairait le coin du phonographe.

C'était une coutume de faire cercle autour des meilleurs danseurs et de battre des mains pour les encourager à danser. C'était alors que les garçons jetaient des coups d'œil et souriaient d'un air vicieux à cause des mauvaises pensées qu'ils avaient dans la tête. Si la fille était une bonne danseuse, on poussait un autre garçon dans le cercle pour qu'il prenne la relève du premier et fasse une démonstration à son tour. Il y avait vraiment de l'ambiance. Chacun essayait de se faire valoir aux yeux des autres.

En arrivant au bal, je me suis mise dans un coin, loin de la lumière, car au cas où mon frère serait là, cela me donnerait le temps de fuir. D'autre part, je n'aimais pas aller dans le centre où se tenaient les meilleurs danseurs. Les amis de Roberto furent mes cavaliers : Hermilio, le Gorille; Gustavo, la Chauve-Souris; Angel, l'Obscur, et Tomás, le Canard.

Je suis rentrée par le toit avec la même prudence que

j'étais sortie. Mon père ne s'était pas réveillé. J'ai refait la même chose chaque fois que mon père ne m'accordait pas la permission ou ne sortait pas. Mais un soir, alors que je commençais à grimper sur les patères comme d'habitude, j'ai soudain senti un coup sur mes jambes. Ce coup fut suivi de deux autres. Je me suis retournée, j'ai vu mon père et j'ai senti mon sang se glacer. « Descends de là, vite ! » En descendant, je m'attendais à être encore battue. Mais heureusement il n'en fut rien.

Puis j'ai eu mes quinze ans. Que de choses mon amie Angélica Rivera et moi avions rêvées ! Quelquefois, assises dans la cour, nous nous racontions ce que nous désirions pour ce jour-là. Elle imaginait, tout comme moi, la cour toute propre et décorée, avec un dais au cas où il pleuvrait, une grille qui ne permettrait qu'aux invités d'entrer, et des chaises tout autour. Je voyais mon père et mes frères en costume sombre, et, surtout, moi en longue robe bleue avec des paillettes pour la faire briller. Ma petite sœur aurait une robe longue également. Enfin, un petit orchestre jouerait. Comme Fermín me trouverait jolie. Quel couple nous formerions en dansant la valse, avec tous les yeux fixés sur nous — mon père me regardant de la table et pensant que sa fille était maintenant une *señorita.* Tels étaient nos rêves. Angelica disait toujours : « Si Dieu le veut. » Mais je disais qu'il le fallait, que mon père ne pouvait laisser passer ce jour sans en tenir compte.

Malheureusement, il n'en fut pas comme dans mes rêves. Le jour où j'ai eu quinze ans, je ne m'en suis même pas aperçue moi-même au début. Je suis allée travailler; plus tard, il m'a semblé que j'avais quelque chose à faire ce jour-là. Quelle amertume ce fut quand je me souvins que c'était mon quinzième anniversaire, le plus important dans la vie d'une jeune fille ! J'étais assise sur un banc, en tablier, les mains toutes tachées de la teinture à chaussures, dans la poussière qui s'élevait de la machine où j'avais aplani les semelles. Je nettoyais des chaussures de satin blanc. Je suis restée là, à les caresser. J'avais envie de pleurer, mais je me suis retenue. « Un jour, j'aurai l'argent pour m'acheter les choses que je veux. Un jour, mon père devra se rendre compte que je ne suis pas aussi mauvaise qu'il le dit. Un jour... » J'ai fini de nettoyer les chaussures, mais quand j'ai vu le blanc miroitement du satin et la coupe élégante, je n'ai pas pu me retenir et je suis allée aux toilettes pour pleurer. Je souffrais à la pensée que personne ne m'aimait.

J'ai quitté l'atelier très tard, presque sans désir de rentrer à la maison. J'ai pris l'autobus toute seule. Sur le chemin, je me suis demandé pourquoi j'avais si peu de chance. Je n'étais peut-être même pas la fille de mon père. C'était peut-être pour ça qu'il ne s'occupait pas de moi. En entrant dans l'immeuble, j'ai rencontré Roberto qui m'a dit : « Viens, nous t'attendons pour couper le gâteau. »

Mon visage s'est éclairé et j'ai regretté toutes les choses que j'avais pensées. Je me suis dépêchée de rentrer à la maison. En effet, il y avait un gâteau sur la table, décoré d'un motif de crème en forme d'épis de blé. Mais il me parut si minable à côté de celui d'Antonia que je fus sur le point de me sentir humiliée. Antonia dit en souriant : « Vas-y, c'est ton gâteau. »

Je n'ai pas répondu. Mon père m'a dit de le couper. « Je n'en ai pas envie maintenant. Je suis fatiguée. Mettez-le de côté. » Roberto m'a lancé un regard noir; Marta et lui ont insisté pour que je le coupe. Roberto m'a tendu le couteau, il a posé les petites bougies et les a allumées. Quand j'ai vu la joie de Roberto, j'ai cédé et j'ai soufflé les bougies. Mon vœu était que je puisse continuer mes études. Le lendemain, je suis allée travailler. Qui veut jamais repenser à ce que fut la veille ?

J'étais une *señorita* à présent et je ne voulais plus jouer dans la cour. Il ne me semblait pas correct de gambader hors de la maison et je ne voulais pas laisser mon père seul. D'autre part, Tonia et ses amies étaient presque toujours dans la cour, en train de parler de choses qui me gênaient. Elle aimait se livrer à des jeux brutaux, au *burro*, par exemple; la seule fois où j'y ai joué, j'ai sauté sur Tonia qui était le *burro*, et ce fut l'embarras de ma vie quand elle s'est levée brusquement et que je suis restée accrochée à son épaule par un pied. J'avais envie de pleurer de rage, mais j'ai pris la chose calmement en projetant de me venger. Quelques jours plus tard, Tonia et nous nous nous sommes disputées et quand elle a voulu me donner un coup de pied, je lui ai attrapé la jambe et l'ai levée si haut qu'elle a perdu l'équilibre. Elle est tombée et s'est couvert le visage pour cacher ses larmes, car elle s'était fait très mal. Elle a encaissé le coup et n'a rien dit à mon père. Ainsi nous étions quittes.

Une autre fois, nous étions à table et j'allais m'asseoir. Intentionnellement ou non, je ne sais pas, Tonia a tiré la chaise et je suis tombée. Ma soupe s'est complètement répandue sur moi, me brûlant l'estomac. Tonia a ri, tout en me priant du fond d'elle-même de lui pardonner. Je n'ai rien dit; je me suis simplement tournée vers elle et je l'ai regardée d'un air très grave qui a fait rire tout le monde. Plus tard, je me suis vengée en poussant très fort sa tasse au moment où elle la portait à la bouche. Je lui ai ébréché une dent et le bord de la tasse lui a fait mal au nez. Cela m'a fait rire autant qu'elle un instant auparavant. Mais Tonia s'est fâchée : « *Ay*, quelle brute tu fais ! » dit-elle.

A peu près à cette époque, Tonia s'est enfuie de la maison. Je ne sais si elle avait déjà essayé de le faire ou non, mais Roberto avait reçu l'ordre de la surveiller. Ce matin-là, Antonia m'a dit que nous irions aux bains et qu'elle paierait mon ticket. J'ai remarqué qu'elle mettait beaucoup de vêtements dans un sac, et j'en ai demandé la raison. Elle a répondu qu'elle allait les faire arranger. Nous sommes parties en direction des bains Florencia, qui se trouvaient dans un endroit éloigné, mais Antonia a expliqué que la dame qui devait arranger ses robes habitait par là-bas.

L'établissement de bains était bondé car c'était le jour de la semaine où les prix étaient réduits. Il nous fallut faire la queue pour des cabines. Je me suis déshabillée, j'ai accroché mes vêtements, je me suis enveloppée dans un drap et je suis sortie dans le hall chercher Antonia. Elle n'était pas là, ni dans la salle de douches où des files de femmes et d'enfants attendaient leur tour. L'odeur y était mauvaise et des enfants pleuraient, je suis donc allée dans la salle des vapeurs, marchant prudemment sur le sol glissant. J'étais tombée plusieurs fois aux bains... Marta aussi... et j'avais peur de me faire mal de nouveau. Il n'y avait que quelques très grosses femmes dans la salle des vapeurs, et il y avait une dispute car l'une des dames voulait baisser la température et une autre voulait l'augmenter. Tonia n'était pas à la piscine non plus, je me suis donc baignée et rhabillée, et je suis allée l'attendre dans le hall.

Un long moment a passé et Tonia n'est pas venue me rejoindre. J'ai fini par m'ennuyer et j'ai demandé à l'employé s'il ne l'avait pas vue. Il m'a dit qu'elle était déjà repartie. Furieuse, je me suis dépêchée de rentrer, pensant qu'elle m'avait joué un sale tour. Quand j'ai demandé où était Antonia, Roberto a eu si peur qu'il a sauté de sa chaise. « Non, elle n'est pas rentrée. » Il a immédiatement abandonné son petit déjeuner et il est parti à sa recherche. Elle n'était pas chez sa mère ni dans les rues. Roberto a cherché partout. Je suppose que quelqu'un a averti mon père car il est rentré tôt. Roberto paya son imprudence; mon père le corrigea très sévèrement.

Il faisait nuit quand ils l'ont retrouvée à la gare avec quelques autres femmes. Mon père l'a traînée à la maison. Elle ne semblait pas effrayée, mais moi je l'étais. J'avais peur qu'elle soit battue à mort et c'est effectivement ce qui s'est passé. Après la correction, mon père l'a enfermée dans la chambre où Elena était morte. On nous avait toujours défendu d'entrer dans cette pièce et l'interdiction était encore plus sévère maintenant. Mon père donna l'ordre qu'on lui apporte ses repas. Elle ne devait sortir sous aucun prétexte. Quelquefois, quand mes frères et La Chata ne me voyaient pas, j'allais la voir. J'avais pitié d'elle. Elle ne pouvait que passer un peu la tête par la petite ouverture au-dessus de la porte. Elle me raconta ce qui s'était passé : « Quand j'ai quitté les bains, j'ai rencontré deux *señoras.* Je leur ai dit que je cherchais du travail et je les ai suivies. » Ce qu'aucun d'entre nous ne savait et que nous n'avons appris que beaucoup plus tard, c'est que ces femmes tenaient une maison de prostitution.

Antonia fut enfin autorisée à revenir parmi nous. En dépit du fait que je lui parlais et que nous plaisantions de temps à autre, je ne parvenais pas à l'aimer. Elle passait beaucoup de temps avec señora Yolanda, qui me racontait tout ce qu'Antonia lui disait. Une fois, Yolanda m'a dit : « Fais attention à ton père. Antonia a dit qu'elle le détestait, ainsi que vous tous et qu'elle allait vous faire payer tout ce qu'elle a souffert dans son enfance. » Elle voulait se venger et projetait de nous enlever notre père en le persuadant d'aller vivre chez sa mère.

Yolanda m'a raconté aussi que lorsque nous étions tous absents (Roberto et Manuel à la verrerie, Marta et moi à l'école), Antonia faisait de la sorcellerie avec une voisine, señora Luz. Pieds nus, Antonia mettait les chaises sur le lit et balayait soigneusement le plancher avec le balai de sarments. Puis elle allait chez Luz, qui était de religion différente, évangéliste ou spiritualiste, et toutes deux revenaient chez nous, portant des bouteilles d'eau, des herbes et des fleurs sous leur tablier. Elles fermaient la porte à clé et restaient à l'intérieur environ une demi-heure.

Yolanda les épiait à travers un trou de sa porte, puis feignant d'aller accrocher du linge, elle montait sur le toit d'où elle pouvait voir ce qui se passait dans notre cuisine. Elle disait qu'elle avait vu Antonia allumer du feu dans le brasero et Luz asperger les murs et le plancher avec de l'eau des bouteilles, en marmonnant quelque chose. Quand le feu était bien en marche, Luz brûlait les herbes et les fleurs. Elle et Antonia se plaçaient devant le feu, et récitaient quelque chose en le regardant. Quand les cendres étaient froides, Luz les disposait dans la pièce tandis qu'Antonia faisait son vœu maléfique.

Yolanda dit que Luz sortait bientôt après ça, son attirail bien enveloppé, et Antonia fermait la porte derrière elle, attendant que la fumée disparaisse et que l'eau s'évapore. Ensuite, elle ouvrait la porte et faisait son ménage comme si rien ne s'était passé. Je ne sais si cela était vrai ou non, mais c'est ce que Yolanda m'a raconté. Par la suite, Roberto lui aussi m'a dit qu'Antonia était une sorcière et je le crois bien volontiers car elle nous détestait réellement et essayait de nous faire du mal.

Je ne suis pas certaine que cela était en rapport avec les activités d'Antonia, mais pendant trois ou quatre mois mon père prit l'habitude d'aller à Pachuca une fois par semaine et d'en revenir avec des bouteilles d'un liquide jaunâtre contenant des herbes. Quelquefois, l'eau était verte, d'autres, jaune ou incolore. Il posait les bouteilles dans le coin gauche de la cuisine et donnait des ordres sévères pour que personne n'y touche. Je ne l'ai jamais vu boire l'eau ni s'en servir pour asperger ni rien de ce genre, et j'avais beau rester à la maison, je n'ai jamais su à quoi elle servait. Il l'utilisait peut-être comme médicament pour contrecarrer l'action d'Antonia. Dieu seul le sait, moi je n'y comprenais rien.

Après ça, rien n'était jamais bien pour mon père. Il a commencé à nous dire des choses plus dures : « J'en ai assez de vous autres, imbéciles ! J'en ai marre de me tuer au travail pendant que vous vous vautrez ici comme des porcs, seulement bons à manger et à dormir ! » Pour moi, ces mots étaient comme des coups. J'avais envie de m'enfuir, mais je ne pouvais pas. Je baissais simplement la tête et je pleurais. Il en était ainsi tous les jours. Souvent, Roberto ne rentrait pas pendant des jours. Seules, Marta, Antonia et moi restions à la maison.

La première fois que j'ai répondu à mon père (sans rien dire d'impoli, juste pour nier quelque chose), ce fut un après-midi où il m'accusa de prendre des poules pour les donner à « cette sorcière », ma tante. J'ai répondu : « Ce n'est pas vrai, papa, je ne prends jamais rien. » J'ai senti une gifle sur ma figure et je suis allée me blottir dans le coin entre le brasero et le buffet. Antonia était là et j'avais honte qu'il traite ma famille de cette façon. Comme il était différent avec celle d'Antonia ! Quand Elida ou Isabel venaient, il disait : « Tonia, sers du café à ta sœur. Assieds-toi, Elida, causons. Voici de la monnaie pour l'autobus. »

Puis Antonia est tombée malade. Elle avait eu des ennuis avec son *novio*, un garçon de la Casa Grande, dont elle était folle. Il l'avait quittée pour une autre fille parce que, je crois, Tonia lui avait dit qu'elle était enceinte. Je dis ça parce qu'elle est tombée malade à la suite d'une grave hémorragie et on m'a dit plus tard qu'elle avait pris des herbes fortes pour se débarrasser du bébé. Tonia est presque devenue folle quand elle a perdu son bien-aimé. Le docteur a dit à mon père qu'elle était le genre de fille qui doit avoir un homme, sinon elle est malade. Quelque temps après, elle a commencé à avoir des crises terribles.

Un jour, je suis rentrée du travail et j'ai trouvé la maison sens dessus dessous. J'avais pris l'habitude de trouver la maison triste et en désordre mais ce jour-là elle était morte ! Des assiettes et des casseroles sales sur la table et dans l'évier, le plancher non balayé, le poêle très sale. La porte de la chambre était fermée et mon père et mes frères étaient assis dans la cuisine, l'air découragé. Des chaises et des objets de la chambre étaient entassés par terre. J'ai commencé à parler et mon père m'a fait taire. « Chut, idiote ! Tu vas la réveiller ! » Tonia avait eu sa première crise, cassant et jetant des objets, sautant presque jusqu'au plafond, s'arrachant les cheveux, faisant d'horribles bruits. Elle se réveilla et refit la même chose jusqu'à ce qu'une infirmière vienne lui faire une piqûre pour l'endormir. Cela a continué pendant des jours. Puis on l'envoya dans un sanatorium, où elle est restée plusieurs mois.

Ensuite, il est arrivé ce que Yolanda avait prévu. Quand Antonia est sortie du sanatorium, elle et mon père sont allés habiter chez Lupita, nous laissant seuls dans la Casa Grande. Un après-midi, mon père a dit brusquement : « Je vais vivre rue Rosario. C'est là que je serai. Je viendrai vous voir tous les jours. Voulez-vous venir ou rester ici ? » J'ai dit que je ne voulais pas m'en aller. Mon orgueil m'empêchait de lui dire que je le suivrais n'importe où, que je voulais être là où il était. Quand je l'ai vu transporter sa boîte bleue sur l'épaule et dire à Roberto : « Ouvre la porte », j'ai cru que j'allais tomber et je me suis appuyée contre une chaise. Quand il a été parti, mon frère et moi nous nous sommes regardés. Nous ne savions que dire. Roberto est allé aux toilettes pour pleurer et j'ai senti un liquide amer monter dans ma gorge et dans mes yeux, mais ni un mot ni un sanglot n'est sorti de ma bouche.

Le lendemain, mon père est venu avec Antonia et ses sœurs et ils ont emporté la coiffeuse, les couvre-lits, les draps, les oreillers, les nappes, le vase, les rideaux et même notre nouveau réchaud à pétrole. Une fois de plus, la maison était dépouillée et mise à nu. Nous n'avons plus jamais eu de rideaux ni d'oreillers ni de fleurs. Si Marta et moi essayions d'arranger la maison, mon père arrachait tout et nous ordonnait de ne toucher à rien.

Néanmoins, il s'en est tenu à ce qu'il avait dit. Il venait nous voir tous les après-midi pour nous laisser de l'argent. Mais quand on lui offrait à dîner, il disait : « Je ne veux rien », d'un ton coupant. Je n'insistais pas.

Après le départ de mon père, j'ai senti que ma mère me manquait. Je ne pouvais plus me retenir et je me suis mise à pleurer comme si mon cœur allait éclater et jusqu'à ce que mes yeux me fassent mal, me tournant vers l'image de la Vierge et lui demandant pourquoi mon père se conduisait ainsi envers nous.

Il ne nous avait jamais quittés auparavant. Nous avions l'habitude de vivre avec lui, de le voir tous les jours assis sur sa chaise et lisant, se lavant les pieds, ou examinant les poulets et donnant des ordres pour qu'ils soient lavés ou qu'on les change de cage. La présence de mon père était tout : elle remplissait la maison. Avec lui présent, je sentais le foyer complet. Maintenant, je commençais à avoir un sentiment insupportable. « Ne suis-je pas la fille de mon père ? Est-ce un péché d'être orpheline, Seigneur ? » demandais-je. Je pleurais en appelant ma mère et j'attendais, j'attendais une réponse. Comme je me sentais mal en faisant cela. Je ne l'avais jamais appelée avec un tel désespoir. Je criais, je criais pour appeler ma mère. Je voulais une réponse de l'inconnu, n'importe quoi.

Mais seul le silence suivait mes paroles.

Marta

Mon enfance a été la plus heureuse qu'une fille puisse souhaiter. Je me sentais libre... Rien ne m'attachait, absolument rien. Je pouvais faire ce que je voulais et je n'étais presque jamais punie. Si je pleurais, mon papa me cajolait et me donnait de l'argent. Quand il m'enfermait, je m'échappais par le toit. J'étais impolie et je répondais à tout le monde, car je sentais que j'étais la favorite de mon père. J'ai rendu la vie dure à mes belles-mères et aux femmes de ménage. La plupart ne restaient pas longtemps; seules Enoé et La Chata se sont accrochées quatre ou cinq ans. Mais je les faisais pleurer, et Elena, ma première belle-mère, pleurait aussi.

Mes amis m'écoutaient et me considéraient comme leur chef. Quand nous jouions au base-ball, je décidais où chacun devait aller; quoi que nous fassions, il leur fallait d'abord mon approbation. Ils voyaient que mon père me donnait ce qu'il y avait de meilleur, et que j'avais de l'argent et des fruits à offrir. C'est pour ça qu'ils venaient toujours me chercher pour jouer. Je n'ai jamais manqué d'amis et je me sentais « importante » dans mon milieu.

Dès le début, je n'ai pas aimé l'école et je n'y allais que pour faire plaisir à mon père. Je ne pouvais pas supporter d'être enfermée dans une pièce et ça ne m'intéressait pas d'apprendre à lire et à écrire et à faire des additions. J'ai passé trois ans en première année et deux en seconde. A la fin de la cinquième année, j'avais quatorze ans, j'ai abandonné. Je n'ai jamais projeté d'être quoi que ce soit dans la vie, comme infirmière ou couturière par exemple : Tarzan était mon héros et je voulais être sa compagne.

J'étais un garçon manqué et je jouais à des jeux de garçon... au *burro*, aux billes, aux dés, selon la saison. C'était là mes seuls jouets et je cassais les services et les meubles de poupée que Consuelo conservait si soigneusement dans une boîte sous le lit. Je ne jouais jamais avec des filles, mais j'étais ravie d'habiller et de déshabiller des poupées.

Mon père nous traitait, nous les filles, royalement. Il nous nourrissait, nous achetait des vêtements, nous envoyait à l'école, et ne laissait pas nos frères nous maltraiter. Il s'en occupait à peine, sauf quand nous nous en plaignions. Alors il les attrapait et les battait sans pitié.

Mais je n'étais pas comme Consuelo. Elle menait une vie tranquille et n'avait presque pas d'amis. Elle ne pouvait pas sortir comme moi, car mon père s'occupait tout le temps d'elle. Nous nous disputions beaucoup : quand je revenais de la boulangerie avec un assortiment de petits pains, elle prenait toujours celui que je préférais. Quand mon père rapportait des fruits, je prenais ceux qu'elle voulait. Elle cachait la petite boîte contenant mes affaires et si je savais quel était son jouet préféré, je le cassais. Je me comportais toujours méchamment à son égard. Je racontais à mon père quand elle sortait, pour qu'il la batte. Elle faisait de même, parce qu'elle ne voulait pas que je vadrouille comme un garçon manqué.

Consuelo était triste et n'aimait pas sortir jouer. Elle aggravait sa situation en restant à la maison. Quand Roberto rentrait, il lui tirait les nattes; puis Manuel lui donnait des ordres et il lui fallait obéir ou être battue.

C'est drôle mais je me confiais davantage à ma demi-sœur Antonia et ma belle-sœur Paula qu'à Consuelo. C'est parce qu'elle se donnait des airs supérieurs et voyait les choses sous un mauvais jour. Elle ne savait pas donner de conseils positifs. Et je pensais toujours qu'elle était mesquine et égoïste.

Quand j'étais petite, Roberto était mon préféré parce qu'il me donnait des choses et m'emmenait avec lui. Mais il était toujours très susceptible et autoritaire et mentait beaucoup. Manuel vivait dans un monde différent du nôtre. Peut-être parce qu'il était l'aîné, il avait toujours été réservé et distant. Il me semblait qu'il était plus hypocrite que nous et disait des choses qu'il ne pensait pas. Il avait toujours un mensonge à la bouche. Mais aucun de mes frères ne me battait quand j'étais petite; ils ont commencé à manifester de la mauvaise humeur quand j'ai été assez grande pour avoir des *novios*.

Manuel et Consuelo ont passé la plus grande partie de leur enfance à l'école. Ils faisaient une paire... sérieux, résignés, calmes. Mais je ressemble davantage à Roberto, le voyou. Nous étions vraiment des sauvages. Il n'aimait pas plus l'école que moi et s'échappait par les fenêtres de la classe. Il me montrait comment cacher mes livres à l'établissement de bains et, au lieu d'aller à l'école, il m'emmenait au parc Chapultepec. Nous grimpions dans tous les endroits interdits et nous nous faisions chasser par les Gardes présidentiels. S'il avait de l'argent, mon frère louait une barque et m'emmenait en promenade. Il me bourrait de bonbons et de chewing-gum pour m'empêcher d'avoir faim et quand il était temps de rentrer de l'école, nous sautions sur un autobus, allions chercher mes livres et rentrions à la maison.

Roberto m'a appris à voyager gratuitement sur les autobus et les trolleys; nous traversions toute la ville de cette façon. Il se procurait de l'argent de poche en arrêtant des enfants dans le parc et en les forçant à lui donner des choses — des crayons, des porte-plumes, des pièces de monnaie, tout ce qu'ils avaient. Plus tard, quand il s'est engagé dans l'armée et qu'il était en uniforme, c'était encore plus facile car il les menaçait de les arrêter. Roberto volait aussi des porte-monnaie aux dames, ainsi nous avions davantage d'argent; j'avais une grande collection de rouges à lèvres, de poudriers et de portefeuilles.

J'étais si heureuse quand j'étais jeune ! Une fois, Roberto et sa bande m'ont emmenée au parc. J'étais la seule fille parmi dix garçons. Nous sommes allés dans l'un de ces restaurants en plein air, près du Luna-Parc et nous avons commandé des *tortas* et des jus d'orange. Puis j'ai remarqué que l'un après l'autre les garçons se levaient et s'en allaient, l'un chercher des cigarettes, un autre aux toilettes, jusqu'à ce qu'il ne reste que Roberto, moi et deux garçons. L'un des garçons a dit à mon frère : « Vas-y, *Negro*, disparais avec ta sœur. » Nous sommes montés sur l'un des manèges et les deux autres sont partis de leur côté. Nous avons fait trois tours de manège pendant que les serveurs nous cherchaient dans tous les coins. Nous avons pris la fuite et sauté sur l'autobus pour rentrer. Voilà comment nous mangions sans payer.

Quand Roberto allait au marché de la Lagunilla pour rapporter les fruits, le fromage et la viande que mon père achetait, il m'emmenait. Nous voyagions gratuitement accrochés à l'arrière de l'autobus, et Roberto dépensait en bonbons l'argent que mon père lui avait donné pour le trajet (nous avions toujours faim et étions tout le temps en train de manger). Un petit chien nommé Le Rat nous suivait, et Roberto lui apprenait à transporter un fruit ou un paquet de viande. Le Rat suivait Roberto partout et mon frère prenait autant de soin de lui que de moi. Mais par la suite, quelqu'un a empoisonné le chien et l'a tué.

J'avais environ huit ans quand mon père est entré dans le commerce des oiseaux. Un jour il a rapporté une grande cage qui avait un toit de carton et des barreaux de jonc. Il avait acheté de jeunes *centzontles* et c'était le rôle de Roberto et de Manuel de leur siffler jusqu'à ce qu'ils apprennent à chanter. Mais les oiseaux ont mordillé le jonc et fait une ouverture par laquelle une douzaine et demie d'entre eux se sont échappés. Elena était très inquiète, pensant que mon père serait furieux.

Quand mon père est rentré, Elena lui a dit que les oiseaux étaient morts. Elle avait l'air si effrayée que mon père n'a pu s'empêcher de rire. Il savait déjà que les oiseaux s'étaient envolés car la femme du concierge, qui était la plus grande commère de la *vecindad* le lui avait raconté. Il ne s'est pas mis en colère cette fois.

De mes trois belles-mères, je crois qu'Elena était la meilleure. Elle a été la première femme, en dehors de ma tante, qui m'ait fait asseoir sur ses genoux pour me coiffer et me cajoler. Mais je ne l'ai jamais appelée *maman* comme Consuelo. Ce que je préférais chez Elena c'est qu'elle couvrait mes méfaits et ne me battait jamais; même quand j'étais méchante avec elle, elle ne se plaignait pas à mon père.

Ma tante dit qu'Elena avait environ dix-sept ans quand mon père l'a épousée. Je me souviens qu'elle jouait à la corde avec nous dans la cour avant de venir habiter chez nous. Elle avait été mariée à un homme qui la battait tellement qu'il lui a abîmé les poumons. Elle était déjà malade quand elle est venue chez nous et c'est pour ça que mon père a loué une femme de ménage pour elle. Il n'a jamais voulu que ses femmes travaillent trop à la maison.

Consuelo était celle qui aimait le plus Elena et elle la défendait toujours. Quand j'étais impolie avec ma belle-mère, Consuelo me battait, mais Elena disait : « Laisse-la tranquille, Fil de Fer. Après tout, elle est petite et ne sait pas ce qu'elle dit. »

Elena installa une balançoire pour moi dans la cuisine, qui se trouvait dans une petite cour intérieure. Elle n'avait pas de toit à l'époque, seulement quelques planches pour empêcher la pluie de pénétrer. Elle attacha une corde autour d'une planche et mit un morceau de bois pour que je puisse m'asseoir. Un jour je me balançais et Consuelo a essayé de me faire descendre. J'ai protesté et pleuré jusqu'à ce qu'Elena dise : « Viens ici, Boulotte. » On m'appelait toujours ainsi; jamais par mon nom. Mais j'ai lancé des coups et crié que je ne voulais pas qu'elle me touche. Consuelo m'a giflée mais Elena a pris ma défense. Elle était vraiment bonne avec moi, mais j'étais si petite que je me souviens à peine d'elle.

J'avais dix ans quand Elena est morte. Papa disait que c'étaient Manuel et Roberto qui l'avaient tuée. Il avait peut-être raison, mais je crois plutôt que c'est l'opération qui l'a tuée, car lorsqu'ils lui ont sorti les côtes, elle n'a cessé de maigrir jusqu'à sa mort. On a dit qu'elle était morte de la tuberculose mais je ne le crois pas car mon père était très strict sur les maladies contagieuses. Je crois qu'elle avait une tumeur ou quelque chose dans ce genre.

Elena était très jolie sur son lit de mort et papa, ou peut-être sa mère, a acheté une robe blanche et un voile bleu et on l'a habillée comme une *Purísima Concepción.* La nuit de la veillée mortuaire papa était très fâché parce qu'il y avait un bal dans la cour. Ils n'ont même pas baissé la musique.

J'ai rencontré ma belle-mère Lupita avant la mort d'Elena. Ma demi-sœur Antonia est venue vivre avec nous et elle m'a emmenée en cachette dans la rue Rosario voir sa mère et ses sœurs. Lupita m'a bien reçue, mais non pas ma demi-sœur Marielena. Elle était furieuse à chaque fois que j'allais là-bas. Je crois qu'elle était jalouse de nous et en colère contre mon père, Mais Lupita était toujours gentille avec moi et me donnait l'argent pour l'autobus et de petits cadeaux.

Papa emmenait Antonia voir sa mère tous les mercredis. Il ne savait pas qu'Antonia et moi y allions dans la semaine. Un mercredi j'ai voulu aller avec eux et je me suis mise à pleurer. Alors mon père m'a emmenée, me disant de saluer poliment la dame et de bien me comporter. C'est tout ce qu'il a dit. Il n'a jamais fait allusion au fait que la *señora* était sa femme. Et aucun d'entre nous ne lui a dit que je la connaissais déjà.

Avant qu'Antonia vienne vivre avec nous, papa dormait dans le même lit que Consuelo et moi. L'autre lit avait été emporté dans la chambre d'Elena et après sa mort donné à Santitos, sa mère. Alors quand Antonia a pris la place de mon père dans le lit, il est allé coucher par terre. Plus tard, quand Antonia a perdu l'esprit et s'est enfuie avec des garçons, mon père l'a enfermée dans l'ancienne chambre d'Elena et il est revenu dormir avec nous. Quand il a racheté un lit, ce fut pour Antonia. Il a dormi avec nous jusqu'à ce que nous soyons déjà très grandes.

Mon père était si bon avec Antonia que les gens de la *vecindad* ont commencé à bavarder à ce sujet. Ils pensaient qu'elle n'était pas que sa fille, mais aussi sa maîtresse... ou du moins qu'il y avait quelque chose entre eux. Tout le monde remarquait que mon père offrait à Antonia toute son attention et lui achetait ce qu'il y avait de mieux. Il nous faisait coucher tôt et tous deux s'habillaient et sortaient dîner et au cinéma.

Mon amie Angélica, qui habitait en face de nous dans la même cour, me racontait ce que disaient les voisins. Mais je n'ai rien fait. Quand il s'agissait de mon père, je ne m'en mêlais jamais. J'étais spectatrice, ne faisant que regarder et écouter, la bouche fermée. Je ne me sentais jamais libre de dire à mon père : « Rends-toi compte, un tel dit que... » J'avais peur qu'il se mette en colère et me batte. En sa présence, je tremblais toujours un peu et je surveillais mes paroles.

Roberto et Consuelo étaient très jaloux d'Antonia et piquaient une crise à chaque fois qu'elle en faisait à sa tête. Roberto et Antonia se battaient comme chien et chat. Je prenais parti pour Antonia et Consuelo aidait Roberto. Quand papa rentrait dans l'après-midi, il réglait la dispute en faveur d'Antonia.

Une fois, le Jour des Rois, Consuelo a piqué une grosse colère parce qu'Antonia avait reçu de plus beaux cadeaux qu'elle. Elles avaient toutes les deux demandé des poupées, et Antonia reçut une jolie poupée blonde tandis que celle de Consuelo était brune et avait un visage comme une tête de mort. Antonia reçut également une montre. Consuelo était si furieuse qu'elle s'est mise à pleurer et qu'elle a refusé de prendre la poupée; cela la rendait malade de constater que mon père aimait davantage Antonia. Les deux filles eurent chacune leur crise. Par la suite elles ont changé et se sont mieux entendues.

Ma mère ne m'a pas réellement manqué jusqu'à ce que j'aille à l'école. Le jour de la Fête des Mères, quand tous les enfants fabriquaient des cadeaux à offrir à leur mère, je restais avec mon cadeau à la main. La Fête des Mères était le jour le plus triste de l'année pour moi. Plus je grandissais plus ma mère me manquait.

Les seules choses que je savais sur ma mère étaient ce que les gens me racontaient. On m'avait fait croire qu'elle était morte d'une congestion cérébrale due à un excès de nourriture, mais ma tante Piedad, la seconde femme de mon oncle Alfredo, m'a dit récemment qu'un médecin avait prévenu ma mère que si elle ne se débarrassait pas du bébé qu'elle portait elle ne vivrait pas pour le voir naître. Elle était malade à chaque grossesse parce que son cœur, son foie et ses reins étaient en mauvais état. Elle n'a pas écouté l'avis du médecin et elle est morte. Le médecin voulait sauver le bébé mais mon père a dit : « Qu'elle l'emporte avec elle. »

Ma tante Guadalupe affirme que ma mère est morte d'une maladie qu'elle aurait attrapée de mon père... parce qu'il avait fréquenté d'autres femmes. Mais La Chata, la femme qui travaillait chez nous, disait que ma mère était morte de colère, à cause de mon frère. Selon elle, ma grand-mère aussi est morte à cause de nous, mais ma tante dit que non, qu'elle est morte d'une tumeur. La Chata pensait que nous étions si mauvais que nous étions capables de tuer n'importe qui. Elle prétendait que sa santé avait été ruinée dans notre maison, à cause de la façon dont nous lui avions retourné la bile, et que si ce n'était pour mon père elle n'aurait jamais travaillé pour nous. Nous ne l'aimions pas et nous la chassions souvent. Mon père battait mes frères puis allait chez elle la prier de revenir. Il lui donnait de l'argent pour le cinéma et cela la calmait.

La Chata avait lavé le linge pour ma mère et elle connaissait toute la famille. Elle était la *comadre* de ma tante Guadalupe mais elles ne s'entendaient pas bien. La Chata disait que je ressemblais à ma mère... petite et grosse, comme un tonneau, et que c'était pour ça que mon père me préférait à mes frères et sœur. Selon La Chata, mes parents se disputaient souvent car ils étaient tous deux d'un tempérament jaloux. Quand ma mère travaillait au marché Baratillo avec ses trois frères, il lui fallait parler à beaucoup d'hommes, et bien qu'elle fût très sérieuse et froide avec eux, cela inquiétait mon père. Quand Roberto est né avec la peau brune, mon père ne l'a pas aimé car il pensait que mon frère n'était pas son fils. Quant à mon père, il fréquentait tant de femmes que La Chata disait qu'il avait dû mettre Cupidon au mont-de-piété et oublié de le retirer !

La Chata pensait que ma mère nous aimait beaucoup car elle nous habillait toujours comme de petites poupées. Ma mère était absente toute la journée; elle vendait des miettes de gâteaux le matin et des vêtements usagés l'après-midi. J'ai été allaitée par ma tante Piedad, parce que ma mère n'avait pas de lait. Elle avait continuellement de la fièvre quand je suis née. Mais ma mère ne nous négligeait pas, car elle nous laissait à la garde de sa mère ou de sa sœur.

Ma tante Guadalupe, qui m'a en partie élevée, m'a raconté beaucoup de choses sur ma mère et sa famille. Je la bombardais de questions et elle me répondait ainsi :

« Sainte Mère ! Comment puis-je me rappeler quand j'étais petite fille ? Je suppose que tu vas me demander où je suis née ? Eh bien, je suis née sur une sale *petate* de paille à Guanajuato. J'étais l'aînée et toute seule... seule comme le blé sur sa tige... je m'occupais de mes frères et sœurs pendant que mes parents allaient vendre des fruits confits dans la rue.

« Je suppose que tu crois qu'on nous laissait jouer avec d'autres enfants comme vous maintenant ? Oh, non ! Dès mon enfance j'ai lutté contre mes frères. Ma mère a eu tant d'enfants... nous pourrions être dix-huit, mais elle a fait des fausses-couches et certains sont morts. Sept seulement d'entre nous ont survécu, Pablo, moi, Bernardo, Lucio, Alfredo, ta mère Lénore et José. Il y avait une demi-sœur aussi, parce que mon père a un peu « glissé » en dehors.

Ma tante Guadalupe avait toujours été jalouse de ma mère, qui avait la chance d'être favorisée par ma grand-mère Pachita. Ma grand-mère n'a jamais aimé les fils de Guadalupe, mais quand ma mère a fauté avec un ouvrier des chemins de fer et eu un bébé à l'âge de quinze ans, ma grand-mère a pris soin d'elle et de l'enfant. Ma mère fut abandonnée par le père de l'enfant et le bébé mourut de pneumonie au bout de quelques mois. C'est alors que ma mère trouva un emploi de plongeuse au restaurant La Gloria et rencontra mon père. Mes parents commencèrent par s'installer dans la rue des Teinturiers, où il y avait toutes ces femmes de mauvaise vie. Mon père ne s'y plaisait pas et ils sont allés vivre dans une pièce avec ma grand-mère. Plus tard, ils ont trouvé une pièce pour eux tout seuls. Au début ils n'avaient pas de lit et dormaient par terre. Après la naissance de Manuel et de Roberto, mon père a gagné à la loterie et acheté le grand lit métallique que nous avons encore. Par la suite, il a de nouveau gagné à la loterie et a acheté le poste de radio. Ma tante disait que ce poste de radio avait provoqué une grande dispute à la maison, parce qu'un jour mon père est rentré et a trouvé ma mère en train de l'écouter. Il a dit : « Qui t'a dit d'ouvrir la radio ? Tu es une sauvage, une imbécile, tu ne sais prendre soin de rien. Ferme-le avant de le casser ! »

Ma mère s'est fâchée et elle a dit : « Ecoute, Jesús, je ne toucherai plus jamais à ta radio ! » Et elle n'y toucha plus; elle mourut sans l'avoir rouvert. Ma tante en veut encore à mon père pour ça. Elle disait qu'il ne comprenait que la nourriture et le loyer et ne pensait jamais qu'une personne pouvait avoir besoin d'autre chose. Il criait contre les gens mais au fond c'était un poltron et il n'aurait même pas eu le courage de tuer une punaise... que son cœur était en carton. Ma tante ne s'est jamais bien entendue avec mon père. C'est pour ça qu'elle parle comme ça.

Il y a une femme, Julia, qui habite dans la *vecindad* de ma tante. Julia était la femme de mon oncle Lucio, et elle a bien connu ma mère. Elle, mon oncle et les deux enfants de Julia, Yolanda et Maclovio, ont habité chez ma mère pendant trois ans. Julia aidait ma mère à la maison et Yolanda s'occupait de moi. Ils dormaient tous par terre dans la cuisine et ils sont partis quand mon oncle Lucio est mort.

Mon oncle détestait les enfants de sa femme et les battait beaucoup. Il buvait et ne se préoccupait pas de leur entretien. Aux repas, il faisait asseoir les enfants sous la table, afin de pouvoir leur donner des coups de pied en mangeant. Ma mère avait pitié d'eux et leur donnait à manger; autrement ces pauvres enfants seraient morts de faim. Ils avaient toujours travaillé comme domestiques et n'avaient jamais eu de jouets.

Yolanda m'a dit que les meilleurs moments de son enfance furent lorsqu'elle a habité avec maman. Elle volait les pièces de cinq centavos que mon père nous laissait sous l'oreiller chaque matin. Elle chipait également des miettes de gâteaux à ma mère et se faufilait dans les toilettes pour les manger. Quand nous la surprenions, nous le racontions à mon oncle Lucio et il la battait très fort sur la tête. Mais Yolanda n'était pas malheureuse à l'époque... elle était nourrie et logée... ma mère lui donnait tout.

A en croire Julia, mon père était très heureux avec ma mère. Il ne la battait jamais et bien qu'il n'aimât pas les *fiestas*, il l'y accompagnait quand elle le désirait. Il lui donnait de l'argent de poche mais elle travaillait parce qu'elle en voulait davantage. Elle aimait les jolies robes et les boucles d'oreilles, et quand elle sortait elle prenait toujours l'autobus ou un taxi. Elle ne marchait jamais. Même pour aller au marché, elle prenait l'autobus. Elle donnait de l'argent à sa mère et à sa sœur et ne voulait pas que mon père ait l'impression d'entretenir sa famille.

Les ennuis entre mon oncle Lucio et Julia ont commencé quand elle est sortie vendre. Elle a rencontré un employé des chemins de fer et s'est mise à le fréquenter alors qu'elle vivait encore avec mon oncle. Ma tante dit que Julia a ensorcelé mon oncle, parce qu'il a soudain changé. Au lieu de battre sa femme, il lui cédait et devait la supplier pour obtenir ce dont il avait besoin.

Elle avait dû lui faire avaler de « l'eau de noix de coco », car lorsqu'on voit une femme commander son mari et flirter avec d'autres, on sait qu'elle l'a ligoté. La femme se lave le derrière avec cette « eau de noix de coco » et la donne à boire à son mari. Quelquefois, les femmes font du thé avec une herbe dénommée *toloache*, et si elles le donnent à leur mari, il s'affaiblit l'esprit.

Julia avait dû prier le Saint Noir et mesuré mon oncle avec un ruban noir, car un matin il est tombé malade de l'hydropisie et il est mort. Ma mère a accusé Julia et l'a chassée de la maison.

Julia avait également la réputation d'avoir jeté un charme sur son premier mari, le père de ses enfants, car lui aussi était mort brusquement. Elle prétendait que c'était parce qu'il avait mené une vie de péchés et qu'il buvait trop. Il la battait tout le temps. En fait presque tout le monde battait cette femme. Elle a eu trois maris... car après la mort de mon oncle elle abandonna ses enfants et partit avec cet employé des chemins de fer. Les trois hommes buvaient et la battaient et tous trois sont morts à ses côtés. Maintenant elle mène une vie heureuse avec Guillermo Gutiérrez, car bien qu'il ne lui donne pas d'argent il ne la bat jamais.

Les gens me disent que ma petite mère était au courant des relations entre mon père et Lupita dès le début. Ici, il se trouve toujours une commère pour aller tout raconter à l'épouse. Un homme sort à peine du lit d'une autre femme que la sienne est au courant. Une fois ma mère et ma tante sont allées à une *fiesta* dans la rue Rosario et elles ont découvert l'endroit où habitait Lupita. Ma mère a pris une paire de ciseaux et est allée devant la porte de Lupita lui crier des injures en la mettant au défi de sortir. Mais Lupita n'est pas sortie, et ma tante a entraîné ma mère par les cheveux, de sorte qu'il n'est rien arrivé.

Selon ma tante, mon père fréquentait également la nièce de Lupita, qui travaillait au même restaurant. Ma tante disait que mon père avait « nettoyé » le restaurant, et que si le patron n'avait pas été un homme il serait lui aussi tombé entre les mains de mon père. Papa eut un fils avec la nièce de Lupita, mais il ne l'a jamais aidée car elle a épousé un homme qui a adopté l'enfant. Je n'ai jamais vu ce demi-frère et seule Lupita connaît le nom de son beau-père. Ma grand-mère a essayé de trouver qui il était car elle avait peur qu'un jour, quand nous serions grandes, ce demi-frère puisse nous faire la cour à Consuelo ou à moi. Tout ce que nous savons c'est qu'il s'appelle Pedro et qu'il ressemble à mon père.

Lupita faisait partie de l'équipe de nuit au restaurant et mon père a longtemps été de l'équipe de jour, avant qu'ils se rencontrent. Elle avait déjà ses filles Elida et Isabel. Elle m'a dit que tous ses autres enfants étaient de mon père. La fille née entre Antonia et Marielena est morte. Elle m'a raconté qu'à chaque grossesse mon père disparaissait en oubliant ses obligations, et qu'elle ne le revoyait qu'après la naissance du bébé. Une fois il l'a abandonnée pendant deux ans. Elle a dit que mon père ne l'aidait jamais... si, une fois de temps en temps il lui arrivait de donner un centavo, mais quant à payer les dépenses régulières ou le loyer, il n'en était pas question. Il ne lui donnait rien et pour avoir ses enfants il lui fallait chercher quelqu'un chez qui habiter.

A l'en croire, Lupita a beaucoup souffert. Elle travaillait dur pour gagner sa vie et celle de ses filles. Puis elle s'est coupé la main et a dû s'arrêter de travailler. Mais cela me met en colère, car connaissant mon père, je doute qu'il ne lui ait pas donné d'argent et qu'il ne se soit pas occupé d'elle, comme elle le prétend. Je n'en ai jamais discuté avec elle et elle seule connaît la vérité, mais comment puis-je la croire quand elle dit ça de mon père ? Je la laisse simplement parler !

Jusqu'à ce jour je n'ai pu pardonner à Lupita d'avoir fréquenté mon père tandis que ma mère vivait encore. Mais ce n'est pas à moi de critiquer le comportement de mon père et je me fais un devoir de bien m'entendre avec ma belle-mère. Elle n'était ni méchante ni affectueuse envers nous; si elle avait été tendre, si elle avait essayé de nous embrasser ou de nous caresser, cela m'aurait offensée. Je n'ai pas à me plaindre d'elle, mais il y aura toujours une barrière entre nous.

On dit que quand ma mère est morte, mon père a perdu

la tête. Il a sauté dans la tombe et voulait mourir aussi. Depuis ce jour-là il est très sérieux, je ne le vois jamais rire ni être heureux. Il est toujours triste et pensif, seul avec ses problèmes et ses difficultés financières.

Le temps que je quitte l'école, la plupart des membres de la famille de ma mère étaient morts. Il ne restait que ma tante Guadalupe; son mari Ignacio; ma tante Piedad, mon oncle Alfredo et leurs deux fils; et quelques autres cousins. Du côté de mon père je ne connaissais que mon cousin David et sa mère Olivia.

Mon oncle Alfredo est mort il y a peu de temps. Il a attrapé une pneumonie car il était rentré ivre, ses fils étaient en colère et l'ont fait dormir toute la nuit sur le sol humide. Le lendemain, il est allé chez Guadalupe emprunter un seau et du savon pour prendre un bain. Il a dit qu'il avait mal à la poitrine et qu'il allait aux bains de vapeur. Quelques jours plus tard il était mort. Ma pauvre tante a eu beaucoup de chagrin car elle avait déjà enterré toute sa famille, ses parents, ses cinq frères, son unique sœur et ses deux fils. Elle était la seule survivante, à part Ignacio et nous.

A l'âge de douze ans, j'ai commencé à prendre conscience des choses et j'ai cessé de jouer avec des garçons. J'aimais me déguiser et je changeais tous les jours de vêtements. Consuelo faisait ma lessive et mon repassage à l'époque et cela la contrariait beaucoup. Il me fallut donc apprendre à laver un peu mon linge moi-même. Je dépensais mes sous en rubans, en fanfreluches et je me collais des grains de beauté sur la figure. Pendant quelque temps j'ai porté un œillet artificiel dans les cheveux, pensant que cela m'embellissait, bien qu'il fût déchiré et taché, et que le fil de fer de la tige fût apparent. Mon père semblait apprécier que je m'arrange de cette façon.

Une fois je me suis battue avec une fille qui m'a arraché mon grain de beauté. J'étais si furieuse que j'ai déchiré sa robe du haut en bas, comme aux ciseaux. J'étais tout le temps en train de me battre car certaines filles sont des vipères; elles sont jalouses, racontent des mensonges les unes sur les autres et créent des disputes.

Je me battais avec des garçons aussi. S'ils me disaient ou me faisaient quelque chose, je ne me laissais pas faire. Un jour un garçon qui était plus grand que moi m'a fait un croche-pied pendant que je courais dans la cour. Je suis tombée et je me suis ouvert la tête. Je n'ai pas eu peur, j'étais simplement très en colère et quand ma tête a été guérie je suis allée le chercher pour prendre ma revanche. Je l'ai tellement battu que sa mère est venue se plaindre à mon père. Mais mon père est resté indifférent.

Mes meilleures amies étaient Irela et Ema, la fille d'Enoé. Chita était également mon amie, mais pas autant que les autres. Nous avions toutes grandi ensemble et nous nous étions mutuellement défendues à coups d'ongles et de dents. Si l'une d'entre nous était maltraitée par sa famille, les autres l'invitaient à venir chez elles. Si l'une mangeait, les autres mangeaient, même si ce n'était que des fèves. Je mettais toute ma confiance dans ces filles et nous faisions tout ensemble.

La Chata avait l'habitude de m'envoyer à la *pulqueria* chaque jour, chercher une bouteille de *pulque* pour son dîner. Elle le faisait en cachette car mon père nous avait interdit d'aller dans ce genre d'endroits. Un jour j'ai eu l'idée d'acheter une bouteille en plus pour moi et mes amies. Nous sommes montées sur le toit où personne ne pouvait nous voir boire. Après ça nous avons acheté une petite bouteille de *tequila* tous les dimanches et nous la vidions sur le toit. Il y avait des fois où nous étions si saoules que nous ne pouvions plus descendre l'échelle. Si je n'avais pas su me contrôler j'aurais pris l'habitude de boire, comme Irela et Ema.

Nous fumions aussi sur le toit, et nous racontions des histoires sales. Puis nous allions acheter du chewing-gum pour effacer l'odeur de nicotine. Irela et Ema volaient — une fois elles ont volé de l'argent à la banque de l'école — mais je ne les ai jamais suivies sur ce terrain. C'est simplement que je n'avais besoin de rien. J'avais assez d'argent de poche car pendant les vacances scolaires mon père me laissait travailler dans une fabrique de glaces près de chez nous. Ils me donnaient deux ou trois pesos par jour et tout l'argent était pour moi. Mon père ne me réclamait jamais ce que je gagnais. J'achetais avec cet argent ce dont j'avais envie : des socquettes, des bonbons, des vêtements... mais la plus grande partie servait à la location d'une bicyclette ou pour aller à la piscine avec mes amies.

J'aimais avoir de l'argent à moi et je préférais travailler plutôt qu'aller à l'école. Quand j'étais en troisième année, j'ai trouvé un travail qui consistait à décorer des chaussures; je travaillais de dix heures du matin à huit heures du soir, et je gagnais davantage. Lilia, une amie qui habitait dans la rue des Potiers, m'a parlé d'un emploi plus intéressant consistant à découper des figurines de bois, je l'ai pris mais n'y suis restée que deux jours à cause d'un incident avec le patron.

Lilia, deux autres filles et moi travaillions dans un petit atelier face à la pièce où dormait le patron. Il était gros et laid, le genre d'homme qui me donnait la nausée car, malgré son âge, il regardait encore les filles. Je crois que la crapule avait de mauvaises intentions à mon égard dès le moment où je suis arrivée, à la façon dont il me reluquait et me souriait. Je ne pouvais supporter de le voir.

Le deuxième jour, le patron m'a dit de faire son lit. Pendant que j'étais dans sa chambre il est entré; il m'a prise dans ses bras et m'a embrassée. Puis il a sorti son « oiseau » et m'a fait poser les mains dessus. Je me suis mise à appeler Lilia, mais elle ne m'entendait pas. J'avais très peur, vous comprenez ! J'ai refusé de me laisser faire et il s'est mis en colère et il a dit : « Quand j'apprendrai que tu veux te marier, j'interviendrai. Je dirai à tout le monde que tu ne peux pas te marier car je t'ai déjà eue. »

Cela se passait environ à six heures du soir. Lilia et moi partions à sept. J'ai pleuré et pleuré et lui ai raconté ce qui était arrivé. Cette nuit-là nous nous sommes enivrées toutes les deux et nous ne sommes jamais retournées travailler là-bas. J'ai repris mon ancien emploi à la fabrique de glaces, où le patron était une femme.

Irela, Ema, Chita et moi sommes entrées dans une *palomilla*, bande d'une douzaine de filles qui habitaient la Casa Grande. Quand on entre dans une bande, si l'on ne se défend pas il ne vous reste qu'à pleurer. Dans toute bande, si l'on ne se défend pas il ne vous reste qu'à pleurer. Dans toute bande, il y a au moins une fille qui a la réputation d'être méchante et de bien se battre. Les autres commencent à en avoir peur et cèdent ou s'en vont. Mais si l'on découvre de quoi elle retourne, si on lui tient tête, la furie se révèle souvent n'être qu'une tricheuse, rien qu'un miroir réfléchissant la faiblesse ou la force des autres. Je n'ai jamais aimé voir quelqu'un profiter de la timidité de certaines filles, je prenais donc souvent leur défense.

Nous les filles nous nous battions souvent pour des *novios* et notre conversation portait la plupart du temps sur les garçons. L'une disait : « Ecoute, une telle commence à flancher avec son *novio,* alors tu as une chance avec lui. » Ou bien : « C'est une salope et une mauvaise langue, elle ne le mérite pas. » Si une fille avait un petit ami, elle racontait aux autres comment il la serrait et l'embrassait et quand il lui demandait de l'accompagner dans des coins sombres. Nous découvrîmes que la formule favorite des garçons était de dire : « Si tu m'aimes vraiment, prouve-le en venant coucher avec moi. » Et nous savions qu'ils laissaient tomber les filles qui n'acceptaient pas. Les filles qui étaient vraiment amoureuses de leur *novio* y allaient. Ayant la possibilité de faire la preuve de leur amour, elles ne pouvaient refuser.

L'année où je suis entrée dans la bande, il y avait une vague de chaleur parmi les filles, et l'une après l'autre elles se firent écosser comme des pois. Cela commença par les plus grandes et se termina par les plus jeunes. Tina fut la première à y passer et les autres ne voulurent pas être en reste. Cela en arriva à un tel point que nous nous demandions : « Eh bien, où l'as-tu perdue, sur un lit ou sur une *petate ?* » La plupart des garçons emmenaient leur fille à l'hôtel, pour une heure ou deux, s'ils le pouvaient, pour toute une nuit. Certains le faisaient chez une tante ou chez une sœur mariée, ou dans n'importe quel autre endroit.

J'ai eu mon premier *novio* à l'âge de douze ans. Donato était le fils d'Enoé qui travaillait pour nous. Ils habitaient au 32 de la Casa Grande. C'était un gentil garçon, mais très laid. Je le regardais un peu de haut car sa mère était notre domestique. Je m'imaginais sa maîtresse ! Mon père et mes frères étaient très sévères et avaient toujours l'œil sur ma sœur et moi, de sorte que je n'ai jamais pu sortir avec lui. Si j'avais été un peu plus grande, je me serais arrangée pour le faire, mais à l'époque je devais être rentrée à six heures et demie et au lit à huit heures. A dix heures les lumières de la cour étaient éteintes et presque plus personne ne sortait. C'est différent maintenant à cause de la télévision. Les voisins entrent et sortent les uns de chez les autres pour voir les dernières émissions et les lampes de la cour restent allumées jusqu'à minuit.

Il y a quelques années, les gens avaient peur de sortir la nuit parce que ce quartier était connu pour ses criminels, ses pickpockets et ses drogués. Il n'était pas si peuplé à l'époque et il y avait de grands fossés où l'on trouvait souvent le corps de gens qui avaient été noyés ou étranglés. La *vecindad* était un vrai nid de voleurs. Des hommes et des femmes disparaissaient mystérieusement et l'on pense que beaucoup étaient enterrés sous les parquets. C'est pourquoi tant de familles faisaient couler du ciment sur leur plancher.

Chaque jour quelqu'un était volé, ou assassiné, ou violé. Il y a une histoire à propos d'une fille de Tepito qui avait un *novio*. C'était un salaud de la plus mauvaise race. Une fois il l'a invitée au cinéma. Il avait combiné avec d'autres garçons de la raccompagner en passant par le marché; et là, ils l'ont saisie, l'ont entraînée dans l'une des boutiques et ils l'ont tous violée. On dit qu'ils étaient si nombreux que son anus en est sorti; et puis ils l'ont tuée.

Parfois, il y avait de véritables vagues de terreur et personne n'osait sortir ni porter plainte. La loi n'est pas très sévère pour les cas d'attaques individuelles et la police ne s'en occupe presque pas. Peu à peu une classe de gens plus honnêtes est venue habiter ici et la situation a changé.

Mais les gens ont encore peur la nuit parce qu'on dit qu'il y a des fantômes ici, des âmes perdues qui errent dans les parages. Les résidents les plus anciens prétendent qu'il y a de l'argent enterré près des réservoirs et que parfois une poule, ou un homme habillé en *charro* apparaît à cet endroit. Roberto l'a vu une fois et d'autres choses étranges arrivaient à mon frère quand il dormait sur le toit. Une fois il est allé dormir là-haut et il s'est réveillé en bas. Une autre fois il a senti qu'on le tirait par les pieds.

Consuelo était aux toilettes une fois quand un fantôme l'a appelée par son nom et lui a fait peur. Une autre fois cela est arrivé à Manuel. Il rentrait, très tard, un soir et vit une vieille femme tirant une charrette remplie de meubles. Il la vit entrer dans l'une des cabines de douches de la cour et entendit tomber tous les meubles. Il courut l'aider... mais il n'y avait rien. Il rentra à la maison le visage tout blanc.

Mon père et moi sommes un jour passés devant un enterrement et nous avons entendu les gens maudire le mort tout le long du chemin. Mon père m'a dit qu'il leur fallait maudire l'âme d'un homme bon pour qu'elle repose en paix, sinon elle hanterait les vivants. Ma belle-mère Lupita était hantée par les morts. Ils la suivaient tellement qu'elle devait les maudire pour les éloigner.

Il y a encore quelques *vecindades* terribles par ici. On les appelle les « cités perdues » et elles se composent de cabanes de bois, à même le sol. La Casa Grande a l'air d'une reine à côté d'elles. Dans la rue des Boulangers, près de la maison de ma tante, il y a une « cité perdue » qui s'étend sur quelques dizaines de mètres. C'est la pire *vecindad* du quartier. Si l'on y pénètre bien habillé, tout le monde vous regarde. Les gens du dehors ont peur d'y entrer mais la famille de ma belle-sœur Paula a toujours vécu dans des endroits comme ça, j'y suis donc habituée.

Je connaissais la bande des filles de la « cité perdue » près de chez ma tante, et il n'y avait pas une seule vierge parmi elles. Quand j'étais petite, un type nommé « Cran », qui était la terreur du voisinage, y habitait. C'était un *teporocho*, ce qui veut dire qu'il buvait de l'alcool pur et qu'il était incroyablement rapide au couteau. Quand il allait au cinéma avec sa bande, ils se mettaient au balcon et fumaient de la marijuana. On sentait l'odeur dans toute la salle et si le film était osé, on les entendait dire des grossièretés.

Mon quartier avait de tout, même des prostituées. Nous les filles allions dans la rue des Teinturiers rien que pour regarder. C'est une rue pleine de prostituées; dans le premier pâté de maisons on trouve des filles de quinze ou seize ans, dans le suivant des femmes plus vieilles, grosses et laides, avec des seins tombants. Elles prenaient trois ou quatre pesos et même alors les hommes marchandaient. Dans la rue Orlando, où nous avons habité un temps, les femmes étaient plus jolies mais elles prenaient davantage.

La rue Rosario était la pire. J'y passais pour aller chez Lupita. Là, les femmes vivaient dans de petites boutiques qui ouvraient sur la rue. Il n'y avait pas autant de boutiques que de femmes, de sorte que deux ou plus vivaient ensemble.

Elles avaient chacune un lit, un secrétaire et un miroir, avec un rideau séparant leurs places respectives. Elles épinglaient des images de saints, d'acteurs de cinéma et de femmes nues. Elles s'asseyaient sur le seuil, les jambes écartées et les jupes relevées très haut. Elles ne portaient pas de combinaison, de sorte que l'on voyait leur soutien-gorge à travers leur blouse de nylon. Quand les femmes en avaient terminé avec un client, elles se lavaient (elles avaient toujours une cruche d'eau toute prête sur leur fourneau à charbon de bois) et vidaient leur bassine dans la rue, aspergeant les passants.

Le matin, quand ces femmes faisaient leur ménage ou allaient au marché, on ne les distinguait pas des autres femmes. Mais dans l'après-midi, quand elles étaient maquillées, on les reconnaissait immédiatement. Elles travaillaient toutes pour la même dame et devaient toutes lui remettre un certain pourcentage quotidien. Si elles ne pouvaient atteindre le chiffre, elles acceptaient n'importe quelle somme qui leur était offerte.

On voyait toujours beaucoup d'hommes se promener dans ces rues, attendant ou observant simplement. Ceux qui avaient peu d'argent cherchaient une femme selon leurs moyens. J'y ai vu des hommes mariés et des garçons de la Casa Grande, et d'autres hommes que je connaissais... des fainéants, des ivrognes, des invalides, et des gosses du voisinage. Beaucoup de garçons ne savent même pas de quoi il s'agit et doivent y aller pour apprendre. Après, ils sont aptes à le faire avec d'autres filles.

Je n'ai connu que deux filles d'ici qui soient allées travailler dans la rue des Teinturiers. Si une fille de la Casa Grande menait ce genre de vie, elle le faisait loin d'ici, dans un endroit où on ne pouvait pas la voir. Ces deux filles ont mal tourné parce qu'elles s'étaient enfuies avec des garçons qui les ont ensuite fait travailler dans des cabarets. Une fille qui tombe amoureuse de ce genre de garçons est vraiment une âme perdue.

Mon deuxième *novio* fut Mario, le Soldat, le type avec qui ma sœur est partie plus tard. On l'appelait le Soldat à cause de sa démarche. Je l'ai vu pour la première fois à un bal de la Casa Grande. Toutes les semaines, les garçons louaient un tourne-disques, et quiconque voulait pouvait danser dans la cour. J'allais à l'école à l'époque, et je portais encore des nattes et des socquettes. Il était juste sept heures et le bal allait commencer. Il me fallait danser avant que mon père sorte et m'appelle par un sifflement.

Mes amies et moi étions appuyées contre le mur, attendant qu'on vienne nous inviter à danser. Nous faisions des paris quant à laquelle aurait le plus de garçons. Une des filles a dit : « Voici Mario, le Soldat. » Il portait un tricot rouge et ne paraissait pas aussi brutal que les autres garçons. Il m'a plu tout de suite. Il s'est approché et m'a invitée à danser. A partir de ce moment, il ne m'a plus lâchée. Il n'a dansé qu'avec moi et il a voulu savoir mon nom. Je ne disais jamais mon vrai nom dans ces bals, j'ai donc dit que c'était Alicia. Il voulait me voir le lendemain et bien que je lui aie dit que c'était impossible, il dit qu'il m'attendrait au coin. Nous sommes tous deux rentrés tôt.

Le lendemain soir, tandis que j'allais chercher du pain, je l'ai trouvé là, au coin. Je l'ai vu plusieurs fois mais ça n'a jamais été jusqu'à sortir ensemble ou qu'il me serre dans ses bras ou m'embrasse. Il n'a su mon vrai nom que beaucoup plus tard.

Alberto Gómez de cette *vecindad* était le *novio* de Chita, mon amie. Puis il a commencé à me parler et Chita a dit que je lui avais pris son *novio*. Je dansais avec Alberto et il essayait de m'embrasser de temps en temps. Mais cela n'a pas duré longtemps car juste après qu'il devienne mon *novio*, j'ai rencontré Crispín.

J'allais chercher du lait tous les après-midi et mes amies m'accompagnaient généralement parce que j'achetais des bonbons en même temps. Si je n'avais pas d'argent de poche, j'achetais moins de lait et j'y ajoutais de l'eau. Avec l'argent que j'économisais, j'avais toujours assez pour une friandise. Crispín travaillait comme polisseur dans un atelier de meubles de la même rue. Un jour, alors que j'étais seule, il est sorti et m'a demandé d'être sa *novia*. Il m'a dit son nom et je lui ai dit le mien et nous sommes sortis ce soir-là.

Nous avons simplement marché et bavardé, il ne m'a pas embrassée ni touchée ni rien. Mais sur le chemin du retour, nous sommes tombés sur Consuelo et son *novio*, Pedro. Elle m'a engueulée et giflée et elle a insulté Crispín. J'avais peur qu'elle le raconte à mon père. Mais Crispín lui a parlé par la suite et elle l'a autorisé à me fréquenter. Elle a dit qu'elle ne voulait pas que je flirte avec n'importe qui, mais que si je promettais d'être sérieuse avec lui, elle était d'accord.

J'avais treize ans quand j'ai commencé à fréquenter Crispín. Dès ce moment, les craintes, les persécutions et les raclées ont commencé. Mes frères, surtout Roberto, me surveillaient tout le temps. Mon père, qui ne m'avait jamais frappée, m'a battue trois fois, une fois avec un fouet et deux fois avec une lanière, parce qu'il m'avait vue parler à Crispín.

Crispín et moi allions nous promener, mais il ne venait jamais près de chez moi. Consuelo m'aidait à garder le secret sur nos rendez-vous. Elle m'autorisait à aller au cinéma avec lui. Je disais : « Je vais à la messe », et nous allions à une matinée. Les gens de la *vecindad* avaient l'habitude de voir des filles aller au cinéma avec leur *novio*, mais si mon père l'avait su, il m'aurait battue.

Crispín a réellement été le premier à m'embrasser et à m'étreindre et c'est pour ça que je l'aimais beaucoup. Une fois au cinéma, il m'a tant embrassée qu'il m'a « chauffé les oreilles ». En moi j'ai senti quelque chose se déclencher. C'était la première fois que j'avais envie de lui. Immédiatement il m'a demandé d'aller à l'hôtel. Mais le temps de sortir du cinéma et je m'étais reprise et je lui ai dit qu'il devait attendre que j'aie quinze ans. Il a continué à me le proposer mais je me suis toujours arrangée pour refuser.

Une fois il m'a invitée au cinéma et je lui ai dit que je ne pouvais pas. Plus tard ce jour-là, Manuel et Paula sont allés au cinéma et m'ont emmenée avec eux. Je me suis trouvée assise à côté d'un garçon nommé Miguel qui m'avait une fois proposé d'être sa *novia*. Je ne lui avais jamais répondu, car j'étais déjà la *novia* de Crispín. Mais pendant tout le film, nous n'avons pas cessé de nous regarder.

Quelqu'un a dû le raconter à Crispín car une semaine plus tard, il en a parlé. Il m'a demandé si je n'avais pas rencontré quelqu'un en allant au cinéma avec mon frère. J'ai répondu que non et il m'a lancé une grosse gifle, en disant que je mentais. Ce fut notre première grande dispute. Nous ne nous sommes pas adressé la parole pendant une semaine.

Nous avons eu d'autres disputes à propos de bals. J'aimais

danser mais il était jaloux et ne voulait pas que j'y aille seule. Il a appris à danser pour que je n'aie pas de raison de danser avec d'autres, mais à chaque fois que j'entendais parler d'un bal quelque part, j'y allais en cachette avec les filles. A cette époque Crispín habitait juste en face de la Casa Grande et son atelier était près de la fabrique de glaces où je travaillais, de sorte qu'il pouvait facilement me surveiller. Ses amis l'aidaient et quand l'un d'eux me voyait à un bal, il le lui racontait. Crispín venait me chercher et me traînait dehors. Même si je dansais d'une manière décente, sans trembler ni remuer, comme mes sœurs Consuelo et Antonia, il se mettait en colère.

Deux fois je l'ai surpris avec une autre fille, mais il m'a dit qu'il n'était pas du tout sérieux avec elles, que ce n'était qu'un caprice passager et que j'étais la seule fille qui lui importait.

Entre-temps, mon amie Irela a commencé à fréquenter le frère d'Ema, mon *ex-novio,* Donato. La mère d'Irela était une de ces femmes prudentes, excessivement respectables, qui criait des injures à une fille en la voyant simplement se promener avec un garçon. Cependant tous ses enfants ont mal tourné. Ses fils étaient des voleurs notoires et Irela a eu des ennuis aussi.

Irela n'est pas tombée enceinte, mais elle est tout de même allée vivre chez la mère de Donato. Il travaillait dans une boulangerie et dépensait le peu qu'il gagnait en chaussures et en robes pour Irela. Elle était jolie et il était laid et en vérité ils ne formaient pas un beau couple. Elle ne s'intéressait pas du tout à lui. Elle se moquait qu'il ait à manger ou à s'habiller, et elle laissait sa belle-mère faire tout le travail. Donato était un de ces types qui ont l'habitude d'amener des amis à la maison et Irela n'aimait pas y rester. Aussi, elle venait me parler pendant des heures. Je fréquentais Crispín et je voulais en savoir le plus possible sur ce que font les hommes, je lui posais donc des tas de questions.

Puis Donato l'a surprise au cinéma avec un autre garçon. Pour se venger, il l'a emmenée chez un ami et là, sur le sol nu, ils se la sont « farcie » tous les deux. Puis il l'a jetée dehors.

Elle s'est mise à vivre avec un homme puis un autre, parce qu'elle aimait les beaux vêtements et le cinéma. Elle a eu de la chance de n'être pas enceinte de tous ces garçons. Puis elle est tombée amoureuse d'un type nommé Pancho. Elle avait un si grand choix et elle a pris le pire ! Elle a laissé un bon garçon comme Donato pour un fainéant, un porc, une calamité, qui ne travaillait pas et qui la battait. Elle aimait cette créature barbare et croyait que lorsqu'il la battait, il lui prouvait ainsi sa tendresse.

Elle vivait dans un coin de l'appartement de sa belle-mère et ne se plaignait même pas. Nous disions tous en plaisantant que Pancho visait plus juste que les autres car après toutes ses aventures au cours desquelles Irela n'avait pas été enceinte, la balle de Pancho atteignit son but. Il fut celui qui lui donna un bébé.

Ensuite ce fut le tour d'Ema. Sa mère Enoé travaillait dans un hôpital et était souvent absente de la maison, il lui fut donc facile d'aller à l'hôtel avec son *novio*. Le lendemain, elle est venue me voir et m'a raconté ce qui s'était passé. « Rends-toi compte, dit-elle, il n'a rien pu faire et le crétin est sorti furieux de l'hôtel. »

Quand j'ai entendu ça, j'ai dit : « S'il ne t'a pas déshonorée, tu ferais mieux de rompre tout de suite. Pourquoi continuer ? Il t'a déja mise à l'épreuve et la prochaine fois il réussira son coup. »

Mais elle l'adorait et deux jours plus tard, elle m'a dit que le pire était arrivé. Elle a continué à le fréquenter mais elle a eu la malchance de tomber enceinte très vite. Alors son « idole » l'a abandonnée et l'a laissée à sa famille.

Souvent, les amis sont plus utiles que les parents ou les sœurs ou les tantes. Malheureusement, les mères mexicaines ne disent pas à leurs filles ce qu'est la vie et c'est pourquoi celles-ci doivent porter la croix des désillusions. Même si une mère s'apercevait de quelque chose, elle n'aurait pas le courage d'en parler. Elle ne pourrait trouver les mots pour obtenir la vérité de sa fille. Elle laisserait faire jusqu'à ce que le mal soit fait. Puis, une fois la fille enceinte et abandonnée par le garçon, la mère ne veut pas accepter la douloureuse vérité, le déshonneur.

C'est pourquoi les filles ne se confient pas à leur mère. Si les filles disent qu'elles ont un *novio*, elles se font battre; si elles demandent la permission d'aller au cinéma, elles se font traiter de prostituées, de putains, de garces éhontées.

Ces mots font mal et c'est pourquoi, quand un garçon fait une proposition, elles acceptent. Beaucoup de filles s'en vont, non pas parce qu'elles ont le sang chaud, mais pour défier leur père, leur mère, leurs frères. Les filles sont comme des bénitiers. Chacun y met la main. Celui qui ne les bat pas pour une chose les bat pour une autre. Les filles mexicaines sont vraiment maltraitées chez elles. C'est pourquoi il y a tant de filles-mères.

Aujourd'hui il y a peu de filles qui valent quoi que ce soit; elles ont de jolis visages et des corps bien faits, mais la vérité est qu'elles ne sont pas vierges. C'est triste pour l'homme qui les aime réellement; il perd une chance de véritable bonheur dans le mariage. Beaucoup de filles savent comment tromper les hommes en leur faisant croire qu'elles sont vierges, mais tôt ou tard le mari découvre la vérité. Il y a même des femmes qui l'avouent elles-mêmes par la suite, car au lieu d'avoir plus d'affection pour l'homme qui les accepte, elles le méprisent pour s'être laissé tromper.

La fille mexicaine souffre parce qu'elle ne fait pas confiance à ses parents. Elle préfère confier ses problèmes secrets, intimes, à ses amies. Par exemple, les règles. La plupart des filles découvrent cela en dehors de chez elles... Les miennes ont commencé quand j'avais treize ans et j'ai eu très peur. Personne ne m'y avait préparée. Je savais par mes amies que lorsqu'on va avec un homme pour la première fois on saigne, alors ce jour-là je ne pouvais m'expliquer pourquoi je saignais. Ma belle-sœur Paula vivait avec nous à l'époque, et je lui ai demandé. « Pourquoi est-ce que je saigne ? Je ne suis allée avec aucun garçon et regarde, je saigne. »

Elle m'a fait encore plus peur car elle a dit que cela n'allait plus jamais s'arrêter. Je me suis mise à pleurer. Je croyais que cela allait durer toujours. Paula m'a simplement dit : « Va te changer. »

Comme je craignais de tacher ma robe et ma combinaison, j'ai mis du papier journal entre mes jambes. Plus tard, Irela m'a montré comment utiliser des chiffons. Nous ne savions rien des serviettes alors.

Crispín et moi avons été *novios* pendant environ un an et demi. Je l'aimais beaucoup et nous nous amusions bien ensemble, mais il s'intéressait trop aux autres filles. Un soir, quatre mois avant mon quinzième anniversaire, nous nous sommes disputés. Je l'avais vu avec une fille et j'étais si furieuse que je voulais rompre. Il dit que si je le quittais je serais responsable de ce qui pourrait lui arriver. J'avais peur qu'il se suicide ou qu'il fasse quelque chose d'anormal et qu'on m'en rende responsable. Il ne cessait de me prier d'aller à l'hôtel avec lui. Il disait : « Si tu m'aimes vraiment, tu vas venir avec moi. »

Cela avait toujours été mon rêve de me marier en blanc à l'église, et d'avoir une maison à moi. Je voulais élever mes enfants sans belle-mère, sans famille pour m'importuner. Je savais que si une fille s'enfuyait, cela ne se passait généralement pas ainsi. En outre, ses parents souffrent et les gens racontent des choses. Mais quand je parlais de mon rêve à mes amies, elles riaient et disaient : « Se marier ! Non mais pour qui elle se prend ! » La plupart d'entre elles ne se sont pas mariées et vivent en union libre.

Maintenant que j'y pense, on aurait dû me prévenir contre les hommes, surtout parce que je jouais tant avec des garçons. Mais personne ne m'a jamais clairement expliqué quels étaient les dangers et les tentations. Aussi quand Crispín m'a dit qu'il allait demander à mon père la permission de m'épouser, à la condition que je couche avec lui d'abord, cela semblait raisonnable. Je suppose que j'étais faible, mais j'avais peur de le perdre à jamais si je n'acceptais pas. Le résultat fut que cette nuit nous avons cessé d'être *novios* pour devenir amants.

D'abord, j'ai dû rentrer à la maison chercher un tricot. Mon père n'habitait pas là à l'époque car il s'occupait d'Antonia qui était malade chez sa mère. Seule Consuelo était à la maison quand je suis entrée. Mon amie Ema m'accompagnait pour m'aider à me sauver. Elle portait une veste sous le bras et j'ai glissé mon tricot dessous pour que ma sœur ne s'aperçoive de rien. J'ai dit que j'allais emprunter des illustrés à une amie, et je suis sortie de la maison sans difficultés. J'ai rejoint Crispín et personne, pas même Ema, n'a su où nous allions.

Il m'a emmenée dans un hôtel de passe près du Pénitencier. Maintenant que j'ai vu d'autres hôtels, je me rends compte que celui-là était de la plus basse catégorie. La nuit se passa mal. Il se déshabilla sans honte, mais je ne m'étais jamais déshabillée devant un homme et j'étais très gênée.

Je n'ai pas dormi du tout car j'avais peur de mon père. J'avais toujours eu peur de lui et je pensais qu'il devait être en fureur, en train de me chercher partout. Quand nous avons entendu les sirènes de l'ambulance de la Croix-Rouge, j'étais certaine que la police était à mes trousses.

Le lendemain matin, à cinq heures, Crispín m'a emmenée chez sa mère. Il m'a laissée attendre dehors. J'avais honte et j'avais l'impression que tous les gens me regardaient comme s'ils savaient ce que j'avais fait. Je craignais que Crispín ne m'épouse pas pour finir. Il m'a fait attendre pendant une heure et je commençais à croire qu'il m'avait abandonnée lorsqu'il est sorti. Il avait parlé de moi à ses parents et ils n'étaient pas d'accord pour que je reste chez eux. Il m'a donc ramenée chez moi.

Roberto nous a rencontrés dans la cour et nous a fait une scène. Il a menacé Crispín avec un couteau et l'a traité de tous les noms, si bien que Crispín a fini par promettre que ses parents viendraient me réclamer à mon père.

Il y eut un scandale chez moi quand ma famille apprit la vérité. Tout le monde voulait me battre. Consuelo réussit à me donner deux coups de lanière mais je l'ai griffée jusqu'au sang. Manuel a levé la main sur moi mais Paula s'est interposée. Paula était la seule à qui je faisais confiance et elle a pleuré comme si j'avais été sa sœur ou sa fille. Elle a dit que j'avais fait une chose très imprudente. Je n'avais jamais été proche de Paula... elle était réservée et sérieuse et d'humeur changeante... mais je n'oublierai jamais que personne, pas même ma sœur, n'a pleuré pour moi comme elle l'a fait.

Quand mon père est rentré du travail, je suis restée dehors dans la cour. J'avais peur de l'affronter, mais il n'a pas dit un mot, il ne m'a pas battue. J'avais déjà « fauté » et il agissait comme si je ne l'intéressais plus. Quand Manuel a dit que les parents de Crispín allaient venir, il a répondu qu'il ne voulait rien savoir de moi et que je n'avais qu'à arranger mes affaires toute seule. Quand ils sont venus, c'est Manuel qui leur a parlé. Il les a prévenus que je n'y connaissais rien en travaux ménagers, que je n'avais fait ma première communion qu'à l'âge de treize ans, que j'étais désavantagée parce que je n'avais pas de mère. Ils ont dit que cela ne faisait rien, qu'ils m'apprendraient tout, petit à petit. Mon père a dit à Manuel de demander une période d'attente de deux ans parce que j'étais trop jeune.

Mon père ne m'a pas parlé pendant un mois, et ne m'a pas bien traitée. Je me sentais très mal et n'osais le regarder en face. J'avais été sa préférée et j'avais du mal à accepter mon châtiment. J'étais si malheureuse qu'une nuit je me suis mise à pleurer très fort. Je ne pouvais m'arrêter de pleurer, jusqu'à ce que mon père me parle. Je lui ai demandé de me pardonner et il a dit : « Ne sois pas bête. Je suis ton père et je ne t'abandonnerai jamais. » Après ça je me suis sentie mieux.

Crispín venait à la maison tous les jours, ou il m'emmenait chez lui ou au parc. De temps à autre, très en cachette, nous allions à l'hôtel. Le jour de mes quinze ans, mes amies sont venues chez moi avec un tourne-disques et m'ont offert une *fiesta*. Mon père avait projeté de m'offrir une grande fête pour mon quinzième anniversaire, avec une robe neuve et tout, mais puisque je n'étais plus vierge et ne comptais plus pour grand-chose, il ne me donna qu'une paire de chaussures.

Une semaine plus tard, je suis allée vivre avec Crispín chez sa mère, définitivement. Il ne parlait plus de mariage mais j'avais terriblement peur de tomber enceinte pendant que j'étais encore chez moi. De nouveau mon pauvre *papacito* dut courir me chercher, parce que j'avais peur de lui dire où j'étais.

DEUXIÈME PARTIE

Manuel

Je n'avais ni maison ni meubles à offrir à ma femme. Je n'avais que mon salaire. J'ai donc emmené Paula chez ma tante Guadalupe. Elle et mon oncle Ignacio vivaient seuls dans une petite pièce de la rue des Boulangers. Quand j'ai dit à ma tante que nous venions habiter chez eux, elle a dit : « Qu'est-ce que ça veut dire, tu viens habiter ici ? Qu'est-ce c'est que ce garnement ? » Elle s'est tournée vers Paula et lui a demandé : « Tu l'aimes ? »

Paula a rougi et baissé la tête. Alors j'ai dit : « Bon, veux-tu nous laisser habiter ici ou non ?

— Bien sûr, pardi, a-t-elle répondu, j'en serai heureuse. Tu sais que tu es toujours le bienvenu. Voici une couverture. Etale-la sur un morceau de carton pour ne pas la salir. » Ma tante n'avait pas de lit et nous dormions tous par terre. C'est ainsi que Paula et moi avons passé notre lune de miel, par terre.

Ma tante et mon oncle dormaient avec un cierge allumé, il nous fallut donc attendre qu'ils soient profondément endormis avant de nous déshabiller et de nous coucher. Nous avons passé une horrible nuit car nous avions peur qu'ils nous entendent. Paula disait : « Ne fais pas tant de bruit. » Je répondais : « Ferme ta bouche. C'est toi qui fais du bruit. C'est toi qui fais du scandale ici ce soir. » Nous nous sommes disputés toute la nuit.

Ainsi commença notre vie conjugale. Nous ne payions pas de loyer mais je donnais cinq pesos par jour à ma femme pour la nourriture. Ma tante était bonne mais elle avait toujours été pauvre, bien plus pauvre que mes parents. Elle travaillait pour les autres, faisant la lessive ou servant dans un restaurant, et mon oncle vendait des journaux, mais à eux deux ils gagnaient à peine de quoi prendre un repas par jour. S'ils mangeaient plus souvent, ce n'était que des fèves et du chile. Mais ils ne se plaignaient jamais de leur pauvreté; ils étaient satisfaits de leur mode de vie. Ignacio était fier d'être membre du syndicat des vendeurs de journaux et n'avait jamais pensé à faire autre chose. Ce n'était pas qu'il manquait d'intelligence, mais il ne savait pas l'utiliser pour améliorer son sort. Surtout, mon oncle et ma tante sont restés pauvres parce qu'ils aimaient boire.

Paula et moi avions peur de ce que sa mère et son frère diraient quand ils apprendraient la vérité. J'avais trahi leur confiance et je pensais qu'ils allaient faire un drame. Mais je me trompais. Dès le début, ma belle-mère se montra raisonnable. Je suis tombé sur elle en allant au travail quelques jours après que Paula soit partie avec moi. « Sainte Mère de Dieu ! me dis-je, cette fois, ça y est. »

« Bonjour, Manuel, dit-elle.

— Bonjour, Cuquita.

— Et Paula ?

— Elle va bien, Cuquita.

— Bien ! Alors tu as eu ce que tu voulais, hein ? »

J'avais honte et je gardais les yeux baissés.

« Pardonnez-moi. Je ne sais pas ce qui m'a pris, mais ça s'est passé comme ça. Mais ne vous inquiétez pas, je m'occuperai d'elle et nous continuerons à vivre comme mari et femme.

— Très bien ! Pourquoi ne viendriez-vous pas à la maison ce soir ?

— D'accord, Cuquita. »

Il me fallait encore m'expliquer avec mon père car j'étais simplement parti de la maison sans rien demander ni dire quoi que ce soit à personne. Le jour où je suis tombé sur ma belle-mère, exactement comme s'il lisait dans mes pensées, mon père envoya Roberto me chercher. « Et papa a dit que tu amènes ta femme. »

« Sainte Marie ! ai-je pensé, c'est cuit. »

Quand nous sommes arrivés là-bas, Paula ne voulait pas entrer. Je la poussais quand mon père a ouvert la porte. « Entrez », a-t-il dit. Il avait une expression de juge sur le visage, et j'ai eu l'impression de me présenter devant un tribunal. *Madre Santísima !* J'avais peur car j'avais toujours eu beaucoup de respect pour mon père.

Il s'est assis d'un côté de la table et nous nous sommes assis de l'autre.

« Alors tu es marié maintenant, petite crapule ?

— Eh bien oui, papa.

— Et combien gagnes-tu ?

— Cinquante-six pesos, papa.

— Cinquante-six pesos ? Espèce d'idiot ! tu crois qu'on peut nourrir une femme avec des graines d'oiseaux ? A ton âge, prendre une telle responsabilité ! Maintenant, tu t'es vraiment mis dans le pétrin. »

Il a dit ça juste devant ma femme. Parfois mon père est trop direct, non ?

Puis il s'est adressé à Paula. « Quel âge as-tu, ma fille ? » Elle tenait ma main et la pauvre petite tremblait. Le visage de mon père était très sévère et bien qu'il soit petit, il avait une grosse voix.

« J'ai seize ans, señor. » Elle s'est rajeunie de trois ans.

« Et alors ? Où vis-tu ? Comment ce *cábron* te traite-t-il ? »

Finalement mon père s'est tourné vers moi et m'a dit : « Très bien, maintenant tu vas te mettre au travail et te comporter décemment. Tu dois prendre soin d'elle; tu t'es créé un devoir. »

Le pire était passé. Je ne me souviens plus qui faisait la cuisine à l'époque, mais mon père a dit : « Qu'on leur serve à souper. Ils n'ont probablement pas mangé de la journée. » Nous avons mangé mais la pauvre Paula était très mal à l'aise car elle n'a pas plu à mon père au premier abord.

Nous avons vécu avec ma tante pendant plus d'un an. J'ai fait la connaissance des frères de ma mère, Alfredo le boulanger, et José, car ils venaient tous les soirs. J'avais autrefois travaillé avec mon oncle Alfredo, mais je connaissais à peine mon autre oncle. Je le rencontrais dans la rue de temps en temps et il me donnait mon argent « du dimanche », pour m'acheter une friandise. Chez Guadalupe, ils buvaient et bavardaient pendant des heures, et je passais beaucoup de temps avec eux.

Mon oncle José me donnait des conseils intéressants. Il

disait : « Mon garçon, maintenant que tu es marié, je vais te dire une chose dont tu devras te souvenir toute ta vie. Ecoute : le premier geste d'une femme est de se mettre à tes genoux. Très bien. Jusque-là, tu peux le lui permettre. Ensuite elle te montera à la taille. Quand elle en sera là, ligote-la comme tu peux, car si tu la laisses monter jusqu'à ta gorge, tu ne t'en débarrasseras jamais. »

Mon oncle se plaignait toujours que sa femme l'avait ensorcelé et à l'époque il allait chez un *curandero* pour combattre le mal. « Cette *cabrona*, disait-il, elle me tient par le milieu, la vieille sorcière. Chaque fois que je rentre, je la trouve en train de farfouiller dans ses herbes, avec ses sales sorcelleries. Elle m'a jeté un sort et je ne sais pas comment m'en libérer. » Il disait qu'elle l'avait ensorcelé, mais en fait la pauvre femme avait toujours les yeux pochés et le corps couvert de bleus.

Quand mon oncle José battait sa vieille, je la défendais car je n'aimais pas voir battre une femme. Une fois, en voyant ma tante Guadalupe avec des traces de coups, j'ai dit à son mari : « Pourquoi ma tante a-t-elle un œil au beurre noir ? Ecoute, espèce d'outre alcoolique, si tu bats ma tante, tu auras affaire à moi, compris ? » Je ne crois pas qu'il l'ait jamais touchée après ça.

Mais le conseil de mon oncle José était bon. Une femme doit être surveillée. Si l'on n'agit pas ainsi avec les Mexicaines, elles commencent à prendre les rênes en main et partent au galop. J'ai entendu des femmes dire : « Mon mari est très bon, j'ai tout ce qu'il faut à la maison, mais j'ai besoin d'un homme qui me domine et non d'un homme que je domine. » J'ai donc toujours dominé mes femmes, pour me sentir plus viril et pour le leur faire sentir aussi.

Le temps a passé et puis j'ai eu un petit incident avec mon oncle Ignacio. Un soir il était un peu ivre et il a demandé à ma femme quand elle allait le payer. Paula, ne comprenant pas, a répondu qu'elle ne lui devait rien. Il lui a dit de cesser de feindre, qu'elle savait très bien ce qu'il voulait dire. Quand je suis rentré du travail, elle m'a raconté la scène et j'ai eu une grande dispute avec lui. Je voulais lui flanquer une raclée, sur-le-champ, mais à cause de ma tante nous sommes parti le soir même et sommes allés habiter chez ma belle-mère.

Ma belle-mère et son mari vivaient dans une pièce et une cuisine dans la rue Piedad, au numéro 30. A cette époque, ses quatre enfants, avec leur famille, vivaient avec elle : Delila et son bébé, Faustino et sa femme, Socorrito, son mari et leurs trois enfants, Paula et moi. La pièce n'était pas grande, et le parquet sur lequel nous dormions était bosselé et plein de trous. Sur tous les murs on voyait des marques de doigts et des taches aux endroits où l'on avait écrasé des punaises. Il y avait beaucoup de punaises dans cette maison, une chose à laquelle je n'étais pas habitué... grâce à mon père, vous comprenez ? Parce qu'il était extrêmement propre, et chez nous nous n'avions presque pas d'animaux ni d'insectes. Là, il n'y avait qu'un seul water dans la cour, commun à tout l'immeuble, et qui était toujours dans un état lamentable.

La pièce avait un lit, dans lequel dormaient Faustino et sa femme. Les autres dormaient sur des morceaux de carton et des couvertures ou des chiffons étalés par terre. Outre le lit, le mobilier se composait d'une armoire cassée, sans porte, et d'une table qu'il fallait mettre dans la cuisine la nuit pour avoir de la place. Socorrito dormait avec son mari et ses enfants dans l'étroit espace entre le lit et le mur. Paula et moi couchions au pied du lit. Ma belle-sœur Delila et son fils dormaient à côté de Paula, et ma belle-mère et son mari dans le coin, près de la cuisine, où se trouvait la table dans la journée. C'est ainsi qu'à treize, cinq familles, nous nous arrangions de cette petite pièce.

Quand tant de gens vivent ensemble dans une seule pièce, il y a naturellement un frein, une limite à la liberté de chacun. Petit garçon, chez mon père, je ne m'en rendais pas tellement compte, sauf quand je voulais parler à mes amis ou regarder des photos pornographiques. Mais en tant qu'homme marié, j'ai eu des expériences plus difficiles. A vivre ensemble comme ça, il ne peut jamais, jamais y avoir d'harmonie. Il y a toujours des difficultés, comme lorsque mon beau-frère tenait à emporter les ampoules électriques chaque fois qu'il sortait de la maison, parce qu'il avait payé la note d'électricité.

Là-bas, les conditions de vie étaient terribles pour moi. J'ai toujours aimé me coucher tard et me lever tard. Je restais donc couché tandis que les autres, levés tôt, couraient, sautaient, criaient, bref, me dérangeaient. Je me réveillais avec d'affreux maux de tête à cause du bruit.

Le fait de vivre ainsi ensemble dans une seule pièce affectait également notre vie sexuelle. La famille était toujours là et l'on ne pouvait jamais assouvir l'envie du moment, car il y avait des témoins. Quand nous avions la chance d'être seuls et que nous prenions un peu de plaisir, quelqu'un venait toujours frapper à la porte, nous arrêtant net au milieu de l'acte. C'est alors qu'on se sentait désappointé, frustré.

C'était gênant, et même risible. Pancho passait la nuit à m'épier, et je passais la nuit à ne dormir que d'un œil en attendant que lui et sa femme soient endormis. C'est ainsi que nous passions toutes les nuits, à attendre une occasion, et craignant mutuellement de nous entendre.

Une fois, il est arrivé quelque chose de drôle. Pancho rentrait de voyage et il avait des envies, vous comprenez, n'est-ce pas ? Nous sommes tous allés nous coucher et quand ils ont cru que nous étions endormis, ils ont commencé à s'embrasser à qui mieux mieux. Quand les deux se sont sentis prêts, Socorrito s'est levée et ele est allée, sur la pointe des pieds, dévisser un peu l'ampoule électrique pour que personne ne puisse l'allumer à l'improviste. Elle est retournée au lit et ils se disaient des choses gentilles, et ils s'embrassaient. Quand Pancho fut sur le point de grimper sur elle, la fichue ampoule s'alluma soudainement, toute seule, et il redescendit à toute vitesse. Ils gloussèrent tous les deux et je fis mon possible pour ne pas rire.

Une fois, j'ai eu des ennuis avec ma belle-sœur Delila. Un soir que j'avais travaillé tard, j'étais très fatigué et je suis allé me coucher près de Paula. Dans mon sommeil, il me sembla que Geofredo, le fils de Delila, pleurait, on aurait dit qu'il étouffait; j'ai donc tendu la main et secoué Delila. Le lendemain, elle a raconté à ma belle-mère et à ma femme que je lui avais touché un sein. Paula et moi avons eu une querelle à ce propos.

Je travaillais mais un jour je me suis disputé avec mon patron et je suis parti, pensant trouver immédiatement un autre emploi. J'avais acquis de l'expérience en travaillant dans un atelier de lampes, dans une fabrique de maroquinerie, dans une boulangerie, et je savais même peindre une maison. Nous pensions que si un homme s'y connaissait un peu en beaucoup de choses, il ne mourrait jamais de faim. Mais j'avais beau chercher, il n'y avait pas de travail. Nous avons vraiment eu du mal pendant longtemps. Même quand je trouvais un emploi temporaire, nous étions très pauvres, car je ne gagnais qu'un salaire misérablement bas, et il me fallait attendre une semaine avant d'être payé.

Ma pauvre femme ne se plaignait jamais. Elle ne me demandait jamais rien, et ne disait pas : « Pourquoi me traites-tu comme ça ? Pourquoi doit-il en être ainsi ? » A cause de la pauvreté dans laquelle nous vivions, je suis même allé jusqu'à lui dire : « Ecoute, ma vieille, j'ai envie de te quitter. Tu as le droit d'avoir une vie meilleure. Je ne vaux rien. Je ne peux rien te donner. Je ne te mérite pas. »

Mais Paula m'aimait — c'était plus que de l'amour — elle m'adorait, toute sa vie elle m'a adoré. Et je l'aimais aussi. Tous les jours, avant d'aller chercher du travail, je lui disais : « Tiens, prends ces trois pesos et achète-toi quelque chose à manger. C'est tout ce que j'ai.

— Et toi, tu ne vas pas déjeuner ? disait-elle.

— Non, la *señora* du marché me fera crédit. » Je lui disais ça car je savais que deux personnes ne peuvent pas manger avec trois pesos. Mon idée était d'aller chez mon ami Alberto et de me faire offrir du café et quelque chose à manger. Il avait toujours quelques centavos à me donner.

De temps à autre, parce que je ne travaillais pas, ma belle-mère me jetait un regard dur et mon beau-frère Faustino me snobait. Avant, quand Paula et moi étions *novios*, Faustino, Pancho, Alberto et moi sortions souvent ensemble. Nous allions dans des dancings ramasser quelques petites « pépées », des servantes, pour les emmener à l'hôtel et s'amuser un peu, ou nous allions tous au cinéma avec nos femmes, ou nous jouions aux cartes. Mais quand j'étais en chômage, Faustino et Pancho ne me traitaient pas si bien.

Pendant tout ce temps je jure que j'ai mis tout mon cœur à chercher du travail. J'avais un ami, Juan, un grand type fort, qui avait des camions servant à transporter des matériaux de construction. Quand je fus très désespéré, je suis allé le voir et je lui ai dit : « Ecoute, Juan, rends-moi un service, vieux frère, je t'en prie, trouve-moi du travail, n'importe quoi à n'importe quel salaire, juste du travail. Ça fait des jours que je n'ai pas pu donner d'argent à ma femme; nous vivons aux crochets de ma belle-mère et j'en ai honte.

— D'accord, a-t-il dit, je passerai te chercher à cinq heures demain matin. »

En effet, il m'a trouvé un emploi qui consistait à fendre des rochers dans le Pedregal. On m'a donné un marteau et un ciseau et on m'a dit qu'on me payait quatre pesos la charge de pierres. « Eh bien, me suis-je dit, si je fais deux charges, ça me fera huit pesos. » Mais je fus vraiment déçu; entre cinq heures et demie du matin et six heures du soir, je fis à peine une demi-charge. Le manche du marteau m'avait brûlé la main, des ampoules avaient crevé et sur toute une journée je n'avais gagné que deux pesos.

Quand Paula vit mes mains, elle éclata en sanglots. Elle avait tant pitié de moi que je me suis mis à pleurer aussi. J'étais ému et j'ai dit : « Allons, ne pleure pas, ma vieille, parce que ça me rend triste. Tu ferais mieux d'aller acheter du café et des pois. Je parie que tu n'as rien mangé.. » Elle était fière et elle passait parfois des jours sans manger pour ne pas avoir à accepter de la nourriture de sa mère.

Le lendemain, Juan est venu me chercher. J'avais la fièvre à cause du travail de la veille, mais je me suis levé pour y aller. Dans le camion, Juan m'a dit : « Tu sais, Manuel, c'est un travail très dur pour toi. Je ferais mieux de t'emmener avec moi dans le camion pour les livraisons. » Il me donnait cinq, huit ou dix pesos selon les voyages qu'il faisait. Je lui en étais très reconnaissant.

Enfin, ainsi passait le temps. Paula et moi vivions ensemble depuis près de trois ans et nous n'avions pas d'enfant. Je n'étais pas content et je disais : « On dirait que je vis avec un homme; tu n'as pas l'air d'être une femme. Quand allons-nous avoir un enfant ? » A cette époque je ne savais pas combien cela coûte d'élever des enfants, ni comme on se sent mal de ne pas pouvoir les nourrir. Je ne pensais pas à ça.

Je continuais à me disputer avec Paula. Je me méfiais un peu d'elle car elle n'était pas vierge quand j'avais couché avec elle la première fois. J'étais furieux d'avoir été trompé, puis je me disais qu'après tout, ceux qui étaient venus avant moi n'avaient pas d'importance. Ce que je ne pouvais supporter, c'était l'idée qu'il en vienne après moi. Mais je ne lui faisais pas totalement confiance, et comme elle ne tombait pas enceinte, je pensais qu'elle avait pris quelque chose pour se soigner. Je ne cessais de l'accuser et elle ne cessait de prier Dieu de lui donner un enfant. Aujourd'hui je comprends que c'était de ma faute, car j'étais trop jeune : mon sperme n'était pas assez épais pour produire un enfant.

Puis, un jour, ma femme m'a dit que j'allais être père.

« Sapristi ! dis-je, vraiment ? Tu ne te moques pas de moi ?

— Non, dit-elle. C'est vrai.

— Dieu soit loué ! lui dis-je. Ça nous portera peut-être bonheur. Viens, allons au cinéma. »

Je n'avais que huit pesos.

« Ça ne fait rien, nous dépenserons deux pesos au cinéma, mais nous devons fêter ça. Viens, *maman*, allons-y. »

Je l'ai emmenée au cinéma et nous étions très heureux. J'étais plus tendre à son égard que d'habitude, et je lui ai dit que je ne voulais pas qu'elle soulève de choses lourdes.

J'ai continué à faire les tournées avec Juan. Puis il a commencé à avoir beaucoup moins de travail. Je me disais : « Je suis un sale microbe, je porte la guigne; aussitôt que je m'accroche à quelqu'un, ça commence à aller mal pour lui aussi. »

Une fois, alors que nous n'avions pas mangé de la journée, je suis allé chez mon père pour voir s'il ne pouvait pas m'aider. Il m'a jeté un regard dur quand je suis rentré. J'étais très maigre à l'époque, très, très maigre. Je ne pesais que cinquante-deux kilos; maintenant j'en pèse soixante-dix. Ma femme aussi avait perdu beaucoup de poids depuis qu'elle vivait avec moi, bien qu'elle fût encore très potelée.

« Tu n'as pas l'air en forme. Qu'as-tu fait ?

— Eh bien, j'ai travaillé, papa.

— Regarde, tes chaussures sont trouées, ton pantalon tout rapiécé; je ne me souviens pas t'avoir jamais vu dans cet état.

— Eh bien non, papa, ça ne va pas très fort.

— C'est visible, tu n'as pas besoin de me le dire. Maintenant tu vois ce que c'est d'être obligé de se crever le cul pour gagner sa vie.

— Tu as raison, papa.

— J'ai l'impression que tu es en train de sombrer dans la tuberculose. Qu'est-ce que tu as, tu ne manges pas, qu'est-ce qui ne va pas ?

— Non, papa, je mange, comment veux-tu que je vive sans manger ? »

Mais en fait il savait à quoi s'en tenir.

« D'accord, assieds-toi et dîne. »

La vérité est que j'avais affreusement faim, j'avais l'impression d'avoir un énorme trou dans l'estomac. Il y avait des bananes frites sur la table... et de bonnes choses dont j'avais eu très envie. Je m'offris vraiment un souper extraordinaire. Mais je ne savais pas comment demander à mon père de me prêter cinq pesos. Cinq pesos et je ne trouvais pas les mots pour les lui demander ! Mais il comprit ce que j'avais en tête.

« Tiens, voici dix pesos, tu trouveras bien à les utiliser. »

J'avais presque envie de pleurer car je sentais que je n'étais pas assez homme pour gagner ma vie. A ce moment j'ai commencé à haïr l'humanité car je sentais que j'étais un incapable. Je me suis dit : « Je travaille dur comme les autres, mais ça ne me réussit pas. Je ne suis pas assez homme. » C'est ce que je pensais en quittant la maison de mon père.

J'ai couru retrouver ma femme. Cela faisait longtemps que je ne lui avais donné dix pesos d'un seul coup. Je suis rentré et la première chose que j'ai vue, ce fut ses lèvres sèches, sèches de faim et de soif. Je me suis senti salaud et j'ai pleuré. Mon estomac était plein, j'avais beaucoup mangé... j'étais un salaud de m'être goinfré tandis que ma femme n'avait pas mangé. Je n'aurais pas dû manger non plus, c'est pourquoi je pleurais.

« Pourquoi pleures-tu, Manuel ?

— Pour rien; va t'acheter quelque chose à dîner. »

Je lui ai donné les dix pesos en disant simplement : « Achète-moi pour cinq centavos de cigarettes et demain matin, donne-moi de l'argent pour l'autobus pour que je puisse aller chercher du travail. » Je faisais ça tous les matins.

Quand Paula fut enceinte de cinq mois, Raúl Alvarez me proposa de venir travailler dans son atelier de lampes. Il avait une commande de dix-huit mille pièces et en avait promis la livraison dans deux semaines. Mon travail consistait à prendre des feuilles de verre et à les couper selon des formes diverses pour en faire des lampes. Je travaillais jour et nuit pour réaliser la commande.

La première semaine je fis deux cents pesos, comme ça. « Sainte Mère de Dieu ! dis-je. Que Dieu soit loué. » Je suis rentré et j'ai dit à ma femme : « Regarde, *maman*, voilà ce que j'ai gagné. Je ne vais prendre que vingt-cinq pesos pour m'acheter une paire de chaussures. Pour l'instant tu as besoin de plus de choses que moi. Achète-toi un tonique; prends quelque chose pour que l'enfant soit en bonne santé. On ne veut pas qu'il naisse chétif. »

J'ai travaillé à l'atelier pendant environ un mois, puis mon beau-frère, Faustino, celui qui me traitait comme de la merde quand je ne travaillais pas, est tombé malade. Il était paralysé depuis la taille jusqu'au bas des jambes. Il m'a dit : « *Compadre* (je suis le parrain de ses deux enfants), sois un chic type, va aider au café, veux-tu ? Si je ne vais pas travailler, je perdrai ma place. Prends ma place pour deux ou trois jours, jusqu'à ce que j'aille mieux.

« Fichtre, *compadre*, ai-je répondu, tu vois que je me remets à peine sur mes pieds. Je viens d'obtenir cet emploi avec le señor Raúl. Comment puis-je lui demander de me donner deux jours de congé ?

— Oh, allons, sois un chic type, et il me regarda d'un air si triste que je finis par céder à ma conscience.

— D'accord, j'irai; mais seulement pour deux jours; j'espère que tu iras bientôt mieux ! »

Je suis allé travailler au restaurant. Mais Faustino ne s'est pas remis si vite et les deux jours se sont étirés jusqu'à devenir une semaine, puis deux. Je gagnais quinze pesos par jour et je n'en donnais que cinq à ma femme. Je donnais le reste à mon *compadre* pour les frais de médecin, médicaments, le loyer et la nourriture. Je me disais : « Enfin, je lui prête l'argent; c'est comme une économie. Il me rendra le tout en une seule somme et je pourrai payer les frais d'hôpital de ma femme. »

Eh bien, ça ne s'est pas passé de cette façon. Un jour, tandis que mon *compadre* était toujours au lit, mon filleul Daniel est tombé malade et la nuit il m'a fallu aller chercher une femme toutes les deux heures pour lui faire une piqûre de pénicilline. Puis ma *comadre* Eufemia est tombée malade à son tour, et je me suis retrouvé en train de m'occuper des trois à la fois et de payer pour tout. Mais je me disais, enfin, je fais des économies. Je croyais faire des économies. La situation s'éternisa comme ça pendant plus d'un mois et demi. Je perdis donc ma place chez señor Raúl.

Puis un matin, je suis allé travailler et j'eus la surprise de me voir arrêté par le patron qui m'a dit : « Tu ne peux plus travailler ici car Faustino est revenu. » Il était retourné travailler sans me le dire ! Trois jours plus tard, Faustino se brûla très grièvement au restaurant et dut partir de toute façon. Même alors alors il ne m'a rien dit, alors que j'aurais pu retourner y travailler. Il savait que je n'avais pas de travail et que Paula était près d'accoucher. J'ai fait le tour des ateliers à la recherche d'un emploi, et on me donnait parfois quelques pièces à faire. J'ai même été colporteur. Je faisais cinq, dix pesos pas plus.

Le frère aîné de ma femme, Avelino, qui buvait beaucoup, revint chez sa mère. Il était en mauvais état et mourut au bout de quinze jours. Nous avons tous donné quelque chose pour l'enterrement; mon beau-frère mit sa montre au clou, et l'un dans l'autre, nous avons eu assez pour l'enterrer. Deux jours plus tard, ma femme a commencé à avoir des douleurs. Mon beau-frère était mort un jeudi et le samedi, mon enfant naissait, dans la même pièce. J'étais très inquiet car on disait que Paula pourrait attraper le cancer ou quelque chose comme ça, à cause du cadavre qui avait séjourné dans la pièce.

Le samedi matin, j'ai couru chercher la sage-femme. Elle m'a dit d'acheter du coton, de la gaze, du fil ombilical et une bassine. Nous avons soulevé Paula pour la porter sur le lit et nous lui avons donné du gruau d'avoine pendant ses douleurs car c'est supposé contenir beaucoup de calcium. Je n'étais pas là quand mon enfant est né car cette même semaine, comme si Dieu avait eu pitié de moi, on m'avait offert de couper du verre à douze pesos par jour.

J'ai demandé à mon patron de me payer et de m'accorder la journée pour que je puisse rester auprès de ma femme. Mais il a répondu : « Qu'est-ce que tu veux aller foutre là-bas ? Tu vas l'aider à pousser ou quoi ? C'est toi qui vas accoucher ou elle ? Y a plein de travail à faire, alors au boulot ! » Enfin j'avais besoin d'argent pour payer la sage-femme, alors je suis resté.

Cela me sembla le plus long jour de ma vie. Il fallut nettoyer tout l'atelier et j'étais très sale en sortant. Ce travail est aussi salissant que celui d'un charbonnier. Je suis allé au marché acheter des vêtements pour le bébé. Je courais d'un étalage à l'autre quand j'ai rencontré mon frère. Il m'a hurlé : « Arrête de courir, elle a déjà accouché.

— Qu'est-ce que c'est ? criai-je tout en courant.

— Une fille, dit-il.

— Oh, bon, tant pis. »

Puis je suis rentré à la maison et là, ma belle-mère, Socorrito, Pancho et tout le monde m'a regardé pour voir comment je prenais la nouvelle. Je suis resté planté comme un imbécile et j'ai dit : « Paula, je suis là. » Elle avait l'air fatiguée. Je l'ai embrassée sur le front et elle m'a montré le bébé.

« C'est mon bébé ?

— Oui, elle ne te plaît pas ?

— Si, elle est jolie. »

J'ai dû faire une drôle de tête ou rougir, car tout le monde a éclaté de rire. Pancho a dit : « T'en fais une tête, beau-frère ! C'est ton premier gosse, c'est pour ça que t'es arrivé en courant. Je te demanderai ce que tu penses quand tu en auras quelques-uns de plus. »

C'est ainsi que ma fille Mariquita est née. J'étais très heureux ce jour-là car mon père, qui n'avait jamais mis les pieds chez moi, est venu voir sa petite-fille. Ni Consuelo ni Marta n'étaient venues nous voir, mais Roberto était venu une fois ou deux.

Quand le bébé eut environ trois mois, nous avons rendu visite à mon père. Je l'avais rencontré dans la rue et il avait dit : « Quand vas-tu venir nous voir ? Quand vas-tu amener le bébé ? Tu fais comme si tu n'avais pas de père ni de famille. Je ne sais pas pourquoi tu es comme ça, fripouille. » Nous sommes donc allés dîner chez lui un soir. Après, j'ai dit : « Nous allons partir maintenant, papa, bonne nuit...

— Vous partez déjà ? Où allez-vous ? Ce bébé ne part pas; filez si vous voulez, mais le bébé reste.

— Que veux-tu dire, papa ?

— Je veux dire que le bébé reste ici avec moi. Allons, Paula, trouve un peu de place dans le lit et couche-toi avec les filles, et toi, crapule, fais ton lit par terre et dors.

— Allons-nous habiter avec toi, papa ?

— Bien sûr que vous allez habiter ici; ne croyez pas que je vais laisser partir mon bébé.

C'est ainsi que nous avons commencé à vivre avec mon père.

J'étais en partie content et en partie irrité de la décision de mon père. Content, parce que la maison de mon père était plus propre et plus agréable, et que je pensais que ma femme y serait mieux. Je détestais vraiment habiter chez ma belle-mère. Encore aujourd'hui mon cœur se serre quand je repense aux conditions dans lesquelles nous vivions ! J'ai sorti nos affaires de là-bas petit à petit, afin que Cuquita ne se vexe pas.

Mais j'en voulais à mon père pour une raison. Dès le premier jour il m'a séparé de ma femme et m'a empêché de coucher avec elle. Elle dormait dans le lit avec mes deux sœurs, et je reçus l'ordre de dormir dans la cuisine par terre sur une toile d'emballage. Comme si rien dans ma vie n'avait changé, mon père me faisait dormir seul ! Maintenant que j'ai des fils, si Dieu me permet de les voir mariés, ne serait-il pas normal que je les laisse coucher avec leur femme ? Pour qu'ils se sentent des hommes ?

Ma mémoire est si mauvaise que je ne peux pas me souvenir exactement qui habitait la Casa Grande à l'époque. Il y avait une servante, mais je ne me rappelle plus qui c'était. Je sais que Roberto était dans l'armée car je me souviens d'un télégramme de lui, me disant qu'il avait des ennuis. Seules Marta et Consuelo vivaient à la maison. Mon père habitait peut-être chez Lupita à l'époque.

J'ai commencé par donner à mon père cinquante pesos par semaine pour contribuer aux frais de la maison. Je l'ai fait pendant quelques mois, puis une semaine mon patron ne nous a pas payés, je n'ai donc rien donné à mon père. Personne à la maison n'a rien dit. Il est arrivé la même chose la semaine suivante, puis la suivante. Mon patron m'a payé quinze pesos d'un seul coup et avant que j'aie le temps de m'en apercevoir, je les avais dépensés. Ainsi, j'ai vite oublié mes obligations envers la maison.

J'ai même pensé que mon père avait assez d'argent pour

se débrouiller. Il avait toujours payé le loyer et acheté des quantités de nourriture. Je me disais aussi qu'après tout, Paula faisait le ménage, la cuisine et la lessive et que la nourriture qu'il lui offrait équivalait au salaire que l'on donne à une servante. J'ai donc également cessé de donner de l'argent à Paula. Je n'avais pas encore d'autre femme à l'époque, mais je négligeais déjà la mienne.

J'ai recommencé à sortir avec mon ancienne bande de la Casa Grande. Alberto et moi travaillions dans le même atelier, et nous étions toujours ensemble. Dans un sens il voulait m'imiter, car six mois après mon mariage, il prit cette fille, Juanita, chez lui. Mais elle est devenue jalouse qu'Alberto préfère sortir avec moi plutôt que de rester à la maison avec elle. Elle ne pouvait pas me souffrir et mettait toujours des idées dans la tête d'Alberto. Par la suite, à cause d'elle, nous nous sommes peu à peu détachés l'un de l'autre tout en conservant des liens très intimes.

Le seul ennui avec Alberto (car bien qu'illettré, il était très intelligent) c'est qu'il aimait boire. Une fois par semaine au moins, il se saoulait. Il me disait : « Viens, *compadre*, allons prendre un verre. » Je n'ai jamais réellement aimé boire. J'avais été ivre deux fois et cela m'avait rendu malade. C'était une grande différence entre nous.

Il y avait une autre chose qui nous différenciait : il était satisfait d'être un ouvrier et je ne l'étais pas. Même à cette époque, je n'aimais pas avoir un patron au-dessus de moi, alors qu'Alberto, ça lui était égal, tant qu'il pouvait le voler un peu. Il disait : « Si mon *maestro* s'enrichit sur le fruit de mon travail, il n'est que juste que je vole un peu afin d'égaliser les choses. » Pour Alberto, un mauvais patron était simplement un patron qu'on ne pouvait pas voler.

Alberto abandonna la verrerie pour devenir receveur d'autobus. Le salaire était bas, mais les receveurs y remédient en retenant une partie de l'argent des tickets. Ça ne me disait rien de travailler à l'atelier sans mon *compadre*, aussi quand Santos, le parrain de ma fille, m'a suggéré de monter un atelier de chaussures, j'ai sauté sur l'idée. « Arrange-toi pour trouver deux cents pesos. Tu peux fabriquer des chaussures et les vendre avec un bénéfice de cinq pesos sur chaque paire. » Je me suis dit : « Supposons que je fasse cinq douzaines de paires par semaine. Ça fait soixante paires... c'est-à-dire trois cents pesos de bénéfice par semaine. Bigre, c'est formidable ! »

Santos m'a prêté des formes et une machine à coudre, et j'ai emprunté les deux cents pesos à mon père. Celui-ci fut impressionné quand je lui parlai des bénéfices que je pourrais faire. Je l'ai entendu dire à un autre type : « Rends-toi compte, le temps qu'on perd à travailler, alors qu'il y a des métiers qui rapportent si bien. Regarde ce que dit Manuel; et moi qui reste collé au La Gloria, à travailler comme une brute depuis tant d'années ! Il va peut-être vraiment faire quelque chose et devenir quelqu'un dans le monde ! »

Je me suis donc lancé dans le commerce — Santos est venu avec moi acheter le cuir, et nous avons commencé à fabriquer des chaussures. Mais je n'y connaissais rien en chaussures ni en affaires à cette époque; je ne travaillais que par la volonté de Dieu. Je n'ai jamais établi de budget, pour savoir quelles étaient mes dépenses. Je n'ai jamais su si mon capital augmentait ou diminuait. Je n'ai même jamais pris la précaution de calculer combien de paires de chaussures je pouvais couper dans une peau. Et Santos ne m'a pas bien conseillé, car il m'a laissé utiliser des matériaux de seconde qualité et quelques livraisons furent décommandées. Pour les semelles, il me dit d'acheter des pneus de voiture, mais il ne m'a pas précisé de les prendre aplatis pour que les chaussures soient présentables.

J'avais beaucoup de frais. J'avais loué une petite boutique dans la Casa Grande et j'employais un homme à la machine et trois aux finitions. C'était l'usage de donner à un cordonnier son *chiro*, c'est-à-dire ses dix pesos par jour comme avance sur son salaire. Les cordonniers ici travaillent toute la nuit le vendredi, et ce jour-là je faisais apporter le dîner pour nous tous par Paula.

Mon père m'avait demandé plusieurs fois pourquoi je ne glissais pas quelque chose pour les frais de la maison, il m'a donc fallu lui donner de l'argent à lui aussi. Je l'ai fait quatre ou cinq fois, puis j'ai dit : « Ecoute, *papacito*, en ce moment je ne veux rien sortir de la boutique, je veux la développer. » Il a accepté et ne m'a plus demandé d'argent pendant quelque temps.

Je ne me rappelle plus exactement ce qui est arrivé...

l'un de mes finisseurs, Chucho, a fait la bringue pendant deux ou trois semaines, se saoulant tous les jours. Il est mort plus tard dans la rue, abandonné et ivre, le pauvre. Mais j'ai eu pitié de lui en pensant que les ouvriers se crèvent pour gagner si peu, j'ai augmenté les finisseurs de vingt centavos par chaussure, et le machiniste de dix centavos. Je voulais montrer aux autres comment un patron devrait traiter ses ouvriers. Je ne voulais pas les exploiter comme mes patrons m'avaient exploité. Ils étaient tous contents et personne ne se plaignait de moi en tant que patron. Ils étaient heureux, mais hélas j'étais totalement incompétent.

Au lieu de faire un bénéfice, sans le savoir, je perdais sur chaque paire de chaussures. Puis j'ai envoyé quelqu'un, je ne me souviens plus qui, livrer vingt-cinq paires de chaussures et il a disparu avec l'argent. Bref, j'ai fait faillite et je me suis retrouvé avec, pour toute fortune, environ deux cents pesos de marchandises. Je les ai vendues à Santos pour soixante pesos. Je n'étais pas le premier à perdre de l'argent dans une affaire, mais pour moi, ç'a été un coup très dur.

Après la faillite de mon commerce, j'ai renoncé à faire des projets et à m'élever. J'ai perdu le peu de confiance que j'avais en moi et je me suis mis à vivre au jour le jour, comme un animal. J'avais vraiment honte de faire des projets car je n'avais pas, disons, la volonté de les réaliser. J'étais incapable de m'accrocher à une chose et de la suivre jusqu'au bout. Je comprenais mieux les autres que moi-même et j'osais même offrir des suggestions à mes amis sur la façon d'améliorer leur vie. J'ai aidé d'autres gens, mais je n'ai pas su analyser mes propres problèmes. Quand il s'agissait de moi, je me sentais nul et vide.

Selon moi, la destinée est commandée par une main mystérieuse qui dirige tout. Ce n'est que pour les élus que les choses se réalisent comme prévues; pour ceux d'entre nous qui sont nés pour être des mangeurs de *tamales*, le ciel n'envoie que des *tamales*. Nous faisons des projets et des projets, et il arrive un petit truc qui balaie tout. Comme une fois, j'ai décidé d'essayer de faire des économies et j'ai dit à Paula : « Mets cet argent de côté, comme ça un jour nous aurons une petite somme. » Quand nous eûmes quatre-vingt-dix pesos de côté, pan ! mon père est tombé malade et j'ai dû tout lui donner pour les médecins et les médicaments. C'était la première fois que je l'aidais et la première fois que j'avais essayé de faire des économies. J'ai dit à Paula : « Tu vois ! pourquoi faire des économies si quelqu'un doit tomber malade et que nous devions tout lui donner ! » J'ai même parfois l'impression que les économies amènent la maladie ! C'est pourquoi je suis convaincu que certains naissent pour être pauvres et le restent malgré tous leurs efforts pour en sortir. Dieu leur accorde juste assez pour continuer à végéter, non ?

Enfin, après mon échec, je ne me suis plus occupé de chaussures et j'ai recommencé la chasse à l'emploi. Je suis retourné aux lampes et après le travail je ne faisais que jouer aux cartes, aller au cinéma, à des matches de base-ball et de football avec mes amis. Je n'étais presque jamais à la maison. Quand mon deuxième enfant, mon fils Alanes, est né, mon père a payé la sage-femme et tout le reste.

Ma demi-sœur Antonia était revenue vivre avec nous à la Casa Grande. Elle et Paula sont devenues amies intimes, plus intimes que mes sœurs. Antonia alla jusqu'à confier à ma femme que je ressemblais à l'homme dont elle était amoureuse. Elle disait que c'était dommage que je sois son frère, parce qu'elle m'aimait beaucoup ! Puis Paula m'a raconté qu'Antonia « était tombée sur un mauvais cheval » car elle était enceinte. Je ne pouvais demander des comptes au père car Antonia ne voulait pas dire son nom.

Puis Antonia a pris des herbes pour se faire avorter et elle est tombée très malade. Elle est devenue folle, vraiment folle. Elle avait des crises et quand elle me voyait c'était pire. Elle hurlait : « Son visage, son visage ! » Mon père me regardait d'un air soupçonneux, ce qui me blessait beaucoup car je n'avais jamais eu de mauvaises pensées à l'égard d'Antonia. Elle disait ça seulement parce que je ressemblais à l'homme qu'elle avait aimé.

Finalement, les médecins envoyèrent Tonia dans un asile d'aliénés et, peu à peu, elle s'est remise. Le docteur a dit à mon père que Tonia était le genre de femme qui avait besoin d'être tout le temps avec un homme pour conserver sa santé mentale. C'est pourquoi plus tard, quand elle a commencé à avoir des enfants avec Francisco, nous n'avons rien dit.

Antonia devait être mentalement malade, car elle a essayé de jeter un sort à mon père. Julia, la femme du parrain de Marta nous prévint que Tonia observait mon père et prenait ses mesures. Les vieilles gens ici, les gens du peuple, croient que par la sorcellerie, ou en invoquant un saint, ou en mesurant quelqu'un avec un ruban ou en éparpillant du sel ou de la poussière dans la maison, un diable ou un mauvais esprit s'emparera du corps de cette personne et la tuera.

Je ne crois pas que la sorcellerie existe vraiment, mais quand j'habitais chez ma tante, j'ai vu une femme guérir un homme qui avait une cataracte dans chaque œil. Elle a pris un œuf frais pondu par l'une de ses poules, en a frotté les yeux du malade puis l'a cassé. Il était noir à l'intérieur, alors elle a dit à l'homme que sa cécité était due à de la sorcellerie, pratiquée par sa propre femme ! Et elle lui a donné un contre-poison.

Je suppose que mon père croyait en ces superstitions, car il nous grondait si nous renversions du sel pendant que quelqu'un mangeait, et une fois il s'est mis en colère contre moi parce que j'avais rapporté à la maison une ceinture en peau de serpent. Il m'a obligé à m'en débarrasser avant qu'il n'arrive malheur à l'un d'entre nous. Quand il s'est rendu compte pour Antonia, il est allé lui aussi voir une sorcière. Elle lui a donné de l'eau à asperger dans la pièce, pour que le charme n'opère pas.

Mais Antonia continuait à être la préférée de mon père. Il lui achetait tout ce qu'elle voulait, et quoi qu'elle dise ou fasse, il ponctuait par : « Très bien, très bien. » Cela m'avait toujours frappé que mon père puisse être si doux, si doux avec d'autres, et si dur avec nous. Dans le cas d'Antonia, il essayait de compenser la négligence dont il avait fait preuve envers elle et Lupita pendant tant d'années. Et aussi parce qu'elle se rendait utile à la maison. Marta et Consuelo n'avaient pas eu de mère pour leur apprendre et elles étaient nulles en travaux ménagers.

Une chose qui m'a toujours froissé, c'est que personne dans ma famille ne m'a jamais traité comme un frère aîné.

C'était mon devoir et mon droit, par exemple, d'arrêter Marta quand je l'ai vue en compagnie de Crispín. Je voulais vraiment parler à ce type, d'homme à homme, mais j'avais peur que Marta ou mon père me mette dans une position ridicule en ne me soutenant pas. Une fois j'ai demandé à Marta de tenir ma fille Mariquita et Crispín lui a dit de ne pas le faire, exactement comme si elle était sa servante. Je me suis mis en colère et j'ai dit ce que je pensais.

« Ecoute, Crispín, pourquoi dis-tu à ma sœur de ne pas tenir mon enfant ? Je sais que tu l'as battue plus d'une fois. Eh bien laisse-moi te dire que la prochaine fois que tu la touches, tu ne la reverras plus. »

La chose logique aurait été que Marta soutienne son grand frère, n'est-ce pas ? Eh bien, elle a fait juste le contraire. Elle a dit : « De quoi te mêles-tu ? » C'est tout juste ce qu'elle a trouvé à dire.

« Ecoute, Marta, ai-je dit, je ne me mêlerai plus jamais de tes affaires, même si je te vois mourir. Même si on te traîne par terre, je ne lèverai pas le petit doigt. »

Ensuite, quand elle s'est enfuie avec Crispín, mon père nous en a rendus responsables, Roberto et moi. Il ne nous permettait jamais de nous mêler de ses affaires, et ensuite il nous accusait. Il en a été de même avec Consuelo. Dès le début, je me suis méfié du type avec qui elle sortait. Ce n'était pas étonnant, puisqu'il était du même genre que moi !

Deux fois j'ai dû me battre avec mon frère, pour lui apprendre à respecter ses aînés. La première fois il m'a traité de *pinche guey* sans aucune raison. « Attention à ce que tu dis, fils de pute. Tu insinues que tu as couché avec ma femme et que tu t'es moqué de moi. Tu l'offenses et moi aussi, imbécile ! » Pendant que je parlais, pan ! il m'a lancé un coup de poing dans la figure. Il était fort, mais je lui ai flanqué une raclée, au beau milieu de la cour.

L'autre bataille que nous avons eue c'est lorsque Consuelo est rentrée en pleurant parce qu'il l'avait battue. Il dit qu'elle avait flirté à un bal, se conduisant comme une petite putain. Alors j'ai dit : « Roberto, ce qu'elle fait ne te regarde pas. Est-ce que tu l'entretiens pour avoir des droits sur elle ? D'ailleurs, elle travaille... » De nouveau, tandis que je parlais, il m'a flanqué un coup de poing. Je l'ai jeté par terre et je me suis mis à le frapper avec une telle violence qu'il a dû appeler des copains à la rescousse. Cette fois, je lui ai même mordu le nez. Quand les garçons sont intervenus, je me suis levé en disant : « Ce gosse doit apprendre à me respecter. » Je crois qu'il me respectait, en effet, car il a dit aux gars : « *Ay !* mon frère est petit, mais il tape dur. Faut pas s'y frotter. »

Roberto surveillait toujours ses sœurs. Comme mon père, il pensait que les femmes décentes ne doivent pas aller danser. Malgré toutes ses mésaventures, c'est Roberto qui s'est révélé être le plus fidèle à la morale de mon père. C'est que pour Roberto, une femme... enfin il avait une notion si étroite, si abstraite de ce que devait être la chasteté d'une femme, qu'il croyait qu'une femme devait être absolument pure. Or c'est une chose difficile à trouver aujourd'hui.

Aujourd'hui, si vous invitez une fille au cinéma et que vous vous conduisez en gentleman, elle vous prend pour un imbécile. Mais le type qui arrive et qui commence à se servir de ses mains... même si elle résiste, parce qu'une femme dit toujours non... eh bien, ça leur plaît. Mon frère était si réservé que je pensais qu'il ne se marierait jamais.

Roberto souffrait de beaucoup de complexes. Pour ce qui était des femmes, il était traversé par des tas de courants souterrains. Ce n'est pas qu'il n'était pas capable de prendre une femme et d'aller au lit avec. Il était aussi capable que n'importe qui. Je le savais par des renseignements que j'avais eus d'une femme qui avait couché avec lui. C'est que Roberto se croyait laid, si noir et laid, qu'il pensait que la femme qui l'épouserait le tromperait à la première occasion. Il savait que si quelqu'un le ridiculisait, il ne serait pas capable de se contrôler et qu'il en résulterait des conséquences graves.

L'ennui avec Roberto, c'est qu'il était trop violent. Il était capable d'attraper un type à n'importe quel moment et de le couvrir de sang, de lui défoncer les côtes, ou de lui planter un couteau. Ce n'est pas qu'il était un criminel... simplement très nerveux. Mais quand sa rage se calmait et qu'il se souvenait dans quel état il avait laissé le type, il lui arrivait de pleurer de remords. Mon pauvre frère était un tissu de contradictions.

Roberto était vraiment très noble, le plus noble de la famille. S'il était entouré de gens cultivés et intelligents, il était heureux. Il aimait vraiment les jolies choses. Il aimait parler à des gens plus cultivés que lui, et il était toujours prêt à apprendre des mots nouveaux et à s'exprimer correctement. S'il avait des contacts avec des gens plus haut placés dans la société, il se redressait. Il détestait vraiment l'atmosphère écœurante dans laquelle nous vivions... tout ce à quoi nous devions nous frotter tous les jours.

J'attribue nombre de ses ennuis au fait qu'ici, au Mexique, nous estimons que c'est une question de respect de soi et d'orgueil que de ne pas montrer sa peur. Roberto ne savait vraiment pas ce qu'est la peur; il était incapable de fuir les ennuis. Si quelqu'un tirait un couteau, il tirait le sien et il s'en servait aussi. Et il était pire quand il buvait. Je lui disais : « Je ne sais pas où tu veux en venir. Tu ne peux pas te saouler tranquillement et aller dormir, comme tout le monde? Qu'est-ce que ça te coûte ? Mais non, il faut que tu sortes, que tu ailles chercher la bagarre et que tu te fasses dérouiller ! Si tu as tant de colère en toi, pourquoi ne veux-tu pas que je fasse de toi un boxeur ? »

Il aurait fait un bon boxeur, mais il ne voulait pas. Il disait qu'il détestait se battre. Il était doué pour les sports... S'il avait eu le soutien d'un club sportif, il aurait pu être champion de natation ou coureur cycliste. Il aurait été une vedette. Mais cette histoire de battre les gens et de voler ne pouvait continuer. Le jour où il tuerait quelqu'un, à qui s'en prendrait la famille du type ? A moi, bien sûr ! Mais il ne pensait jamais aux conséquences de ses actes. Il était comme un cheval emballé. Rien ne pouvait l'arrêter, ni les coups, ni les conseils, ni les reproches, ni la prison... rien. Il ne se satisfaisait pas des émotions ordinaires, comme moi, il avait besoin d'action, d'un exutoire pour le feu qu'il avait en lui.

Je crois qu'au fond il avait peur de quelque chose. A mon humble avis, c'était son subconscient qui agissait, essayant de se défendre contre quelque chose d'indéterminé. Peut-être avait-il trop besoin d'amour. Sa vie était vraiment triste, plus triste que la mienne et celle de mes sœurs, parce qu'il n'avait jamais connu de véritable amour.

Pendant toute cette période, je n'avais cessé de prendre

des nouvelles de Graciela; puis j'ai commencé à traîner au café où elle travaillait. Elle avait épousé un homme nommé Léon, mais l'avait quitté au bout de trois mois parce que c'était un voleur et qu'il vendait de la marijuana. C'était un type de la pire espèce, un véritable assassin ! Son corps portait tant de cicatrices qu'il ressemblait à une carte ! Je voyais Graciela dans la rue de temps à autre et chaque fois je sentais quelque chose bouger en moi. Elle avait donné naissance à un fils au moment où ma première fille était née.

Quand j'avais l'atelier de chaussures, des amis qui savaient que j'avais été amoureux d'elle me disaient : « Tu sais quoi ? Graciela travaille dans un café de la rue de Cuba », ou bien : « J'ai vu Graciela travailler dans la rue Constantino. »

Un jour je suis allé livrer des chaussures et j'avais deux cents pesos sur moi, une assez grosse somme, non ? Je passais par la rue Constantino et j'ai vu Graciela servir dans un café. Je me suis dit : « Je vais entrer pour qu'elle voie que j'ai de l'argent maintenant. »

Il y avait longtemps que nous ne nous étions pas parlé. Nous avons bavardé poliment tandis qu'elle me servait à dîner. Je me suis arrangé pour sortir une poignée de pesos, et j'ai remarqué qu'elle était impressionnée. Je me suis demandé si elle s'intéressait encore à moi, et je suis retourné au café environ trois fois. Puis elle a disparu et je ne savais pas où elle travaillait. Je me disais : « Eh bien, c'est peut-être mieux ainsi. » Je vivais avec Paula depuis cinq ans et je n'avais eu de relations avec aucune autre femme pendant ce temps.

Un jour, en allant au cinéma avec des amis, je suis passé devant un café et j'ai vu Graciela. Alors j'ai pensé : « Bon ! Maintenant je sais où tu es. »

Puis je me suis réellement accroché à elle. Je mangeais au café tous les jours et j'en ai fait mon pied-à-terre. J'ai commencé à me rapprocher d'elle, feignant de vouloir seulement renouer une ancienne amitié. Peu à peu, la tendresse qu'elle avait pour moi est revenue. Quant à moi, à force de souffler sur l'étincelle que j'avais conservée dans mon cœur, j'ai fini par retrouver la force de mon ancien amour. Je commençais à entrevoir une possibilité, mais c'était difficile.

Un soir, elle a accepté de sortir avec moi et un autre couple. Nous sommes allés dans un cabaret et nous avons bu quelques bières. En dansant, nous n'avons cessé de nous regarder. Nous nous sommes embrassés et elle a eu l'air un peu surprise. Puis elle a dit, avec beaucoup de passion : « Embrasse-moi, embrasse-moi. » Je savais que j'étais sur la bonne voie et j'ai dit : « Graciela, Graciela, quand seras-tu à moi ?

— Un jour, demain, après-demain... un jour », dit-elle. Le lendemain au café, je lui ai rappelé ce qu'elle avait dit : « Si tu es d'accord pour demain, pourquoi pas aujourd'hui ?

— Alors tu m'as crue ? dit-elle. Je ne faisais que parler. Je ne le pensais pas. Après tout, tu es marié, tu as deux enfants et je connais ta femme. Comment serait-ce possible ? »

J'ai attendu que le café ferme et je l'ai invitée à prendre quelques *tacos*.

« D'accord, dit-elle, j'ai faim. Je ne peux plus manger au café. »

Croyant être malin, je l'ai emmenée dans la rue Orégano, puis au coin de Columbia, où il y avait un hôtel. Elle comprit l'astuce et à quinze mètres de l'hôtel, elle s'arrêta.

« Continuons à marcher, Graciela, je t'en prie.

— Non, dit-elle, je sais ce que tu as dans la tête, rien à faire.

— Non, écoute, crois-moi, je ne veux rien de toi. » Mais j'ai fini par avouer : « Très bien, Graciela, c'est vrai que je veux que tu sois à moi ce soir. » Non, non et non, nous avons discuté pendant trois heures juste devant l'hôtel, elle et moi. J'ai avancé ceci et cela, mais elle refusait absolument de me suivre.

J'ai fini par me fâcher; je l'ai saisie par le bras, la serrant très fort, et ouvrant la porte d'un coup de pied, je l'ai forcée à entrer. J'ai demandé une chambre. Le directeur est monté devant nous, a ouvert la porte et j'ai poussé Graciela à l'intérieur. J'ai essayé de la déshabiller, mais elle ne s'est pas laissée faire. En réalité, au fond elle en avait envie mais son esprit lui disait qu'elle ne devait pas. « Laisse-moi, Manuel, je t'en prie, laisse-moi. Par tout ce que tu aimes le plus au monde, laisse-moi, parce que si je fais ça, je ne pourrai plus vivre. Tu es marié, tu as des enfants, aie pitié de moi et laisse-moi. »

Mais j'étais obsédé. Tout ce que je voulais c'était la posséder.

Puis, j'ai eu besoin d'uriner et comme les toilettes étaient dehors, je suis sorti. Elle a fermé la porte à clé et n'a pas voulu ouvrir quand j'ai frappé. Je suis allé voir le directeur et je lui ai dit : « Je vous prie de m'ouvrir la porte, je crois que ma femme s'est endormie.

— Oui, bien sûr », et il a ouvert la porte avec sa clé. Elle était au lit et je suis entré.

Après une longue lutte difficile, il était alors environ quatre heures et demie du matin, après s'être débattue pendant une heure et demie, elle a cédé. Mais à ce moment-là, soit parce que j'avais déjà utilisé tant d'énergie, ou pour je ne sais trop quelle raison, je me suis aperçu que j'étais incapable de faire quoi que ce soit...

Sainte Mère de Dieu, comme je transpirais ! Quelle honte ! Je me suis dit : « Dieu, comment cela peut-il m'arriver ? Non, non, c'est impossible. » Bref, j'étais dans un affreux pétrin et terriblement gêné. Elle était là, toute prête, et je me suis dit : « *Madre Santísima*, maintenant qu'est-ce que je vais faire ? » Alors je lui ai dit : « *Mi amor*, je sais que tu es consentante maintenant, mais je vais te punir. Je vais te faire souffrir comme tu m'as fait souffrir. » Je mentais, la raison était tout simplement que je ne pouvais pas. J'ai donc allumé une cigarette et prié tous les saints. « Je vous en prie, saint Pierre, saint Paul et saint Gabriel, aidez-moi à sauver mon honneur. » Enfin, au bout de quelque temps, j'ai senti mes forces revenir et je me suis dit : « Je ferais mieux d'en profiter avant que ça ne change d'avis et ne se ramollisse de nouveau. »

Eh bien, je crois que ce fut la nuit la plus merveilleuse de ma vie. Nous nous sommes simplement laissés aller, complètement. C'était comme si tout le flot d'amour en nous débordait, brisait la digue et débordait. Elle était aussi insatiable que moi. Une, deux, trois, quatre, cinq, six, sept fois, nous nous sommes aimés, et quand l'aube parut, nous étions encore en train de faire l'amour.

Au lever du jour il nous fallut nous lever pour aller travailler. Elle avait peur de ce que penserait sa mère. Mais je lui ai dit : « Tu n'as rien à craindre. Tu es une femme adulte. Si tu étais une jeune fille vierge, ce serait différent. » Quand nous sommes sortis, tout semblait jaune, les voitures, les maisons, les hommes, les femmes. Nous avions tous deux l'air pâle et fatigué. Elle est allée à son travail, non loin de là, et moi au mien. C'est-à-dire que je suis allé à l'atelier, mais j'ai passé la journée à dormir debout.

Nous avons continué à coucher ensemble. Nous allions toujours à l'hôtel. Ma femme ne trouvait pas anormal que je rentre vers minuit, une heure ou deux heures du matin, parce que je faisais ça depuis des années. Je ne sais toujours pas aujourd'hui si elle s'est jamais aperçue que je fréquentais Graciela. Nous n'avons jamais eu de dispute à ce sujet. Mon frère et mes sœurs n'en savaient rien non plus. Le seul qui ait toujours tout su c'est Alberto. Je lui racontais tous mes problèmes, tout ce qui me tourmentait.

Je me suis rendu compte que ma liaison avec Graciela m'était nuisible sous tous les rapports. Si ma femme l'apprenait, elle pourrait aller jusqu'à me quitter, ce que je ne voulais pas car je l'aimais elle aussi. Je l'aimais beaucoup, mais c'était un autre genre d'amour. Paula était passive, elle acceptait tout ce que je voulais mais elle ne répondait pas avec beaucoup de passion. C'était peut-être sa nature; elle avait d'autres façons de me prouver son amour. Mais elle ne m'excitait pas autant. Graciela répondait d'une façon qui me satisfaisait, moi et ma vanité. Elle m'adorait. Avec Graciela, à chaque fois que je la touchais, j'avais l'impression que c'était la première fois, comme si c'était une autre femme. Je l'aimais passionnément, follement, je ne pouvais penser vivre sans elle. Et je n'avais pas à me soucier de la mettre enceinte car elle ne pouvait plus avoir d'enfants.

Ma vie est devenue un véritable enfer, car je ne pouvais imaginer vivre sans les deux à la fois. Je voulais les avoir toutes les deux sans qu'aucune d'elle en souffre. Je pensais sans cesse à Graciela et à ma femme. Je ne pouvais plus dormir. Toute la nuit, je me tournais et me tordais; j'étais terriblement angoissé. Une fois j'ai même dit à Graciela : « Ecoute, je ne peux pas vivre sans toi. Installons un logement; quitte ta mère et emménageons quelque part. Nous nous arrangerons d'une façon ou d'une autre, mais je veux vivre avec toi. »

Mais quand je suis rentré et que j'ai vu ma femme endormie près de mes enfants, j'ai eu honte. Je me suis détesté. J'ai pensé : « Comment puis-je être un tel salaud ? Il faut que je quitte Graciela. Voici ma pauvre petite femme et mes enfants; ils ne méritent pas un tel traitement. »

J'en suis arrivé à un point où je souhaitais que ma femme me donne un prétexte pour la quitter. J'étais irritable avec elle; une fois je l'ai battue, violemment. Vous voyez, j'étais habitué à une obéissance absolue de sa part; je n'avais pas besoin de la battre, je n'avais qu'à élever la voix très fort pour qu'elle obéisse. Alberto était venu me voir un matin, et j'ai demandé quelque chose à Poucette. Je ne sais plus quoi. Elle était dans la cuisine et elle a crié : « Je suis occupée en ce moment ! Cesse de m'embêter. »

Elle ne m'avait jamais répondu sur ce ton. « Alberto est là, et vois sur quel ton tu me réponds ! Vas-tu me le donner ou vais-je devoir t'obliger à le faire ?

— Non, *hombre !* dit-elle. Tu ne fais que donner des ordres ici ! Comment vas-tu m'obliger ? Va le chercher toi-même. » Je me suis levé, encore assez calme, en disant : « Je te préviens... Poucette... » et vlan ! elle m'a giflé. En plein devant Alberto !

Je ne sais pas, je suis devenu fou de rage. J'ai senti une bande rouge devant mes yeux. J'étais si honteux devant mon ami que je suis tombé sur elle et je l'ai battue comme plâtre. Après, Alberto m'a dit : « Brute ! T'as une de ces forces quand t'es en colère, vieux ! » car d'un seul coup de poing, j'avais fait voler Paula, comme une poupée. Alberto a essayé de s'interposer, sans succès. La mère de Paula était là aussi, en train de laver le linge. Au début, elle ne s'en est pas mêlée, mais quand elle m'a vu donner des coups de pied à Paula, elle a dit : « Ne lui donne pas de coups de pied, tu ne vois pas qu'elle est de nouveau enceinte ? »

Une autre fois où j'ai battu Poucette, c'est quand elle a si bien corrigé Mariquita que l'enfant en est sortie couverte de bleus. Paula avait un fort tempérament, du caractère... elle était très active et rapide... et elle battait beaucoup les enfants. Ce jour-là, je me suis fâché et je lui ai dit : « Ecoute, que je ne t'y reprenne plus jamais ! Ne crois pas que je vais te laisser faire ça à ma fille. Si toi, sa mère, tu peux faire une chose pareille, c'est que tu n'as aucune qualité humaine. Si tu la bats encore de cette façon, cela voudra dire que tu ne vaux rien et dès lors nos relations cesseront. Je l'emmènerai et tu ne la reverras plus. Si elle a besoin d'être corrigée, tape-la sur le derrière et pas autre part ! »

Voilà ce que je lui ai dit. Elle ne connaissait pas d'autre méthode pour élever les enfants, parce que sa mère les avait toujours battues elle et ses sœurs.

J'eus quelques ennuis avec Graciela à cause de Domingo, mon troisième enfant. Je lui avais dit que je ne m'entendais plus avec ma femme et que je ne couchais plus avec elle. Il fallait que je lui mente pour qu'elle continue à me voir. Mais Graciela avait vu Paula dans la rue et remarqué qu'elle était enceinte.

« Alors, tu ne couches pas avec elle, hein ? Je viens de la voir; elle est de nouveau enceinte.

« Ah, ai-je répondu, tu l'as rencontrée ? Eh bien que veux-tu que j'y fasse ? Je ne l'ai touchée qu'une fois et c'est resté collé. »

En fait, j'avais des rapports avec ma femme presque tous les jours. Je le faisais souvent parce que je me sentais coupable. Je me disais : « Je ne peux pas négliger ma femme totalement. Je me dois de lui donner un peu de plaisir, car si je ne le fais pas, qui le fera ? » Souvent je n'en avais pas envie, mais c'était par devoir. Je ne pouvais pas voir Graciela tous les jours, seulement tous les trois ou quatre jours; parfois une semaine passait avant que nous couchions ensemble. Je lui ai expliqué de mon mieux et il lui parut normal que je sois obligé d'avoir des rapports avec ma femme.

J'agissais comme une véritable canaille vis-à-vis de Paula. Quand Roberto était en prison à Córdoba, mon père m'envoya le voir. Au lieu d'y aller seul, j'ai emmené Graciela avec moi. Je n'avais que cent cinquante pesos en poche... pas assez pour l'emmener à l'hôtel ni dans de bons restaurants... Je l'ai donc emmenée chez mon cousin David et je me suis fait entretenir par ma tante. J'ai présenté Graciela comme une amie de travail, mais ma tante ne fut pas dupe. Elle n'était pas contente de moi et quand elle me vit entrer dans le hamac de Graciela, elle m'obligea à dormir par terre avec David. Toute cette semaine, Graciela et moi avons dû faire l'amour dans les champs de canne à sucre.

De retour à Mexico, je passais toutes mes soirées au café. Je ne mangeais presque jamais à la maison. J'en suis arrivé à un point où je ne pouvais plus prendre plaisir à un repas autre part qu'au café. Une fois, alors que j'étais assis là-bas, ma belle-mère est arrivée en courant. « Manuel, Manuel, dit-elle, Paula a besoin de toi. » Graciela était juste à côté.

« Pour quoi faire ?

— Dépêche-toi, dit-elle, elle est mourante. » Je me suis levé comme un ressort et j'ai couru à la maison. Paula avait eu une hémorragie, toute la maison était pleine de sang. J'ai été très inquiet et j'ai couru chercher un médecin. J'ai fait ce qu'il m'a dit et je suis allé acheter les médicaments. Cette fois, ma femme m'en a voulu de n'avoir pas été là quand elle avait le plus besoin de moi.

Mais une fois Paula en de bonnes mains, je suis retourné au café. Je me suis rendu compte que j'étais un salaud de me comporter ainsi. J'ai lutté de toutes mes forces. J'ai lutté autant que j'ai pu pour quitter Graciela, mais je ne pouvais pas, je ne pouvais pas. Je suis donc retourné au café. Le lendemain, Paula eut une nouvelle hémorragie et le médecin m'a dit : « Si elle en a encore une, ne dépensez pas d'argent en médicaments, achetez un cercueil. »

« Sainte Mère, me suis-je dit, mon Dieu, ce n'est pas possible. » Je ne sais pas quelle en était la cause, peut-être une crise de colère. Sa grossesse était déjà avancée, environ sept mois. Ma femme se remit et mon fils Domingo naquit normalement.

Une fois Paula m'a dit : « Je vais me faire soigner. »

— Pourquoi ? Te soigner de quoi ? Alors tu ne veux plus porter mes enfants ? Je ne veux pas avoir un assassin pour femme. Tu n'as pas le droit de prendre la vie d'un être qui ne peut même pas se défendre. C'est un crime encore plus grand et plus méprisable de tuer un être qui ne peut pas se défendre que de tuer un homme délibérément. » Et nous n'avons jamais perdu d'enfant.

Les seules notions que j'avais des femmes et de l'accouchement, je les avais apprises de mes amis mariés. Ma femme n'en savait pas beaucoup plus. Ni sa mère ni mon père ne nous avaient jamais rien dit à ce sujet. Paula allaitait chaque enfant pendant environ un an, ou jusqu'à ce qu'elle soit de nouveau enceinte. Il y avait deux ans entre Mariquita et Alanes, deux ans également entre Alanes et Domingo, et seulement un an entre Domingo et notre dernier enfant, Conchita. Nous avions toujours des rapports sexuels jusqu'à la naissance de l'enfant, mais après la naissance nous attendions à peine un mois, jamais les quarante jours exigés.

Il y avait presque un an que Domingo était né quand il y eut un incident avec Consuelo qui nous fit quitter la maison de mon père. Consuelo n'avait jamais aimé ma femme et, un jour, pour l'humilier, elle a craché par terre, juste après que Paula ait lavé. Cela a contrarié ma femme, et j'ai donné une ou deux tapes à Consuelo sur le bras, pas plus. Alors Marta a saisi un poids de balance et elle a essayé de me frapper avec. Je les ai donc attrapées toutes les deux par les cheveux et je les ai maintenues sur le lit, pour les empêcher de bouger.

Mais Consuelo a énormément d'imagination. Elle et Marta auraient dû être actrices. Elles en ont fait tout un plat. Consuelo a dit que je l'avais battue sur les poumons et fouettée comme un cheval, et en conséquence Paula et moi avons dû quitter la maison où nos deux fils étaient nés.

J'ai loué une chambre dans le quartier Matamoros. J'ai acheté un lit à ma femme; mon père nous a donné une armoire, une table et un réchaud à pétrole. Puis Delila et ma belle-mère ont demandé si j'aimerais que nous vivions tous ensemble dans une pièce dans une maison particulière. Ana, la sœur du mari de ma belle-mère, qui avait sa propre petite maison, était prête à nous louer une pièce. C'était une maison modeste, mais la première maison particulière dans laquelle je vivais, et c'était quelque chose de très agréable.

Quand je voyais comment d'autres gens vivaient... les jolies villas dans les films, les magazines, les quartiers riches, le luxe, je me sentais... dégradé, de vivre de cette façon. Je me sentais malheureux, mais en même temps, cela aurait dû me stimuler, n'est-ce pas ? J'aurais dû me dire : « Il faut que je m'en sorte... il faut que j'atteigne tel niveau. » Car en réalité, c'est humiliant, attristant, de ne pas avoir une maison agréable et d'être obligé de vivre tout le temps avec d'autres gens.

La seule fois de ma vie où je me suis senti pleinement heureux, c'est lorsque nous vivions chez Ana. Paula, moi et les bébés partagions une chambre avec Delila et son fils, ma belle-mère et son mari. Nous nous entendions bien. Je peux dire que c'était la première fois que je me sentais un homme, en ce sens que je remplissais mes devoirs à la maison.

Plus d'un dimanche je suis resté à la maison à peindre la table ou les chaises et veiller à ce que ma femme soit confortablement installée.

Quand Alanes a eu les oreillons et qu'il ne pouvait dormir, je l'ai soigné, comme ma mère m'avait soigné. J'ai fait un cône en papier et j'ai mis la pointe dans l'oreille. Puis j'ai allumé le papier avec une allumette et je l'ai laissé brûler aussi longtemps que l'enfant pouvait le supporter. J'ai recommencé deux ou trois fois, jusqu'à ce que l'air ait quitté son oreille et qu'il puisse dormir.

A cette époque, j'ai fait ce que j'avais toujours voulu faire le dimanche. J'emmenais ma femme et mes enfants d'abord au marché, acheter des *tortillas*, du fromage, des avocats et du porc cuit, puis au parc pour manger nos *tacos*. Je travaillais et je donnais à ma femme soixante pesos par semaine pour ses dépenses, alors que j'en gagnais cent cinquante. Je gardais le reste pour sortir avec Graciela. La vie était agréable pour moi. J'avais l'amour de ma femme et celui de Graciela; j'avais besoin qu'elles soient heureuses toutes les deux.

La maison d'Ana se trouvait dans une *colonia*, loin du centre. Peu de gens y vivaient à l'époque, et c'était effrayant de rentrer à deux ou trois heures du matin. Il y avait beaucoup d'attaques et de vols, et le matin on trouvait souvent des cadavres dans la rivière ou dans quelque terrain vague. Mais effrayé ou non, je rentrais quand même tard tous les soirs.

Un an plus tard, Ana eut besoin de la chambre pour quelqu'un de sa famille et nous demanda de déménager. Delila et sa mère trouvèrent un endroit pour elles et Paula et moi fûmes de nouveau seuls. Paula trouva une pièce avec entrée extérieure dans le même quartier, car les loyers y étaient bas. Je gagnais moins d'argent et nous ne mangions pas bien. Notre quatrième enfant, Conchita, naquit peu après notre déménagement.

Graciela travaillait et n'acceptait jamais d'argent ni rien de moi. Elle disait qu'elle avait mauvaise conscience quand je dépensais l'argent dont mes enfants avaient besoin. Nous allions dîner au restaurant, et au lieu de commander un bon repas, elle demandait seulement du café au lait. Cela me contrariait, mais elle disait toujours : « Non, je n'ai pas faim. » Si je voulais lui acheter une jupe ou une petite chose, elle disait toujours qu'elle n'en avait pas besoin. Enfin, j'ai même acheté deux pantalons pour son fils, mais il me fallut beaucoup insister pour qu'elle les accepte.

Graciela me dit un jour qu'un certain señor Rodolfo venait souvent chez elle et que sa mère essayait de la pousser dans ses bras. « Qu'est-ce que je vais faire, Manuel ?

— *Mi vida*, que veux-tu que je te dise ? Que puis-je te dire ? Malheureusement tu dois résoudre ce problème toute seule. » Puis elle disparut du café pendant trois jours. J'ai continué à y aller comme je l'avais toujours fait. Le quatrième jour, elle est revenue. J'étais très en colère, mais j'ai fait semblant d'être calme.

Toute la soirée, elle s'est affairée à de petites choses et elle n'est pas venue s'asseoir à côté de moi. J'étais persuadé qu'il se tramait quelque chose d'inhabituel. Une fois le café fermé, je lui ai dit : « Tu caches quelque chose, et tu vas l'avouer immédiatement. » Je l'ai attrapée par le bras et emmenée à l'hôtel.

Dans la chambre, j'ai dit : « Ecoute, *mi vida*, je veux que tu comprennes bien mon amour pour toi. Pour moi, tu es Dieu sur terre, tu te dois donc d'être franche avec moi. Dis-moi ce qui est arrivé entre nous. Je t'aime plus que tout et je te fais confiance. Je sais que tu n'as rien fait de mal. Dis-moi, mais sois franche. » C'est ainsi que je lui ai parlé pendant un long moment.

Graciela était assise sur le bord du lit. Elle a levé la tête puis elle a dit : « Je vais me marier. »

J'eus l'impression de recevoir une décharge électrique; tout devint noir autour de moi. Elle éclata en sanglots. « Je te jure sur mon enfant, qui est ce que j'ai de plus sacré au monde, que je n'aime que toi. Je sais que je vais souffrir, mais accorde-moi la chance de trouver un avenir pour mon fils. Tu as ta femme, malheureusement, tu as ta femme. Laisse-moi vivre, Manuel, ne m'arrête pas. »

J'ai senti un terrible chagrin en moi. J'ai compris qu'elle avait tout à fait raison. Elle a dit : « Réponds-moi, dis quelque chose, frappe-moi, bats-moi, mais ne reste pas silencieux », et elle est tombée à genoux, mettant ses bras autour de mes jambes en pleurant amèrement.

« Graciela, écoute, va-t'en... mais va-t'en immédiatement tant que j'ai la force de te voir partir.. Car je te jure que si tu ne le fais pas, plus tard je ne pourrai plus te laisser partir. Tu as tout à fait raison, tu as le droit d'être heureuse, tu n'as eu avec moi que de la souffrance, des coups à la maison et le mépris des gens pour fréquenter un vaurien comme moi. Va-t'en, Graciela.

— Non, Manuel, ne me chasse pas, je ne veux pas te laisser comme ça, Manuel, pour l'amour de Dieu. Ecoute, bien que ce soit la dernière nuit que nous passions ensemble, Manuel, je veux te dire adieu autrement. »

Elle n'a pas voulu partir, nous avons donc passé la nuit ensemble. Au matin, elle a dit : « Je ne vais pas me marier, je ne veux épouser personne. J'allais le faire pour ma mère parce que je ne veux pas lui faire du mal, mais je ne me soucie pas de ma mère, je ne me soucie de rien au monde, je n'aime que toi. Je n'épouserai personne. » Nous en sommes donc restés là.

Après ça, je suis allé voir la mère de Graciela. J'ai toujours eu le don de persuader les gens, du moins ceux de ma classe, et c'est pourquoi on m'appelait « Bec d'or ». Cela doit être vrai, car j'ai réussi à convaincre la mère de Graciela de m'accepter. Je lui ai dit : « Ecoutez, Soledad, je peux surmonter n'importe quoi au monde excepté mon sentiment pour votre fille. J'ai une passion aveugle pour elle et elle est la plus belle chose de ma vie. Je suis pauvre et ne puis rien lui offrir, mais ne me privez pas de sa présence. C'est vrai, notre situation est ambiguë, mais je jure que votre fille est et sera le seul grand amour de ma vie. » La *señora* était très sentimentale, elle a même pleuré et je l'ai gagnée à ma cause.

C'est à peu près à ce moment-là que ma femme m'a dit qu'elle ne se sentait pas bien. Elle n'avait pas encore perdu de poids et je jure que je n'ai jamais cru qu'elle était sérieusement malade. Je lui ai dit d'aller au dispensaire pour voir ce que les médecins en pensaient. Ils ont dit qu'ils voulaient l'hospitaliser parce qu'ils ne savaient pas ce qu'elle avait. Mais elle ne voulait pas car elle avait peur des hôpitaux. En outre, elle allaitait Conchita et n'avait personne pour s'occuper des enfants.

Je ne lui prêtai pas beaucoup d'attention. Mes pensées

étaient entièrement occupées par un seul problème : celui que me posaient les deux femmes. Je me trouvais dans un état de confusion terrible, comme un fou. Je ne remarquais pas que Paula maigrissait, qu'elle urinait beaucoup et avait tout le temps soif. Elle ne m'a jamais dit que son état s'aggravait.

Un jour mon père est venu nous voir. Il s'était mis à aimer Paula comme si elle était sa propre fille. Il l'aimait plus que moi. Il se rendait compte qu'elle était pleine d'abnégation, qu'elle était travailleuse et propre. Elle ne se plaignait jamais de rien. Quand il l'a vue, il a dit : « Dis-moi, mon enfant, qu'est-ce qui ne va pas ? » Il a insisté pour qu'elle revienne vivre chez lui afin de pouvoir l'emmener chez un médecin.

J'étais si aveuglé, si stupide, si indifférent que je n'avais pas remarqué combien elle était malade. Je croyais que c'était quelque chose de simple, comme un rhume. Je lui ai dit : « Soigne-toi, petite; il faut que tu ailles mieux. Il faut que nous allions à Chalma cette année.

— Oui, a-t-elle répondu, je vais aller mieux. » Elle fit le vœu d'aller à Chalma sur les genoux si elle guérissait. Mais à ma belle-mère, elle a dit : « Maman, je sais que si je vais chez mon beau-père, et que je me couche, je ne me relèverai plus. Je t'en prie, prends soin de mes enfants. »

Elle était si désireuse de m'épargner du chagrin qu'elle m'a dit qu'elle allait guérir. Elle avait le sentiment qu'elle allait mourir et me le cachait, à moi un vaurien qui ne méritait pas qu'on s'occupe de lui.

Elle est allée chez mon père et ce même soir j'ai porté nos meubles chez ma belle-mère. J'ai vu Paula le lendemain matin : « *Mi vida*, je suis là, mais je dois partir travailler.

— Très bien, dit-elle, et que Dieu te bénisse. »

Quand je suis rentré du travail dans la soirée, mon père m'attendait à la porte. « Entre, vaurien, fils de pute, regarde ce que tu as fait, *pinche cabrón*, c'est toi le responsable. C'est ta faute si elle meurt. » Je ne sais pourquoi mais j'avais le sentiment que c'était vrai. Pendant qu'il me parlait, je ne pouvais le regarder dans les yeux.

Paula l'a entendu m'engueuler. Elle m'a regardé avec des yeux pleins d'amour... et il disait ça devant elle ! Ma réponse ? Rien ! Je voulais lui crier qu'il avait tort, mais, comme toujours, j'ai avalé mes paroles, parce qu'il était mon père, vous comprenez ? Mais cette fois, plus que d'autres, je me suis senti mortifié.

Je me suis agenouillé près du lit. « Je suis là. » Elle a tendu la main et l'a posée sur moi. Je sens encore ses doigts. Elle m'a caressé la tête et tiré l'oreille. Elle m'a souri, puis elle n'a plus bougé, comme si elle était endormie.

Le bébé s'est mis à pleurer, et j'en ai été très affecté car il a réveillé Paula qui dut alors l'allaiter. En ces jours, voyant à quel point ma femme était malade, j'avais de l'antipathie pour le bébé. Tandis qu'il tétait au sein, il me semblait qu'il suçait la vie de Paula. Et quand il pleurait, la nuit, troublant le sommeil de ma femme, cela me mettait en colère. J'ai éprouvé cette rancœur à l'égard de mon plus jeune enfant pendant longtemps.

Le lendemain, Paula était plus mal encore et lorsque je revins du travail, mon père me salua de nouveau par : « *Hijo de la chingada !* Fils de pute ! Tu vois, tu ne lui as pas donné assez à manger. Pourquoi des salauds comme toi se marient-ils s'ils ne sont pas capables de prendre leurs responsabilités ? Et maintenant ? Si cette femme meurt, que vas-tu faire de tes enfants ? » J'aurais voulu me boucher les oreilles et lui dire pour la première fois de ma vie : « Ta gueule, ta gueule ! »

Quelqu'un, Delila je crois, envoya chercher un prêtre pour administrer à Paula les Saints Sacrements. En le voyant là, j'ai eu peur et je lui ai dit : « Mon père, je veux épouser cette femme. » Il s'est retourné pour me regarder.

« Hum, maintenant qu'elle est mourante, vous voulez l'épouser. Alors que vous avez eu toutes ces années pour le faire ! » Il ne nous a pas mariés ! J'étais prêt à le payer... ils demandent généralement si l'on a de l'argent avant de venir... mais je ne l'ai pas fait car il a refusé de nous marier, Poucette et moi. Il est sorti en colère. Mais j'étais en colère aussi. C'était un serviteur de Dieu; si Dieu voyait souffrir l'un de ses enfants... n'importe lequel... il n'irait pas lui flanquer un coup à son tour, comme ce prêtre l'a fait.

Ensuite, mon père m'a dit de courir chercher le médecin car Paula agonisait. « Oui, papa », et j'ai couru, oubliant de prendre de l'argent pour l'autobus. Il était minuit passé et j'ai couru jusqu'à la rue Rosario à pied. Le docteur Ramón habitait dans la même maison que Lupita. En arrivant, j'ai vu Antonia qui m'a dit que le docteur avait bu. Elle est montée le voir, car j'étais très fatigué et elle est bientôt redescendue avec une ordonnance.

« Il a dit de faire cette piqûre immédiatement. »

Il me fallut retourner à la Casa Grande. J'étais resté debout toute la journée à l'atelier et mes pieds étaient gonflés. Quand je suis rentré à la maison, mon père m'a donné de l'argent pour le médicament et j'ai dû repartir, à la recherche d'une pharmacie ouverte, *de turno*. Ensuite, de retour à la Casa Grande, j'ai commencé à frapper aux portes pour trouver quelqu'un capable de faire la piqûre. Il était environ quatre heures et demie du matin et personne n'ouvrait.

A cinq heures, Paula était dans le coma, et, désespéré, je suis reparti frapper aux portes. Cette fois, une femme s'est réveillée et a accepté de faire la piqûre. Malheur qu'elle se soit réveillée, malheur qu'elle ait fait la piqûre ! J'ai toujours maudit cet instant, mais maintenant, je crois que le temps de ma femme était venu, que c'était peut-être à son tour de mourir, car un moment... quelques minutes... après la piqûre, Antonia fit irruption dans la pièce en hurlant : « Ne lui faites pas la piqûre ! Ne la faites pas ou elle va mourir ! »

Ma femme a commencé à remuer les bras frénétiquement. On voyait son cœur palpiter très fort. Puis le médecin est arrivé en courant. « Lui a-t-on fait la piqûre ? » Il nous a dit que le liquide devait d'abord être mélangé à du sang, sinon il provoquerait une crise cardiaque. Puis il a pris du sang à mon frère (il était du type universel) et l'a injecté à Paula. Elle s'est mise à bouger, puis, peu à peu, elle a ouvert les yeux. Puis elle est morte. Elle est morte.

« Papa, elle est morte, ma femme est morte ! » Je criais de désespoir, de rage, de toute l'angoisse du monde. Il se précipita, l'étreignit et pleura. Je me frappais la tête contre le mur, j'essayais de la briser de mes mains. Et je criais de toute mon âme : « Ce n'est pas possible ! Il n'y a pas de Dieu ! Dieu n'existe pas ! » Je le regrette maintenant, mais c'est ainsi que je blasphémais. J'avais tellement foi en sa guérison. Pas un instant je n'avais pensé qu'elle allait mourir. Je me rappelais que Dieu avait dit que la foi pouvait tout faire. Alors quand elle est morte, j'ai blasphémé.

Je crois que cette crapule de médecin l'a tuée. L'imbécile était ivre-mort, et sans voir la malade, il avait prescrit le médicament. Quelques jours auparavant, il avait analysé son urine et diagnostiqué qu'elle avait le diabète. Nous avions appelé le docteur Valdès, un médecin très cher, qui avait dit que ce n'était pas le diabète. Mais en voyant à quel point elle était malade, il s'était lavé les mains de l'histoire. Par la suite, le médecin m'a dit qu'elle avait eu une intoxication, ou qu'elle avait peut-être la tuberculose de l'estomac. Mon père s'est accroché à ça pour dire que je l'avais tuée, que je l'avais fait mourir de faim.

Il est vrai que je ne passais pas suffisamment de temps avec ma femme et mes enfants. J'aurais dû rentrer plus tôt tous les jours. Oui, je la négligeais, mais je jure que jamais, jamais, je n'ai laissé ma femme sans argent pour la nourriture. J'aurais pu lui donner davantage, mais au moins elle avait assez pour manger. C'est le médicament qui l'a tuée !

Consuelo dit que je n'aimais pas Paula, que je ne lui montrais jamais de tendresse. Mais c'est que je suivais l'exemple de mon père, car même lorsqu'il vivait heureux avec Elena, il ne se permettait jamais de lui faire preuve de tendresse devant nous. Je faisais de même avec Poucette. Les seuls moments où je l'aimais étaient au lit, dans l'obscurité. Devant mon père, mon frère et mes sœurs, j'étais tyrannique avec elle. J'étais très sévère dans ma façon de parler, mais elle devait sentir de l'affection de ma part car pendant toutes ces années, elle a continué à m'aimer.

Mon père ne cessait de me jeter au visage que c'était de ma faute... que je n'étais pas assez viril... que je l'avais négligée... que je ne l'avais pas emmenée à temps voir un médecin. Il m'abaissait au rang d'un assassin. J'avais envie de lui crier : « Est-ce que je ne souffre pas assez ? J'ai perdu la moitié de ma vie; la moitié de mon cœur m'a quitté ! Ce n'est pas vrai ce que tu dis. » Mais il le disait par colère. Qu'il ait raison ou tort, c'était mon père, il avait travaillé pour m'élever et, autrefois, il avait eu une illusion d'amour pour moi. Il m'était donc impossible de lui répondre, tout en sachant qu'il mentait. C'était mon père. En ce qui me concerne, mon père peut faire de moi tout ce qu'il veut. Même s'il essayait de me tuer, je ne me défendrais pas.

J'ai veillé ma femme pendant deux jours... un jour et demi... je ne sais plus. Quand je l'ai vue allongée, froide et raide, j'ai voulu mourir. J'ai même attrapé un couteau pour me tuer, mais mon fils est entré et m'a demandé cinq centavos. J'ai éclaté en sanglots et j'ai pensé : « Comment puis-je me tuer ? Mes pauvres enfants ! » Je devenais fou, si fou que je ne savais même pas combien coûtait l'enterrement. Mon ami Alberto et mon père se sont occupés de tout. Beaucoup de gens sont venus à la veillée... ils venaient des cafés où Paula avait travaillé, de ceux où j'avais mangé, du marché, de la *vecindad*. J'avais envie de leur dire à tous de s'en aller et de me laisser seul avec le cadavre.

On l'a enterrée au cimetière Dolores, dans la même tombe que ma mère et mon cousin, car au bout de sept ans, on enlève les os et on enterre quelqu'un d'autre à la place. J'ai horreur des enterrements. On dit que juste avant que le cercueil soit descendu, le corps du mort se couvre de chair de poule, car il sait qu'il va être enterré. Le cercueil se fait de plus en plus lourd, car le corps ne veut pas être enterré. C'est ce qui est arrivé au cercueil de Paula, bien qu'elle eût perdu tant de poids et n'eût plus que les os sous la peau.

J'espère que quand mon tour viendra, quand le *coco* me lancera le coup de pied de la fin, on m'abandonnera au sommet d'une colline, en plein air, ou qu'on m'enveloppera comme une momie à la manière des pharaons, ou qu'au moins un chirurgien m'enlèvera le cerveau, pour que je ne souffre pas dans ma tombe. Je ne sais pas pourquoi, mais j'éprouve une impression d'horreur à l'idée d'être enterré un jour. Je préférerais être dévoré par des coyotes sur une colline, plutôt que par des vers sous la terre. Oui, je crains davantage les vers que les bêtes sauvages.

Je ne suis jamais retourné au cimetière depuis l'enterrement. Je n'y vais pas car je crois que ma femme sentirait ma présence et qu'au lieu de lui apporter la paix, je lui apporterais le tourment. Elle s'agiterait dans sa tombe parce qu'elle m'avait beaucoup aimé. Sentant ma présence, elle voudrait sortir pour me parler, pour m'embrasser, et elle ne le pourrait pas.

Je pense que pleurer sur les morts est pure hypocrisie, car j'ai remarqué que j'ai beaucoup pleuré pour Paula, montrant ainsi, après sa mort, l'amour que j'aurais dû lui témoigner quand elle était en vie. Ce n'est pas l'amour qui fait pleurer ainsi, mais un sentiment de culpabilité. C'est pourquoi je dis que je ne retournerai jamais au cimentière, pas avant mon propre enterrement.

Le jour où j'ai enterré ma femme, au milieu de mon désespoir, au milieu de mon grand chagrin, je me suis dit : « Il me reste encore Graciela, je l'ai encore. » Je m'accrochais à cette idée comme un noyé à une planche. Mais quand Graciela apprit la mort de Paula, poussée par ses remords et tous les sentiments contradictoires qui l'agitaient, elle fit la dernière chose qu'elle aurait dû faire. Le jour où j'ai enterré Paula, Graciela est partie avec le señor Rodolfo, le type avec qui sa mère avait toujours voulu la voir vivre. Elle m'aimait de toute son âme, elle m'adorait. Mais elle voulait se punir, et sa première réaction fut de partir avec lui, un homme qu'elle n'aimait pas.

Je les ai donc perdues toutes les deux en même temps, la mère de mes enfants et l'amour de ma vie. Graciela aurait dû attendre, ne serait-ce que pour me consoler. Nous aurions dû nous aider mutuellement, car dans un sens nous étions tous deux fautifs.

Après ça, je me suis mis à arpenter les rues. J'étais entouré de gens, mais je me sentais totalement seul. Personne ne se souciait de moi, personne ne voyait mon chagrin. J'avais l'impression d'être seul à souffrir, et tandis que le temps passait, que les jours s'écoulaient j'espérais cesser de sentir le vide que ma femme avait laissé à la maison. Mais cela devint de mal en pis. J'aimais encore plus ma femme après sa mort, comme mon père avait davantage aimé ma mère. Je crois que ma vie est une répétition de celle de mon père, sauf que lui a pris soin de ses quatre enfants et que je ne l'ai pas fait.

Pendant trois jours et trois nuits, je suis resté au coin de la rue, là où habitait Graciela, attendant qu'elle sorte. Je n'ai pas mangé, ni dormi, ni rien. Je suis simplement resté là. J'espérais qu'elle allait sortir pour que je puisse la tuer, car je sentais qu'elle avait trahi ce qu'il y avait de plus sacré entre nous.

Quand Alberto a vu dans quel état je me trouvais, il m'a dit : « *Compadre*, écoute, je crois que nous ferions mieux de partir d'ici. Tu vas mal finir. Nous ferions mieux de devenir *braceros*. Allons travailler de l'autre côté de la frontière. » Il m'a parlé ainsi jusqu'à ce que je sois convaincu.

Je suis simplement passé à la maison demander la bénédiction de mon père, mettre une salopette et mon blouson. D'abord, mon père n'a pas voulu me laisser partir, mais il a fini par me donner sa bénédiction. Nous sommes allés dire au revoir à mon beau-frère et *compadre* Faustino, et sa réaction immédiate fut de claquer la porte et de partir avec nous. J'ai dit : « Eh bien, d'accord, partons tous les trois. »

J'avais huit pesos en poche quand nous sommes partis pour la Californie.

Roberto

Je me suis engagé dans l'armée parce que j'ai toujours aimé les fusils, et que j'avais le goût de l'aventure, ou du moins de voir des endroits nouveaux. Enfin, quand ce type, Truman, est venu ici le 3 mars 1947 rencontrer le Président du Mexique, je suis allé voir arriver le grand homme. C'était la première fois dans l'Histoire, si je ne me trompe, qu'un Président des Etats-Unis venait visiter notre pays. Un grand nombre de gens sont donc allés le voir à l'aéroport, et j'y suis allé aussi.

J'étais au premier rang, juste en face de la tribune, près de l'état-major de l'armée de l'Air, et il y avait une pancarte qui disait : « Engagez-vous dans l'armée de l'Air. » Alors juste comme ça, sans y penser à deux fois, j'ai signé.

J'étais encore un enfant, seize ans tout au plus, et très petit, aussi la première chose que m'a dite le capitaine, c'est : « Il faut que tu demandes l'autorisation de tes parents, gamin. »

« Naturellement, je l'ai déjà. » Je mentais, car je ne savais pas moi-même que j'allais m'engager. Bref, j'ai passé tous les tests et j'ai signé un contrat de trois ans avec l'armée mexicaine.

En rentrant, j'ai dit à Manuel : « Tu sais, vieux frère, je me suis engagé dans l'armée. Je suis un soldat maintenant. »

— Pourquoi as-tu fait ça ? Tu es fou à lier.

— Oui, je me suis engagé; tu me verras bientôt en uniforme et tu seras jaloux. » Eh bien, il ne me croyait pas, car je n'avais encore jamais pris une décision aussi terrible.

Je n'ai rien dit à mon père avant d'avoir mon uniforme.

Ce jour-là je suis retourné en ville et j'avais à peine passé la porte d'entrée de la Casa Grande que les gars se sont mis à dire : « Eh bien, eh bien, regardez ce que le Noiraud a sur le dos !

— Comment trouvez-vous ça, les gars ?

— Comment es-tu entré ? et dans l'armée de l'Air encore. Tu vas être pilote ? T'es un cadet ou quoi ?

— Non, je suis simplement dans l'armée de l'Air, c'est tout », et ne je voulais rien leur dire de plus, rien que pour les faire enrager. Quand mon ami Daniel Ramírez a vu mon uniforme, il a voulu s'engager aussi. Je ne l'y ai pas poussé car ses frères étaient des durs et ils auraient pu m'en vouloir, mais j'ai fini par lui promettre de l'emmener avec moi.

Le soir, je n'ai rien eu à dire à mon père car il a vu mon uniforme.

« Qu'est-ce que tu as fait ?

— Rien, papa, je me suis engagé.

— Mais quand et comment, et qui t'a donné l'autorisation ?

— Il y a quelques jours. »

Il est resté là à me regarder, puis il a dit : « Eh bien, on verra ce que ça va donner. Comporte-toi en honnête homme, et travaille dur; si tu fais ça, tu t'en sortiras. » C'était toujours les conseils qu'il me donnait.

Pendant trois mois nous nous sommes entraînés tous les jours. Je couchais à la maison et j'allais au champ d'aviation militaire tous les matins à six heures pour l'appel et je m'entraînais jusqu'à cinq heures de l'après-midi; ensuite nous étions libres. Un matin au réveil, on nous a alignés et le capitaine Madero a dit : « Que tous ceux qui veulent se porter volontaires pour Guadalajara fassent un pas en avant. »

Nous n'avions pas plus tôt entendu le mot de « Guadalajara » — qui signifiait voyager — que tous, nous étions environ quarante à cinquante recrues, ont avancé d'un pas. Mais lorsque le capitaine a exposé les conditions, six seulement sont restés en place, dont moi et mon ami Daniel.

On nous a lâchés à six heures et demie du soir et je suis allé faire mes adieux à ma famille. Mon père était en train de lire quand je suis entré. J'ai attendu un moment, puis j'ai dit : « Papa, je vais partir. » Il n'a pas répondu et j'ai attendu. Il a fini par lever les yeux sur moi.

« Bien, à quelle heure pars-tu ?

— Je vais à Guadalajara.

— Que veux-tu dire, Guadalajara ? » Puis il m'a vraiment regardé, vous comprenez ! Il était surpris.

J'ai dit : « Oui, on nous envoie à Guadalajara; il faut que j'y aille. » Ce n'était pas vrai, car je m'étais porté volontaire. Eh bien, mon père a pleuré et m'a pris dans ses bras comme il l'avait rarement fait, et, enfin, j'avais l'impression d'être au paradis. Je ne sais pas comment c'est au paradis, mais c'est ainsi que je me sentais. Quand mon père me parle de cette façon et me prend dans ses bras, je me sens étouffer et des larmes de joie me montent aux yeux. Et il m'a même donné cinquante pesos.

Il a dit : « Prends ça; achète-toi quelque chose pour la route.

— Oui, papa, merci. Eh bien, je m'en vais. Donne-moi ta bénédiction. » Mon père m'a donné sa bénédiction et j'ai fait mes adieux à mon frère et à mes sœurs.

Ce soir-là j'avais un rendez-vous avec une fille nommée Elvira, qui avait deviné que j'allais lui demander d'être ma *novia*. Je savais qu'elle accepterait car Lola, la *novia* de Daniel, qui devint plus tard sa femme, avait tout arrangé. Je n'avais encore jamais vu Elvira, et quand je l'ai rencontrée je ne me suis pas beaucoup soucié d'elle, mais je me suis senti obligé de lui demander d'être mon amie. Nous nous sommes embrassés sur-le-champ, devant Lola et Daniel. Puis nous nous sommes assis dans l'herbe et j'ai posé ma tête sur ses genoux. J'ai pensé que je ferais mieux de battre le fer tant qu'il est chaud et montrer à cette fille que je savais comment m'y prendre. Je suis peut-être laid mais je ne suis pas un imbécile ! Il ne s'est passé que ça et nous sommes partis pour Guadalajara le soir même.

Nous avions tous touché notre solde ce jour-là, aussi tout le monde emportait quelque chose pour la route. Un type avait acheté une bouteille de Bocardi, un autre de la *tequila*. La plupart des gars aimaient boire. Quant à moi, étant un peu gosse et innocent, j'ai acheté une boîte de lait Nestlé, une miche de pain et quelques pêches. J'ai bu du lait jusqu'à ce qu'il m'en sorte par les oreilles et j'invitais les gars à en boire. Ils m'offraient à leur tour ce qu'ils avaient, mais je disais : « Non, les gars, je n'ai pas l'estomac en bon état et il ne faut pas que je boive en ce moment. » Le temps d'arriver à Guadalajara, la plupart des types étaient à moitié dans le cirage.

Le sous-lieutenant qui nous avait en charge n'ayant plus l'esprit très clair, il se trompa d'autobus à Guadalajara, d'où nous devions rejoindre le champ d'aviation auquel nous étions assignés. Il nous fallut donc faire douze kilomètres d'auto-stop sur une route poussiéreuse. Nous sommes arrivés épuisés et couverts de poussière. Nous avons été bien reçus par le capitaine et tous les fermiers là-bas, car la caserne se trouvait en fait dans une *hacienda*. On nous a donné une semaine pour nous reposer puis nous avons reçu notre cantonnement; dans le hangar, sur le champ d'aviation ou dans les bois.

Je fus chargé de garder les champs, afin que les fermiers ne volent pas les récoltes. Le commandant était plutôt mauvais avec nous les gars qui travaillions dans le verger. Il ne laissait prendre aucun fruit sur les arbres; nous n'avions le droit de manger que ce qui était tombé par terre. C'est ainsi que j'ai attrapé la malaria. On ne s'y attendrait pas dans un climat aussi tempéré mais je l'ai attrapée parce que j'ai mangé des oranges qui étaient restées par terre, au soleil, pendant plusieurs jours, vous comprenez ? Nous mangions beaucoup de fruits comme ça, puis nous buvions de l'eau, pour les faire descendre.

Les premières semaines au camp j'avais le cafard, en pensant à Antonia. Je ne mangeais pas et je ne dormais pas. Je faisais tout machinalement. J'empruntais un cheval et je partais dans la montagne, tout seul — en ne pensant à rien d'autre qu'à ma demi-sœur. Peu à peu, j'ai surmonté ça.

C'est à Guadalajara que je me suis saoulé à mort pour la première fois. Nous allions célébrer le Jour de l'Armée et un caporal et moi fûmes envoyés à Jalisco acheter de la *tequila*. Quand nous sommes arrivés à la distillerie, les gars qui y travaillaient m'ont appelé.

« Eh, soldat, viens ici. Tu n'aimerais pas prendre une petite corne ?

— Qu'est-ce que c'est ?

— C'est une corne de chèvre remplie de *tequila*.

— Non, je ne peux pas maintenant. Je suis de service et je ne peux pas boire.

— Fichtre, une seule petite corne ne te fera pas de mal. »

Enfin, ils ont insisté et je me suis assis pour boire. La *tequila* était chaude, sortant tout droit de l'alambic, et elle était agréable et douce. J'en ai bu trois en tout. Quand le caporal eut fini d'acheter la *tequila*, il a dit : « Allons, soldat Roberto, partons. »

Quand je me suis levé, la tête me tournait tellement que j'ai failli tomber. Dehors, l'air frais était comme un coup de poing dans la figure. Rendez-vous compte, c'était la première fois de ma vie que je buvais et ils m'avaient joué le mauvais tour de me donner de la *tequila* chaude ! Mon caporal a dit : « Jeune homme, regardez ce que vous avez fait.

— Excusez-moi, caporal, mais ils m'ont donné trois petites cornes à boire et je ne savais pas ce qu'il y avait dedans. »

A cause des terribles effets de cet alcool, je me suis parfaitement ridiculisé. Le chauffeur d'autobus n'a pas voulu me laisser monter. Je ne sais pas s'ils aiment ou s'ils détestent les soldats dans cette région, mais ce que je sais c'est qu'ils leur témoignent beaucoup de respect. Alors quand le caporal a insisté, on m'a permis de monter, mais au lieu de voyager à l'intérieur de l'autobus, j'ai dû grimper sur le toit et m'installer sur le porte-bagages, le temps de cuver mon vin. Ils m'ont mis là-haut comme une vulgaire valise. Le caporal est monté avec moi pour s'occuper de moi et j'étais vraiment rond, chantant : « Hourrah pour Jalisco », comme si j'étais né dans la région.

Nous sommes descendus de l'autobus et il nous a fallu marcher jusqu'au champ d'aviation. Eh bien, si vous saviez la quantité de poussière que j'ai soulevée, car je zigzaguais d'un côté à l'autre de la route. J'étais rond comme une bille. Une fois rentré je me suis dit : « Je ne boirai plus jamais une seule goutte. » Eh bien je n'ai jamais dit de plus gros mensonge de ma vie.

Quand nous sommes rentrés, les festivités battaient leur plein. Les fermiers avaient rôti une paire de jeunes taureaux, un veau, quelques cochons et des dindes. C'était une grande fête, avec beaucoup de soldats et des gens du village. Il y a eu un rodeo, une course de chevaux et un peu de tout. Quand nous sommes arrivés, tout le monde a dit : « Asseyez-vous, caporal, et toi aussi Roberto », et ils nous ont offert encore à boire. Eh bien, j'ai avalé de la *tequila* non seulement par verres entiers mais par seaux. Ils appellent cette boisson *changuirongos* — de la *tequila* mélangée à du soda, de n'importe quel parfum, avec de la glace et des limons frais, et ça vous fouette comme une cravache.

C'est la première fois que j'ai senti ma vie en danger. Il y avait un type là-bas, un soldat de première classe, qui s'appelait Raúl, mais nous l'appelions Le Gorille. Lui et un autre type, Cascos, étaient ivres, dansaient et s'amusaient bien. Je ne sais pas ce qui s'est passé, mais pour une raison quelconque Le Gorille s'en est pris à moi. Il m'a dit, juste comme ça : « Viens ici, soldat Roberto.

— Oui, caporal. » Parce qu'il était un soldat de première classe, il était comme un caporal, et un caporal était considéré comme un sergent, et ainsi de suite le long de la hiérarchie.

Alors je lui ai dit : « Que puis-je faire pour vous, caporal ? »

Il a dit : « Tu veux que je te dise ? Tu peux aller chier sur ta mère. »

Des mots comme ça déclenchent généralement une bagarre ici au Mexique, mais je me suis contenté de répondre : « Qu'y a-t-il caporal ? Est-ce que l'alcool vous est déjà monté à la tête ?

— Non, pas du tout, je ne suis pas saoul, dit-il, je suis parfaitement sobre. »

Je me suis dit : « Ça va mal tourner. » Alors j'ai répondu : « Très bien, si vous le dites, je vous crois, et nous en resterons là.

— Ah bon ? Eh bien, je veux que tu me dises quelque chose, parce que je vais te rentrer dedans. Tu ne me plais pas, c'est tout, alors on va se payer une bagarre.

— Je ne peux pas me battre avec vous, vous êtes mon supérieur. » Mais cette fois, il a tiré la baïonnette de son fusil — il l'avait aiguisée en pointe fine — et il s'est précipité sur moi. Juste à ce moment, le sous-lieutenant est arrivé et lui a flanqué un coup avec le canon de son pistolet, ce qui l'a calmé. Après ça, j'ai gardé un peu de rancune contre ce type.

Le Gorille devenait gentil quand il était abruti de marijuana; il commençait alors à parler philosophie, littérature et théologie. Enfin, des choses dont je ne connaissais rien, et je ne comprenais pas ce qu'il disait. Je restais simplement à l'écouter. Même le sous-lieutenant et le commandant l'écoutaient. Naturellement, le commandant était un homme cultivé et il était capable de répondre aux questions que lui posait Le Gorille. Ils tenaient réellement séance ensemble et, diable, cela m'impressionnait beaucoup. C'était les rares moments agréables que j'ai eus au service.

Par la suite, lui, Cascos et moi sommes devenus bons amis, mais ce damné Gorille ne cessait de me causer des ennuis. Il m'obligeait à faire pousser de la marijuana dans le jardin, car lui et Cascos aimaient en fumer. J'ai fait pousser la plante pour la simple raison que Le Gorille m'en avait donné l'ordre. Naturellement c'était interdit, mais l'armée ne surveille pas les types sans arrêt.

Ils plantaient la marijuana hors de vue, au fond du jardin, à cinq cents mètres environ des quartiers. Les graines arrivaient dans les paquets de marijuana, et il était étonnant de voir comment les plantes poussaient et se développaient. Ils m'apprirent à les cultiver et je devais bêcher et arroser. Je pris soin du jardin jusqu'à la moisson.

Les types m'ont souvent offert de la marijuana, mais je n'ai jamais accepté. Ils savaient parfaitement bien que je n'en fumais pas et pourtant, une fois, quand je leur ai demandé une cigarette, ils m'ont trompé en mélangeant de la drogue à mon tabac favori. Au bout de trois bouffées, j'étais étourdi. J'avais l'impression que me tête était creuse et je regardais tout le monde d'une façon bizarre. En marchant, il ne me semblait pas être sur le sol mais sur quelque chose de mou. Mon corps flottait et mes nerfs ne m'obéissaient plus.

J'ai senti un besoin naturel et je suis allé derrière un cactus. Quand j'ai essayé de me relever, je suis tombé en arrière et je me suis rempli d'épines. Cela m'a fait rire de me trouver dans cet état. J'ai essayé de cracher mais il n'est sorti aucune salive de ma bouche. Les types se moquaient de moi... J'ai voulu leur tomber dessus, mais j'étais faible, tout mon corps semblait mou. Puis je me suis endormi et j'ai raté mon service au hangar. Cette fumée a eu un tel effet que j'ai fini à l'hôpital. Je crois que c'est peut-être pour ça que j'ai attrapé la malaria. Je n'ai plus jamais fumé de marijuana.

J'ai failli passer en cour martiale car Cascos, Le Gorille et moi avons été surpris dans la plantation de marijuana et arrêtés. Et vous voulez que je vous dise ? Je n'étais pas inquiet le moins du monde car je savais que je n'étais pas coupable et que justice me serait rendue. Je serais tout de même passé en cour martiale avec les deux autres, mais Cascos m'a sauvé. C'est la seule et unique fois où je n'ai pas subi d'injustice.

Quand la fièvre aphteuse a déferlé sur le Mexique, il m'est arrivé une autre chose importante, peut-être la plus importante de ma vie. La maladie était si grave que tout le territoire autour de Guadalajara fut mis en quarantaine. Pas une poule ni un œuf ne pouvait entrer ni sortir et nous avions ordre de tuer le bétail malade. Si deux ou trois bêtes sur dix étaient atteintes, nous devions tuer tout le troupeau pour empêcher la maladie de se répandre. Pour cette raison, les paysans nous détestaient comme du poison.

Le gouvernement payait les paysans pour tuer leurs bêtes, mais on ne leur donnait pas le montant de leur valeur. A supposer qu'un attelage de bœufs valait deux mille pesos, on ne leur en donnait même pas quinze cents. Les paysans étaient fous furieux et se vengeaient sur nous soldats car c'était nous qui tuions les animaux. Mais nous ne faisions qu'obéir aux ordres, n'est-ce pas ?

Un jour, Daniel Ramírez, Francisco, Crispín quelque chose et moi sommes partis à cheval. Nous étions quatre ou cinq. On nous avait accordé une permission et prêté des chevaux pour aller à Zapopan chercher du soda ou de la *tequila*. Nous devions être de retour pour l'appel de dix-huit heures.

Eh bien, il commençait à faire nuit et nous galopions d'un bon pas; nous sommes passés dans un bois nommé le Ravin du Diable. Tandis que nous le traversions, une fusillade a éclaté, je veux dire une vraie — la première fois de ma vie que cela m'arrivait. On nous tirait dessus avec des fusils de trente et des Mausers de sept millimètres. Nous nous sommes dépêchés de sortir de la ligne de tir, mais deux de nos gars sont tombés. Ils ont gaspillé une balle sur moi car elle ne fit qu'égratigner ma jambe. Nous ne pouvions voir qui tirait; nous n'apercevions que les flammes des fusils. Nous avons déguerpi.

Daniel et moi sommes retournés chercher les deux gars atteints. L'un d'eux était mort. Il était bien pelé, comme on dit à Veracruz. Nous sommes donc allés à l'état-major et nous avons fait notre rapport et le sous-lieutenant a dit : « Prenez vos armes et formez une section. » Bien que blessé, j'ai demandé au lieutenant de m'emmener, mais il a dit : « Non, faites-vous soigner.

— Non, je vous assure, mon lieutenant, ce n'est rien, je voudrais vous accompagner. Juste un petit tourniquet, c'est tout ce qu'il faut. » Il a accepté et je suis parti avec eux. Quand nous sommes arrivés là-bas, les assaillants avaient disparu, et nous avons exploré les environs. Quatre mois plus tard, nous les avons attrapés.

Certains fermiers avaient des centaines de têtes de bétail, vous voyez. Si des animaux tombaient malades, ils rassemblaient leur troupeau pendant la nuit et l'emmenaient dans les collines pour qu'on ne le tue pas. Une nuit, j'étais de garde de minuit à six heures du matin, et je devais parcourir tout le champ d'aviation pour veiller à ce que le bétail ne se promène pas sur les pistes d'atterrissage. Ce champ avait, sans exagérer, environ trois kilomètres de large sur quatre de long.

Je me trouvais à l'un des points de contrôle quand j'ai entendu un bruit, quelque chose comme un meuglement de vaches et un piétinement de sabots. Je suis allé faire mon rapport au caporal mais il était sorti dîner. J'ai allumé un grand projecteur pendant un moment et j'ai vu un énorme nuage de poussière. Je me suis précipité dans sa direction aussi vite que possible en criant : « Halte ! Qui va là ?

— C'est moi, soldat, ne tirez pas.

— Vous ne pourriez pas arrêter le bétail ?

— Je ne peux pas, ils sont presque tous partis. » C'était vraiment un énorme troupeau.

« Très bien, ai-je dit, je ne peux pas arrêter le troupeau mais vous oui, suivez-moi.

— Ecoutez, soldat, n'en faites rien.

— Où emmenez-vous ce troupeau ? Etes-vous un voleur de bétail ? Ces bêtes vous appartiennent-elles, ou quoi ? » Alors il me dit qu'elles sont à lui, mais je ne vais pas le croire car si c'étaient les siennes, il ne les sortirait pas à cette heure de la nuit.

Il a dit : : « Si, je vous assure, ce sont les miennes, mais j'ai quelques bêtes malades à la ferme, je vais les tuer, bien entendu, mais les autres sont en bonne santé et je ne veux pas qu'on les tue car le gouvernement n'en donne pas le prix. »

Nous sommes donc restés là à discuter. Finalement, il m'a proposé cent pesos.

« Non, monsieur, je ne veux pas accepter un seul centavo de vos cent pesos. Ils vous serviront à payer l'amende pour sortir de prison.

— Eh bien, je vous en donnerai trois cents.

— Non, monsieur. » Il est finalement monté jusqu'à cinq cents. C'était la première fois de ma vie que je possédais une si grosse somme d'argent. Enfin, c'était réglé, le bétail s'en était allé, de même que le fermier et je suis retourné au poste.

Le caporal est arrivé avec un deuxième classe.

« Quoi de neuf, soldat ?

— Eh bien, tout est calme, caporal.

— Que voulez-vous dire ? N'êtes-vous pas venu me chercher il y a quelques instants ?

— Oui, j'allais rapporter la présence de bétail. J'ai essayé d'arrêter les bêtes, mais quelqu'un leur a fait peur et elles se sont enfuies.

— Ne me racontez pas d'histoires. Venez ici. »

Enfin, le caporal n'était pas un imbécile, vous comprenez ? Après tout, cela faisait longtemps qu'il était dans l'armée et il connaissait tous les trucs, alors comment pouvais-je le tromper ? Il m'a entraîné dans un coin et il a dit : « Maintenant, racontez-moi tout. » Enfin j'ai compris que ce n'était pas la peine de lui mentir.

« Eh bien, vous voyez, caporal, voici ce qui est arrivé : un type emmenait son bétail. Je l'ai laissé s'en aller.

— Que voulez-vous dire, vous l'avez laissé s'en aller ? Vous ne savez pas quels étaient vos ordres ? »

J'ai dit : « Bien sûr, caporal, mais il m'a donné un ordre plus sensé. Il m'a donné cent pesos.

— Ne te fous pas de moi, dit-il, qu'est-ce que ça veut dire cent pesos ? Tu n'es peut-être qu'un bébé innocent mais tu n'irais pas risquer la cour martiale pour cent pesos. »

Alors je lui ai dit : « En effet, vous avez raison; pour être franc avec vous, il m'a donné deux cents pesos. » Enfin, il m'a cru à moitié, mais il a continué à me faire la morale et à m'engueuler parce que j'avais manqué à mes devoirs. Finalement il m'a dit : « Très bien; donne-moi cent pesos et cinquante à ce type et plus un mot là-dessus. »

Je dis que cela a été l'événement le plus important de ma vie car si je n'avais pas laissé partir ce fermier et si je n'avais pas accepté cet argent, je ne serais pas le mauvais élément que je suis devenu. Ce genre de choses s'est répété plusieurs fois. La troisième, on m'a donné deux mille pesos. Mais je ne savais pas profiter de tout cet argent. J'en faisais toujours mauvais usage; j'aurais dû au moins essayer d'être prudent et d'en garder un peu, investir l'argent sagement. Au contraire, j'ai tout dilapidé. Je l'ai dépensé pour mes amis, à courir les femmes et à boire. J'ai pris l'habitude de jeter mon argent par les fenêtres.

J'aimais beaucoup l'armée. Je suis devenu caporal, mais je n'ai pas accompli tout mon temps. Je ne sais pas pourquoi, mais je ne plais pas aux gens, peut-être à cause de ma peau noire, ou parce que j'ai du sang mauvais. En tout cas, ce caporal avait une dent contre moi, vraiment. Cinq ou six fois, il a essayé de me faire arrêter sans aucune raison. Je demandais immédiatement à parler au commandant. Nous comparaissions tous deux devant lui; le caporal donnait sa version de l'histoire et moi la mienne. Le commandant voyait qu'on voulait me faire une mauvaise affaire et déchirait le rapport. « Retournez à votre service », me disait-il. Le caporal n'arrivait jamais à me faire arrêter et il avait toujours une dent contre moi.

Enfin, il s'est trouvé que nous nous entraînions au combat corps à corps, et ce fut ma malchance de tomber sur ce caporal comme partenaire. Nous simulions le combat, mais ce type ne simulait pas du tout. Il a dit : « En garde ! » Je me suis mis en garde, j'ai saisi mon fusil et je me suis apprêté à parer ses coups; il était simplement censé faire les gestes.

Mais ce n'est pas ce qu'il a fait. Il a commencé par feindre deux ou trois pointes, puis il m'a lancé un véritable *fondazo.* Eh bien, heureusement que nous avions déjà fait quelques exercices de baïonnette, ce qui m'a permis de faire dévier son coup vers la gauche avec mon fusil; je l'ai paré de telle sorte que son épaule est venue s'appuyer contre ma poitrine. Je lui ai dit : « Que s'est-il passé, caporal ? Vous avez poussé trop loin cette fois.

— Sale fils de pute, tu ne fais pas attention ! Fais gaffe ou je te tue. »

En l'entendant m'insulter, j'ai attrapé mon fusil et je lui ai flanqué un coup de crosse sur le menton. J'avais vraiment envie de le tuer sur place. Quand je l'ai frappé, il a tourné sur lui-même, sous la violence du coup. J'aurais voulu lui planter ma baïonnette dans le dos, mais grâce à Dieu j'ai pu me retenir. J'ai immédiatement repris mes sens. Si j'avais planté ma baïonnette dans le caporal, je l'aurais épinglé comme un papillon. Mais je n'ai fait que lui piquer légèrement le derrière.

Le sous-lieutenant a vu ça et il a immédiatement lancé un coup de sifflet. C'était le signal d'arrêt. Chacun doit s'arrêter sur-le-champ et ne plus bouger. Le sous-lieutenant s'est approché de moi et m'a dit : « Qu'est-ce que tu as fait, imbécile ?

— Vous comprenez, mon lieutenant, il m'y a obligé. Si ce n'était pas moi qui l'avais piqué, c'est lui qui l'aurait fait, mais en plus grave. »

Il m'a dit : « Tais-toi ! Tu ne sembles même pas savoir dans quoi tu t'es mis; en tout cas, tu es dans le pétrin. Mets bas tes armes ! » J'ai enlevé mon ceinturon et mon casque, et j'ai posé mon fusil par terre. Je me suis dit : « Eh bien maintenant, *Negro*, t'es bon pour crever en prison. »

Quelle histoire ils ont fait autour du caporal ! Ils ont appelé le corps de santé. On lui a bandé sa blessure. En fait, ce n'était rien de grave, juste une égratignure.

J'ai suivi le sous-lieutenant. Il a dit : « Ecoute, mon garçon, si je te retiens maintenant et que tu passes en jugement, tu en auras au moins pour huit ou dix ans de prison, pour indiscipline et à cause de ce que tu viens de faire. »

Alors je lui ai dit : « D'accord, mon lieutenant, je suis prêt à accepter le châtiment que je mérite, mais je demande à ce qu'on m'autorise à raconter mon histoire.

— Quoi que tu dises, tu t'es montré indiscipliné à l'égard d'un officier. Fiche le camp d'ici le plus vite possible. » Puis il a mis la main dans sa poche, en a sorti vingt pesos et me les a tendus. « File et que Dieu soit avec toi, parce que je n'ai pas le courage de... » Selon le règlement, il devait me mettre aux arrêts immédiatement. Dieu seul sait s'il a pu s'en tirer. C'est une chose si formidable qu'il a faite pour moi que je ne pourrai jamais l'en remercier assez, car je serais encore en prison en ce moment.

J'ai donc quitté l'armée sans papiers ni rien, et il me manquait cinq mois à mon engagement de trois ans. L'armée n'est pas aussi coulante que ça, car lorsqu'on signe un contrat on ne peut pas en sortir avant d'avoir fait ses trois ans. Je n'avais donc pas le droit de partir comme je l'ai fait. C'est un crime et j'étais un fugitif. J'étais plutôt mécontent de déguerpir de cette façon, vous comprenez ? Parce que j'aurais voulu avoir une démobilisation honorable.

A Guadalajara, j'avais une *novia* qui m'aimait vraiment, et quand j'ai déserté je suis allé lui dire au revoir. Je n'aurais pas dû, parce qu'elle a insisté pour que je l'emmène. Ça lui était égal comment nous vivrions, ce qu'elle voulait c'était être avec moi. J'ai commencé par lui dire que j'allais être muté à Mexico, mais comme elle insistait, j'ai été obligé de lui dire que j'allais déserter et que je ne pouvais lui offrir aucun avenir. Malgré ça, elle m'a dit : « Ça m'est égal, je veux être avec toi. » Mais naturellement j'ai dû la quitter. Ma vie sentimentale a été un échec, sauf en ce qui la concerne. Elle m'aimait vraiment.

Manuel et sa femme Paula, qu'elle repose en paix, habitaient la Casa Grande avec mes sœurs quand je suis revenu. Mon père vivait chez Lupita car Antonia n'était pas encore remise. Je suis allé la voir plusieurs fois, mais mon père m'a dit de ne plus l'importuner. Il voulait savoir ce que j'avais à faire par là-bas et pourquoi je me rendais insupportable à tourner sans cesse autour de la maison. J'appris que Lupita s'était plainte que je regardais sa fille d'une drôle de façon. Je me suis senti offensé et je n'y suis presque plus jamais allé.

J'empruntais parfois une bicyclette et j'allais dans un bar près de la maison de Lupita. Je sirotais de la bière en regardant par la porte pour voir si Antonia ne sortait pas acheter des *tortillas* ou du pain. Je savais l'heure à laquelle elle sortait généralement et rien que de la voir était une consolation. Une fois je passais en bicyclette quand elle est sortie de la *vecindad* pour acheter des allumettes. J'avais des cigarettes et deux boîtes d'allumettes dans ma poche, mais je ne pouvais penser à un meilleur prétexte pour l'approcher que d'entrer dans la même boutique chercher des cigarettes.

Je roulais dans le mauvais sens d'une rue à sens unique et quand je suis arrivé à hauteur d'Antonia j'ai tourné la roue, m'arrêtant net. Elle sortait de la boutique et elle m'a regardé du coin de l'œil. Je l'ai regardée bien en face et je suis entré chercher mes cigarettes. Puis je suis retourné au bar de façon à ce qu'elle puisse me voir. J'ai commandé une autre bière et je suis resté.

Elle m'a fait avoir des ennuis avec mon père en mentant à mon sujet. Elle lui a dit que j'avais essayé de la renverser avec mon vélo et que je lui tournais tout le temps autour pour l'espionner. Je ne l'ai plus vue beaucoup après ça, jusqu'à ce qu'elle revienne à la Casa Grande.

Entre-temps, j'en suis venu à mieux connaître ma belle-sœur Paula. J'avais rencontré Paula quand mon frère l'avait présentée à mon père. Mon père avait alors prévenu Paula que mon frère était une canaille, un paresseux, un type sans couilles... Il s'était montré si dur pour Manuel que même moi je m'étais senti diminué à l'entendre. La scène avait mis Paula fort mal à l'aise et elle en avait tiré la conclusion que mon père avait un tempérament trop fort. Mais le temps que la petite Mariquita naisse et Paula et mon père plaisantaient ensemble.

J'étais content quand j'ai appris que j'allais être oncle et quand Mariquita est née, avec la peau blanche et les yeux bleus, quel plaisir j'ai eu ! J'ai dit : « Au moins une personne dans la famille avec les yeux bleus. » Mon père plaisantait à ce sujet : « Ecoute Paula, disait-il, y aurait-il un peu de tricherie dans l'histoire ? » Moi aussi, je le regrette à présent, je taquinais ma belle-sœur en disant qu'un bébé aux yeux bleus dans notre famille devait être de la contrebande. Pauvre Paula ! Elle devenait rouge, verte, jaune, de toutes les couleurs. Mais les yeux de Mariquita devinrent bientôt aussi bruns que ceux de Manuel.

Quoi qu'il en soit, mon père prit la responsabilité de Paula et des bébés qui naquirent les uns après les autres. Mon frère était sans travail et ne donnait pas d'argent à sa femme. Quand j'avais de l'argent, je le donnais à Paula pour des médicaments ou des chaussures pour les enfants. Chaque semaine, je lui donnais son « argent du dimanche », et cela ne m'ennuyait pas du tout de le faire. Mon frère ne cessait de jouer aux cartes et aux dominos et perdait de plus en plus la notion de ses responsabilités. Moi aussi je jouais (bien que je n'aie jamais joué avec Manuel car je sentais que nous nous faisions concurrence), mais personne ne dépendait de moi.

Je n'ai jamais compris pourquoi mon frère avait deux femmes en même temps. J'ai vu une fois Manuel avec son grand amour, Graciela, et je lui ai demandé si elle était sa maîtresse. « Oui, a-t-il dit, c'est-à-dire non, c'est juste une amie.

— Que veux-tu dire juste une amie ? Pauvre Paula ! Comme tu la trompes. » Je ne sais pas si Paula l'a jamais appris, mais c'est probable, car il se trouve toujours quelqu'un pour courir raconter à la femme que son mari la trompe.

Je venais d'être opéré de l'appendicite quand Manuel mit la main sur Paula et lui flanqua une raclée. *Ay*, comme cela m'a fait mal... j'ai crié et j'ai bondi à son secours, mais Manuel m'a même frappé moi aussi. Et Paula qui était si bonne ! Cette femme a pleuré pour moi quand elle a appris que je me battais avec des couteaux, des rasoirs et des fusils et quand elle me voyait revenir blessé. Elle me donnait des conseils et me disait que je pouvais avoir un bel avenir si je renonçais à être un voyou. Elle me faisait promettre de ne plus me battre, mais c'était impossible dans mon quartier.

Je portais encore mon uniforme; cela me donnait mauvaise réputation et m'attirait des bagarres. Il était bien connu que l'armée était pleine de vice et les soldats n'étaient pas aimés. Le lendemain de mon retour, j'ai dû me battre en allant acheter du pain avec Consuelo. Comme toujours il s'est trouvé un imbécile pour lancer une phrase à ma sœur. Ça ne me fait rien s'ils lancent des compliments comme : « Adieu, ma jolie », ou « quelle poupée ! » ou « quel joli petit corps », ou n'importe quelle phrase décente. Mais quand ils disent : « Adieu, chaud lapin, t'es un bon morceau », ou quand ils me disent : « Comment ça va, beau-frère ? » je ne peux pas le supporter.

J'ai jeté au type un regard noir, j'ai insulté sa mère et la bagarre a commencé. Avec le « regard » on peut en dire autant qu'un perroquet bavard et c'est ce qui m'a souvent amené à me battre. J'avais été boxeur dans l'armée, mais quand je suis rentré, on m'a pris pour un professionnel. J'étais si rapide de mes poings qu'on m'appelait Attila. Puis je me suis mis au couteau et j'ai blessé plusieurs types. S'il ne tenait qu'à moi, je ne me battrais jamais, mais il faut que je me défende contre tous ces gens.

J'ai souvent eu des ennuis à cause de mes sœurs. Je veillais toujours sur elles quand je vivais à la maison. Deux fois j'ai surpris Marta dans la rue avec ce type Crispín et j'ai dû la punir. Elle était encore très jeune et Crispín ne me paraissait pas bien. Il était plus vieux et plus mûr et je connaissais bien ce genre de gars. Consuelo m'a donné des maux de tête, elle aussi, à cause de la façon dont elle dansait et flirtait.

Un soir, Marta n'est pas rentrée à la maison et je l'ai cherchée partout, demandant discrètement aux gens si personne ne l'avait vue. J'étais désespéré, pensant qu'il lui était arrivé un accident, quand il m'est soudain venu à l'esprit qu'elle avait peut-être fait une fugue avec un type. J'ai senti que c'était de ma faute parce que je ne l'avais pas suffisamment surveillée et j'ai couru toute la nuit à sa recherche. Cette nuit fut un véritable martyre pour moi !

Le lendemain matin, je l'ai rencontrée avec Crispín. J'étais furieux de voir ce maudit personnage avec sa face moqueuse. Je ne peux encore pas comprendre pourquoi je l'ai laissé passer sans rien lui faire. Mais j'ai battu ma sœur car j'ai compris qu'elle n'était plus vierge. Je lui ai dit qu'à présent elle était une femme, qu'elle devait se marier, être respectable et fidèle à son mari. Elle a dit qu'ils allaient se marier mais ils ne l'ont jamais fait.

Le misérable ! Il était toujours jaloux et menait la vie dure à ma sœur. Il était même jaloux de moi ! Un jour, alors qu'ils avaient leur appartement, je suis allé voir Marta et la sœur de Crispín est arrivée. Marta et moi étions assis sur le lit et il s'est trouvé que ma chemise sortait de mon pantalon. Je ne sais pas ce que cette femme a raconté à Crispín, mais elle a insinué quelque chose qui n'était que pure infamie. J'ai fait des choses terribles dans ma vie, mais ce qu'elle a dit me rabaissait au niveau d'une bête.

Quand je l'ai revue, je lui ai dit : « Ecoutez, *señora*, vous avez de la chance d'être dans la maison de ma sœur et d'être une femme; mais si vous continuez vos insinuations, je me verrai obligé de vous botter le derrière. »

Crispín est alors intervenu : « Je t'interdis de parler comme ça à ma sœur !

— Toi, va enculer ta mère ! Et si tu t'en prends à Marta, si tu touches à un seul cheveu de sa tête, tu es un homme mort, tes jours sont comptés. » C'est ce que j'ai dit et je parlais du fond du cœur.

Je ne pouvais vraiment pas sentir ce type parce qu'il trompait ma sœur. Cela me faisait beaucoup de peine de voir ce qui était arrivé à Marta. Si ça ne tenait qu'à moi, et vous allez me prendre pour une bête sauvage, je pourrais le tuer aussi facilement que je le dis, parce qu'il n'est pas un homme. Je crois que la sage-femme a fait une erreur quand elle a dit que c'était un homme.

Quand Antonia est venue vivre à la Casa Grande, mes maux de tête se sont aggravés. Je travaillais comme vernisseur à l'époque. Je commençais à sept heures du matin et à dix heures on nous donnait une demi-heure pour rentrer chez soi manger quelque chose. J'aimais ce moment car cela me permettait de vérifier ce que faisait Antonia. Un jour, je suis rentré et j'ai discrètement demandé à Enoé où était Antonia. Enoé m'a dit que ma sœur s'était habillée et qu'elle était sortie. J'en ai été très fâché et en même temps j'ai eu le pressentiment de quelque chose.

Quelques jours auparavant, j'avais persuadé Antonia de se faire photographier dans un studio. J'ai pensé qu'elle était peut-être allée prendre les photos, et j'ai donc décidé d'y aller. J'ai pris un couteau et l'ai planté dans ma ceinture, car le studio était situé dans une rue où vivait la fine fleur des bas-fonds.

En effet, j'y ai vu Antonia marchant bras dessus, bras dessous avec Otón, un garçon avec qui je l'avais déjà vue. Au moment où je l'ai aperçue avec son *novio*, mes yeux se sont embrumés et je me suis senti complètement aveuglé. Mon sang est descendu jusqu'à mes pieds et mon corps s'est glacé. Je me sentais très mal, mais j'ai continué à marcher mécaniquement jusqu'à ce que je les aie rattrapés. Antonia écarta Otón d'une poussée et il sembla très contrarié de me voir. Je l'avais prévenu la dernière fois de ne plus approcher ma sœur.

J'avais dit : « Ecoute, je sais que tu es une fripouille, exactement comme moi et même pire, et je ne veux pas que tu sortes avec elle. Elle mérite mieux que toi. Je te le dis gentiment maintenant, mais la prochaine fois je ne serai pas aussi gentil, compris ? » J'étais sincère en disant ça parce que je savais qu'elle ne serait jamais à moi et je voulais quelqu'un de mieux pour elle. J'avais raison à propos d'Otón car maintenant c'est un drogué de première.

Antonia, qui avait elle aussi le tempérament coléreux, était furieuse contre moi. « Est-ce que ça te regarde ? » Mais elle fut assez intelligente pour rentrer à la maison quand je lui ai dit de s'en aller. Puis j'ai demandé à Otón s'il était armé, parce que je l'étais et qu'il se prépare à se défendre. Mais il ne voulait pas se battre.

« Attends, non, Roberto. Calme-toi et écoute... ta sœur et moi sommes *novios*. Je lui ai parlé et elle a accepté.

— Ne me raconte pas de conneries, Otón, ai-je dit, tu t'accroches à n'importe qui... je t'ai vu faire et c'est pourquoi je veux que tu la laisses tranquille. En garde. » Et j'ai ouvert ma veste pour lui montrer mon couteau.

« Ecoute, moi aussi j'ai quelque chose pour me battre, mais on ne doit pas se battre pour une femme. Ça n'en vaut pas la peine. »

Quand j'ai entendu ça, je lui ai envoyé mon poing dans la figure. Ça m'a rendu furieux de l'entendre dire que ma sœur n'en valait pas la peine. Elle valait plus que de la peine ! Je voulais me battre avec ce type, mais il ne voulait pas, alors je suis rentré à la maison.

J'ai engueulé Antonia et je lui ai dit qu'Otón était de la pire engeance... qu'il fumait de la marijuana et prenait de la morphine, qu'il volait, qu'il était un voyou et un aventurier. Ce n'était pas vrai à l'époque, mais enfin, j'essayais de la décourager. Alors j'ai dit plus que je ne voulais en dire. « Tu as raison, Tonia, cela ne me regarde pas. Je vois clairement que le sentiment que j'ai pour toi est impossible. »

Elle a dû se rendre compte de ce que je voulais dire, car elle a répondu : « Bon, tu commences à mieux comprendre.

— Oui, je vois que rien n'est possible pour moi ici. »

Je lui ai demandé de me signer ses photos et d'oublier ce que j'avais dit. J'ai mis les quatre photos dans mon portefeuille.

Cette nuit-là, j'étais si désespéré que j'aurais voulu mourir. Je pensais qu'Antonia raconterait tout à mon père et je voulais me suicider. J'ai mis un médicament très puissant dans un verre d'eau avec l'intention de le boire. Je n'avais pas peur de mourir, mais Dieu a illuminé mes pensées et je me suis repenti. J'ai jeté le médicament et cassé le verre. Le lendemain, j'étais comme dans un brouillard. Même le soleil ne me réchauffait pas.

Après avoir perdu l'amour d'Antonia, car c'est ainsi que j'interprétais la scène de la veille, j'ai demandé à Rufelia d'être ma *novia*. Elle connaissait mes sentiments pour Antonia, car le jour où ma sœur était repartie habiter dans la rue Rosario j'avais pleuré à chaudes larmes. Rufelia était entrée et m'avait entendu gémir parce qu'Antonia était partie. Elle comprit et me dit de ne pas pleurer, car après tout ce n'était pas une bonne chose. Je me suis donc déclaré à Rufelia, en lui disant que je n'avais dit ces choses au sujet de Tonia que pour attirer son attention. Elle ne savait que penser ni que dire et me demanda de lui donner du temps avant de répondre.

Elle ne cessa de reculer la date, mais finalement elle me promit de donner sa réponse un dimanche. J'attendais impatiemment à la porte de la Casa Grande, quand Otón, l'ancien *novio* d'Antonia, vint à passer et me dit : « Viens, Attila, viens jouer aux cartes. » Enfin, je me sentais très viril et je voulais lui montrer que j'en savais autant que lui; nous nous sommes donc assis et nous avons commencé une partie. Rufelia m'a vu et je crois que c'est ce qui l'a déterminée à rejeter ma demande.

Elle a dit que j'étais pauvre, et que pouvais-je lui offrir de toute façon ? Ses *novios* lui faisaient des cadeaux et remplissaient leurs obligations, mais il ne semblait pas que je puisse lui donner quoi que ce soit. Ce n'était pas de l'amour qu'elle voulait, mais de l'argent, me suis-je dit. Il se trouvait que j'avais un millier de pesos en poche car la veille, aux courses, j'avais chipé le porte-monnaie d'une dame de la haute société qui avait une drôle de coiffure. J'étais tenté de montrer l'argent à Rufelia, mais j'ai pensé que si elle était si matérialiste, elle n'était pas pour moi.

La famille de Rufelia était exactement à notre niveau quand elle avait emménagé à la Casa Grande. Ils étaient aussi pauvres que nous et nous étions tous bons amis. Plus d'une fois, la mère de Rufelia était venue nous emprunter un ou deux ou même dix pesos, et nous faisions de même. Mais par la suite le père de Rufelia avait réussi à apprendre un peu de mécanique et avait quitté son travail comme aide-chauffeur pour prendre un emploi dans la réparation de réfrigérateurs. Dès lors la famille a prospéré. Les frères de Rufelia sont allés au lycée et ses parents ont commencé à installer leur maison. D'abord ils ont acheté un fourneau à gaz, puis un service de table, un poste de radio, une « télé », un balcon pour y faire dormir les garçons... jusqu'à ce qu'ils deviennent les Rockefeller de la cour.

Au fur et à mesure qu'ils prospéraient économiquement, ils cessaient de parler à leurs voisins. Je ne dis pas ça parce que je leur avais autrefois rendu des services et qu'ils étaient obligés pour cela de me parler, mais je ne voyais pas pourquoi ils devaient m'insulter ou m'offenser, ni m'ignorer complètement. Je ne pouvais pas m'expliquer pourquoi certaines personnes changent aussi radicalement. Il semblait que je n'étais plus assez bon pour eux. Rien d'étonnant donc, à ce que Rufelia m'ait repoussé.

A peu près à l'époque où je faisais la cour à Rufelia, il se passait des choses étranges à la Casa Grande, dont on m'accusa. Quelqu'un jeta du sel devant la porte de Rufelia, puis devant celle d'Angélica Rivera, et quelques autres, et tout le monde disait que je faisais ça pour punir Rufelia de m'avoir repoussé et pour semer la discorde dans la *vecindad*. Naturellement, ce n'étaient que des racontars, parce que je n'ai jamais fait une chose pareille.

Un matin, Rufelia, sa mère et la bouchère surprirent señora Chole, du numéro 93, à ramasser du sel et de l'ail devant sa porte pour aller les frotter sur la porte de ma maison. Elles l'ont entendue dire : « Sale nègre de fils de pute ! » et : « Salaud, merdeux, que ton cul pourrisse ! » et autres choses de ce genre. *Caray !* Je ne sais toujours pas pourquoi elle a fait ça. Cette famille du 93 ne parlait jamais à personne, et dès le début j'avais remarqué que cette señora Chole avait une dent contre moi.

Je n'ai jamais cru à la sorcellerie, bien que je sois allé dans des endroits où elle est encore pratiquée aujourd'hui. Et je n'ai jamais utilisé de philtre d'amour ni aucune de ces absurdités que certains crétins achètent. Ici dans la capitale, les gars racontent des histoires à propos de sorcières et de potions, mais ils ne font que plaisanter. Dans ma bande, on n'y croit pas.

Mais je connais certains cas de gens qui sont tombés malades parce que quelqu'un leur avait fait du mal. Mon père, par exemple, ou un homme que j'ai connu à Córdoba, que sa femme a rendu idiot en plantant des épingles dans sa photo et en l'enterrant sur leur lopin de terre. C'était un dur, un type avec des poils sur la poitrine. Lui et moi nous nous étions tiré dessus une fois, à cause d'un désaccord survenu entre nous. Mais plus tard, il ne voulait plus manger ni boire, et il restait simplement assis devant sa porte. Il ne quittait plus les jupes de sa femme, jusqu'à ce qu'il soit devenu complètement fou.

Je connaissais un autre homme qui était dominé par sa femme. Elle hurlait après lui et le battait même, et c'était bien connu qu'elle lui avait jeté un charme. Comment pourrait-on expliquer ça autrement ? Quand j'étais à Chiapas, on m'a dit de faire attention car là-bas les femmes envoûtent les hommes en leur faisant boire du « lait de noix de coco ». Elles se lavent le vagin pendant leurs menstruations et utilisent l'eau pour en faire le café de leur homme. Une fois qu'il l'a bu, on dit qu'il est complètement au pouvoir de la femme.

Quand j'ai entendu ça, je n'ai plus voulu prendre de nourriture ni de liquide dans la maison où j'habitais, absolument rien, car il y avait une fille de Tehuantepec qui était amoureuse de moi. On dit que lorsqu'une *Tehuana* veut un homme, elle fait quelque chose qui oblige le type à venir à elle, même s"il est en Chine. C'est un fait qu'ils ont réussi à me mettre la puce à l'oreille et je me promenais avec une pièce d'or dans la bouche pour me protéger.

Quand je ne travaillais pas, je rentrais généralement déjeuner vers deux heures. Ce jour-là, Enoé était à la maison en train de laver du linge. Comme je n'aime pas qu'une domestique me serve à table, je me suis pris du riz, des fèves et du ragoût. Je me suis assis et mon attention fut attirée par le mouvement des fesses d'Enoé tandis qu'elle lavait. Je me suis levé et sans faire de bruit, je me suis penché pour regarder sous sa robe. Elle s'en est aperçue. « *Ay !* Sale noiraud ! Fiche le camp ! *Vaya !* » et elle m'a jeté de l'eau.

« Quoi, tu n'aimerais pas un petit noiraud comme moi ? Un peu laid, oui, mais avec plus de chance que d'argent !

— *Ay*, va au diable ! »

Plus tard, j'étais allongé sur le lit, la regardant repasser. Nous nous sommes mis à parler et je ne sais comment, mais elle m'a demandé vingt pesos. Je n'avais pas un centavo, mais je lui en ai offert dix, et elle a dit : « D'accord, mais ne le raconte à personne, tu entends ?

« Non, Enoé, ne t'inquiète pas. » J'étais très excité parce qu'elle m'avait accepté. Elle ferma les deux portes et s'apprêta, quand soudain elle changea d'avis et se moqua de moi. Elle dit : « Comment as-tu pu croire ?... Tu es exactement comme ton père. Lui aussi me tourne autour pour me tripoter ! »

Quand elle a dit que mon père lui tournait autour, mon désir pour elle s'est transformé en haine. Pourquoi ne me l'avait-elle pas dit tout de suite au lieu de m'encourager ? J'aurais voulu mourir de honte... J'étais dégoûté de moi-même, mais vraiment, je ne savais pas... Cette idiote de bonne femme n'osa plus m'en parler. Quant à mon père, il occupait une position privilégiée et ce n'était pas à moi de le juger.

Une fois, alors que j'étais encore sans travail, je suis allé au parc Chapultepec. Je n'avais que vingt centavos en poche. Ce n'était pas la première fois que j'étais sans argent, mais j'eus la malchance d'avoir la possibilité d'en voler et que je ne voulus pas laisser échapper l'occasion.

Il y avait un type à moitié saoul sur la terrasse du château Chapultepec. Il était plutôt vacillant et le derrière de sa veste était relevé de telle façon que son portefeuille dépassait de la poche de son pantalon à la vue de tous. Il m'aurait été facile de continuer mon chemin comme si de rien n'était, de le laisser tranquille. Cela aurait dû m'être égal qu'il soit volé par quelqu'un d'autre, n'est-ce pas ? Mais la tentation était trop forte, je n'ai pas pu y résister et sans plus d'hésitation j'ai sorti le portefeuille et je suis parti. Il contenait cinq cents pesos et pour un type comme moi, sans un centavo, c'était beaucoup.

Je ne sais pas ce qui m'a poussé à faire ça. Ce n'était pas pour en tirer du plaisir, mais depuis mon enfance, j'ai toujours eu un faible pour ce qui appartenait à quelqu'un d'autre. Je ne volais pas pour acheter des produits de luxe ou pour accumuler une pile; je dépensais tout à boire. Je le faisais pour l'excitation et pour avoir des histoires à raconter aux copains.

Je n'ai jamais donné à mon père d'argent volé. Pour moi, mon père était sacré et je ne pouvais pas lui donner du mauvais argent. Je ne lui donnais que ce que je gagnais honnêtement, bien que ce ne fût pas autant que j'aurais dû.

Je reconnais ouvertement que la première fois que j'ai atterri au Pénitencier, c'était de ma faute. J'avais déjà eu des ennuis, mais jamais de ce genre. Je travaillais dans un endroit où l'on fabriquait des appliques lumineuses. Ce qui est arrivé, c'est que nous célébrions la fête du contremaître et je suis allé à l'atelier du patron avec deux autres gars qui travaillaient là-bas — Pedro Ríos, *alias* le Tigre, et Hermilio. Nous avons bu quelques bières et du *pulque*, et nous étions déjà un peu branlants en partant.

Nous sommes montés dans un autobus avec deux ou trois autres voyageurs et nous nous sommes assis au fond. J'ai eu envie de fumer, comme toujours quand je bois; je suis comme une cheminée, je fume et je fume sans arrêt. Enfin, j'ai demandé une cigarette au Tigre et à Hermilio. Ils n'en avaient pas, et je ne me suis pas gêné pour me lever et demander aux gens du bus s'ils ne voulaient pas me vendre une cigarette. Le premier m'a dit : « Je n'en ai pas et si j'en avais, je ne la vendrais pas, je vous la donnerais.

— Merci beaucoup », et je l'ai quitté. Ça c'est passé comme ça, je suis parti et je n'ai rien dit, et je n'avais aucune raison de l'insulter. Quand je suis revenu, le Tigre a dit : « Ces sales fils de pute. » Et j'ai dit : « Oui, ils s'en fichent si un type crève. Descendons ici et allons acheter des cigarettes. »

Mais quand nous nous sommes mis à jurer, un voyageur

s'est senti vexé et il m'a dit : « Qui injuriez-vous, chenapan ? Vous arrivez comme une bande de poivrots et vous avez encore le culot de nous injurier !

— Non, monsieur, je n'ai injurié personne. Je ne faisais que parler à mes amis, mais si vous vous êtes senti insulté, eh bien, sentez-vous insulté !

— Ah vraiment ! » et il s'est avancé vers moi. Quand je l'ai vu arriver, j'ai essayé de me lever, mais il m'a repoussé d'un coup de poing. Au moment où il m'a frappé au visage je me suis mis en colère et je l'ai frappé à mon tour. Hermilio et le Tigre ont essayé de nous séparer, mais le type s'est obstiné. Alors je l'ai achevé. Ses lunettes se sont cassées en miettes et je crois que je lui ai brisé le nez.

Enfin, le bus s'est arrêté et tous les autres voyageurs sont descendus. Le chauffeur s'est levé et il a dit : « Dites donc, vous trois, qu'est-ce que vous avez à vous en prendre à cet homme ? » Son fils était assis juste à côté de lui. Alors il lui a dit : « Ouvre la boîte à outils et donne-moi le fusil qui se trouve dedans. »

Rien qu'à entendre quelqu'un parler d'arme quand je suis dans une bagarre me rend furieux, terriblement furieux. Je deviens fou. Alors je lui ai dit : « Vas-y, sale fils de pute ! Si tu sors ce truc, je te tue sur place », et je fis semblant de tirer un couteau. Je n'en avais pas, je voulais simplement voir ce qu'il allait faire. Il y en a beaucoup qui parlent fort, mais si vous leur sortez un couteau ou un revolver, ils se tirent.

Mais il a deviné mon bluff et il nous a emmenés au commissariat de police numéro 5 où nous avons été enfermés. Il était alors environ dix ou onze heures du soir. Le juge nous a fait appeler, l'un après l'autre, pour que nous racontions l'histoire. Ils ont noté nos déclarations, mais ils nous ont emprisonnés, Hermilio et moi. J'étais content que le Tigre s'en soit sorti, mais cela me semblait bizarre qu'ils l'aient laissé libre, lui seulement. Nous lui avons dit de prévenir le patron de venir payer l'amende, mais il est rentré se coucher.

Le lendemain, des gens sont venus, avec des crayons et du papier, criant et demandant si quelqu'un voulait faire envoyer un message chez soi. Si une personne est arrêtée et n'a pas le temps de prévenir sa famille, ces types s'en chargent, mais ils en profitent, quand ils arrivent à la maison en question, pour demander la somme qu'ils veulent. Quand notre patron est enfin arrivé au Commissariat, nous allions être envoyés à El Carmen. Il lui était impossible de payer l'amende dans l'immédiat et nous avons atterri au Pénitencier.

Je n'avais encore jamais été en prison... pas même pour rendre visite à un ami. On m'a accusé de coups et blessures, à cause du nez cassé, et de dégâts matériels, à cause des lunettes. C'est pourquoi on nous a coffrés, Hermilio et moi, pour trois jours. Eh bien, c'était dur en prison. Il faut être un vrai gibier de potence, un dur, pour tenir le coup dans cet endroit. On relève les empreintes digitales de chaque prisonnier et on remplit une fiche d'information à son nom. C'est la première étape, la seconde c'est lorsqu'ils vous fouillent pour voir si vous n'avez pas de la marijuana, de la cocaïne ou un couteau. Ils vous font enlever tous vos vêtements dans la cour.

Aussitôt qu'ils nous ont eu poussés dedans, ils se sont précipités sur nous pour nous voler, à commencer par les gardes. Vous ne pouvez pas vous imaginer l'expression de convoitise qu'on lit sur leur visage pendant qu'ils vous fouillent. Au moment où nous sommes entrés, l'un d'eux a crié : « La lionne vient d'accoucher! »; ce qui voulait dire qu'une nouvelle fournée de crapules venait d'arriver. Malheureusement, nous avions mis nos meilleurs vêtements pour la fête du contremaître.

Le garde nous a dit de nous déshabiller, déclarant que nous devions être fouillés... que nous étions dans une cour de justice... de justice ! Pendant que nous nous rhabillions, l'un d'eux a dit : « Voyons, cette chemise. » Puis : « Ce maillot de corps me plaît. Aboule.

— Non, *amigo.*

— Aboule ! »

Et bon gré mal gré, j'ai dû donner ma chemise et mon pantalon et ils m'ont donné quelques haillons en échange.

La troisième étape, c'est quand on entre dans l'arène, où tous les types inculpés pour assassinat font un séjour de soixante-douze heures, jusqu'à ce qu'il soit décidé s'ils doivent purger une peine, s'ils peuvent sortir libres ou en liberté provisoire.

Les cellules sont petites, de trois mètres sur deux, des murs d'acier et des sols de ciment, une grosse porte d'acier avec une petite ouverture. Tout le personnel est militarisé, depuis les gardes jusqu'au dernier prisonnier. Chacun occupe un rang spécial. Il règne une discipline militaire, c'est pourquoi on attribue des grades : commandant, le plus haut, capitaine, et tous les autres grades de l'armée. On vous demande : « Vas-tu payer pour la *talacha* ? » ce qui veut dire le ménage, car il y a des brigades qui passent constamment pour nettoyer. Soit : « On entre par la porte », c'est-à-dire, on paie immédiatement, ou si on n'a pas d'argent, ils disent : « On attend jusqu'à ce que tu reçoives une visite. » Si après ça on ne donne pas l'argent, ils vous rendent la vie difficile.

Si, dès le début, vous refusez de payer, ils vous font directement passer aux bains; ils désinfectent vos vêtements et vous font passer sous l'eau glaciale. Puis ils vous mettent dans la salle des vapeurs. Nous y sommes passés, mais nous n'avons pas fait la *talacha* pour finir car nos familles ont payé les dix pesos pour nous par la suite.

Le troisième jour, on nous a appelés devant le juge pour nous remettre nos cartes de détenus permanents. Hermilio voulait se jeter par-dessus la palissade pour se suicider. J'avais envie d'en faire autant mais je manquais de courage. Il fallait que je le surveille constamment car sinon il se serait jeté en bas.

Nous avions très peur. Je me sentais absolument perdu. Je n'étais pas très religieux, mais j'avais foi en la grâce de Dieu et de la Vierge de Guadalupe. J'ai juré que si je sortais, je ferais pieds nus tout le chemin depuis le « péni » jusqu'à la Villa de Guadalupe; j'ai promis de donner mes chaussures à un détenu en sacrifice. J'ai également fait le vœu d'aller à Chalma.

Enfin, à la dernière minute, juste avant d'entrer dans le bloc des cellules, Consuelo est arrivée avec des papiers à signer. Je ne les ai même pas lus, vous comprenez ? Elle travaillait pour des avocats et les avait convaincus de s'occuper de notre cas. A six heures, ils nous ont libérés, provisoirement, sous caution. Nous devions venir signer le registre toutes les semaines.

J'ai donné mes chaussures et je suis sorti pieds nus. La famille d'Hermilio l'attendait dehors. Personne n'est venu me chercher, mais cela n'avait pas d'importance. Je suis allé à pied jusqu'à la Villa, demandant l'aumône en chemin pour avoir de quoi donner au prêtre. Je n'ai pas collecté beaucoup d'argent, mais ce fut une grande satisfaction de tout donner.

Quand j'entre dans une église, j'ai l'impression de transporter une charge très lourde, surtout sur ma conscience. Je me mets toujours au dernier rang, juste devant la porte, et même si l'église est pleine de fidèles, je me sens seul avec mes pensées et mes prières. Il n'y a que Dieu et moi dans l'église. Et quand je ressors, je me sens soulagé. Même mes vêtements sont moins lourds. C'est pourquoi, si je ne vais pas à la messe chaque semaine, je ne me sens pas bien.

De retour à la maison, j'avais honte d'entrer dans la cour. Toute la *vecindad* était au courant de mon aventure. J'étais peut-être un héros pour certains, mais pour la plupart j'étais un mauvais sujet. Un soir, je me tenais devant notre porte, prenant un peu d'air frais. Señor Teobaldo, le boucher qui habitait au numéro 67, est passé. Lui et tous les autres bouchers et leurs femmes étaient des bagarreurs et la plupart d'entre nous les évitions. Le beau-frère de Teobaldo, qui habitait dans la troisième cour, était un véritable criminel avec un long passé de prison. Un seul regard de lui et les cheveux des gens se dressaient sur leur tête. Il m'effrayait même moi !

Mais je n'avais pas peur de Teobaldo, bien qu'il se fît passer pour un pugiliste. Il nous avait tiré dessus une fois, moi et les copains, avec de la mitraille, et à chaque fois qu'il était saoul, il faisait du scandale, donnant des coups de pied dans les portes et jurant. Si on le regardait de travers, on était un homme mort.

Le soir où il est passé près de moi, il était saoul.

« Bonsoir, *Negro*, dit-il.

— Bonsoir, señor Teobaldo.

— Quel mauvais coup prépares-tu encore ?

— Rien. Je prends l'air.

— Mon œil ! Tu as un mauvais coup dans ta manche, mais laisse-moi te dire, imbécile, que si jamais tu as quelque chose à voir avec ma famille, si tu mets un pied chez moi, tu es mort.

— Ecoutez, señor Teobaldo, j'ai toujours respecté votre

famille et vous avez respecté la mienne. Vous êtes un peu ivre, autrement vous n'oseriez pas me parler sur ce ton. Vous feriez mieux d'aller vous coucher. Si vous voulez m'insulter quand vous serez sobre, allez-y, mais alors je pourrai vous répondre.

— Je m'en fous. Tu es peut-être le chef de cette cour, mais je vais te dérouiller. Tu es peut-être le roi de la pègre, tu as été au « péni » et tu as peut-être tué deux ou trois types, mais pour moi ça ne veut rien dire. Pour moi, t'es une pure merde ! »

Puis il a tiré un couteau. Ça et ses paroles offensantes, c'était trop et j'ai sorti l'automatique 38 que je me trouvais avoir sur moi. Si sa femme n'était pas apparue, je ne crois pas que j'en aurais supporté davantage. De derrière son dos, elle me fit signe qu'il était fou et je l'ai laissée l'emmener.

C'est le seul voisin de notre cour qui ait jamais essayé de me provoquer à me battre. Et une bagarre avec lui signifiait la mort pour l'un des deux. Il a essayé plusieurs fois et alla même jusqu'à m'accuser de voler des poules à sa belle-sœur, mais je me suis arrangé pour ne pas me laisser entraîner.

Je n'ai pas oublié mon vœu d'aller à Chalma et j'ai préparé le pèlerinage. J'y suis finalement allé avec Manuel, Paula et leurs deux bébés; Delila et son fils, Geofredo; la mère de Paula, Cuquita; le mari de Cuquita; le frère de Paula, Faustino; et je ne me souviens plus qui d'autre. Il est arrivé quelque chose d'étrange au cours de ce voyage. Nous marchions avec d'autres pèlerins, la nuit. Il faisait très noir et la seule personne qui avait une lampe était un homme en tête du cortège. Nous le suivions car il était le seul à y voir. Nous écoutions la « voix du peuple » nous disant où tourner, où il fallait faire attention, etc.

Nous avons pris un raccourci et nous nous sommes retrouvés dans un champ de fèves. Certaines gens ont dit : « Non, ce n'est pas le chemin », et ils ont décidé de s'arrêter. Puis nous nous sommes aperçus que l'homme à la lampe avait disparu. Il était parti. Alors, les gens ont commencé à se signer en disant que c'était très mauvais signe, qu'il devait vraiment être une sorcière qui essayait de nous détourner de notre chemin parce qu'il y avait des enfants parmi les pèlerins. Les parents étaient très effrayés; on forma un cercle et on mit les mères avec leurs enfants au milieu pour les protéger.

J'étais encore en uniforme et beaucoup de gens se sont tournés vers moi pour me demander conseil. Nous avons donc pris le commandement, mon frère et moi. Nous avons dit que personne ne devait bouger avant l'aube, pour que nous puissions un peu explorer les environs. Le fait est que je ne me souvenais pas du tout de la route, car je n'étais pas retourné à Chalma depuis la mort de ma mère. Elle nous emmenait tous chaque année, mais je ne m'en souvenais pas beaucoup.

Tandis que le jour se levait, Manuel et moi avons ramassé du bois pour faire du feu, car il faisait très froid pour les femmes et les enfants. Puis j'ai remarqué qu'il y avait une falaise, juste à cinquante mètres de nous et que si nous avions continué à marcher pendant la nuit, nous l'aurions escaladée. Les gens furent plus convaincus que jamais qu'une sorcière nous avait guidés.

Je me souviens une fois, quand j'y étais allé avec ma mère, ils avait réellement attrapé une sorcière. Les gens hurlaient : « Brûlez-la ! Brûlez-la ! » Ils disaient qu'elle avait sucé le sang de deux enfants qu'on avait trouvés morts au bord de la rivière. Ils l'ont brûlée avec du bois vert, en plein sur la place de Chalma. J'ai vu le grand feu de joie mais on ne m'a pas laissé regarder plus longtemps. J'ai entendu des cris, des hurlements atroces, et on m'a dit que c'était parce qu'on brûlait une sorcière. Il y avait beaucoup de sauvagerie en ce temps-là. Elle était peut-être innocente, mais c'est ainsi qu'on rendait la justice.

Il est arrivé une autre chose mauvaise pendant ce voyage. En arrivant à Chalma, nous n'avons pas pu trouver d'endroit pour dormir. Là-bas, il faut payer même pour dormir au pied du mur extérieur, où il y a beaucoup de scorpions dangereux. Mon frère et moi avons confectionné une sorte d'abri, avec un drap, contre le mur d'une maison et nous nous sommes tous couchés. Je ne sais pas pourquoi c'est arrivé, il n'y avait pas de raison, mais mon frère Manuel a été piqué par un scorpion. Nous avions tous très peur car si un homme n'est pas traité dans les cinq minutes, il meurt. Manuel commençait déjà à contracter ses mâchoires.

Paula, qui était enceinte, mit un peu de salive sur la piqûre, car on dit que la salive d'une femme enceinte est encore plus venimeuse qu'un scorpion et que ça fait contre-poison. Mais je ne cessais de dire : « Mon Dieu, qu'est-ce que je peux faire ? » J'avais peur qu'il meure dans mes bras.

Quelqu'un a dit : « Faites-le courir. Faites-le courir jusqu'au moulin. » C'était le seul endroit où l'on vendait des médicaments contre les piqûres de scorpion. Le meunier fabrique cette potion et lui seul sait de quoi elle est faite. Les gens la boivent et guérissent et n'ont même pas la curiosité de demander ce qu'il y a dedans. Enfin, je n'ai pas voulu laisser courir Manuel, de peur que le poison ne se répande plus rapidement, alors Faustino et moi l'avons transporté jusqu'au moulin. Il a dit que la potion était amère comme de la bile, mais il l'a bue et il s'est senti mieux, bien qu'encore un peu étourdi.

Nous étions tous contents quand il a pu se remettre à parler et que ses mâchoires n'étaient plus contractées. Beaucoup de gens sont morts de piqûres de scorpion parce qu'ils n'ont pas pu arriver au moulin à temps. Nous avions bien des grâces à rendre quand nous sommes arrivés au Sanctuaire.

Je suis allé de la porte d'entrée jusqu'à l'autel sur les genoux. Au début je me suis senti fatigué et déprimé, mais tandis que j'avançais sur les genoux, priant de tout mon cœur, j'ai eu un sentiment de soulagement. A la fin de chaque prière j'avais envie de pleurer. En arrivant à l'autel, au pied de l'autel du Seigneur, j'ai baissé la tête et j'ai pleuré. Je n'étais plus fatigué ni triste. J'ai allumé un cierge, déposé un petit cœur d'argent et quelques centavos et j'étais heureux d'avoir tenu ma promesse. Je ne crois pas que ce soit Dieu qui ait besoin de ces centavos, mais c'était une grande satisfaction pour moi de les laisser pour quelque mortel qui en avait plus besoin que moi.

Sur le chemin du retour, nous avons été pris dans un terrible orage. Nous avons été trempés. Les femmes, les bébés, tout le monde... trempés jusqu'aux os. Nous étions gelés, fatigués et affamés en arrivant à Mexico et tout le monde est allé droit au lit.

Le lendemain, j'avais plus de force et de vigueur, et

j'avais moins peur de sortir. Je n'avais plus honte de parler de la prison. Mes amis étaient d'une curiosité morbide à ce sujet et me posaient beaucoup de questions. Bien qu'à contrecœur, je leur racontais les détails, dans l'intention de les inciter à ne plus se battre ni voler.

J'ai recommencé à vivre avec la bande... il y avait toujours quelque chose en train. Pendant la Semaine Sainte, le Samedi Saint, nous nous amusions à jeter de l'eau et à faire du scandale. Deux ou trois bandes se rassemblaient, ce qui faisait cinquante à cent gars, C'est une tradition ici, mais on va trop loin ce jour-là. Au lieu de jeter de l'eau, certains jettent des pierres contre les autobus, les voitures et les vitrines. Certains se déchaînent et ça finit par des bagarres.

Un Samedi Saint, il y eut une grande bataille dans la rue des Mineurs. Plus d'une centaine de personnes ont commencé à se battre et une jeep avec trois agents de police est arrivée pour essayer de les calmer. Les flics voulaient en arrêter un, mais les gens ici sont plutôt durs. Ils n'ont pas peur si facilement. Enfin, vlan ! le premier seau d'eau est tombé d'un toit et a atterri sur la jeep. Ce fut le commencement de la fin pour les flics, car après ça les gens se sont mis à jeter des oranges, des tomates, des limons. Quelqu'un a jeté une pierre et cassé le pare-brise. Les flics se sont lancés à sa poursuite et les gens ont renversé la jeep. Ils ont bloqué les flics et le gars s'est enfui.

Quatre autres jeeps sont arrivées en renfort. Les flics étaient mal en point, les salauds, mais tout le monde a pris l'air innocent, comme des saints. Personne n'avait rien fait, alors bien sûr, on ne les a pas arrêtés.

Une autre fête que j'aime célébrer, c'est le 24 juin, la Saint-Jean-Baptiste. On ouvre les bains et les piscines à deux heures du matin et beaucoup de gens vont se baigner, quelle que soit la température. C'est une question de tradition. On commence à deux heures du matin et ça dure toute la journée du lendemain. Aux bains de la Casa Grande on nous donne du pain de gruau, des *tamales*, et on jette des poires et des œillets dans le bassin. Il y a beaucoup d'agitation et les filles ont l'air très désirables. Il y a tant de monde que même sans le vouloir, en nageant, on a toutes les chances de mettre la main sur la poitrine d'une dame. Même dans les grandes piscines, il se passe la même chose. Il y a des femmes qui y vont ce jour-là exprès pour se faire peloter. Elles disent qu'elles aiment nager, même si elles ne mettent jamais les pieds dans une piscine le reste de l'année. Mais le 24 juin, elles sont là !

Ma parole, ce que j'ai toujours préféré, ce dont j'ai tiré plus de plaisir que de n'importe quoi d'autre, c'est le sport. Les moments les plus heureux de ma vie ont été ceux où je nageais, où je faisais de la bicyclette ou de la chasse, car, comment dire, je sens que je suis quelqu'un, que je compte pour quelque chose. J'ai toujours eu le sentiment que je ne servais à personne, que personne ne faisait attention à moi. Et naturellement c'est ainsi que cela doit être, car qui suis-je pour qu'on s'occupe de moi ?

J'ai eu souvent l'occasion d'aller chasser avec mon oncle à Veracruz. Nous avons chassé le jaguar, le sanglier, le cerf. Une fois j'ai été poursuivi par un sanglier et si ce n'avait pas été grâce à quelques gros blocs de pierre, le petit Noiraud dirait maintenant ses prières avec saint Pierre... si j'avais eu la chance d'aller au paradis.

Une autre fois j'ai été invité par un ami à chasser l'alligator à Putla. Pour y arriver, il faut traverser des montagnes pendant trois jours et personne ne parle un mot d'espagnol là-bas, seulement *Popolaca*. Les gens là-bas se promènent avec seulement un pagne sur le corps et personne ne pense que c'est mal. Je ne m'attends pas à ce qu'on me croie simplement parce que je le dis, mais c'était comme ça. Ces gens ne savent pas ce que le mot peur veut dire. Ils font sans cesse la chasse aux alligators à cause des dégâts que ces bêtes font parmi le bétail. Je ne suis pas resté longtemps, mais j'étais vraiment heureux de chasser l'alligator à Putla.

A chaque fois que je partais pour une aventure, je m'assurais d'être rentré à temps pour signer au commissariat. J'ai signé régulièrement pendant quatre mois... Je signais encore quand on m'a de nouveau jeté en prison...

Mon second séjour en prison a été terrible, et ce n'était

qu'une histoire d'identités confondues. J'ai été pris en septembre 1951, vers midi, tandis que je tirais des oiseaux au lance-pierres dans le parc Chapultepec. Je tuais des *tórtolas,* car j'aimais beaucoup les manger. Cette fois, par malchance, deux gardiens m'ont vu. Je ne pouvais pas dire que je ne faisais rien de mal, car il est interdit de tuer des oiseaux. Je me suis approché d'eux et je leur ai dit : « Ne me faites pas d'ennuis pour ce lance-pierres; je vais le jeter. » J'avais deux pesos sur moi et je les leur ai offerts, mais ils n'en ont pas voulu.

L'un d'eux a dit : « Tu sais, il ressemble à celui que nous cherchons. » Je n'ai pas accordé d'importance à cette phrase, car depuis que j'ai été dans l'armée, je connais les trucs qu'ils utilisent pour démonter les gens. Ils m'ont dit : « Viens avec nous. » L'un m'a mis son fusil dans le dos et l'autre m'a menacé de sa baïonnette. Cela m'a rendu fou... surtout quand on me menace d'un fusil... c'est peut-être à cause de la peur... j'avais envie de me jeter sur eux de rage, mais j'ai dit : « J'y vais, mais parce que je le veux bien. »

Si j'avais su ce qui m'attendait, ce que cela allait me coûter, je n'y serais pas allé. Mais je croyais que ce serait facile. Quand nous sommes arrivés devant le chef, il m'a dit : « Alors, mon ami, tu vois comme on se retrouve ! Tu ne te souviens pas du jour où tu t'es enfui ? »

J'ai répondu : « Vous me confondez avec quelqu'un d'autre.

— Tu ne t'en souviens pas ? dit-il. Tu cours vraiment comme un lapin. Attachez-le. » Un soldat a apporté une corde et ils m'ont attaché les poignets.

« Emmenez-le à la tour. » La tour se trouvait dans le château même, et ils m'ont attaché à la rampe d'un escalier en spirale. Ils ont attaché la corde autour de mon corps et ils l'ont passée sous mes genoux, pour que je ne puisse pas marcher. J'étais fou de rage, mais les gardiens ne faisaient que rire — ils pouvaient bien jouer aux braves, avec un type attaché, tout seul.

Ils m'ont accusé d'être l'auteur de nombreux vols; d'avoir volé des tuyaux, des fils électriques, des lampes et beaucoup d'autres choses. Ils voulaient me faire dire que j'étais coupable, et ils m'ont demandé mille fois où se trouvaient les choses volées... comment je les avais prises, où je les avais vendues, d'interminables questions qui obtenaient toujours la même réponse négative. Le soldat qui m'avait attaché passa la corde autour de mon cou et tira très fort, en s'appuyant à la rampe. Tout ce que j'ai pu dire c'est : « Fils de... » et j'ai perdu conscience, mais je ne suis pas tombé. Ma tête a simplement basculé d'un côté.

A neuf heures du soir, j'étais encore attaché comme un vulgaire criminel et jurant comme un beau diable contre tout le monde. L'un des gardiens m'a dit : « Ben, mon vieux, ils te font l'affaire. Je ne crois pas qu'ils mettent des gardiens spéciaux même pour les plus grands criminels. » Je lui ai demandé de relâcher un peu la corde autour de mes mains. Il a répondu : « Bon, je vais le faire, mais je ne devrais pas. » Je crois que le gardien lui-même s'est rendu compte de son erreur.

Il m'a demandé si j'avais faim et envoya chercher des *tortas* et du café. J'ai pensé : « Au moins ils vont me détacher pour que je puisse manger. » Mais non, le soldat m'a mis la nourriture dans la bouche, c'est comme ça que j'ai mangé mes *tortas*.

La patrouille est arrivée un peu plus tard. Ils m'ont détaché et emmené au bureau. J'ai dit : « *Ay, chirrión*, heureusement que vous êtes arrivés les gars. Ils m'ont infligé des tas de sévices et je ne sais même pas pourquoi.

— C'est un mensonge, dit le gardien.

— Comment est-ce un mensonge, puisque je viens de le détacher et que ses mains et ses poignets sont tout marqués et engourdis ? » répondit l'homme de la patrouille.

La patrouille de police m'a emmené en fourgon au poste n° 6, où ils ont établi les charges contre moi sans me poser aucune question, vous voyez ! Ils ont simplement tout envoyé sur la machine à écrire et je n'ai eu aucune idée de ce qu'ils ont écrit, et quand ils ont eu fini, ils ont voulu me faire signer le document. Selon eux, c'était censé être le texte de mes déclarations, mais en fait je n'avais pas ouvert la bouche, sauf pour leur donner des renseignements personnels, mon nom, mon lieu de naissance, le nom de mon père et des trucs comme ça.

Je leur ai demandé de me laisser lire ce que j'allais signer mais ils n'ont pas voulu. Alors j'ai refusé de signer, car je sais qu'avant de signer quelque chose il faut le lire d'abord. Ils ont dit : « Signe, fils de pute, ou on te passe à la casserole.

— Faites de moi ce que vous voulez, mais laissez-moi voir d'abord ce que je vais signer. » Nous en sommes restés là et ils m'ont mis dans le *separo.*

Ce qu'ils appellent le *separo* est une pièce d'environ quatre mètres sur six, où se trouvent les cabinets d'aisance. Naturellement, on ne peut même pas appeler ça un cabinet d'aisance, c'est simplement un tas de fumier. Un détenu s'est approché de moi. C'était l'un de ces types qu'ils désignent comme chef parce qu'il est le plus rapide aux poings ou au couteau, vous comprenez ? le plus dur. Il s'est approché de moi et il m'a dit : « Qu'est-ce qui t'arrive ? Qu'est-ce que t'as fait ? » Je lui ai répondu : « Rien, ils prétendent que j'ai volé des choses. » Il a dit : « Ecoute, ne fais pas le con; ici tu parles et tu parles droit; ici t'es avec de la pure *brosa.* »

Il me parlait en *caló* — le dialecte de la pègre. J'avais appris le *caló* il y avait longtemps, et pour ne pas paraître bizarre je lui ai répondu en *caló* car c'était la chose juste à faire. Si je lui avais répondu en espagnol normal, cela aurait été pire pour moi. Enfin, il a dit : « Ici tu parles *derecho,* t'es avec de la pure *brosa* et personne *se chivea.* » C'est le lieu des innocents car aucun de nous n'a rien fait de mal; pourtant nous sommes tous là.

« Ecoute, vieux, je n'ai vraiment rien volé.

— D'accord, ça va comme ça. Et maintenant qu'est-ce que tu dirais de casquer pour un cierge ? »

Alors je lui ai dit : « Bien sûr, vieux. »

Vous voyez c'est une coutume que lorsqu'on est emprisonné il faut donner un peso ou quelques centavos, selon vos moyens, pour acheter un cierge à la Vierge. Parce qu'il y a toujours un petit autel fait par les prisonniers eux-mêmes, aussi bien les criminels les plus endurcis que ceux qui purgent leur première peine. Au Pénitencier, il y a une cellule spéciale convertie en petite église, avec un autel et des cierges qui brûlent nuit et jour. Un prêtre vient une fois par semaine y dire la messe. L'un des détenus est chargé de prendre soin de l'autel de la Vierge.

Ensuite ce type, le chef, m'a dit : « Aboule ton portefeuille !

— Tout ce que j'ai, c'est vingt centavos.

— Voyons, dit-il à son lieutenant. Mets-le sur la balance », c'est-à-dire qu'ils m'ont fouillé des pieds à la tête. Je détestais ça et j'ai protesté, mais je ne pouvais rien faire. Ils ont simplement pris les vingt centavos et ne m'ont plus ennuyé.

La nourriture est infecte au poste n° 6. On vous donne du café avec ce qu'ils appellent du lait, mais c'est simplement de l'eau colorée et il n'y a personne pour servir. Chacun se sert dans la grande cruche de lait. Le premier qui plonge dedans a du café propre, tandis que le dernier en prend après que tout le monde y a mis la main et qu'il est plein de saletés et de tout, vous comprenez ? parce que certains n'ont pas de gobelets alors ils y plongent des bouteilles de soda avec leurs mains.

J'ai dû me battre là-bas pour la simple raison que, bien que nous dormions tous par terre, les uns sur les autres, il y avait des types qui avaient des coins préférés, leur propre place. Et le Seigneur vienne en aide à quiconque se couche à cet endroit sans en demander la permission, car ils choisissent toujours les meilleures places, celles qui sont éloignées du water. Il y a toujours quelqu'un qui est obligé de dormir en plein sur le siège.

Je ne pensais pas que je pourrais fermer l'œil, car l'odeur est si forte, quelque chose qu'on ne peut pas supporter. Enfin, on peut le supporter, mais Dieu seul sait comme on souffre. Et il est heureux celui qui a la chance d'avoir un lit de journaux ou le super luxe d'un carton pour s'allonger dessus. Il s'est trouvé que je me suis assis près d'un de ces endroits réservés appartenant à l'un des durs de durs de là-bas et il m'a donné un coup de pied en disant : « Eh, toi, *vato*, barre-toi. »

Alors je lui ai dit : « Qu'est-ce qui te fait croire que je vais me barrer ?

— Ah non ? Eh bien tu te barres, ou tu vas te faire cuire une *sopa de chuladas.* » Je me suis levé et nous avons commencé à nous battre à coups de poings. Ils se sont tous mis à crier et à faire un chahut, et le chef, celui qui m'avait demandé de l'argent pour un cierge a dit : « Du calme, *brosa*, ou vous allez choper une *berga.* » Il voulait dire que si nous ne nous calmions pas, il allait intervenir et que quelqu'un allait se faire casser la gueule. Quelqu'un a dit : « Qu'on les laisse régler ça loyalement. — D'accord, alors tout le monde la ferme. » Ils se sont calmés et nous avons continué à nous flanquer des coups.

Bref, je ne peux pas dire si j'ai gagné ou perdu, car le chef a arrêté la lutte en disant : « Bon, ce garçon a montré qu'il joue franc jeu et qu'il a du cran, alors si quelqu'un essaie de s'en prendre à lui, il devra s'en prendre à moi aussi. » Eh bien, plus personne ne m'a ennuyé. Alors je me suis dit : « Bon, c'est fini, j'ai eu la vie dure, mais on ne m'embêtera plus. »

Mais comme je me trompais ! On m'a encore embêté, mais cette fois ce n'étaient pas les détenus mais les autorités de la prison. J'ai passé six jours au secret au poste de police n° 6, ici à Mexico dans le District Fédéral; et rien que les mots « Poste n° 6 » signifient la torture, vous comprenez, des méthodes que très peu de gens peuvent supporter. Ils me l'ont infligé pendant six jours, trois passages à tabac par jour, vous voyez un peu ? un raclée pour le petit déjeuner, une autre pour le déjeuner, une autre pour le dîner et, pour dessert, une autre raclée au milieu de la nuit.

La raison en était qu'ils voulaient me faire avouer où j'avais vendu les choses qu'ils prétendaient que j'avais volées du château Chapultepec. Ce n'était pas vrai, vous comprenez ? Mais la police ici utilise ces méthodes pour faire avouer à n'importe qui qu'il est coupable. Non pas quelqu'un qui *est coupable*, mais n'importe quel homme qu'ils veulent faire avouer. Parce qu'ils vous flanquent vraiment de fichues dérouillées, vous comprenez ? Ils m'ont frappé très fort sur l'estomac et je crois que c'est pour ça que j'ai l'estomac fragile depuis.

La première fois, on a cogné à la porte de la cellule : « Roberto Sánchez Vélez ! » J'avais eu la malchance d'être enfermé avec les plus grands criminels de la ville, et ils savaient tous ce qui vous attend quand on est appelé de cette façon. On vous chauffe, c'est l'expression en *caló*, et elle est même utilisée par les autorités de la prison. Ça veut dire que vous allez vous faire passer à tabac. Alors personne ne dit rien; ils vous regardent sortir en silence, et ils attendent de vous entendre hurler.

Les flics se sont emparés de moi; les détenus les appellent « l'agneau », « le bourreau » et « le berger ». L'agneau est le type qui vous parle d'une espèce de voix profonde et amicale, avec un grand sourire sur la figure, pour vous faire avouer en douceur. Le berger, eh bien, on peut dire qu'il attend simplement pour voir ce qui va arriver. Quant au bourreau, enfin, son nom dit bien en quoi consiste son travail.

Le premier flic, c'est-à-dire l'agneau, m'a dit : « Ecoute, mon garçon, ne fais pas l'imbécile, t'es dedans de toute façon, et ça peut aller plus mal pour toi, pire que ça, on peut te battre à mort. Mais ça dépend de toi, ça dépend si tu te décides à chanter ou non. Allons-y, on veut que tu chantes et que tu craches quelques saints. » Cette histoire de saints signifiait qu'il voulait que je lui dise si j'étais au courant d'autres vols et des trucs comme ça ! Vous voyez un peu; ils ont commencé à me travailler comme si j'étais un des pires bandits, me posant des questions à propos d'un tas de vols que je n'avais pas commis. La vérité c'est qu'on m'avait pris à tirer sur des moineaux avec un lance-pierres. C'est ce que je leur ai dit.

Quand ils ont vu qu'ils ne tiraient rien de moi, le bourreau m'a attrapé et m'a dit : « Ne fais pas le con, sale fils de pute. » Et il m'a lancé un coup de poing au creux de l'estomac qui m'a obligé à me plier en deux et à mettre mes mains sur mon ventre.

— Ah, tu essaies de te défendre. Pas de ça ici. » Il a fait semblant de vouloir me frapper au même endroit et j'ai mis mes mains pour me protéger, alors il m'a flanqué un coup entre la mâchoire et l'oreille, et ça a continué comme ça.

« Oh, mon Dieu, comment vais-je me sortir de là ? pensai-je. Si ça continue, je ne sais pas si je pourrai le supporter. Ça vaut la peine d'avouer pour faire cesser tout ça. » C'est ce qui m'est passé par la tête, vous comprenez ? Mais j'espérais que j'aurais la force de tenir et de supporter les coups. Je me suis dit qu'il n'y en aurait que pour la journée, ou peut-être encore une fois le lendemain. Eh bien non, cela dura six jours, trois raclées par jour, ou plutôt quatre, comme je vous l'ai dit. Mais ils n'ont pas réussi à me faire dire ce qu'ils voulaient.

A peu de chose près, c'est ainsi que se déroulaient les séances de « réchauffement ». On vous appelle par votre nom et tous les autres se mettent à plaisanter et à crier : « Allez, vas-y, *compadre*. On va te réchauffer un peu car il commence à faire froid ici. » Les plus durs d'entre eux tremblaient en apprenant qu'une bonne raclée les attendait. Pendant ces six jours, tous ceux qu'on emmenait criaient, et pourtant beaucoup d'entre eux avaient l'air rudes et virils à cent pour cent. Il y a toujours une curiosité morbide pour ces choses. Dans le bloc des cellules il y avait une petite fenêtre qui donnait sur le couloir et nous grimpions pour regarder torturer nos malheureux compagnons.

Ils m'ont infligé la torture dite *del ahogadito* — la petite noyade. Ils vous font déshabiller entièrement jusqu'au caleçon, puis ils détournent votre attention et au moment où vous vous y attendez le moins, vous recevez un coup dans l'estomac ou dans le foie et avant que vous ayez eu le temps de reprendre votre souffle, ils vous attrapent par les cheveux et vous poussent la tête la première dans un seau d'eau. Ils vous maintiennent dans l'eau pendant quelques secondes, mais ça paraît des siècles, puis ils disent : « Maintenant tu vas chanter. » Je ne pouvais même pas parler, encore moins chanter, mais ils ne vous donnent même pas le temps de reprendre votre respiration avant de recommencer.

J'ai lancé des injures aux flics et à tout le monde. Je m'en suis pris à tout leur arbre généalogique. Ils m'ont torturé quand même. Il y en a qui lèvent les poings pendant qu'on les torture et pour ceux-là c'est encore pire. A part « la petite noyade » il y avait d'autres tortures, telle que celle « du petit singe ». Pour celle-là, ils déshabillent le détenu et l'accrochent sur une barre qui traverse la pièce, juste au-dessous du plafond, le faisant pendre par les genoux la tête en bas. Puis ils prennent un fil électrique et lui fouettent les testicules. On dit qu'il y en a beaucoup qui ne peuvent supporter cette torture et qui meurent. Il y a une autre torture qui consiste à brancher un fil électrique et à poser dessus les mains de la victime, paumes vers l'extérieur.

Je n'exagère pas en vous racontant ces choses, car même si l'on voulait exagérer, cela n'atteindrait pas la simple vérité. Il n'y a pas de mots pour décrire ce qui se passe là-bas.

Après le Poste n° 6, on m'a conduit au Pénitencier et j'ai été remis entre les mains de la justice. Un criminel est toujours envoyé d'abord à la police et au Poste n° 6 pour enquête. Leur méthode d'enquête est de battre les gens pour leur faire avouer des crimes qu'ils n'ont pas commis. Ils n'ont obtenu aucun résultat avec moi, grâce à Dieu, parce que je crois qu'ils ne m'ont pas torturé autant que d'autres gens.

Les visages de ces trois flics sont vraiment restés gravés dans ma mémoire. L'un d'eux a été tué. Si les deux autres tombaient entre mes mains, je leur donnerais le temps de se défendre avant d'attaquer, contrairement à ce qu'ils ont fait avec moi. Mais je déteste tous les policiers, qu'ils soient en uniforme ou non. Je n'ai qu'à savoir qu'ils représentent la soi-disant justice et si ça ne tenait qu'à moi, je les bousillerais... je les bousillerais !

Le lendemain de mon arrivée au Pénitencier, on m'a fait comparaître en justice. On m'a fait passer devant une cour fédérale car j'étais accusé d'avoir volé la nation, c'est-à-dire de vol fédéral. Alors on m'a mis dans un panier à salade, qu'on appelle *la Julia.* Il y avait une grande cage dedans et on m'a conduit avec d'autres détenus à la cour de Santo Domingo.

Je n'avais pas de chaussures aux pieds. Je portais encore un pantalon, complètement déchiré, comme ma chemise; je dis une chemise parce qu'il fallait bien lui donner un nom. Mes propres vêtements m'avaient immédiatement été volés par un détenu qui les avait vendus pour acheter sa *mota* de marijuana. On vend de la marijuana, de la cocaïne, de l'héroïne, de l'opium, toutes sortes de drogues à l'intérieur de la prison. Ça vous donne une idée de la façon dont se font les inspections là-bas. Vous pouvez imaginer si elles sont bien faites quand ce sont les gardiens eux-mêmes qui introduisent les produits en cachette.

J'avais encore de l'espoir et je continuais à me dire : « Mon Dieu, mon Dieu ! » S'il y a quelque chose de bon en moi, c'est parce qu'au moins j'ai une foi aveugle dans le Christ, notre Seigneur. J'espérais que Dieu transmettrait mes pensées à mes frère et sœurs, ou à un ami qui arriverait à temps. Et en effet, j'étais appuyé contre les barreaux de la porte de notre cellule quand j'ai vu Manuel monter l'escalier.

J'ai crié et sifflé et il s'est retourné. Il s'est avancé vers moi mais les policiers l'ont arrêté. Je me suis adressé au gardien chef qui était chargé de nous surveiller : « Chef, je vous en prie, laissez-moi parler à mon frère. Ecoutez, j'ai été au secret pendant si longtemps. C'est la première fois que je le vois; personne ne savait où j'étais.

— D'accord, dit-il, d'accord, juste une minute, pas plus. »

Alors j'ai parlé à Manuel. Il m'a donné un paquet de bananes et un chandail. J'ai immédiatement retrouvé un peu de courage, parce que j'ai pensé : « Au moins ils savent que je suis vivant et si je meurs ils sauront où me trouver. »

Manuel a commencé à m'engueuler. « Tu vois, c'est ce qui arrive quand on est paresseux, quand on ne veut pas travailler, comme dit papa. Il t'arrive toujours des ennuis.

— D'accord, frère, ai-je dit. Ecoute-moi au moins un instant. » Et j'ai commencé à lui raconter l'histoire, mais le temps était limité. Il m'a demandé quand je sortais. J'ai dit : « Je ne sais pas quand je suis entré et je sais encore moins quand j'en sortirai. »

Puis on nous a ramenés au bloc. Moi, on m'a mis à la section « A », où l'on garde les pires criminels. Ils m'ont toujours classé parmi les pires, bien que je sois fier de dire que je suis comme les oiseaux qui traversent les marais sans se salir les ailes.

On m'a mis dans une cellule tout au fond de la section, où il y avait le plus de danger d'être entraîné dans des bagarres; ou bien je me ferais tuer, ou je tuerais quelqu'un. Pour éviter ça, j'ai donné quelques centavos au commandant pour être mis dans une cellule plus proche de la porte d'entrée. J'ai eu de la chance, parce que nous n'étions que huit. Nous couchions sur un méchant sol de ciment, sans couvertures.

Mes sœurs, Manuel et mon père sont venus me voir, l'un après l'autre, et mon père s'est occupé de me faire sortir. Il a envoyé un avocat, qui m'a fait marcher pendant sept mois. « Nous avons la mise en liberté, demain vous sortez, jeune homme. » Une autre fois, il me disait : « Cette fois, c'est sûr, vous sortez cet après-midi. » Ou bien : « Vous sortez à minuit. Votre famille vient vous chercher. Ils vous apportent des vêtements et des chaussures et vous irez directement à la Basilique rendre grâce à la Vierge. » J'attendais l'heure avec anxiété. J'ai de nouveau promis au Seigneur de Chalma de lui rendre visite s'il leur faisait comprendre que j'étais innocent. Jour après jour, je lui adressais ma prière... chaque minute, chaque battement de mon cœur était un appel au Seigneur. Enfin, cela a duré sept mois.

Il y a des voleurs qui opèrent à l'intérieur même de la prison. Certains font du vol une pratique régulière. Ce sont des types que personne ne vient voir, vous comprenez. Ils n'ont pas de famille ou s'ils en ont, les parents ne viennent pas les voir parce que ce sont des criminels. Ces types ont l'habitude d'aller dans la cour aux heures de visite pour voir qui reçoit quelque chose qu'ils aimeraient avoir, afin de pouvoir le lui prendre par la suite.

Une fois, Consuelo, ma tante Guadalupe, Marta, et mon oncle Alfredo, qu'il repose en paix, sont venus me voir et m'ont laissé cinq pesos. En ce lieu, c'était une somme d'argent fabuleuse. Un drogué est capable de commettre un meurtre pour cette somme. Quand on revient de visite, une porte de cellule s'ouvre, une main vous attrape et ils vous sautent dessus en hurlant et en jurant. Comme on dit là-bas, ils « font descendre le gars », ils lui prennent l'argent, la nourriture et tout ce que sa famille lui a apporté.

Quand on m'a donné les cinq pesos, je suis retourné dans la cellule vide. Le sol de ciment était brisé par endroits et il y avait des trous remplis de terre. C'est là que j'ai mis mon argent, le glissant sous la terre, et je suis ressorti pour aller chercher ma ration de nourriture. Je marchais dans le couloir, ma ration à la main, quand un type nommé Aurelio m'a regardé fixement. Je me suis rendu compte de ce qui pouvait m'arriver, car un drogué naît imbibé de marijuana. Je crois que si on lui ouvrait la tête, au lieu de cervelle on trouverait de la fumée de marijuana. Ce drogué fumait depuis des années. Je le sais parce qu'il me l'avait dit quand nous étions, enfin, pas exactement amis, mais compagnons dans l'adversité.

Aurelio m'a dit : « File-moi des ronds pour une *mota*.

— *Caramba !* Pourquoi ne me l'as-tu pas dit plus tôt, je t'aurais donné du fric pour t'acheter une sèche. Regarde, tu peux me fouiller, je suis à sec, je viens de tout partager avec les gars, et en descendant j'ai dépensé mon dernier centavo à acheter un cierge au type qui tient la boutique.

— Pas d'histoires », et il m'a attrapé par l'épaule et m'a secoué. « Ce n'est pas vrai, et ne t'entête pas. »

Je me suis mis en colère et j'ai dit : « Tu ne vas pas me fouiller, tu n'auras pas d'argent, et tu vas te tenir à carreau. »

Alors il a tiré son couteau et il m'a fait une passe. Heureusement pour moi, au lieu de m'enfoncer la pointe, il m'a attaqué avec la tranche de la lame, vous voyez ce que je veux dire ? On l'appelle ce coup un *planazo.* J'ai levé la main et j'ai réussi à le bloquer avec mon cierge. Nous n'étions pas sur un plan d'égalité car il ne m'a pas donné le temps de sortir mon couteau. Eh bien, cela m'a rendu encore plus furieux. Il a de nouveau chargé et je me suis défendu comme j'ai pu et grâce à Dieu je m'en suis sorti. Il ne m'a rien volé, mais il m'a fichu une sacrée frousse. Ça, c'était la première fois.

Mais la seconde fois, je me suis vraiment fait avoir. C'était après l'heure des visites et je retournais à ma cellule pour y déposer la nourriture que ma famille m'avait apportée quand un type m'a sauté dessus et attiré dans une cellule; là un gars m'a mis un couteau sur la gorge; un autre un couteau dans les côtes. Ils étaient quatre. Enfin, n'importe qui doué d'un peu de bon sens, dans un moment comme celui-ci, se tient tranquille, pas vrai ? La meilleure chose à faire était donc de ne pas bouger et de faire ce qu'ils disaient.

L'un d'eux a dit : « On a besoin de fric pour une piqûre. » Vous voyez, ces types prenaient de la morphine par injection.

« Bon, d'accord, seulement laissez-moi quelque chose pour m'acheter un cierge ou un morceau de pain.

— Combien as-tu sur toi ? » Je crois que j'avais quatre ou cinq pesos. Il a dit : « Bon, garde un *baro* » (un peso).

Or ces types sont très dangereux, croyez-moi. Ils me font pitié, notez, car quand ils n'ont pas leur drogue, ils sont dans un état terrible. Ils souffrent beaucoup... ils se roulent par terre, ils se tordent et ils disent que tout leur corps leur fait mal. Ils ont l'impression de brûler en dedans. Vous savez, on reconnaît un drogué à un kilomètre, rien qu'à sa figure. S'il le nie, vous n'avez qu'à regarder son avant-bras.

Enfin, ça s'est terminé comme ça et je suis parti plus furieux qu'un taureau sauvage. Mais je ne pouvais pas faire autrement. Si j'avais perdu la tête et m'étais débattu, cela aurait été pire.

Ces choses-là ne sont pas permises, vous comprenez, mais malheureusement, quand les gardiens le voient, ils détournent la tête tout simplement. Dans chaque couloir, il y a une guérite munie d'un téléphone et un gardien armé d'une mitraillette Thompson. Mais quand il y a une bagarre, le gardien se contente de regarder et ne fait absolument rien pour y mettre fin. Il pourrait facilement appeler le bureau central et leur demander d'envoyer des hommes pour séparer les combattants, car lorsque deux détenus commencent une bagarre, elle s'étend au reste de la cellule et beaucoup sont blessés.

En prison, la journée commence avec le réveil à six heures du matin. Quatre pelotons, un pour quatre rangées de cellules, viennent frapper avec leur matraque pour réveiller tout le monde. Les gardiens hurlent : « Debout, fils de pute; finie la bonne vie ! En rangs, pour la soupe et gloire à Dieu, vous ne sortirez jamais de prison. » La façon dont ces gars parlent ! En ce qui me concerne, ça ne me gênerait pas qu'on fasse sauter le Pénitencier et tous ceux qui sont dedans.

Puis nous descendons et nous nous mettons en rangs pour l'appel. Je suis devenu caporal au bout d'un certain temps, et c'était mon rôle de faire l'appel le matin. Je disais le premier nom et ils répondaient par le second. Nous faisions notre rapport au commandant quand tout le monde avait été appelé.

Les clairons sonnaient alors le *rancho*, l'appel à l'ordinaire, et nous nous alignions tous pour le petit déjeuner. On nous donnait du gruau et du lait, un petit pain et des fèves, et une cruche d'eau. Puis nous descendions pour les exercices, qui duraient environ trois heures. Je n'allais pas à ces exercices militaires car je suis bientôt devenu un *influyente*. C'est-à-dire que je payais un peso par semaine au commandant du bloc pour être marqué présent. Le commandant était un détenu comme nous, sauf qu'il était chargé du maintien de l'ordre, de l'enregistrement des plaintes, etc. Quand on lui donne un peso, on n'a pas besoin de se lever à six heures du matin ni d'aller aux exercices. La raison pour laquelle je ne voulais pas y aller est que je n'avais pas de chaussures.

Après les exercices, on pouvait rentrer dans sa cellule ou aller dans la cour marcher de long en large comme un lion en cage. J'étais l'un de ces lions.

A midi, ils sonnaient le rassemblement pour un autre appel. Après on recevait sa ration, d'habitude des fèves, du riz, du ragoût et du pain. Je crois que le ragoût était fait avec de la viande de cheval, bien qu'ils disaient que c'était du bœuf. Quoi qu'il en soit, le repas de midi était un peu meilleur. Ils sonnaient de nouveau le rassemblement pour le travail et encore trois heures d'exercices. Puis nous retournions dans nos cellules.

A six heures du soir, on sonnait un troisième rassemblement pour baisser le drapeau. Puis c'était l'appel d'ordinaire. Les rations du soir consistaient en café au lait, gruau et pain. De retour aux cellules, plus tard, on tirait le verrou et toutes les cellules étaient fermées. A neuf heures, on sonnait l'extinction des feux, mais auparavant les « pétroliers » s'affairent, bien qu'en fait ils opèrent toute la journée. Ce sont les ravitailleurs de drogue. Ils font leur tour en cachette comme s'ils vendaient des cigarettes ou des bonbons. « Une sèche pour un peso », ou deux pesos. Les gars disent : « Psst ! » comme s'ils appelaient n'importe quel marchand ambulant. « Donne-m'en une. Quel genre c'est ?

— De la came premier choix.

— Sûr ?

— Sûr. » Alors qu'ils sont encore alignés, même en plein jour, les détenus se mettent à épouiller la marijuana, c'est-à-dire à en sortir les graines. Ils roulent leurs cigarettes dans du papier d'emballage et fument comme si c'était la chose la plus naturelle au monde. Enfin, pas trop ouvertement, juste un peu en cachette, à cause des gardiens.

C'était vraiment moche là-bas; c'est difficile à décrire. Malgré tous mes efforts, je n'y parviens pas. Il faut y être passé soi-même ou du moins l'avoir vu pour savoir ce que c'est. Les gangs qui opèrent à l'intérieur de la prison sont les pires que j'aie jamais vus, parce qu'ils sont composés de gens qui ne se préoccupent plus d'être libres ou en prison, de tuer ou d'être tués, vous comprenez ? Pour entrer dans un de ces gangs, il faut avoir deux ou trois scalps à sa ceinture. Ces gangs s'organisent à l'intérieur de la prison, mais même lorsque leurs membres sont relâchés, ils se rassemblent à l'extérieur, pour commettre toutes sortes de crimes.

Le chef du gang n'accepte pas n'importe qui et personne ne peut aller le lui demander. Il choisit lui-même, tranquillement. Il parle avec un type, puis un autre; et bien que les détenus ne diront rien à la police, parce qu'ils se feraient tuer, ils parlent librement entre eux de ce qu'ils ont fait. De cette façon, le chef se fait une idée sur chacun, et quand il décide de proposer à quelqu'un de se joindre au gang, on peut être sûr que c'est le pire du tas.

Il n'y avait pas de gang dans ma cellule, mais j'ai découvert leur existence parce que j'étais *chícharo*, balayeur de la boutique du coiffeur de la prison. Puis j'ai travaillé à la boulangerie. Les plus grands bandits travaillaient à la boulangerie. Le type qui était mon patron était l'un des plus grands chefs de gang, bien qu'il n'ait jamais ennuyé personne, car c'est ainsi qu'ils sont ces chefs de gang — un vrai chef ne dit jamais rien, sauf quand il est drogué et que son esprit s'affaiblit. C'est alors qu'il commence à faire des dégâts.

Je les entendais parler des gangs, vous comprenez. Un jour les gars ont dit à mon patron : « Fais sortir le gosse.

— Non, vous pouvez parler ouvertement devant lui, il est au niveau. Il s'est bien tenu quand Aurelio a essayé de lui planter un couteau. » Cette conversation avait lieu alors qu'il pensait à m'employer avec lui. Alors ils ont dit : « Bon; le môme, tu restes muet sur tout ce que tu entends ici.

— Sûr, d'accord. » En fait, je ne crois pas avoir entendu quoi que ce soit d'important. Les gars utilisaient un *caló* si recherché qu'il m'arrivait de ne pas comprendre les mots. A l'époque, ils préparaient une évasion, mais ça n'a pas marché.

Les gangs étaient les patrons non seulement des détenus, mais même des gardiens et du capitaine des gardiens. L'un d'eux contrôlait même le directeur de la prison. C'est un peu fort, non ? C'était un détenu et il s'appelait la Grenouille. C'est un type qui a tué 132 ou 134 personnes. Il était soldat dans l'infanterie, autant que je m'en souvienne, et une fois, alors qu'il était en service, il y a eu une espèce d'émeute d'étudiants. On ne sait encore pas comment c'est arrivé, mais il s'est mis à tirer avec des mitraillettes sur la foule des étudiants. Il les a tués comme des mouches, balayant les étudiants du tir de sa mitraillette. Il a été responsable d'une centaine de morts, auxquelles il faut ajouter le meurtre d'un bandit et celui d'un gardien de prison.

Ce n'était pas seulement une rumeur le fait que la Grenouille contrôlait le directeur, vous comprenez. Il circulait librement dans la prison et si le directeur venait à passer c'est lui qui se mettait de côté pour laisser passer la Grenouille. Et si la Grenouille n'aimait pas quelque chose — par exemple, s'il estimait qu'il fallait faire quelque chose pour les détenus, il disait : « Il faut arranger ça. » Il le disait comme s'il pensait à haute voix, afin que le directeur puisse l'entendre et exécuter les ordres.

J'ai eu plusieurs fois affaire à la Grenouille. Je volais pour lui quand je travaillais à la boulangerie. Je volais du lard, des brosses, bref, j'aurais volé la mère du directeur si elle était venue ! Naturellement, je lui remettais la marchandise et il me donnait toujours quelque chose en retour. Je ne dis pas que j'en suis fier, mais les choses étant ce qu'elles sont, j'y étais obligé, car si j'avais refusé, ils m'auraient traité comme si j'étais le dernier des *primos* là-bas, vous comprenez ? *Primo* veut dire merdeux en argot.

Alors je donnais tout à la Grenouille, car il avait une boutique à l'intérieur même de la prison. Il vendait des cigarettes et d'autres choses. Même si un détenu n'était pas dans les petits papiers du directeur, s'il avait de l'argent, il pouvait ouvrir sa petite boutique. Bien que ça coûte les yeux de la tête, on peut en obtenir l'autorisation. Il y a deux frères qui ont plein d'argent, qui tiennent le restaurant Juana dans la prison. On dit que c'est le meilleur restaurant de Mexico.

Quant à la vie sexuelle, je vous assure que c'est la plus vulgaire promiscuité, bien que les homosexuels soient séparés des autres. Les homosexuels ont leur section dans la partie arrière de la prison. Ces hommes, je ne sais pas comment les appeler autrement, ont leur section composée de baraques en bois. Et il y a des types qui mettent du rouge à lèvres en plein jour, d'autres qui font la lessive, de la couture, la cuisine, d'autres qui font des *tortillas*, d'autres qui flirtent.

Malheureusement, beaucoup des types en prison sont si dépravés, ils sont tombés si bas, que lorsque le désir leur vient et qu'il n'y a pas de femme pour les soulager, ils offrent aux gardiens des pourboires de cinquante centavos ou un peso pour qu'ils les laissent aller à la *jota*, la section des homosexuels. Quand ils arrivent là-bas, eh bien, vous pouvez imaginer ce qui se passe. Ils choisissent la « fille » qui leur plaît le plus. Ils sont tous habillés en femme, bien qu'à chaque fois qu'il y a une inspection, ils s'habillent en homme. C'est ça le règlement, vous voyez ?

Cette histoire d'homosexuels m'a beaucoup impressionné. Un jour, les nouvelles émises par le haut-parleur de la prison ont annoncé que l'un des détenus avait été envoyé à Tres Marias pour avoir violé un autre détenu, un garçon de dix-huit ans. Il y avait des femmes au Pénitencier, dans une section séparée. Personne ne pouvait y aller. Enfin, je ne devrais pas dire personne, car un pourboire vous mène loin en prison. Si vous voulez corrompre un ou deux gardiens, vous avez des chances. Mais ça au moins c'est plus acceptable, parce qu'il s'agit de relations avec des femmes, n'est-ce pas ?

Je ne suis jamais allé voir de femme en prison, parce que j'avais toujours des difficultés. En outre, c'était un gros risque; si on vous attrapait à corrompre un gardien ou à sortir de votre section, on vous mettait au secret à Tres Marias. Tres Marias est une prison ronde, avec juste un sol, de sorte que les cellules sont en forme de triangle. Seule la moitié de la cellule est recouverte d'un toit. Quand il pleut, vous pouvez vous imaginer comme il fait froid et humide, surtout la nuit. Pendant la journée, on peut être au soleil ou à l'ombre, mais on n'a pas le droit de fumer, ni d'avoir une couverture ni rien.

Alors que j'étais déjà là depuis plusieurs mois, j'ai rencontré Ramón Galindo en prison. Je connaissais Ramón et ses frères depuis mon enfance, bien que Ramón fût plus vieux que moi. Ils vendaient du charbon de bois dans la rue des Jardiniers et ils étaient aussi pauvres que nous.

Puis Ramón s'est trouvé avoir une bicyclette et il a ouvert une agence de location. Je ne sais pas à quel point il était doué, bien que je puisse l'imaginer, mais il a bien développé son agence. Il a pu s'acheter une maison décente et devenir usurier. Il prêtait de l'argent à 20 pour 100 d'intérêt par mois; il s'est acheté une voiture et il s'est bien installé.

J'ai appris par la suite qu'il faisait des affaires avec un tas de gens des bas-fonds, qu'il rencontrait dans les bars. Il buvait beaucoup; on le trouvait souvent allongé dans la rue, ivre-mort, jusqu'à ce qu'un jour il jure de ne plus jamais toucher une goutte d'alcool. Il a tenu parole et tout a bien marché pour lui depuis lors. Il s'est mis à acheter des articles de contrebande à des amis sûrs et du jour au lendemain, il est devenu l'un des plus riches du quartier.

Il était en prison pour avoir tué un chauffeur de taxi, dans une bagarre de rue. Quand je l'ai rencontré, il était déjà devenu instructeur de la prison en matière de défense personnelle. Je ne sais pas comment il s'est débrouillé, mais par la suite il est passé chef du personnel des détenus et a terminé intimement lié au chef des Services secrets.

Quand il est sorti, il est même devenu agent des Services secrets et ses fils sont maintenant agents de police. C'était plutôt fort, car il continuait à acheter des produits volés. Je le sais très bien, car je suis devenu son bras droit.

Enfin, c'est ainsi que ça s'est passé pendant les sept mois que je suis resté là-bas. J'ai appris des choses en ce qui concerne les amis durant cette période. Ceux du dehors qui se disaient mes amis quand j'avais de l'argent et qui me suivaient partout n'ont même pas pris la peine de venir me voir. Je ne me souviens pas d'un seul qui ait même envoyé ses amitiés par l'intermédiaire de ma famille. Je me suis aperçu qu'on a très peu de vrais amis en ce monde.

Alors que je m'y attendais le moins, ils m'ont relâché. On m'avait souvent conduit à la cour de justice dans la *Julia*, et j'ai finalement été confronté aux deux gardiens de parc. Le jour où on m'a libéré, j'étais au tribunal, toujours pieds nus, vêtu d'un costume qui était une véritable injure, un costume à rayures qui me faisait ressembler à un zèbre. Mon père et Marta étaient là. L'avocat m'a dit que j'allais être libéré parce qu'on avait attrapé le coupable. « Eh bien, excusez-nous », dit le juge.

Je lui ai dit : « Monsieur, croyez-vous qu'en disant : « Excusez-nous », vous allez effacer les sept mois de souffrances que j'ai endurées ici ? Et la souffrance morale de ma famille, et le fait que je sois marqué jusqu'à la fin de ma vie ? »

Il a dit : « Ne le prenez pas sur ce ton, sinon on vous garde. » Je ne pouvais donc rien faire d'autre que me tenir tranquille. Si j'avais continué, j'aurais eu beaucoup de choses à raconter aux autorités. Comme ça, j'étais libre, avec seulement un « excusez-nous » pour m'accompagner. « Excusez-nous, nous avons attrapé le coupable. »

Cela a coûté mille deux cents pesos à mon pauvre père pour me faire relâcher. On l'a volé, car mon cas était facile et l'avocat ne méritait pas ses honoraires. Il n'y avait pas de preuves matérielles contre moi et deux des « témoins » contredisaient les trois autres. J'admets que lorsque quelqu'un contrevient à la loi, il doit être puni, mais j'ai été faussement accusé. Avant qu'ils commettent cette injustice à mon égard, je croyais à la loi, mais plus après. Si c'est ça la justice, alors qu'est-ce que l'injustice !

Ils m'ont volé sept mois de ma vie ! Ce n'est pas que je sois amer, mais je déteste tout ce qui représente la loi. La police et les Services secrets ne sont que des voleurs avec licence. Pour n'importe quelle petite chose, ils vous battent. Je suis toujours prêt à leur faire face et à les engueuler. C'est pourquoi, quand il y a une grève ou une émeute, j'y vais, sans demander quelle est la cause de la manifestation, rien que pour avoir l'occasion de me battre avec la police. Et quand un policier se fait tuer, je ne suis pas exactement heureux, mais je sens qu'il méritait ce qui lui est arrivé.

Il n'y a pas de loi ici, rien que celle des poings et de l'argent. C'est la loi de la jungle, la loi du plus fort. Celui qui est économiquement fort peut vivre. Il commet les pires crimes et il est aussi innocent qu'une colombe devant les juges et la police, car il a de l'argent à donner. Mais c'est différent pour un homme pauvre qui commet un délit mineur. Ce qui m'est arrivé n'atteint par le millième de ce qui est arrivé et arrive encore à d'autres. Je ne sais vraiment pas ce que c'est que la justice car je ne l'ai jamais vue.

S'il y a un enfer, il se trouve au Pénitencier. Je ne souhaite pas à mon pire ennemi d'être dans un endroit comme celui-là.

Six garçons de la Casa Grande sont allés en prison, mais un seul était un véritable criminel. Les autres, comme moi, ont eu des ennuis à cause de bagarres et par malchance. Je ne veux pas dire que je ne méritais pas de recevoir une leçon, parce que je n'ai pas fait ce dont ils m'accusaient, j'ai fait d'autres choses mauvaises. J'ai été un mauvais fils, un mauvais frère, un ivrogne... je suis convaincu que j'avais besoin d'être puni, mais je maintiens qu'on m'a emprisonné injustement.

Le Mexique est mon pays, pas vrai ? Et je lui voue un amour profond, surtout pour la capitale. Nous jouissons d'une liberté d'expression et surtout, une liberté de faire ce qui nous plaît, que je n'ai pas trouvée ailleurs. J'ai toujours réussi à mieux gagner ma vie ici... on peut vivre même en vendant des graines. Mais en ce qui concerne les Mexicains, enfin, ils ne me font pas bonne impression. Je ne sais pas si c'est parce que je me suis moi-même mal comporté, mais il me semble qu'ils manquent de bonne volonté.

C'est la loi du plus fort qui règne ici. Personne ne vient en aide à ceux qui tombent; au contraire, s'ils peuvent les blesser davantage, ils le font. Si quelqu'un se noie, on lui pousse la tête sous l'eau. Et si quelqu'un essaie de s'en sortir, on l'en empêche. Je ne suis pas intelligent, mais à mon travail j'étais toujours le meilleur... je gagnais plus que mes camarades. Quand ils s'en rendaient compte, ils me faisaient avoir des ennuis avec mon patron et me faisaient mettre à la porte. Et il y a toujours quelqu'un pour dénoncer le voleur, le tueur, celui qui a dit ceci ou qui va mal tourner.

Est-ce à cause du manque d'éducation ? Il y a tant de gens qui ne savent même pas signer leur nom ! Ils parlent de constitution... c'est un joli mot, qui sonne bien, mais je ne sais même pas ce qu'il veut dire. Pour moi, nous vivons dans la violence... l'homicide, le vol, l'agression. Nous vivons rapidement et nous devons être constamment sur nos gardes.

On m'a fait sortir de prison environ à deux heures et demie de l'après-midi. Je suis allé directement à la Villa remercier la Vierge. J'ai fait part à ma famille de mon vœu d'aller à Chalma. Ce n'était pas l'époque de la fête du Seigneur et personne ne voulait y aller. Ma tante Guadalupe m'a dit d'accomplir mon vœu, j'y suis donc allé tout seul. Cette fois, j'ai marché pieds nus tout le long du chemin de Santiago à Chalma, environ trente à trente-cinq kilomètres. J'ai marché sans m'arrêter. La marche a été dure. La route était si boueuse qu'on aurait dit du chewing-gum, mes pieds s'enfonçaient et s'arrachaient aux pierres.

Je n'ai prêté aucune attention à la douleur. Je me suis concentré sur l'accomplissement de mon vœu et à ne pas flancher. Plus la route était dure, mieux c'était, car plus je souffrais physiquement, plus j'étais satisfait. C'était pour moi le but du pèlerinage : souffrir et faire un sacrifice. Je me sentais abattu et désespéré en y allant, mais au retour je n'éprouvais qu'un grand sentiment de soulagement.

Peu de temps après, j'ai été ramassé par la police et mis en prison parce que je n'avais pas signé pour mon premier délit pendant les sept mois que j'avais passés en prison. Quand on n'est pas venu signer trois fois consécutives, le Service de mise en liberté provisoire avertit les Services secrets et la police se met à votre recherche. Je crois que cela est anticonstitutionnel car le Service de mise en liberté provisoire devrait avoir sa propre police, non celle du judiciaire. Quoi qu'il en soit, je suis sorti tout de suite.

J'ai traîné pendant quelque temps, puis je suis parti pour Veracruz.

Consuelo

La nuit où Marta n'est pas rentrée, je m'inquiétais davantage de ce que mon père allait dire que du sort de Marta. Roberto l'a cherchée partout, tandis que Paula et moi attendions à la maison. Nous avons enfin entendu mon père ouvrir la porte. J'ai fait semblant de coudre; Paula et le bébé dormaient. Mon père a immédiatement demandé : « Où est Marta ? » Sa voix était sèche et coupante. Je n'ai pas osé répondre. Roberto s'est levé d'un bond, comme il faisait toujours quand mon père entrait dans la pièce et il a dit : « Elle n'est pas rentrée. » Nous avons attendu le déferlement d'insultes et de jurons, mais mon père savait nous surprendre. Il a dit : « *Ay, ay,* allons la chercher. » Ils sont sortis tous les deux.

Un peu plus tard, j'ai entendu siffler Manuel et je lui ai ouvert la porte. Il ne posait jamais de questions sur la famille et cette fois ne fit pas exception. Je ne lui ai rien dit et je l'ai regardé faire son « lit » par terre. Il allait se coucher quand mon père est entré. « Elle est revenue ? » Manuel se redressa sans comprendre.

Mon père s'est tourné vers lui. « Va chercher ta sœur, *cabrón,* vaurien ! Tu restes couché pendant qu'elle est dehors ! Allons. » D'habitude, Manuel était lent à exécuter un ordre, mais cette fois il se montra aussi léger qu'une plume.

Ils sont tous les trois rentrés très tard. Le visage de mon père était dur et amer. Roberto avait la tête baissée, Manuel les yeux ensommeillés. Mon père nous a donné l'ordre d'aller nous coucher et il a éteint la lumière. Je voyais sa silhouette courte, immobile, debout dans la cuisine, comme enracinée dans le sol de ciment. Il fumait et la pointe rouge de sa cigarette brûlait dans l'obscurité. Je ne comprenais pas la signification de l'acte de ma sœur. Je savais seulement que mon père était triste et inquiet. Je me suis endormie en attendant, attendant toujours.

Mon père a réveillé les garçons très tôt et les a envoyés chercher Marta. Il m'a laissé le numéro de téléphone du café et il est allé travailler. Vers trois heures de l'après-midi, Marta est entrée. Elle avait l'air si jeune avec ses nattes et ses socquettes ! Mais elle semblait s'attendre à une scène et je la lui ai faite. J'ai pris mon rôle de sœur aînée au sérieux. « Où étais-tu cette nuit ? » Elle s'est retournée et m'a adressé un regard de mépris qui m'a rendue furieuse. Elle s'est mise à m'insulter et j'ai attrapé une ceinture qui était suspendue derrière la porte. J'ai réussi à lui en donner quelques coups, mais elle s'est défendue, en hurlant et en griffant avec ses ongles. La bataille s'est terminée à l'entrée de Roberto.

Je suis allée au réservoir d'eau dans la cour laver le sang qui coulait sur mes bras et c'est là que j'ai appris par Irela que Marta avait passé la nuit avec Crispín, celui qui est devenu par la suite son mari. J'ai alors compris et j'ai pleuré toutes les larmes de mon corps. Les parents de Crispín sont venus parler à mon père, mais je ne les ai pas entendus car on m'a fait sortir de la maison.

Quand Marta est allée vivre avec Crispín, j'ai été très mécontente. J'avais rêvé qu'elle ferait des études et qu'elle irait à l'école, bien habillée et avec des lunettes. Je l'avais imaginée à l'anniversaire de ses quinze ans et à son mariage, avec mon père la conduisant à l'autel. Au lieu de mon rêve j'ai commencé à voir un cauchemar, ma petite sœur vivant en union libre, portant son bébé, allant au marché en tablier déchiré, mal coiffée et traînant la savate. Encore une de mes illusions détruites.

La première fois que je suis allée voir la pièce que Crispín avait installée pour Marta, je fus impressionnée car il y avait tout ce dont ils avaient besoin : un lit, une table et des chaises, un petit réchaud à pétrole et suffisamment de vaisselle et de casseroles. Mais par la suite ils se sont beaucoup disputés et quand Marta me disait que Crispín l'avait battue, je me mettais en colère. Je le considérais comme un mari brutal et jaloux, qui ne remplissait pas ses obligations. Je me mêlais à leurs disputes, défendant toujours ma sœur. Mais plus tard, quand j'ai entendu la version de Crispín, je me suis rendu compte que c'était Marta qui avait tort. Elle voulait sortir avec mon frère Roberto et sa bande, exactement comme elle l'avait fait avant son mariage. Quand Crispín s'y est opposé, elle l'a menacé d'envoyer Roberto pour le rosser. Roberto soutenait toujours Marta et le résultat fut que Crispín nous interdit à tous de leur rendre visite. Quand je reprochais à Marta de ne pas tenir sa maison propre, ou de ne pas obéir à son mari, elle m'attaquait en m'accusant d'être amoureuse de Crispín. Après ça, je me suis tenue à l'écart de leurs affaires, mais je crois tout de même que si Marta s'était mieux conduite, elle et Crispín auraient pu vivre en bonne harmonie.

A la maison, Paula attendait son deuxième bébé. Mon père fit accrocher un fil de fer avec un rideau en travers de la pièce pour cacher son lit et c'est derrière ce rideau qu'Alanes est né. Plus d'un an après, Domingo est venu au monde. Mes neveux et nièces ont tous été bien accueillis en venant au monde, mais la première, Mariquita, est restée la favorite. Elle égayait la maison et je suis tombée amoureuse d'elle.

J'ai également appris à aimer Paula, qui ressemblait à une sainte. Elle ne vivait que pour ses enfants quoiqu'elle les punissait d'une façon qui me faisait enrager. Ma Mariquita n'avait que onze mois quand elle a goûté du dos de la main de sa mère. Pour je ne sais quelle raison, Paula rendait cette enfant responsable de ce que faisaient ses frères. S'ils mouillaient le lit, s'ils tombaient ou s'ils renversaient quelque chose, c'était Mariquita qui se faisait tirer les cheveux ou fesser. Je n'ai jamais osé intervenir, mais je quittais généralement la maison, claquant la porte derrière moi.

Paula aimait Manuel, malgré la façon dont il la traitait. Elle couvrait ses fautes et ne se plaignait jamais à nous ni à mon père. Elle passait toute la journée à coudre et à raccommoder et à s'occuper de ses enfants. Il était rare qu'elle aille au cinéma, qu'elle sorte ou qu'elle s'achète des robes. Manuel n'était jamais là, rentrait après minuit ou à l'aube. Paula était prête à le servir à n'importe quelle heure, allumant la lumière, réveillant tout le monde pour lui donner à manger. Ou quelquefois à trois, quatre heures du matin, il allumait pour lire. Cela me mettait très en colère car je devais me lever tôt pour aller travailler, mais Paula ne disait jamais rien.

Je ne me souviens pas avoir jamais vu mon frère traiter sa femme avec affection. Il lui parlait d'un ton brusque ou pas du tout, s'enterrant dans un magazine ou un journal. Je ne crois pas qu'il l'aimait vraiment. Il préférait même dormir par terre plutôt que de se serrer dans le lit avec elle et les enfants, mais de toute façon, leur vie conjugale était handicapée parce qu'ils n'avaient pas d'intimité. De temps en temps, ils nous disaient qu'ils allaient au cinéma mais je crois qu'ils allaient à l'hôtel.

En grandissant, je me suis davantage rendu compte des limites qu'imposait le fait de vivre à toute une famille dans une seule pièce. Dans mon cas, parce que je vivais dans l'imagination et que j'aimais rêver, j'étais surtout contrariée d'être interrompue dans mes rêveries. Mes frères me ramenaient à la réalité par : « Eh, qu'est-ce que t'as ? T'as l'air droguée. » Ou j'entendais la voix de mon père : « Réveille-toi ! Toujours dans les nuages ! Remue-toi, en vitesse ! »

En revenant sur terre, il me fallait oublier la jolie maison que j'avais imaginée et je regardais notre pièce avec des yeux plus critiques. La grossière armoire sombre, si étroite qu'elle me faisait penser à un cercueil, était bourrée des vêtements de cinq, sept ou neuf personnes selon le nombre de gens vivant à la maison. Le chiffonnier aussi devait servir à toute la famille. S'habiller ou se déshabiller sans être vu était un problème. Le soir, il fallait attendre que la lumière soit éteinte ou se déshabiller sous la couverture ou se coucher tout habillé. Antonia se souciait moins d'être vue en combinaison, mais Paula, Marta et moi étions très pudiques. Roberto aussi se levait le matin enveloppé dans sa couverture et allait s'habiller dans la cuisine. Nous les femmes ne nous habillions pas avant que les hommes et les enfants ne soient sortis pour que nous puissions fermer la porte. Mais il y avait toujours quelqu'un qui voulait entrer, frappait impatiemment à la porte et nous disait de nous dépêcher. Nous ne pouvions jamais flâner.

Cela aurait été un grand luxe de pouvoir m'attarder devant le miroir pour me coiffer ou me maquiller; c'était impossible à cause des sarcasmes de ceux qui se trouvaient dans la pièce. Mes amies de la Casa Grande se plaignaient de leur famille pour les mêmes raisons. Encore aujourd'hui, je jette un rapide coup d'œil au miroir, comme si je faisais quelque chose de mal. Il me fallait également supporter des remarques si je voulais chanter, ou m'allonger dans une position confortable ou faire quelque chose qui n'était pas jugé acceptable par ma famille.

A vivre dans une seule pièce, on doit suivre le même rythme que les autres, bon gré mal gré — on ne peut qu'adopter la raison du plus fort. Après mon père, c'était Antonia qui en faisait à sa tête, ensuite la Chata, puis mes frères. Les plus faibles pouvaient approuver ou désapprouver, être en colère ou dégoûté, mais ne pouvaient jamais exprimer leur opinion. Par exemple, nous devions tous aller nous coucher en même temps, quand mon père nous le disait. Même quand nous étions déjà grands, il disait: « Au lit ! Demain on travaille. » Il pouvait être huit ou neuf heures, alors que nous n'avions pas du tout sommeil, mais parce que mon père devait se lever tôt le lendemain matin, il fallait éteindre la lumière. J'avais souvent envie de dessiner ou de lire le soir, mais je n'avais pas sitôt commencé quand : « Au lit ! Eteignez la lumière ! » et je restais avec mon dessin dans ma tête ou l'histoire non terminée.

Dans la journée, c'était Antonia qui choisissait les programmes de la radio qu'il nous fallait écouter; le soir, c'était mon père. Nous détestions spécialement « les Enfants savants » (*los niños catedráticos*) parce que mon père disait : « Un enfant de huit ans et il sait tant de choses... et vous, ânes, vous ne voulez pas étudier ! Plus tard, vous le regretterez. » Quand mon père ou Antonia n'étaient pas là, comme nous nous battions pour la radio !

Si la Chata était chargée de la maison, elle régnait sur nous à sa façon. Elle nous faisait attendre dans la cour jusqu'à ce qu'elle ait terminé le ménage, et quelquefois, à cause du froid, j'avais besoin d'aller aux toilettes. Elle refusait d'ouvrir la porte et je sautais en hurlant, pour que tous les voisins entendent : « *Ay*, la Chata, laisse-moi entrer. Il faut que j'y aille. Je ne peux plus tenir. » Alors elle se vengeait en laissant la porte d'entrée ouverte pour que les passants dans la cour puissent voir mes pieds sous la porte des w.-c. J'essayais de cacher mes pieds et je la priais de fermer la porte d'entrée. Mais elle répondait : « Oh, qui va faire attention à une enfant. »

Le cabinet, avec sa demi-porte, ne nous permettait presque aucune intimité. Il était si étroit que la Chata était obligée d'y entrer de côté et de laisser le volet entrouvert pour pouvoir s'asseoir. Antonia lançait toujours une plaisanterie sur les personnes utilisant le cabinet. Si Manuel restait trop longtemps comme il le faisait d'habitude, elle disait : « Coupe-le, ou veux-tu que je t'apporte les ciseaux ? » A moi, elle disait : « Tu es encore là ? Je croyais que tu étais déjà à San Lazaro. » San Lazaro est la sortie des égouts de la ville et elle voulait dire que j'étais tombée dans le trou. D'autres fois, c'était moi qui faisais des histoires. Je taquinais Roberto quand il était au cabinet en ouvrant la porte d'entrée, prétendant que l'odeur était trop forte. Il criait rageusement : « Ferme cette porte, ou tu vas voir ce qui va t'arriver. » Mais je fuyais dans la cour avant qu'il sorte. Ou lorsqu'il y avait quelqu'un au cabinet, je me mettais à danser devant la porte en criant que j'avais besoin d'y aller. Je me souviens de Manuel sortant, son journal illustré entre les dents, relevant son pantalon et le regard meurtrier. Antonia ne sortait jamais avant d'être prête, quel que soit le chahut qui lui était fait, et il m'arrivait souvent d'avoir à chasser tout le monde de la pièce pour pouvoir utiliser le pot de chambre.

Parfois les plaisanteries étaient grossières. Antonia était constipée et souffrait beaucoup de gaz. Elle s'efforçait de se retenir, mais souvent elle disait en riant : « Pourquoi me retiendrais-je, si ça doit me faire mal au ventre. » Mais si l'un d'entre nous allait au cabinet pour la même raison, elle le plaisantait : « Comme tu es enroué... tu tousses, vieux. » Et nous répondions : « Et toi, quand tu y vas comme une mitraillette, la nuit, on peut même voir ta couverture se soulever. » Quand nous étions petits et que quelqu'un émettait un bruit, mon père ne faisait que rire : « *Ay*, qui est-ce ? Ça devait être un rat. » Mais plus tard, il grondait d'une voix dure et envoyait le coupable au cabinet. Quand il n'était pas là, Manuel et Roberto continuaient en se traitant mutuellement de « cochon » et de « porc » et en se faisant rougir de honte. Si personne ne faisait de commentaire, nous passions généralement sur un faux pas sans y faire attention.

Mais ces contrariétés étaient insignifiantes comparées au fait d'être grondée devant tout le monde. J'ai souvent pensé que si mon père m'avait adressé des reproches en privé, cela m'aurait fait moins mal. Mais tout le monde entendait les horribles choses qu'il me disait, même s'ils faisaient semblant de ne pas écouter et cela m'humiliait et me blessait d'autant plus. Mes frères et sœurs ressentaient la même chose. Quand l'un de nous se faisait gronder, nous nous sentions tous punis. Les paroles de mon père s'amassaient peu à peu jusqu'à nous recouvrir complètement et nous faire sombrer dans une crise de larmes.

J'ai commencé à vivre autant que possible hors de la maison. Pendant la période où mon père n'a pas habité avec nous, je suis allée à tous les bals que je voulais, même contre la volonté de Roberto. Manuel ne s'occupait pas beaucoup de ce que je faisais, mais Roberto me surveillait comme un faucon. Si je faisais deux ou trois danses consécutives avec le même garçon, il disait : « Ne danse plus avec lui, je ne peux pas le souffrir. » Il regardait le garçon comme s'il allait le tuer; rien qu'à le voir, les gars savaient qu'il me surveillait. Si je n'obéissais pas, il m'arrachait des bras du garçon et me traînait à la maison. Je retournais danser si je pouvais, rien que pour lui montrer qu'il ne pouvait pas me commander. Mais il le racontait à mon père et je me faisais gronder. Même si je pleurais et promettais de ne plus y aller, aussitôt que la musique commençait, je ne pouvais pas me retenir. Je laissais mon café sur la table et courais danser.

L'ami de Roberto, Pedro Ríos, qui vivait à la Casa Grande, était devenu mon *novio* avant même que mon père nous quitte. Pedro était très gentil et passait sur tous les mauvais moments que je lui infligeais. L'une des choses qui lui déplaisait le plus était que j'aille danser. Mais j'y allais tout de même, pour me venger, parce qu'il se saoulait. Il me regardait, puis il m'emmenait sur la piste pour me parler tandis que nous dansions.

« Tu me ridiculises tout simplement, dit-il. Tu le fais parce que tu sais que je t'aime, mais si tu continues, nous allons avoir une vraie bagarre.

— Je romprai avec toi plutôt que de renoncer à la danse », répondais-je, et c'est finalement ce qui est arrivé.

A l'époque, les garçons de la *vecindad* disaient : « Les filles de la Casa Grande sont pour nous seulement » et c'était vrai. L'étranger qui essayait de trouver une fille dans la Casa Grande était à plaindre car les gars lui tombaient dessus ou lui causaient des ennuis. Pedro et d'autres de la bande disaient que nous les filles ne devions pas danser ni parler avec des étrangers, mais je n'en tenais pas compte. Je dansais avec n'importe quel étranger tant qu'il me plaisait. C'est ainsi que j'ai rencontré Diego Tortal.

Diego était un jeune homme à la peau claire, mi-réservé, mi-plaisantin. Il s'habillait bien. Il me fallait trouver un prétexte pour cesser de sortir avec Pedro et devenir la *novia* de Diego, mais Pedro ne me donnait aucune raison de rompre. Puisque j'aimais beaucoup Diego, je flirtais avec les deux. Je ne voyais Diego que lorsque j'allais danser. Si Pedro et Diego se trouvaient tous deux au bal, je m'en allais. Un jour, Diego m'a demandé de le retrouver devant une école toute proche. J'avais déjà dit à Pedro de m'attendre à la même heure à l'arcade de la rue des Ferblantiers. L'immeuble avait deux entrées et tandis que Pedro m'attendait à l'une, j'ai couru de l'autre côté par le jardin pour rencontrer Diego. Mon cœur battait furieusement. « Je ne suis venue que pour quelques minutes, tu connais mes frères. » Diego fut satisfait.

Je suis retournée à l'arcade pour voir Pedro. Il insista pour que nous allions au jardin. Je n'ai pas voulu parce que Diego aurait pu encore s'y trouver mais, je ne sais comment l'expliquer, au lieu d'avoir peur je me sentais très à l'aise. Je me moquais intérieurement des deux. Je ne suis pas sortie longtemps avec Diego, pourtant il m'a fait des propositions. A l'époque, le mariage n'avait aucun sens pour moi; cela ne semblait même pas réel. Diego disait : « Tu n'aimerais pas avoir une belle maison avec des meubles capitonnés ?

— Capitonnés ? » Je ne savais même pas ce que ça voulait dire. Il me décrivait son travail, mais pendant qu'il parlait, je pensais : « Tu t'imagines que je te crois, hein ? Non, mon malin. Tu ne peux pas me tromper. Ne le crois pas, Consuelo, ne le crois pas. » Mais revenant à la tendresse, je disais : « Oui, j'aimerais bien. Ce serait joli. » Mais au fond, je riais. Je me méfiais de tous, je ne sais pas pourquoi. Peut-être parce que l'amour n'a jamais été mon idéal.

Les amis de mon frère Roberto étaient mes amis. Mais toujours, grâce à son influence et au fait que je n'ai jamais aimé les plaisanteries vulgaires, tous me respectaient. Les autres bandes craignaient les garçons de la Casa Grande parce qu'ils étaient brutaux et batailleurs. J'entendais souvent parler de bagarres entre la bande de la Casa Grande et celle de la Casa Verde ou de la rue des Potiers. Ceux de la Casa Grande avaient l'habitude de se réunir à l'arcade en si grand nombre qu'ils gênaient la circulation. Ils chantaient ou jouaient, racontaient des blagues et s'amusaient. Les soirs de pleine lune ou quand il y avait beaucoup d'étoiles, les « voyous » ou les « fainéants », comme mon père les appelait, se rassemblaient devant notre porte. Ils chantaient des chansons d'amour si Pedro et moi étions en bons termes; sinon, des chants de défi ou de désespoir. Par exemple, une fois où Pedro et moi étions extrêmement fâchés, ils ont chanté : « Hypocrite, rien qu'une hypocrite. Perverse, tu m'as trompé; avec ta méchanceté, tu m'as empoisonné. Et parce que tu ne m'aimes pas, je vais mourir. » De mon lit, j'étais ravie d'écouter leurs voix merveilleuses et je me sentais bercée, sachant que Pedro était là. Je savais que toutes les chansons m'étaient adressées. Mais les voisines les injuriaient : « Tas de voyous ! Vous n'avez pas honte ? Allez faire du bruit ailleurs. »

Quelque temps plus tard, une famille qui avait un tourne-disques à louer a emménagé au numéro 53. Le 10 mai, le jour de la Fête des Mères, ils ont passé des *mañanitas* (chansons d'anniversaire) pour les mères. C'est également devenu une coutume de chanter les *mañanitas* pour la Vierge de la Guadalupe vers quatre ou cinq heures du matin et de faire venir un prêtre pour la célébrer chaque année. Nous les filles et les voisines nous nous levions et nous sortions bien couvertes, car il fait froid à cette heure de la journée. Avant les *mañanitas*, le concierge lançait des fusées.

Le jour qui me mettait en colère était la Saint-Jean, le 24 juin. Exactement à deux heures du matin, la sirène des bains publics se mettait en marche. C'était assourdissant. Tout le monde se réveillait. Les plus grands garçons de la bande allaient à la piscine; certaines filles y allaient aussi, mais je n'y allais jamais. Marta me disait qu'on offrait du gruau, des *tamales,* des bonbons et des fleurs et qu'il y avait des courses de natation auxquelles Roberto participait. Le tourne-disques de la piscine marchait toute la journée. Ils me racontaient qu'ils s'amusaient vraiment bien, mais je me demandais de quoi ils avaient l'air à danser en maillot de bain. C'est la raison pour laquelle je n'y allais jamais.

Plus tard, une nouvelle coutume est apparue. Le samedi avant Pâques ils se jetaient de l'eau, jusqu'à ce qu'ils soient trempés. Cela a probablement commencé avec l'incendie des effigies de Judas. Ce jour-là, je regardais du haut du toit principal, et j'ai vu des garçons lancer de la poudre de brique dans un sac en papier sur les gens d'en bas. La bande de la rue des Potiers formait un grand cercle dans la rue et tout à coup, quelqu'un leur a jeté un seau d'eau. D'autres sont accourus avec des seaux et des bassines et c'est ainsi que la coutume est née.

Mais le fait de jeter de l'eau a été exagéré et je détestais ça. Ils ne respectaient plus personne. A la Casa Grande, les garçons se sont mis à tremper les filles aussi. Les hommes et les femmes se poursuivaient avec des seaux d'eau. Tout le monde était douché, même s'ils étaient habillés et prêts à sortir, car ce jour est généralement férié. Les filles offraient un spectacle horrible, les cheveux dégouttant d'eau et la robe collée au corps. On aurait pu les croire nues. Je regardais du haut du toit ou de derrière la porte, mi-amusée, mi-fâchée.

Je préférais les fêtes de Noël et j'y participais. La veille de Noël, nous nettoyions et décorions tous la cour. Nous veillions à ce que les enfants des autres cours n'arrachent pas les décorations. Certains apportaient du bois pour les luminaires; un luminaire est un petit feu de joie que l'on allume sur les trottoirs pour célébrer la venue d'un jour sacré.

Mais après tout ce travail, mon père ne voulait pas me laisser sortir. Je passais généralement ces nuits à pleurer. A minuit, la sirène des bains se mettait à siffler, les enfants frappaient les poteaux télégraphiques (ils sont en fer et produisent un son semblable à celui d'une cloche), on klaxonnait, des cloches sonnaient et tout le monde s'embrassait en disant : « Joyeux Noël. » J'aurais voulu m'amuser comme les autres, mais à cette heure nos lumières étaient éteintes, nous étions tous au lit et mon père surveillait afin de s'assurer que nous ne sortions pas.

J'aimais toutes les choses religieuses et ne manquais jamais d'accomplir les devoirs religieux que je m'étais imposés avec respect et plaisir. Je déposais ma foi, mon espoir en Lui, en Lui dont je demandais la permission pour tout. C'est à Lui que j'offrais toutes les souffrances et toutes les joies que je tirais de l'école, de mon travail, ou au-dehors au cours de la journée. Durant toutes les après-midi et les nuits où j'étais seule, je Lui offrais tout, je Lui parlais et je Lui faisais des promesses. J'ai toujours obéi au Premier Commandement : Aime Dieu avant toutes choses, mais je n'ai jamais réussi à obéir au second : N'utilise pas le nom du Seigneur en vain. Malheureusement j'ai éprouvé le besoin de mentir.

La première fois que je suis entrée dans une église, il m'a semblé pénétrer dans l'enceinte sacrée, je veux dire, comme si les portes de la paix, illuminées par de pâles rayons de lumière s'ouvraient pour moi. Mes prières étaient toujours pour que mes frères ne tournent pas mal, qu'Il les fasse changer et qu'Il leur pardonne, qu'Il me donne la force de continuer. Il fallait que je les aide à se développer, à étudier, à être capables. A l'église, je me sentais minuscule et insignifiante. Il représentait tout pour moi, là-bas sur l'autel. J'allais presque toujours seule à l'église et au cimetière, promettant toujours d'être bonne et humble. « Ne permettez pas à l'orgueil d'entrer en moi », c'était ce que je demandais pour moi-même. Je voulais être aussi humble et bonne que saint François d'Assise mais il n'en a pas été ainsi.

Pendant des années, je n'ai cessé de demander à mon père de me mettre dans une école de bonnes sœurs. J'ai essayé pendant longtemps, jusqu'à l'âge de dix-huit ans. Mais quelle fut ma déception quand Yolanda et señor Alfredo, son mari, me dirent qu'il fallait avoir une dot pour devenir religieuse. Ils me parlèrent également des souffrances qu'il fallait endurer, mais cela ne me faisait pas peur. Dormir sur un lit dur me semblait une chose méritoire, un sacrifice, oui, mais c'était pour Le servir, Lui qui avait tant souffert. J'ai vu un film à cette époque qui montrait toute la Passion du Christ, et j'ai pleuré et j'avais envie de crier. Si j'avais été là pour pouvoir étreindre le Christ et L'aider à porter sa croix ! Ce souvenir ne s'effacera jamais de ma mémoire. L'humilité avec laquelle Il a souffert ! Mon amour pour Lui était plus fort que jamais. Quand mes frères me faisaient pleurer ou que mon père me grondait ou que je passais un quelconque mauvais moment, je me disais : « Si Lui qui était divin a tant souffert, pourquoi une pauvre mortelle comme moi ne souffrirait-elle pas ? Que représente ma souffrance à côté de la Sienne. » Et je me sentais résignée.

Je n'ai appris la signification de la messe qu'à l'âge de dix-sept ou dix-huit ans. Un après-midi j'ai quitté le bureau avec Lupe, une fille qui travaillait avec moi. Je travaillais pour un comptable à l'époque. Lupe avait reçu bien plus d'instruction religieuse que moi et allait toujours à la messe. Elle m'a demandé si j'y allais, et j'ai commencé par dire oui, mais parce qu'elle avait l'air si simple, j'ai osé lui demander : « Dis-moi, que signifie la messe ?

— On ne te l'a pas dit ?

— Non, jamais. Quand j'y vais, je m'agenouille quand tout le monde s'agenouille et je me lève quand tout le monde se lève, et je répète ce qu'ils disent. Pourquoi faut-il se lever ou se mettre à genoux au son de la cloche ?

— Ecoute, quand on sonne la cloche... » J'ai alors appris la grande signification de la messe. Alors que je m'y attendais le moins, ce mystère m'a été dévoilé.

J'ai fait mon premier pèlerinage quand mon oncle Ignacio et ma tante sont allés au pèlerinage du syndicat des vendeurs de journaux. Nous marchions par quatre. Certains portaient des fleurs. Bien qu'étant de pauvres gens, ils sont restés disciplinée. Certains chantaient des *hallelujah*. Je n'ai fait que regarder droit devant moi, en direction de ce lieu lointain que j'allais bientôt sentir si proche. J'étais très heureuse d'y aller. La seconde fois, ce fut bien plus tard, quand j'ai été diplômée de l'école commerciale, et que nous sommes toutes parties en costume pour la Basilique remercier le Seigneur. Je n'ai jamais, jamais perdu l'espoir de Le voir.

Une fois, pour la fête de Roberto, Crispin a payé la location d'un tourne-disques. A un moment, Crispín et Marta ont tiré ma chaise au moment où j'allais m'asseoir. Naturellement, il y avait du monde et ils ont ri quand je suis tombée. J'étais morte de gêne et de rage, mais je suis rentrée directement à la maison sans rien dire. Là j'étais à l'abri des rires car mon père ne permettait pas qu'on laisse les portes ouvertes. Il donnait simplement le courant électrique pour faire marcher la musique.

Quelques minutes plus tard je me suis vengée de Crispín et de Marta. Je leur ai vidé une casserole d'eau sur la tête du haut du toit pendant qu'ils dansaient. Marta n'a pas su prendre l'innocente plaisanterie et elle est entrée le dire à mon père en criant : « Papa, regarde ce qu'a fait Consuelo. Dis-lui de ne pas commencer avec Crispín. »

Je suis descendue de l'échelle en riant, mais quand j'ai vu mon père, mon rire s'est arrêté net. Devant tout le monde, il m'a giflée et grondée. « J'en ai assez de nourrir des gens qui ne le méritent pas. » J'ai été profondément blessée et je me suis mise à penser à la façon dont je m'enfuirais le lendemain. Et c'est ce que j'ai fait. J'ai rassemblé les quelques vêtements que je possédais et je suis allée chez Santitos.

Santitos habitait dans une petite baraque faite de morceaux de bois et de gros carton, au marché de la *Colonia* Martínez. Sa marchandise consistait en quelques légumes, des bonbons et des herbes qu'elle posait sur une planche. Chez elle j'étais contente de manger de simples feuilles de nopal grillées sur le gril d'argile, et de dormir sur un sol de terre battue avec seulement une paillasse et quelques lambeaux de dessus de lit pour me couvrir. La colonie était située dans la banlieue de la ville et nous nous endormions au son d'une espèce de berceuse due aux coassements des crapauds et des grenouilles. Je me réveillais le dos mangé par les puces et je dormais enveloppée des pieds à la tête par crainte des rats.

Le soir, à la lumière de la petite bougie achetée par Santitos quand le pétrole s'épuisait, nous nous asseyions toutes les deux sur un petit banc, elle me parlant de choses religieuses ou sommeillant, et moi le menton dans la main et les yeux à demi-fermés écoutant sa voix douce et tendre qui me donnait la sensation de ce que j'avais toujours cherché : un foyer et une mère.

J'ai été vraiment heureuse pendant la semaine que j'ai passé avec elle. Je me sentais comme sa fille. Je n'ai pas eu une seule dispute, je n'avais pas besoin de me dépêcher, pour rien. Elle ne me grondait jamais et ne me faisait pas sentir combien j'étais misérable. Si mon père n'était pas venu me chercher, je serais restée là-bas. Mais il est venu avec sa voix dure et il a dit : « Tu dois rentrer à la maison ou je te ferai enfermer en maison de correction. — Je ne veux pas partir. Je suis très heureuse ici », ai-je dit à mon père. Mais il n'y avait rien à faire. Il est resté à m'attendre devant la porte. En pleurant, j'ai dit au revoir à Santitos. Elle pleurait aussi mais je suis rentrée chez moi.

Peu de temps après, je suis allée vivre chez Lupita dans la rue Rosario. Mon frère Roberto ne pouvait pas m'ennuyer là-bas car il ne lui était pas permis d'entrer dans la maison. J'avais une amitié superficielle pour mes demi-sœurs, Antonia et Marielena, mais au fond je crois que je leur importais peu. Plusieurs fois, en me présentant à ses amies, Tonia a dit que j'étais une camarade; elle ne me présentait presque jamais comme sa sœur. Cela m'offensait, mais je ne me suis pas disputée avec elle à ce sujet, car je n'aimais pas dire non plus qu'elle était ma sœur. Je la trouvais très vulgaire, son vocabulaire et ses plaisanteries faisaient rire et rougir. La plus jeune fille de mon père, Marielena, était très frivole. Je ne pouvais pas l'aimer car elle était méchante avec mon père et lui répondait d'une voix grossière et insolente.

Celles qui étaient gentilles avec moi étaient Lupita et ses filles aînées Elida et Isabel. C'étaient des filles qu'elle avait eues avec un autre homme qu'elle avait quitté quand elle avait découvert qu'il était marié. Mon père aussi l'avait trompée en lui cachant qu'il était marié et je ne crois pas qu'elle le lui ait jamais pardonné. Quoi qu'il en soit, elle ne lui a jamais rien demandé, même quand ses enfants étaient petits et qu'elle avait vraiment besoin d'aide. On peut dire qu'il l'a pratiquement abandonnée jusqu'à ce qu'Antonia ait huit ans, bien que lui et Lupita travaillaient tous deux au restaurant La Gloria. Quand Antonia est tombée très malade et a demandé à voir son père, il a commencé à leur rendre visite tous les trois jours et à leur apporter de la nourriture et des cadeaux. Parce qu'il était si bon avec Antonia, Lupita a renoué avec lui. Mais même après la naissance de Marielena, Lupita n'a jamais rien demandé à mon père.

Au début, je n'éprouvais aucune affection pour Lupita.

Quand elle était si gentille avec moi, je pensais qu'elle était hypocrite. Pour moi, elle était « l'autre *señora* » de mon père, celle qui avait fait souffrir ma mère. Mais quand j'ai vu comme elle était bonne avec ses propres filles et avec mes frères et sœurs, j'ai commencé à douter qu'elle puisse être mesquine. En outre, quand j'ai vu que sa pièce était encore plus petite et plus pauvre que la nôtre, j'ai été persuadée que mon père avait préféré ma mère et nous.

Mon père ne s'est jamais autant occupé de Lupita que de ses autres femmes, peut-être parce que Lupita était grosse et plus vieille que lui. Lupita avait piètre opinion des hommes; ils étaient tous irresponsable et romantiques. Quand je lui demandais son avis sur le fait d'épouser Pedro Ríos, en disant que c'était un garçon sérieux, sa réponse était « Que Dieu te protège des sérieux et toi, protège-toi des clowns ! » Selon elle, pas un homme ne valait la peine qu'on l'épouse. Mais son amertume et sa méfiance ne blessaient jamais personne, car elle était bonne et gentille avec tous. Elle faisait tous les sacrifices pour ses enfants et ne les a jamais abandonnés. Ses filles étaient son univers et pour moi elle était la mère idéale.

Elida et Isabel ne se comportaient jamais avec moi comme mes demi-sœurs. Une fois, je leur ai confié que je me sentais mise à l'écart et Elida m'a consolée en disant : « Non, Consuelo, ne t'occupe pas d'elles. Après tout tu es ici avec ton père et ceci est ta maison. » J'ai été touchée par ses paroles, mais j'ai continué à me sentir mal au sujet de mes demi-sœurs et de la différence que mon père faisait entre elles et moi.

Un jour, les dispositions financières ont changé. J'ai cessé de donner de l'argent à mon père le jour où il m'a jeté mon salaire à la figure. Ce jour-là, je lui avais donné cinquante pesos et je n'avais rien gardé pour moi, comme d'habitude. Dans la soirée je lui avais demandé de l'argent pour des bas et il n'avait pas voulu me le donner. Le lendemain, je lui ai redemandé mais avec plus d'assurance : « Papa, donne-moi de l'argent pour des bas. Je n'ai que ceux-là et ils sont tout déchirés. Juste neuf pesos. »

Je suppose que mon père était de mauvaise humeur car il m'a jeté les cinquante pesos à la figure. « Tiens ! voilà ton argent ! Je ne veux plus rien d'aucun de vous dorénavant. J'ai encore assez de force pour travailler. »

Comme d'habitude, je n'ai rien dit et je suis sortie m'appuyer à la grille et pleurer. Lupita est venue me rejoindre et m'a dit de ne pas faire attention à mon père. Je ne lui ai pas répondu parce que mes larmes m'empêchaient de parler. Mais j'ai pensé : « Je jure que dorénavant, je ne lui donnerai plus rien. Je trouverai bien des choses à faire avec mon argent. » Et il en a été ainsi. Cela me consolait de garder mon argent pour acheter les choses dont j'avais besoin. J'avais mon travail et je pouvais emprunter quand je voulais. Je n'ai plus jamais donné d'argent à mon père et il ne m'en a pas demandé. Une fois seulement, je me suis risquée à lui demander comment était le petit cochon qu'il avait acheté avec les cinquante premiers pesos que je lui avais donnés. Il a répondu qu'il allait le vendre parce qu'il était très gros. C'est tout.

Mon univers se situait en dehors de la maison. Je me levais, buvais un peu de café après avoir fait le ménage ou être allée au bain, rangeais mes affaires et partais travailler. Une fois là-bas j'étais heureuse. Je n'avais presque jamais de travail l'après-midi. Je ne piquais pas de colère dans la journée — au contraire. On m'offrait des cadeaux et des mots flatteurs. Ça paraît idiot, mais des mots comme « *niña* aux yeux verts » ou « Mademoiselle Consuelo » me revigoraient. On me donnait des ordres poliment et si je faisais des erreurs (j'en faisais toujours), le seul reproche était « *niña* aux yeux verts ».

Je n'allais presque plus à la Casa Grande, seulement une fois par semaine pour voir Paula et les enfants. Manuel avait emprunté de l'argent à mon père pour monter un petit atelier de chaussures et pendant quelque temps, il avait travaillé sérieusement. Il s'occupait de son affaire et semblait en tirer du plaisir. Je me souviens l'avoir vu, une cigarette à la bouche, quelques semelles à la main faisant l'aller-retour entre le n° 64 et l'atelier. Je savais toujours quand les choses allaient bien pour lui, car il marchait rapidement d'un pas ferme comme s'il adhérait davantage au sol. Il se mettait à table, mangeait et parlait avec plus d'assurance. Cela voulait dire qu'il avait de l'argent en poche. A chaque fois qu'il avait un rouleau d'importance, on pouvait être sûr qu'il allait le sortir et le brandir sous nos yeux.

Un jour, le père du *compadre* de Manuel, qui était lui aussi fabricant de chaussures, m'a arrêtée dans la cour et m'a dit : « Tu es la sœur de Manuel, n'est-ce pas ? Eh bien, dis à ton père que si Manuel ne change pas ses méthodes, son affaire va faire faillite. Ton frère joue beaucoup aux cartes, mon fils aussi, avec leur petit cercle d'amis, et ils vont tous deux mal tourner si ça continue. Ils se sont enfermés dans l'atelier et jouent aux cartes depuis trois jours et trois nuits. »

Je l'ai écouté mais je n'ai rien dit à mon père. Mon frère devait avoir perdu beaucoup d'argent, car les ouvriers venaient à la maison chercher leur salaire. Manuel se cachait derrière la porte en disant : « Dites-leur que je ne suis pas là. » Une fois j'ai crié : « Manuel il y a quelqu'un qui te demande », et il a bien été obligé de sortir, bon gré mal gré, en marmonnant : « Fichue commère ! Tu ferais mieux de fermer ta gueule au lieu de te mêler de ce qui ne te regarde pas. »

La semaine suivante, l'atelier de mon frère était vide... il avait tout vendu, et mon père criait après Manuel qui restait planté là, les mains dans les poches et la tête baissée. Quand il essayait de dire quelque chose, mon père le faisait taire. Manuel a non seulement perdu son affaire mais la confiance de mon père.

Par la suite Antonia s'en est prise à moi quand elle s'est aperçue que sa mère me traitait bien et j'ai quitté la rue Rosario à la suite d'une violente querelle. Roberto était venu voir mon père, je ne sais pourquoi. Antonia travaillait dans un cabaret et était rentrée ivre ce matin-là. En voyant mon frère, elle l'a mis à la porte. J'ai senti mon sang bouillir; malgré tout, Roberto était mon frère et cela me faisait mal de le voir humilier de cette façon.

J'étais prête à affronter Antonia et à faire cesser ses bêtises. Depuis sa maladie, tout le monde la craignait et elle était maîtresse de la situation. Elle m'avait dit une fois : « Je me sers du fait d'avoir été malade pour me battre avec tout le monde. Je n'ai qu'à crier et ils se plient. C'est payant. » C'était vrai, mais ce soir-là j'ai pensé que j'allais la démasquer. Je prouverais qu'on pouvait la dominer.

Maintenant qu'elle était guérie, pourquoi tout le monde devait-il continuer à lui céder ?

Tonia m'a vue la regarder avec colère et elle m'a insultée. Elle m'a lancé trois gifles à la suite. Lupita et mon père étaient raides de peur quand j'ai essayé de rendre les coups. Lupita a crié : « Pour l'amour de Dieu, descends. Sors vite. Elle va te mettre en pièces. » Quelqu'un m'a poussée dehors et m'a fait rentrer à la maison. Je suis partie, maudissant mon sort. Moi qui détestais les bagarres, il y en avait toujours une pour me tomber dessus.

Je suis arrivée à la Casa Grande et j'ai raconté à Roberto ce qui s'était passé. Je savais que ce qu'ils m'avaient fait le blessait aussi. Je suis sortie et je me suis assise sur les marches du petit jardin. Il était dix heures passées et tout était sombre. Ce que Yolanda m'avait dit était vrai : « Hum, Consuelo, si tu es orpheline, tout le monde profite de toi. J'ai été orpheline. Ils essaient tous de t'utiliser comme paillasson et si tu te laisses faire, tant pis pour toi. »

Tout ce dont cette *señora* m'avait avertie s'est réalisé. L'amour de notre père nous avait été complètement volé. C'est pourquoi il se comportait si différemment chez Lupita. Là-bas il plaisantait, bavardait avec les voisins, dînait tard et laissait les lumières allumées jusqu'à onze heures ou minuit. A midi, quand il déjeunait, il commandait des sodas pour tout le monde et quand il partait il laissait mes demi-sœurs courir après lui afin de pouvoir leur donner de l'argent pour aller au cinéma. Il appelait Lupita par un surnom et semblait ravi de tout ça.

Quand j'étais malheureuse, je regardais le ciel la nuit et je cherchais quelque chose, quelque chose que je désirais de toutes mes forces. Il y avait une étoile que je regardais plus particulièrement, car une fois ma tante m'avait dit que ma mère m'observait du haut du ciel et que chaque nuit, elle prenait la forme d'une étoile. Bien qu'étant déjà une grande fille, j'y croyais en partie et je l'ai raconté à Marta. J'ai commencé à parler à l'étoile à voix basse, la priant de me donner de la force et, si c'était vraiment elle, de faire cesser ce qui se passait. Pourquoi ne faisait-elle pas comprendre à mon père qu'il nous faisait du mal ?

Après quelque temps, mon père est revenu à la Casa Grande, je ne sais pas pourquoi. Il est simplement venu un après-midi, avec sa boîte sur l'épaule, l'a mise sur le lit puis il est ressorti sans dire un mot. Plus tard, Antonia aussi est revenue habiter avec nous. Elle n'avait plus guère de crise, mais elle était très nerveuse.

En mars 1949, mon père a dit à Tonia et à moi : « Qu'avez-vous l'intention d'étudier ? Vous allez être des paresseuses toute votre vie ou quoi ? Je ferai tous les sacrifices possibles pour payer vos cours. Alors réfléchissez à ce que vous voulez faire comme études. » Ces paroles étaient inattendues, mais j'étais très contente et j'ai quitté mon travail.

J'ai pensé combien le choix d'une profession était une chose sérieuse. J'avais très envie de faire des études. Un après-midi, tandis qu'Antonia et moi bavardions avec Vera, une voisine, celle-ci nous a dit que l'Instituto María del Lago, où elle suivait des cours commerciaux était très bon et pas cher. Un « cours commercial ! » J'ai pensé qu'elle devait faire des études très importantes. Antonia, les bras croisés écoutait en souriant : « Eh bien, je le dirai à papa. Voyons s'il accepte », dit-elle. Elle en a parlé à mon père et il a accepté.

Tonia choisit les cours qui plaisaient à mon père : la couture et le dessin de mode. Je me suis dit : « Quel ennui d'être à une machine toute la journée et puis il y a des bonnes femmes si empoisonnantes : « Ce pli n'est pas à sa place, et ce bouton ! » J'ai dit à mon père : « Je préfère la littérature et les livres. » Il a accepté et j'ai choisi les cours de sténographie, dactylographie, espagnol, documentation commerciale, comptabilité, correspondance et arithmétique.

Là, à l'Instituto, j'ai commencé à penser qu'après tout je n'étais pas une personne aussi insignifiante. Je pouvais raconter mes rêves à mes camarades de classe sans avoir peur qu'elles me tournent le dos ou se moquent de moi. J'ai beaucoup travaillé la première année et je prenais à cœur les préceptes que nous tapions à la machine pendant les exercices : « Persévérance est gage de réussite » ou : « Choisis le bon chemin et tu triompheras. »

La seconde année, j'ai commencé à changer. Je me suis liée avec un groupe de filles et je faisais l'école buissonnière avec elles. Je n'étudiais plus et je ne voulais que m'amuser. Nous étions si incorrigibles que le professeur nous enlevait des points sur nos notes. Elle m'a prévenue et je lui étais reconnaissante pour l'intérêt qu'elle me portait, mais, malheureusement, j'étais influencée par ces filles. Je dois dire, toutefois, que c'est la seule époque de ma vie où j'ai été heureuse, je n'ai donc pas de regrets.

Pendant que j'allais à l'école j'oubliais mes ennuis. Je ne pensais qu'à avoir du travail plus tard, avoir des vêtements, continuer mes études et installer une maison agréable comme je l'avais toujours rêvé.

« J'aimerais que nos voisins déménagent, pensais-je, et que mon père prenne cette pièce. Je l'aiderais à abattre la cloison et cette pièce serait utilisée comme salon, avec une cheminée, un joli canapé, le parquet ciré et les murs tapissés. Alors nous aurions un endroit pour recevoir nos amis. De même pour la cuisine — les deux en une, avec un joli réchaud à gaz, des couteaux et des fourchettes, des rideaux et de grands pots de fleurs avec des plantes vertes tout au long de l'entrée. La chambre à coucher aurait une fenêtre sur la rue. Et si des voleurs voulaient entrer ? Eh bien, nous ferions poser des barreaux à la fenêtre. Il y aurait un tourne-disques et de jolies lampes. J'aiderais mon père à payer les travaux et tout. »

Mon idéal était de voir ma famille unie et heureuse. Je rêvais de venir en aide à mes frères et sœur et de leur apporter le réconfort pour qu'ils ne se sentent pas comme moi. A chaque fois que mon père faisait pleurer Roberto, tout en moi se révoltait et criait : « Non, ce n'est pas juste. » Mais je restais toujours muette. Cela me faisait mal au cœur de voir mon frère dans un coin de la cuisine, la tête basse et les larmes roulant sur ses joues. Puis je lui disais : « Ne fais pas attention à papa, il est en colère. » Ou je m'arrangeais pour faire sortir mes frères dans la cour pour ne plus entendre mon père.

Les paroles de mon père étaient destructrices pour chacun de nous mais Roberto était celui qui les ressentait le plus profondément. Manuel préférait être cynique. Il restait silencieux pendant que mon père le réprimandait, mais au bout de quelques minutes, il relevait la tête et sortait dans la cour en sifflant. Par la suite, il a fini par tourner le dos à mon père et sortir immédiatement. Roberto restait enraciné et pleurait.

Je crois que c'est ce qui a suscité mon désir de venir en aide à mes frères et à ma sœur. Je voulais être (quelle rêveuse j'étais !) leur guide et leur consolatrice. Pour Manuel, j'imaginais une carrière d'avocat ou de professeur. Pour Roberto, je voulais celle d'architecte ou d'ingénieur. A ce moment, mon père ne travaillerait plus autant. Je rêvais de gagner à la loterie pour pouvoir lui acheter une ferme et des poules et pour avoir de jolis meubles capitonnés. Le soir il s'assoirait dans son fauteuil devant la cheminée, avec sa robe de chambre et ses pantoufles, entouré de tous ses enfants (quatre) et il penserait ou il nous dirait : « Ce sont mes enfants, ma création. Je les ai éduqués ! » Je vivais dans l'espoir que ces choses se réaliseraient un jour.

Quelle amère déception pour moi de voir les années passer et ma famille se désunir. Je me heurtais toujours à l'intransigeance de mon père qui était dur comme un rocher. Je voulais l'entendre dire avec orgueil : « Ce sont mes enfants ! » Mais je n'entendais que : « Des ingrats, c'est tout ce que vous êtes. Vous ne saurez jamais marcher la tête haute. » Néanmoins, je continuais à espérer qu'un jour j'introduirais l'harmonie dans la famille. C'était mon idéal, mon rêve doré, mon illusion. Plus tard, quand j'ai commencé à me révolter contre mon père, je rêvais de faire des études pour lui prouver que j'étais capable de quelque chose. Je ne savais même pas pourquoi, mais il fallait que je prouve que j'étais capable de faire quelque chose.

Quand j'ai reçu mon diplôme de l'Instituto, il est arrivé la même chose qu'à la fin de la sixième année. Il est vrai que mon père m'avait acheté tout ce dont j'avais besoin pour l'école et avait payé mes cours. Mais il n'est pas venu à la cérémonie de remise des diplômes, ni à la messe célébrée à la cathédrale. Quelle émotion je ressentais d'être à la Basilique, en train de chanter l'*Ave Maria* de Schubert avec les autres diplômées. Je ne peux pas expliquer pourquoi j'étais si émue quand l'orgue s'est mis à jouer et que nos voix d'abord faibles, puis plus fortes se sont élevées pour porter notre prière aux pieds de la Vierge, et y déposer notre foi et notre amour.

Nous étions vêtues des couleurs réglementaires : toge et mortier noirs, chaussures et cape blanches, gants blancs. Noir pour la responsabilité, blanc pour la pureté. La directrice s'est adressée à nous au microphone, nous disant que nous allions quitter l'école, saines de corps et d'esprit, qualité que nous devions préserver jusqu'au jour où le Seigneur nous enverrait l'homme qui nous rendrait heureuse. « Vous quittez ce monde pour entrer dans un autre dans lequel il vous faudra lutter à chaque pas. Vous allez connaître de nouveaux visages, de nouveaux caractères, mais n'oubliez pas que vous devez continuer à être droites, honnêtes et pures. « Telles sont les paroles que j'ai réussi à entendre car j'étais tout au fond.

Enfin ce fut fini et les notes de l'orgue s'éteignirent graduellement jusqu'à ce que tout retombe dans le silence. Mes *padrinos* de diplôme, señora Cristina, qui vivait à la Casa Grande, et le Dr. Ramón, le médecin de mon père, m'ont retrouvée à la sortie de l'église avec un bouquet de fleurs. J'avais prié mon père de venir avec mes parrains, mais il avait dit comme d'habitude : « Je ne peux pas laisser tomber mon travail. Je ne peux pas y aller. »

Je m'efforçais de comprendre mon père. Combien de fois, le regardant de dos, je pensais à tout ce qu'il avait souffert, à son noble cœur, à son sens absolu de la responsabilité. Son dos me donnait l'impression d'un homme vaincu, fatigué, un père qui inspirait beaucoup d'amour et d'admiration. Mais quand je voyais ses yeux froids et son regard dur et que j'entendais ses paroles sèches, il m'apparaissait comme un adversaire, ne permettant jamais à personne de lui faire preuve d'amitié ou d'amour. Il avait l'air de quelqu'un à qui on aurait confié la tâche d'élever des petits animaux. Il leur donnait à manger, des vêtements et un foyer, mais sans affection, sans se rendre compte que les animaux eux aussi pensent et sentent. S'il n'avait pas été si dur, il aurait été un père idéal.

Un mois après avoir terminé mes études, en janvier 1951, j'ai commencé à travailler comme dactylo pour le *Señor* Santiago Parra et sa femme, Juana. Ils me payaient cent pesos par mois et me traitaient très gentiment. Je savais qu'ils m'estimaient à cause des nombreuses fois où ils m'ont emmenée au cinéma et où ils m'ont invitée à dîner.

J'avais tout juste seize ans quand je suis allée chez eux

pour la première fois. J'ai été très impressionnée, surtout par le salon, car sans être jamais entrée auparavant dans un salon aussi joli, c'était exactement le genre dont j'avais rêvé. Cela me donnait un sentiment d'importance d'être là, et en même temps j'étais mal à l'aise. Je sentais les yeux de mon père sur moi et je l'entendais dire : « Imbécile ! Pourquoi vas-tu te fourrer dans un milieu qui ne t'appartient pas ! » Je suis restée debout, pressant mon porte-documents et ma bourse dans mes mains moites, jusqu'à ce que Juana me dise de m'asseoir.

Me voyant troublée, señor Parra m'a dit : « Voulez-vous boire quelque chose ?

« *Caramba !* ai-je pensé. Vont-ils me faire boire ? Qu'est-ce qu'on va dire à la maison si je rentre ivre ? » J'avoue que je ne savais pas que c'était une habitude dans la bourgeoisie de prendre l'apéritif avant le dîner. Dans la *vecindad*, boire voulait dire se saouler. J'avais peur mais j'ai pris le vermouth qu'ils m'ont offert. C'était la première fois de ma vie que j'en buvais et en levant mon verre avec mes nouveaux amis, dans une maison bien mieux que la mienne, je me suis sentie contente et flattée.

Quand le dîner fut prêt, nous sommes passés dans la salle à manger. La table était bien mise, avec une nappe, des couteaux et des fourchettes. J'avais toujours mon porte-documents et ma bourse à la main (j'avais peur de les poser au mauvais endroit) quand je me suis assise, m'inquiétant de savoir comment j'allais manger avec une fourchette. A la maison, nous mangions avec une cuillère et une *tortilla*, mais ici señor Parra utilisait une fourchette. J'ai réussi tant bien que mal à manger le riz et le poisson, bien que l'un et l'autre n'aient cessé de tomber de la fourchette. Mais la salade ! Ce fut un vrai supplice ! Jamais un repas ne m'a semblé plus pénible. Quand ce fut terminé, j'étais rouge et en sueur. Pour aggraver les choses, Juana et son mari ne me quittaient pas des yeux, comme s'ils voulaient observer ma gêne. Pour me montrer sa sympathie, señor Santiago me caressait la tête, mais cela me troublait encore davantage. J'avais l'impression qu'on ne caressait que les animaux de cette façon. Alors j'ai détourné la tête en me disant : « Est-ce qu'il me prend pour un chat ? » Ce fut un soulagement de retourner au bureau.

Au début, señor Santiago était poli et respectueux, mais au bout de quelque temps, il a essayé de me faire la cour. Il m'a fait ouvertement des propositions, disant qu'il était prêt à quitter Juana pour m'épouser. Naturellement, j'ai refusé. Je lui ai fait comprendre que je n'étais pas une fille facile.

Malheureusement, à cette époque, mon frère Roberto fut mis en prison. Le lendemain, je suis allée tôt à mon travail et je me suis enfermée dans le bureau pour pleurer. Comment l'aider ? Je ne savais même pas quoi faire pour lui. En outre cela demanderait beaucoup d'argent. « Oh, mon Dieu, aidez-moi ! »

J'ai ouvert la porte et j'ai vu le *licenciado* Hernández, l'avocat qui avait son bureau de l'autre côté du couloir. Il m'a demandé ce qui n'allait pas. A ce moment, l'embarras ne comptait pas et, après tout, j'avais bien l'intention de le payer, alors je lui ai demandé de m'aider. Quand le *licenciado* Hernández m'a dit : « Allons, allons, ne vous en faites pas. Voyons ce que nous pouvons faire », j'ai senti mes pieds toucher terre à nouveau.

J'ai demandé la journée de congé au señor Santiago et j'ai accompagné le *licenciado* au Pénitencier, me sentant comme une petite fille suivant quelqu'un qui va lui offrir des bonbons. Il était trop tard pour les visites, mais j'y suis retournée plus tard, seule, et j'ai vu Roberto et son ami Hermilio. Ils étaient sans chaussures et en haillons. J'ai pris peur; j'avais l'habitude de voir mon frère en mauvais état, mais pas à ce point. Les autres détenus les avaient battus et leur avaient pris leurs affaires. J'avais envie de pleurer mais je me suis dit : « Si je pleure, il va pleurer aussi. »

Roberto a dit : « Ecoute, sœurette. Sors-moi d'ici. Je jure que je me conduirai bien dorénavant. » Roberto a signé les papiers que j'avais apportés et je suis partie. Il était plus calme mais j'ai senti mon cœur se briser en le voyant là au milieu de tant d'hommes sales, à la mine patibulaire.

Je suis allée au Palais de Justice pour son dossier et le *licenciado* s'est occupé de la mise en liberté sous caution ce jour même. Plus tard à la maison, j'ai dit à mon père quelle était la somme nécessaire pour faire sortir Roberto, et sa réponse fut : « Je ne donnerai pas un seul centavo pour ce rat. Il cherchait des ennuis. Qu'il croupisse en prison. Je ne veux plus entendre parler de lui. »

J'ai passé toute la nuit dans une mer de larmes et de confusion, me demandant comment trouver l'argent. Je vendrais ou je mettrais en gage mes vêtements, ou j'emprunterais à un usurier, quel que soit l'intérêt. Je ne voulais pas emprunter à mon patron, de peur qu'il essaie d'en tirer profit. Quand le temps accordé pour la remise de caution fut presque arrivé à son terme et que je n'avais toujours pas d'argent, j'ai beaucoup pleuré.

Señor Santiago ne cessait de m'observer et il a fini par me demander ce que j'avais. En pleurant, je le lui ai dit et il s'est mis en colère contre mon père. « Qu'est-ce qu'il a votre père ? C'est lui qui devrait s'occuper de l'affaire. Ce n'est pas à vous de vous promener parmi cette bande de voyous et de criminels, à monter et à descendre des escaliers en vous exposant à des insultes. Je veux parler à votre père.

— Ne commencez pas avec mon père, señor Santiago. Il sait ce qu'il fait. Après tout, nous sommes des adultes maintenant et il n'y a pas de raison qu'il se fasse encore du souci pour nous. » Señor Santiago a souri et il m'a tendu deux cents pesos. Ils seraient déduits de mon salaire, mais même ainsi j'hésitais. En pensant à Roberto, je n'avais pourtant pas d'autre choix que de baisser la tête et d'accepter l'argent.

Après le dépôt de le caution, Roberto était libre. Mais ce que tout cela m'a coûté ! Mon visage brûlait de honte en quittant le Pénitencier. Quand quelqu'un de la *vecindad* se retournait pour me regarder, je baissais les yeux. Tout le monde était au courant et j'évitais les gens. Je croyais que Roberto allait vraiment bien se conduire après ça, mais je me trompais. Il était censé aller chaque semaine au Pénitencier pour signer, mais après les quelques premières fois, il a cessé. Si je le pressais d'y aller, je me faisais gifler.

Mon frère a été de nouveau arrêté un an plus tard pour ne pas avoir respecté les règles du cautionnement et une fois de plus ce fut à moi de l'en sortir. Cette fois, une fille du bureau m'a présentée au *licenciado* Marroquín qui a pris l'affaire en main. Roberto est resté au Pénitencier environ huit mois, au cours desquels mon père n'a rien voulu savoir de lui, pas même entendre son nom, et il n'est pas allé le voir. Roberto demandait toujours des nouvelles de mon père et il baissait la tête en disant : « C'est mieux qu'il ne vienne pas dans un endroit comme celui-ci; ça le souillerait. »

Manuel n'est allé voir Roberto qu'une fois, mais Marta, ma tante et moi y allions toutes les semaines, lui apportant ce que nous pouvions. J'allais à l'église presque tous les jours prier pour lui et allumer des cierges.

Quand mon frère a été relâché, le *licenciado* n'a pas voulu accepter de paiement, pas même le cadeau que je voulais lui offrir et il n'a jamais fait allusion à quoi que ce soit de malhonnête. Il s'est toujours comporté correctement avec moi, et je lui en suis infiniment reconnaissante. Roberto a continué à être méchant avec moi. Mais dès lors, quand il voulait me battre, je le menaçais de le faire enfermer à nouveau et cela l'arrêtait.

Señor Santiago a commencé à arriver au bureau de mauvaise humeur, il me jetait des papiers à la figure et me réprimandait durement si je faisais une erreur. Un jour, à ma grande honte, il a dit : « Je vais attendre que vous vous mariiez. Alors il me sera plus facile de vous avoir — d'avoir votre corps, que je désire tant. » Quand j'allais dîner chez eux, il me faisait du pied ou il attendait que sa femme aille dans la cuisine pour me caresser la tête et me demander un baiser. Je lui devais encore l'argent de la caution, mais par la suite j'ai cessé de travailler pour lui, sans avoir jamais rien dit à sa femme. Je suis restée liée avec elle pendant de nombreuses années et señor Santiago a continué à attendre jusqu'à ce qu'il en ait assez.

Je suis allée travailler pour le *licenciado* Hernández. C'est alors que j'ai découvert qu'il m'avait aidée parce qu'il m'aimait. Un après-midi, tandis qu'il me dictait, il a dit : « Votre bouche est comme une prune, une prune juteuse. Comme un fruit délicieux que j'ai envie de mordre. Et vos yeux en amandes me donnent envie de les fermer. » Je suis restée silencieuse. Je me sentais flattée, mais d'un autre côté, ses paroles me rappelaient mes frères qui, quand j'étais petite, me faisaient pleurer en m'appelant « fleur de thé », « yeux bridés », « yeux de cochon », « yeux de chinetoque », « chinetoque », « yeux de chat ». Je n'aimais pas ces surnoms car j'avais vu une fois un Chinois très maigre et très laid, dont les yeux étaient si étroits qu'on ne les voyait presque pas. En outre, Irela et sa cousine qui avaient vraiment du sang chinois, réagissaient violemment quand on les appelait comme ça. Alors je me disais que ce devait être quelque chose de mauvais. J'ai quitté le *licenciado* Hernández au bout de deux semaines car je suis tombée malade.

Quand j'ai recommencé à travailler, ce fut pour un comptable, señor García. Son bureau était situé dans un grand immeuble, le premier immeuble à ascenseur dans lequel j'aie jamais mis les pieds. Mon seul collègue était Jaime Castro, un petit jeune homme, qui m'arrivait à peine à l'oreille. Il avait des sourcils très épais, des yeux proéminents, une petite bouche avec des lèvres droites et un nez très aigu. Ses cheveux étaient noirs, luisants de brillantine, ses doigts épais et courts. Dans sa veste collante, il avait l'air d'une de ces figurines de nain qu'on met sur les gâteaux. Mais quel excellent camarade de travail !

Jaime était assistant comptable alors que je n'étais que secrétaire et il me sortait de n'importe quel pétrin. Quand je ne savais pas faire le travail et que je me trompais, mon excuse était : « Je ne sais pas, señor García, Jaime m'a dit de le faire comme ça. » Jaime se tournait simplement vers moi et souriait, et pour le moment j'étais sauvée.

Il m'invitait au cinéma, à prendre le café, à des matches de football américain, au parc Chapultepec, à la parade du 16 septembre. Il s'était fait un devoir de m'emmener à un endroit différent chaque semaine. C'est grâce à lui que j'en suis venue à connaître les parcs de la ville, les piscines et les courses de taureaux. Il m'apportait des bonbons, des fleurs et des petits cadeaux sans importance, sauf qu'ils me faisaient comprendre qu'il pensait à moi.

Bref, il m'a séduite et j'ai commencé à éprouver des sentiments affectueux à son égard. Il me racontait ses problèmes de cœur et je lui racontais les miens. Quand il m'invitait au cinéma, je m'attendais à ce qu'il me fasse la cour, mais il ne faisait rien et j'ai commencé à croire qu'il était différent des autres. J'étais ravie car je pouvais sortir quand j'en avais envie sans avoir peur de me compromettre. J'avais de la sympathie pour lui et rien de plus.

Je savais que Jaime buvait à cause d'une affaire de cœur malheureuse. L'alcoolisme était son seul défaut mais je n'y attachais pas d'importance à l'époque. J'essayais de lui donner des conseils à ce sujet. Je n'en suis venue à l'aimer que bien plus tard. C'est lui qui m'a appris le véritable sens de ce mot.

Nous étions bons amis mais il ne m'invitait jamais à danser, ce qui était encore mon plus grand plaisir. Quand je dansais, c'était comme si je m'envolais. J'avais l'impression de ne plus avoir de pieds et ma fatigue s'évanouissait. La musique était irrésistible. Les notes de *danzón* me pénétraient l'âme. Note par note, il faisait son chemin en moi jusqu'à ce que, sans m'en apercevoir, je me retrouve en train de danser, de voler presque. La musique entrait en moi, aussi douce qu'une eau de bain parfumée. Les señoras, debout tout autour, regardaient, critiquant la façon de danser. « Qué ! Elles n'ont plus honte de rien ! Rendez-vous compte si j'avais fait des choses pareilles de mon temps ! » Mais rien de cela n'avait d'importance pour moi. C'était ma façon d'échapper aux incidents de la journée.

Quand Jaime et moi sommes tombés amoureux l'un de l'autre, il m'a interdit de danser. Quand il venait me chercher, je n'allais danser qu'après l'avoir quitté. Malgré mon amour de la danse et mes ennuis de famille, Jaime était gentil avec moi et avec toute la famille. Il ne se passait pas un jour sans qu'il apporte des jouets, des gâteaux ou des poupées à mes neveux et nièces. Il ne manquait jamais de donner de l'argent à ma belle-sœur Paula le dimanche, afin de pouvoir manger chez nous. Pour la sainte Paula il lui a acheté des fleurs et des cadeaux pour nous tous.

Il a conquis toute ma famille à l'exception de mon père, qui ne l'aimait pas parce qu'il buvait. Il avait dit à Jaime : « Je ne donnerai jamais mon consentement à votre mariage, et je lutterai jusqu'au bout pour vous séparer. » A chaque fois que Jaime essayait de lui parler ou de lui offrir un cadeau, mon père ne répondait que par oui ou par non et n'acceptait jamais le cadeau. Jaime essayait de gagner son amitié mais il n'y parvenait pas.

Le jour de la fête de mon père, Jaime lui a acheté un gâteau et il a donné de l'argent à ma belle-sœur pour qu'elle fasse du chocolat. Mais au lieu d'être content, mon père a repoussé le gâteau et refusé de dîner. J'étais gênée car j'étais toujours bien reçue chez Jaime. Sa mère me plaçait en bout de table et me servait la première. Mon père vexait Jaime de toutes les façons possibles, si bien que j'ai fini par craindre que Jaime cesse de m'aimer. Mais il acceptait toujours mes excuses et, en m'embrassant sur le front, il disait : « Oui, *mi vida*, je comprends. »

Une fois, à Noël, mon père m'a infligé la pire des humiliations. Jaime et moi avions donné à Paula de l'argent pour faire le souper traditionnel, une salade et deux autres plats. Jaime avait apporté les bouteilles de soda et des fleurs, et Paula avait arrangé la table et la pièce très joliment. Mais la même scène s'est reproduite. Mon père est arrivé vers dix heures et n'a même pas dit bonjour en entrant. Je l'ai accueilli d'un sourire plein de crainte : « *Papacito*, nous t'attendions pour dîner.

— Je ne veux rien. Allez vous coucher. Allons, débarrassez-moi tout ça. »

Il a immédiatement fermé les portes. Il a jeté la nappe sur un des lits et les fleurs ont atterri sur une chaise.

« Laisse-moi au moins porter la table dans la cuisine pour dîner.

— Tu ne sortiras rien d'ici. La table ne quittera pas cette pièce. Tout le monde au lit. Eteignez cette lumière ! »

Paula est allée se coucher avec les enfants.

Je suis sortie dans la cour avec Jaime. Il y avait un bal. Je ne savais pas quoi lui dire. Il a pris une cigarette et l'a allumée. « Ne t'inquiète pas. Quelqu'un l'a peut-être contrarié, c'est pourquoi il agit de cette façon. »

Je n'ai rien dit. Je me suis appuyée contre sa poitrine et je me suis mise à pleurer. Jaime est resté une demi-heure avec moi puis il m'a dit au revoir. Je l'ai laissé partir, me sentant très triste. « Il ne va plus m'aimer. Il va changer à mon égard », me suis-je dit.

Je n'avais pas tort. Il a commencé à critiquer mon père et à me donner des ordres. Il voulait que je lui obéisse au lieu d'obéir à mon père et naturellement je ne voulais pas. Jaime agissait comme si nous étions mariés et il a commencé à se montrer sous son vrai jour. Il buvait plus qu'avant et venait me voir, complètement saoul. Il venait parfois me siffler à trois ou quatre heures du matin et si je ne paraissais pas, il frappait à la porte à grands coups. Il a commencé à m'irriter et j'essayais de le faire cesser de boire.

Puis un jour je me suis rendu compte que j'avais été innocente de pousser si loin nos rapports. Une fille nommée Adelaida était venue travailler dans notre bureau longtemps après que j'y sois entrée. Tout le monde savait que Jaime et moi allions nous marier, je ne crois donc pas que cette fille ne l'ait pas su. Un après-midi, je suis rentrée tôt du déjeuner et je me suis assise dans le fauteuil de señor García dans son bureau privé. J'ai entendu des voix dans le bureau d'à côté et j'ai regardé par la petite vitre du téléphone. J'ai vu Jaime embrasser Adelaida et lui caresser les cheveux. Il allait dire quelque chose quand il m'a vue. Il est resté muet.

Je me suis demandé : « Est-ce que je vois clair ? Qui sait s'il ne la connaissait pas avant moi ? » Je me suis sentie amère, vaincue et furieuse contre moi-même d'avoir cru en lui. « Idiote ! Mais n'as-tu pas vu toutes les marques d'affection qu'il lui donne ? N'as-tu pas remarqué qu'elle va le chercher pour n'importe quelle petite chose ? » Je brûlais de jalousie et j'éprouvais une haine immense envers Jaime. Il a essayé de s'expliquer, mais mon cœur était brisé. J'ai pleuré dans l'autobus pendant tout le chemin du retour.

En arrivant à la maison, j'ai eu envie d'éclater de nouveau en sanglots mais une petite voix très chère, plus chère que celle de Jaime, m'en a empêchée. Mariquita, ma petite nièce, m'a dit : « Tante, tante, emmène-moi au manège. J'ai une pièce de cinq centavos. » En la voyant, mon amertume s'est dissoute en tendresse à cause du grand amour que je portais à l'enfant. « Oui, *madre*. Mets ton petit tricot et aide Alanes à mettre le sien. »

Leur plaisir a complètement effacé la déception dont j'avais souffert dans l'après-midi. Une fois arrivés à la pauvre petite foire et quand j'ai vu combien ma petite nièce et mon neveu étaient heureux, j'ai été heureuse aussi. L'agréable vertige du manège, le mouvement de montée et de descente des chevaux avec les enfants dans mes bras, me faisaient rire tout fort. Ma petite nièce était mon adoration. C'était comme si elle était ma propre enfant. Jaime était même jaloux quand il voyait comme nous nous aimions. Il me demandait si je lui préférais ma nièce et je lui disais toujours que oui, que c'était elle que je préférais.

Je ne voulais plus que Jaime vienne à la maison, mais il était jaloux et méfiant et venait voir si je ne fréquentais pas quelqu'un d'autre. Parce que j'étais encore amoureuse de lui, je le laissais venir. J'avais réellement besoin de son soutien moral car mon père m'importunait à cause de ma santé.

J'avais terriblement maigri et je toussais. Il avait toujours eu peur que je devienne tuberculeuse et il m'a emmenée chez son ami, le docteur Santoyo, qui n'était pas réellement médecin mais une sorte de guérisseur. Le docteur Santoyo a confirmé que j'étais tuberculeuse et m'a prescrit deux piqûres par jour, l'une dans la veine, l'autre intramusculaire. Plus tard, il en a ajouté une troisième, sous-cutanée. Il m'a également donné des fortifiants, des pilules, des transfusions et des sérums. J'avais un goût d'iode dans la bouche et tout mon corps me faisait mal de tant de piqûres.

Il m'arrivait de ne pas aller à mes piqûres quotidiennes et mon père se mettait en colère, me grondant cruellement. Il me menaçait de me mettre à l'hôpital où Elena avait été. « Je te mettrai là-bas, alors tu verras ! Imbécile ! Comme des animaux qui ne comprennent rien. Le seul endroit où tu iras en sortant de là-bas sera le four crématoire ! » Même en présence de Jaime, mon père disait de sa voix méprisante : « Avec cette chienne de toux tuberculeuse, tu finiras à la morgue. » J'écoutais tout ça tête baissée, sans oser répondre. Comme mon père était dépourvu de pitié ! Quant au docteur Santoyo, il avait fait les arrangements nécessaires pour que j'entre à l'hôpital et il nous a dit qu'il avait un lit de prêt. J'ai pleuré de désespoir.

La mère de Jaime a entendu parler de ce qui se passait et m'a emmenée chez son médecin. Il m'a fait une radioscopie et il a dit que je n'avais pas la moindre trace de maladie. Mes anciens employeurs, Juana et señor Santiago, m'ont également emmenée chez un spécialiste, qui m'a tenue en observation tout l'après-midi. Mes expectorations, mon sang, mon pouls, mes poumons, tout a été examiné. J'avais davantage de preuves que le docteur Santoyo se trompait. Rassemblant mon courage, j'ai montré à mon père les rapports des médecins. Loin de me croire, lui et le docteur Santoyo étaient furieux parce que j'étais allée voir quelqu'un d'autre. Mon « traitement » a continué contre ma volonté.

Je ne comprenais pas mon père. Ça ne pouvait pas continuer comme ça. Un après-midi, je suis allée voir Santitos et je lui ai raconté ce qu'il me faisait. « Pourquoi, pourquoi ? Pourquoi mon père est-il comme ça ? » ai-je demandé. Elle a haussé ses vieilles épaules et tiré une bouffée de sa cigarette, puis elle a dit : « Quelqu'un doit le travailler. Je crois que quelqu'un l'ensorcelle.

— *Ay*, Santitos. Tu crois ? Si seulement je savais qui ça peut être ! » C'est alors que je suis allée chez un télépathe avec elle. Il m'a dit que mon père n'était pas ensorcelé, mais que c'était sa nature d'être comme ça, et que je ne devais pas m'inquiéter à son sujet. Il ne m'a pas du tout aidée à résoudre mes problèmes, mais il a vu quelque chose dans les cartes à mon sujet qui m'a effrayée. Il a dit que j'avais une forte volonté et que je pouvais devenir quelqu'un d'important, ou, si je ne faisais pas attention, je pouvais tomber très bas. Il m'a dit de revenir souvent lui demander conseil car il pouvait m'aider à ne pas tomber. Je lui ai laissé trois pesos et je suis rentrée avec Santitos, me sentant bête. Je ne pensais pas qu'il était un bon devin mais je me suis pourtant souvenue pendant des années de ce qu'il m'avait dit.

Les choses se sont aggravées à la maison. Mes assiettes et mes cuillères étaient rangées à part et il était interdit aux enfants de m'approcher. Je ne peux pas expliquer ce que je ressentais quand ma belle-sœur les arrachait de moi par le bras ou les cheveux. Paula donnait à Mariquita de terribles fessées pour avoir désobéi aux ordres. Je ne pouvais pas intervenir, car lorsque Manuel avait amené sa femme à la maison pour la première fois, mon père avait dit : « Le jour où je m'aperçois que l'un de vous a été irrespectueux envers Paula, je lui brise le cou. » Elle ne nous a jamais ennuyés et je trouvais ma belle-sœur très gentille.

Le jour où Manuel a battu Paula sans pitié, Marta, moi, et la mère de Paula, Cuquita, sommes intervenues pour essayer de la défendre. Marta vivait de nouveau avec nous, avec ses bébés, car elle venait de quitter Crispín pour la troisième fois. J'étais dans la cuisine et je n'ai pas vu quand la bagarre a commencé. Paula était allongée sur le plancher de la chambre, pleurant et l'injuriant, et Manuel lui donnait des coups de pied dans le ventre. Il avait l'air fou et il ne se préoccupait pas de l'endroit où les coups tombaient. J'ai été prise de désespoir et je lui ai hurlé de s'arrêter. J'ai d'abord fait sortir les enfants et je les ai laissés pleurer dans la cour. Marta et Cuquita tiraient Manuel par ses vêtements, mais il continuait à frapper Paula. Elle était enceinte et c'est précisément là qu'il ne cessait de la frapper, là dans son ventre, son ventre magnifique.

Je ne sais pas qui a arraché le couteau des mains de mon frère, mais Dieu merci, il n'a pas pu s'en servir. De désespoir, je lui ai cassé une cruche de terre sur la tête, craignant qu'il ne se retourne contre moi, mais il ne s'en est même pas aperçu. Je me suis souvenue comment on neutralisait des hommes dans les films; j'ai mis les paumes de mes mains l'une contre l'autre et je les ai abattues fort sur sa nuque, une fois, deux fois, quatre fois ! Mais cette brute ne s'est pas arrêtée avant d'être fatiguée.

J'ai défendu ma belle-sœur plus d'une fois, aussi je n'ai pas compris pourquoi Paula a dit quelque chose à Manuel qui l'a incité à nous battre, Marta et moi. Tout ce que je sais, c'est que quelque chose m'a brusquement réveillée un matin et j'ai entendu Manuel dire : « Debout, toi ! Tu crois que t'as des domestiques ou quoi ? Toujours en train de dormir ! »

Sans y prendre garde, j'ai craché par terre. J'étais encore à demi endormie quand j'ai senti mon œil se gonfler. Je l'ai frotté et je me suis assise. J'ai vu mon frère assis sur l'autre lit, me lançant des injures. Le cheval de carton que Jaime avait acheté pour les enfants était par terre, où il avait atterri après m'avoir heurté l'œil. Je n'ai rien dit, mais j'ai de nouveau craché.

Manuel m'a crié : « Arrête de cracher ! Ce n'est pas toi qui fais le ménage. » Mais j'étais têtue et j'ai encore craché; sur ce, Manuel a sauté du lit et m'a frappée.

« Pourquoi me bats-tu ? Pour qui te prends-tu ? Imbécile, idiot, crétin ! » Il a continué à me battre. Alors ma sœur Marta a bondi et elle s'est mise à lui taper dessus. Mais comment deux femmes pouvaient-elles avoir raison d'un dur, habitué aux bagarres de la rue ? J'étais terrifié en voyant Manuel donner des coups de pied à ma sœur par terre. J'ai essayé de lui venir en aide, mais je n'ai pas pu. Si je réussissais à donner un coup, j'en recevais trois ou quatre en retour. J'ai essayé de sortir, même en sous-vêtements, pour appeler Yolanda. J'avais un pied dans la cour quand j'ai été poussée si fort que j'ai roulé dans la pièce d'à côté.

Quand Manuel a enfin cessé de nous battre, Marta et moi

étions couvertes de bleus; elle saignait, j'avais le visage contusionné et un œil poché. Mais Manuel avait lui aussi reçu quelques égratignures et quelques coups de pied. Marta pleurait beaucoup. Je lui ai dit de s'habiller, que nous allions quitter la maison et que j'allais chercher de l'argent. J'étais certaine que Jaime ne refuserait pas de m'aider. Je lui ai téléphoné et il est immédiatement arrivé en taxi. Il nous a emmenées déjeuner, puis chez Lupita, me disant de rester là jusqu'à ce que Manuel déménage. Je m'y suis opposée, car je pensais que si Paula quittait la maison, les enfants souffriraient. Je savais que mon frère ne s'occuperait pas de ses enfants. Il ne le faisait même pas pour Noël, c'est moi qui leur achetais des jouets.

Nous avons raconté à mon père ce qui s'était passé et il a dit que c'était Manuel qui devait partir. Quand nous sommes rentrées, Paula était déjà partie avec les enfants. Marta et moi sommes restées seules. Mais Paula habillait Mariquita et l'envoyait nous voir une fois par semaine. Naturellement, cela suscitait des racontars. Les gens murmuraient que la petite fille était à moi. En effet, j'avais vraiment l'impression qu'elle faisait partie de moi.

J'ai trouvé un emploi temporaire à faire des enveloppes pour une marque de rhum Bacardi. Mais nous n'avions personne pour s'occuper de la maison car Marta était à présent retournée vivre avec Crispín. Seuls mon père, Roberto et moi vivions à la maison. Un après-midi, une fille nommée Claudia est venue demander du travail. Elle dit qu'elle venait d'arriver de Zacatecas, sans un centavo. J'ai eu pitié d'elle et je lui ai donné l'emploi. Ce soir-là, quand je l'ai dit à mon père, il n'en a pas voulu, mais j'ai dit que c'est moi qui la paierais, et, malgré mon père, elle est restée.

Quelques mois ont passé, puis mon père a dit un jour qu'il allait ramener Paula à la maison, car elle était malade. J'étais inquiète mais comme il exagérait toujours, je ne l'ai pas cru quand il a dit qu'elle ressemblait à un cadavre. Elle était très grosse quand elle avait quitté notre maison. J'ai prévenu Claudia qu'il y aurait un peu plus de travail mais j'ai dit que je l'aiderais. On ferait laver le linge au-dehors et cela n'aurait pas d'importance si elle ne pouvait terminer le ménage. Il fallait d'abord s'occuper des enfants. Elle a accepté.

Quand mon père a amené Paula, j'ai été saisie d'étonnement

en la voyant. Ce que mon père avait dit était vrai, elle était méconnaissable, rien que la peau sur les os. Elle ne tenait sur ses jambes que par amour pour ses enfants. Je me suis ressaisie et je l'ai saluée en souriant : « Bonjour, Paula, entre et allonge-toi. »

Quand elle s'est allongée, je suis allée dans la cuisine pour pleurer. J'aimais beaucoup Paula, beaucoup plus que ma sœur. Maintenant, elle avait l'air si malade que je ne pouvais pas croire que c'était elle. Pourtant, il y avait ses trois enfants et le nouveau bébé pour le prouver. Quand Mariquita m'a vue, elle s'est précipitée dans mes bras et Alanes aussi. Paula a dit d'une voix faible : « Donne du lait à ma petite fille. Elle a faim. Je n'en ai pas à lui donner. » J'ai fait chauffer le lait et je l'ai donné au bébé dans une bouteille de soda. Elle était magnifique; ses yeux étaient immenses et elle était très grosse, comme les trois autres qui avaient grandi bien bâtis, pleins de vie et d'entrain.

Claudia s'occupait des enfants pendant que je travaillais. Tout allait bien et j'étais contente d'elle. En rentrant, je préparais le repas. Une fois par semaine, je nettoyais la maison, lavant tout — le plancher, les tables, les chaises, le fourneau — et je terminais épuisée. Plus tard, Manuel a recommencé à faire son « lit » par terre, devant l'armoire, car « y a pas moyen de dormir avec ces fichus mômes ». La nuit, il arrivait que l'un des enfants mouille le lit et Paula lui tirait les cheveux ou le pinçait et le faisait pleurer. Plutôt que d'assister à cela, j'ai pris les trois enfants dans mon lit. Je ne dormais pas beaucoup mais je ne me plaignais pas.

Le matin, c'était difficile aussi car il fallait que je fasse mon chemin en silence à travers les tas de vêtements, de bancs, de chaises et que je m'habille pendant que les autres dormaient. La façon de dormir de Manuel bloquait généralement la porte de l'armoire et je me cognais à lui en essayant de sortir mes vêtements.

« Qu'est-ce que tu fous, nom de Dieu ? » ou : « Je te casse la gueule si tu me réveilles encore une fois, disait-il.

— Voyons si tu es assez viril ! répondais-je. Tu parles d'un dur qui ne donne pas un sou à la maison ! » Et la dispute continuait jusqu'à ce que tout le monde soit réveillé et que les enfants pleurent. Je sortais en claquant la porte et, un sourire aux lèvres mais généralement rien qu'un peu de café dans l'estomac, je partais travailler.

Cette situation n'a pas duré longtemps, car Paula est morte peu de temps après. Quand elle est morte, je suis presque morte avec elle. J'aurais préféré que ce soit moi. Je le souhaitais de tout mon cœur et j'ai crié qu'on me prenne la vie et qu'on lui laisse la sienne. Je lui ai crié de ne pas mourir. Seul Lui sait pourquoi Il l'a fait.

La nuit de son agonie, nous avons emmené les enfants chez des voisins après qu'elle leur eut donné sa bénédiction. Paula ressemblait déjà à un cadavre, mais cette minuscule flamme qui est cause de notre soif de vivre me faisait persister dans l'espoir qu'elle ne mourrait pas. Le docteur Ramón est venu lui faire une transfusion de plasma. Le docteur Valdès s'occupait également d'elle. Mais elle est morte. Ce fut le plus terrible coup de ma vie. C'était comme si une main de cire me pressait soudain le cerveau. La couleur du soleil a viré à une blancheur semblable à celle des os que j'avais vus au cimetière. Je ne sais même pas ce que j'ai ressenti quand elle a expiré. J'ai simplement pleuré. J'ai tant pleuré que mes yeux étaient tout endoloris.

Le jour où l'on a enterré Paula fut un autre coup affreux. En rentrant du cimetière, j'ai demandé à Roberto d'étendre des sacs pour moi, pour que je puisse m'allonger. Je n'avais aucune force, je n'avais même pas envie de pleurer. Claudia s'est assise pour manger avec mon père et ma demi-sœur Marielena, avant de servir mon frère. Je les ai regardés manger ensemble. Cela me rendait furieuse de voir Claudia assise près de mon père. J'ai commencé à soupçonner qu'il y avait quelque chose entre eux. Je n'ai pas pu supporter quand mon père a crié à Roberto : « Espèce de paresseux ! Prends un couteau et mets-toi au travail; gratte le parquet et lave-le ! »

Je ne sais pas où j'en ai pris la force, mais j'ai dit à Roberto : « Pourquoi serait-ce à toi de le faire ? Il me semble que c'est pour ça qu'on paie cette fille. C'est son travail de le faire. »

Je n'avais pas terminé de parler que mon père, d'un bond, était sur moi, criant avec fureur : « Et pour qui te prends-tu, misérable créature ? Tu ne vaux même pas cinq centavos. Regarde-toi ! »

Cette nuit-là, il m'a fait dormir dans le lit où Paula était morte. Il pensait peut-être que ce serait une punition. Une fois la lumière éteinte, je me suis mise à pleurer, non plus à cause de la douleur dans mon corps, mais parce que je me sentais profondément blessée.

Après, il me fallut avaler la présence de Claudia. Ce n'était plus à elle de faire le travail, mais à moi. Si je lui rappelais qu'elle n'avait pas apporté l'eau ou autre chose, elle se plaignait à mon père et c'est à moi que revenaient les humiliations et les mauvais traitements. Je ne pouvais donner aucun ordre à Claudia. De nouveau, je me suis sentie un néant dans la maison.

Mais je gardais la charge des quatre enfants. Mon père avait dit que Manuel devrait entretenir ses enfants tandis que Roberto et moi contribuerions aux frais de la maison. Mon emploi chez Bacardi s'est terminé juste à ce moment-là, mais je n'avais pas encore à me soucier de frais de loyer ni d'électricité. Par la suite, Manuel a déclaré qu'il ne gagnait pas assez d'argent et j'ai dû chercher du travail pour couvrir les dépenses.

Entre-temps j'étais heureuse avec mes neveux et nièces, à m'occuper d'eux, à les baigner, et aussi à leur donner une fessée, de temps à autre, pour s'être mal conduits. Ils ont commencé à grossir un peu. J'essayais de les nourrir de mon mieux — des tranches de tomates crues avec du sel le matin, et du lait dans la journée. Je veillais à leur propreté, ainsi qu'à celle de la maison et j'étais un peu plus forte moi-même. Je voulais éviter à ces petits enfants de souffrir. Les idéaux et les rêves que j'avais eus pour ma famille se sont concentrés sur eux.

Mon père a commencé à faire preuve de favoritisme à l'égard de Claudia. Il lui donnait de l'argent ou l'autorisait à acheter des choses à crédit. Presque tous les jours, elle me montrait des vêtements neufs qu'elle s'était achetés. A chaque fois qu'elle demandait une avance, il la lui donnait, mais quand je demandais un peso ou deux pour chercher du travail, il refusait. J'ai vu que j'étais en voie de perdre mes droits parce que j'étais la fille célibataire. Marta avait son foyer, avec le père de ses enfants. Antonia et Marielena vivaient avec leur mère; j'avais appris à tenir une maison et maintenant que Paula était morte, je voulais être la maîtresse de maison. J'ai vu le danger que représentait Claudia.

Un soir, mon père m'a dit qu'il pensait à l'épouser. Je lui ai répondu qu'il était libre de faire ce qui lui plaisait, mais qu'il devait reconnaître mes droits et m'attribuer la place qui me revenait à la maison. Je me suis efforcée de faire comprendre à mon père que je ne lui en voulais pas d'épouser Claudia, mais plutôt de la façon dont il me traitait. Il m'a critiquée et diminuée; il a dit que j'étais vaniteuse et arrogante, que j'essayais de sortir de ma classe. Il m'a dit de m'étouffer car il en avait assez de moi. Ses paroles sont devenues de plus en plus dures. Un soir, il m'a dit : « Tu ressembles à la race d'ivrognes de ta mère et tu es aussi bête que tu en as l'air.

— Ma mère est morte, papa, quel mal te fait-elle ? Tu peux m'insulter tant que tu veux, mais pas elle. »

Ses paroles étaient plus blessantes encore à cause de la présence de Claudia. Et à présent je détestais cette femme !

Le lendemain, je suis allée voir ma tante et je lui ai raconté ce que m'avait dit mon père. Je pleurais et je me frappais le front, maudissant mon sort. J'ai redemandé à ma tante : « Tante, dis-moi la vérité, ne suis-je pas sa fille ? » Ma tante était très en colère contre mon père et elle a dit qu'elle allait reprendre la photo de ma mère qui était accrochée près de celle de mon père sur un de nos murs.

« Je ne permettrai à aucun misérable de se moquer de ma sœur ! » dit-elle. Nous sommes allées toutes les deux chez moi pour reprendre la photo. En voyant celle de mon père, j'ai dit : « Il n'y a aucune raison pour que cette photo soit là. Je vais le traiter comme il nous traite. » Je l'ai arrachée du cadre que j'avais acheté à tempérament et je me suis mise à la piétiner sous le regard ébahi de Claudia et de ma tante.

Je hurlais, je pleurais et je déchirais la photo quand Roberto est entré. Il était furieux et il m'a battue mais ce qui me faisait le plus pleurer, c'est que mon père, mon saint, était tombé de son piédestal. Et ce soir-là, il m'a punie d'une manière à laquelle je ne m'attendais pas. Je suis rentrée tard et je l'ai trouvé assis avec toutes nos photos d'enfant sur les genoux et des larmes coulant le long de ses joues. Il fumait, ce qui était inhabituel. Il m'a demandé plutôt gentiment, pourquoi j'avais déchiré sa photo et je n'ai pas su quoi dire. Je ne peux pas décrire le terrible remords que j'ai senti à ce moment. Je me suis agenouillée à ses pieds, pleurant et lui demandant pardon. Mon *papacito* n'a ni répondu ni bougé; il a simplement gardé les photos à la main et les larmes ont continué à couler.

Mais ma révolte n'a pas cessé et un jour j'ai dit à Claudia que nous n'avions plus besoin d'elle. Quand mon père est rentré et qu'il ne l'a plus trouvée, il m'a mise à la porte et a envoyé Roberto la chercher. « Si cette fille ne revient pas, vous le regretterez, tous les deux, car je louerai la maison et je vous jetterai à la rue. » Claudia est revenue et naturellement, après ça, elle faisait tout ce qu'il lui plaisait. Je passais toute la journée chez ma tante et ne rentrais que lorsque mon père était là.

C'est alors que j'ai pensé à Delila, la sœur de Paula. Elle avait quitté son mari, un ivrogne, et avait besoin d'un foyer pour elle et son fils. « Elle est du même sang que les enfants, elle est leur tante. Comment ne s'occuperait-elle pas bien d'eux ? » ai-je dit à mon père. Je ne cessais d'affirmer que Claudia ne travaillait pas bien et qu'elle négligeait les enfants. Manuel avait disparu et ne donnait aucun argent pour eux. Mon père s'est laissé convaincre et il est allé chercher Delila, tout en gardant Claudia.

Comment pouvais-je savoir quand j'ai dit à mon père : « Fais venir Delila, papa », que j'allais finir par la haïr ? Les quelques fois où je l'avais vue, je l'avais prise pour une fille douce et malheureuse qui avait besoin d'aide. Mais je sais maintenant qu'elle utilisait cette attitude comme un masque derrière lequel elle observait la personne qu'elle avait l'intention d'attaquer. Elle gagnait ainsi un avantage qu'elle utilisait sans scrupules. Elle était semblable à un serpent qui se cache dans l'herbe pour épier la grasse victime qu'il veut détruire. Elle était rusée, fourbe et tout ce qu'il y a de plus mauvais.

Au début, Delila s'est très bien comportée. Elle a laissé son fils Geofredo à sa mère, pour qu'il ne soit pas une gêne. Nous bavardions et nous allions au cinéma. Mais peu à peu cela a changé ou plus exactement, ce n'est pas elle qui a changé, mais mon père qui est devenu de plus en plus difficile avec moi. Je ne pouvais plus toucher à rien. Il m'accusait d'apporter des choses à ma tante et me traitait comme une voleuse. Je ne pouvais comprendre pourquoi mon père me détestait de plus en plus.

Mon père s'en prenait également à Jaime, qui devenait insupportable, même pour moi. Son alcoolisme était presque continu. La nuit, Roberto devait se lever pour le ramener chez lui ou le mettre dans un taxi, mais une demi-heure plus tard, il était là de nouveau, martelant la porte. Au lieu de me consoler de ce qui m'arrivait à la maison, il se mettait en colère, m'insultait, me secouait par les épaules en disant que j'étais méchante avec lui, que j'avais quelqu'un d'autre. Une fois, conmplètement saoul, Jaime a écrasé ma photo contre la porte. Une autre fois, il a essayé de se couper les veines et m'a fait une peur terrible. Je ne pouvais pas rompre, car à chaque fois que j'essayais, il attentait à sa vie. En outre, sa mère pleurait et me suppliait de ne pas être cruelle avec lui.

Un soir, j'ai pensé qu'il fallait lui faire regarder les choses en face; le délai fixé par mon père touchait bientôt à sa fin. « Trois ans », avait dit mon père quand j'avais présenté Jaime. Si nous résistions à tout ce temps, nous pourrions nous marier. Quand je lui ai dit que je pensais au délai qui allait bientôt toucher à son terme, il a dit: « Ecoute, Consuelo, j'avais économisé l'argent pour que nous nous mariions, mais parce que tu es devenue folle, je l'ai dépensé avec mes amis. »

J'ai cru que le ciel s'écroulait sur ma tête. Je m'étais accrochée à l'illusion que nous allions nous marier. Sa mère m'en avait assurée. « Vous et mon fils vous vous marierez en août. Nous ferons une jolie fiesta pour vous. Je choisirai une robe avec beaucoup de dentelle et un long voile. » Elle disait qu'elle était très fière et que mon père serait compréhensif.

Ses paroles m'avaient fait partir dans mille rêves roses, comme lorsque j'avais quinze ans. Faire honneur à mon père était ma plus grande ambition; entrer au bras de mon père, en robe blanche, et monter avec lui à l'autel, où celui qui allait me donner son nom m'attendrait; avoir les demoiselles d'honneur autour de moi tandis que je danserais la valse, et voir le plaisir de mon père quand la fille qu'il avait le plus mal traitée et qu'il méprisait le plus, l'avait honoré. Après le mariage, j'aurais ma maison toute meublée, et chaque semaine ma famille viendrait dîner avec nous. Je n'avais pas l'intention de désobéir à mon mari en quoi que ce soit. Je pourrais être à ses côtés la tête haute. A travers tous les ennuis avec Jaime, j'avais tout de même chéri ce rêve. Mais son argent disparu, il ne restait plus d'espoir.

Mais Jaime n'était pas mon seul problème. Un matin, Delila préparait le petit déjeuner et mon petit neveu, Alanes, était assis dans l'entrée essayant de lacer sa chaussure. Delila lui a donné une gifle et lui a dit d'aller acheter quelque chose. L'enfant a dit : « Tout de suite, tante, je lace ma chaussure. » Delila s'est mise à crier contre lui et l'a frappé sur la tête avec une cuillère.

« Pourquoi le bats-tu ? ai-je dit. Sois raisonnable. L'enfant ne peut pas faire deux choses à la fois. »

Cela a suffi pour la déchaîner : « Est-ce que cela te regarde? C'est moi qui me crève ici, et je peux faire ce que je veux avec les enfants. Ne te mêle pas de ce qui ne te regarde pas. »

Après l'avoir regardée pendant une minute, j'ai souri et je lui ai dit :« Ah, la pauvre ! Comme elle travaille dur ! Ne te crève pas comme ça ou tu vas mourir d'un instant à l'autre. Quant à faire ce que tu veux avec les enfants, c'est hors de question ici. Tu dois d'abord m'en demander la permission.

— Pour qui te prends-tu, la reine de Saba ou quoi ? Tu n'es rien dans cette maison, ton père l'a dit. »

Je me suis mise en colère et j'ai crié : « La raison pour laquelle tu es ici, idiote, c'est parce que j'ai demandé à mon père de te faire venir, non parce qu'il le voulait.

— Ça ne veut rien dire, je suis ici parce que ton père le veut. Je peux te jeter dehors sans même lever le petit doigt. Voyons qui compte le plus, toi ou moi.

— Une femme comme toi est capable de coucher avec n'importe qui. »

Elle a essayé de me sauter dessus et de me frapper. J'allais me défendre mais les enfants se sont mis à pleurer et il ne s'est rien passé. Je les ai calmés; après tout, il n'y avait pas de raison de les effrayer.

Je me suis dit que j'accordais trop d'importance à cette garce. Je suis allée chez ma tante. J'y suis restée presque toute la journée et ne suis rentrée pour parler à mon père qu'après que Delila l'eut fait. Quand je suis rentrée, mon père a claqué la porte derrière moi. D'une voix sinistre, il a dit : « Pourquoi as-tu répondu à Delila de cette façon ? Qu'est-ce qu'elle t'a fait ? Pourquoi as-tu voulu la battre ? » J'ai commencé à expliquer. « Des mensonges, toujours des mensonges. Hypocrite, vaurienne. Tu es exactement comme tous ces fils de pute, tu es sur la même route. Tu n'arriveras jamais à rien. Tu es du même misérable sang que ta mère, tous des ivrognes, tous... »

Je ne l'ai pas laissé continuer. Je lui ai fait face. Mes larmes se sont séchées comme par magie et j'ai dit : « Ne parle pas de ma mère. Ne prononce même pas son nom devant cette créature. Qu'est-ce qu'elle te veut ? Elle est morte maintenant. Ni elle ni mes oncles ne sont jamais venus frapper à ta porte. Ils sont peut-être pauvres mais ils ne te demandent jamais rien... » Alors Delila s'en est mêlée : « Elle est furieuse parce qu'elle voudrait que sa tante vienne travailler ici, pour qu'elle puisse voler des choses. » Je me suis approchée d'elle et j'ai hurlé : « Ma tante te demande ce que la brise a demandé à Juárez », et en même temps j'ai voulu la gifler. Mon père m'a attrapé le bras et m'a repoussée, j'ai couru chez une amie pour pleurer.

Delila a tenu parole. Jour après jour, c'est devenu un enfer pour moi de vivre dans cette maison. Chaque soir, quand je rentrais dormir, je trouvais mes vêtements déplacés, ou mes affaires à l'envers dans mon tiroir. Ma nièce m'a dit que le fils de Delila fouillait dans mes affaires le matin. Une fois, il me manquait de l'argent. Je me suis plainte à mon père.

« Papa, dis à cette femme de corriger son fils. Il fouille tout le temps dans mes affaires. Qu'il apprenne à respecter le bien d'autrui. »

Mon père était déjà au lit mais il s'est redressé et il m'a dit de sa grosse voix habituelle : « Si tu ne veux pas qu'on touche à tes affaires, tu n'as qu'à les sortir d'ici. Comme ça, personne ne pourra rien te prendre. » Il a claqué une chaise et ajouté. « Va-t'en d'ici. Fiche le camp. »

J'ai ramassé mon manteau. « Oui, je m'en vais, et merci pour ton hospitalité », et je suis sortie.

Tout le monde dormait chez ma tante quand je suis arrivée

et il y régnait une forte odeur d'alcool. Ma tante et mon oncle étaient au lit et quelques invités étaient couchés par terre. Retenant mes larmes, j'ai dit à ma tante que j'allais dormir chez eux. Elle était si saoule qu'elle m'a à peine comprise. Je suis entrée dans le lit étroit comme j'ai pu, et je me suis couchée près d'eux, me couvrant avec mon manteau.

J'ai réfléchi et réfléchi sur la façon dont je pouvais m'échapper de là. J'aimais ma tante pour sa gentillesse et sa bonté, mais je détestais vivre dans une telle saleté.

Ma tante retombait en enfance et vivait heureuse, amie avec tout le monde, sans distinguer les bons des mauvais. Sa mince silhouette, ses cheveux blancs, son rire heureux me faisaient penser à une poupée abîmée par les mauvais traitements. Elle vivait dans un monde réduit; ses jeux consistaient à laver et à repasser du linge, à boire avec mon oncle et leurs amis. Malgré toutes ses vertus, elle aimait parler beaucoup et son bavardage et ses expressions vulgaires me donnaient le tournis.

Les gens qu'ils connaissaient étaient différents de ceux auxquels j'étais habituée. C'était très bien qu'ils me traitent avec respect, beaucoup de respect, mais l'odeur d'alcool, l'humidité, les punaises, l'étroitesse du lieu, les gens de cette *vecindad*... Pendant la saison des pluies, la petite pièce de ma tante, à laquelle on avait accès en descendant quelques marches, était souvent inondée. La cour où se trouvaient les robinets d'eau devenait une mer de boue. Pour garder un emploi, il me fallait être bien soignée et cela ne m'était pas possible ici. Comment pouvais-je vivre dans cet endroit ? J'ai réfléchi jusqu'à en avoir mal à la tête. Je ne trouvais pas de solution.

Pour mettre le point final à ma situation, Jaime est arrivé à l'aube, très ivre et en criant : « Si tu ne sors pas, je défonce la porte. »

Tous les voisins ont dû se rendre compte de ce qui se passait. Je n'avais rien d'autre à faire qu'à sortir. « Jaime, tu es de nouveau ivre-mort. Tu n'as donc aucune pitié de moi. Je t'en prie, laisse-nous dormir. » Il a simplement marmonné d'une manière incohérente en vacillant sur ses jambes. Il a dit qu'il pouvait se battre avec six ou sept hommes, que je le laisse s'attaquer à mon père ou à mon frère. Il avait eu plusieurs bagarres, cette nuit, dont il était de toutes sorti victorieux et toute la gloire était pour moi. J'ai cessé de pleurer quand il a dit ça. Mais je l'ai détesté l'instant d'après quand il a dit : « Tu devrais voir comme tu ressembles à Bélica. Mais *elle* m'obéit, *elle* fait ce que je veux. Pour toi, je ne suis qu'un jouet. Mais pour elle — elle m'aime ! Bélica, Bélica. »

Le pire est que j'attendais encore de Jaime de la pitié et du réconfort. Je voyais en lui un mince rayon d'espoir, de lumière, pour m'éloigner de ce qui m'aveuglait et m'assombrissait l'esprit. Mais au lieu de paroles d'amour, il ne m'offrait que des yeux vitreux qui me semblaient très lointains.

Plus je souhaitais la paix, ne serait-ce que pour une seule nuit, plus j'étais assaillie de malheurs. J'en recevais quotidiennement, des deux côtés. De mon père avec ses insultes, et chez ma tante de la laideur environnante, de la pauvreté, du manque de confort, de n'être pas capable de me débarrasser de Jaime, d'être sans travail, d'avoir tout le temps faim. Tout cela me mettait dans un tel état de nervosité qu'un rien me faisait pleurer.

J'ai cherché conseil auprès d'un prêtre. « Vous ne pouvez rien faire d'autre que devenir indépendante. Si vous avez quelque parent, allez vivre chez lui. Quittez votre père; éloignez-vous de lui. » Ma tante disait de même : « Viens ici, ma fille. Tu auras à manger ici, même si ce n'est que des fèves et des *tortillas* rassises. Le jour où nous avons de quoi, nous mangeons, et le jour où nous n'avons rien, nous ne mangeons pas. Nous nous arrangeons. Cesse de te torturer maintenant. Quitte ton père. »

Un soir, je suis allée avec ma tante assister à un bal à la Casa Grande. Comment mon père a su que j'étais là, je ne le sais pas, mais il a envoyé mon frère me chercher. J'ai refusé de le suivre. « Pourquoi veut-il que je vienne ? Pour me jeter dehors ? » Puis mon père est sorti et il a obligé Roberto à me traîner à la maison. Face à mon père, je lui ai tenu tête, prête à n'importe quoi. Il a dit : « Imbécile, quelle façon tu as de te donner en spectacle ! » Il a dit que c'était une belle vie que je menais, en allant danser et en passant d'un homme à un autre. « Tu veux finir dans les rues ? »

Quand il a dit ça, j'ai explosé de rage. Avant, je baissais

toujours la tête devant ses paroles, mais pas depuis qu'il m'avait mise à la porte pour cette femme. Je lui ai répondu, en serrant les poings : « Si je finis dans les rues, ce sera ta faute. Je ne fais que suivre l'exemple que tu m'as donné. D'abord Claudia, puis celle-ci, des femmes comme on en trouve à chaque coin de rue. » Il m'a giflée mais je n'ai pas senti les coups. « Je ne me tairai pas. Bats-moi tant que tu veux. Je ne me tairai pas. » Puis c'est Roberto qui m'a lancé une gifle.

Je leur ai hurlé : « Battez-moi, battez-moi tant que vous voudrez, mais vous n'effacerez jamais ma haine. Je suis ta fille, mais tu te fatigueras d'*elle* et après, plus personne ne se souviendra qui elle était. Je te préviens que s'il m'arrive quelque chose, ce sera ta faute et ta faute uniquement. » J'étais folle de colère. Je sentais le sang dans mon cerveau et je voyais des étincelles. J'avais l'impression que ma tête allait éclater. Mon pauvre père était effrayé et il a essayé de me prendre dans ses bras, mais j'ai hurlé : « Ne me touche pas. Je te dis de ne pas me toucher. Va-t'en.

— Baisse les yeux, a-t-il dit. Ne me regarde pas comme ça !

— Je n'ai pas à baisser les yeux car ma conscience est propre. »

Je suis sortie dans la cour. Je pleurais, pensant à une chose, puis à une autre, sans être capable de trouver une solution. J'ai levé la tête vers les étoiles les plus brillantes et j'ai supplié Elena et ma mère de faire comprendre à mon père. Je me suis assise sur le pavé et ma main a touché une lame de rasoir. Là était la solution : m'ouvrir les veines des mains et des pieds. Imaginez le visage de mon père quand, en allant travailler, il me trouve allongée devant sa porte, en sang ! « Il le regrettera. » J'ai pleuré encore plus fort en pensant à Jaime. Il verrait que je n'essayais pas simplement d'effrayer les gens, comme lui. Je me suis mise à scier les veines de mes poignets, mais cela m'a fait mal. « Ça va s'infecter », me suis-je dit. Alors j'ai ri toute seule. « Ça va s'infecter ! » Mais soit parce que j'avais la peau trop dure ou que la lame était usée, ou, ce qui est plus proche de la vérité, que le courage me manquait, je n'ai réussi à faire qu'une petite coupure, très douloureuse. J'ai jeté la lame et je suis rentrée chez ma tante.

Quand je pensais à ma sœur et à mes frères, j'éprouvais de l'amertume, car aucun ne voulait ou ne pouvait m'aider. Des trois, Manuel avait le cœur le plus dur. Il n'était jamais là quand on avait besoin de lui et même s'il était là, rien ne le concernait. Il me faisait penser à une personne marchant à reculons dans l'obscurité, sans mettre le pied sur la terre ferme. Il marchait et marchait sans jamais arriver nulle part. Il ne faisait que remuer les pieds pour donner aux gens l'impression qu'il faisait quelque chose. Son regard était fixé sur de petites étoiles brillant au firmament. Il essayait de les attraper et quand il réussissait à en avoir une, il s'asseyait dans le vide infini et jouait avec jusqu'à ce que l'éblouissante lumière ait perdu son éclat. Puis il abandonnait l'étoile morte flotter dans les airs et repartait irrésistiblement à la poursuite d'une autre.

Il ne regardait jamais ni à droite ni à gauche, ni en bas, pour ne pas voir le sombre abîme qui s'étendait sous ses pieds. Il avait peur de tomber; car s'il atteignait jamais le sol, il sentirait combien est dure et rocailleuse la route que suivent les gens. Aussi regardait-il en l'air, vers le ciel, non pour l'implorer, mais pour avoir des excuses quand il tombait. « Je n'ai pas vu... Je ne savais pas. »

Il craignait peut-être d'être jugé ou écrasé, non de s'apercevoir qu'il n'y avait pas de salut. C'est peut-être pour cette raison qu'il avait deux ou trois personnalités et de nombreux visages. Il essayait de montrer qu'il possédait un invincible don pour les choses de ce monde, mais c'était du bluff. Il n'était que superficiel et cynique. Il avait une étincelle de générosité et de discernement en lui, peut-être parce qu'il avait connu l'amour de ma mère et celui de Paula, mais pourquoi n'était-il pas plus humain ? Il savait le mal qu'il faisait, mais en aucun cas il ne disait : « Oui, je l'ai fait. »

Pourquoi montrait-il tant de fureur quand il était dans une bagarre, alors qu'il tournait le dos quand il lui fallait faire face à ses problèmes ? Il prétendait aimer beaucoup Paula. Alors pourquoi ne l'a-t-il pas épousée ? Quand un Latin veut réellement capturer une illusion, que ce soit par vanité ou par caprice, la première chose qu'il fait est de se marier. Il s'arrangeait pour gagner aux cartes, pourquoi alors, quand son père lui a donné la possibilité de monter un atelier de chaussures, n'a-t-il pas réussi ? S'il a étudié la façon de jouer aux cartes, pourquoi n'a-t-il pas pris la même peine pour trouver la valeur d'un clou, par exemple ? Pourquoi ?

Et pourquoi devait-il toujours fuir ses responsabilités ? Il fermait les yeux à tout. Toute idée de coopération ou d'aide de sa part était impossible. Quand j'avais des ennuis, il me disait : « Le jour où tu auras besoin d'aide, ne compte pas sur moi. S'il m'arrive de te voir un jour dans un cabaret, fais comme si je n'étais pas ton frère, comme si tu ne me connaissais pas. » Avec cet égoïsme, il était incapable de ressentir quoi que ce soit profondément, même d'être père. Si vie était totalement libre et il défendait sa liberté avant tout. Avec Manuel, la liberté était devenue un abominable vice.

J'ai essayé de trouver refuge près de ma sœur Marta. Elle qui avait un foyer m'a dit : « Non, pourquoi viens-tu chez moi ? Non, pas ici. » Elle m'a dit ça à moi, qui m'étais si souvent battue avec Crispín et sa famille parce qu'ils la maltraitaient. Si je la voyais sans chaussures ou sans argent, je lui en donnais, me privant moi-même. J'étais prête à prendre des coups pour la défendre, j'écoutais toujours le récit de ses ennuis. Et maintenant que j'avais besoin d'elle, elle me disait ça. J'ai avalé mes larmes et je n'ai dit que : « Ecoute, Marta, prie Dieu de toujours avoir ton mari et ton foyer et de n'être jamais obligée d'aller d'une maison à l'autre, comme moi. Prie Dieu ! »

Marta avait toujours été la favorite de mon père et de Roberto, mais elle n'aidait ni ne consolait jamais personne, à l'exception du jour où Manuel nous avait battues toutes les deux. C'était la première fois qu'elle faisait preuve d'un peu de considération envers moi. Elle avait toujours été peu fraternelle, même avec ses frères. Elle n'avait pas le sens des obligations morales, elle ne donnait jamais rien sans recevoir en échange. Pour moi, elle était un faux type de femme. Mais ce que j'aimais le moins en elle et que je trouvais impardonnable, c'était son manque d'intérêt pour l'avenir de ses enfants.

Roberto était le meilleur des trois. Il disait. « Je suis désolé pour toi, ma sœur. Je suis un homme et je peux aller où je veux, mais toi, que peux-tu faire ? » Il était généreux, compatissant et réellement sincère, mais il n'avait ni argent ni foyer véritable. Et quel enfant ! Il était violent et encore sujet à des crises de colère. Il se croyait un Samson capable de détruire des bataillons entiers. Comparé à Manuel, il était pure émotivité, bien que le cercle émotionnel dans lequel il évoluait fût infantile.

Tout en étant un homme, Roberto cheminait sur la route de la vie comme un enfant de huit ou neuf ans, en culottes courtes, chemise à manches courtes et grosses chaussures. C'était un enfant apeuré dont l'intelligence avait été égarée par l'irrégularité de la route. Son chemin était plein d'obstacles; il était tombé d'innombrables fois et en avait gardé de profondes cicatrices. Il marchait la main droite tendue, s'efforçant d'atteindre quelque chose... l'ombre d'une femme flottant devant lui. Il pleurait et appelait, criant à cette chose de s'arrêter. Parfois, elle disparaissait et c'est à ces moments que Roberto se jetait par terre en état de crise.

Il donnait des coups dans les pierres, les battait et les jetait au loin car elles semblaient se moquer de lui. Il se mettait en colère et disait : « Qui sont-elles pour se moquer de moi ! Je vais leur montrer qui je suis ! » Il ne se rendait pas compte qu'il se faisait du mal en se heurtant aux pierres. Une fois sa crise passée, il regrettait de s'être si stupidement battu. Après il pensait : « Elles ne faisaient que me regarder. »

A l'inverse de Manuel, Roberto avait un but précis... trouver la sécurité dont il avait besoin. Quand il l'aura enfin trouvée, les sanglots s'arrêteront et il sourira en repensant au chemin parcouru. Puis, avec « elle », il prendra une nouvelle route. Roberto était un bon garçon, tant qu'il avait quelqu'un pour s'intéresser à ses problèmes, écouter ses plaintes, partager ses plaisirs et lui donner des conseils sur son habillement. Malgré tout, il avait une docilité, une sensibilité qui étaient étrangères à Manuel.

La période la plus dure, la plus amère, la plus triste de Roberto ce fut lorsqu'il était en prison. Je connais beaucoup de gens qui en sont sortis abrutis et endurcis, pleins de haine. Pas mon frère. Il a toujours conservé sa petite flamme d'espoir et il n'est jamais tombé dans le vice. Il savait encore qu'il avait une famille et il préservait un sentiment d'amour envers les autres. Il était capable d'enlever ses propres vêtements pour couvrir quelqu'un qui n'en avait pas, en disant : « Non, le pauvre, qu'il se couvre. » Mais Manuel ! Celui-là se dirait probablement : « Ça ne me regarde pas, c'est tout ce qu'il mérite pour être un imbécile. »

Roberto voyait les choses avec passion et essayait de trouver son idéal. Selon lui, personne au monde ne devrait pécher. Il était choqué par ce qu'il voyait, pas comme Manuel, qui, en ce sens, était plus adapté. Pour Roberto, beaucoup de choses étaient sacrées. Personne n'avait intérêt à toucher à ses saints, car alors il se transformait en démon.

Si cela arrivait, ou s'il se sentait délaissé, ses émotions irrationnelles se déchaînaient. Souvent, quand il « allait au coin » et qu'il pleurait de remords, si personne ne venait le consoler, toute cette douleur tournait en rage, ou en fureur, ou en jalousie. Il était alors emporté de désespoir et il essayait de trouver à tout prix du réconfort. Roberto avait besoin de quelqu'un pour le guider et lui donner de la force morale, quelqu'un pour lui dire : « Si tu fais ceci, *el coco* te mettra la main dessus; si tu fais cela, la sorcière viendra. » Abandonné à lui-même, on pouvait être sûr qu'il allait lui arriver quelque chose de mal.

Ce qui m'attristait le plus chez mes frères et ma sœur, c'est qu'ils ne souhaitaient pas sortir de la situation dans laquelle ils vivaient. Ils étaient satisfaits d'avoir de pauvres vêtements et de passer leur temps à se battre. Pour moi, le toit qui nous couvrait était instable, car demain le pilier qui le soutenait pouvait s'écrouler. Mais ils ne pensaient pas au lendemain. Ils vivaient tous dans le présent.

Et même s'ils avaient essayé de changer, je ne crois pas qu'ils auraient réussi. Aucun, et moi non plus peut-être, malgré mes efforts, ne semblait posséder les qualités de caractère suffisantes. Par exemple, si on donnait à Manuel une pierre ordinaire, il la garderait dans sa main en la contemplant d'un œil avide. En quelques secondes, elle se mettrait à briller et il la verrait en argent, puis en or, puis de toutes les matières les plus précieuses, jusqu'à ce que le brillant s'éteigne.

Roberto prendrait la même pierre en murmurant : « Hum, à quoi sert-elle ? » Mais il ne connaîtrait pas la réponse.

Marta la tiendrait à la main quelques minutes seulement, puis, sans une pensée, la jetterait avec insouciance.

Moi, Consuelo, je la regarderais en me demandant :

« Qu'est-ce que ça peut être ? Est-ce, est-il possible que ce soit ce que je cherche ? »

Mais mon père, lui, prendrait la pierre et la poserait par terre. Il en chercherait une autre et la mettrait sur la première, puis une autre, puis une autre, jusqu'à ce qu'il ait finalement bâti une maison, quel que soit le temps que cela prenne.

Malgré la crainte que j'en avais, j'ai finalement dû aller vivre chez ma tante. Il n'y avait pas moyen de l'éviter. J'ai passé six mois dans la rue des Boulangers. L'ambiance de cette *vecindad* était celle d'une totale pauvreté. Les gens vivaient presque comme des animaux. Dieu leur avait donné la vie, mais ils ne possédaient rien des attributs essentiels de la vie, sauf le pain quotidien, et parfois même pas ça. La plupart des femmes et des enfants étaient obligés de travailler pour se nourrir car beaucoup de pères étaient des ivrognes et des irresponsables. Les plus jeunes enfants jouaient dehors dans la saleté, complètement nus, et les plus grands prenaient des emplois variés pour gagner quelques centavos. Très peu allaient à l'école un an ou deux. Les mères devaient fréquemment mettre en gage la radio, le fer à repasser, la literie (si la famille possédait de tels articles), une robe, une paire de chaussures, afin de pouvoir payer le loyer ou acheter suffisamment de fèves pour nourrir leur nombreuse famille.

Les pères étaient indifférents à l'égard de leur femme et de leurs enfants, dépensaient leur argent en alcool ou en maîtresses, lesquelles vivaient parfois dans la *vecindad* même. Si une femme se plaignait, il y avait de fortes chances qu'elle se fasse rosser ou chasser de la maison, car c'était son devoir d'éviter à son mari d'être gêné dans ses affaires de cœur. Les hommes passaient la plupart de leur temps libre dans les bars, et la nuit les femmes devaient partir à leur recherche et les traîner à la maison.

Chez ma tante, nous ne prenions que deux repas par jour, comme tout le monde dans la *vecindad*. Je me levais le matin, ramassais mon « lit », balayais ou arrangeais un peu la pièce. Ce bloc d'habitations n'avait ni porte ni grille, et je me lavais dehors, comme les autres locataires, et les gens pouvaient me voir de la rue. Je n'avais pas assez d'argent pour aller aux bains publics. Pendant que je faisais tout ça, ma tante, « ma petite vieille », comme je l'appelais toujours, allait au marché acheter des choses pour le premier repas, tandis que mon oncle Ignacio, soit restait au lit un peu plus longtemps, soit se levait et allait chercher son *pulque* matinal.

Je m'asseyais dans la grande chaise, la seule que ma tante possédait, pour un repas composé de café noir ou de thé, de restes de riz ou de fèves et, parfois, une *tortilla* frite avec du fromage ou du chile. Ma tante tenait à ce que je prenne la chaise, pour me montrer qu'elle et mon oncle étaient contents de m'avoir chez eux. Elle en prenait grand soin et l'avait depuis de nombreuses années. Leur repas était semblable au mien, mais ils buvaient du *pulque* au lieu de café. Ils mangeaient une sauce extrêmement forte et aussi des bandes de chile frites dans de l'huile avec des oignons. Ils me disaient que je devrais manger comme eux, car cela me forcirait le sang et me donnerait de l'appétit. Mais comme je n'y étais pas habituée, je refusais. Mon oncle disait que je n'étais pas mexicaine, que j'aurais bientôt du sang bleu. Il plaisantait toujours.

Après le repas, Ignacio allait chercher de l'eau pour se mouiller les cheveux, se laver et redresser sa moustache. Puis il se signait et faisait son offrande d'alfa à San Martín Caballero, pour que beaucoup de gens achètent ses journaux — *La Prensa, Las Ultimas Noticias, El Este* — qu'il vendait pour gagner la maigre pitance qu'il rapportait à ma tante. Ma tante allait laver du linge pour les autres, ou travailler dans la cuisine d'une buvette appelée Lonchería Morelos, en face du cinéma Morelos. Quand elle travaillait comme aide-cuisinière, elle était partie de huit heures du matin à huit ou neuf heures du soir et elle me rapportait quelques restes. Quand elle prenait du linge à laver, elle restait au lavoir dans la cour de onze heures du matin à trois ou quatre heures de l'après-midi, se reposait un moment, puis elle continuait jusqu'à ce qu'elle ait terminé vers sept heures du soir.

Elle ne mangeait presque jamais avant que mon oncle Ignacio revienne, lui apportant quelques pesos pour acheter la nourriture. Le dîner consistait en une soupe aux nouilles s'il ne lui donnait que deux pesos; s'il lui donnait quatre ou cinq pesos, elle achetait un peu de pain et de lait pour moi, et je mangeais aussi de la soupe. Je ne buvais généralement que du café noir; ils prenaient des fèves et, naturellement, leur *pulque*. Ils pouvaient se passer de nourriture, mais jamais de *pulque*.

Mon oncle avait une autre femme, et ma tante se disputait souvent avec lui à ce propos. Quand ils étaient un peu ivres, ma tante lui disait : « Je ne vais pas te tuer cette fois-ci, mais c'est simplement parce que je ne veux pas avoir peur devant ton cadavre ! » J'étais terrifiée les premières fois où je les ai vus se quereller. Presque en larmes, je leur hurlais de ne pas se disputer et quand ils voyaient que j'avais peur, ils se calmaient.

Plus tard, les connaissant mieux, leurs querelles me faisaient rire. Bien qu'ils buvaient du *pulque* avec leur repas du soir, puis du *chincól* (une boisson faite d'alcool, du fruit de l'aubépine et d'une autre plante) et qu'ils étaient parfois très saouls, ils ne se faisaient jamais de mal. La même scène se reproduisait tous les soirs, jusqu'à environ onze heures, heure à laquelle ils étaient fatigués et allaient se coucher. Chez mon père, rien de ce genre n'était jamais arrivé. Je n'avais jamais vu mon père boire avec qui que ce soit. Le dîner avait lieu à heure régulière et il y avait de tout sur la table — du lait, du pain, du beurre, des œufs ou un plat que nous aimions, des têtes de poules frites dans de l'huile, de la salade, des fèves au gratin, ou des *tortillas*. Comparée à la maison de ma tante, la nôtre était prospère et paisible, du moins jusqu'à ce que cette garce de Delila arrive.

Chez ma « petite vieille », beaucoup de leurs amis arrivaient pendant que nous dînions. Ils s'asseyaient sur le pas de la porte ou là où ils pouvaient trouver de la place, attendant que mon oncle leur raconte des blagues et des histoires drôles sur la vie, et que ma tante leur offre un *taco*. Je ne sais pas comment ils se comprenaient, car l'un parlait d'une chose et les autres d'autre chose. Le temps de terminer le repas, la tête me tournait et j'avais la nausée à cause de la fumée de cigarettes, de l'odeur du *chincól* ou du *pulque*, et de l'affreux tintamarre qu'ils faisaient.

Tard dans la soirée, je préparais mon « lit ». J'étendais un morceau de carton et une paillassse sur le sol de ciment et je les recouvrais d'un drap ou d'une vieille couverture.

Ils me donnaient un oreiller et une couverture supplémentaire, un peu meilleure, et un vieux manteau de ma tante pour me couvrir. Par la suite, j'ai dormi dans le lit et eux par terre, parce que j'avais une mauvaise circulation du sang et que je souffrais terriblement du froid. Cela me gênait parfois de prendre leur lit, mais ils insistaient et cela n'avait pas l'air de les ennuyer. Au contraire, ils semblaient réellement m'aimer comme leur fille.

Une fois, ma tante m'a fait moudre du chile pour la sauce *mole* qu'elle allait préparer pour la fête de mon oncle. J'ai essayé, mais je n'ai pas pu. Ma tante a dit : « *Ay*, mon enfant, qu'est-ce que tu feras quand tu seras mariée ? Et si tu as un mari exigeant, comme mon premier ? Je devais me lever à trois heures du matin pour moudre cinq *cuartillos* de maïs pour faire les *tortillas* de son petit déjeuner. Et quand, au début, je ne savais pas le faire, il me battait pour que j'apprenne. »

Ma tante a fait de l'anniversaire de mon oncle une affaire de famille. Elle n'a pas invité les voisines, car je l'ai tannée pour qu'elle ne le fasse pas. J'ai fini par lui faire comprendre que ce n'était pas de bons voisins; à chaque fois qu'ils avaient besoin de quelque chose, ma tante les aidait, mais quand nous avions besoin d'une aide quelconque, ils refusaient. Ils empruntaient des choses qu'ils ne rendaient jamais. Les seuls invités furent donc ma sœur Marta, mon frère Roberto, et deux amis intimes de mon oncle. Pour cette modeste *fiesta*, ma tante s'est arrangée pour acheter un carton de bière et du *pulque*.

Chez ma tante, j'ai appris davantage de choses sur les fêtes religieuses. Quand le Carême a commencé, le Vendredi des Douleurs, elle a recouvert la table où se trouvait la Vierge des Douleurs, d'abord d'une nappe blanche, puis d'une couche de papier violet. De chaque côté de l'image, elle a posé trois pots de fleurs, l'un avec du blé en germe, l'autre avec des fleurs, enfin et le plus important, le troisième avec une bougie. Le soir, elle a prié la Vierge avec beaucoup de dévotion. Mon oncle a bien pris soin de l'autel. Il se mettait en colère si quelqu'un laissait par inadvertance un crayon ou quelque chose sur la table.

Pendant le Carême, nous nous abstenions de manger de la viande le vendredi et les jours de fête — le jeudi saint, le vendredi saint et le samedi de Gloire. Le mercredi et le jeudi, ma tante nettoyait la pièce et tous les mets spéciaux étaient préparés à l'avance. Le jeudi saint, si ma tante avait les ingrédients nécessaires, elle faisait des *romeritos* (une compote de poires piquantes), des *chavales* (petits poissons) et des pommes de terre en sauce de chile ou de *pipián* (jus de concombre).

Le vendredi saint, nous ne faisions aucun travail ménager. Elle n'allumait même pas le feu; nous mangions froid. Ce jour-là, nous allions à l'église à huit heures du matin et nous y restions pour assister aux « Trois Chutes » de Notre Seigneur Jésus-Christ. A ce moment, ma tante disait : « Regarde, mon enfant, comme ils présentent magnifiquement les souffrances de Notre-Seigneur. Regarde comme Il a bien supporté tout ça, et comme nous sommes faibles à côté de Lui. » Elle voulait dire que je ne devrais pas être si fâchée et révoltée contre mon père. J'ai vu que j'étais en faute et j'ai promis de ne plus me comporter de la sorte.

Ma tante était dévouée au Seigneur de Chalma et elle aimait me raconter les pèlerinages qu'elle faisait chaque année. J'étais la seule de la famille à n'être jamais, jamais allée à Chalma. Ma tante disait : « Cette année, tu iras avec moi, mon enfant, et tu verras comme le Sanctuaire est joli. Mais tu ne dois pas faire demi-tour avant d'être arrivée, car le Seigneur se fâcherait et te punirait. » Ces paroles diminuaient mon désir d'y aller, mais j'aimais regarder les reliques, les rubans et les friandises que ma tante rapportait toujours de Chalma.

En mai, quand est venue la Fête des Mères, j'avais du travail et j'ai acheté un cadeau à ma tante. De son côté, elle a allumé un cierge pour ma grand-mère et ma mère, et elle a posé leurs photos sur la table, avec des fleurs à côté. Nous voulions aller au cimetière ce jour-là, mais comme nous n'avions plus d'argent et que je devais travailler, nous n'y sommes pas allées. J'avais remarqué que le Jour des Morts, ma tante déposait toujours une grande offrande de nourriture pour ma défunte mère. A la maison, mon père ne mettait jamais plus qu'un cierge et un verre d'eau.

Le jour de la Fête des Pères, le 15 juin, ma tante m'a conseillé d'aller voir mon père, mais la visite s'avéra être une amère déception. Delila était là et mon père m'a à peine parlé. Cela m'a mise en colère et j'ai quitté la maison sans même dire au revoir à personne. A cette époque, je rendais encore visite à mon père, car je voulais lui faire reconnaître qu'il avait une fille. D'habitude, ma tante me disait de ne pas y aller. « Pourquoi y aller si c'est pour qu'il te fasse pleurer ? » Mon oncle ne disait presque jamais rien, mais ils étaient tous deux furieux contre cette sorcière de Delila et sa famille.

Quand j'ai recommencé à travailler, notre situation s'est un peu améliorée; nous avions de l'argent pour acheter de la nourriture et nous commencions à rattraper le retard de loyer. Mais pendant tout ce temps, je souffrais car je n'aimais vraiment pas vivre là-bas. Si je négligeais les travaux du ménage, mon oncle me grondait en disant que je ressemblais à une poupée sur une étagère, utile seulement à la décoration (enfin, il employait d'autres mots). Il ne disait pas ça quand ma tante était à portée de voix. Si elle l'entendait, ma tante disait : « Ne l'ennuie pas, espèce d'outre, laisse-la tranquille sinon toi et moi allons avoir des choses à nous dire. » J'étais pourtant vraiment dans mon tort, car je ne savais presque rien faire.

Un jour, mon oncle a dit à ma tante de me faire laver le linge. J'ai cru qu'elle allait prendre ça en plaisanterie, mais, c'est triste à dire, elle m'a donné le savon noir, la lessive, le seau et la planche en disant : « Allez paresseuse, et que le linge soit propre, sinon je t'enverrai le relaver. » Cet ordre m'a déplu, non pas parce que je ne voulais pas travailler, mais parce que tout le monde, à la fois dans l'immeuble et dans la rue, me verrait.

Tandis que j'étais accroupie par terre, lavant le linge, je me suis aperçue que les filles du voisinage se moquaient de moi : « Oh, tu t'es déjà mise à laver ! » Lénora a dit à une autre fille : « Il est grand temps, ma sœur ! » Une autre a dit : « Ce qu'il y a, c'est que je ne vis pas dans une maison riche. Mon père m'a fichue à la porte. » Je n'ai rien dit. Je savais qu'elles ne s'intéressaient pas à moi; en outre, je me sentais déjà humiliée et leur répondre aurait été m'humilier davantage.

A la fin de juin, je suis tombée malade. J'avais beaucoup maigri et mes nerfs étaient en mauvais état. Au lieu de demander quelques jours de congé comme ma tante me le conseillait, je suis simplement restée à la maison et j'ai perdu mon poste. Le jeûne a recommencé pour nous, car il était impossible de vivre bien sur ce que gagnait mon oncle. Certains jours, je ne prenais qu'un seul repas, et ils ne prenaient guère que leur *pulque* ou leur *chincól* le soir. Je mangeais leur sauce piquante, mais jamais de *pulque*, bien qu'ils me disaient que cela me forcirait les poumons et guérirait mes troubles biliaires. Quand j'avais mal à l'estomac après un choc émotionnel, ma tante me faisait de l'absinthe ou de la camomille.

Je souffrais d'autant plus que je n'étais pas habituée à ce genre de soins quand j'étais malade. Chez mon père, il appelait le médecin et on me mettait au lit avec des médicaments. Mais ici, les gens traitaient les maladies avec légèreté. Même quand quelqu'un avait été gravement blessé dans un accident, il ne leur venait pas à l'idée d'appeler un médecin. Tout le monde, y compris la famille du blessé, se mettait autour de lui et bavardait négligemment de l'affaire. Et le lendemain, plus personne ne se souvenait de l'incident.

Mon rhume et ma fièvre ont tourné en broncho-pneumonie; j'avais une douleur aux poumons et je ne pouvais pas respirer. Ma tante ne savait pas ce que j'avais, mais elle a essayé de me soigner avec des bains, en me frottant à l'alcool et en me posant sur la tête deux feuilles d'une plante qu'ils appelaient « Sans vergogne ». Le bain consistait à verser de l'eau chaude dans une bassine en y ajoutant des cendres; puis je gardais les pieds dedans jusqu'à ce que l'eau refroidisse. Après m'avoir frottée à l'alcool, elle me couvrait jusqu'à ce que je sois en sueur. Ma tante expliquait que de cette façon, le corps expulsait toute la maladie. Aussi incroyable que cela puisse paraître, ma température a baissé, mais la douleur respiratoire persistait. J'ai envoyé chercher mon amie Angélica, pour qu'elle me fasse une piqûre de pénicilline. Celle-ci m'a suffisamment soulagée pour que je puisse me lever et aller voir un médecin qui m'a guérie. Ma tante a engagé son manteau pour avoir l'argent nécessaire et mon père ne s'est aperçu de rien.

Pendant les mois où j'ai vécu chez ma tante, Jaime n'a cessé de venir là-bas. Ils n'osaient jamais le chasser, même quand je les en priais. Jaime savait gagner leur affection et leur confiance et il profitait d'eux. Il avait totale liberté pour entrer chez eux à n'importe quelle heure, dans n'importe quel état et avec n'importe quels amis. Souvent, il arrivait ivre à l'aube et je devais m'allonger sur le ciment avec seulement mon manteau pour me couvrir afin qu'il puisse cuver son vin dans le lit.

En vérité, ma tante commençait à m'en vouloir parce que je n'avais ni travail ni argent. J'ai remarqué la façon dont elle me servait le petit déjeuner, avec une expression sérieuse, amère, pas comme au début. Mais j'avais faim. Je cherchais du travail partout. Angélica me venait en aide en me donnant de l'argent pour les frais d'autobus et des paroles d'encouragement. Je me suis dit qu'il vaudrait mieux partir de Mexico. Mais comment ? Avec quel argent ? Je n'avais ni l'argent du voyage ni celui d'une valise.

Mon oncle s'est mis à me gronder durement, me disant des mots qu'il n'avait jamais utilisés auparavant. Le matin, en me voyant me maquiller, il disait : « T'es comme les mannequins dans les vitrines, qui restent là sans bouger, avec de la peinture sur la figure. Remue-toi, apporte un peu d'argent, de n'importe quelle façon. Nous en avons besoin — si peu que ce soit. Tu dois rapporter de l'argent à la maison. » D'autres fois, il disait : « Le jour où tu te marieras, qu'est-ce que tu donneras à manger à ton mari si tu n'es bonne à rien ? Tu crois qu'il te voudra rien que pour le lit ? Allons, il faut se remuer dans la vie. Peu importe d'où vient l'argent, tu vois bien que ta tante en a besoin. Je ne peux pas beaucoup l'aider. »

Rien que pour le lit. Il me parlait comme à une femme qui aurait déjà pris ce chemin. Ses paroles me faisaient quitter la maison en pensant au pire. Le pire pour moi était de me donner à un homme pour de l'argent. Mais je ne pouvais pas, la honte me retenait, et je cherchais refuge à l'église et je pleurais. Malheureusement, j'ai peu à peu perdu cette honte.

Si ma tante l'avait su, elle ne lui aurait pas pardonné. Elle, cependant, marmonnait parmi les voisins que je ne l'aidais pas du tout, que je ne lui donnais pas un seul centavo, que son lit s'usait. Pendant que je faisais la lessive, les enfants des voisins me disaient que ma tante se plaignait beaucoup de moi. Mais que pouvais-je faire ? Je cherchais toujours du travail dans les annonces des journaux, mais quand j'arrivais, le poste était déjà pris. Ou bien, voyant comme j'avais l'air déprimé, les hommes me faisaient des propositions malhonnêtes : « Si tu veux, tu n'as pas besoin de travailler. Tu es jeune. Enfin, je ne peux pas t'offrir beaucoup, mais si tu veux... » Par deux fois, je suis partie en claquant la porte. Retourner travailler chez le señor García ? Impossible ! Jaime y travaillait.

Quand Jaime venait, comme j'étais fâchée ou honteuse d'être vue en train de manger sur la grande chaise ou sur un banc. Il était fier que sa famille ne soit pas du même niveau que la mienne. J'étais en colère contre ma tante et mon oncle parce qu'ils ne voyaient pas qu'il les méprisait.

Il se croyait plus puissant que moi dans cette maison, et un soir il a essayé de le prouver. Il est arrivé ivre vers huit heures et demie. J'étais sur le lit en train de coudre; le petit poste de radio qu'il avait donné à mon oncle et à ma tante était ouvert, et ma tante était assise dans l'entrée, entre la cuisine et la petite pièce. En levant les yeux, j'ai vu Jaime, vacillant, se tenant au montant de la porte, la chemise ouverte, cravate de côté, le pantalon baissé sur les hanches et retenu par une ceinture *Pachuco. Qué barbaro !* Et dire que j'avais eu espoir en lui.

Il a soudain tiré la manche de ma robe et m'a griffée. Je me suis levée plus vite que je ne m'y attendais, je l'ai poussé et il est tombé sur une chaise. J'étais furieuse. Je l'ai injurié : « *Pachuco*, qu'est-ce que tu crois, misérable ! Si tu crois que je suis une de tes femmes de cabaret, tu peux aller te faire foutre. » Ma tante a pris peur et elle a dit : « Calme-toi, *mujer*. Calme-toi, Jaime. Tu ferais mieux de t'en aller. »

Je me suis alors tournée vers mon oncle et ma tante : « C'est de votre faute. Combien de fois vous ai-je dit de ne pas laisser entrer cet ivrogne. Qu'il déguerpisse ou j'appelle la police. » Jaime m'a jeté son habituel regard vitreux et méprisant, en faisant quelque allusion à son poste de radio. Je l'ai débranché d'un coup sec et je lui ai flanqué un coup. « Va te faire foutre. Ne crois pas que tu vas m'acheter avec ça. Maintenant fiche le camp avec tes idioties. » Mon oncle a réussi à rattraper le poste à quelques centimètres du sol. Jaime s'est mis à pleurer, mais ses larmes ne m'émouvaient plus. J'étais debout, les poings serrés. Mon oncle l'a fait sortir et l'a accompagné un bout de chemin.

Après son départ, je me suis mise à trembler. Je ne savais pas fumer mais j'ai pris un cigarette. Ma tante ne m'avait jamais vue dans cet état et elle restait muette. Mon oncle est revenu en souriant : « *Qué barbaro !* Pauvre bougre, cette fois il a vu le diable, pour de bon. » Ma tante m'a dit : « *Ay*, qu'est-ce qui se passe ? Je ne t'ai jamais entendu dire un mot grossier. C'est la première fois. Si tu avais cassé la radio, comment l'aurais-tu remboursée ?

— Je me moque du poste de radio, tante. Qu'il le reprenne. Je ne veux pas qu'il ait de prétexte pour venir ici. Et je t'en prie, ne le laisse plus entrer, plus jamais ! »

Un soir, tandis que je revenais de chercher du travail, Jaime m'attendait à la descente d'autobus.

« Consuelo, je t'en prie, *mi vida*, je ne te retiendrai pas longtemps. Je sais que je ne suis rien pour toi. Je ne suis rien, mais je t'aime. Je t'en prie, quelques minutes seulement. » En entendant ses paroles, j'ai eu l'impression qu'un étau se desserrait autour de mon cœur, libérant ainsi un peu de mon ancien amour. J'ai accepté de faire quelques pas avec lui.

Il parlait de repentir, de sa mère, de son amour pour moi, quand j'ai remarqué que nous nous éloignions. Nous étions arrivés dans un terrain vague. Il n'y avait pas de lumière à cet endroit et celles des voitures qui passaient nous atteignaient à peine. Je lui ai dit que je voulais rentrer. J'ai eu très peur en le voyant changer de visage. Il m'a saisie par le bras. J'avais peur, mais comme toujours, j'avais l'air calme et sûre de moi. « Partons, Jaime. Je veux rentrer. Tu n'as pas besoin de me raccompagner. J'irai seule. »

Mais il ne m'a pas laissée partir. Ses paroles sont sorties peu à peu, Sa voix était différente, très profonde, très épaisse. « Tu crois que je vais te quitter ici ? Comme tu es naïve. Je t'ai amenée ici pour que tu décides. Soit tu es mienne, soit... »

Et Jaime a sorti un stylet. Il l'a posé tout contre mon estomac. Une légère poussée et il serait entré en moi. J'ai senti mon regard s'embuer. J'ai attendu quelques secondes. J'ai simplement pressé ma bourse et j'ai intérieurement demandé aide à ma mère et à la Vierge de Guadalupe. Le pire était qu'il était en pleine possession de ses sens, je ne pouvais donc pas lutter avec lui. Je sentais déjà le froid de la pointe sur mon estomac.

Sans bouger, mais tremblant en dedans, et souhaitant pouvoir prendre mes jambes à mon cou, j'ai dit : « Vas-y ! Si tu veux me tuer, pourquoi ne le fais-tu pas ? Tu sais que tu me rendras service. Je te demande de le faire, comme je demanderais une aumône. Tu sais que personne n'a besoin de moi, cela n'a donc pas d'importance que je meure ici ou ailleurs. Tu ferais une chose pour laquelle on te remercierait. Tu te débarrasserais de l'orgueilleuse, la cynique, l'irrespectueuse, la frivole femme que tu m'accuses d'être. Je suis insensible, alors vas-y. » Il y eut un silence... j'avais l'impression que j'allais tomber.

Finalement, Jaime a baissé son arme et s'est mis à pleurer. J'ai repris mon souffle, longuement. Il a jeté l'arme et il m'a prise dans ses bras. « Pardonne-moi, *mi vida*. C'est que tu me rends fou, tu es si indifférente. Mais je t'aime, je t'aime. » Ses mots se firent de plus en plus forts jusqu'à ce qu'il crie : « Ça m'est égal qu'on me voie pleurer. Je t'aime, je t'aime. » J'ai profité du moment. « Partons, *mi vida*, oublions tout ça. Après tout, moi aussi je t'aime. Pourquoi devons-nous nous faire souffrir comme ça ? Partons, *negrito*. Je promets que je ne serai plus dure avec toi. Je t'aime, *mi vida*. »

Il m'a raccompagnée chez ma tante. J'étais plus morte que vive. J'avais l'impression d'avoir les jambes en caoutchouc, et je me suis mise à transpirer et à trembler. J'avais terriblement mal à l'estomac. « Qu'est-ce qui ne va pas ? » me demandèrent les gens qui étaient là. Je ne pouvais rien dire devant eux. Ma tante m'a donné un peu de camomille et les choses en restèrent là. Je ne revis Jaime que deux semaines plus tard, quand il est arrivé ivre, pestant contre Rebeca, Bélica, Estela, Yolanda, Adelaida et je ne sais combien d'autres.

Vers cette période, je me suis liée étroitement avec Mario. C'était lui qui se chargeait de moi à présent, me disant : « Je n'ai pas beaucoup à t'offrir, rien que ces deux mains qui travailleront pour toi. Je suis sans profession, mais je jure que je ferai tout mon possible pour que nous ne manquions de rien. Même si nous ne mangeons qu'une casserole de fèves, au moins tu échapperas à cet enfer. » Mario, qui travaillait à côté de chez ma tante, m'avait déjà fait des propositions deux ou trois fois. Mais j'avais encore l'espoir de quitter la ville et de me refaire une vie sans larmes, sans humiliations, et avec une volonté de vivre, même d'étudier.

J'ai fait un nouvel essai d'entrée au couvent ou dans quelque ordre religieux. « Je ne suis pas née pour être dans le monde. Je veux la paix, la tranquillité. » Telles étaient mes pensées. « Mais de l'argent, il faut de l'argent, un millier de pesos, un millier. » On m'avait dit que la somme nécessaire pour entrer au couvent était de mille pesos. Je n'ai jamais vérifié ce fait mais j'ai demandé à une religieuse ce que je devais faire pour y entrer.

« Si vous avez le consentement de vos parents.

— Je n'ai pas de mère.

— Eh bien, si votre père vous y autorise, vous pouvez entrer.

— De quoi d'autre ai-je besoin ?

— D'être une enfant légitime. »

Ceci a coupé court à mon désir d'entrer en religion. Mon père n'avait jamais épousé ma mère, ni à l'église, ni à la mairie.

J'ai trouvé du travail, mais il s'est révélé n'être que temporaire. J'ai vu Mario le jour où j'ai été renvoyée et il a promis de parler à son père et de me trouver du travail. Je ne voulais pas annoncer la mauvaise nouvelle à ma tante ce jour-là et, en outre, je n'étais pas en très bons termes avec mon oncle; j'ai donc décidé d'aller habiter chez Santitos. Ma tante l'a beaucoup regretté et elle s'en est un peu vexée.

Après avoir déménagé chez Santitos, j'ai trouvé un emploi à la C.T.M., la Confédération des Travailleurs mexicains. Irma, une ancienne camarade de classe, m'a aidée à obtenir cette place. Je commençais à me sentir bien et je ne serais jamais retournée chez ma tante si ce n'avait été le fait que je travaillais jusqu'à huit heures et demi, neuf heures du soir. Après le travail, j'allais danser une heure avec Irma, de sorte que je ne rentrais jamais avant dix heures. Le quartier où habitait Santitos n'avait ni eau, ni électricité, ni trottoirs et m'effrayait à cette heure. C'était près du canal où il y avait des hold-up. Si je réussissais à rentrer, c'est parce que j'avais récité toutes les prières que je connaissais; j'avais des palpitations et les yeux exorbités d'avoir essayé de voir dans l'obscurité.

Une fille du syndicat a pris un autre emploi et son patron m'a fait travailler pour lui pour un plus haut salaire. Mais ma malchance me pourchassait. Irma est devenue jalouse et a commencé à intriguer derrière mon dos. Je ne pouvais supporter davantage d'ennuis; j'ai donc quitté mon travail et je suis retournée chez ma tante.

J'en arrivais au moment où j'allais décider si j'allais vivre avec Mario ou non. Quelle ironie ! Moi qui avais promis d'être aussi humble qu'un saint, de suivre l'exemple de saint François d'Assise, qui avais si ardemment désiré avoir la pureté d'une nonne et le dévouement d'un prêtre, j'allais vivre avec un homme pour avoir la paix ! Peu à peu, j'avais changé. Ce qui m'arrivait me faisait profondément souffrir, mais je ne montrais jamais mes sentiments. J'essayais d'agir en cynique. Après tout, quelle importance ? J'ai fermé les yeux à tout et j'ai décidé que je pouvais le faire. Après tout, si mon père ne s'en préoccupait pas, qu'est-ce que ça pouvait bien faire aux autres ?

Un après-midi, en sortant du cinéma, Mario et moi sommes allés chez lui. Il a dit : « Reste, ne t'en va pas. » S'il avait su le tourbillon qui se déroulait dans ma tête à ce moment en dépit de toutes les décisions que j'avais prises. Si je restais, cela voulait dire que je serais à lui. Mais quel était l'intérêt de rentrer à la maison ? Pour qu'on me jette dehors ? Pour que mon père me demande pourquoi je suis venue ? Je ne pouvais supporter d'être chez ma tante. Je n'avais pas de travail. J'avais espéré que d'autres m'ouvriraient leur porte, mais ils ne l'avaient pas fait.

« Que la volonté de Dieu soit faite ! » J'ai fermé les yeux à tout à ce moment-là. Rien d'autre ne m'intéressait que d'échapper à ce monde qui m'étouffait. Je voulais faire cesser la douleur de mes yeux et les humiliations quotidiennes, faire cesser ma faim, me débarrasser de Jaime.

« D'accord », ai-je dit et j'ai senti ma tête tourner. Mario était très content, naturellement, et il l'a dit à sa mère. Elle a accepté mais j'ai bien vu qu'elle ne m'aimait pas. Cette nuit, elle m'a fait dormir avec elle, et Mario avec son père, señor Reyes. Le lendemain, même le soleil paraissait différent et les rues plus jolies. Comme tout était calme dans cette maison.

La mère de Mario a insisté pour louer une autre chambre pour lui dans l'immeuble d'à côté. Je n'y allais que pour faire le ménage après qu'il était parti travailler. La mère voulait que nous restions séparés, disait-elle, jusqu'à ce que nous soyons mariés. Mario était impatient, mais j'étais contente de l'arrangement.

Puis un matin, en rentrant avec le pain, j'ai entendu Mario et sa mère se disputer. Elle criait et l'accusait de vouloir se faire entretenir lui et son amie. « Ne dis pas de mensonges, *mamá*. Je te donne de l'argent pour elle », a-t-il répondu. J'ai fait semblant de n'avoir rien entendu, mais quand il est allé travailler et que sa mère est partie au marché, j'ai jeté tous mes vêtements dans un sac en papier et je suis allée chez ma tante. Je n'avais pas peur de chercher de nouveau du travail et de gagner ma vie. Mais cela me tuait de retourner chez ma tante.

J'étais en train de boire une tasse de café noir quand Mario est arrivé. Il était affreusement pâle et quand il m'a vue il s'est mis à pleurer. Il a donné tort à sa mère pour tout; il m'a prise dans ses bras et m'a dit que je ne devais jamais cesser de l'aimer. (J'étais obligée de lui mentir à ce sujet.) Il a refusé de rentrer chez lui et il est venu habiter dans l'atelier du cordonnier qui était la porte d'à côté de celle de ma tante, vendant ses vêtements et ses affaires pour avoir de quoi payer le loyer et sa nourriture. Il ne lui est resté qu'un seul costume.

Je lui avais dit que je n'aimais pas le quartier, que cela me faisait du mal et que je voulais le quitter. J'ai réussi à le convaincre que nous devions quitter Mexico. C'est alors qu'il m'a avoué que señor Reyes n'était pas son vrai père. Son père était au *Sindicato* du Département des Communications et pouvait faire transférer Mario dans une autre ville. A cette époque je ne croyais plus en rien. Mais son père l'a effectivement fait transférer avec un emploi à Monterrey.

Tous les voisins ont bientôt su que j'allais partir. L'après-midi où nous avons fait nos adieux, ils étaient chez ma tante. Ma tante m'avait dit : « Donne-leur quelque chose, ma fille, pour qu'ils se souviennent de toi. » J'ai trouvé cela étrange, mais j'ai obéi. Ce n'étaient que de modestes cadeaux, un verre pour l'un, une vieille jupe pour une autre, mais ils les ont reçus avec plaisir. Quand j'ai eu donné quatre ou cinq cadeaux, ma tante a dit : « Avec ces choses, vous ne l'oublierez pas, n'est-ce pas ? » Ils m'ont remerciée et m'ont quittée en me demandant de leur écrire souvent. Ma tante pleurait.

Pauvre Mario ! Il m'a emmenée à Monterrey, en espérant trouver un véritable amour. Il cherchait un amour si abstrait qu'il ne pouvait être touché, ni compris, ni expliqué avec des mots. Il croyait trouver cet amour en moi. Mais l'amour est une chose qui doit être partagée, une magnifique lumière qui tombe du ciel sur l'homme et la femme. La lumière est tombée sur Mario, mais pas sur moi. J'aimais toujours Jaime et il n'y avait pas de place dans mon cœur pour Mario. Je l'utilisais comme corde de sauvetage pour m'aider à sortir du gouffre dans lequel j'étais tombée. Je pensais qu'une fois qu'il m'aurait emmenée à Monterrey, je referais ma vie toute seule.

Marta

Chez Crispín, c'était ma belle-mère qui commandait. Les enfants n'accordaient aucune importance à mon beau-père. Crispín était très méchant avec lui et se comportait comme son égal. Une fois, il a grondé son père parce qu'il était rentré ivre, comme si le père était le fils, et le fils le père !

Ma belle-mère dorlotait Crispín parce qu'il était le plus jeune. C'était le type d'homme qui prend toujours parti et qui n'aime pas être en reste dans une discussion. Il se disputait beaucoup avec son frère Angel et si sa mère s'en mêlait, Crispín lui lançait des grossièretés.

Ce frère, Angel, était marié religieusement et civilement à une femme nommée Natalia. Ils s'étaient séparés et retrouvés plusieurs fois, mais à cause de leurs convictions religieuses, leur vie était un vrai calvaire. Angel avait trouvé du travail à Acapulco et il avait emmené sa femme vivre là-bas. Son travail le retenait beaucoup hors de chez lui et une fois, étant rentré tôt, il l'a trouvée au lit avec un autre homme, un vendeur de fruits. Il les a battus tous les deux, bien qu'à mon avis, c'est lui qui était fautif parce qu'il avait laissé sa femme seule. Angel a passé trois jours en prison, puis il a ramené Natalia à Mexico.

Ma belle-mère voulait qu'Angel mette Natalia à la porte, mais il la gardait pour se venger. La nuit, je l'entendais pleurer et supplier qu'il la laisse rentrer chez elle. Puis venait une gifle ou un coup et encore des hurlements. Cela a duré quinze jours, nuit après nuit. Crispín aussi, lui en faisait voir. C'était un grand admirateur du beau sexe, mais s'il entendait parler d'une femme qui avait trompé son mari, il voulait la supprimer.

Pendant la journée, Natalia n'était pas autorisée à sortir seule, pas même pour aller au bain. Quand elle allait voir sa mère, on l'accompagnait. Elle était comme prisonnière. Je lui ai demandé pourquoi elle ne s'en allait pas, une fois pour toutes, mais elle m'a dit qu'ils l'avaient menacée de lui enlever son fils, son unique enfant. Elle et Angel vivent encore ensemble et ont deux enfants de plus.

Le frère aîné de Crispín, Valentín, avait, lui aussi, des ennuis avec sa femme. A seize ans, quand la famille vivait encore à Puebla, il avait épousé une femme beaucoup plus vieille que lui. Ils s'étaient mariés religieusement et civilement, et ils avaient deux enfants; mais cela ne voulait rien dire car lorsqu'ils sont venus à Mexico, elle a pris un amant. Elle a fini par s'enfuir avec lui, laissant les enfants à Valentín, ce qui est inhabituel, car la plupart des femmes qui partent avec un autre homme laissent leurs enfants à leurs parents. Valentín a donc amené les enfants chez sa belle-mère et demandé le divorce.

La famille de Crispín ne m'a jamais aimée parce que je ne savais rien faire. J'aidais très peu ma belle-mère. C'était une de ces maîtresses de maison exagérément propres, qui changeait les draps tous les huit jours et qui était tout le temps en train de frotter et de nettoyer.

J'ai eu du mal à m'occuper de Crispín convenablement Il était très méticuleux pour ses vêtements et ses repas. Quand je lavais ses pantalons, mes mains se couvraient d'ampoules et ma belle-mère était obligée de terminer le travail. J'avais beau faire de mon mieux, je n'arrivais pas à laver et à repasser ses chemises aussi bien qu'elle. Rien d'étonnant à ce qu'elle fût mécontente de moi ! Mais je faisais des efforts et ce n'est pas vrai que je passais mon temps dans la rue, comme elle le disait.

Crispín voulait continuer à vivre chez sa mère, mais je ne pouvais pas le supporter. Au bout de deux semaines, nous avons installé un endroit à nous. Nous avions une petite pièce et une cuisine, dans une *vecindad* d'environ quinze familles. Crispín a acheté un lit et sa mère nous a donné une table, deux chaises et quelques casseroles.

Au début, je m'y plaisais. Je reconnais que notre foyer

n'était pas très bien tenu. Je me rends compte que je n'étais pas douée pour faire une bonne maîtresse de maison. Je tenais la maison du mieux que je pouvais; ce n'était pas parfait, mais ce n'était pas trop sale non plus.

Je ne suis pas tombée enceinte avant environ neuf mois de vie commune et Crispín était irrité de ce retard. Il me suivait aux toilettes pour voir si je ne faisais pas d'injections. Puis il m'a emmenée chez une doctoresse pour vérifier si je n'avais rien pris pour ne pas avoir d'enfant. Après ça, il a soupçonné le médecin de m'avoir rendue stérile ! Mais le mois suivant, je suis tombée enceinte de Concepción.

Pendant trois mois, j'ai eu des nausées et je n'ai cessé de vomir. Je ne pouvais prendre que des liquides. Tout me gênait — mes seins, mon ventre, le bébé qui bougeait... jusqu'à ce que je m'y habitue. J'ai cru que Crispín serait content de ma grossesse, mais c'est alors qu'il s'est montré sous son vrai jour. Vous savez quel homme il s'est révélé être ? Un de ceux qui aiment avoir une femme et des enfants, mais sans en prendre la responsabilité ! Pendant ma grossesse il a commencé à sortir avec d'autres filles, et j'ai appris qu'il avait un enfant d'une autre femme.

Maintenant que j'avais un mari, je sentais que je ne devais pas faire confiance à mes amies. J'ai remarqué qu'Irela et Ema parlaient à Crispín de leurs problèmes et lui demandaient conseil. Je m'attendais à ce qu'Ema me joue un sale tour mais mon intuition me trompa car ce fut Irela. Elle était ma meilleure amie et déjà mariée, et je ne m'attendais pas à ce qu'elle fricote avec Crispín.

Crispín avait toujours été un grand coureur de jupons. Il était sans moralité. Un jour, il a invité Irela à prendre un verre, puis au cinéma, puis à la foire. Il était dehors en train de s'amuser pendant que j'étais enfermée avec ma belle-mère. J'avais remarqué comme il avait changé avant même d'être au courant de sa liaison avec Irela, car une femme sent ces choses-là. Il rentrait et s'habillait. Si je n'avais pas de chemise propre, il m'engueulait en plein devant sa mère. J'essayais d'en avoir toujours une préparée. Il n'avait pas plus tôt enlevé sa chemise sale que je la trempais dans l'eau de lessive.

Quand il sortait, il ne me disait jamais rien à moi, mais à sa mère il disait : « *Mamacita*, je reviens tout de suite. »

Il revenait à minuit et au lieu de se servir de sa clef, il m'obligeait à me lever pour aller lui ouvrir. Je crois vraiment qu'il commençait à me détester. Il se mettait en colère; il disait que j'étais une incapable et que seuls ses parents savaient s'occuper de lui. Il ne buvait pas, mais il me battait quand même, comme un ivrogne, pour des choses insignifiantes. Quoi que je fasse, ça ne lui plaisait pas.

Crispín m'avait défendu d'aller chez moi, mais je serais morte plutôt que de ne pas voir mon père; j'y allais donc en cachette tous les jours. Mon mari n'aimait pas que mon père me donne de l'argent et de la nourriture. Crispín ne me donnait que vingt-cinq pesos par semaine et pour une femme qui commence à tenir une maison et qui ne sait pas où faire ses achats, ce n'était pas assez. C'est pourquoi mon père me donnait quinze ou trente pesos en espèces et m'envoyait du lait, du sucre et d'autres choses. Mais Crispín ne se préoccupait pas de savoir si la somme qu'il me donnait était suffisante ou non et il voulait que je rompe complètement avec ma famille.

C'est au cours d'une de mes visites à la maison qu'Antonia m'a dit que Crispín se dévoyait avec Irela. Je n'ai pas voulu le croire, mais un jour, en sortant de chez ma belle-mère pour aller acheter du pétrole, je les ai surpris ensemble. Je passais dans l'allée quand j'ai vu Crispín faire des signes à Irela pour lui demander à quelle heure ils se donnaient rendez-vous. Irela m'a aperçue et elle a compris que j'avais saisi le manège. J'ai continué mon chemin comme si de rien n'était.

Le lendemain, Crispín m'a emmenée au cinéma. En rentrant, nous avons croisé Irela et Ema en train de bavarder. Quand elles nous ont aperçus, elles se sont mises à rire. Crispín m'a dit cyniquement : « Est-ce qu'elles rient avec toi ou contre toi ? » J'en ai été très irritée et je me suis dit : « Je vais mettre la main sur cette garce d'Irela. »

En allant chercher du pain, je l'ai rencontrée à l'entrée de la Casa Grande. J'y suis allée carrément : « Ecoute, Irela, qu'est-ce que tu essaies de faire ? Mettre le grappin sur Crispín ? »

Au lieu de rester muette ou de nier, comme le ferait n'importe quelle femme mariée, elle a dit nerveusement : « C'est la faute de Crispín. Il a insisté pour m'emmener au cinéma et j'ai dû y aller pour que mon mari ne le trouve pas à la maison en rentrant.

— Tu t'imagines que je vais croire ça ? ai-je demandé. Et de quoi riais-tu avec Ema ? »

Alors elle a eu le culot de répondre : « Eh bien, c'était drôle parce que Crispín m'avait demandé d'aller au cinéma avec lui, et comme je ne pouvais pas, c'est toi qu'il a emmenée. »

Je me suis mise à crier, sans me préoccuper des gens qui pourraient m'entendre : « Prends garde, Irela. Tu ne fais que courir après les hommes mariés. Je n'ai pas l'intention de me ridiculiser à chaque fois que Crispín court après un jupon, mais je te préviens : si tu ne le laisses pas tranquille, il y aura de la bagarre ! »

C'est alors que j'ai remarqué qu'elle portait un bracelet d'argent. C'était celui que mon frère m'avait donné. Crispín me l'avait pris, puis un jour il avait dit qu'il l'avait perdu. Ainsi, c'est ce qu'il avait fait de mon bracelet ! J'ai arraché le bracelet à Irela et j'ai couru voir mon salaud de mari. Je lui ai dit d'épouser Irela et de me laisser accoucher de mon bébé en paix. J'ai également tout raconté à ma belle-mère afin qu'en cas de séparation, elle ne m'en rejette pas la responsabilité. Mais Crispín a tout nié, et sa famille l'a cru. Nous ne nous sommes pas séparés cette fois-là et les choses ont repris leur cours normal.

Quand ma sœur Antonia m'avait parlé la première fois des vagabondages de Crispín, elle m'avait conseillé de faire une prière à *Santa Muerte* neuf soirs de suite à minuit devant la photo de Crispín et une bougie faite de graisse de rognon. Elle m'a promis qu'avant la neuvième nuit, mon mari aurait complètement oublié l'autre femme. J'ai acheté la prière de *novena* à un homme qui vendait ce genre de choses dans la *vecindad* et je l'ai apprise par cœur. Elle disait :

« Jésus-Christ, triomphant, qui a triomphé sur la Croix ! Je veux que vous interveniez, mon Père, et que vous rameniez Crispín à moi pour que je puisse le dominer. Au nom du Seigneur, s'il est comme un animal sauvage, rendez-le-moi aussi doux qu'un agneau. Rendez-le-moi aussi tendre que la fleur de romarin. Il a mangé du pain et m'en a donné, il a bu de l'eau et m'en a donné. Maintenant, Seigneur, je veux toutes les choses qu'il m'a promises. Grâce à votre puissance infinie, menez-le à mes pieds, vaincu et attaché, afin qu'il accomplisse ses promesses. A Vous, Seigneur, tout est possible; c'est pourquoi je vous prie instamment d'accéder à ma demande et je promets d'être votre plus fidèle servante jusqu'à la fin de mes jours. »

J'ai appris la prière, mais je ne m'en suis jamais servie. S'il me revenait, ce devait être de son plein gré. Je ne voulais pas l'y obliger.

La majorité des femmes que je connaissais adressaient à midi une prière à l'âme de Juan Minero, après avoir déposé un cierge et un verre d'eau derrière la porte, et en frappant trois coups à chaque Notre Père. Saint Antoine est également très efficace pour ramener les maris ou les amants. Julia, la voisine de ma tante, qui était très au courant de ces choses, disait que le saint aimait beaucoup son enfant et que si l'on couvrait l'image de l'enfant avec un ruban, le saint réalisait rapidement le vœu afin de revoir l'enfant. C'est encore plus efficace si l'on recouvre le saint d'un vêtement appartenant au bien-aimé infidèle.

Saint Benoît a lui aussi le pouvoir de ramener les maris, mais c'est en les battant pendant qu'ils sont avec une autre femme. J'avais peur de m'adresser à ce saint. Son procédé ne me vaudrait probablement rien, car Crispín rentrerait en colère !

Mon erreur a été de n'avoir jamais rendu mon mari jaloux. Je ne pouvais pas être comme d'autres femmes, Irela par exemple, qui étaient complètement dépourvues de honte. Le grand respect que je vouais à mon père formait une espèce de mur, me séparant de la vie de péché. D'ailleurs, dans ce quartier, il était impossible de trouver un homme honnête. Il est rare d'en trouver un qui ait le sens des responsabilités et qui se voue à sa femme et à ses enfants. Celui qui ne passe pas toute la journée au coin de la rue, va danser ou se saoule. Que pouvais-je espérer de l'un d'eux, hormis avoir des enfants ? Je ne pouvais rien en tirer d'autre !

Bien qu'étant trop petite et pas jolie, il ne manquait pas d'hommes pour me faire la cour. Le fait que j'aie un mari n'y changeait rien. Quand Crispín et moi avons installé notre premier appartement, un de nos voisins, señor Ruperto, nous a laissés brancher notre électricité sur la sienne. C'était gentil à lui, n'est-ce pas ? Mais par la suite, il s'est attaqué à moi pour se faire payer à sa façon. J'ai dit à Crispín de débrancher l'électricité... qu'il valait mieux que nous nous éclairions à la bougie.

En vérité, je n'avais pas envie d'avoir d'autres hommes. Si je ne pouvais déjà pas me débrouiller avec un, ne serait-ce pas pire avec deux ? Mais Crispín ne cessait d'amener ses amis à la maison et il y en avait toujours un pour me faire des propositions.

Une fois, nous sommes allés à un baptême avec des copains de Crispín de l'atelier de charpenterie. Ils ont commencé à boire et l'un d'eux m'a invitée à danser. Je ne voulais pas, bien que Crispín dansait avec une autre fille. Mais mon mari était un de ces hommes qui ont la terrible habitude de faire danser leur femme avec n'importe qui, j'ai donc été obligée d'accepter. Le type me serrait de plus en plus et il a appuyé son visage contre le mien. Il m'a attirée dans un coin sombre et il a essayé de m'embrasser, mais je l'ai planté là, car ma belle-mère me surveillait de l'autre bout de la cour.

Puis le *compadre* de ma belle-sœur m'a invitée à danser. Il était juste de ma taille, beau, avec des cheveux bouclés, des yeux bleus et la peau claire. Il n'a pas cessé de me regarder et m'a demandé mon nom. J'ai toujours été assez hardie, alors je le lui ai dit :

« Marta ! Quel joli nom, dit-il. Vous êtes la fille de mes rêves. » Sa femme était là, mais ça n'avait pas d'importance. Il m'a entraînée dans le coin le plus sombre et nous avons dansé joue contre joue. Il me faisait des compliments et il m'a demandé un rendez-vous. Vous voyez comme les hommes sont traîtres ? Il me faisait penser au chat qui, alors qu'il y a un rat dans la maison, sort chercher de la viande.

Il a continué à parler : « Vous me plaisez. Pourquoi ne pas vivre ensemble ? Nous nous entendrions très bien. Vous êtes mon idéal de femme. » J'ai essayé de prendre ses propos à la plaisanterie, mais il était très sérieux. J'ai commencé à réaliser que les occasions ne me manqueraient pas si je le désirais et si mes beaux-parents ne s'en apercevaient pas. Mais j'ai réfléchi et j'ai refusé de danser à nouveau avec lui. Au nez et à la barbe de Crispín, ce type m'a suivie comme un petit chien toute la soirée !

La famille et les amis de Crispín ne cessaient de m'épier.

Sa mère disait que je n'étais jamais à la maison et que moi aussi j'avais trop d'amis. La belle-sœur qui ne disait pas que j'étais paresseuse disait que j'étais sale. Je n'avais pas plus tôt fait quelque chose ou été quelque part que Crispín était au courant. Ils me causaient beaucoup d'ennuis.

Une fois, mon frère Roberto est venu me voir. Il était assis sur le lit quand ma belle-sœur Sofía est entrée pour prendre des nouvelles de ma santé, car j'étais malade. Elle est partie immédiatement et Roberto aussi. Sofía avait dû le raconter à Crispín car il est rentré furieux, en disant : « Pourquoi te fâches-tu quand mes neveux grimpent sur le lit, alors que tu laisses ton frère s'allonger à chaque fois qu'il en a envie ? »

Vous vous rendez compte ! Sofía lui avait dit que Roberto mangeait et couchait à la maison, ce qui n'était pas vrai. Crispín a crié qu'il avait installé cet appartement pour sa famille et non pour la mienne, et qu'il n'avait pas l'intention d'entretenir mes frères et sœur.

Je me suis fâchée et j'ai dit : « Si la maison est pour ceux de ta famille, qu'ils viennent vivre ici à ma place. » C'est alors qu'il m'a flanqué un coup pour la première fois.

Je ne suis pas allée voir mon père avant que l'enflure ait disparu. Mon frère ne m'a plus guère rendu visite après ça. Il devait avoir compris. J'avais vraiment peur de Crispín. Rien que de le voir en colère me faisait trembler. Si j'avais levé la main sur lui cela aurait été pire. Un jour, j'étais enceinte de trois mois, j'ai essayé de lui rendre des coups et il m'a flanqué une raclée. Je ne pouvais plus supporter cette vie, alors un jour je lui ai dit que j'allais aux toilettes (elles étaient situées dehors, dans la cour) et je suis rentrée chez moi.

Crispín a envoyé sa sœur Sofía me dire qu'il allait changer et me prier de revenir. Mon père m'a pressée de retourner auprès de mon mari et de lui demander pardon. C'était là une chose que j'avais toujours beaucoup de mal à faire. Je suis donc rentrée, mais je n'ai pas demandé pardon. C'était vrai que j'avais levé la main sur lui, mais c'était pour me défendre. Après ça, il a été encore plus odieux. Il ne cessait de me battre pour n'importe quel prétexte. Une fois, il m'a donné un tel coup de pied dans le dos que j'ai failli avorter. Alors je l'ai de nouveau quitté. Je suis allée chez Lupita dans la rue Rosario, où habitaient mon père et Consuelo. Manuel et Paula habitaient la Casa Grande à l'époque.

Je n'ai jamais dit à mon père et à mes frères que Crispín me battait. Ils s'en rendaient bien compte, mais ils ne faisaient rien car cela aurait aggravé les choses pour moi. Mon père m'a simplement dit que je pouvais revenir vivre à la maison quand je voulais. Cela ne m'aurait rien coûté de le leur dire, mais je ne pouvais prendre une telle responsabilité, car lorsque deux hommes commencent à se battre ici, rien au monde ne peut les arrêter. Roberto et Manuel devenaient fous quand ils se battaient, et j'avais peur des conséquences. Si cela n'avait été qu'une question de poings, je ne me serais pas inquiétée, mais s'ils en venaient aux couteaux ? Et à quoi bon ? Pour reprendre la même vie, de toute façon.

J'avais seize ans quand ma fille est née. Mon père était avec moi au sanatorium et je m'agrippais à ses jambes quand les douleurs étaient trop fortes. Il a tout payé et Crispín n'a même pas su combien cela avait coûté. Il n'a pas demandé non plus. Crispín avait désiré un garçon mais j'ai vu qu'il était content d'avoir une fille. Il venait tous les jours au sanatorium, chez Lupita, puis à la Casa Grande, sous prétexte de voir le bébé. Mais je ne l'aimais plus. J'ai commencé à le détester quand je me suis retrouvée avec l'entière responsabilité de l'enfant. Je le pinçais pour n'importe quoi; il n'osait pas me battre dans la maison de mon père.

Tout le temps qu'il est venu me voir, il ne m'a jamais donné un sou. Mon père payait mes vêtements, ma nourriture et tous les frais du bébé. Crispín parlait à mon père et s'excusait de la façon dont les choses se passaient. Mon père lui demandait pourquoi il nous était si difficile de vivre ensemble, et Crispín rejetait la faute sur moi, disant que j'étais responsable de toutes les disputes, que j'étais une personne très difficile, que je ne m'occupais jamais de lui, que je n'étais jamais à la maison. Vous vous rendez compte ! Alors qu'avec ma belle-sœur et tous les gens qui m'espionnaient, je n'aurais pu mal me conduire, même si je l'avais voulu !

Ma belle-mère est finalement venue voir le bébé et m'a demandé de retourner vivre avec eux. J'ai accepté, mais je ne suis pas restée plus de trois semaines, à cause de la nièce de Crispín. Cette petite fille, Lidia, était la fille d'une sœur défunte de Crispín qui avait suivi un homme qui l'avait par la suite abandonnée. Je ne sais pas de quoi elle était morte, mais le résultat c'est qu'il y avait un enfant de plus sans père ni mère.

J'étais en train de repasser un jour quand Lidia a pris Concepción dans ses bras et s'est mise à la couvrir de baisers d'une manière exagérée. Elle tenait le bébé trop serré et ses excessives démonstrations de tendresse m'ont rendue furieuse. Je lui ai répété plusieurs fois de lâcher le bébé. Mais autant parler à un mur ! Mon beau-père, qui était tailleur, travaillait à la maison, mais il n'a pas voulu intervenir et m'a dit de ne pas me montrer si susceptible. Il n'a pas grondé Lidia quand elle m'a dit : « Si tu ne veux pas que je touche le bébé, tu n'as qu'à le remettre là où il était. »

J'étais si furieuse que j'ai fait mes valises et que je me suis apprêtée à partir. Mon beau-père m'a barré le chemin en disant : « Tu ne quitteras pas cette maison avant que ma femme soit rentrée du marché.

— De quel droit me dites-vous ce que je dois faire ? » ai-je demandé en ajoutant quelques paroles grossières pour faire le poids.

« Je suis ton père, femme ingrate et vulgaire. Et tu es une honte ! »

L'autre belle-sœur, Natalia, était là et elle m'a dit : « Cours, Martita, car quand elle reviendra, ce sera pire. »

Et il en fut ainsi. Quand ma belle-mère est rentrée, elle m'a jetée dehors. Je n'avais emballé que mes vêtements, mais elle m'a fait prendre ma vaisselle et mon lit. Elle a dit que je n'étais pas digne d'être la femme de leur fils et que Concepción n'était probablement même pas son enfant ! Je me suis enfuie de la maison.

Ce soir-là, Crispín est venu me chercher chez ma tante Guadalupe. Il était en colère et il a piqué une crise. Il m'a accusée d'avoir maudit sa mère. Je lui ai rapporté les paroles de Lidia, mais il n'a pas voulu me croire et il m'a frappée. Il était toujours comme ça. Pendant un mois, je ne l'ai plus revu, puis il a commencé à venir siffler devant ma porte.

J'ai dit que je n'aimais plus Crispín et mon père ne m'a pas obligée à retourner vivre avec lui. Mais mon mari n'était pas si facile à rejeter. Quand je n'étais pas près de lui, je n'avais pas de désir physique, mais il insistait et me tentait, je réagissais fortement. Malgré moi, j'ai commencé à l'accompagner à l'hôtel. Mais il n'était pas satisfait de mes services car, disait-il, j'étais toujours renfrognée, morose et raide comme un morceau de bois.

C'était un type d'homme qui exige des femmes les choses les plus basses. Si nous étions seuls à la maison, ne fût-ce qu'une minute, c'est ce qu'il voulait; si nous sortions, c'était pour aller à l'hôtel. Je ne lui servais qu'à se soulager. Je lui étais utile parce que j'étais propre et qu'il ne courait pas le risque d'attraper une maladie. Mais je ne le satisfaisais pas, parce qu'il était trop exigeant. Il était tout le temps en train de m'embrasser et de me caresser. Il ne pensait qu'à ça. Il aurait voulu que je sois une de ces femmes extrêmes qui se déshabillent et bougent beaucoup et sont expertes en tout. Il en voulait deux ou trois fois dans la nuit, mais c'était trop pour moi. Ma rancune jointe à ses désirs exagérés ne pouvaient guère donner de bons résultats.

Quand Concepción a eu un an, j'ai dû la sevrer car j'étais enceinte de Violeta. Cela ne gênait pas du tout Crispín que je sois de nouveau enceinte, comme si c'était la chose la plus naturelle au monde. Il ne se préoccupait pas de ce que dirait mon père ou les autres. Il se considérait comme mon mari, avec le droit de me mettre enceinte à n'importe quel moment. Il a dit que nous devrions retourner vivre ensemble à cause des bébés et des voisins. J'ai accepté, non parce que j'en avais envie, mais par nécessité et convenance. J'avais des difficultés avec mes frères et sœur... je voulais quitter ma famille.

Roberto me rendait la vie dure parce qu'il buvait et volait. Quand j'étais petite fille, bien qu'ayant peur d'être prise à utiliser un poudrier ou des boucles d'oreilles qu'il avait volés, je ne me suis jamais mêlée de ce qu'il faisait et je ne l'ai jamais dénoncé à mon père. Plus tard, quand il rapportait des morceaux de bronze ou de fer, des tuyaux en aluminium et d'autres choses de l'usine où il travaillait, j'ai pensé qu'il allait se faire prendre et je l'ai dit à mon père. Mais rien n'arrêtait Roberto. Il limait les tuyaux et les vendait par morceaux au marché Tepito. Il rapportait parfois des pneus, des enjoliveurs... il piquait tout ce qu'il pouvait. Une femme de la Casa Grande est venue se plaindre qu'on lui avait volé un bidon de gaz butane sur son toit; une autre a accusé mon frère de lui prendre ses dindes. Mon frère avait mauvaise réputation par ici et je me fatiguais à le défendre.

Puis il y eut une bagarre avec Manuel. Cela avait commencé par une dispute entre Paula et Consuelo, laquelle a toujours été un peu difficile. Quand Manuel est rentré, ma belle-sœur s'est plainte auprès de lui et Manuel a lancé le cheval de bois de Domingo à la tête de Consuelo, la faisant pleurer. Consuelo s'est mise à l'injurier et il l'a frappée à nouveau. J'ai senti que je devais défendre ma sœur; je suis donc passée à l'action.

Ce fut comme une lutte d'homme à homme; je donnais des coups de pied, de griffes, je le frappais avec tout ce qui me tombait sous la main. Consuelo a pris peur et nous a dit d'arrêter avant que les voisins appellent la police. Je l'ai renversé sur le lit, je lui ai attrapé les testicules et je les ai pressés très fort. Il ne pouvait plus rien me faire tant il avait mal. Il m'a suppliée de le lâcher et il a dit à Paula de m'arracher de lui, mais je ne voulais pas. C'est lui qui a cédé le premier.

Les voisins, qui s'étaient rassemblés devant notre porte pour assister à la bagarre, lui ont reproché de battre ses sœurs plus jeunes que lui. Paula a commencé à faire ses valises, car elle a pensé qu'en rentrant, mon père ferait un scandale. Elle savait qu'il prendrait parti pour ses filles plutôt que pour sa belle-fille. En effet, quand mon père est rentré, il a lancé deux gifles à Manuel et lui a dit de s'en aller s'il ne pouvait pas s'entendre avec ses sœurs. Ils sont allés habiter chez la mère de Paula. Consuelo et Roberto sont restés à la Casa Grande et je suis retournée chez mon mari.

Crispín a installé notre second foyer dans la rue des Charpentiers, à côté de chez sa sœur. Quand ma grossesse a touché à son terme, il m'a emmenée à la maternité de la Sécurité Sociale. J'ai davantage souffert avec Violeta qu'avec Concepción, car à la Sécurité Sociale, on ne faisait pas d'anesthésie. Ils m'ont laissée souffrir le maximum de ce qu'on peut souffrir dans ces cas-là.

J'ai quitté l'hôpital comme une fille-mère, car Crispín était en train de cuver son vin chez sa mère. Personne ne s'est rappelé que je devais quitter l'hôpital au bout de cinq jours; alors, sans argent ni même un manteau, j'ai pris le bébé et je suis montée dans un autobus. Heureusement, l'hôpital m'avait offert un panier plein de vêtements de bébé comme cadeau de Noël, j'avais donc de quoi habiller le bébé. Toutes les boutiques du quartier étaient fermées à cause des fêtes et je n'ai pas pu téléphoner pour envoyer un message à mon père ou à ma belle-mère. Peut-être la famille de mon mari n'était-elle pas venue parce que j'avais de nouveau donné naissance à une fille. Avant que j'entre à l'hôpital, ils avaient dit, en plaisantant croyais-je, que si ce n'était pas un garçon, ils ne viendraient même pas voir le bébé. Crispín avait toujours préféré les garçons et il était plus gentil avec ses neveux qu'avec ses propres filles.

Crispín et moi avons recommencé à avoir des difficultés, en partie à cause de ma belle-sœur et en partie parce qu'il avait pris une nouvelle maîtresse. Il me battait moins dans cette maison, car il savait que Sofía nous entendrait. Il ne me battait que lorsque nous étions seuls, mais à présent je lui rendais ses coups, à cause de mes enfants. Pourquoi le laisserais-je me tuer ? Ce serait elles qui en souffriraient.

Quand je lui demandais de l'argent pour acheter des vêtements aux enfants, il me disait d'attendre. Il fallait toujours attendre et j'ai fini par dire que je devais aller travailler pour assurer leur subsistance. Il est allé dire à sa mère qu'il allait me quitter et elle lui a répondu : « D'accord, mon fils. Ton foyer est ici. » Elle n'est pas intervenue en ma faveur; elle m'a au contraire abandonnée à mon sort. Plus tard, elle est même allée voir mon père pour lui dire de ne pas me prendre chez lui.

J'ai dit que je ne quitterais pas la maison, alors Crispín a enlevé ses affaires. Il ne m'a laissé que le lit et l'armoire qui ne nous appartenaient pas. Il a emporté l'ampoule et le fil électriques, me laissant sans lumière avec les deux bébés. Il est parti sans même se préoccuper de savoir si ses enfants avaient assez à manger.

Le lendemain, Roberto m'a accompagnée au poste de police

pour porter plainte contre Crispín. Crispín et son père ont été convoqués et ils ont dit que ce n'était pas la faute de Crispín, qu'il m'avait installé un appartement mais que c'était moi qui l'avais quitté. C'était un mensonge, mais les autorités ont dit qu'ils ne pouvaient pas forcer Crispín à faire quoi que ce soit, car nous n'étions pas mariés. Je n'avais aucune aide à attendre de la loi. Violeta avait juste trois mois quand je suis retournée chez mon père.

Entre-temps, ma belle-sœur Paula était morte, et sa sœur Delila était venue vivre chez nous pour s'occuper des enfants de Manuel. Delila n'avait que deux ans de plus que moi, et elle portait déjà l'enfant de mon père ! Je la connaissais d'avant, quand elle vivait avec sa mère Cuquita et un tas de parents dans une « Cité perdue » de la rue Piedad, près du marché Tepito. Paula m'emmenait leur rendre visite. Leur pièce était crasseuse et bondée, de la vaisselle sale partout, les lits pas faits, des ordures par terre, des enfants gambadant dans tous les coins, et le pot de chambre plein à la vue de tous pendant qu'ils mangeaient. Ils vivaient comme des cochons !

Quand Paula vivait à la Casa Grande, notre logement était toujours rempli de gens de sa famille. Une fois, Crispín et moi sommes arrivés au milieu de la journée et nous les avons trouvés en train de manger dans la cour. Ils avaient des tas de nourriture, mais ils ne nous ont pas invités à partager leur repas. Je n'aurais de toute façon pas pu manger, car le mari de Cuquita, qui travaillait à l'abattoir, avait apporté des tripes et du cœur à faire cuire par Paula. C'est ce qu'ils mangeaient toujours, des tripes et du cœur. Et Cuquita était si laide qu'il suffisait de lui jeter un coup d'œil pour ne pas avoir envie d'entrer dans la même pièce qu'elle. Elle nous faisait tous fuir, rien qu'avec sa figure ! Cette brave dame nous regardait toujours de travers Consuelo et moi, et nous traitait de sales fainéantes derrière notre dos parce qu'elle pensait que nous laissions sa fille Paula faire tout dans la maison.

Quand nous étions jeunes filles, je voyais souvent Delila au bal. Elle aimait s'habiller et danser encore plus que moi. Elle dansait jusqu'à ne plus tenir sur ses jambes et elle était tombée enceinte d'un enfant qui était mort-né. Elle avait épousé le père de son enfant, religieusement et civilement, et elle était allé vivre dans une pièce contiguë à celle de sa belle-mère. Ils avaient eu un autre fils nommé Geofredo, mais entre-temps son mari s'était mis à boire et à fréquenter d'autres femmes. Il apparut que c'était un voleur au casier judiciaire bien rempli. Comme il ne lui donnait pas d'argent, elle est allée travailler. Et, le croiriez-vous ? Pendant qu'elle travaillait, il amenait des maîtresses dans son propre lit ! Et sa belle-mère était au courant. Cette femme était une véritable entremetteuse pour son fils ! Je l'ai appris par un ami qui était leur voisin.

Un jour, Delila est rentrée chez elle et elle s'est aperçue que tous ses meubles et toutes ses affaires avaient disparu. Luis, son mari, avait vidé la pièce, l'abandonnant aux quatre vents. Elle a porté plainte contre lui et s'est violemment battue avec sa belle-mère qui l'a attaquée avec des ciseaux. Delila n'était pas le genre à se laisser faire; elle a balancé tout ce qui lui tombait sous la main. Ce fut une vraie bataille !

Elle habitait chez sa mère quand elle a accepté la proposition de mon père de venir vivre à la Casa Grande. Son mari est venu la chercher, mais elle a menacé d'appeler la police s'il venait encore l'embêter, et à cause du casier judiciaire il n'a pas osé. Mais j'ai appris qu'elle le rencontrait au marché de temps à autre et je me suis demandé si elle ne voulait pas faire prendre à mon père des vessies pour des lanternes. Lupita m'avait dit que mon père ne pouvait plus avoir d'enfant... que Marielena était sa dernière. J'aurais donc payé cher pour savoir si mon père était capable de faire un enfant à Delila, ou si c'était en fait le bébé de Luis. Mais je n'en ai jamais parlé à mon père, car, vous savez, un doute fait plus de mal qu'une déception.

Ainsi, en revenant à la maison, je me suis aperçue que Delila était la maîtresse de mon père, car bien qu'elle ne voulût pas l'admettre, c'est bien ce qu'elle était. Mon père était libre... il n'était lié par aucune loi, uniquement par ses sentiments. S'il avait été indifférent, il nous aurait abandonnés depuis longtemps. Mais il était là, prenant soin de tout le monde, Consuelo, Delila et son fils, des quatre enfants de Manuel, moi et mes deux bébés, Antonia et sa petite fille, Lupita et Marielena.

Manuel était parti aux Etats-Unis, et Delila était furieuse contre lui parce qu'il avait emmené son frère Faustino. Selon elle, Manuel et son ami Alberto étaient venus chez elle au milieu de la nuit et avaient persuadé Faustino de partir avec eux. Elle disait : « Mon pauvre petit frère ! Ils l'ont entraîné et maintenant il doit fouiller dans les poubelles pour manger. » Ils avaient eu du mal à Mexicali avant de passer la frontière et il y avait des jours où ils ne mangeaient pas.

Mais depuis qu'ils étaient aux Etats-Unis, ils avaient une bonne situation et ils envoyaient même de l'argent à leur famille. Ça doit être bien là-bas ! J'imagine que c'est un pays si civilisé que même les gens sont différents. Ici, si vous n'offrez rien en échange, personne ne vous rend service. Ou si quelqu'un le fait, il vous demande de le rembourser au moment où vous vous y attendez le moins. Ici, les gens sont trop égoïstes. Naturellement, il y a aussi des gens généreux, mais au Mexique on ne progresse pas. Nous sommes libres de faire ce que nous voulons, et nous ne mourons pas exactement de faim, mais c'est comme si nous étions dans une mare d'eau stagnante... il n'y a pas moyen d'en sortir, on ne peut pas avancer. D'après ce que j'ai vu dans les films et les journaux, ce n'est pas comme ça dans le Nord.

Cela a été un de mes rêves d'aller vivre aux Etats-Unis, même dans une petite maison très modeste. Mais à cause de mes enfants, j'aurais un peu peur, car j'ai entendu dire que la délinquance juvénile est un peu plus élevée là-bas qu'ici et que les jeunes manquent de respect à l'égard de leurs aînés. Au lieu que ce soit les parents qui crient après leurs enfants, c'est le contraire. Et là-bas, les femmes peuvent sortir avec n'importe quel homme sans que leur mari pense que c'est mal. Ici, il est impossible à une femme de se lier d'amitié avec un autre homme car son mari la battrait. Et certains disent que les *gringos* veulent venir ici nous gouverner, que les lois des Etats-Unis sont plus puissantes que les nôtres. Mais à mon avis, ce n'est pas raisonnable de croire que le petit va manger le grand, ou que le cadet va avoir plus d'autorité que l'aîné, n'est-ce pas ?

Quoi qu'il en soit, quand Manuel et Faustino ont commencé à envoyer de l'argent, Delila a cessé de se plaindre de mon frère. Delila était ainsi, comme sa mère, d'humeur changeante. Si elle était fâchée contre quelqu'un, elle s'en prenait à la première personne venue. Un jour, elle vous parlait gentiment, le lendemain elle vous tournait le dos et vous aurait dévoré tout cru.

Dès le début, Delila était mécontente parce que mon père me venait en aide. Elle était jalouse de tout ce qu'il donnait à mes enfants ou à Lupita. Consuelo m'avait prévenue que Delila avait l'intention de nous évincer. Delila avait l'air d'une sainte quand elle avait dit qu'elle s'occuperait des enfants de sa sœur aussi longtemps que Dieu la laisserait en vie, mais selon Consuelo, elle ne faisait qu'utiliser les enfants pour atteindre son but diabolique. Consuelo habitait déjà chez ma tante Guadalupe, et Roberto était Dieu sait où. Ni l'un ni l'autre ne pouvaient souffrir Delila.

Quand Paula était morte, ma sœur avait commis l'erreur d'amener une fille, Claudia, à la maison pour s'occuper du ménage. Par la suite, Consuelo a voulu la mettre à la porte parce que mon père lui faisait des cadeaux et qu'il semblait vouloir en faire sa maîtresse. Claudia était encore là quand Delila est arrivée, mais prise entre la jalousie de Consuelo et celle de Delila, elle n'a pas pu le supporter et elle est partie quand son mois a été terminé.

Consuelo et Delila s'en sont alors prises l'une à l'autre. Delila est tombée enceinte et Consuelo la détestait plus que jamais. Ma sœur dormait dans la même pièce, elle savait donc que mon père entrait dans le lit de Delila quand les lumières étaient éteintes. Elle était folle de jalousie et de colère et elle se comportait très mal. Quand elle rentrait du travail et qu'elle voyait que Delila était là, elle claquait la porte très fort, pour que tout le monde le remarque.

Elle cherchait des ennuis, non ? et elle était douée pour lancer des *indirectas* très directement. Elle disait à Mariquita, l'aînée de Manuel : « *Ay*, comme tout est sale ici ! » ou : « Il n'y a plus jamais rien à avaler dans cette maison. » Elle soupçonnait Delila de donner tous les restes à sa mère et se plaignait qu'il n'y avait jamais rien à manger pour elle. S'il lui manquait une combinaison ou une culotte, elle en prenait tranquillement une à Delila. C'était sa façon de dire que Delila lui volait ses vêtements.

Mon père était très affecté par le comportement de Consuelo et elle l'a même fait pleurer. On m'a raconté qu'une fois elle a hurlé à travers la cour, devant les voisins : « Comment peux-tu être un bon père si tu cours tout le temps après les femmes ! »

Un soir, alors que mon père était en train de dîner, ma sœur est entrée en claquant la porte et lui a demandé de l'argent pour des chaussures. Il ne pouvait rien lui donner ce jour-là car il avait beaucoup de choses à payer. Il a dit : « A quoi ça te sert de travailler ? Que fais-tu avec ton argent ? »

Au lieu de répondre à ses questions, elle s'est mise à discuter : « Tu n'as pas d'argent pour ta fille, mais tu en dépenses plein pour d'autres femmes. »

Il s'est mis en colère et il a dit : « J'ai essayé d'éduquer mes filles pour qu'elles puissent subvenir à leurs besoins ! »

Alors elle a hurlé. « Pas toutes les femmes ont ce que tu donnes à Delila. Tu devrais reconnaître les enfants de ta première femme avant ceux de n'importe quelle traînée que tu fréquentes.

— Ferme ta bouche, misérable ! Fiche le camp d'ici et ne reviens pas. Je ne veux plus te voir !

— Très bien, je m'en vais, a-t-elle dit. Mais avant de partir j'ai une chose à faire. » C'est alors qu'elle a arraché la photo de mon père, qu'elle l'a jetée par terre et piétinée, devant ses yeux, en hurlant : « Maudit soit l'instant où j'ai dépensé de l'argent pour ça ! »

Depuis, mon père peut à peine la voir. Quand on m'a raconté ce qu'elle avait fait, je me suis fâchée contre elle moi aussi. Elle n'avait pas le droit de se mêler de ses affaires. S'il était heureux avec cette femme, de quel droit se permettait-elle de le juger ? Par la suite, Consuelo a dit qu'elle était malade mentalement, mais je ne le crois pas. Elle faisait toujours tout consciemment. Elle avait toujours été susceptible et ses éclats étaient uniquement dus à la colère.

Moi, au contraire, j'ai toujours eu la chance de me faire facilement des amis, et je m'entendais bien avec Claudia et Delila. Je me disais que cela ne me regardait pas si mon père entrait dans le lit de Delila, mais j'étais gênée de recueillir des échos de son intimité. Je ne voyais rien parce qu'il faisait toujours très noir, mais je les entendais parler. Une fois, alors que je ne pouvais dormir, je l'ai entendu dire qu'il allait lui prendre une autre pièce car ici il ne pouvait faire ce qu'il voulait librement. Plus tard, je l'ai entendu retourner dans son lit par terre.

Quand Delila et moi nous disputions, c'était généralement à propos des enfants. Delila gâtait son fils Geofredo et le laissait faire ce qui lui plaisait. Elle était plus dure avec les enfants de Manuel, les battant et les injuriant quand ils la mettaient en colère, mais d'autre part elle leur donnait trop de liberté... par pure négligence. Une fois, l'aîné de Manuel, que nous appelions Fil de Fer, a battu Concepción. Delila mangeait dans la cuisine avec sa mère et elle ne m'a prêté aucune attention quand je lui ai demandé de corriger le garçon.

Puis Fil de Fer a tiré sur les nattes de ma fille et l'a fait pleurer. Je lui ai dit : « Veux-tu la laisser tranquille, sale môme ! » Cela a attiré l'attention de Delila et elle m'a dit d'un ton furieux : « Ne t'avise pas d'insulter cet enfant ! Si tu ne te plais pas ici, va dire à ton mari de t'installer un appartement ! Je me demande pourquoi tu restes dans cette maison d'ailleurs. »

J'ai répondu : « Parce que c'est la maison de mon père, pas la tienne. Tu es une imbécile si tu crois que je vais te laisser m'engueuler. Pourquoi ne cries-tu pas après les enfants quand il le faut, au lieu de t'en prendre à moi ! » J'étais très en colère. « Et si tu t'intéresses tant à moi, va donc me chercher un appartement toi-même. »

Sur ce, j'ai pris mon oreiller, ma couverture et mes vêtements et je suis allée chez ma tante. Le soir, au moment où je faisais mon lit par terre, mon père est arrivé.

« Ramasse tes affaires et rentre à la maison, a-t-il dit. Ne t'occupe pas de Delila, c'est moi qui donne les ordres chez moi.

— Oui, papa », et je suis rentrée avec lui. Delila et moi n'avons pas eu d'autres disputes avant longtemps. Bien qu'elle continuât à me reprocher chaque centavo que me donnait mon père. Il me donnait de l'argent pour la nourriture mais souvent, le soir, il me disait de m'asseoir pour dîner avec lui, ou il envoyait chercher du *pozole* ou un fromage que j'aimais. Cela faisait encore plus enrager Delila. Elle disait : « Elle ne peut pas manger des fèves, comme nous tous ? » A moi, elle disait parfois : « Ton père te donne de l'argent pour ta nourriture, mais ici c'est moi qui te nourris », ou bien : « Tu t'imagines qu'on va croire que le père de tes enfants ne te donne pas d'argent lui aussi ? Tu ne te débrouilles pas mal, n'est-ce pas ? »

Je suis retournée travailler à la fabrique de glaces; et malgré son mauvais caractère, Delila s'occupait de mes enfants pendant mon absence. Je travaillais de neuf heures du matin à neuf heures du soir pour seulement quatre pesos par jour. Je le faisais en fait pour m'échapper de la maison. Ma patronne m'envoyait chercher de la viande pour son dîner et c'est ainsi que j'ai rencontré Felipe, le boucher.

Je connaissais Felipe avant de devenir la *novia* de Crispín. Toutes les filles de ma bande tournaient autour de la boucherie parce que Felipe était très beau et très gentil. Une fois, il m'avait enfermée avec lui dans le réfrigérateur et n'avait pas voulu me laisser sortir avant que je lui aie donné un baiser. Sur-le-champ, il m'avait demandé d'être sa *novia* et de venir vivre avec lui. Il a dit qu'il enverrait son frère aîné me demander à mon père. Il me plaisait beaucoup, encore plus que Crispín, mais j'ai dit non parce que j'étais trop jeune.

Felipe m'a immédiatement reconnue et nous avons bavardé. Puis un jour, un garçon m'a apporté un mot de lui me demandant de lui téléphoner à une certaine heure. Je l'ai fait et il m'a proposé de le rejoindre au Frontón, entre huit et neuf heures ce soir-là. J'ai eu beaucoup de peine à sortir de la maison mais j'y suis allée parce qu'il me plaisait. Il me respectait et ne me faisait pas le coup de l'hôtel. Nous nous voyions deux ou trois fois par semaine, et puis un soir il n'est pas venu au rendez-vous.

Je me suis sentie vexée et je l'ai engueulé au téléphone, raccrochant avant qu'il ait eu le temps de s'expliquer. Quand j'ai rappelé pour m'excuser, c'est lui qui a raccroché. Comme il me manquait beaucoup, je lui ai demandé pardon. Alors il m'a dit ce que le père de mes enfants ne m'avait jamais dit : qu'il ne voulait pas que je travaille, qu'il subviendrait aux besoins des enfants, que son idéal était de vivre avec moi et d'installer un appartement. Il ne m'a pas demandé de partir avec lui ou d'aller d'un hôtel à l'autre. Et il pensait que ce ne serait pas bien de faire l'amour devant les enfants. Il était juste le contraire de Crispín.

Felipe avait une voiture et nous allions nous promener

dans une autre partie de la ville, pour ne pas être vus. Quand je le voyais dans la journée, j'emmenais mes enfants. Je lui ai dit que s'il croyait que je les abandonnerais pour lui, il se trompait, mais il m'a répondu qu'il n'avait jamais pensé à une chose pareille.

Je ne sais trop comment, mon père a découvert que je sortais avec quelqu'un; je lui ai donc demandé ce qu'il en pensait. Il a répondu que je me trompais si je croyais qu'un homme accepterait de prendre la responsabilité de mes enfants et que je ne devais pas penser à mettre un autre à la place de leur père, parce qu'ils en souffriraient certainement.

J'avais peur, très peur, de tomber enceinte, mais parce que j'aimais vraiment Felipe, je suis allée avec lui à l'hôtel. Je n'étais pas sûre qu'il n'allait pas simplement « me rendre le service » en me laissant les « bénéfices ». Beaucoup d'hommes profitent d'une femme et ne s'occupent plus de ce qui lui arrive par la suite. C'est pour ça que tout le monde respectait mon père. Il avait un grand sens des responsabilités, dont on disait qu'il le tenait de son père. Ni l'un ni l'autre n'ont abandonné leurs enfants.

Je tombais enceinte si facilement que mes amies disaient toujours que je ne ferais même pas une bonne prostituée. Mais Felipe et moi n'avons couché ensemble que deux fois, et je n'avais pas à m'inquiéter. Après la seconde fois, Felipe a commencé à me donner sept pesos par jour pour mes besoins, pour que je ne sois pas obligée de travailler ni de retourner chez Crispín. Je ne voulais plus voir Crispín. J'aimais la façon dont Felipe faisait l'amour... rapidement et sans perdre de temps... bien mieux que les excès de Crispín. Si Crispín m'avait quittée à ce moment-là, au lieu de me quitter plus tard, je vivrais avec Felipe maintenant. Felipe était devenu mon dieu !

Ce n'est pas tant qu'il me donnait ce que Crispín ne me donnait pas, mais il me rendait à l'envie de vivre heureuse. J'avais été déprimée pendant longtemps; je ne sortais pas, j'évitais mes amies et je ne faisais plus attention à moi. La nuit, je pleurais et j'appelais ma mère... je pensais à la mort. Felipe a changé tout ça. Il avait besoin de moi et il a fait renaître en moi l'intérêt pour la vie.

Il avait été trompé par une femme et il était fatigué de

courir à droite et à gauche. Il voulait s'installer et être un bon père pour mes enfants. Mais j'étais encore méfiante, et à cause de mes craintes, tout a mal tourné. Au lieu de rompre avec Crispín, je ne lui ai pas dit la vérité et je le laissais entrer quand il venait à la Casa Grande tous les quinze jours.

Ce n'est pas que je m'intéressais encore à Crispín. J'ai réellement commencé à le haïr, car s'il n'avait pas été là, j'aurais pu être heureuse avec Felipe. Chaque fois que Crispín et moi étions ensemble, nous nous disputions. Il avait entendu de ses espions que je sortais avec un boucher, mais j'ai nié. Je pouvais garder la tête haute. J'étais certaine que personne ne savait de quel boucher il s'agissait, car nous faisions attention à ne pas être vus. Mais j'ai tout de même perdu Felipe, car un jour Crispín et moi sommes passés dans la rue des Potiers en nous disputant comme d'habitude. Je ne pensais pas que Felipe serait à la boucherie à cette heure, mais quand nous sommes arrivés au coin, il était là et nous sommes passés devant lui.

J'ai senti mes jambes flageoler. J'étais si honteuse que je savais que je ne pourrais plus jamais le regarder dans les yeux. Il penserait que j'étais le genre à fréquenter deux hommes à la fois, et que je donnais son argent à mon mari. Je savais ce que devient un homme quand il s'aperçoit qu'une femme le trompe. C'est pourquoi je ne lui ai plus jamais parlé. Je ne lui ai donné aucune explication et j'ai préféré ne pas le revoir plutôt que de l'entendre dire que je ne valais rien.

Il avait été si bon avec moi et voilà comment je le remerciais ! Je ne pouvais plus marcher la tête haute; c'est par amour et par honte que je l'ai fui. Sa perte est la chose la plus douloureuse qui me soit arrivée, celle que je regrette le plus... et tout ça à cause de Crispín.

Comment pouvais-je dire à Crispín que l'affection que je lui avais autrefois portée s'était changée en dégoût ? Il a recommencé à venir me chercher mais je l'évitais. J'ai trouvé du travail dans une fabrique de jupes pour quarante pesos par semaine, mais je ne pouvais pas y rester, alors j'ai cherché un autre emploi. Consuelo travaillait dans un bureau de comptable et un jour elle a envoyé ma tante dire qu'elle était malade. Ma tante, qui s'occupait toujours de moi, a demandé s'ils n'avaient pas de travail pour moi et c'est ainsi que j'ai trouvé un emploi à cinquante pesos par semaine qui consistait à répondre au téléphone.

Il me fallait prendre l'autobus au coin de la rue, en face de la boucherie et je voyais Felipe tous les jours. J'aurais voulu me jeter dans ses bras, lui parler, mais la honte m'en empêchait. Quand nos yeux se rencontraient, je voyais bien qu'il m'aimait encore, mais je montais tout de même dans l'autobus. Je ne l'avais fréquenté que pendant deux ou trois mois, mais je ne pouvais pas me le sortir de la tête.

Crispín ne cessait de me poursuivre. Au moment où il allait m'approcher, je priais les saints qu'il ne me touche pas. « Tu ne penses qu'à faire l'amour, disais-je.

— Et avec qui as-tu couché pour ne pas y penser ? » répondait-il.

Il m'éveillait les sens, mais je réussissais généralement à me contrôler. Si je l'accompagnais quand même à l'hôtel et qu'il me caressait de la manière indélicate qui lui était habituelle, je m'imaginais que j'étais avec Felipe. Avec lui, je l'aurais fait dans n'importe quelle position. Je me serais même déshabillée ! Mais avec Crispín je refusais, car il me donnait l'impression d'être un chat de gouttière.

Crispín se méfiait toujours de mon patron quand je travaillais. Quand j'étais au bureau, il disait : « Il n'y a que toi et le comptable pour savoir ce qui se passe sur ces divans », ou : « Dieu sait combien de fois tu as couché avec ce comptable », ou encore : « Tu n'as certainement aucune difficulté à trouver du travail. Je suppose que tu veux me faire croire que toi et señor Miguel ne prenez pas votre plaisir dans l'arrière-boutique ? » Et quand je travaillais dans un atelier : « Pourquoi ne dirais-tu pas du bien de señor Santos ? Après tout, il te paie pour tes faveurs, n'est-ce pas ? » C'en est arrivé à un point où je ne pouvais plus travailler car il m'accouplait tout le temps à mes patrons. Le fait est qu'à chaque emploi, le patron ou les employés me faisaient la cour. Ici, il n'y a aucun respect pour la femme qui travaille.

Tant que je travaillais, j'avais de quoi nous acheter des vêtements, et mes filles et moi avions l'air plus présentables. Je mettais de nouveau du rouge à lèvres et je me suis fait faire une permanente. Je portais un chandail ou un manteau au lieu d'un châle et mes chaussures n'étaient jamais trouées.

Je me sentais une reine en comparaison de la façon dont j'étais habillée quand je vivais avec Crispín. Je rencontrais ma belle-mère au marché et elle avait l'air surprise devant ma bonne mine. Je voyais bien qu'elle croyait que je me faisais entretenir par quelqu'un. Elle et mes belles-sœurs m'avaient considérée comme une pouilleuse et n'étaient presque jamais sorties avec moi. Mais à l'époque, je n'avais que trois robes de coton, même quand j'étais enceinte, et je devais faire tenir mes sandales avec des ficelles. Crispín voulait que je le satisfasse sexuellement, mais il ne me donnait jamais d'argent pour acheter des vêtements ou du rouge à lèvres. Tout ce qu'il disait, c'est qu'il n'avait pas d'argent. Mon père m'aidait en m'envoyait un tablier pour protéger mes robes, et des sacs de farine vides pour les couches des bébés.

Crispín venait parfois me chercher après mon travail pour me raccompagner à la maison. Un jour, il n'est pas venu comme il l'avait promis, et je suis donc rentrée seule. Le lendemain soir, il m'a engueulée pour ne pas l'avoir attendu. Il savait qu'il n'était pas venu, mais il m'a fait des reproches tout le long du chemin. J'ai gardé le silence, de peur qu'il me batte. Quoi qu'il dise, je n'ouvrais pas la bouche.

« Je te parle », disait-il. Mais je ne répondais pas. Quand nous sommes descendus de l'autobus, j'ai senti qu'il allait faire une scène dans la rue. Je me suis dit : « S'il me bat, je lui rends ses coups. »

Quand nous sommes arrivés devant l'école, en face de la Casa Grande, il m'a giflée et alors j'ai vraiment sorti mes griffes. Je portais mon plat de déjeuner et ma cruche, je les ai laissés tomber, ainsi que ma bourse. Mon manteau est tombé dans la boue. J'ai hurlé : « Ne me bats pas, crapule ! » Et je l'ai attaqué à coups de griffes et de poings avec une telle rapidité qu'il a été pris par surprise. Moi-même je ne m'attendais pas à ça de ma part !

Il m'a donné un coup de poing, et au lieu d'éviter les coups et de pleurer, comme d'habitude, j'ai riposté et libéré tout ce que j'avais de haine en moi. Nous nous sommes battus et injuriés tandis que les gens se rassemblaient autour de nous pour regarder. Je n'avais pas honte; je n'espérais même pas qu'on vienne à mon secours. J'ai livré seule mon combat et depuis ce jour-là, il n'a plus jamais levé la main sur moi.

Le plus douloureux de l'histoire, c'est que j'étais enceinte de notre troisième enfant, Trinidad. Quand je l'avais dit à Crispín, il avait déclaré qu'il s'occuperait de moi et des enfants et qu'il cesserait de vadrouiller. Le lendemain de notre bagarre, il a dit à Manuel qu'il ne voulait pas que je travaille et qu'il m'allouerait une pension jusqu'à ce qu'il puisse installer un appartement. La première semaine, il est venu me voir tous les jour et m'a donné vingt-cinq pesos, si bien que j'ai quitté mon emploi. La semaine suivante, il ne m'a donné que vingt pesos et n'est pas venu à la maison. La troisième semaine, il avait disparu. Je ne l'ai revu que le mardi suivant, quand il est venu me donner quinze pesos. Je les lui ai jetés à la figure en lui disant que je n'acceptais pas d'aumônes. C'est alors qu'il m'a dit qu'il ne croyait pas que l'enfant était de lui ! Je ne sais pas sur quoi il se basait, mais quoi qu'il en soit, il a pris ça comme prétexte pour ne plus me donner d'argent. Consuelo m'a trouvé un emploi consistant à recevoir des messages dans le bureau d'un avocat; je suis donc retournée travailler.

Je vivais à la Casa Grande, mais après une dispute avec Delila, je suis retournée habiter chez ma tante Guadalupe, et j'y suis restée presque jusqu'à la naissance de Trini. Leur habitation était pauvre et minuscule; on pouvait à peine y bouger; Concepción et Violeta devaient manger assises sur la marche devant la porte et nous dormions toutes les trois par terre, sur des sacs. Ma tante m'invitait à dormir dans le lit avec elle et Ignacio, mais le lit était si étroit que je n'osais pas accepter.

La *vecindad* était pleine de punaises, de souris et autre vermine, et les deux w.-c. extérieurs étaient très sales; mais j'étais contente. Je m'entendais bien avec ma tante et je dirigeais pratiquement la maison, de sorte que j'étais à mon aise. Mais mon père n'aimait pas cet endroit et cela m'attristait. Quand il venait me voir, il me grondait et il était impatient de repartir.

Le principal inconvénient était que ma tante avait toujours beaucoup de visiteurs. Si ce n'étaient pas un *compadre*, c'était quelques *comadres* qui passaient prendre un *taco* avec leur bière ou leur *chincól*. Je ne pouvais supporter de voir toutes ces figures d'ivrognes, dont certaines étaient carrément répugnantes. J'étais fâchée parce que l'un d'eux m'avait volé une montre et quelque centavos.

Il disparaissait tout le temps des choses dans cette *vecindad*; rien n'était sûr. C'est pour cette raison que mon oncle avait un chien de garde et les gens ne laissaient jamais leur appartement sans surveillance. Quand quelque chose était volé, la victime allait voir un devin pour savoir qui était l'auteur du vol, mais je n'y suis pas allée parce que cela n'aurait mené qu'à des disputes.

Tout le monde là-bas parlait vulgairement, même mon oncle, qui était généralement aimable. S'il rentrait et trouvait ma tante trop ivre pour préparer le dîner, il se mettait à insulter sa mère et à la traiter de « garce » et de « fille de pute ». Mais ils s'aimaient vraiment beaucoup, surtout après qu'il eut renoncé à voir son autre femme, Cuca. Il avait eu six femmes en plus de ma tante, mais il disait toujours qu'elles n'avaient aucune importance, que ce n'était que de l'amusette, et que seule ma tante était la maîtresse de sa maison et de ses centavos.

Mon oncle était respectueux et correct avec moi et il aimait bien mes filles. Il me parlait de ma mère avec qui il sortait vendre parfois au marché, et comme Guadalupe était jalouse quand on le prenait pour le mari de maman. Quand Ignacio était saoul, il me faisait des avances, mais je ne l'encourageais jamais et il n'insistait pas. S'il se plaignait des cris de mes enfants ou de ce que mon frère était venu me voir en état d'ivresse, ma tante nous défendait. La seule avec qui mon oncle se disputait vraiment était Consuelo, parce qu'elle essayait de jouer à la patronne.

Ignacio et Guadalupe étaient tous deux très petits, gris et ridés, bien que n'étant pas très vieux. Mon oncle disait souvent que la jeunesse n'avait rien à voir avec l'âge. Ce qui compte, c'est ce qu'on a souffert dans sa vie. Il disait : « Connais-tu l'âge d'un cheveu gris ? Non ? Chaque cheveu gris a son histoire... sa destinée et sa fin. Ils viennent des coups qu'on a reçus dans la vie, des échecs, du nombre de gens qu'on a vus mourir. » Il appelait ma tante : « La jeune personne qui a l'air vieille » et il croyait qu'elle avait vieilli a cause de tous les sacrifices qu'elle avait dû faire pour sa famille.

Ma tante avait eu une vie incroyablement dure. A l'âge de treize ans, elle avait été violée par un homme de trente-deux. Parce qu'elle avait été déflorée et qu'elle « ne valait plus rien », son père la battait beaucoup et l'obligea à faire un mariage religieux. Sa belle-mère la détestait et son mari la battait, la traînant de chez une tante à une autre jusqu'à la naissance de son fils.

Puis son mari s'est engagé dans l'armée et elle ne l'a jamais revu. Elle et son bébé n'avaient pas où habiter et mouraient presque de faim; ils enflèrent par manque de nourriture. Elle retourna à pied à Guanajuato et faillit se noyer en essayant de traverser une rivière en crue. Un camionneur l'en sortit en la tirant par les nattes, autrement elle ne serait pas vivante aujourd'hui.

A Guanajuato, Guadalupe apprit que son frère Pablo avait été tué en voulant défendre un ami et que son père était mort de colère et de chagrin. Sa mère était partie pour Mexico chercher fortune en vendant du café chaud à des coins de rues. La tante de Guadalupe, Catarina, était dans la capitale et avait conseillé à sa mère de venir. Ma petite tante est donc partie à leur recherche, portant son enfant dans son châle et mendiant de la nourriture tout le long du chemin. En arrivant, elle avait l'air d'une mendiante et sa mère ne l'a même pas reconnue.

Les frères de Guadalupe étaient tous malades du typhus et elle l'a attrapé aussi. Bernardo mourut mais les autres s'en remirent. José et Alfredo travaillaient dans une boulangerie, Lucio dans une *pulquería*, et maman et ma tante vendaient des gâteaux et du café alcoolisé dans une petite baraque au coin d'une rue. Mettre de l'alcool dans le café était un délit; ma tante est allée trois fois en prison parce que sa mère ne pouvait pas payer l'amende. Guadalupe avait peur que la prochaine fois on l'envoie au Pénitencier, elle est donc allée travailler comme servante, puis dans une *tortillería*.

Ma tante s'était toujours plainte que ma grand-mère avait favorisé ma mère, parce qu'elle était la plus jeune. Elle disait : « Je travaillais pour nourrir ma petite mère, mais elle était très dure avec moi, qu'elle repose en paix ! » Mon enfant et moi pleurions parce qu'elle ne nous apportait pas notre déjeuner à la *tortillería*. Elle nous oubliait complètement, mais elle ne manquait jamais d'apporter un *taco* à ta maman, Lénore. Je demandais à ma tante Catarina : « *Ay*, tante, ne suis-je pas la fille de ma mère ? Pourquoi n'aime-t-elle que Lénore ? » Ma tante disait que je n'avais pas de chance et qu'il fallait que j'en prenne mon parti.

Quand le fils de Guadalupe eut cinq ans, sa belle-mère vint le chercher. Elle a dit à Guadalupe que le père du garçon avait mal fini dans la Révolution... il avait été haché avec des *machetes* et jeté dans une rivière. Ma tante pria Dieu de pardonner à son mari et jura à la Vierge de Guadalupe de ne plus jamais se remarier. Elle laissa sa belle-mère emmener son fils car elle avait du mal à le nourrir. Mais ils tournèrent l'enfant contre elle et en firent un ivrogne. A huit ans, on lui donnait déjà des verres de *tequila* et il en prit l'habitude. Quand Guadalupe allait lui porter un morceau de gâteau ou des fruits, ils lui fermaient la porte au nez. Il finit par mourir alcoolique encore tout jeune et elle le perdit à jamais.

Ma tante a pris l'habitude de boire quand on a voulu la guérir de la malaria. Elle était allée à Veracruz comme servante et en était revenue malade. On lui fit prendre de la canne à sucre et des racines de *jicama*; on lui mit une souris dans le cou pour lui faire peur; on lui fit boire de l'alcool vert et du café, puis du *pulque* avec du *pirú* moulu; pendant sept mois, ils ont essayé une chose et une autre, généralement composée d'alcool, jusqu'à ce qu'une femme finisse par la guérir avec des feuilles de nopal, du chile et du miel.

Puis un homme a « rendu le service » à ma tante et l'a abandonnée, avant même la naissance de son fils Salvador. Quand elle a rencontré Ignacio, il voulut l'épouser et adopter son fils. Elle aimait Ignacio mais elle refusa de l'épouser. Le père d'Ignacio voulait lui aussi qu'ils se marient religieusement, car à cette époque on était plus strict. Maintenant, les gens s'accouplent sur le pas d'une porte et ils se croient mariés. Mon oncle dit que Dieu le Père régnait à l'époque, et non Dieu le Fils. Le père d'Ignacio faisait la loi et il avait appris à son fils à avoir une conscience. Ignacio ne pouvait pas lever la main sur ma tante car son père était là avec un bâton pour la défendre.

Mais ma tante a obstinément refusé de se marier. Elle a

dit : « J'ai juré de ne jamais me remarier, car j'ai trop souffert en tant qu'épouse. Si Ignacio veut vivre avec moi comme ça, c'est très bien. Dieu trouvera bien le moyen de me pardonner. » Et c'est ainsi que ça s'est passé.

Ignacio était vendeur de journaux depuis 1922. Avant, il gagnait bien sa vie comme vernisseur de meubles, mais il disait qu'il « y laissait ses poumons » et il prit le premier emploi qui s'offrit à lui. Lui et Salvador sortaient ensemble vendre les journaux, qu'il pleuve ou qu'il vente, et ils donnaient le peu d'argent qu'ils gagnaient à ma tante. Mon oncle disait toujours qu'il se débrouillerait bien dans les journaux si seulement il les vendait tous. Mais on ne reprenait pas les invendus et il perdait ses bénéfices à cause de la pluie, qui était la plaie des vendeurs. Dieu, tout le chemin qu'il faisait pour gagner quelques pesos ! Mon pauvre oncle mourra probablement dans la rue, ses journaux sous le bras.

Ignacio était bon avec Salvador, mais mon cousin s'est mis à boire et il est devenu querelleur. Les choses se sont aggravées quand Salvador s'est marié, car sa femme a pris l'enfant et s'est enfuie avec un autre homme. Salvador s'est alors complètement abîmé dans l'alcoolisme et il était tout le temps ivre.

Je n'avais que cinq ou six ans quand mon cousin est mort. Saoul comme d'habitude, il se tenait devant un bar dans la rue des Ferblantiers, quand l'amant de sa femme, Carlos, vint à passer. Aussitôt que Carlos l'aperçut, il dit : « C'est comme ça que je voulais te trouver, fils de pute ! » Et sur ce, il sortit un pic à glace et le planta dans le ventre de Salvador. Tenant sa blessure à deux mains, Salvador se mit à courir. A cette époque, lui, ma tante et mon oncle vivaient à quelques dizaines de mètres de là, chez Prudencia, la première femme de mon oncle Alfredo. Mais au lieu de rentrer chez lui, mon cousin partit de l'autre côté, vers la Casa Grande, avec Carlos sur ses trousses. A l'entrée de l'immeuble, Carlos fit demi-tour et mon cousin courut vers notre cour.

Nous terminions de dîner quand il a crié : « Oncle Jesús, laisse-moi entrer ! » Mon père ouvrit la porte, mais il crut que Salvador était ivre.

« Tu es encore ici ? Je t'ai déjà dit que je ne voulais pas

d'ivrognes chez moi. Je ne veux pas de mauvais exemple pour les filles. »

Salvador est tombé devant la porte et mon père a vu qu'il était couvert de sang. On l'a allongé sur le sol de la cuisine, les jambes en travers la porte. Mon père a déboutonné son pantalon et il a vu la blessure.

Nous étions très effrayés et je me suis mise à pleurer. Mon père m'a envoyé chercher Roberto, qui dînait chez un ami. Roberto est allé chercher ma tante Guadalupe et Ignacio, qui sont arrivés en courant avec Prudencia et son fils. Quelqu'un a appelé l'ambulance de la Croix-Rouge. La coupure était très profonde et les intestins sortaient; mon père a dit qu'il n'en avait plus pour longtemps.

L'ambulance l'a emporté. Il est mort pendant l'opération. Ma pauvre tante ! C'est l'œuvre de Dieu qu'elle ne soit pas devenue folle, parce qu'elle poussait des hurlements affreux. Le vieux salaud qui était son patron au café n'a même pas voulu lui donner un jour de congé et elle a dû demander à quelqu'un de veiller son fils à sa place.

C'est alors que Prudencia, qui avait toujours été envieuse et mesquine, a déclaré que la veillée ne pouvait avoir lieu chez elle, bien que ce fût le seul foyer que Salvador ait connu. Ma pauvre petite tante m'a raconté que Prudencia n'avait jamais aimé Salvador, qu'il n'était en fait aimé de personne et que même sa grand-mère le chassait. Quand Guadalupe avait prié Prudencia de leur permettre de s'installer dans un coin de sa pièce, elle s'était entendu répondre : « Ma maison est la vôtre, mais il n'y a pas de place pour votre fils. »

Ils avaient quand même emménagé chez Prudencia, mais ils avaient dû supporter ses humeurs et ses insultes. Quelquefois, elle s'enfermait avec ses enfants et elle refusait d'ouvrir la porte, même s'il pleuvait. Guadalupe, Ignacio et Salvador se couvraient de journaux et se recroquevillaient sous le porche de la *vecindad* jusqu'à ce qu'elle se décide à les laisser entrer. C'est pourquoi ma tante me dit que c'est affreux de vivre aux dépens de quelqu'un et qu'elle doit être née sous une mauvaise étoile car elle a souffert toute sa vie.

A la mort de Salvador, ma tante a dû implorer Prudencia pour qu'elle lui accorde la permission de poser le cercueil et les cierges dans la cour. La veillée a donc eu lieu dehors.

Des années plus tard, quand le fils de Prudencia est devenu fou et qu'on a dû le mettre dans un asile, ma tante Guadalupe a déclaré : « Oui, nous payons pour tout ce que nous faisons dans cette vie. Dieu est lent, mais il n'oublie pas. »

De toutes les femmes que je connaissais, ma tante Guadalupe était celle que j'admirais le plus. C'était une femme qui savait souffrir ! Je voudrais bien avoir son courage, ne jamais laisser triompher le mal et me résigner à tout ce qui m'arrive. En fait, elle se lamentait beaucoup à propos d'argent et s'inquiétait toujours de son loyer, mais elle était si pleine de ressources que, si peu d'argent qu'elle eût, elle s'arrangeait pour faire à manger pour tout le monde. Elle achetait pour cinquante centavos de porc, vingt centavos de tomates abîmées et quelques centavos d'huile, d'oignons séchés et d'ail, et elle faisait une marmite pleine !

Elle disait que personne ne lui avait jamais rien donné et qu'on ne l'avait pas aidée, qu'elle avait dû se frayer toute seule un chemin dans le monde. Bien qu'elle ait eu une mère, personne ne lui avait montré la voie. C'est peut-être pour ça qu'elle n'était jamais capable de me donner un bon conseil ni d'être une vraie mère pour moi. Elle manquait tant elle-même de jugement moral !

Quant à l'aide, seul Manuel pouvait être accusé de ne jamais rien lui donner et de ne pas lui rendre visite. Roberto et Consuelo venaient souvent et lui glissaient quelques pesos quand ils travaillaient. Tout le temps que j'ai vécu avec elle, je lui ai donné de l'argent pour que mes enfants mangent bien. Tous les jours, j'achetais un quart de lait à la CEIMSA, le magasin d'Etat, jusqu'au jour où on a voté une loi qui disait que pour chaque quart de lait il fallait acheter un œuf. Après ça, c'est devenu plus difficile, car certains jours j'avais juste assez pour le lait, mais pas pour l'œuf. Et qui avait besoin de tant d'œufs de toute façon ? C'était fait uniquement pour embêter les gens !

Je m'entendais avec tout le monde dans cette *vecindad* — avec Julia et son mari Guillermo; Maclovio et sa femme; Yolanda et son mari Rafael; Ana la concierge; *Don* Quintero; et tous les autres. Beaucoup me connaissaient depuis que j'étais bébé. Yolanda et moi faisions ensemble la lessive dans la cour et le marché. Je ne sais pas comment elle pouvait supporter la vie qu'elle menait avec Rafael. Il avait été très bien les quelques premières années, mais quand sa mère était morte, il s'était mis à boire et avait cessé de donner de l'argent à Yolanda. Tout ce qu'elle avait avec lui, c'était la faim, des coups et des enfants. Elle était une véritable usine, produisant un gosse après l'autre. Il y en avait déjà sept en haillons et encore un en route.

La mère de Yolanda, Julia, voulait lui faire prendre de la glace au citron avec du vin rouge pour lui refroidir la matrice et la rendre stérile; mais Yolanda ne voulait pas en entendre parler. Moi aussi j'étais fatiguée de mettre des bébés au monde, mais j'ai refusé l'offre de ma tante de me soigner avec de l'eau bouillie dans une casserole contenant une bague en or et un morceau de corne de taureau. Qui sait pourquoi j'avais peur de me faire soigner ?

Je n'ai jamais essayé non plus de provoquer une fausse couche, bien que je connaisse beaucoup de remèdes... du thé fort d'*orégano*, du vinaigre, du thé de cannelle, des injections de permanganate. Les femmes ici font beaucoup de sacrifices pour provoquer des fausses couches, mais pour celles qui ont la matrice dure, il faut un « curetage ». Pour ça, les sages-femmes demandent cent cinquante pesos, aussi peu de femmes y ont-elles recours. Les médicaments et les opérations sont si chers que nous sommes obligées de faire confiance aux herbes et aux remèdes de bonne femme.

Dans la *vecindad* de ma tante, les commérages ne manquaient pas. Chacun observait qui avait plus et qui avait moins, surtout en habillement et en nourriture. Si quelqu'un achetait quelque chose de neuf, cela suscitait beaucoup d'envie et de suspicion. « Je me demande comment il a pu », disaient les voisins. Quiconque en ce lieu possédait un lit, un matelas et une armoire était « quelqu'un ». Quand j'habitais là-bas, Ana était considérée comme « le dessus du panier » parce qu'elle était la concierge et que ses deux filles travaillaient. Elle vendait également du *pulque* sous le manteau, et tous ses petits-enfants l'aidaient à faire du travail à la pièce. Maintenant, ce sont Julia et Guillermo qui forment « le dessus du panier » parce qu'ils ont un poste de télévision.

La vie aurait dû être triste dans cette *vecindad* où tout

le monde était si pauvre. Les hommes buvaient et les femmes devaient nourrir des familles nombreuses avec moins de cinq pesos. Si une femme s'achetait quelque nouvelle loque en guise de robe, elle devait se cacher quand le type du crédit venait toucher les traites. Mais malgré cela, les gens riaient et plaisantaient. Le drame même que vivaient certains donnait aux autres matière à rire. Les hommes étaient tout le temps en train de faire l'amour et de courir après les femmes. Si ce n'était pas un mari qui couchait avec la femme d'un voisin, c'était une épouse qui se dévergondait avec le mari d'une voisine.

Les hommes n'ont pas plus tôt appris qu'une femme a fait un faux pas qu'ils viennent lui offrir le monde. Ils commencent toujours par vous proposer de vous installer un appartement ou de vous emmener vivre ailleurs. Mais j'avais eu de si cruelles déceptions que je ne croyais plus en aucun d'eux. Ils me prendraient, ça oui, mais pour m'abandonner ensuite au milieu de la route ! Dans la *vecindad* de ma tante, plusieurs hommes me couraient après : Rafael, Maclovio, *Don* Quintero et *Don* Chucho, mais je les repoussais tous.

Dans le tas, le plus agréable était *Don* Quintero, avec qui j'avais une amitié innocente. Il était cordonnier et nous sommes devenus amis quand je lui ai apporté les chaussures de ma fille à réparer. Il avait environ quarante-deux ans; il avait de grands enfants et il était affectueux avec mes filles. Il s'était séparé de sa femme et vivait seul. Naturellement, il m'a plusieurs fois proposé de venir vivre avec lui. Il disait : « Ne soyez pas stupide, Marta. Si vous n'êtes pas heureuse avec votre mari, pourquoi rester avec lui ? »

Je me sentais attirée vers *Don* Quintero parce qu'il me disait qu'il n'était plus puissant et que nous pourrions coucher ensemble comme frère et sœur. Je voulais un mari qui ne puisse pas avoir d'enfant et qui n'ait pas envie de moi à chaque moment. Mais je l'ai pris en plaisanterie et rien de sérieux ne s'est développé entre nous.

C'est Yolanda qui m'a dit que Soledad, la fille d'Ana, était furieuse parce qu'elle croyait que j'avais des rapports avec *Don* Quintero, qui était son amant. Soledad racontait à tout le monde que j'étais un « chaud lapin » et les voisines ont fini par croire que je couchais avec lui. Il y eut tant de commérages que c'est arrivé aux oreilles de Crispín. Il est allé voir *Don* Quintero et l'a accusé d'être le père de l'enfant que j'attendais. Vous vous rendez compte ! Il croyait que cet homme, qui ne pouvait même plus rien faire, était le père de Trinidad ! Mon mari doutait toujours de la paternité de ses enfants, même s'il était le seul avec qui je couchais. Et dire que je restais encore avec lui !

Cette année-là, je suis allée à Chalma pour la première fois. Toute ma vie, j'avais voulu y aller avec ma tante et je pleurais parce que mon père ne m'y autorisait pas. Il disait : « Aller à Chalma ? Pourquoi faire ? C'est pure imbécillité ! Ils ne savent rien sur Dieu et ils y vont seulement pour se saouler. Et ils te laisseraient probablement là-bas. » Une fois mariée, c'est Crispín qui ne voulait pas que j'y aille.

Aussi, quand ma tante m'a dit qu'elle partait avec Mati, la nièce de mon oncle, j'ai décidé de les accompagner avec mes deux filles. Nous avions vingt-cinq pesos à nous toutes, deux couvertures, deux couvre-lits, des vêtements de rechange pour les enfants, une cruche en terre, du café en poudre, du sucre et quelques aliments. Il nous fallait porter les enfants et deux gros paquets.

Il a commencé à pleuvoir tandis que nous faisions la queue à l'autocar pour Chalma et j'ai acheté à Concepción un imperméable en plastique pour deux pesos. Elle et Violeta avaient toutes deux la rougeole et étaient couvertes de taches rouges... c'est pour ça que je ne voulais pas qu'elles se mouillent. Il pleuvait toujours quand nous sommes descendues à Santiago dans la nuit, et ma tante nous a emmenées dans la cour du bâtiment municipal où un tas de gens étaient couchés par terre. Nous avons disposé nos couvertures et gardé une place pour la filleule et la *comadre* de ma tante, qui devaient arriver plus tard.

La cour ressemblait à une bergerie avec des malles, des paquets et des gens partout. Des soldats faisaient la garde pour veiller à ce que les pèlerins ne se fassent pas voler, mais malgré ça des paquets disparurent. Toute la nuit, des bandes de garçons et de filles ont fait du bruit et des gens n'ont cessé d'arriver ou de partir, se levant ou se couchant. Avant de s'endormir, les femmes prenaient du café alcoolisé.

A trois heures du matin, ma tante nous a réveillés pour partir en pèlerinage. « Allons-y », dit-elle et nous nous sommes tous levés pour refaire nos bagages. Luz, la *comadre* de ma tante, était arrivée avec son mari et sa fille; nous étions donc huit au départ. Il faisait encore nuit et les seules lumières que nous voyions étaient celles des lampes à pétrole des petites buvettes disséminées le long de la route. Nous nous sommes arrêtées dans l'une d'elles pour y prendre du café et là nous avons appris que nous nous étions perdus dans l'obscurité et qu'il nous fallait faire demi-tour pour trouver la bonne route. Tandis que nous montions et descendions les collines, à travers bois et sur de grands rochers, je me sentais heureuse. J'aimais bien marcher et voir les petites Indiennes vendre du café, des *tortillas*, des pois chiches, du fromage et du beurre au flot des pèlerins.

Nous avons marché toute la nuit et la matinée du lendemain avant d'arriver à Ocuila. Je ne pouvais plus avancer; nous avons donc loué un petit abri pour vingt-cinq centavos par personne et nous nous sommes reposés jusqu'au lendemain. J'ai dû louer un âne qui m'a coûté trois pesos pour transporter nos bagages car les enfants voulaient être portés tout le temps. J'étais si fatiguée que j'avais envie de m'en retourner, mais toutes les femmes m'on dit : « Il ne faut pas faire demi-tour car la route deviendra très difficile et vous n'arriverez jamais. » Je ne sais pas si cela était une vérité ou simplement une croyance, mais j'ai continué jusqu'à ce que nous arrivions à l'arbre *ahuehuete*.

Comme c'était la première fois que nous y allions, mes enfants et moi avons dû chercher une marraine pour nous donner à chacun une couronne de fleurs afin que nous puissions danser devant l'arbre. Nous avons donné un peso à deux vieux Indiens pour qu'ils nous jouent du violon et de la guitare. En dansant, j'ai senti s'évanouir toute ma fatigue... puis nous avons déposé nos couronnes de fleurs sur la croix.

Ma tante m'a dit de baigner les enfants dans la source car l'eau était miraculeuse et guérissait beaucoup de maladies. Les filles brûlaient de fièvre... elles avaient même des taches de rougeole sur les yeux. J'avais peur de les mettre dans l'eau froide. J'ai dit : « *Ay !* ces gosses vont mourir dans mes bras ici-même. » Elles étaient chaudes et en sueur, mais ma tante les a trempées dans l'eau. J'ai cru qu'on allait les enterrer au milieu des *petates*, mais non, la source ne leur a fait aucun mal.

De là à Chalma, le chemin était court, environ deux heures

de marche seulement. Nous sommes passés devant les rochers enchantés et nous sommes arrivés à Chalmita, où vivait la marraine de ma tante. Elle nous a bien reçus et nous a permis de faire la cuisine sans payer avant d'aller au sanctuaire. Tout le long de la pente jusqu'à l'église, la route était bordée de stands et de boutiques, de sorte que où que nous regardions, ce n'étaient que toits de fer blanc ou de bois. Il y avait des danseurs qui soufflaient dans des *chirimías*, produisant une musique triste. Les pénitents sur les genoux, les yeux bandés et portant des couronnes d'épines, d'autres avec des feuilles de cactus sur la poitrine et le dos, des bandes de musiciens... En voyant tant de fidèles venus adorer le Seigneur, j'ai été prise d'émotion et je me suis mise à pleurer. Les pèlerinages et les églises font toujours pleurer et là-bas, à Chalma, presque tous ceux qui parvenaient à la porte de l'église, pleuraient.

Le Seigneur de Chalma était très miraculeux et très justicier. J'ai prié pour que mon père et nous tous soyons sauvés. Je Lui ai demandé de m'envoyer un bon emploi, mais Il ne l'a jamais fait. J'ai dit aussi : « Seigneur, si Crispín n'est pas pour moi, je vous supplie, pour l'amour de moi et de mes enfants, de me l'enlever à jamais. »

Le chemin du retour fut ennuyeux. Les enfants pleuraient et j'étais fatiguée et désespérée de rentrer. Nous avons vendu la cruche de terre en route car nous n'avions plus assez d'argent pour manger. Je crois qu'il ne me restait plus que cinq pesos. Je ne pouvais plus marcher, alors j'ai dépensé deux pesos pour que ma tante et moi puissions prendre place dans un camion entre Ocuila et Santiago, où nous avons fait la queue à l'autocar. Mati et les autres étaient restés à Chalma boire du *pulque* et n'étaient plus avec nous. Le prix du car était de trois pesos par personne et je n'avais pas assez d'argent pour payer; j'ai donc vendu une paire de chaussures que j'avais emportée de rechange. Rendez-vous compte, on ne m'en a donné que quatre pesos, alors que les chaussures étaient presque neuves ! Mais que pouvais-je faire d'autre ? Je ne pouvais pas abandonner ma tante, n'est-ce pas ? J'ai donc acheté deux billets et nous sommes arrivées à Mexico sans un sou.

J'aimerais aller à Chalma au moins une fois par an, car c'est une bonne chose de voir le Seigneur et de prier, n'est-ce pas ? Surtout que je ne vais presque plus à l'église. Je ne peux pas aller à la messe du dimanche et à confesse comme je le faisais quand j'étais petite car je vis dans le péché. Je me récite un *Notre Père* et un *Ave Maria* à la maison, ou, si je suis très désespérée, je vais à la Villa demander aide à la Vierge. Après chaque accouchement, je vais rendre grâce à la Vierge.

Je ne suis peut-être pas très catholique, mais je ne suis pas franc-maçonne ni libre-penseuse. J'envoie mes filles au catéchisme à la Casa Grande tous les mardis pour les préparer à la première communion. Après ça, si elles veulent rester proche de l'église, ce sera de leur propre volonté, pas de la mienne. Je suis contente d'avoir l'image de la Vierge de Guadalupe et celle de la Vierge du Sacré-Cœur et de prier à la maison. D'ailleurs, je n'ai jamais aimé confesser mes péchés à un prêtre, qui est un pécheur comme moi-même. Beaucoup disent que les prêtres importunent les femmes à confesse et les trompent exactement comme les autres hommes. Quand j'avais onze ans, j'ai confessé avoir volé de l'argent à la maison et avoir un *novio,* et le prêtre m'a infligé tout un chapelet de pénitences. Après ma première communion, je ne me suis plus jamais confessée.

Mes prières étaient toujours les mêmes : je disais au Seigneur que si Crispín n'était pas pour moi, il vaudrait mieux me l'enlever une fois pour toutes, ou s'il était *effectivement* pour moi, que pour l'amour de mes enfants, Il veuille bien l'améliorer de sorte que nous puissions mener une vie normale sans tant de hauts et de bas. Mais le Seigneur écoutait plutôt ma première prière que la seconde.

Je priais également pour que mon père ne nous soit jamais enlevé. Quand sa fin viendra, je ne veux pas être en vie. Quand le mur s'écroule, toutes les briques s'écroulent avec. Aucun de nous ne pourra se relever. Si nous ne sommes pas capables de tenir debout tant que mon père est en vie, ce sera tout à fait impossible quand il ne le sera plus. Comme mon frère Roberto. S'il n'arrive pas à se marier et à lever la tête maintenant, comment le pourra-t-il plus tard ?

Quand je pense que la mort est si proche de nous et que Dieu seul sait lequel d'entre nous se réveillera le lendemain, je me demande pourquoi nous ne faisons pas tout notre possible pour rendre aux autres la vie heureuse. Par exemple, ma tante ne va pas rester longtemps sur cette terre, et j'aimerais faire quelque chose pour elle, mais toutes mes bonnes intentions tournent mal car la pensée même que moi aussi je pourrais cesser d'exister d'un moment à l'autre, m'empêche de faire quoi que ce soit.

A mesure que ma grossesse avançait, mes jambes gonflaient et j'avais mal aux dents. Ici, aussitôt qu'une dent vous fait mal, on vous l'arrache, on m'a donc enlevé deux molaires. Mes vêtements ne m'allaient plus et je n'avais pas d'argent pour acheter une robe plus large. Je me suis forcée à demander de l'argent à Crispín, mais il a refusé sous le prétexte qu'il n'était pas responsable de l'enfant. Ses paroles m'ont fait mal. Il a dit : « Non ! Pourquoi te donnerais-je de l'argent si tu te trimballes comme une putain, écartant les jambes pour n'importe qui ? »

Je me suis découragée. Pour éviter Crispín et d'autres gens, après le travail, j'emmenais les filles au cinéma, au marché ou faire du lèche-vitrines. Je ne sortais jamais sans mes enfants. Elles étaient toujours à mes côtés, sinon j'avais l'impression qu'il me manquait quelque chose. D'autre part, leur père n'aimait jamais les emmener nulle part et les grondait si elles détournaient la tête. Et il ne leur achetait presque jamais rien. Le plus triste dans ma vie était de ne pas pouvoir acheter à mes filles les jolies choses des vitrines, ni des chaussures ou des médicaments quand elles en avaient besoin. Des moments comme ceux-là me peinaient, et je me fâchais contre Crispín en le traitant de pou devant mes enfants. Puis Concepción disait, imitant ma tante Guadalupe : « Que tout l'argent que gagne Crispín se transforme en eau et en sel. » Elle ne l'appelait même plus *papa !* Cela m'attristait, car après tout, il était leur père. Si telle était déjà son attitude à son égard, que serait-ce quand elle serait grande ?

Crispín venait de temps à autre me siffler. Parfois il s'excusait de ne pas me donner d'argent, disant qu'il gagnait très peu et qu'il pensait que ma famille lui en voudrait davantage encore s'il ne me donnait que de petites sommes. Il m'a conseillé d'aller accoucher à l'hôpital (bien qu'il ne m'ait pas proposé de payer) et je me suis sentie humiliée parce que je ne pouvais pas me le permettre. Lui appartenait à la Sécurité Sociale, mais il refusait de me fournir les papiers dont j'avais besoin pour entrer à la Maternité. Deux mois avant la naissance de Trini, il a disparu et je ne l'ai revu que lorsque le bébé avait déjà six mois.

Quand ma grossesse a approché de son terme, mon père m'a dit de quitter mon travail et de venir à la Casa Grande. Delila n'y habitait plus car elle était de nouveau enceinte et qu'elle avait honte devant les voisins et mes frères et sœur. Mon père lui avait installé un appartement dans la rue de l'Enfant-Perdu; depuis, elle l'avait complètement gagné à elle et il y vivait aussi. C'était son foyer principal, où il mangeait, couchait et faisait laver son linge. Lupita, Antonia et ses enfants, et Marielena habitaient dans la maison que mon père avait construite à la colonie de l'El Dorado. Elles prenaient soin de ses animaux et il subvenait à leurs besoins; elles n'avaient donc aucune raison de se plaindre.

Mon père ne se mêlait généralement pas de mes affaires, mais il voulait tout de même savoir qui s'occuperait de moi à la naissance du bébé. J'avais l'intention de prendre une sage-femme, mais je lui ai dit qu'un médecin viendrait accoucher le bébé, espérant qu'il ne s'apercevrait pas du mensonge. Je pensais que mon père aurait davantage confiance en un médecin et n'insisterait pas pour rester près de moi veiller à ce que tout se passe bien. Je ne voulais pas l'avoir là, car il devient très nerveux et qu'en outre, j'avais honte en sa présence.

Les douleurs ont commencé pendant que mon père dînait. Je ne lui ai rien dit et je suis restée assise au bord du lit, en espérant qu'il s'en irait sans avoir rien remarqué. Il a fini par partir au moment où mes douleurs se faisaient plus fortes. Ma *comadre* Angélica Rivera, qui habitait de l'autre côté de la cour, est venue, et elle et Roberto se sont occupés de faire le lit, préparer l'alcool, bouillir l'eau et ils se sont apprêtés à passer la nuit avec moi. Violeta s'est réveillée et s'est mise à pleurer. J'avais peur de la prendre dans mes bras; elle courait après moi, accrochée à mes jupes tandis que je marchais de long en large. Vers six heures du matin, Roberto est allé chercher la *señora* qui était ma sage-femme. J'ai passé un plus mauvais moment pour Trini que pour les deux autres, et la sage-femme m'a fait une piqûre parce que j'étais très faible. J'avais le cœur serré en pensant à ma pauvre petite fille, car avant même qu'elle naisse, son père ne la reconnaissait pas. Et c'est pour ça, je crois, que je l'aimais encore plus que les deux premières.

TROISIÈME PARTIE

Manuel

Le voyage jusqu'à la frontière a été dur; mes *compadres* ont acheté des billets de car pour Guadalajara et de là nous avons fait du stop jusqu'à Mexicali, parce que notre argent diminuait. La première chose qu'Alberto a dite quand nous avons pris la route, c'est : « *Ay, compadre*, j'ai déjà faim.

— Moi aussi, *compadre*, mais il faut allonger les centavos, alors attendons un peu, d'accord ? » Nous avons fait des bouts de chemin dans des camions, aidant à charger et décharger la marchandise. Après une sauvage randonnée en voiture, il nous a fallu marcher du côté de Mazatlán. Il n'y avait rien qu'une série de collines abruptes avec des descentes à pic, sans une maison en vue. Le soleil tapait fort; L'asphalte était si chaud qu'il fumait. Nous n'avions pas mangé et nous n'avions rien à boire. Nous étions mal en point, surtout Faustino. Depuis qu'il avait été brûlé au restaurant, Faustino était à demi paralysé et ne pouvait se mouvoir aisément. En outre, ses semelles étaient faites dans des pneus d'automobile et lui brûlaient les pieds. Nous avons tous commencé à voir des taches devant les yeux.

Nous avons fait un bout de chemin assis sur la lame d'un bulldozer, puis, en désespoir de cause, nous avons arrêté un autocar auquel nous avons dû donner presque tout l'argent qui nous restait. Ce jour-là et le suivant, nous n'avons mangé que des pastèques. Le long de la route, nous avons vu des tas de garçons et d'hommes à pied, marchant en direction de la frontière, et dans la cour de la gare à Hermosillo, où nous avons passé la nuit, il y en avait des centaines d'autres, couchés, affamés et couverts de poussière, comme nous.

J'avais si faim que je ne savais plus où était mon estomac : j'ai donc échangé mon blouson contre douze pesos et une vieille veste de coton. Nous avons mangé chacun deux petits pains et une banane, car la nourriture était très chère. Le lendemain matin, nous avons acheté encore un peu de pain, puis nous avons sauté dans un train de marchandises. Malheureusement, le wagon où nous étions montés était chargé de glace. Nous sommes restés là, tremblants comme trois pénitents, debout sur la glace de ce froid cercueil jusqu'à ce que nous puissions changer de wagon, où nous nous sommes allongés et endormis comme dans un Pullman. Nous étions si fatigués que nous avons dormi toute la nuit, ratant notre arrêt à Santa Ana.

Nous avons repris un train pour Santa Ana, mais il allait trop vite pour que Faustino puisse sauter, nous avons donc encore raté l'arrêt et nous avons atterri à la Colline Benjamin. Il était deux ou trois heures du matin quand nous sommes descendus, et quel froid il faisait ! Nous avons demandé au gardien la permission de dormir dans la cour des marchandises. Il a tendu un bras vers un tas de briques et nous a dit que nous pouvions nous coucher derrière. Nous avons étalé des journaux et essayé de dormir, mais nous n'avons réussi qu'à frissonner et trembler. J'ai eu l'idée de nous mettre tous les trois l'un sur l'autre, afin de réchauffer un peu celui du dessous. Nous y sommes passés chacun à notre tour et nous avons échappé au gel, mais nous n'avons pas dormi.

De nouveau sur la route, personne ne voulait nous prendre. Puis un camion chargé de chèvres s'est arrêté. « Montez, les gars, mais mettez-vous chacun dans un coin pour que le plancher ne craque pas. » Le camion était à deux étages; celui du dessus pour les petites chèvres, celui du dessous pour les grosses. Nous sommes donc partis en camion avec ces fichues chèvres.

La chaleur était si torride et la puanteur des chèvres si forte que je ne pouvais plus y tenir. Chaque fois que le camion ralentissait, les chèvres glissaient en arrière et je devais sans cesse les repousser. Je suis alors monté à l'avant parler à mes *compadres* et le poids de nous trois, plus une méchante bosse sur la route, a cassé la lame de traverse sur laquelle reposait le second étage et toutes les petites chèvres se sont déversées sur les grosses.

Le conducteur nous a engueulés et j'ai eu peur qu'il nous éjecte du camion et nous abandonne dans ce désert brûlant où nous ne manquerions certainement pas de mourir. Aussi, sans un mot, nous avons réparé le plancher et tout au long du voyage, nous avons repoussé ces putains de chèvres. Une grosse chèvre est morte et le conducteur a dit : « Jetez-la au diable par-dessus bord. » Nous avons attrapé la chèvre et nous l'avons jetée sur la route.

« *Ay, compadre*, ai-je dit, quel dommage de jeter tant de viande. Pauvre bique ! Cela aurait été délicieux ! »

Plus loin, le conducteur s'est arrêté près d'un trou d'eau. « Allez-y les gars, emmenez boire les chèvres... et gardez-les à l'œil, hein ? Parce qu'elles peuvent s'enfuir. » Nous nous sommes d'abord lavés, puis nous avons amené les chèvres une à une. Elles avaient les flancs creux, elles suaient et haletaient à cause de la chaleur, et sans rien à manger... ces pauvres chèvres étaient aussi mal en point que nous.

Nous avons descendu un gros bouc aux cornes recourbées. Il chancelait et tremblait et il avait l'air saoul, jusqu'à ce qu'il ait bu un peu d'eau. Ensuite il nous a bien regardés, puis il s'est éloigné, avec moi derrière lui. J'ai essayé de le faire revenir, mais il courait plus vite. J'ai plongé pour l'attraper, mais je n'ai réussi qu'à me couvrir de sable. Le fichu bouc nous a tous entraînés à sa poursuite, avec le conducteur nous hurlant de ne pas le laisser s'échapper. Eh bien, nous l'avons perdu et puis il a fait trop noir pour le chercher. Dieu seul savait où ce bouc était parti.

Le type a dit : « Je ne bouge pas d'ici tant que ce bouc n'est pas rattrapé. C'était mon meilleur. Comment pourrais-je le laisser comme ça ? Demain matin, nous le retrouverons. » Il nous a fait pincer les mamelles des chèvres femelles pour qu'elles bêlent. Au loin, on a entendu le bouc répondre. « Attention, les gars, a dit le patron, parce que le salaud va revenir dans la nuit. » Nous sommes restés à veiller.

J'ai dit à Alberto : « Ecoute, *compadre*, cette histoire de chèvres est très excitante, mais va voir si tu peux trouver un peu de café, vieux. » Nous avons réuni trois pesos et nous l'avons envoyé chercher une maison ou une boutique. Nous avons fait du feu et, en effet, Alberto est revenu avec du café et un pot de terre pour le faire bouillir.

Tandis que nous attendions le café, le conducteur nous a tout raconté sur les Etats-Unis... que la récolte de raisins était la meilleure à ramasser... que seule la première moisson de tomates était bonne... que des deux dernières on peut à peine se faire assez pour *el borde*. *El borde*, c'était ce qu'on payait pour les repas. Après avoir pris le café, nous nous sommes tous endormis.

A l'aube, le conducteur nous a réveillés : « Allons chercher le bouc, les gars. » Eh bien, nous avons pourchassé ce damné bouc dans les collines toute la matinée. Le patron était fou furieux et voulait tuer l'animal plutôt que de le laisser là. Mais finalement nous sommes partis. Un peu avant Rio Colorado, où le voyage devait se terminer, j'ai dit à mes amis : « Eh, les gars, si on emportait une chèvre ? » Je n'avais pas plus tôt prononcé ces paroles qu'ils sautaient sur une chèvre; Alberto se chargeant de l'étrangler, tandis que Faustino la frappait sur la tête jusqu'à ce qu'elle meure. Alors, j'ai dit au conducteur qu'une autre chèvre était morte et je lui ai demandé si nous pouvions l'emporter en descendant. Nous sommes descendus à un endroit où nous pouvions rôtir l'animal.

Le soleil était trop fort pour moi et je me suis assis dans un buisson à l'ombre pendant que les gars commençaient à découper la chèvre avec des morceaux de fer-blanc. Ils ont retiré les entrailles et ils ont fait un feu. L'odeur de la chèvre brûlée, le sang et la peau mélangée de sable, mes *compadres* mangeaient la viande presque crue, avec le sang leur coulant le long du menton, tout ça m'a donné la nausée. Après toute cette odeur de chèvres, je ne pouvais rien manger.

Je me sentais faible et la tête me tournait, je ne pouvais pas me lever. Assis à l'ombre, j'ai été envahi par une immense sensation de fatigue, et les voix de mes compagnons me semblaient très lointaines. Mes paupières me paraissaient de plomb et je n'avais qu'une envie, c'était de dormir. J'ai entendu l'un d'eux dire : « Ne le laisse pas dormir. S'il dort, il va mourir. » Ils m'ont fait lever et marcher. Ma tête s'est un peu allégée et nous avons marché jusqu'au village.

J'ai dit : « Ecoute, Alberto, tu es fier et tu ne veux pas demander un service, mais nous mourons de faim. Il ne nous reste qu'un peso; il faut que nous trouvions quelque chose à manger avec ça. » A la première maison, j'ai demandé si nous pouvions travailler pour un repas. La *señora* nous a regardés des pieds à la tête puis elle est rentrée à l'intérieur. J'ai cru que nous n'aurions rien mais elle est sortie avec une casserole de soupe et une pile de *tortillas*. Nous avons mangé à une vitesse incroyable. Nos bras montaient et descendaient comme à un jeu de cartes, engloutissant les *tortillas*. Je me suis mis à transpirer, à transpirer, puis mon vertige a disparu.

Nous sommes arrivés à Mexicali, sur la frontière, le lendemain. Nous n'avions pas un centavo et nous ne connaissions personne; nous avons donc pensé à nous faufiler immédiatement de l'autre côté de la frontière pour y chercher du travail. Nous sommes passés comme le font les contrebandiers et les bandits de la frontière, par une fosse d'égout et sous le grillage. Nous avons pensé que si nous travaillions ne serait-ce que quelques heures, nous gagnerions assez d'argent pour nous nourrir et qu'il nous serait alors égal d'être renvoyés de l'autre côté.

Nous avons marché pendant deux jours, dormant dans des fossés sous un couvert de verdure. Pour toute nourriture nous n'avions que des oranges vertes cueillies aux arbres. Alberto à suggéré que nous sautions dans un train pour pénétrer plus avant dans le pays. Nous avons couru le long d'un train; Alberto et moi nous nous sommes accrochés à une échelle et nous sommes montés. Faustino, le pauvre, essayait de courir mais n'y parvenait pas. Alberto et moi nous sommes regardés et, enfin, nous avons sauté du train tous les deux. Que pouvions-nous faire d'autre ? Nous sommes tous retournés tristement au *dipo*, et nous nous sommes glissés par une fenêtre cassée pour aller dormir.

Dans la nuit, Faustino a disparu. Nous avons cru qu'il était allé à l'Office d'Immigration, pour se faire renvoyer au Mexique. Nous étions tous deux fâchés contre lui et nous regrettions de l'avoir emmené avec nous. Puis il est revenu en disant qu'il était allé prier à l'église. Vous imaginez ! Et nous qui avions passé ce temps à dire du mal de lui ! Je me suis senti ému, comme si j'avais envie de pleurer, vous comprenez ?

Le lendemain même, nous nous sommes fait piquer par une camionnette. Quand l'officier d'Immigration est sorti du fourgon, j'ai été impressionné. Tout de suite, j'ai pensé au cinéma. « Maintenant il va tirer son revolver et nous faire le grand jeu. » Mais il nous a tout simplement fait monter dans la camionnette, puis il est parti cueillir une bande de Mexicains qui avaient voyagé dans un train de marchandises. La prison était bondée et suffocante, et on ne nous a rien donné à manger. Un des policiers a donné un coup de pied au derrière à un Mexicain, un fichu coup et cela m'a rendu furieux. Ensuite, on nous a renvoyés à Mexicali en autocar.

Nous étions fatigués et affamés, mais nous sommes allés demander du travail dans une boulangerie. Il n'y avait pas de travail. Nous étions en si piteux était que le *maestro* a sorti trois pesos. « Prenez ça, les gars. Buvez une tasse de café à ma santé. » Je me suis senti humilié, comme si nous étions des mendiants ou quoi.

« Ecoutez, *maestro*, ai-je dit, nous sommes venus demander du travail, pas la charité. Je vous remercie du fond du cœur, mais nous ne voulons pas d'aumône. » Je crois qu'il a compris et qu'il a vu notre tristesse, car il a dit que nous pourrions travailler le lendemain pour le rembourser.

Enfin, nous sommes allés dans un restaurant et nous avons pris quelques *tacos*. Puis l'un des boulangers est venu proposer à Faustino de faire du pain en croûte. Dès que nous avons été seuls. Alberto m'a dit : « *Compadre*, allons dans un cabaret regarder les putains.

— *Chihuahua*, qu'est-ce que tu me chantes ? On est là, à mourir de faim et toi, tu veux aller voir les putains. Une fois crétin, crétin à jamais.

— Quoi, y a peut-être quelque chose à en tirer. On peut mettre la main sur une petite pute et lui faire cracher ses sous... je deviens dingue à force d'avoir faim. » Nous sommes donc allés au cabaret, mais il fallait donner un tarif minimum et les femmes étaient affreuses. Nous sommes retournés au restaurant et nous avons demandé à la dame si nous pouvions y passer la nuit, parce que nous n'avions pas d'argent.

« Mais c'est horrible, les gars. Pourquoi ne l'avez-vous

pas dit ? » Puis elle est allée dans la cuisine et en est ressortie avec des *tortillas* et des fèves, et elle n'a pas voulu qu'on la paie.

Nous étions épuisés et à demi gelés quand Faustino est revenu à sept heures du matin. Il s'est avéré qu'il avait dormi à la boulangerie car il y faisait chaud et agréable.

Beaucoup de types comme nous habitaient dans un poste de douane abandonné, c'est donc vers cet endroit que nous nous sommes dirigés. Immédiatement, nous avons rencontré Joaquín, un gars de la Casa Grande, et lui et mes *compadres* décidèrent de construire un petit abri dans la cour. Je suis allé dormir dans un coin pendant qu'ils cherchaient des boîtes en carton vides et du bois. Ils ont cloué le carton à une charpente de bois et ils ont bientôt eu une cabane à trois murs, avec un toit et un sol. Le côté sud fut laissé ouvert, pour que nous puissions allonger les jambes en dormant. Nous avons rassemblé des chiffons pour dormir dessus et la couverture de Joaquín a servi à nous couvrir tous les quatre.

Le jour même où ils ont construit la cabane, j'ai trouvé du travail à faire deux équipes à la boulangerie, à vingt pesos l'équipe. Je suis rentré content et j'ai dit : « *Compadres*, ne vous inquiétez plus. J'ai de l'argent maintenant... Je serai le mari et vous pourrez faire la cuisine. » Ils avaient déjà installé un foyer avec des briques et une plaque de métal, et ils avaient trouvé quelques boîtes de conserve en guise de casseroles. Dès lors, nous avons eu à manger.

Notre petite maison est devenue célèbre, à cause de nos habitudes. Nous étions connus comme « les gars de la bicoque ». Le soir, quand tous les *braceros* étaient tristes, je me mettais à danser, à chanter et à blaguer pour leur remonter le moral. J'aurais vraiment dû être acteur, car j'aimais divertir les gens avec des blagues et des histoires. Enfin, quand j'avais réussi à égayer un peu les types, quand ils se mettaient à sauter et s'amuser je m'asseyais et les regardais. Et c'est ainsi que le temps passait. Pendant un mois et demi, nous avons passé les journées à travailler à différents emplois et les soirées à nous amuser. Nous vivions à la grâce de Dieu, comme on dit ici.

Entre-temps, nous essayions d'entrer aux Etats-Unis légalement. Nous allions au Centre tous les jours et finalement, tous nos papiers ont été remplis. L'étape suivante consistait à se présenter à l'Office des Douanes U.S. Nous avons fait la queue devant le bureau et nous avons attendu.

Il y avait des gens de tous les coins de la République, tous sales, en haillons et mourant de faim. La plupart des hommes étaient si affaiblis que le puissant soleil de Mexicali les faisait marcher comme des ivrognes. J'en ai vu un ou deux tomber morts, aussi sec, les pauvres. Vraiment, ils avaient l'air d'âmes en perdition. C'était une triste chose à voir, vraiment triste. Tout le monde souhaitait avec anxiété de pouvoir passer; je comprenais leur désespoir car je ressentais la même chose.

Puis on a commencé à se presser et à se bousculer. J'ai dit à Alberto : « Ne bouge pas de la queue... ne bouge pas. » Faustino et Joaquín n'étaient pas avec nous car ils avaient tiré des numéros plus élevés et devaient attendre leur tour. Dans un sens, j'étais content d'être débarrassé de Faustino. Il fallait tout faire pour lui. Pendant longtemps, il n'a pas travaillé parce qu'il avait les pieds bandés. Nous partagions toujours notre argent avec lui, il nous avait fallu prendre son numéro, nous cotiser pour ses photographies... tout. Il ne faisait pas un geste pour se débrouiller tout seul. Et quand il travaillait, il envoyait l'argent à sa famille. Cela nous agaçait. D'un autre côté, peut-être avait-il raison et est-ce nous qui avions tort d'oublier nos enfants.

La bousculade a augmenté. J'étais entre deux grands types, bien plus grands que moi, et quand je me suis senti étouffé et emmuré, je les ai attrapés tous les deux par le cou et je me suis hissé. Ils m'ont dit de descendre. « Qu'est-ce que vous voulez dire, descendre ? » ai-je dit. « Si je lâche maintenant ils vont me tuer. » Puis Alberto n'a pas fait attention et il s'est fait expulser de la queue. Il y avait tant de monde que je l'ai perdu de vue.

L'Office d'Immigration était situé au sommet d'un escalier. Eh bien, quand les types ont commencé à monter l'escalier je les ai suivis, toujours accroché à mes deux voisins; autrement je n'y serais pas arrivé. Tandis que nous avançions, un pauvre type a hurlé d'une façon horrible et tout le monde s'est retourné pour regarder. Le gars avait été écrasé contre la rampe et s'était brisé les côtes. Et voilà, il était presque de l'autre côté de la frontière et on lui brisait les côtes.

En arrivant au bureau, je me suis énervé. Nous étions tous persuadés que l'officier des douanes savait qui mentait et qui ne mentait pas, et qu'il reconnaissait chaque homme qui passait. J'ai soudain réalisé que mes mains n'étaient pas sales ni calleuses. J'avais oublié de les enduire de terre. J'ai essayé de me rappeler comment on moissonne le blé et quand on le plante, mais je n'arrivais pas à penser. *Caray !* j'ai tremblé pendant tout l'interrogatoire. Quel cauchemar !

Puis : « Merci à Dieu et à la Sainte Mère ! me suis-je dit, je crois qu'ils vont me laisser entrer. » Je suis passé derrière un fil de fer, dans le Centre, où on nous a examinés. On m'y a fait la première radiographie de ma vie. Finalement, je me suis retrouvé assis sur une couchette, attendant d'être appelé pour un emploi.

Penser que j'étais aux Etats-Unis ! C'était vraiment une sensation... l'émotion devant l'inconnu... Trop excitant pour moi. J'ai pensé : « Dieu merci, ils m'ont laissé passer. Au moins je n'aurai pas besoin de rentrer avec un échec sur le dos pour que tous mes amis se moquent de moi. »

Je n'avais aucune idée de ce qui était arrivé à Alberto. Quel con ! Je détestais continuer seul. Je me suis dit que je ne prendrais pas de travail avant qu'il m'ait rejoint. J'étais autorisé à rester trois jours, alors j'ai attendu. Les types étaient sympathiques et se donnaient mutuellement des conseils, et le temps passait.

Le lendemain matin, nous avons entendu une cloche et une queue s'est formée. Je ne savais pas pour qui c'était, mais je me suis mis aussi dans la queue. Je veux dire, quand une queue se forme, j'y entre. Après le petit déjeuner, on a commencé à appeler les gens pour leur donner du travail. Je n'ai pas cessé de chercher Alberto, espérant qu'il viendrait bientôt. En effet, il était dans la première voiture qui est arrivée. *Uy,* ma joie a reparu. « Viens, *compadre,* ils prennent des hommes. »

Nous avons été choisis, avec soixante autres, pour être envoyés dans une ferme de Catlin, en Californie. Nous nous sommes alignés et mis en marche très fiers, comme des soldats. On nous a relevé les empreintes digitales et les signes particuliers et on nous a donné nos passeports. Un autocar Greyhound nous attendait et nous sommes partis.

Nous avons roulé toute la journée et toute la nuit et je me suis dit : « *Uy*, comme c'est joli les Etats-Unis ! » Quand nous sommes descendus pour aller au restaurant, tous les Nord-Américains, hommes et femmes, nous regardaient, d'une manière spéciale qui m'a inhibé. Nous étions assez sales, mais vraiment ce n'était pas notre faute. Nous ne savions pas un mot d'anglais, alors nous sommes tous allés directement aux lavabos et nous sommes remontés dans le car.

Il faisait nuit quand nous sommes arrivés au camp. Le directeur, Mr. Greenhouse, nous attendait. Il ne parlait pas beaucoup d'espagnol, mais il a pu dire : « Bienvenue, les gars. C'est ici que vous allez vivre. Et essayez de bien vous comporter. »

On nous a conduits dans une maison en bois avec des couchettes le long des murs. J'ai pris une couchette inférieure et Alberto celle du haut, sous le toit. La pièce était petite, trois mètres sur cinq, et nous étions seize. Elle était très sale et il y faisait très chaud; la nuit nous ne pouvions pas dormir à cause des moustiques et des mouches.

Je dois avouer que j'ai été déçu quand j'ai vu l'endroit. Je m'attendais à des pièces, pas bien meublées ni rien de ce genre, mais quelque chose comme un hôtel... au moins en brique... une maison avec des lits. Et tant de caractères différents ne devraient pas être jetés ensemble dans une même pièce. On ne devrait pas faire des choses pareilles.

Nous avons commencé par nettoyer la pièce et nous avons appelé les autres gars pour nous aider. Nous l'avons lavée avec des tuyaux d'arrosage et nous avons coupé l'herbe autour de la maison. Nous avons fait de notre mieux et finalement la pièce était quand même bien plus propre que nous l'avions trouvée.

Dès le premier jour, la tristesse s'est emparée de moi. Jusque-là, je n'avais pas eu le temps de penser à mes chagrins, à ce qui m'avait fait partir de chez moi. Mais à présent, cela me revenait sans cesse. Je ne pouvais croire que Graciela, qui m'avait tant aimé, ait pu me faire souffrir si cruellement. Je me sentais amer et blessé. J'ai pensé à mes enfants et j'ai écrit une lettre à mon père. Je lui ai dit qu'on nous payait quatre-vingt-dix cents de l'heure et que je travaillais huit à dix heures par jour du lundi au samedi. J'ai également envoyé une lettre à la famille d'Alberto.

Dès le premier jour, le prêtre a été gentil. Il venait au camp rien que pour nous parler. « J'espère que vous viendrez à l'église demain. Je vais donner une messe spéciale en votre honneur. » *Hombre !* Après avoir entendu une chose comme ça, on se sent plus humain. Du moins c'était mon sentiment. Mais le dimanche, certains des gars ont dit : « Je n'y vais pas. » D'autres préféraient aller jouer aux cartes. J'ai commencé à leur dire quelques vérités. « Ne soyez pas si ingrats. Le *padre* vient avec tout son cœur et sa bonne volonté vous inviter à une messe spéciale et vous le laissez tomber. Des gens bien n'agissent pas comme ça. Si on vous invitait à vous saouler, vous partiriez au triple galop. Sapristi, qu'est-ce que ça peut vous faire de sacrifier une heure de votre vie ? Même si ce que vous dites des prêtres est vrai, qu'ils sont comme tout le monde ou même pires, ça n'a rien à voir. Disons que vous n'allez pas voir le *padre,* mais prier Dieu. »

Eh bien, un seul de ma baraque est resté, et il l'a fait parce qu'il était évangéliste. Je lui ai dit : « Ecoute, tu te trompes. Pour moi, toutes les religions sont les mêmes, tant qu'on respecte et vénère le Seigneur et qu'on a beaucoup de foi dans le cœur. Je respecte la croyance de chacun, bien que je sois catholique. »

En fait, à cette époque, j'avais déjà lu la Bible et je commençais à perdre ma foi dans les saints et dans le catholicisme. A Mexicali, un *bracero* qui était évangéliste m'avait donné un exemplaire du Nouveau Testament. Avant de partir pour les Etats-Unis, il m'avait dit : « Manuel, je sais que ta religion t'interdit de lire ça, mais au cas où tu en aurais besoin un jour, je te laisse ma bible. »

J'avais toujours éprouvé une immense curiosité à l'égard de la Bible, mais j'avais eu peur de la lire par crainte d'être excommunié. A l'âge de quatorze ans j'avais lu l'Ancien Testament, à cause de ma passion pour l'Histoire. Je ne sais plus comment j'avais mis la main dessus, car mon père n'avait jamais permis qu'il entre dans la maison. Un de mes amis m'avait dit qu'on pouvait à la rigueur lire l'Ancien

Testament, mais que je ne devais à aucun prix lire le Nouveau.

Un après-midi, à Mexicali, je n'avais rien à lire, alors j'ai commencé à feuilleter la Bible. Les termes et les paraboles étaient difficiles pour mon intellect, mais j'ai essayé d'aller jusqu'aux racines, de les traduire, vous comprenez ? Et dans la Bible, il n'y a pas de demi-mesures; une chose est entièrement bonne ou entièrement mauvaise. C'était vraiment un gros morceau.

A mesure que je lisais, j'étais envahi par la crainte, non pas parce que c'était différent de ce qu'on m'avait appris, mais parce que je réalisais qu'en lisant les Ecritures et les Commandements et en apprenant les Lois moi-même, je serais comme un juriste diplômé, comme un avocat qui connaît le châtiment pour chaque délit. Je n'aurais pas besoin de placer ma foi en des avocats et des secrétaires alors que je serais capable de parler directement au président ! Les intermédiaires, les saints n'étaient que des idoles de pierre et de plâtre, faites de main d'homme, alors pourquoi devrais-je les prier ? Je me suis rendu compte qu'à cause des saints, nous avions autant de dieux que les Aztèques; la seule différence étant que nous avions modernisé les images ! Pour moi, il n'y avait qu'un seul Dieu et Dieu était Amour.

Enfin, j'ai commencé à analyser les choses, vous comprenez. Jésus a dit : « Comme ce figuier, vous les connaîtrez par leurs fruits. » Dans les pénitenciers mexicains, sur cent détenus, quatre-vingt-dix sont catholiques ! Et si mes amis qui étaient voleurs pouvaient allumer un cierge à un petit saint avant d'aller voler, si les prostituées avaient un saint dans leur chambre, brûlaient des cierges et priaient pour avoir plus de clients, s'il y avait de telles perversions dans le catholicisme, eh bien, cela pouvait-il être la vraie religion ?

Et les prêtres ! Je ne me faisais plus d'illusions sur eux non plus, car ils n'obéissaient pas à la loi de Dieu. Je connaissais un prêtre qui buvait et qui jouait au poker à l'intérieur même de l'église. Et comme par hasard, les prêtres avaient toujours l'air d'avoir une sœur ou quelques neveux vivant dans leur maison. Après avoir lu la vie humble du Christ, je me suis demandé : « Est-ce que le pape couche par terre ? Mène-t-il la vie du Nazaréen, demandant l'aumône, souffrant de la faim, de la pluie, du froid pour aller prêcher l'amour d'autrui ? »

Non, le pape vivait dans l'opulence et était formidablement riche, parce que les églises du monde entier lui envoyaient l'argent qu'elles collectaient. Quoi, rien que l'argent collecté un dimanche à la Basilique de Guadalupe ici, nous nourrirait moi et ma famille toute notre vie ! Alors, de quelle pauvreté vit le pape ? Et où est sa charité s'il y a tant de misère à Rome même ?

A Mexicali, deux missionnaires étaient venus de Californie monter une mission parmi les *braceros*. Ils ont invité ceux d'entre nous qui avaient faim à manger... ce n'était pas seulement de la nourriture qu'ils nous ont donné... ce que j'ai remarqué, c'est l'amour qu'ils avaient, la compassion, la sincérité. Etant de Tepito, je sais reconnaître un menteur ou un hypocrite. Je jure que ces hommes sont venus par générosité et qu'ils donnaient spontanément et comme si cela ne leur coûtait aucun effort.

Puis, je me suis mis à penser aux Evangélistes, aux Adventistes, aux Anglicans que je connaissais. Eh bien, je n'en avais jamais vu couchés ivres dans la rue; ils ne portaient jamais de couteaux, ils ne fumaient pas, ils ne se droguaient pas, ils ne juraient pas. Chez eux, ils avaient tout ce dont ils avaient besoin : leurs enfants étaient bien habillés et bien nourris, et ils traitaient leurs femmes comme des êtres humains doivent être traités. Ils menaient des vies saines, tranquilles. Mais dans le catholicisme, les gens vivaient, enfin, comme ils vivaient.

Je n'ai pas perdu ma foi... Je suis resté catholique, parce que je ne me sentais pas assez fort pour obéir aux Commandements et suivre les règles strictes des Evangélistes. Je ne pourrais plus fumer, ni jouer aux cartes, ni forniquer, enfin bref, j'étais absolument incapable de vivre selon les lois du Seigneur. *Carajo !* on dirait que les choses les plus agréables dans la vie nous les devons au diable ! Je sentais que je n'étais pas né pour être martyr. J'avais encore bien du chemin à faire pour maîtriser mon esprit.

Enfin, le lundi est venu. Très tôt le matin, nous avons entendu arriver les camions, puis l'appel pour le petit déjeuner. La nourriture qu'ils nous ont donnée les deux premiers jours était meilleure que ce qu'ils nous ont donné par la suite. Le matin, c'était du pain, des flocons d'avoine, des œufs et du café avec du lait en boîte. Pour le déjeuner, nous emportions trois sandwiches et des fèves. Dans la soirée, en rentrant, c'était des *tortillas,* du foie et des pommes de terre, à la mexicaine, et de la soupe. C'était bon... au début.

Après le petit déjeuner, en me dirigeant vers le camion, je suis passé devant la cuisine et j'ai vu une grande pile d'assiettes sales. Tony, le plongeur, était furieux et pestait. Je lui ai dit : « C'est beaucoup de travail, n'est-ce pas, *maestro ?* J'ai travaillé moi aussi comme plongeur, alors je sais ce que c'est. C'est vraiment une montagne de vaisselle que vous avez là. » Puis je suis monté dans le camion avec Alberto et nous sommes partis travailler.

En route, un type de Michoacán a dit : « Ne travaillez pas trop vite. Prenez votre temps. Sinon, ils s'habitueront à ce que nous abattions beaucoup de boulot, et le jour où nous n'aurons pas envie de travailler et que nous voudrons ralentir, ils nous mettront à la porte. » En arrivant là-bas, nous avons pris des boîtes en fer et nous avons commencé à cueillir des tomates vertes.

J'ai commencé vraiment avec entrain. Tendre la main, se pencher, j'y vais, poum, poum, à ramasser les tomates. Tout le monde y allait à bonne allure. Au bout d'un moment, je me suis arrêté pour prendre un peu de repos, puis j'ai continué assis, essayant de ne pas rester à lambiner parce qu'on nous surveillait. Les deux types à côté de moi, quels crétins, ces deux-là. Ils avaient l'air de moulins à vent, tellement ils ramassaient vite.

Eh bien, il faut s'habituer aux champs. *Qué barbaro !* Oh, c'était dur, dur, dur. Quand la boîte était pleine, on la posait sur l'épaule et, sautant par-dessus les sillons, on allait la vider dans les cageots. *Madre Santísima !* Comme j'avais mal au dos ! Enfin, de toute façon, je savais que le soir, au moins, je pourrais me reposer.

Ce soir-là, après le dîner, le contremaître de la cuisine m'a appelé : « Hé, mon gars, tu aimerais travailler au restaurant ? Tu sais laver la vaisselle ?

— *Hombre,* bien sûr. Tout le monde sait laver la vaisselle. » Ainsi on m'a mis à travailler à la cuisine. Mon rôle consistait à servir le petit déjeuner et à préparer les boîtes du déjeuner. Le travail pour lequel on me payait neuf heures n'en demandait pas plus de trois. Rendez-vous compte, simplement parce que j'avais lancé une phrase à Tony ce matin-là ! Alberto m'a dit : « Quelle chance ! Qui sait quel saint te protège ! Et moi, il faut que j'aille me crever le cul aux champs. Pourquoi n'essaies-tu pas de me faire entrer à la cuisine avec toi ? »

Par la suite, je me suis arrangé pour travailler à d'autres choses entre les repas. Un Philippin venait de temps en temps proposer un dollar de l'heure pour travailler dans ses champs. Nous n'étions pas censés faire ça, mais nous n'étions pas venus là pour passer notre temps à dormir. Nous acceptions des travaux supplémentaires à chaque fois que l'occasion s'en présentait.

Quand nous avons reçu notre premier chèque, Alberto m'a dit : « Allons au dancing. — Pas question, ai-je dit, je n'irai pas, mon vieux. Ça va être une histoire à dépenser de l'argent. Et puis ce sera : « Prenons une bière. » Et sans avoir eu le temps de s'en apercevoir, on se retrouvera sans le sou. Non, je n'irai pas. » Bref, nous y sommes allés — dans la voiture de Tony. Tony était un Mexicain né aux Etats-Unis — un *pocho*, ni vraiment mexicain, ni vraiment américain. Les filles au dancing étaient, elles aussi, mi-américaines, mi-mexicaines. Elles étaient élégamment habillées et nous avons cru qu'elles ne voudraient pas danser avec nous.

Mais Tony m'a présenté à Inez, une amie de sa petite amie, et j'ai dansé avec elle toute la soirée. Elle était jolie et parlait l'espagnol. Ça m'a paru bizarre qu'elle me parle tout de suite et qu'elle me laisse danser avec elle. Avant la fin de la soirée, elle m'a dit : « Pourquoi ne viendriez-vous pas chez moi demain pour bavarder ? J'aimerais bien entendre parler du Mexique. Venez à sept heures. »

Cette nuit j'ai rêvé de petits éléphants roses. Je me sentais réellement heureux de nouveau. Le lendemain matin, j'ai travaillé avec beaucoup d'entrain et j'ai servi tout le camp. L'après-midi, le Philippin est venu et il m'a ennemé cueillir des grenades. J'ai travaillé cinq heures et gagné six dollars vingt-cinq. Puis dans la soirée, je suis allé voir Inez,

J'étais un peu gêné d'entrer chez elle. Elle vivait seule

avec ses deux enfants, qui dormaient dans l'une des chambres à coucher. Elle avait été mariée, mais je ne savais pas ce qui était arrivé à son mari. Enfin, je suis entré et nous avons bavardé et pris le café. Ensuite, elle a mis de la musique et nous avons dansé. Elle ne me quittait pas des yeux et nous nous sommes embrassés. Puis, eh bien, cette nuit nous avons fait l'amour, comme ça, au pied levé. Je me suis dit : « Maintenant, ça ressemble à quelque chose. » Je m'étais trouvé une maîtresse.

Le lendemain soir, j'étais profondément endormi dans ma couchette, quand j'ai entendu des coups à la fenêtre. C'était Inez. Elle était venue me chercher au camp. « J'avais envie que tu me chantes une chanson », dit-elle. Alors je suis monté dans sa voiture et nous sommes partis. J'avais appris à conduire dans la voiture de Tony et ce fut en effet très agréable de la promener toute la nuit, en chantant et en l'embrassant.

Elle créa beaucoup plus d'émotion un jour en me reconduisant en plein jusqu'au milieu du camp, juste au moment où tout le monde sortait de la salle à manger. Les hommes l'ont regardée partir, puis les commentaires ont fusé : « Ça alors ! Regardez-moi ce type ! Il a fini par s'en trouver une avec des chaussures. » Ils n'ont pas cessé de me charrier.

Inez était jolie, mais je ne suis pas tombé amoureux d'elle. Après ce qui s'était passé avec Graciela, je ne voulais plus que l'amour se mêle de ma vie. Pour moi, amour signifiait souffrance. L'amour était ce qui m'avait tué; j'en portais encore les cicatrices. Quand je sentais que j'allais en pincer pour une fille, je me rappelais immédiatement toutes les erreurs et les blessures de mon aventure avec Graciela. Mais je ne regrettais rien, car cela avait été mon seul amour véritable, l'unique passion que j'aie jamais éprouvée. Graciela m'avait permis de vivre une grande émotion à un tout jeune âge, et je lui en suis reconnaissant pour la vie ! Mais combien cela m'a coûté !

Aux Etats-Unis, j'ai remarqué que le mariage était une chose différente. J'aimais bien l'indépendance et la foi aveugle que le mari et la femme avaient l'un pour l'autre. Je crois que cela existe parce que c'est basé sur des principes moraux solides. Plus ils se traitent avec tendresse, mieux ils se conduisent. Là-bas, ils n'aiment pas les mensonges. Quand ils disent « non », c'est « non ». Même si l'on se met à genoux et que l'on implore, c'est toujours « non ».

Au Mexique, ce n'est pas comme ça. Je peux dire sans hésiter que la fidélité du mari vis-à-vis de l'épouse n'existe pas ici. C'est exactement néant. Cent pour cent de mes amis sont infidèles à leur femme. Ils sont toujours en quête d'émotions nouvelles, ils ne se satisfont pas d'une seule femme, vous voyez ce que je veux dire ? Les femmes sont plus fidèles... Je dirais que sur cent, environ vingt-cinq sont absolument fidèles. Le reste, hou ! elles courent la prétentaine.

Plusieurs types du camp sont tombés malades à cause de la nourriture. Ils se sont plaints à Greenhouse et il a répondu que quiconque ne se plaisait pas pouvait faire ses bagages et considérer son contrat comme résilié. Ils ont tous eu peur et n'ont plus rien dit. Puis, deux cents *braceros* d'une ville voisine ont eu un empoisonnement alimentaire, et tout le monde a recommencé à protester. Greenhouse a décidé de renvoyer des gens, un par un.

Il n'y avait plus beaucoup d'hommes, alors on m'a envoyé cueillir. C'était la troisième récolte de tomates et nous ne gagnions plus beaucoup d'argent, car c'était du travail à la pièce. Je n'aimais pas le travail et ça ne payait pas. Mon *compadre* Alberto était à l'hôpital pour une opération urgente de la vésicule biliaire. Je voulais être près de lui au moment de l'opération, coûte que coûte. Je me suis dit : « Ils pourraient le tuer et je n'en saurais même rien. »

J'ai senti un point de côté et ça faisait vraiment un peu mal, alors j'ai fait semblant d'avoir l'appendicite. Je suis allé voir le directeur et il m'a emmené à l'hôpital. Je ne voulais y rester que deux jours, juste le temps qu'Alberto soit opéré. Ils m'ont mis un sac de glace sur le ventre et quand j'ai dit que je me sentais mieux, ils ont téléphoné au directeur pour qu'il vienne me ramener au camp.

Mais je voulais retourner à l'hôpital, alors j'ai fait de nouveau semblant d'être malade. « *Ay, ay*, mon appendice. » On m'a transporté à l'hôpital et cette fois on m'a mis au lit, à côté d'un Américain. J'ai cru qu'on allait me remettre un sac de glace et me renvoyer chez moi le lendemain. Je suis resté couché très calmement, essayant de bavarder avec l'Américain à l'aide de mon dictionnaire. Il était très gentil et m'a invité à lui rendre visite quand nous serions sortis tous les deux. Il était le premier et unique Américain à faire une chose pareille et je regrette de n'avoir pu y aller.

Puis je les ai vus entrer avec une table roulante. Ils m'ont fait monter dessus et ils m'ont roulé dans le couloir; je sifflais et les infirmières disaient : « Comme il est courageux, comme il est courageux ! » Elles parlaient en anglais et je n'avais aucune idée de ce qu'elles essayaient de m'expliquer ni où elles m'emmenaient. Eh bien, elles m'ont collé dans la sale d'opération. « Montez sur la table. » Je me suis dit qu'ils allaient propablement me faire une radiographie. Ça n'allait pas être simplement un sac de glace cette fois.

Le médecin est entré, portant un masque, puis l'anesthésiste et deux infirmières. Mais moi, je n'étais pas nerveux. Je croyais qu'ils allaient m'examiner. Ils m'ont attaché les mains. Ce n'est qu'alors que j'ai commencé à m'agiter. Je me suis dit : « Eh bien, eh bien, qu'est-ce qui se passe ? Que vont-ils me faire ? » Ils m'ont attaché les pieds et couvert les yeux avec des morceaux de coton. Je me suis mis à hurler : « Non, non, je ne veux pas être opéré. Je n'ai plus mal. Non ! »

Mais personne ne comprenait l'espagnol et je ne savais pas l'anglais. Ils m'ont posé un masque sur la figure et ils ont commencé à verser l'éther. Je ne cessais de crier : « Je vous en prie, je vous en prie. Je n'ai rien. Je ne veux pas être opéré. » Je me suis senti étouffer. « Je meurs... mon cœur, mon cœur... » Puis j'ai pensé : « Ils vont sûrement me tuer. » Mon cœur sautait, palpitait.

Je ne crois pas qu'il y ait de plus grande horreur que d'être obligé de rester immobile quand on ne peut pas respirer. J'ai désespérément essayé de me libérer, mais je n'ai pas pu. Depuis qu'on m'a fait ça, j'ai peur d'être enterré, d'être immobilisé, incapable de bouger. Maintenant, je sais que l'enfer, c'est la tombe, et j'ai si peur de l'enterrement et de l'Infini que j'ai envie de pleurer quand je pense que ça va se passer comme ça.

J'étais sûr qu'ils essayaient de me tuer, là-bas, à l'hôpital. Mais pourquoi ? « Pour de l'argent ? » me suis-je dit. « Mais qu'est-ce que l'argent pour ces gens-là ? Avec un hôpital aussi luxueux, qu'est-ce que mille dollars pour eux ? » Puis : « Tu vois, pourquoi t'es-tu mis dans leurs mains ? Pourquoi leur as-tu fait confiance ? Pourquoi es-tu venu ici ? » J'ai essayé de ne pas respirer pour ne pas m'endormir.

J'ai entendu un bourdonnement et je me suis senti tomber, tomber, à une vitesse vertigineuse. J'ai vu une lumière, comme un phare s'éloignant à une vitesse supersonique. Puis, au milieu de ce puits, de cet abîme dans lequel je tombais, j'ai vu ma femme debout... ma femme morte, me regardant tout droit dans les yeux avec une expression de colère. J'ai appelé : « Paula, attends-moi. Attends. » Elle s'est retournée et elle est descendue dans l'abîme. Je voulais tomber mais je flottais dans l'air, les mains et les pieds dehors. Ma fille Mariquita parut... Elle disait : « Papa. »

« Es-tu morte, toi aussi, ma fille ? » Ai-je demandé. Au milieu de tout ça, j'ai entendu l'anesthésiste dire : « Maintenant, docteur ? » J'ai dit : « Pas encore ! Je ne suis pas encore endormi. Ne mettez pas encore le couteau. Je vous en prie ! » Puis je n'ai plus rien su.

Peu à peu, je suis revenu à moi. J'ai essayé de me lever et j'ai entendu Alberto dire : « Reste tranquille, *compadre* ! Tu vas te faire mal.

— C'est toi, Alberto ? C'est toi ? Ecoute, ne les laisse pas t'opérer. Fuis, *compadre* ! Laisse-moi ici et va-t'en, parce qu'ils te tueront. » Quelque chose me brûlait et j'ai voulu baisser mon pantalon. C'était mon bandage et alors, j'ai compris qu'on m'avait opéré. L'infirmière m'a fait une piqûre et je me suis endormi.

Le lendemain, j'ai répété toute la journée : « Je veux mon *compadre*. Emmenez-moi voir Alberto. » Il avait été opéré et disait la même chose dans sa chambre : « Je veux mon *compadre* Manuel. » J'ai trouvé le numéro de sa salle et je suis sorti du lit. En m'appuyant contre le mur, petit à petit, je suis allé jusqu'à sa chambre.

Il était en piteux état. Ils lui avaient ouvert l'estomac et lui avaient mis un tube pour le drainer. J'ai vu le trou et j'ai dit : « Pourquoi le laissent-ils ouvert ? Il pourrait entrer quelque chose dedans et tu mourrais. » *Madre Santísima* ! Je croyais vraiment qu'il allait mourir dans mes bras. Qu'est-ce que je dirais à sa tante... à ses enfants ? Mais Alberto n'était pas inquiet.

« Retourne dans ta chambre. Il ne va rien m'arriver. » A ce moment, les infirmières sont entrées avec un chariot et m'ont engueulé pour être sorti du lit.

En fait, tout le monde était gentil avec nous. Les infirmières m'apprenaient des mots anglais et corrigeaient ma prononciation. Je gambadais, entrant et sortant du lit, comme si rien ne s'était passé. Mais quand le docteur est venu et m'a enlevé le bandage pour retirer les agrafes, j'ai jeté un coup d'œil à la coupure qu'ils avaient faite et je n'ai plus eu envie de bouger. Je ne pouvais même plus marcher après ça.

J'ai passé dix-sept jours dans cet hôpital. La compagnie d'assurances s'est chargée de tout... une très jolie chambre, des lits luxueux avec des postes de radio dans le montant... le téléphone... tout ce qui était hors de portée au Mexique. Cela ne nous a pas coûté un sou.

Je me sentais vraiment quelqu'un en Californie ! Et tout le monde me traitait bien, à la fois à l'hôpital et au travail. J'aimais la vie là-bas, bien que je trouvais sa forme trop abstraite, trop mécanique en ce sens que les gens étaient comme des machines de précision. Ils ont un jour, une heure, un programme fixe pour chaque chose. Ce doit être une bonne méthode parce qu'ils ont beaucoup de confort. Mais le gouvernement leur prélève des impôts sur la nourriture, sur les chaussures, sur tout. Si notre gouvernement essayait cette histoire d'impôts ici, je crois que ça pourrait même provoquer une révolution. Les gens n'aiment pas qu'on leur enlève ce qui est à eux.

Les *braceros* que je connaissais étaient tous d'accord sur une chose; que les Etats-Unis étaient une *toda madre*. Ça veut dire que c'est ce qu'il y a de mieux. De temps à autre, quelqu'un se plaignait... comme Alberto qui disait que les Texans étaient des salauds parce qu'ils traitaient les Mexicains comme des chiens. Et nous regardions d'un mauvais œil la discrimination contre les Noirs. Nous avons toujours cru que la justice américaine était à la fois très sévère et très honnête... nous ne pensions pas que l'argent ou l'influence comptaient autant qu'ici. Mais quand nous avons vu qu'ils passaient un Noir à la chaise électrique pour un viol, et qu'ils laissaient courir les Blancs pour la même chose, eh bien, nous avons commencé à réaliser que la justice américaine était elle aussi élastique.

Mais nous avons tous remarqué que même les ouvriers qui n'étaient pas très riches avaient leur voiture et leur réfrigérateur. En ce qui concerne l'égalité et le niveau de vie, eh bien, ils me lyncheraient pour dire ça, mais je crois que les Etats-Unis sont pratiquement communistes... c'est-à-dire à l'intérieur du capitalisme. Ça l'était du moins en Californie, parce que j'ai même entendu un ouvrier crier contre son patron et le patron se taire. Les ouvriers là-bas sont protégés de multiple façon. Ici, au Mexique, les patrons sont des tyrans.

En pensant au mode de vie mexicain, je suis très déçu. C'est simplement parce que, quand je vivais aux Etats-Unis, je voyais bien que les gens étaient contents quand un ami réussissait, vous voyez ce que je veux dire ? « Félicitations, vieux, c'est formidable que les choses aillent bien pour toi. » Tout le monde le félicitait s'il achetait une nouvelle voiture ou une maison ou quelque chose. Mais au Mexique, quand un de mes amis, après beaucoup de sacrifices, de travail et de privations, a fini par réussir à s'acheter un camion de livraison neuf, qu'est-il arrivé ? Il l'a garé devant chez lui et quand il est sorti, toute la peinture avait été grattée. Si ce n'est pas pure envie, qu'est-ce que c'est ?

Au lieu de remonter le moral des gens, ici notre devise est : « Si je suis un verre de terre, je vais faire croire à mon voisin qu'il est un pou. » Oui, ici il faut toujours se sentir au-dessus. J'ai moi-même éprouvé ce sentiment, c'est pourquoi je peux en parler. Je crois que je suis bien un Mexicain pour ça. Même si vous êtes tout en bas de l'échelle, vous voulez vous sentir plus haut. J'ai vu ça chez les boueux; il existe une hiérarchie, même parmi les voleurs. Ils commencent à se disputer : « Espèce de ceci, tout ce que tu sais voler, c'est des chaussures. Mais moi, quand je vole, je vole de la bonne camelote. » Alors l'autre dit : « Toi, tout ce que tu sais boire, c'est de la térébenthine. Au moins, moi j'avale mes 95° d'alcool pur, ce que tu serais incapable de faire. » C'est comme ça que sont les choses ici.

Ce n'est pas que nous haïssions les gens qui ont eu meilleure fortune. Je ne ressens pas de haine vis-à-vis d'un homme riche pendant plus de temps qu'il n'en faut pour tirer trois bouffées d'une cigarette. Ce serait mauvais pour moi de trop y penser, car je me sentirais encore moins que je ne suis. Et j'aimerais au moins être ce que je suis. C'est pourquoi je ne veux pas analyser les choses de trop près. C'est peut-être une attitude de fuite pour ne pas regarder la réalité de ma condition. De toute façon quand quelqu'un de ma classe déteste une autre personne, c'est presque toujours pour des raisons de sentiment. Je ne peux même pas me rappeler un seul cas où ce soit pour des raisons économiques. Quand on se met à haïr le monde, c'est presque toujours parce qu'une femme vous a fait quelque chose, ou parce qu'un ami vous a trahi. Les femmes sont celles qui en ont le plus après les riches, peut-être parce que les femmes sentent davantage les privations que les hommes, vous ne croyez pas ?

Ce qu'il y a, c'est qu'il n'y a pas d'égalité ici. Tout est disproportionné. Les riches sont très riches et les pauvres sont honteusement pauvres. Il y a des femmes avec des bébés dans les bras et quelques autres accrochés à leurs jupes, qui vont de porte en porte mendier pour manger. Il y en a beaucoup comme mon oncle Ignacio qui donnent à leur femme trois pesos par jour pour la nourriture, et d'autres qui ne savent pas d'où viendra le prochain repas, sans personne pour leur accorder une pensée. Si les riches savaient comment les pauvres se débrouillent pour subsister, cela leur paraîtrait un miracle.

Regardez, quand un homme riche fait une orgie, une de ces *fiestas* ou réceptions que donnent les milliardaires à Lomas, en une nuit ils dépensent des sommes qui suffiraient à nourrir un asile d'orphelins pendant un mois. S'ils descendaient de leur piédestal pour partager la vie de leurs compatriotes et voir leur misère, je crois que, de leur propre poche, ils installeraient l'électricité, les égouts, et qu'ils feraient quelque chose pour les aider. Si j'étais riche, je soulagerais la douleur des pauvres, au moins de ceux qui me sont le plus proches, et je leur fournirais un peu du nécessaire. Mais qui sait ? Peut-être que si j'étais un type riche voyageant dans mon bateau ou en avion, je ne m'en souviendrais plus, n'est-ce pas ? Les pauvres s'accrochent aux pauvres... ils connaissent leur place... et les riches, eh bien, ils vont au Hilton. Le jour où j'oserai mettre les pieds à l'hôtel Hilton, je saurai qu'il y a une nouvelle révolution !

Je ne m'y connais pas en politique... la première fois que

j'ai voté, c'était aux dernières élections... mais je ne crois pas qu'il y ait beaucoup d'espoir ici. Nous ne pouvons pas avoir de politique sociale pour les ouvriers, car elle ne servirait qu'à enrichir les dirigeants. Les hommes du gouvernement finissent toujours par s'enrichir et les pauvres restent toujours aussi pauvres. Je n'ai jamais appartenu à un syndicat, mais mes amis qui y sont disent qu'ils peuvent être congédiés à n'importe quel moment sans indemnisation, parce que les dirigeants syndicalistes et les patrons passent des accords entre eux. Oui, nous avons bien du chemin à faire ici. Je vous dis, le progrès est une chose difficile.

Alberto est sorti de l'hôpital le premier. Aussitôt qu'il est rentré au camp, Greenhouse l'a emmené à l'arrêt du car pour le renvoyer chez lui. Alberto a réussi à le semer et il est allé vivre chez sa maîtresse, Shirley. En sortant, j'ai eu un peu de mal à échapper au directeur du camp, mais je me suis caché dans un fossé jusqu'à ce que j'arrête une voiture qui m'a déposé chez Shirley.

Greenhouse nous a signalés à l'Immigration et nous avons dû nous planquer pendant quelques jours. Shirley m'a fait un lit par terre et Alberto dormait avec elle. Par la suite, nous avons travaillé dans un champ de raisins, et vingt jours après mon opération, j'ai pris un emploi de manœuvre qui consistait à charger d'énormes cageots. Le travail était dur et je suis tombé malade. J'ai écrit à mon père de m'envoyer de l'argent pour que je puisse rentrer. Mais il a répondu qu'à mesure que mon argent était arrivé, il l'avait investi dans la construction d'une maison dans la colonie de l'El Dorado. Il n'avait pas un centavo à m'envoyer.

J'ai donc été obligé de continuer à travailler pour économiser l'argent du retour. Je cueillais le coton, mais j'ai vu que c'était un travail qui n'allait pas me mener très loin. En outre, mes mains avaient enflé à cause du coton et étaient vraiment en mauvais état. Finalement, j'ai dit à Alberto : « Ecoute, nous sommes restés ensemble jusqu'à maintenant, mais je vois que tu es amoureux de cette femme, alors, si tu veux rester, dis-le-moi. Moi, je m'en vais. »

Alors il m'a dit : « Non, *compadre*, je ne peux pas partir maintenant, parce que mes vêtements sont à la teinturerie. »

Le lendemain, j'ai pris un car pour Mexicali. J'avais été parti neuf mois, et j'étais vraiment anxieux de revoir mes enfants, mon père et mes amis. A Mexicali, je n'ai pas pu trouver de train, ni de car pour sortir de la ville. Elle était si bondée qu'il n'y avait même plus une chambre d'hôtel nulle part. C'était dangereux pour moi de marcher dans les rues avec environ deux mille pesos en poche, et mon carton de vêtements à la main. On trouvait souvent des corps de *braceros* qui avaient été assassinés et volés dans les rues de Mexicali. J'avais vraiment la frousse.

J'ai décidé de prendre l'avion jusqu'à Guadalajara. C'était très cher, évidemment. Ça coûtait plus de cinq cents pesos, mais on mettait neuf heures au lieu de cinquante-deux en car et j'ai gagné beaucoup de temps. Tout ce que je voulais, c'était rentrer. A Guadalajara, j'ai pris un autocar première classe pour Mexico.

Je suis arrivé vers six heures du matin, le 20 novembre, le jour anniversaire de la révolution mexicaine. Je m'en souviens parce qu'il y avait un défilé ce jour-là. Quand je suis arrivé à la Casa Grande, on venait juste d'ouvrir les portes et quelques femmes allaient chercher du lait. Le concierge, *Don* Nicho, balayait la porte ouest quand je suis entré.

« Comment ça va, Manuelito ? demanda-t-il. Où as-tu été, voyou ?

— Je suis parti comme *bracero*, señor Nicho.

— Ah ! Fou, la fièvre t'a pris ?

— Eh oui, je suis allé voir ce que c'était. »

J'étais content d'être de retour, vous comprenez. J'ai traversé la cour et je me suis arrêté devant notre porte, le cœur battant. Je n'avais pas de clef... mon père était le seul à posséder la clef de la porte... alors, j'ai sifflé comme d'habitude. J'ai entendu des bruits de pas à l'intérieur et des voix disant : « Papa, papa. »

Mon père a ouvert la porte... il était en sous-vêtements. J'ai aperçu une expression de joie sur son visage, mais aussitôt qu'il m'a vu, il a essayé de la cacher, avalant son émotion et devenant sérieux.

« Alors, te voilà.

— Oui, me voilà, papa. »

Je crois qu'il avait envie de me prendre dans ses bras, et j'en avais également très envie, mais puisqu'il se retenait, je me suis retenu aussi... il y avait la même vieille barrière entre nous, n'est-ce pas ?

J'ai pleuré de revoir mes enfants. Ils dansaient autour de moi, m'attrapant par la taille et s'accrochant à mes jambes, riant et criant : « Qu'est-ce que tu m'as apporté ? Qu'est-ce que tu as apporté ? »

J'ai été triste d'avoir à leur dire que les jouets que je leur avais achetés et une montre pour Delila étaient restés à l'Office des Douanes de Mexicali. J'avais oublié d'enlever les étiquettes de prix et les emballages des cadeaux, de sorte que les types de la douane avaient voulu me faire payer une taxe de luxe qui était plus élevée que ce que les articles m'avaient coûté. Comme je ne voulais pas payer, un des types m'a proposé d'acheter le tout pour presque rien. J'ai été si fâché que j'ai réduit les cadeaux en morceaux en plein devant les policiers. Je n'allais pas laisser mes affaires à ces salauds ! J'ai expliqué ce qui était arrivé et j'ai donné un peso à chacun de mes enfants.

Avant de partir travailler, mon père m'a dit : « Mon fils, as-tu de l'argent ? » J'ai sorti mon portefeuille avec l'intention de lui donner la moitié de ce que j'avais, mais il continuait à dire : « Allons, allons ! » et j'ai sorti un billet après l'autre. Je lui ai tout donné moins deux cents pesos.

Ce n'est qu'après qu'il fut parti que j'ai remarqué un petit paquet bouger sur le lit de mon père. Ma belle-mère, qui dormait par terre, s'est levée et s'est approchée de moi.

« C'est ta sœur, dit-elle.

— Comment, ma sœur ? » J'ai eu l'impression qu'on venait de me flanquer un coup sur la tête et que j'en était tout sonné. Je suis resté là comme un imbécile et j'ai dit : « *Ay, chirrión*, ne me dis pas que mon père est allé faire le zouave. » J'étais si confus que j'étais incapable de faire une déduction rapide.

Delila m'a tiré de ma confusion en disant : « C'est la raison pour laquelle tes frère et sœurs sont fâchés contre moi. »

Alors j'ai compris. Crénom ! Ainsi mon père l'avait conquise ! Rendez-vous compte, le chef avait levé Delila ! Mon admiration pour lui en fut accrue. Je me demandais comment il avait fait, parce qu'il était assez vieux pour être son père. Je ne crois pas qu'elle l'aimait à cette époque. Maintenant oui, parce qu'elle voit qu'il lui donne tout ce dont elle a besoin. C'est un homme facile à aimer à cause de son comportement loyal. A l'époque, elle avait dû penser : « Eh bien, ma sœur m'a laissé la charge de ses enfants... après tout, ce sont mes neveux, et si je dois m'occuper d'eux, autant me sacrifier jusqu'au bout. Plutôt que de me sacrifier pour rien, j'épouserai le père de Manuel. De cette façon, je ferai d'une pierre deux coups. »

Au fond, j'étais un peu en colère, mais je me suis contrôlé et j'ai dit : « C'est magnifique ! Tu as très bien fait, belle-sœur. Et ne fais pas attention à mes frère et sœurs. Envoie-les au diable... ça ne les regarde pas. Vous avez eu raison, tous les deux. »

Dans l'après-midi, je suis sorti à la recherche de mes amis. C'était bon de marcher à nouveau dans les rues de ma *colonia*. J'avais vécu là toute ma vie et c'était mon univers. Chaque rue avait une signfication pour moi : la rue des Plombiers où j'étais né et avais encore connu les caresses de ma mère; la rue des Boulangers où les Trois Rois m'avaient apporté mes premiers jouets et qui avait enchanté mon enfance; la rue Tenochtitlán me rappelait toujours la chanson *Amour perdu* qu'un voisin chantait quand on sortit ma mère dans son cercueil; les rues où vivaient les membres de ma famille, mes amis et mes *novias*. Ces ruelles étaient mon école de souffrance, où j'avais appris ce qui est dangereux et ce qui est sûr, quand il faut être sincère et quand il faut dissimuler.

Hors de ma *colonia*, je n'avais plus l'impression d'être au Mexique. Je me sentais comme un poisson hors de l'eau, surtout si j'allais dans les quartiers riches, comme Lomas ou Polanco, où les gens me regardaient avec suspicion. Je n'osais même pas m'y promener la nuit, parce qu'ils m'auraient pris pour un voleur, à la façon dont j'étais habillé. Les gens qui ont de l'argent, ne peuvent pas supporter de voir quelqu'un dans la misère; ils croient tout de suite qu'il est là pour voler. Et là où il y a de l'argent, il y a le bon droit, alors la meilleure chose à faire est de se tenir à l'écart de ces endroits.

Oui, j'étais content d'être de retour, mais après avoir été aux Etats-Unis, tout me semblait très pauvre et très sale. Je réalisais dans quelle pauvreté nous vivions, et en voyant le marché, avec les oranges et les tomates empilées par terre sur des journaux, je me sentais triste et j'avais envie de retourner immédiatement aux Etats-Unis. La vérité, et ce n'est pas du *malinchismo*, ni vouloir donner la préférence aux étrangers, c'est que j'aurais voulu être né aux Etats-Unis ou dans un pays européen, comme l'Angleterre... pas l'Italie avec son romantisme et ses paysages et tout ça... mais dans une nation de culture plus avancée.

J'étais revenu avec mille illusions, parce qu'aux Etats-Unis j'avais appris à aimer travailler. Je voulais installer la maison, veiller à ce que mes enfants mangent bien, des œufs tous les jours et du lait... J'avais la réputation d'être un bon travailleur, et j'étais revenu avec l'intention de la maintenir. Mais dès le premier soir j'ai été déçu, car mon père m'a fait dormir sur un sac d'emballage par terre dans la cuisine, comme je l'avais toujours fait. Je m'attendais à un traitement différent, vous comprenez ? Parce que, comme je l'ai dit, j'étais revenu différent. Je croyais qu'il allait dire : « Non, mon fils, ne couche pas par terre. Couche-toi dans le lit avec tes enfants. » Mais non quand je me suis couché par terre, il n'a pas dit un mot.

Pendant quelque temps, je suis resté avec ma famille. Consuelo et Roberto avaient tous deux quitté la maison, à cause de Delila. Personne ne savait où Consuelo était allée, mais Roberto vivait avec ma tante Guadalupe. Chaque fois que je voyais ma sœur, elle maudissait Delila et la réduisait plus bas qu'un cafard, pour pouvoir lui marcher dessus. Elle avait détesté Delila dès le début, parce que Delila lui avait volé sa position dans la maison. Et bien que Delila lui ait offert la branche d'olivier de la paix, ma sœur la lui avait rejetée à la figure, comme si elle avait comporté des épines d'un mètre de long.

La vérité, c'est que ma sœur était égoïste. Elle cherchait toujours à se satisfaire. Depuis qu'elle avait attrapé cette idée de continuer ses études, elle se sentait à part, comme si elle n'avait plus rien en commun avec nous. Simplement parce qu'elle avait acquis un peu d'éducation, elle était devenue rebelle à la maison et ne se pliait plus à la loi paternelle. Elle prétendait que mon père n'avait pas le droit de la mettre à la porte parce qu'il était légalement responsable d'elle. Elle demandait une espèce de justice légale de son propre père, comme si elle avait affaire à un gouvernement ! Mais comment pouvait-elle faire une chose pareille ? Il était notre père et il avait pouvoir sur nous !

Consuelo a prétexté ses ennuis avec Delila et mon père pour s'enfuir à Monterrey avec un type. Il semble que depuis que les prétextes ont été inventés, il n'y ait plus de méfaits. La vérité, c'est que ma sœur manquait de courage moral. Quoi, je connaissais une femme qui avait été mise à la porte de chez elle par son père à l'âge de quatorze ans, et elle n'avait pas pris ça comme excuse pour s'enfuir avec le premier gars venu. Elle est allée travailler et elle est encore vierge à ce jour.

Consuelo avait toujours dit qu'elle aimait mes enfants, mais elle ne s'est jamais occupée de leur laver un vêtement ou de leur préparer leur repas. C'est une chose de dire qu'on les aime, et une autre de le prouver comme Delila. C'est vrai qu'après la mort de ma femme, Consuelo avait de bonnes intentions et se sentait assez brave et humble pour s'occuper d'eux, mais elle n'a pas pu s'y tenir plus de deux semaines. Si elle était une si bonne tante, pourquoi ne donnait-elle pas d'argent à mon père pour mes enfants ? Elle leur achetait des bonbons et des cadeaux, mais si elle leur donnait des vêtements ou des choses comme ça, elle venait me demander de la rembourser. Ce que je veux dire, c'est que Delila n'avait ni argent ni éducation, mais qu'elle travaillait tous les jours pour mes enfants et que cela m'impressionnait davantage.

J'étais désolé pour ma sœur Marta, car le fait est qu'elle ne comptait vraiment pour rien, car elle était encore plus pauvre que nous. Elle avait de nouveau quitté Crispín et était revenue à la maison avec ses trois petites filles. Elle n'était pas personne à ouvrir son cœur à n'importe qui et elle semblait assez heureuse parce qu'elle avait encore son père, mais je savais qu'au fond elle souffrait. Elle croyait que tout était fini pour elle. Elle devait se sentir condamnée à vivre seule pour le restant de sa vie, car aucun homme ne voudrait d'elle avec trois enfants.

Le fait est que les vies de mes frère et sœurs, et surtout celle de mon père, ont toujours été un mystère pour moi. Je n'ai jamais compris comment mon père se débrouillait, et franchement je ne veux pas le savoir. Il nous a toujours donné suffisamment à manger — il s'occupait de tant de gens avec si peu d'argent. Je fais le signe de croix quand j'y pense, non pas que je croie que mon père ait fait quoi que ce soit de mal... il est absolument incapable de faire un bandit... mais comme il achetait toute cette nourriture pour le restaurant, il leur comptait probablement un peu plus et devait garder cinquante centavos ou un peso sur chaque achat. Il est également possible qu'achetant depuis tant d'années, on lui donnait des fruits, du café, de la viande et d'autres choses parce qu'il était bon client. Autrement, comment pouvait-il se débrouiller avec un salaire de seulement onze pesos par jour ?

Si mon père retenait un peso ou deux sur les achats de marchandises, je ne lui en veux pas. Au contraire, je sens que c'est moi qui suis coupable, et mes frère et sœurs, car il le faisait pour nous. Chaque jour qui passait, mon père montait dans mon estime, non pas parce qu'il m'aidait pour mes enfants, mais parce qu'il faut vraiment être un homme pour faire marcher les choses comme il le faisait.

Entre-temps, j'ai retrouvé un emploi à la verrerie. Un lundi, je suis arrivé en retard et mon patron a décidé de me punir en me renvoyant pour une semaine. « D'accord, ai-je dit, la belle affaire »; je me suis levé et je suis parti. Pour tuer le temps, je suis allé au marché Tepito, qui est également connu sous le nom de Marché des Voleurs.

J'ai rencontré Joaquín, l'ami qui avait habité dans notre maison de carton à Mexicali. Il était colporteur à présent, vendeur de marchandises d'occasion, et il transportait un pantalon de gabardine sur l'épaule. Il m'a dit que j'étais un imbécile de travailler à l'atelier, alors que je pouvais gagner plus d'argent en vendant au marché. J'ai pensé que c'était risqué, aujourd'hui on fait quelque chose, demain on ne fait rien, et je ne serais peut-être pas doué pour.

Le fait est que depuis le temps où ma mère m'emmenait au marché, j'en aimais l'atmosphère. C'était pittoresque, très coloré, comme les marchés de campagne où acheteurs et vendeurs se connaissent, se racontent des blagues, et marchandent. Il n'y a rien d'impersonnel ici comme chez Sears et Roebuck et au Palacio de Hierro, où les employés ne daignent même pas bavarder avec les clients. Là-bas, ils vous disent simplement le prix et ils font les choses mécaniquement et la plaisanterie, c'est que les prix sont fixés. Les clients n'ont pas la possibilité de se défendre; ils ne peuvent même pas faire d'offres comme nous au marché, si le prix ne nous convient pas.

Le marché a toujours été généreux, bénéfique pour les marchands. Autrefois, de célèbres marchands comme « l'Ours », « *el Contola* », « *la Gringa* », et « le Diable » faisaient de cinq cents à deux mille pesos par jour. Maintenant, ils ont de jolies maisons et même des voitures. J'avais quelque idée de ce que c'était de travailler au marché, car je regardais ma mère et mes oncles et d'autres marchands vanter leurs articles. Je connaissais l'ancienne méthode d'acheter et de vendre.

Alors, quand Joaquín m'a dit d'essayer de vendre le pantalon pour au moins quinze pesos, tandis qu'il allait acheter d'autres marchandises, j'ai accepté. J'ai remarqué qu'un garçon, de l'autre côté de la rue, regardait le pantalon. Je me suis dit : « Alors, il te plaît, hein », et j'ai traversé la rue.

« Vas-y, vieux, ai-je dit, je te le donne pour pas cher. » Je n'étais pas gêné du tout. Je me suis fait à la vente immédiatement. C'était facile.

« Oui, mais je n'ai pas d'argent. Je vends aussi. » Il sort une montre, une Haste de luxe, très jolie. Il en voulait cent vingt-cinq pesos.

« Combien de rubis ?

— Quinze, je crois », dit-il.

J'ai ouvert la montre, et c'était une vingt et un rubis. « Non, lui ai-je dit, pour une quinze c'est trop cher. »

Joaquín est arrivé avec trois autres « coyotes » — des marchands — et ils nous ont entourés pendant que je marchandais. Ils regardaient simplement, personne ne s'en mêle quand quelqu'un est en train de marchander.

« Ecoute, ai-je dit au garçon, faisons une affaire. Le pantalon te plaît, c'est exactement ta taille, il t'irait parfaitement. » Je l'ai posé contre sa taille. « Je veux cinquante pesos pour le pantalon. Je te le donne, plus vingt-cinq pesos, contre ta montre. Qu'en penses-tu ?

— Non, pas question, c'est pas mon intérêt. Je veux plus pour la montre.

— *Ay*, vieux, je ne travaille pas ici... la montre je la veux pour moi. J'ai dit : « Voyons si l'une de ces crapules ici t'en offre plus. »

Bref, je lui ai donné quarante pesos et le pantalon, de sorte que la montre revenait à cinquante-cinq pesos. J'ai offert à Joaquín ses quinze pesos pour le pantalon.

« Dis donc, vieux, n'essaie pas de me filouter ! Seulement quinze pesos, alors que tu viens de faire une grosse affaire. » Puis il a ri et il a ajouté : « D'accord. N'en parlons plus. Ce sont tes débuts au marché. La chance aux débutants. »

Ensuite, l'un des « coyotes » a voulu m'acheter la montre. J'ai pensé que j'allais en demander soixante-quinze pesos et faire ainsi un bénéfice facile de vingt pesos. Mais avant que j'aie eu le temps d'ouvrir la bouche, Joaquín a dit : « Deux cents.

— Salaud ! dit le coyote. Ne pousse pas ta chance. La foutue montre ne t'a coûté que cinquante-cinq pesos... Je te donne un « siècle » et tu fais quarante-cinq dessus, non ? »

J'étais prêt à vendre, mais mon associé Joaquín a dit : « Quoi ? *Moron !* va, tu peux aller te faire voir. » J'attendais avec ma montre, vous voyez, et nous sommes partis.

Il nous suit et il dit : « Pas d'enculage, allez, je t'en donne cent vingt-cinq, ça te va ou non ? » J'ai avancé cent soixante-quinze : « Ne sois pas salaud. Je jure que je la veux pour moi, c'est pas pour la revendre. T'es un sacré fils de pute, quand même ! »

Eh bien, il m'a donné cent soixante-dix pesos pour la montre. J'ai fait cent quinze pesos dessus. Là, en une minute, en quelques secondes, j'ai gagné plus qu'en une semaine de dur labeur à l'atelier. « Pourquoi est-ce que je travaille comme un idiot, là-bas ? » me suis-je dit. Sur-le-champ, j'ai décidé de quitter mon travail et de faire du commerce au marché.

J'aimais bien vendre. J'en aimais la liberté. J'avais du temps à moi et personne ne me commandait. Jusque-là j'avais été aveugle et je ne voyais pas plus loin que le bout de mon nez. Comme d'autres ouvriers, je ne connaissais qu'une seule chose : avoir un emploi ! Même quand ça ne paie pas, un ouvrier n'essaie pas une autre route, ne regarde pas vers d'autres horizons, mais continue à faire la même chose. Mon père était comme ça, jusqu'à ce qu'il commence à élever des animaux... c'est alors qu'il a commencé à aller de l'avant. Je vais veiller à ce que mes fils ne soient pas des ouvriers. S'ils ne peuvent pas avoir de profession libérale, je les mettrai dans le commerce. C'est le seul moyen de gagner de l'argent sans dépendre des autres.

Cela fait quelques années maintenant que je travaille aux marchés Tepito et Baratillo. Je vends des articles d'occasion, des vêtements, des chaussures, de l'or, de l'argent, des montres, des meubles, tout ce qui se présente. Dans une certaine mesure, on court un risque dans ce genre de travail, mais ça n'a jamais été vraiment mal pour moi. Les plus mauvais jours, je fais au moins douze pesos, de quoi manger.

La seule fois où j'ai perdu de l'argent, c'est quand j'ai acheté un truc appelé miméographe. Je ne savais même pas à quoi ça servait, mais enfin, j'étais vraiment impressionné par le mot. « Miméographe, me disais-je, avec un nom comme ça, ça doit valoir quelque chose. »

Le type qui le vendait m'a bien pris pour un *morón.* Il s'est payé ma tête, comme ce n'était d'ailleurs ni la première ni la dernière fois que ça m'arrivait. Il me dit : « Tu vois cette petite machine, je n'en veux que deux cents pesos.

— Merde, dis-je, alors, ça vaut vraiment quelque chose ! Mais c'est beaucoup d'argent, je t'en donne cinquante ! » Nous avons discuté le pour et le contre et j'ai commencé à reculer. J'avais un pressentiment : « Peut-être que ce fichu truc ne marche même pas, et moi je me crève à discuter. La vérité, c'est que je ne sais même pas à quoi sert ce tas de ferraille.

— D'accord, dit le gars, radine tes cinquante. »

Envolés mes cinquante pesos. Le premier client m'en a offert trente, le suivant voulait bien m'en donner vingt-cinq. Et comme ça jusqu'à ce qu'après dix jours de trimballage, on m'en offre dix. J'ai fini par l'abandonner à l'administration du marché. Mais généralement, je gagne bien au marché... plus que je ne l'ai fait dans n'importe quel emploi d'atelier.

Je calcule de cette façon : si je reprends un boulot d'ouvrier, je gagnerai le salaire minimum légal de douze pesos par jour et je ne pourrai jamais élever mon niveau de vie. Sur les douze, il faudrait que j'en donne au moins six à mes enfants, et un homme ne peut pas vivre sur six pesos. Je ne pourrais pas payer le loyer, prendre trois repas en dehors de la maison, acheter des vêtements ou des chaussures, ni rien avec six pesos. Supposons qu'un de mes gosses tombe malade et que je doive acheter pour cent pesos de médicaments... tout médicament coûte au moins ça... Il faudrait que j'emprunte l'argent et que je le rembourse à cinquante centavos par jour. A ce taux, ça prendrait six mois pour payer le médicament et entre-temps il y en aurait déjà eu un autre de malade probablement. C'est un cercle vicieux et il n'y a aucun moyen pour un ouvrier d'aller de l'avant.

Dans mon commerce, tout ce dont j'ai besoin c'est de capital. Avec cinq cents ou mille pesos je gagnerais au moins cent pesos par jour. Il y a beaucoup de types moches, vulgaires dans ce métier, mais ils ont de l'argent dans leurs poches.

Le fait est, j'ai horreur d'être pauvre. Je suis déprimé quand je n'ai pas cinq centavos en poche. Bigre, j'ai les nerfs en pelote ! C'est quand je me sens pauvre, vraiment pauvre. Quand je vois quelqu'un qui a l'air d'avoir faim, je suis absolument horrifié. Ça me donne envie de pleurer, parce que ça me rappelle l'époque où j'étais comme ça, quand je pleurais à chaudes larmes parce que je n'avais pas d'argent pour nourrir ma femme et mes enfants, ni pour payer un médecin. Je ne peux vraiment plus supporter ce genre de vie. Je ne suis pas tranquille tant que je ne me démène pas pour trouver un peu d'argent. C'est pourquoi je laisse mon père s'occuper de mes enfants, pour que je n'en aie pas la responsabilité.

Je me dis : si je dois mourir un jour, de toute façon, il est juste que je me donne du bon temps tant que je suis en vie, non ? Comment savoir ce qui m'arrivera dans l'autre monde ? Si j'ai dix pesos en poche et que j'ai envie d'un bonbon, je l'achète, même si mes autres frais ne sont pas réglés. Pour ne pas avoir de désirs insatisfaits, n'est-ce pas ? Je déteste me refuser de petites choses.

Je me suis souvent demandé ce qui avait le plus de valeur à la fin de la vie : les choses qu'on a accumulées ou les satisfactions que l'on a éprouvées ? Je crois que l'expérience humaine a plus de valeur, non ? Et bien que j'aie travaillé toute ma vie, maintenant, si je veux aller quelque part, je prends un taxi. Je ne voyage jamais en autobus.

Si je vais au restaurant, je ne commande pas des fèves. Je prends un steak ou des œufs. Si je veux m'asseoir, je m'assois; si je n'ai pas envie de me lever le matin, je dors. Oui, le meilleur héritage que je peux laisser à mes enfants, c'est de leur apprendre à vivre. Je ne veux pas qu'ils soient des imbéciles... je jure sur ma mère que je ne les laisserai pas devenir de simples ouvriers.

Mais ce n'était pas toujours facile au marché. L'administration du marché demande parfois leurs papiers aux commerçants, pour nous forcer à nous inscrire dans un syndicat, vous comprenez ? Le surintendant du marché est en cheville avec eux tous. Rendez-vous compte, pour vendre des vêtements d'occasion au Marché des Voleurs, on vous demande une carte de Sécurité Sociale, une carte du ministère de la Santé, une carte syndicale, votre casier judiciaire ! Je n'ai pas de cartes et j'ai eu beaucoup de discussions à ce propos. Je n'aime pas ça, je me révolte, vous voyez ce que je veux dire ? J'ai ma marchandise étalée par terre et les gardiens arrivent et veulent me l'enlever, alors je discute, vous comprenez ?

Comme une fois, je venais de me battre pour une place un samedi, car chaque matin, quand les portes s'ouvrent, il faut courir chercher une bonne place. Il n'y a pas de places attitrées pour les marchands; celui qui arrive le premier prend la meilleure. C'est comme dans ces films de cow-boys, quand ils ouvrent le marché, nous nous précipitons tous comme des chevaux. Je venais d'avoir une violente dispute pour ma place quand le gardien est arrivé et s'est accroupi pour ramasser ma marchandise.

« Vous pourrez reprendre ça au bureau, a-t-il dit, vous n'appartenez à aucune organisation et vous n'avez pas de carte.

— Vous, foutez la paix à ma marchandise ou je vous casse la gueule, dis-je, le marché n'a pas été construit pour vous autres salauds ni pour les organisations.

— Allez en discuter avec le surintendant, me dit-il.

— Non, dis-je, il est simplement là pour collecter de l'argent pour le gouvernement. La constitution dit que personne ne peut empêcher une autre personne de travailler honnêtement. Pourquoi compterait-il plus que la Constitution ? Si vous touchez à mes affaires, je jure que je vous casse les couilles. »

On parle grossièrement au marché. C'est comme ça qu'ils se comprennent, vous voyez ce que je veux dire ? Celui qui gueule le plus fort est celui qu'on craint le plus.

Une fois, j'ai dû faire quelque chose qui me dégoûtait.

J'ai dû dérouiller un type. Au marché, nous sommes tous des *braveros,* des durs, et à chaque fois que je discutais d'une affaire, il y avait un *bravero* surnommé « Blanchot » qui venait mettre son nez dedans et m'enlevait la marchandise. Il voulait me commander, et quand je lui demandais de ne pas se mêler de mes affaires, il répondait par des grossièretés. J'essayais d'éviter une bagarre et je me retenais, je me retenais toujours. Finalement, un jour, je concluais un achat et j'avais la marchandise dans les mains, quand ce « Blanchot » a sorti l'argent et payé. Il m'a dit : « Passe la marchandise.

— Qu'est-ce que ça veut dire ? C'est moi qui fais l'affaire. Qu diable t'a dit de payer ? Te la donner ? Je te donnerai de la merde, oui !

— Donne-la moi ou je la prends, dit-il.

— Je voudrais bien voir ça. » Et puis, vlan ! Je lui en ai flanqué un en plein entre les deux yeux. Il est tombé. Il s'est relevé; je l'ai coincé contre le mur et je l'ai bourré de coups. Je lui ai ouvert l'arcade sourcilière d'un coup de poing. Il a essayé de me donner des coups de pied et ça m'a rendu furieux. Quand il a été par terre, je lui ai donné des coups de pied et ses côtes ont fait un drôle de bruit.

« Pauvre type », me suis-je dit, mais il y avait tous les gars du marché autour de nous et j'ai dû le finir. Autrement, ils m'auraient pris pour un con et ils ne m'auraient pas laissé en paix. Bien que cela me répugnait, j'ai continué à lui flanquer des coups, sans essayer de le tuer, naturellement, mais en visant les flancs et le derrière. Je ne touchais même pas au visage, il était déjà couvert de sang. Finalement il a dit : « Assez, assez ! » Je ne lui ai pas rendu son argent et il n'a plus jamais essayé de m'embêter.

Depuis que je travaille au Tepito, certaines personnes ont mauvaise opinion de moi. Elles croient que tout ce qu'on vend au marché est de la marchandise volée. Mais ce n'est pas vrai, non. En fait, il n'y a que 50 pour 100 de la marchandise qui soit de la « fauche ». Mais ce sont de petits trucs... les poignées d'outils, le masque à poussière ou les bottes de caoutchouc que les ouvriers volent dans les fabriques, ou une bicyclette que quelqu'un a volée au passage. Si c'est un poste de radio, c'est toujours un vieux machin qui tombe pratiquement en morceaux. Car comme partout dans le monde, la véritable « fauche » de qualité, les bons postes de radio et l'outillage, sont achetés par les grands capitalistes. Personne autour de Tepito n'est assez riche pour acheter de la bonne marchandise.

Quand je sais qu'une chose a été volée, généralement, je ne l'achète pas. Dans mon genre de travail, il faut être un peu psychologue, savoir à qui l'on achète. Je peux toujours repérer un escroc, un flic, un drogué, une prostituée ou un innocent.

La majorité des mes amis au marché sont des escrocs réformés. Ils ont pratiquement un langage qui leur est propre, qu'on appelle le *caló*, et que je comprends très bien. Quand un voleur veut nous vendre quelque chose, il dit : « Hé, *ñero*, tu veux acheter la camelote ? Hé, tu peux l'avoir pour pas cher, pour presque rien.

— Combien en demandes-tu ?

— Pas le temps d'ergoter, file-moi une *sura*. »

Une *sura* signifie vingt-cinq pesos; une *niche*, c'est cinquante; une *cabeza*, c'est cent et une *grande*, mille. Certaines de ces expressions sont maintenant utilisées par des gars de la haute société. C'est devenu une espèce de mode.

Il y a dix ans, il y avait davantage de « fauche » sur les marchés, parce que la police n'était pas si active. Maintenant, ils trouvent que c'est une mine d'or et ils y sont en permanence. Même leur jour de congé, ils viennent au marché pour voir s'ils peuvent baiser quelqu'un. C'est une façon pour eux de se faire du fric. Ils savent que rien qu'en mettant un de mes potes dans un fourgon, ils peuvent se faire vingt, trente, cinquante pesos. Nous nous sentons tous obligés de donner de l'argent à la police à chaque fois qu'elle en demande.

A mon avis, la police mexicaine est la meilleure organisation de gangsters au monde. C'est un scandale ! Je peux le dire carrément, la justice ici au Mexique me retourne l'estomac. Pourquoi ? Parce que la justice est pour celui qui a de l'argent. Quand un riche se fait tuer, la police n'attend pas que l'herbe commence à lui pousser sous les pieds, parce qu'il y a de l'argent dans l'air. Mais combien de pauvres types trouve-t-on noyés dans le canal, poignardés dans le dos ou allongés dans le ruisseau d'une rue sombre, et la police ne trouve jamais, mais jamais, le criminel. Et il y a des gens qui font deux ou trois ans de prison parce qu'ils n'ont personne pour les défendre, ou parce qu'ils n'ont pas les cinquante pesos de la caution.

La plupart des policiers commencent par vouloir redresser le monde. Ils commencent par vouloir être honnêtes et ne pas accepter un seul centavo. Mais une fois qu'on leur a donné le pistolet et le bouclier et qu'ils ont le pouvoir, qu'ils voient que de tous côtés on leur offre de l'argent... eh bien, c'est une espèce d'épidémie qui les atteint. Un des généraux de la Révolution a dit un jour que le fonctionnaire qui résiste à cinquante mille pesos n'existe pas. C'est à peu près ce qu'il en est. Ils acceptent un pourboire une fois, puis deux, et après ça devient une habitude, un racket.

Imaginez qu'on vous vole trente mille pesos et que vous alliez au commissariat. Ils enregistrent la plainte, mais avant que vous sortiez, quelqu'un vous extorque un bon pourboire pour « hâter » l'enquête. Si vous les payez, ils s'activent.

Ils commencent par interroger leurs « boucs », leurs mouchards, pour savoir quel recéleur pourrait bien détenir l'argent ou la marchandise volés. Les recéleurs n'opèrent pas dans les marchés; ils vivent ici aujourd'hui, demain autre part. La police va trouver le recéleur présumé et essaie de lui arracher l'objet du vol. S'il ne le rend pas de son plein gré, on l'emmène au poste pour le « chauffer » un peu. Tôt ou tard, la police récupère l'argent ou la marchandise, mais quand vous venez les réclamer, ils ne vous les rendent pas. Ils vous soutirent encore de l'argent pour « l'enquête ». Vous faites ainsi plusieurs voyages au commissariat, mais vous ne revoyez pas ce qu'on vous a volé.

Les agents de police ont leurs propres acheteurs de produits volés, auxquels ils vendent vos trucs après les avoir récupérés. Certains policiers viennent personnellement au marché vendre des articles de « fauche ». Je leur ai acheté des choses parce que c'est sûr, puisqu'ils représentent la justice, non ?

Deux ou trois fois, j'ai acheté de la «fauche » à des escrocs. C'était risqué, mais si mes finances étaient mauvaises, je calculais les chances que j'avais de me foutre dans le pétrin et si ça valait la peine de courir le risque.

Mais la plupart des choses que j'achetais n'avaient pas grande valeur.

Je n'avais pas toujours de la chance, même quand je ne sortais pas du cadre de la loi. Une fois, j'ai acheté un châssis de radio; ça marchait, mais il n'y avait pas de boîte. J'en ai acheté une à un collègue pour cinquante-cinq pesos et comme entre nous on ne se blouse pas, je ne l'ai même pas essayé. J'ai quitté le marché, et ce flic qu'on appelle « l'Oiseau » me met la main au collet. C'est un type qui n'est même pas assez bon pour être flic. Il est très gros et il a toujours un revers de pantalon plus haut que l'autre. Sa veste est si graisseuse qu'on pourrait la gratter avec un couteau. Il ne cherche même pas à sauver la face, c'est simplement une crapule, un sale *rastrero*. Il a grandi au marché, mais depuis qu'il est flic il se donne des airs.

— Voyons la facture, dit-il.

— Ecoutez, dis-je, il n'y a pas de facture, parce que c'est seulement un châssis.

— Allez, grimpe, salaud », dit-il... Il avait déjà trois margoulins dans sa voiture.

J'ai essayé de discuter, mais il l'a mal pris. « Alors, tu veux me raconter des salades, dit-il.

— Non, mais vous voulez me saigner, alors que je n'ai rien fait de mal. »

Nous sommes partis, et j'ai entendu les margoulins marchander avec lui. Il voulait cinq cents pesos du premier et deux cents du second. Nous nous sommes arrêtés plusieurs fois pour que les types puissent rassembler l'argent. Il a libéré ces deux-là. Au troisième, « l'Oiseau » a dit : « Alors, mon gars, y a longtemps que t'es pas venu signer... longtemps que je n'ai pas cueilli de fleurs dans ton jardin. Mettons nos comptes à jour, qu'en penses-tu ? »

Le type dit. « Non, patron. J'ai été dans le pétrin... vraiment dans le pétrin... je n'ai pas du tout trouvé de boulot.

— Oui, dit le flic, t'as l'air mal en point. Bon, si t'es tellement dans la merde, fiche le camp et file-moi vingt-cinq pesos.

Et moi qui écoutais tout ça. Quand toutes les transactions ont été terminées, nous sommes partis en direction du commissariat. En entrant dans le sous-sol, « l'Oiseau » a dit : « Tu connais la chanson, deux cents pesos.

— Qu'est-ce que vous croyez, ai-je dit ? La justice progresse ! Vous avez laissé filer un véritable bandit pour vingt-cinq pesos, et pour un pauvre con qui essaie de gagner sa vie vous en voulez deux cents. Vous pouvez me coffrer, ça m'est égal. Je n'ai pas d'argent à dépenser comme ça. »

Enfin, on a parlé et parlé, et j'avais réponse à tout. Finalement, il a dit que si je ne crachais pas quelques ronds, il me ferait coffrer comme suspect. Je lui ai proposé cinquante pesos, tout ce que j'avais sur moi.

« D'accord, aboule ça et taille-toi d'ici. »

Une foïs, j'ai été vraiment piqué la main dans le sac par la police et ça m'a coûté une fortune. Je ne savais pas dans quoi je me mettais. J'avais un associé qu'on appelait « le Taureau », et nous avions de l'argent en poche, à l'époque. En comptant la marchandise et l'argent liquide, le Taureau et moi avions environ dix mille pesos. Nous étions dans un coin, un jour, à vendre de vieux vêtements. Je criais : « Achetez des vieux vêtements... pas cher... prenez quelque chose... rapportez quelque chose chez vous... par ici... »

J'étais là à m'égosiller, quand Macario, le fils du concierge, est arrivé. C'était un vieil ami à moi et il avait épousé une fille de la Casa Grande et il avait un enfant maintenant. Il avait l'air vraiment minable, avec son pantalon tout rapiécé, complètement fauché parce qu'il ne travaillait pas depuis longtemps. Nous avions travaillé ensemble à la tannerie, et je l'avais toujours connu comme quelqu'un d'honnête.

« Manuel, dit-il, tu veux me prêter quelque chose pour manger aujourd'hui ? » Il était avec deux amis : « Prête-moi cinq pesos, frère, tu peux ?

— Bien sûr, Macario. »

Je me suis dit : « Qu'est-ce que ce pauvre diable peut faire avec cinq pesos ? Cinq pesos, si faciles à trouver et si faciles à dépenser... »

« Tiens, Macario, voici dix pesos. Dieu a été bon, demain c'est peut-être moi qui aurai besoin de toi.

— Merci beaucoup, vieux, dit-il. Nom de Dieu, Manuel, je n'arrive pas à trouver de travail. A la tannerie, il n'y en a presque plus. » Il allait partir quand il a dit : « Ecoute, Manuel, j'ai failli oublier le principal. Tu vois le type au béret rouge ? »

Je me suis retourné et j'ai suivi son regard : « Eh bien ?

— Sa femme et la femme d'un autre type allaient monter un atelier de couture, mais parce que je ce type boit et qu'il s'est saoulé pendant quinze jours d'affilée, son associé s'est taillé avec les machines et cinq mille pesos d'argent liquide. La seule chose qui reste est un rouleau de tissu qu'ils avaient acheté pour faire des tabliers. Ils veulent le vendre. »

Quand il s'agit d'affaires, je deviens immédiatement méfiant. Je faisais confiance à Macario, mais vous savez, juste au cas où, je lui ai posé les questions rituelles.

« Non, Manuel, diable ! Tu viens de me rendre un service et tu crois que je vais te refiler de la fauche ? Ce gars est honnête. Il travaille à la tannerie avec moi et je garantis son honnêteté. »

J'en ai parlé à mon associé et nous avons décidé d'acheter le tissu à un peso le mètre. Il y en avait mille huit cents mètres et je devais aller les chercher.

En arrivant à la *vecindad*, on m'a dit que le type était sorti boire. Sa mère était là, une vieille dame respectable aux cheveux blancs. Il y avait le tissu, flambant neuf et tout ficelé avec des fils d'acier. J'ai bavardé un moment avec la dame, puis j'ai lâché ce que j'avais à dire :

« Ecoutez, Madame, parlons franc, lui ai-je dit, n'est-ce pas... peut-être... ce n'est pas de la marchandise volée ? Vous savez, si quelque chose ne va pas, les flics se radinent pour faire du grabuge et on finit par travailler pour ces crapules. Ecoutez, Madame, je ne veux vraiment pas avoir d'ennuis, sincèrement. »

Elle a rougi et elle m'a bien engueulé. Elle a dit : « *Señor*, si vous avez des doutes, vous feriez mieux de ne pas l'acheter. Nous sommes pauvres mais honnêtes, ici : je le garantis, je le jurerais devant n'importe qui. Vous, les gars du marché, vous êtes tous soupçonneux. Le lion croit que tout le monde lui ressemble. » Elle m'a vraiment remis à ma place.

« D'accord, Madame, ne vous fâchez pas. Si c'était de la fauche, je l'achèterais quand même. Mais il faut me dire d'où ça vient, parce que si c'est d'ici, comment pourrais-je le vendre ici ? Le propriétaire pourrait le voir. J'irais à Toluca ou à Pachuca pour le vendre. Je ne demande pas parce que j'ai peur. Rien ne me fait peur. Même les morts ne me font pas peur. » Je pensais que si elle me disait que c'était de la fauche, je n'y toucherais pas. Je voulais seulement lui soutirer la vérité. Mais elle m'a engueulé et j'étais convaincu que c'était vraiment du propre. Alors je l'ai acheté.

Enfin, on s'est mis à vendre le tissu : « Approchez; un cinquante le mètre ! Du tissu à vendre, pas cher ! » Un type est venu et nous en a acheté six cents mètres. « Putain ! ai-je dit, trois cents pesos d'un coup. On va se faire du fric avec ça. » Je me suis mis à crier : « Du tissu, deux pesos le mètre ! » Ça se vendait rapidement. C'était à tel point que je n'arrivais pas à mesurer tant de mètres à la fois. Ce matin-là, nous avons vendu plus de mille mètres !

Dans l'après-midi, nous avons de nouveau étalé notre toile par terre et nous avons vendu un peu plus, tranquillement. Macario était venu nous aider à vendre, mais il était timide. « Crie, Macario, vas-y, espèce de con, n'aie pas peur ! Je suppose que tu as honte... Y a pas de honte à vendre. Regarde, le commerce c'est amusant, plus amusant que de travailler. Crie un peu. » C'est ce que je lui ai dit. C'était un bon marché, le meilleur moment. Toutes les dames étaient sorties acheter leur chile et leurs tomates. A six heures de l'après-midi, j'avais mille huit cents pesos en poche.

A cette époque, je mangeais dans un café, dont les patrons Gilberto et Carolina, étaient mes amis. Aussitôt que j'ai tourné le coin pour aller au café, un homme m'a empoigné. « Cette fois, on est baisés, pour de bon », me suis-je dit. Je vous dis que je les sens ! Je flaire un flic, rien qu'avec mon nez. Je n'avais jamais vu cet agent, mais j'ai su tout de suite.

Il a posé des questions à propos du tissu. Il me tenait serré et nous nous sommes dirigés vers la voiture de police. Les flics m'avaient attendu au café toute la journée, mais Carolina n'avait envoyé personne me prévenir car la police aurait suivi. Je ne pensais pas que le tissu était de la fauche, et je ne le pense toujours pas. Mais les flics ont une manière spéciale de travailler ici.

Enfin, quand nous sommes arrivés à la voiture, le type a cessé de me tenir au collet. Il m'a accroché par la ceinture; en fait, c'était pas un mauvais genre, pour un flic.

Il a dit : « Bon, si ce n'est pas ce que nous cherchons, excuse-nous, mais dans notre méthode de travail nous faisons beaucoup d'erreurs. »

J'étais surpris. Les flics sont toujours si arbitraires et là j'avais un salaud si correct : « Qu'est-ce qu'il mijote ? »

me suis-je demandé. Il m'a fait monter dans la voiture et j'ai continué à lui expliquer comment j'avais acheté le tissu.

« *Ay*, Manuelito, dit-il — il m'appelait déjà Manuelito ! — ça va être un fichu pétrin, parce que le créancier veut le tissu ou trois mille pesos, et nous on en demande deux mille.

— *Ay*, non, dis-je, non, je ne pourrai pas m'en sortir; je suis coincé.

— Ecoute, Manuel, dit-il, ça n'en vaut pas la peine. Pense aux conséquences. Tu auras un casier judiciaire et puis... juste pour quelques pesos que tu pourrais déterrer quelque part.

— Mais c'est cinq mille pesos que vous voulez ! Rien que ça ! De toute ma putain de vie je n'ai jamais vu cinq mille pesos. »

Enfin, nous voilà partis pour le poste de police. Sur le chemin, ils ont ramassé quelques copains, des pickpockets. Ils leur ont pris leur argent et les ont relâchés. Mon copain le flic continuait à parler :

« Pense aux conséquences. L'argent vient et s'en va, mais, enfin, t'es vraiment dans la mélasse. Le créancier est puissant et il veut le tissu.

— Ecoutez, dis-je, emmenez-moi chez le créancier, le propriétaire du tissu, et voyons si je peux le persuader de me laisser le rembourser petit à petit. Je vous donnerai aussi quelque chose à vous, les gars. Vous ne travaillez pas pour rien.

— Nous ne faisons pas d'affaires de ce genre, » dit-il.

Puis j'ai pensé à Abram, le *compadre* de mon père, qui travaillait au poste de police. J'ai commencé à parler de lui aux flics, espérant que ce serait efficace. J'étais terrifié parce que jamais de ma vie je n'avais été en prison. Ils m'ont dit qu'il faudrait que j'y passe un moment. Quand nous sommes arrivés, un gardien m'a demandé si j'avais du fric. J'avais mille huit cents pesos sur moi, mais je n'allais pas les donner à ces salauds.

« Ecoute, dit le garde, là-dedans ils vont te passer au tamis et te prendre tout ce que tu as.

— Sûr, sûr, mais je n'ai rien, rien. »

J'avais mon pantalon de gabardine, une bonne chemise et un blouson. Enfin, ils ont ouvert la porte de la cage, et je suis entré, mourant de peur. Il y avait un tas de types avec des sales gueules là-dedans, la pire collection de visages que j'aie jamais vues. « *Madre Santisima !* me suis-je dit, comment vais-je me débrouiller avec ces crapules ? Voyons si je peux les impressionner... »

Je suis entré, en colère, vraiment en colère. En dedans je tremblais, mais j'avais l'air mauvais. Il fallait qu'ils pensent que j'étais enragé. Je vois ce type assis par terre et vlan ! je lui flanque un coup de pied au derrière :

« Pousse-toi, fils de pute !

— Eh, salaud... quoi...

— Ta gueule ! » Je lui flanque un autre coup de pied. « Ferme ta gueule, salaud. Tu m'as pas entendu... Tire-toi. » Il s'est poussé et les autres m'ont fait de la place. Je disais : « Trouillards ! Peigne-culs ! Mouchards ! » Pan ! Je donnais des coups dans le mur, dans la porte. J'avais l'air furieux.

« Eh ! Qu'est-ce qui te ronge ? demande l'un des gars.

— Ça te regarde ? Est-ce que je te demande quelque chose ? Salaud !

— Calme-toi. Je peux peut-être t'aider, te donner un conseil, vu ? Je suis un vieil invité, ici. Je connais tous leurs trucs. »

J'ai continué à avoir l'air en colère. Je sors une cigarette et je l'allume, et je remarque un type qui avait l'air encore plus mauvais que moi. J'ai senti que je lui tapais sur les nerfs, alors je lui ai dit :

« Hé, vieux, tu veux une cigarette ? » J'en ai offert à tout le monde. La glace était rompue et je me sentais plus en sécurité.

Puis un gars vient, un type bien bâti et il me dit : « Hé, vieux ! Pourquoi t'ont-ils amené ici ?

— Ecoute, dis-je en me redressant, la voix ferme, parce qu'ils ont leurs différences de classes eux aussi, j'avais cinquante têtes de machines à coudre, j'avais des liquéfacteurs, des postes de télévision, de radio, tout... Et ce fils de pute, celui qui me les avait vendus, m'a dénoncé. Ils m'ont tout enlevé, frères, et j'en suis donc pour cent mille pesos. »

Il fallait que je me donne de la classe, parce qu'ils vous respectent plus comme ça. J'ai remarqué un type, couché sur le dos, les jambes écartées, comme un compas. Ses couilles étaient toutes gonflées des coups que lui avaient donnés les flics. A chaque instant il disait : « S'il vous plaît, les gars, sur le ventre. » Puis dix minutes plus tard : « Tournez-moi, s'il vous plaît. » Sur le dos ou sur le ventre, il ne pouvait pas tenir. Son visage était tout fendu et il avait des marques de crosse de revolver. Vraiment pitoyable, ce pauvre type.

Puis un gars a dit : « Vous savez, j'ai passé deux semaines au « Puits ». C'est une prison nommée *El Pozito*, le petit puits. Vous n'avez qu'à prononcer *El Pozito* devant les pick-pockets par ici et ils se mettent à pleurer. Vous savez ce qu'ils font là-bas ? Ils leur attachent les mains et les pieds et ils disent : « C'était toi ou non ? » et pan ! un coup dans l'estomac, mais fort, à vous couper le souffle. Puis ils les jettent dans un puits d'eau sale, plein d'urine de cheval, et quand ils sont à demi noyés, à moitié morts, ils les sortent et recommencent la même chose. »

Ce type qui a dit qu'il avait été au « Puits » a continué à raconter : « C'est comme ça qu'ils m'ont gardé là-bas. Pendant dix jours, je n'ai rien mangé ni bu. Les salauds ne me donnaient même pas d'eau ! Vous savez pourquoi ? du bétail volé, des cochons, n'importe quel genre d'animal. Mais pourquoi donnerais-je de l'argent à ces salauds ? Ils m'ont déjà assez pompé. Ils devront se donner du mal pour me faire parler ! Mais je ne parlerai pas ! Je suis ici depuis quinze jours et tous les soirs, ces fichus salauds viennent me chercher. »

Vous savez, j'admirais ce type. Il avait vraiment du cran ! Il avait ce courage mexicain qui, je crois, n'existe plus. J'étais là depuis un quart d'heure quand ils sont venus le chercher. Comme la porte se refermait, on les a entendus le frapper. Il est revenu jaune : « Pas un putain de mot, dit-il, et ils pourront me tuer, mais ils ne tireront rien de moi. » Et le pauvre type aux testicules enflés, ils l'ont traîné dehors comme un chien. Rendez-vous compte dans quel état il était, et ils le cognaient encore.

Pendant tout ce temps, je me demandais quand mon tour allait venir. Quand j'ai entendu mon nom, j'ai eu vraiment peur. Mais il y avait mon ami Abram qui parlait en ma faveur. J'ai fini par offrir mille pesos au flic pour qu'il me laisse partir, sinon je prendrais un avocat. Eh bien, ceci l'a décidé, je l'avais coincé. Parce que s'il ne prenait pas les mille pesos, ils iraient à l'avocat. Alors il a dit : « D'accord, à cause d'Abram et tout ça. Allons chercher l'argent. » J'avais de l'argent sur moi, mais ils ne le savaient pas, vous comprenez ?

Il m'a conduit au café et j'ai demandé à Gilberto de me prêter cinq cents pesos. J'ai laissé tomber mon rouleau derrière le comptoir pour qu'il puisse le voir, et sur-le-champ il a sorti les cinq cents de sa poche et les a donnés au flic. Il donnerait le reste le lendemain.

« D'accord, Manuelito, allons-y. » Il était très amical. Il m'a même emmené prendre quelques *tacos* avant de m'enfermer pour la nuit. J'ai passé la nuit en prison, à écouter les pickpockets raconter leurs aventures. J'ai vraiment eu du plaisir à être là avec eux.

Je continuais à fréquenter le café de Gilberto. C'était pratiquement ma maison. J'y prenais tous mes repas et j'y dormais parfois, par terre. Mon père a fait emménager Delila et mes enfants dans une pièce de la rue de l'Enfant-Perdu. Entre-temps, il avait acheté un bout de terrain en bordure de la ville et commencé à construire une nouvelle maison. Une semaine ou deux passaient sans que j'aille voir mes enfants, et cela me préoccupait beaucoup, bien que je me le cachais à moi-même. Je ne sais pas pourquoi, mais si je ne les vois pas tous les jours, peu à peu mon amour pour eux diminue, se paralyse et j'évite de penser à eux. Je me suis demandé pourquoi je suis comme ça avec mes enfants, mais la vérité, c'est que j'ai peur de l'analyser. J'ai peur de répondre à mes propres questions, parce que je sens que je me haïrais si je le faisais.

Je ne m'occupais pas de mes enfants comme j'aurais dû, parce que j'essayais de mener le genre de vie que je ne pouvais pas réellement me permettre. J'étais comme une bête prise au piège, cherchant un moyen de s'échapper. Je me sentais salaud. Je ne pouvais pas dormir la nuit. Je pensais toujours à mes enfants au moment où j'allais manger et la nourriture ne voulait plus descendre. C'est paradoxal, mais je n'allais plus les voir en quelque sorte pour me punir. Et quand mon père ou Consuelo venaient au café et me criaient des injures devant mes amis, je me sentais soulagé.

Je sentais que j'avais payé mon comportement par l'humiliation.

Gilberto et sa femme Caroline étaient mes plus proches amis. Lui était imprimeur, membre d'un syndicat, et elle tenait le café. J'ai essayé de le faire travailler à Tepito, mais il préférait ses cinquante pesos par jour, la Sécurité Sociale et sa retraite vieillesse.

C'est Gilberto qui m'a initié aux courses de chevaux, au *jai-alai* et au *frontón*, qui ont fait ma ruine. Je pariais même aux matches de boxe et aux combats de coqs. Oui, le vice du jeu s'est emparé de moi, plus que jamais. Les cartes étaient peu de chose à côté de ça. J'avais toujours l'espoir de tomber sur le gros lot, qui me rapporterait trois, quatre, cinq mille pesos. Je rêvais de la satisfaction que cela me donnerait si je pouvais dire : « Tiens, papa, prends ça. Prends tout. » Parce que, par Dieu, je ne voulais pas l'argent pour moi. Je jure que si j'avais touché le gros lot, j'aurais tout donné à mon père et à mes enfants. Je n'aime pas l'argent.

Un jour, Gilberto m'a emmené aux courses et j'eus la malchance de prendre un ticket gagnant pour dix pesos. Le pari m'a rapporté sept cent quatre-vingt-six pesos; alors je me suis dit : « Pourquoi est-ce que je perds mon temps à travailler, alors que je peux faire une fortune ici ? » Depuis ce moment, j'aime les chevaux. J'ai appris à lire les pronostics et j'étudiais le poids, le temps, les jockeys, les distances, tout ça. J'en savais tant que je suis devenu scientifique sur ce sujet. C'est peut-être ce qui a causé ma perte. J'aurais dû m'en tenir aux intuitions et aux rêves comme Gilberto.

J'ai perdu beaucoup d'argent à l'hippodrome. Je marchais bien à Tepito, gagnant parfois jusqu'à cent pesos par jour, mais tout, tout allait aux chevaux. Une fois, je suis arrivé avec douze cents pesos et je suis reparti avec trente centavos, juste de quoi prendre l'autobus. Ce jour-là, je n'ai même pas mangé... Je préférais parier que manger... et le soir j'ai dîné à crédit au café. Je n'ai gagné que deux fois... rien que treize cents pesos en tout. C'est incroyable, mais mes pertes atteignaient parfois mille pesos par mois, sinon plus. L'argent que j'aurais dû utiliser comme capital au marché était jeté par les fenêtres. J'aurais pu être assez riche, si je n'avais pas eu la manie du jeu.

Ne croyez pas que je pariais pour m'amuser ! Pour moi,

c'était une affaire, un travail... le moyen le plus rapide de s'enrichir. J'étais toujours plein d'espoir. Quand j'avais perdu tout l'argent que j'avais sur moi et que je ne pouvais plus placer de paris, je me sentais crouler. Je me mettais à transpirer. Je me reprochais d'être un imbécile... d'avoir piqué le mauvais numéro... de n'avoir pas suivi l'intuition de Gilberto... d'avoir mal interprété un rêve... d'avoir la guigne. Mille fois je me conseillais d'abandonner, mais je n'avais pas plus tôt conclu une bonne affaire que je courais à l'hippodrome avec mon argent. Le lendemain matin, j'allais au marché sans un centavo chercher un ami avec du capital qui s'associerait avec moi pour la journée.

Et pour aggraver les choses, un de mes associés est parti un jour avec cinq mille pesos de marchandises, me laissant payer les créanciers. Je dois encore douze cents pesos sur cette affaire.

Mon *compadre* Alberto était resté aux Etats-Unis encore une saison, jusqu'à ce que l'Immigration lui mette la main dessus et le jette dehors. Je le voyais beaucoup après son retour, mais nous n'étions plus si amis. Au début, il me parlait comme avant, puis j'ai remarqué qu'il s'éloignait de plus en plus. Il y avait une certaine froideur dans sa voix, vous voyez ce que je veux dire ? Un certain quelque chose. Cela a duré environ trois ans. Puis un jour, il est arrivé avec sa tante au café de Gilberto, ivre-mort.

Je faisais du pain pour Carolina, ce matin-là, et j'ai refusé de boire un verre avec lui. Il s'est assis et ne m'a pas quitté des yeux pendant que je travaillais. Il bougeait la tête de droite à gauche, tristement, le regard fixé sur moi : « Qu'est-ce qui ronge ce type ? » me suis-je demandé. Il a levé son verre et a dit à ma tante : « *Salud*, au meilleur et au plus traître des amis. » Puis il m'a regardé.

Ça a duré une seconde et je ne pouvais pas l'ignorer. Alors, je me suis approché de lui et j'ai dit : « Ecoute, *compadre*, il n'y a jamais eu d'histoires entre nous. Pourquoi me dis-tu ça ?

— Ecoute, dit-il, si ce n'était pas pour mes enfants, je jure que je t'aurais déjà tué, *compadre*.

— Attends une minute, dis-je, qu'est-ce que tu as dans la tête, *cabrón* ? Tu es fou ?

— N'est-ce pas vrai que t'as chanté sur le derrière de ma femme ?

— Qui t'a dit ça ? »

J'étais furieux. Je sentais monter un volcan en moi.

« Juanita, ma femme, me l'a dit. N'est-ce pas vrai que tu lui as fait du rentre dedans quand tu l'as rencontrée au cabaret ? »

J'ai commencé à comprendre de quoi il s'agissait. Peu de temps après mon retour des Etats-Unis, j'avais rencontré un ami qui m'avait dit : « Dis-moi, *Chino,* la femme de qui travaille au Casino, la tienne ou celle d'Alberto ? »

Je n'aimais pas entendre ça parce qu'El Casino était un cabaret du quartier, très vulgaire, un vrai bordel. Alors, j'ai dit au type : « Tu sais, mon *compadre* était un coureur, il avait beaucoup de femmes. Qui sait de laquelle tu parles.

— Peut-être, dit-il, mais écoute, celle-là te connaît et laisse entendre qu'elle a des enfants d'Alberto.

— Non, tu ne veux pas parler de sa femme ! Il est légalement marié avec elle. Ce ne peut pas être Juanita ! »

Soudain, j'ai eu un pressentiment. J'ai eu le pressentiment que c'était Juanita, mais j'ai fait comme si ça n'avait pas d'importance, pour ne pas faire de tort à mon *compadre.*

Ce soir-là, je suis allé au Casino, histoire de jeter un coup d'œil. Comme il fait sombre dans ce genre d'endroits, je ne voyais rien au début. J'ai eu envie de pisser et en allant aux toilettes, j'ai rencontré une femme enlacée avec un type. En sortant, j'ai vu son visage et, en effet, c'était la femme d'Alberto. J'ai eu un sentiment horrible, aussi horrible que si elle avait été ma propre femme. Alors, je l'ai attrapée et je l'ai engueulée.

« Qu'est-ce que c'est que ça ! dis-je et je l'ai arrachée au type. Qu'est-ce que tu fous ici, putain ? »

Elle s'est dégagée en disant que je n'avais pas le droit de me mêler de ses affaires, qu'elle ne faisait rien.

« Rien ? Salope ! Qu'est-ce que ça veut dire, je n'ai pas le droit ! Tu sors d'ici à l'instant même, ou je te traîne dehors.

— C'est que le bébé était malade et Alberto ne m'envoyait

pas d'argent. Est-ce que j'allais laisser mourir mon bébé ? J'étais obligée... c'est pour ça que je l'ai fait.

— Vous mentez comme un arracheur de dents, *señora*. Il y a cinq jours seulement, j'ai moi-même rempli un chèque d'Alberto de cinquante-cinq dollars et je vous l'ai envoyé... Moi, personnellement. »

Alors, elle s'est mise à pleurer et j'ai retrouvé mon sang-froid. Après tout, elle n'était pas ma femme.

Je me suis donc calmé et je lui ai dit : « Ecoutez, *señora*, il n'y a pas de raison que vous travailliez ici. Si vous avez besoin d'argent, si Alberto ne vous en envoie pas assez, je peux vous en donner un peu jusqu'à ce qu'il revienne. Je vais bientôt commencer à travailler. Quand Alberto reviendra, il me remboursera. »

J'ai donné vingt pesos au propriétaire du cabaret pour qu'il la laisse partir et dix autres au flic qui était à la porte, et je l'ai renvoyée chez elle, pensant que j'avais bien agi vis-à-vis de mon *compadre*.

Aussi quand Alberto m'a accusé, je l'ai trouvée plutôt mauvaise.

— Ecoute, *compadre*, ai-je dit, je n'aime pas les bavardages. Ne tournons pas autour du pot. Lève-toi et allons chez toi. »

Nous avons pris un taxi et nous y sommes arrivés rapidement. Alberto et sa femme étaient concierges dans un immeuble et nous avons traversé la cour en direction de leur logement. Juanita fut surprise de me voir et eut l'air gênée. Alors nous avons réglé nos comptes.

« Non, dit-elle, je ne comprends pas comment Alberto a pu le prendre de cette façon. Je lui ai dit que vous m'aviez offert de l'argent pour vivre, pas pour coucher avec vous. »

Alberto l'a foudroyée du regard. Puis, il l'a giflée plusieurs fois. Je l'ai laissé faire parce qu'elle l'avait mérité à raconter des histoires pareilles. Il aurait pu me tuer, ou moi lui... et pour quoi ? Alors je l'ai laissé la dérouiller un peu. Mais quand il a continué à la battre, j'ai essayé de l'arrêter. Il était comme fou... comme en crise, hurlant : « Putain !... Putain !... » C'est tout ce qu'il pouvait dire. J'ai fini par le mettre au lit.

Il vient me voir de temps à autre, mais ce n'est plus la même chose entre nous. Me connaissant depuis si longtemps et étant donné nos rapports, eh bien, il n'aurait pas dû douter de moi. Cela m'a blessé. Je ne l'ai pas montré, mais au fond, ça m'a donné l'impression d'avoir été trompé. Cela a même eu une influence sur l'affaiblissement de ma foi religieuse.

Mais j'admire vraiment mon *compadre.* Il a une volonté de fer. Quand il décide de faire quelque chose, il le fait. Il conduit un taxi, ses fils vont à l'école, il a un petit poste de télévision... un fourneau à gaz... et il parle même de construire une maison. Son grand rêve est de conduire un de ces énormes cars de tourisme, et je ne doute pas qu'il y parvienne.

Il m'a toujours conseillé de me ranger et de cesser de vivre selon mon caprice. Il dit que je suis plus intelligent que lui, et que je peux réussir mieux que lui. Je ne sais pas d'où il tire sa volonté et sa persévérance... peut-être parce qu'il ne sait pas lire, il n'a rien pour lui distraire l'esprit. Peut-être que ça l'aide à se concentrer plus clairement sur des choses pratiques, n'est-ce pas ?

Enfin, j'étais veuf et encore dans la vingtaine. J'étais réellement un homme libre. Je me levais à midi, passais l'après-midi et la soirée au marché, dans les rues, aux courses, ou dans tout autre endroit où je pouvais jouer. J'avais plein d'amis, mais j'avais envie d'avoir une femme. Trois fois, je suis allé au bordel, mais je suis ressorti sans avoir rien fait. Je ne peux pas souffrir ces femmes.

Puis j'ai rencontré María, la filleule de Carolina, au café. Ce n'était qu'une gosse de dix-sept ans quand je l'ai vue la première fois. Sa mère avait été tuée par son beau-père quelques années auparavant, et elle avait vécu à la vadrouille avec sa grand-mère et ses trois petits frères et une sœur. Ils couchaient dans une échoppe du vieux marché avant qu'il soit démoli. Quand je l'ai rencontrée, ils dormaient tous sur le petit balcon de la chambre de Gilberto et Carolina.

J'ai remarqué les défauts de María dès le début. Elle était molle et paresseuse. Mais c'était une fille bien faite, jeune et jolie. Je la désirais très fort. Je me disais : « Avec de la patience, de la tendresse, elle changera. Elle a eu une vie misérable, mais peu à peu, je la ferai changer. »

Ce n'est pas que j'étais amoureux de María, ça non. Ma capacité d'amour avait été anéantie. Je le savais, car lorsque je voyais Graciela dans la rue de temps en temps, je ne ressentais pas la moindre émotion à son égard. Non, si je faisais la cour à María, c'était uniquement par commodité.

J'ai invité María à aller à Chalma avec moi et un ami. J'avais l'intention d'accomplir le vœu de femme d'aller à genoux de la *Cruz del Perdón* au Sanctuaire du « Petit Saint », mais quand on a permis à María de m'accompagner, j'ai complètement oublié le vœu.

Tout le long du chemin, j'ai essayé de la... vous voyez ce que je veux dire. Et dans le car, elle avait déjà cédé... elle a dit qu'elle le ferait. Quand le pèlerinage à pied a commencé, nous avons passé la première nuit ensemble. Nous avons couché sur une *petate* dans un champ, mais ça s'est très mal passé.

Imaginez, le moment est venu... elle commençait déjà à avoir des regrets... et je n'ai rien pu faire. Pas de réaction. Elle a juste résisté un petit peu et je me suis énervé et je n'ai pas pu... tout simplement. J'ai eu une terrible crise de nerfs. J'ai fait comme si j'étais fâché contre elle, pour cacher la vérité. Nous avons dormi sur la même paillasse pendant trois jours, mais ça n'a pas été plus loin.

Depuis, j'ai eu toute une série de contrariétés de ce genre. J'ai continué à lui courir après et quand tout était arrangé, je ne pouvais pas. Tout ce que j'avais, c'était une horrible douleur dans les testicules et je passais la nuit dans la rage et la déception. J'avais toujours été viril, mais depuis la mort de ma femme, je ne suis plus le même. Je crois que la dépression morale que j'en ai ressentie m'a complètement chamboulé.

Je me suis dit : « Enfin, qui sait ? Peut-être Dieu ne voulait-il pas que je la touche ? » Puis un autre garçon a commencé à lui courir après et avant que j'aie le temps de m'en apercevoir, ils étaient *novios*. Je n'allais pas laisser ce salaud me distancer ! Après tout, j'avais couché près d'elle. Je connaissais son corps, alors comment pouvais-je le laisser la posséder.

Alors je lui ai demandé de m'épouser. J'ai promis de travailler dur, de lui donner ce dont elle avait besoin et tout ça. Je lui ai rappelé que je m'étais comporté avec respect : « Tu vois, lui ai-je dit, voilà ce qu'on récolte pour s'être conduit décemment. C'est une chose que tu n'apprécies même pas. J'aurais pu t'avoir, mais je me suis retenu, parce que j'avais promis de te respecter. »

Alors, vous savez ce qu'elle a dit ?

Elle a dit : « Pourquoi as-tu promis ? Parce que tu ne pouvais pas ! Quand on est arrivé au moment critique, tu n'as rien pu faire ! »

J'ai été si furieux que je l'ai giflée : « Maintenant tu me reproches de m'être retenu ? C'est tout ce que j'obtiens pour avoir été respectueux ? » Et je l'ai giflée de nouveau. Naturellement, mon orgueil de mâle ne me permettait pas de reconnaître ce qui s'était passé en réalité.

Après ça, nous ne nous sommes plus parlé. Une autre femme a commencé à me courir après. Elle vivait avec un homme et je n'en voulais pas, mais elle s'est accrochée jusqu'à ce que finalement, alors que je m'y attendais le moins, j'ai dû céder.

Puis brusquement, María est venue voir un jour et elle a dit : « Manuel, tu m'as demandé de t'épouser, n'est-ce pas ? Eh bien, faisons-le tout de suite. » J'étais tout à fait surpris, mais je l'ai emmenée à l'hôtel avant qu'elle ne change d'avis. La raison, c'est qu'elle était jalouse de cette autre femme et voulait prouver qu'elle pouvait me reconquérir.

Ce fut immédiatement évident que Maria était inexpérimentée. Elle était vierge et complètement passive. Elle s'est laissée prendre et voilà tout. A cause de mon état de nerfs, j'ai dû faire beaucoup d'efforts et même ainsi, c'est tout juste si j'y suis arrivé. Après ça, María est retournée dormir sur son balcon et je couchais au café. Nous avons continué à vivre comme ça pendant plusieurs mois.

J'espérais que María allait changer. Mais elle était toujours aussi désespérément passive. Je ne veux pas paraître dépravé, mais d'après mon expérience, une femme doit atteindre un certain point d'excitation. Eh bien, j'ai essayé, je l'ai préparée, mais elle ne réagissait pas. Parfois, alors que j'étais en train de lui parler et de la travailler, elle s'endormait ! Ça vous gèlerait n'importe qui, non ?

Je la grondais : « Ecoute, María, pourquoi est-ce toujours moi qui dois prendre l'initiative ? Pourquoi n'est-ce jamais toi qui demandes ? C'est normal dans un couple.

Comment se fait-il que tu n'y aies jamais pensé ? » *Ay*, pauvre de moi ! Je croyais que c'était parce qu'elle ne m'aimait pas, mais elle disait tout le temps qu'elle ne vivrait pas avec moi si elle ne m'aimait pas.

Elle ne se plaignait pas de mon impuissance, cependant. Je ne l'étais pas toujours, et d'ailleurs, je pouvais le cacher. Mais cela me torturait ! Quelquefois, j'en rejetais la faute sur mon cerveau, qui n'était jamais au repos. Même quand j'étais dans l'acte, je n'y étais pas vraiment. Je pensais toujours, ou j'écoutais de la musique dans ma tête. Mon esprit errait d'une chose à l'autre, complètement déconnecté. Mon cœur battait très fort et mes pensées étaient lourdes; quelquefois je pensais tellement que j'avais l'impression que ma tête allait éclater. Il y avait des fois où le monde s'arrêtait pour moi et je n'avais envie de rien faire. La rue, le bruit, l'agitation, les gens... tout était mort pour moi... les fleurs étaient incolores.

Quand j'étais avec María, j'oubliais un peu mes soucis. J'essayais de lui parler des choses sérieuses de la vie, mais ça l'ennuyait. Je n'étais pas très cultivé, mais au moins j'aimais lire, me cultiver un peu. Mais vous savez ce qui l'intéressait ? Les illustrés, les histoires d'amour, les commérages... elle parlait beaucoup avec d'autres gens de choses de ce genre, mais quand je discutais avec elle, elle ne répondait que par : « oui » ou « non ».

Et puis sa négligence me gênait. « Arrange-toi, María, je t'en prie, disais-je. Essaie d'être un peu plus propre. Tu es l'image même de la désillusion, comme s'il ne te restait plus aucune illusion. » Elle ne montrait aucun intérêt dans la vie. Je me demandais si elle avait quelque chose qui n'allait pas.

Je pensais à quitter María quand elle est tombée enceinte. Je n'avais pas l'intention de l'abandonner à ce moment, ni de lui rendre la vie difficile. Elle voulait que nous nous mariions civilement (quelqu'un lui avait dit qu'un enfant né en dehors des liens du mariage développe des oreilles d'âne et marche dans l'ombre de la croix toute sa vie). Mais je ne voulais pas l'épouser parce que cela aurait été une espèce de trahison envers mes enfants et ma défunte femme. Les enfants que j'aurais avec elle auraient tous les droits devant la loi, tandis que mes quatre enfants perdraient les leurs automatiquement.

C'est vers cette époque que mon père m'a dit de reprendre mes enfants. « J'en ai assez, dit-il, je suis fatigué de tes gosses. Il faut que tu les sortes d'ici. Je ne peux plus les supporter. »

Alors je les ai amenés à la Casa Grande, où habitaient Marta et ses enfants. Marta a accepté de s'occuper d'eux si je lui versais une pension pour leur entretien. Eh bien, le troisième jour, en allant lui porter l'argent dans la soirée, j'ai trouvé mes gosses abandonnés, n'ayant rien mangé de la journée. Ma sœur était partie avec un homme, ses enfants et tout ! Elle est partie sans dire un mot et mes pauvres enfants avaient l'air d'orphelins affamés quand je suis arrivé.

C'est alors que j'ai emmené María vivre avec moi à la Casa Grande. Je pensais qu'elle servirait au moins à préparer le repas des enfants, sinon à autre chose. Mon père a dit que je pouvais avoir la pièce si je payais le loyer. Quand il a appris l'existence de María, tout ce qu'il a dit c'est : « Alors, tu as encore pris une responsabilité. Ce sera exactement comme la précédente. »

J'ai commencé avec des tas d'illusions, croyant pouvoir enfin fonder un foyer. Puis mon père a tenu à envoyer les meubles à Acalpulco, où Marta vivait avec son type. Consuelo est venue chercher des affaires, puis Delila, et nous nous sommes bientôt retrouvés dans une pièce vide, rien que les quatre murs et nous.

Quand Consuelo est venue et qu'elle nous a vus dormir sur un carton par terre, elle a dit : « Ecoute, frère, je n'utilise pas mon grand lit chez Lupita. Pourquoi ne me le rachèterais-tu pas pour cinquante pesos ?

— Mais, dis-je, papa dort dedans quand il va voir Lupita. Comment pourrais-je l'enlever ?

— Ça m'est égal, dit-elle, le lit est à moi. Après tout, je l'ai payé. Je préfère que ce soient tes enfants qui dorment dedans. »

Je lui ai donc donné l'argent et je suis allé chercher le lit. María et moi couchions dedans, et j'ai mis le matelas par terre pour les enfants. Quand María a donné naissance à ma petite fille Lolita, le bébé a dormi avec nous dans le lit. Quand Consuelo a vu ces arrangements, elle a commencé à faire une histoire.

« Qu'est-ce que c'est que ça ? Je t'ai donné le lit pour les enfants, pas pour que... »

Je me suis mis en colère tout de suite, car elle sous-entendait toujours que je maltraitais mes enfants. Quoi, j'avais dormi par terre toute ma vie ! Et Roberto et moi étions bien plus mal installés parce que nous n'avions ni matelas ni draps comme mes enfants.

« Consuelo, tu ne m'as pas donné le lit, tu me l'as vendu. C'est moi qui commande dans ma maison... moi... pas toi. Ne viens pas nous donner des ordres. Aussitôt que j'aurai de l'argent, j'achèterai un autre lit. »

Enfin, elle a continué à faire des histoires à propos du lit. J'ai fini par lui dire : « Ecoute, n'en fais pas une maladie. Rends-moi les cinquante pesos et fiche le camp avec le lit... » Mais elle n'avait pas l'argent, la bataille a donc continué. Une fois, elle m'a même attendu à la porte d'un cinéma et elle a commencé une dispute quand je suis sorti.

« Tu es cinglée », lui ai-je dit, et je l'ai laissée hurler au coin de la rue. Je crois que je l'ai rendue folle de rage, car le lendemain elle est venue à la maison, elle a donné cinquante pesos à María et emporté le lit.

Puis j'ai fait un bonne affaire au marché et je suis rentré à la maison avec une chambre à coucher.

« Quels jolis meubles », a dit María. J'avais pensé que les meubles l'animeraient un peu, mais elle était aussi indifférente et négligente que d'habitude. Où que je passe le doigts, il y avait de la poussière, des traces de doigts, de la saleté.

« Pour l'amour de Dieu, *mujer*, qu'est-ce que tu fais toute la journée ? lui disais-je. Prends un chiffon et un peu d'huile et nettoie les meubles. Essaie de tenir la maison propre. »

Quinze jours plus tard, la porte de l'armoire était cassée. Je me suis vraiment fâché et je l'ai traitée de tous les noms. Elle a commencé par accuser mon frère, puis mon plus jeune fils. Je ne pouvais rien tirer de cette femme. Tout ce que je pouvais faire, c'était de parler.

« A quoi ça sert d'avoir des choses si tu les laisses s'abîmer ? Tu aimes vivre dans la saleté, d'accord, vivons dans la merde. On verra qui s'en lassera le premier. Nous n'avons pas beaucoup d'argent, mais au moins tu n'as pas faim. C'est une grâce pour laquelle tu dois remercier Dieu et moi-même. Beaucoup de femmes seraient heureuses rien que d'avoir un homme sur lequel elles puissent s'appuyer; tout le monde est plus respectueux envers toi, rien que parce que tu vis avec un homme.

« Tu me trouves peut-être trop vieux. Tu es peut-être déçue parce que je ne rentre pas saoul en te réveillant d'un coup de pied au milieu de la nuit. Tu t'ennuies peut-être, María ? Que veux-tu ? Je ne veux pas te martyriser. J'ai déjà martyrisé une femme; une femme est morte à mes côtés, et je jure que je te quitterais plutôt que de te sacrifier. Je ne veux pas d'une femme esclave, je veux une compagne. Etudie quelque chose, va travailler, sois active... »

Elle ne faisait que m'écouter. Quand je posais une question, elle répondait « oui » ou « non ». Je ne veux pas rejeter toute la responsabilité sur elle, mais si elle n'avait pas été comme ça, ma vie serait maintenant radicalement différente.

Puis sa famille a commencé à m'envahir. C'était terrifiant ! J'avais vécu dans les conditions les plus pauvres, mais la famille de ma femme me choquait réellement. Ce qui est arrivé, c'est que sa tante et sa grand-mère se sont fait mettre à la porte de chez elles parce qu'elles n'avaient pas payé le loyer. L'un des fils de la tante est venu et a demandé la permission de coucher une nuit chez nous. Alors, il est resté.

Puis un jour, sa mère, Elpidia, est venue avec son autre enfant, brûlant de fièvre. Un vent très fort soufflait dehors et la *señora* répétait : « Où vais-je habiter ? Rendez-vous compte, l'enfant est malade et je dois chercher un endroit où habiter. » Bref, elle n'avait pas besoin de me faire un dessin, alors je lui ai dit qu'elle pouvait rester jusqu'à ce que l'enfant soit rétabli.

María avait une cousine, Luisa, qui vivait avec son second mari. Les enfants de son premier mari vivaient avec eux. La situation de ces gens était unique ! Le second mari avait violé la petite fille de Luisa, une enfant de onze ans et l'avait mise enceinte. La mère a fait semblant de ne pas voir ce qui se passait, mais elle le savait très bien et elle a continué à vivre avec cet homme. Or, ceci est une chose qu'on n'accepte pas dans mon milieu, aussi bas soit-il. Le beau-père avec sa belle-fille ! Jamais !

Eh bien, Luisa est venue chez nous avec la fille qui était très mal en point. La gosse avait l'air d'un poussin, la pauvre, rien que la peau et les os. Je l'ai emmenée chez un médecin et il a dit que c'était un cas très grave de sous-alimentation et de broncho-pneumonie. Il ne savait pas qu'elle était également enceinte ! J'ai payé le médecin et les médicaments et voyant que la gosse était si malade, je les ai laissés rentrer chez nous.

Puis la grand-mère est venue avec les frères de María, sous le prétexte de rendre visite aux enfants malades et paf ! ils sont restés aussi. Il y avait donc Elpidia et ses deux fils, Luisa et sa fille, la grand-mère, les trois frères de ma femme, ensuite sa sœur, et une autre fille de Luisa, mes quatre enfants, María, Lolita et moi. Dix-huit à vivre dans une seule pièce. Par la suite, mon frère Roberto ne sachant où habiter, lui et sa femme sont venus aussi.

Du dégoût, du dégoût, c'est ce que je ressentais en rentrant chez moi chaque jour. Il y en avait partout, par terre, jour et nuit. Ils étaient sales et la maison empestait. La grand-mère était la mieux du tas. Elle essayait d'être propre, mais la tante Elpidia était la pire de tous. Elle se mettait dans un coin de la cuisine à épouiller ses enfants, à retirer les punaises. Pour autant que je pouvais voir, elle ne se lavait jamais les mains. Elle me servait à table, mais comment pouvais-je manger ? Rien qu'à voir ses mains, j'avais la nausée.

La petite sœur de María avait toujours de la morve jusqu'au menton. Les w.-c. sentaient et ils ne prenaient même pas la peine de fermer la porte quand ils y allaient. Les gosses étaient tout le temps en train de hurler, surtout le matin quand j'aimais dormir. Quel vacarme ! C'était comme un enfer déchaîné. C'en est arrivé à un point où mes nerfs sont devenus malades.

Mon père venait tous les jours, comme il en avait l'habitude. Il ne disait jamais rien, mais je voyais qu'il n'aimait pas que tous ces gens soient là. Ma première réaction fut de les mettre à la porte, mais mon autre moi disait : « Les pauvres, ils n'ont pas où aller. Aujourd'hui ce sont eux, demain ce sera moi. Comment puis-je les chasser ? »

Je disais à María : « *Ay*, ma petite. Ce n'est pas qu'ils soient une charge, mais je paie pour tout et mon argent s'épuise... le petit capital que je possédais pour travailler. Dis-leur, je t'en prie; ils pourraient peut-être se débrouiller un peu de leur côté.

— Non, disait-elle, je ne peux pas leur dire de s'en aller. Dis-le-leur, toi.

— Mais c'est ta famille. Ne les chasse pas, mais fais-leur comprendre, trouve un moyen. Ce n'est pas juste, surtout maintenant que je suis dans une *tanda* et que ces gens me coûtent trente pesos par jour ici. » Mes amis du marché organisaient des *tandas*, afin d'avoir de l'argent pour travailler. Chaque semaine, environ dix d'entre nous achètent des tickets de cinquante pesos et chacun à son tour reçoit une somme de cinq cents pesos net. Alors, telle était ma situation, payant cinquante pesos par semaine et entretenant tous ces gens.

Mais María n'a jamais rien dit à sa famille. La vérité, c'est qu'elle était contente qu'ils soient là. Elle n'avait jamais eu l'air plus heureuse. Je suis devenu de plus en plus nerveux, mais je ne leur ai rien dit non plus. Mon argent s'est complètement épuisé. C'en est arrivé à un tel point que j'ai demandé à mon père de reprendre mes enfants, car depuis longtemps María utilisait l'argent que je lui donnais pour la maison à nourrir sa famille et ne donnait à mes enfants que du pain et du café noir. Mes pauvres enfants ! María et sa famille leur menaient la vie dure.

Je n'avais absolument rien. J'ai dû vendre la chambre à coucher, et emmener María et Lolita manger au café à crédit. La première à partir fut la grand-mère de María, parce qu'elle était la plus respectable. Elle s'est rendu compte qu'il se passait quelque chose de grave en moi et elle a emmené la sœur et les frères de María avec elle. Je n'ai pas chassé les autres, mais ils sont partis les uns après les autres, parce que je n'avais plus rien à leur donner. Ce fut une vraie victoire de se débarrasser de cette tante ! Ils avaient passé deux mois avec nous, j'étais complètement fauché et profondément endetté quand ils sont partis.

Ma vie a été un magma d'émotions inexplicables. Je semble être une de ces personnes morbides qui prennent plaisir à se torturer. Je me maudis de toute la force de mon âme.

Je jure qu'il y a eu des fois où j'ai pleuré la nuit, tout seul au café. Ma vie a été si stérile, si inutile, si malheureuse que, *por Dios*, parfois je voudrais mourir. Je suis le genre de type qui ne laisse rien derrière lui, aucune trace derrière lui dans le monde, comme un ver qui se traîne sur la terre. Je n'apporte de bien à personne; mauvais fils, mauvais mari, mauvais père, mauvais tout.

En repensant à ma vie, je m'aperçois qu'elle a été basée sur une chaîne d'erreurs. Je l'ai traitée avec frivolité et je me suis contenté de végéter, de survivre dans un crépuscule gris, sans effort et sans gloire. J'ai attendu un coup de chance... un million de pesos afin de pouvoir aider mon père, mes enfants, mes amis dans le besoin. Comme je ne pouvais pas faire les choses à grande échelle, je n'ai rien fait du tout.

Mais maintenant j'ai un peu plus confiance en moi et je suis plus raisonnable. Je serais fier de fonder un foyer modeste, d'éduquer mes enfants, d'économiser de l'argent. J'aimerais laisser quelque chose derrière moi, pour que lorsque je mourrai, tout le monde se souvienne de moi avec affection.

Cela paraît risible, mais si je pouvais trouver les mots appropriés, j'aimerais écrire de la poésie un jour. J'ai toujours essayé de voir la beauté, même au milieu de tous mes malheurs, afin de n'être pas déçu par la vie. J'aimerais chanter la poésie de la vie... les grandes émotions, l'amour sublime, exprimer les passions les plus basses de la façon la plus belle. Les hommes qui savent écrire ces choses rendent le monde plus habitable, ils élèvent la vie à un niveau différent.

Je sais que si je veux être constructif, je devrai lutter contre moi-même. Avant tout, je dois gagner la bataille contre moi-même !

Roberto

C'est par une nuit de décembre 1952 que je suis allé en prison à Veracruz. Vous voyez, je me trouvais être dans un bordel, à passer le temps, à m'amuser un peu. J'ai toujours été un loup solitaire et je suis capable d'aller n'importe où. J'étais là depuis un certain temps, buvant en compagnie d'une dame. Nous étions au bar quand j'ai vu entrer un type qu'on appelait « Poulet » Calván. Eh bien ?... encore un type du coin, rien de plus, croyais-je. J'ai découvert par la suite que c'était le fils d'un haut fonctionnaire, et qu'il sortait toujours accompagné de policiers armés, et que c'était pour ça qu'il était si arrogant. Il insultait et humiliait qui il avait envie. Il lui était facile de faire le dur parce qu'il était protégé.

Il s'est approché du bar et s'est planté derrière moi. J'étais en train de boire et je me suis retourné. Il est resté là à me regarder, alors je l'ai regardé, ce qui est naturel, n'est-ce pas ? Je ne lui ai rien dit et il ne m'a rien dit. Nous nous sommes simplement regardés.

Enfin, c'est ainsi que le *pique* a commencé, comme on dit au Mexique. Mais dès le début, je n'ai pas voulu le relever. On a joué un *danzón* qui est ma musique préférée, et j'ai invité la fille à danser. « Bien sûr, pourquoi pas ? » Après tout, elle était avec moi, n'est-ce pas ? Environ au milieu du morceau, le type s'est approché de moi et il a dit : « Pousse-toi, je vais danser.

— D'accord, mais en ce moment c'est moi qui danse avec elle, dis-je. Attends que le morceau soit terminé.

— Qu'est-ce que ça veut dire ? « Attends ! » Primo, tu

n'as pas à me tutoyer. Secundo, je vais danser parce que j'en ai envie.

— Ecoute ! Primo, je te tutoie parce que c'est toi qui as commencé à me tutoyer; secundo, tu ne vas pas danser avec elle parce que, même si c'est une prostituée, je ne vais pas la lâcher comme ça, et c'est tout ce qu'il y a à en dire. » Je respecte toute femme qui est avec moi et je veille à ce qu'on la respecte, quelle que soit sa position sociale.

Eh bien, la corrida a commencé. Il m'a envoyé un direct du droit qui me fait encore mal à chaque fois que j'y pense, et je suis tombé. Voilà, il n'y avait plus moyen d'éviter la bagarre, n'est-ce pas ? Parce que, si il y a une chose que j'ai, c'est que je ne me dérobe jamais à une bagarre. Je me suis relevé et deux ou trois flics se sont approchés avec l'intention de se saisir de moi. Galván avait convenu avec eux du scénario suivant : lorsque la dispute devenait sérieuse, qu'on en venait aux poings, les flics devaient intervenir, immobiliser l'adversaire afin de lui permettre de taper à son aise. Mais pour moi, il a dit : « Non, laissez-le, je peux m'occuper de ce salaud tout seul ! »

Les policiers ont reculé. Et alors, on y est allé, mais dur. J'avais fait de la boxe autrefois, tandis que lui n'était pas très fort aux poings, alors, franchement, je prenais le dessus. Tout à coup, il a tiré un revolver et m'a menacé. Je n'ai pas peur quand je vois une arme. Au lieu d'être effrayé et de reculer, je deviens absolument fou furieux et j'ai envie de réduire mon adversaire en miettes.

Il a dit : « Aujourd'hui, tu vas mourir, fils de pute !

— A voir. N'importe qui peut sortir un revolver... c'est facile... mais tirer, c'est autre chose... faut avoir du cran.

— Tu vas voir, dit-il.

Alors, j'ai tiré mon couteau et je l'ai blessé. Je ne peux pas dire que c'était une blessure mortelle, mais je l'ai effectivement blessé. Je l'ai frappé trois fois, deux fois dans le corps et une fois à la main.

Il y a eu tout un remue-ménage et les flics m'ont arrêté. Ils ont dit « Maintenant, tu vas voir, fils de pute, maintenant tu vas crever. » Et pour être honnête, c'est bien à ça que je m'attendais. J'étais sûr qu'ils allaient me descendre. D'autres qui avaient simplement osé élever la voix devant lui avaient reçu de terribles raclées. Et moi je l'avais blessé ! J'ai cru que j'étais refait. Alors j'ai mis le paquet.

Les flics disaient : « Tu vas voir, fils de ta putain de mère, tu vas voir... tu vas crever.

— D'accord, mais avant que je crève, il y en a un ou deux d'entre vous qui vont me précéder. » Ils ont commencé à armer leur revolver, mais ce qui m'a sauvé, et j'en rends grâces à Dieu, c'est que l'un des flics a dit : « Non, emmenons d'abord Galván chez un médecin, ensuite on saura quoi faire de lui... sinon on pourrait avoir des ennuis et ça n'en vaut pas la peine.

— Alors, je n'en vaux pas la peine, sale fils de pute, dis-je, essaie un peu et tu verras. »

Enfin, ils m'ont emmené à la prison municipale, là-bas à Veracruz. J'étais salement coincé. Je me sentais plutôt déprimé. Ma famille ne savait pas que j'étais là. Qu'est-ce que ça m'aurait coûté de leur envoyer une lettre, n'est-ce pas ? Mais comment annoncer la mauvaise nouvelle ? Plusieurs jours ont passé et j'étais pire que déprimé, pire que triste... j'étais désespéré.

Je n'avais qu'une seule idée en tête, c'était de sortir par n'importe quel moyen, à n'importe quel prix. Mais je devais réfléchir à la meilleure façon de le faire, pour ne pas rater. Pour aller à la salle d'audiences, il fallait sortir de la prison, alors j'ai fait une demande d'audition. Je l'ai obtenue et le rendez-vous fut fixé.

J'avais vendu mes chaussures pour acheter de la nourriture parce que je ne pouvais pas manger ce qu'ils nous donnaient. Même des cochons leur auraient vomi à la figure et leur auraient dit quelques vérités, s'ils pouvaient parler. Alors je portais des sabots en bois avec de larges bandes de caoutchouc au milieu pour les faire tenir. Je me suis exercé à les retirer rapidement, sans me baisser, car il aurait été impossible de courir avec des sabots. J'ai continué à m'exercer jusqu'à ce que le jour finisse par arriver. Je n'avais pas tout calculé, mais j'avais décidé de m'enfuir.

Je suis allé à la salle d'audience, accompagné d'un flic armé, marchant entre lui et le mur. Nous avons tourné à gauche, traversé les couloirs qui menaient à la sortie, où il y avait des soldats qui montaient la garde. Le flic a commencé à me poser des questions, mais je ne lui prêtais pas beaucoup d'attention. Je me concentrais sur la rue, de quel côté tourner, combien il y avait de gens autour, et des choses comme ça. Le flic a dit : « Ne t'en fais pas. Tu vas bientôt sortir. » Sur ces mots, me voilà parti comme une flèche, jetant mes sabots, je ne sais comment. Le moment venu, j'ai tout oublié de mes exercices.

Je suis parti, pieds nus, et j'ai foncé comme si le diable était à mes trousses. J'ai démarré avec une bonne avance. Puis j'ai entendu armer le Mauser 7 mm., un bruit que je connais bien depuis que j'ai été dans l'armée. Les passants et les employés criaient : « Vas-y. Ne sois pas idiot. Tue-le. Tire-lui dans les jambes. » Je ne me suis pas retourné, parce que si je l'avais fait et que je l'avais vu me viser, j'aurais pris peur.

Je risquais ma vie pour m'enfuir, et avec l'aide de Dieu j'allais réussir. Je courais comme un lièvre, avec lui et plusieurs autres sur mes talons. Les gens se poussaient de côté en me voyant arriver. Quand je suis arrivé vers les portes de la ville, ils ont commencé à tirer. Ça ressemblait au 16 septembre, tellement ils tiraient. *Qué barbaro !* la façon dont les balles tombaient à côté de moi... ou devant moi, à mes pieds... exactement comme au cinéma. Une foule de gens étaient après moi, même des civils, qui voulaient simplement se donner un peu de plaisir à la gâchette.

Au lieu de me diriger vers les collines, j'ai couru vers une plantation de café qui était plus proche. Mais il me fallait d'abord traverser un groupe de maisons où il y avait toutes sortes de gardiens et de sentinelles. Je me suis précipité dans la gueule du loup sans m'en apercevoir. J'étais plus que fatigué, déjà... vraiment épuisé. J'avais couru plus d'un kilomètre et dépensé toutes mes énergies. J'avais l'impression que mes poumons et mes tempes allaient éclater et les yeux me sortaient de la tête. Je n'avais vraiment plus la force de courir. Mais même ainsi, j'avais encore l'espoir de pouvoir m'enfuir. J'avais une énorme avance, au moins deux ou trois pâtés de maisons.

Il me fallait passer par le patio d'une maison privée, lequel était entouré d'une haie. Mais cachés dans les buissons, il y avait des fils de fer dans lesquels je me suis pris. Je suis tombé et j'ai eu du mal à me relever. J'ai rassemblé mes forces et j'ai sauté dans une autre cour. Il y avait des chiens dans celle-là et même eux se sont mis à me poursuivre.

J'ai tourné à un coin de rue et je suis rentré dans un type qui était assis là. A ce moment, je ne courais plus vraiment, je faisais plutôt des espèces de grandes enjambées, mais je croyais courir.

Il a dit : « Que se passe-t-il ? Pourquoi courez-vous ? Arrêtez !

— Ça ne vous regarde pas, lui ai-je dit. Qu'est-ce que je vous ai fait ? Je vous dois quelque chose ou quoi ? Laissez-moi tranquille. » Mais non, il voulait que je m'arrête; il a tiré un couteau et il m'a agrippé.

Je lui ai dit : « Qu'est-ce que je vous ai fait ? Lâchez-moi, s'il vous plaît. Ecoutez, vous pourriez être touché par une balle.

— Non, dit-il, maintenant on va savoir pourquoi tu cours. » Mais nous ne nous sommes pas arrêtés... nous avons continué à courir, lui accroché à ma veste. Je me suis laissé tomber par terre, pour voir si cela lui ferait lâcher prise. Il est tombé avec moi, toujours accroché, alors je me suis relevé brusquement, lui donnant un coup de genou dans les testicules. Il a lancé le couteau, mais j'ai réussi à l'éviter et l'arme n'a fait que traverser mes vêtements.

Et puis, pan ! de nouveau des coups de feu. Je me suis remis à courir, le type m'a arrêté. Mais j'étais mort... vraiment fini... je n'avais même plus la force de parler. Les autres sont arrivés — le flic; les plaisantins, les officiels et les employés; les civils et une foule de gens. Quelqu'un m'a saisi par le bras droit, quelqu'un d'autre par le gauche. Je me suis évanoui un moment et ils m'ont soutenu. Le flic avait son arme à la main et venait vers moi avec l'idée de me coller une balle dans la poitrine. Mais ceux qui me tenaient ont dit : « Ça va, crapule, le type est K.O. Il a son compte, pourquoi le battre encore ? On l'a attrapé, alors ne le battez pas maintenant. »

Sur le moment, le flic ne m'a pas frappé. Nous nous sommes dirigés vers un taxi qui s'était joint à la poursuite... ou plutôt ils m'ont porté, parce que je ne pouvais même plus marcher. Le flic était vraiment furieux. Je ne l'en blâme pas, car si j'avais réussi à m'enfuir, il aurait dû prendre ma place, vous voyez. Il semble que c'était la loi là-bas. Le policier est responsable de tout ce qui arrive à la personne qu'il est chargé de surveiller.

Mais il n'avait pas de raison de me battre. Tandis que nous montions l'escalier de la prison, il n'a cessé de me frapper avec son fusil sur le petit os au bas de la colonne vertébrale, à l'endroit où c'est très douloureux. Il me frappait en disant : « Monte, *desgraciado*. Si tu m'avais échappé, je serais à ta place maintenant. » Et chaque mot était un nouveau coup de crosse. Cela me faisait si mal que je pouvais à peine le supporter. Lorsque nous sommes arrivés, les autorités m'ont dit : « *Ay, negrito !* Tu cours comme un lapin. Qu'est-ce qui se serait passé si tu nous avais échappé, hein ? Remettez-le là où il était. »

Vlan ! ils m'ont flanqué un coup de pied au derrière et le flic a commencé à me taper dessus. Il m'a ouvert la tête avec son fusil. J'en porte encore la cicatrice.

« Espèce de salaud, lui ai-je dit. Je ne tiens même plus debout et tu me bats encore. Aie pitié ! » Tout le monde a reconnu qu'il agissait mal. Ils disaient : « Ça suffit. Laisse-le tranquille. Il a son compte. »

De retour en prison, les autres détenus ont commencé à me poser des questions : « Comment t'ont-ils attrapé ? Pourquoi n'as-tu pas couru par-ici... par-là ? » Ils me donnaient toutes sortes de conseils quant au chemin que j'aurais dû prendre, mais c'était trop tard. Mes compagnons d'infortune me respectaient beaucoup plus maintenant, vous voyez ce que je veux dire ! La plupart d'entre eux étaient là pour plus d'un meurtre. Un type, Eduardo, en avait dix-huit à son actif, et s'en vantait. Il disait : « *Ay*, les mauviettes. J'en ai tué dix-huit et regardez-moi. Je me fous de la prison. Je me repose. » Au bout de quelques années, il sortirait, moyennant finance, naturellement.

Vous ne pouvez pas vous imaginer les choses qui me sont arrivées dans cette prison, et les remords que j'ai éprouvés. Physiquement, j'étais mort, et moralement j'étais enterré. Mais je ne veux pas dramatiser, grâce à Dieu, je me remets toujours sur mes pieds et je ris. Pourquoi ne rirais-je pas ? La vie est une comédie et le monde est le théâtre dont nous sommes les acteurs.

Je ne sais pas comment ils ont appris la chose chez moi. J'avais envoyé une lettre confidentielle à Marta, lui disant que je travaillais à la prison de Veracruz comme messager et qu'ils ne s'inquiètent pas à mon sujet. Je ne pouvais pas lui dire que j'étais détenu, n'est-ce pas ? Je lui ai demandé de ne rien raconter à mon père, mais le 6 janvier, le Jour des Rois, il était là.

Lorsque j'ai entendu appeler mon nom, j'ai cru que c'était une lettre de Marta. Dans ces lieux, une lettre est un grand événement, alors j'étais content. C'était trop impossible d'imaginer que mon père viendrait, même s'il savait, parce que ses obligations et son travail ne le permettaient pas. Je pensais que le jour où mon père viendrait, le soleil disparaîtrait et la lune tomberait du ciel. J'avais peur qu'il découvre ma situation, mais en même temps je le regrettais et priais. « Dieu, je sais que je suis un terrible voyou et que je mérite ce qui m'arrive, mais ayez un peu pitié de moi et allégez un peu mon malheur, parce que vraiment je suis comme une pierre dans un trou ici. »

Là-haut, le petit Jésus a dû entendre parce que, comme j'ai dit, mon papa est venu. *Ay !* pour me voir ! J'ai cru être monté au paradis, mais bien sûr, d'un autre côté, j'avais peur que la prison s'écroule sur ma tête. Eh bien, nous nous sommes dit bonjour et — ce fut un grand chagrin — mon père a pleuré. Il a retenu son souffle un moment, puis il a rejeté la tête en arrière comme haletant et sa voix était cassée quand il a commencé à parler. Quant à moi, franchement, les larmes me sont venues aux yeux. Je ne pouvais pas m'en empêcher. Enfin, ça n'est pas allé plus loin.

Je suppose que mon père est venu voir si j'étais encore en vie ou s'il pouvait arranger mon affaire. J'ai dit : « Ne t'inquiète pas pour moi. Après tout, ça ne fera pas plus d'un an quand ils me jetteront dehors. » Quel conseil un fils emprisonné peut-il donner à son père ?

Puis mon père a commencé à m'engueuler. « Tu vois ce qui t'arrive quand tu ne te conduis pas comme je te le dis ? Ceci va continuer à t'arriver et tu vas rater ta vie si tu ne te décides pas à vivre en honnête homme, comme le Seigneur l'ordonne. » Des paroles simples, mais contenant une grande vérité. Je n'avais rien à répondre et je ne regardais pas mon père en face. Je ne l'ai jamais regardé dans les yeux et moins encore cette fois-là. En général, mon père me voyait les yeux baissés.

Enfin, il m'a laissé cinquante pesos pour prendre un avocat, mais je ne faisais pas confiance aux avocats et j'ai investi l'argent dans un lit... deux chevalets de sciage et une planche... que j'ai achetés dans la prison même. Je dormais par terre, sans rien pour me couvrir. Nous étions une centaine de types dans la galerie et quand quelqu'un voulait aller aux toilettes, il me marchait sur le pied ou sur la figure pendant que je dormais. Avec un lit, j'étais surélevé. C'était plus dur que du rocher, mais on ne me marchait plus dessus.

Mon père m'a rendu visite une seconde fois, avec Consuelo et ma demi-sœur Marielena. Plus tard, j'ai reçu une lettre dans laquelle mon père me disait qu'il devait se faire opérer de l'appendicite et que le docteur doutait qu'il s'en sorte bien. Il me faisait savoir qu'il me pardonnait tout, que je devais refaire ma vie et mieux me comporter. Après ça, je n'ai rien reçu pendant deux mois, alors vous pouvez imaginer quelles sombres pensées j'avais.

« Mon Dieu, accordez-moi un signe, quelque chose pour que je sache comment mon père s'en est sorti. Si cela a été Ta volonté de le rappeler à Toi, que Ta volonté soit faite, mais au moins ne me maintiens pas dans l'ignorance. Je Te supplies du fond du cœur de me le laisser, ne serait-ce que pour un an. J'irai même plus loin... Si c'est possible, prends-moi, moi qui ne mérite pas de vivre et non mon père. Il y a des gens qui ont encore besoin de lui, alors je préfère mourir à sa place. » C'est dans cet état que j'ai vécu pendant deux mois. Pas de lettre... pas de lettre. Le facteur venait tous les jours, mais rien, rien, rien, *Ay !* Sincèrement, c'était une agonie. J'étais déjà mort un millier de fois, mais cette fois j'étais vraiment presque mort.

J'allais à la messe chaque semaine en prison. Même là, en m'agenouillant devant l'autel et en faisant le signe de la croix, je réussissais à trouver la paix de l'esprit que seules les églises pouvaient me donner. J'étais transporté, sinon dans un autre monde, du moins loin de la bassesse et des déceptions de celui-ci. Et quand je parlais à Dieu, je sentais qu'il m'écoutait. Je ne peux pas l'expliquer, mais je ne me sentais jamais comme ça autre part. C'était mon seul réconfort en prison.

L'un des détenus était évangéliste et il osait insulter les prêtres et les nonnes, et essayait de nous enseigner ses doctrines. Il lisait toujours la Bible et il en savait plus que nous. Il critiquait les confessions et la messe et quand il nous demandait ce que signifiait être catholique, nous ne pouvions pas répondre. Je ne suis réellement pas calé en matière de catholicisme, mais je veux d'abord comprendre ma propre religion avant d'en apprendre une autre, n'est-ce pas ?

Un jour, le Frère, — c'est ainsi que nous appelions l'évangéliste — m'a dit : « Viens ici, Otelo. » C'était mon surnom là-bas. « Qu'en penses-tu, Otelo ? N'est-ce pas vrai que les prêtres sont des pécheurs comme nous tous ? Et les nonnes ne sont-elles pas des femmes, après tout, qui ont elles aussi des désirs de coucher avec un homme ?

— Je ne peux pas répondre à ça, Frère, mais ce que je peux dire, c'est pourquoi ne vas-tu pas plutôt baiser ta mère au lieu de t'occuper de ma religion ? » Or, cet évangéliste était un vrai coq de combat et quand j'ai mentionné sa mère, il a immédiatement sorti son couteau. Je travaillais à l'atelier de charpenterie à l'époque, de sorte que j'avais moi aussi un couteau affilé. Tous les autres détenus étaient catholiques et donc de mon côté, mais les gardiens sont intervenus et ils m'ont fait laver la cour tandis que le « Frère » nettoyait les waters.

Mes pensées étaient très tristes car je faisais le projet de m'échapper. Ou je sortais ou ils me tueraient ! Mais avant de mourir, je voulais me confesser et quitter ce monde satisfait au moins sur ce point. Je suis donc allé voir un des petits prêtres et je lui ai demandé de me montrer comment on se confesse, parce que je ne l'avais encore jamais fait. Je lui ai raconté tous mes péchés, y compris celui d'être amoureux de ma sœur. Je lui ai raconté tous les vols dont je me souvenais et comme pénitence, il a dit qu'en sortant de prison je devrais rendre tout ce que j'avais volé ou du moins aller dire que c'était moi qui avais volé. Et je devais réciter trois *Notre Père, El Credo,* le *Yo pecador* et quelques *Ave María.*

J'ai beaucoup pleuré en priant et ensuite je me sentais si calme et si content que je ne pensais plus à m'échapper. Je me suis résigné à attendre mon audition et la sentence. On m'avait dit que le gars que j'avais blessé était en mauvais état. Puis j'ai entendu dire qu'il était mort... ensuite, qu'il ne l'était pas et qu'il menait la grande vie, comme d'habitude.

J'ai fait ma première communion, là même, en prison, à l'âge de vingt et un ans. On nous a donné à chacun un cierge, une tasse de chocolat et du pain, et après ça je suis allé au lit pour le restant de la journée. Je voulais que personne ne me dérange parce que j'éprouvais une telle tranquillité, j'étais si bien en paix avec moi-même, que je ne voulais pas bouger.

Comme cadeau de communion je suppose, j'ai reçu la visite de mon frère et un nouveau sermon. Manuel a fait tout le chemin depuis Mexico pour m'engueuler. « Ecoute, frère, ai-je dit, je sais que je mérite tout ce que tu dis, mais pense au châtiment que je reçois ici. Tu es mon aîné et je te respecte, mais je t'en prie, ne m'engueule pas. » Et les larmes me sont montées aux yeux. Mon frère est plus noble que moi; en fait, je ne peux pas du tout me considérer comme noble, parce que j'ai été un voyou. Et le pire c'est que je m'en rends compte et que je me torture tout le temps à cause de ça.

Enfin, Manuel a dit : « Tu sais qui est venu avec moi ?

— Non, qui ?

— Graciela, celle qui était mon amie.

— Voyons ! fais-la entrer. » Alors il l'a amenée devant la grille. Elle avait de très jolis yeux et des cheveux bouclés. Et sa voix était douce.

« Bonjour, Roberto, comment vas-tu ? Quelle malchance, hein ?

— Oh ! ne vous inquiétez pas pour moi. »

Et puis ils sont partis.

Je travaillais avec Paolo, le charpentier. Il avait tous ses outils en prison et je l'aidais, non parce que j'en tirais un centavo, mais parce qu'il me donnait un peu de nourriture qu'il préparait. Puis, un jour de juillet, je jouais aux cartes avec un compagnon de misère et je suis allé me coucher tard. Dans la nuit, je me suis levé pour aller au water marchant sur l'un et sur l'autre. J'étais en train d'uriner quand j'ai vu briller quelque chose par terre, près de la cuvette. Debout à côté de moi, il y avait le Coq, le dur de la prison, celui qui était déjà détenu depuis dix ans et qui en avait encore quelques centaines à tirer.

« Qu'est-ce qui se passe ? ai-je demandé.

— Ta gueule, fils de pute ou tu crèves, et il a tiré son couteau.

— Fais pas le con, c'est pas comme ça que tu me feras peur. Qu'est-ce qui se passe ?

— Ta gueule, Otelo ! on fait ce qu'il faut pour se tailler. »

Ils avaient déjà creusé un trou assez profond pour qu'un type puisse s'y mettre. L'éclat que j'avais vu était une bougie pour éclairer au fond.

« C'est par ici qu'on va descendre pour passer de l'autre côté du mur de la prison.

— Vous croyez que ça va marcher ?

— Aide-moi à les tenir tous à distance et tu verras comment on sortira. » Il m'a passé son couteau et en a tiré un autre pour lui. Un type appelé la Couverture est sorti du trou. C'était un homosexuel et c'était lui qui avait commensé à creuser. Au cours des travaux, il y a un certain nombre de types qui ont aidé... L'un creusant, l'autre ramassant la terre, un troisième la sortant. Nous en faisions des matelas et des oreillers et nous les recouvrions pour que personne en s'en aperçoive.

La galerie était lavée chaque mois et la literie était sortie et épouillée. Ce n'était pas les punaises qui manquaient ! Le « maire » entrait avec une barre de fer et donnait des coups dans les murs et sur le sol pour voir si l'on avait pas creusé de trou. La veille du jour où ce fut notre tour de laver la galerie, nous avions la gorge serrée. Nous avions creusé jusqu'à cinq heures du matin, parce qu'on nous réveillait à sept. Entre-temps, la majorité des détenus de la galerie s'étaient rendu compte de ce qui se passait.

Ce matin-là, avant sept heures, nous nous sommes mutuellement condamnés à mort en jurant que quiconque serait vu en train de parler à un gardien serait tué. Quelle journée ! et tout le monde qui regardait par-ci et par-là. Dans la soirée, nous nous sommes mis en rangs pour rentrer dans la galerie et pour une raison quelconque, on nous a fait attendre dehors. Nous avons cru qu'ils avaient tout découvert. Mon cœur battait à la folie et le Coq était prêt à tuer le premier gardien qui approcherait. Mais nous avions été retardés parce qu'ils arrangeaient les lumières dans notre galerie.

Quand on nous a laissés entrer, nous avons immédiatement recommencé à creuser. Nous sommes arrivés sous le mur et de l'autre côté. La Couverture fut le premier à passer. *Huy !* nous jubilions. Le Coq m'a dit : « Fais gaffe, Otelo, les gars vont se paniquer et tout le monde va vouloir sortir en même temps. Ça doit se faire dans le calme, pour que personne ne fasse de bêtise. »

C'était difficile de les calmer parce que chacun voulait être le premier.

J'étais là, disant : « D'accord, vas-y. Le suivant. Le suivant. » Puis j'ai dit : « Pas question. Vous n'allez pas me laisser en arrière. C'est mon tour maintenant. » Nous entrions dans le trou la tête la première, face à terre et les bras en avant, pour pouvoir passer sous le mur. Je suis bien entré, mais avec les bras en arrière et je suis resté coincé à mi-chemin. Je me débattais quand j'ai senti quelqu'un me saisir le pied. « *Ay*, mon Dieu, ils nous ont trouvés ! » Mais non, c'était un camarade qui avait posé sa tête contre mon pied et qui me poussait. Je n'ai pas su qui c'était, mais si ce n'avait été grâce à lui, je ne serais pas sorti, et lui non plus.

De l'autre côté, nous nous sommes retrouvés devant une porte gigantesque. Nous avons tripatouillé la serrure jusqu'à ce qu'un expert-crocheteur vienne l'ouvrir. Nous nous étions mis d'accord pour sortir comme si de rien n'était. Mais la belle affaire. Aussitôt que la porte a été ouverte, ce fut comme s'ils avaient entendu le sifflet de départ sur une piste de course. Ils sont partis comme un troupeau de chevaux et je n'étais pas loin derrière. Le bombardement a commencé alors que je n'étais qu'à une centaine de mètres. Quel vacarme ils ont déclenché, avec leurs coups de fusil et leurs sifflets. Puis une balle est passée près de moi. J'ai dit : « Maintenant courez, *compadres*, sinon on est foutus. »

Un détenu a crié : « *Ay*, ils m'ont eu ! ils m'ont eu », et il est tombé. Moi, le héros, je suis revenu sur mes pas. Ce n'était pas mon intention d'être un héros, mais je suis retourné le ramasser. « Non, Otelo. Continue. Fais pas l'idiot. Je ne peux plus marcher. » La balle l'avait touché dans le dos et le gars est mort dans mes bras. « Repose en paix et pardonne-moi » et je suis parti. Le détenu devant moi est tombé. J'ai tourné à un coin et Moisés, le coiffeur de la prison, m'a attrapé et appuyé ses ciseaux contre la gorge.

« Attends, Moisés, et je lui ai retenu la main.

— *Ay*, Otelo. Un peu plus et je te tuais. Je t'ai pris pour un flic.

— Non, *compadre*, allons-y. »

Nous avons couru dans la nuit, traversant la voie ferrée en direction des montagnes. Ce fut notre salut. Nous avons grimpé, avec des policiers et des gardiens partout, et des lumières allant d'un côté à l'autre. Nous sommes tombés dans un buisson d'aubépines, *ay*, mon Dieu ! qu'est-ce que nous avons pris comme épines ! il nous a fallu en sortir sur les mains et sur les genoux et nous frayer un chemin avec un bâton. Quand nous avons été bien loin, nous nous sommes arrêtés pour nous retirer mutuellement les épines du corps.

Nous avons traversé tout l'état de Veracruz, marchant pendant plusieurs jours et plusieurs nuits. C'était la saison des pluies et il y eut une averse, du genre qui n'arrive que là-bas, vraiment torrentielle. Nous avons ramassé des feuilles de canne à sucre pour nous en faire des imperméables, mais ils n'étaient d'aucune utilité. Alors nous nous sommes serrés l'un contre l'autre, tremblant de froid.

Nous avons réussi à ne pas mourir de faim en mangeant des fruits le long de la route. Il y avait beaucoup de mangues, des bananes, des *guayabas*, des oranges, des citrons, des *maltas*, toutes sortes de fruits. Moisés avait quatre ou cinq pesos sur lui et dans le premier village que nous avons rencontré, nous avons bu un verre. Ensuite, nous avons marché jour et nuit.

A l'entrée d'un village, nous nous sommes arrêtés pour fabriquer des *huaraches* dans une bande de pneu. Nous avions les pieds en sang, et tout enflés, car c'était la partie de notre corps qui avait le plus souffert.

J'étais assis le dos à la ville, tandis que Moisés lui faisait face, de sorte qu'il pouvait voir qui en sortait et moi qui y arrivait.

Nous étions en train de couper les lanières quand tout à coup Moisés a dit : « Ça y est, mon vieux. Ne bouge pas, ne te retourne pas, sois prêt à tout. » Il m'a passé ses ciseaux et il a pris son rasoir, sur ses gardes. « J'ai l'impression qu'on est cuits. Voilà la police. »

Du coin de l'œil, j'ai vu arriver deux flics et deux civils

armés. Ils sont passés tout à côté en disant : « Bonjour, *señores.* » Nous avons répondu : « Bonjour, *señores.* » « *Adiós... Adiós.* » Nous les avons perdus de vue à un tournant de la route. Quelques minutes plus tard, j'ai entendu armer une carabine.

« Attention, ai-je dit. Ils vont nous tendre une embuscade. On ferait mieux de déguerpir d'ici. » En partant, nous avons entendu le premier coup de feu. Mais les balles ne nous étaient pas destinées. Ils étaient simplement en train de s'exercer sur un arbre. *Ay !* Comment pouvions-nous le savoir ? Mon cœur a repris sa place normale, car pour dire la vérité, j'avais eu sacrément peur.

Nous avons marché jusqu'à Oaxaca, où Moisés avait un ami pour lequel il avait autrefois travaillé. Nous l'avons trouvé en train d'écosser du maïs avec une machine et il m'a donné deux heures de travail... et, ce qui m'a plu davantage, abondamment à manger. J'avais déjà écossé du maïs, mais là-bas j'ai appris à planter des ananas. Je plantais bientôt huit cents à mille pieds par jour et ils payaient neuf pesos par millier de pieds.

J'avais l'intention de rester jusqu'à ce que j'aie assez d'argent pour rentrer à Mexico, mais ça ne s'est pas passé comme ça à cause de la chaleur et des moustiques. Ces fichus moustiques m'en ont tellement fait voir que j'ai dû me rendre. Je ressemblais à un pavé des rues, avec des morsures sur tout le corps. Je n'ai travaillé que deux semaines, puis je me suis dit : « Roberto, il est temps que tu rentres à Mexico. »

Pour le faire, je suis retourné à Veracruz. Eh bien, quand on boit on rencontre toutes sortes de gens. Votre langue se délie avec ceux à qui vous voudriez le moins parler. Je buvais avec un gars que je ne connaissais pas et nous avons commencé à parler de nos exploits. Comme j'étais aussi aventurier que lui, et sans argent, il m'a invité à l'aider à un petit travail qu'il préparait. Il avait étudié la maison et savait où se trouvait l'argent, comment entrer et tout. Je n'avais qu'à suivre ses instructions... il opérerait, je monterais la garde.

Il a récolté trois mille pesos en liquide, quelques montres, quelques bagues et un revolver. Nous avons partagé sur la plage... ma part était de quatorze mille sept cents... puis nous sommes partis chacun de notre côté. J'ai appris plus tard qu'on l'avait attrapé et qu'on me recherchait parce qu'il avait chanté à la police. Je suis monté à bord d'un cargo qui m'a emmené au Guatemala.

Nous sommes arrivés à Chetumal, sur la frontière, et j'ai immédiatement trouvé du travail dans une plantation de café. Je travaillais dans la journée et dans la soirée, j'invitais tous ceux que je connaissais à m'accompagner dans les cabarets. Pendant un mois, j'ai fréquenté les bordels et les cabarets, offrant à boire et des femmes à la moitié du monde.

C'est ainsi que tout mon argent s'en est allé... enfin, pas *mon* argent, mais celui que j'avais pris à d'autres. J'ai laissé des milliers de pesos dans ces endroits. Je vous donne ma parole d'homme et de voyou, qu'il y a des années où j'ai claqué comme ça quinze à vingt mille pesos.

Quand j'ai vu qu'il ne me restait que cinq mille pesos, j'ai pris un bateau pour Veracruz. J'avais des doutes quant à ce vieux rafiot et en effet, il y a quelque temps il a sombré et il y a eu plusieurs morts. De Veracruz à Mexico, le moyen de transport le plus simple est le train. Bien que magnat avec plein d'argent en poche, j'ai voyagé à ma manière habituelle, pour cinquante centavos.

Mon procédé est le suivant : j'achète un billet de trente centavos sur le car de première classe jusqu'à la gare. Puis je prends un billet de quai pour vingt centavos, afin d'avoir accès aux trains. Je monte dans le train et je me mêle aux voyageurs. Quand le train part, je sais qu'on va contrôler les billets, alors je vais à la porte du wagon, je me glisse dehors et je grimpe sur le toit.

Pour éviter de souffrir du froid, je saute de wagon en wagon jusqu'à la locomotive qui est munie d'un ventilateur d'air chaud sur son toit. Il n'y a pas de danger et personne ne vous ennuie. Croyez-en mon expérience.

Mais parfois, je voyage sous les trains de marchandises. Ils sont munis de lames par en dessous, spécialement faites pour les vagabonds, si vous voyez ce que je veux dire. Avec une planche à cheval sur deux barres, vous pouvez voyager confortablement. C'est comme ça que je suis rentré cette fois-là.

Je suis arrivé à Mexico vers sept heures du matin et j'ai

passé toute la journée à la maison à attendre mon père. Manuel et mes sœurs ne cessaient de me poser des questions, mais je ne leur ai rien raconté avant que mon père rentre. Il est entré, l'air très grave.

« Je suis revenu, papa.

— Quand es-tu arrivé ?

— Aujourd'hui.

— Comment as-tu été libéré ?

— Eh bien, ils se sont aperçus que ce n'était pas ma faute. » J'ai menti, vous voyez, parce que je ne pouvais pas parler franchement à mon père. « Ils ont décidé que ce n'était pas de ma faute et ils m'ont relâché.

— Voyons si tu vas aller travailler maintenant. Tu es adulte et tu dois travailler sérieusement, pas seulement un mois ou deux pour te reposer ensuite pendant trois mois. »

Malheureusement, c'est ainsi que j'étais. Je travaillais jusqu'à ce que j'aie un peu d'argent en poche et puis je partais. Cette fois, je n'ai même pas commencé à chercher du travail avant d'avoir dépensé mes cinq mille pesos avec mes amis. Alors je suis retourné au découpage du verre, dans une maison qui fabriquait des candélabres de fantaisie. Nous faisions tout le travail à la main : coupage du cristal, modelage et polissage. J'étais assez fort pour être *maestro*, mais je n'ai jamais voulu être autre chose qu'un ouvrier, afin de ne pas avoir à commander des gens ni avoir de responsabilités. Je voulais simplement faire ce qu'on me disait de faire et avoir un salaire fixe par semaine. C'est tout. Ce qu'il y a de bon à être un simple ouvrier, c'est d'avoir la conscience claire, pouvoir manger et dormir en paix, avec rien ni personne pour vous embêter et aucune raison de vous reprocher votre conduite. Et peut-être, parce qu'on est humble, on ne devient pas ambitieux ni envieux. On est satisfait avec l'espoir qu'un jour, grâce à un travail honnête et productif, on pourra sortir du trou.

J'aurais peut-être pu monter une affaire à moi et améliorer ma situation, mais quand j'ai commencé à y penser, l'artisanat du candélabre avait décliné pour faire place à la production en série. D'autre part, j'ai perdu ma place parce que je m'étais battu.

J'étais bien ivre le jour de la bagarre, parce que c'était le Nouvel An. Je n'aime pas beaucoup l'alcool: quoi que je boive, je n'aime pas ça, mais j'ingurgite quand même. Ne me demandez pas pourquoi ! J'ai bu de tout. Bref, de toute éternité, il a existé une inimitié entre les gars de la Casa Grande et ceux de la rue des Boulangers. Quand la bagarre a commencé, trois d'entre eux me sont tombés dessus. J'étais bien en train de me battre quand quelqu'un m'a frappé par-derrière, l'un des pires coups que j'aie jamais reçus. Je suis tombé et j'ai reçu des coups de pied dans les côtes et dans les jambes. Mais malgré tous mes efforts, je ne pouvais pas me défendre.

Ce qui m'a rendu encore plus furieux, c'est que toute ma bande a vu ce qui se passait et m'a abandonné à mon sort. Ce n'est pas une obligation, mais je me suis souvent mêlé à des bagarre pour les défendre. Mais pas eux ! Je me suis si bien fait dérouiller devant tous ces garçons et ces filles de la *vecindad* que je n'ai pas pu surmonter la honte. Et par des types qui n'étaient même pas connus pour être des bagarreurs !

Les gars étaient terriblement inquiets, car ils savaient que je me vengerais à temps. Une fois j'ai cherché un gars pendant six mois parce qu'il m'avait donné un coup de poing alors que j'étais trop saoul pour me défendre. Il se cachait et envoyait sa femme et sa belle-mère voir où j'étais avant de sortir de chez lui. Il a manqué plus d'un jour de travail parce que je l'attendais au coin de la rue. Je l'avais presque oublié quand je l'ai rencontré à une *fiesta* d'anniversaire. Quand José m'a vu, il s'est collé contre le mur, essayant de se cacher dans le noir. Par la suite, il m'a dit : « *Ay, negrito,* quand je t'ai vu venir, je te le dis d'homme à homme, je les ai senties se rétrécir ! »

Il jura que s'il avait su qui j'étais, il n'aurait jamais osé me toucher. Pour me prouver combien il regrettait, il m'a offert son briquet Johnson que sa femme lui avait donné pour sa fête. Puis sa femme et toute sa famille, des gens que je connaissais depuis mon enfance, sont venus me parler, et le meilleur de l'histoire, c'est que nous étions bientôt en train de boire de la bière, bras dessus, bras dessous.

Mais cela ne s'est pas passé comme ça avec les gars de la rue des Boulangers. Après qu'ils m'eurent dérouillé, je n'ai bu que de l'*alka-seltzer* et je suis resté au lit pendant huit jours pour retrouver mes forces afin de pouvoir leur démander des comptes. Enfin, je les ai coincés, et j'en ai blessé un au couteau. C'était un accident, car ça ne méritait pas une chose aussi sévère. Ce n'était qu'une égratignure, mais il en a fait toute une histoire. Toute sa famille m'est tombée dessus et a appelé la police.

Jamais de ma vie je n'ai tourné le dos à un ennemi, mais comme j'avais fait mon expérience avec la police, j'ai préféré mettre les voiles. Je me suis dit : « On gagne toujours les bagarres en courant vite. » Cette fois, j'ai atterri au Texas, où j'ai passé quelques semaines.

Quand j'ai appris qu'Antonia, mon grand amour, vivait avec Francisco et avait deux enfants de lui, ça ne m'a rien fait. Mon sentiment pour elle s'était calmé, bien que lorsque je la voyais de temps à autre à la Casa Grande, cela me faisait encore bien plaisir. Francisco était un vaurien qui courait avec d'autres femmes et qui ne donnait même pas à Antonia de l'argent pour la maison. J'avais quatre sœurs. Pas une ne m'a donné la joie et l'honneur de la voir se marier en blanc. C'est vrai que mon père avait mis Consuelo à la porte, mais ma sœur était assez intelligente pour savoir qu'en tant que femme, elle n'aurait pas dû prendre ça comme prétexte pour partir avec... n'importe qui. Elle n'était pas la seule que mon père ait mis dehors, parce qu'il l'avait fait avec moi, et surtout avec Manuel. Mais étant femme, elle aurait dû supporter davantage et parler gentiment à mon père, plutôt comme à un ami qu'à un père, et je crois qu'il l'aurait écoutée. Elle n'avait pas le droit de le rendre responsable de ce qui lui est arrivé.

Ce fut une nouvelle recherche pour moi... J'ai cherché Consuelo et Mario partout. Je suis même allé à l'aéroport où l'on disait qu'il travaillait. Dieu soit loué que je ne l'aie pas trouvé, car je l'aurais traîné de l'aéroport à la maison de mon père, afin de lui faire rendre compte de ses actes. Plus tard, quand tout fut terminé, Consuelo m'a dit qu'elle ne l'avait pas aimé, mais qu'elle avait agi par désespoir. « *Ay*, frère, dit-elle, j'ai sans doute très mal traité le pauvre diable. Je lui faisais des scènes tout le temps et je me rends compte que j'ai été injuste envers lui. »

Vraiment, ma sœur est très honnête, car elle reconnaît ses fautes, bien qu'un peu tard. Imaginez ! Je n'ai appris l'existence de cet ivrogne, Jaime, et qu'il avait été son *novio*, qu'après qu'elle fut partie avec Mario (qui était encore le meilleur des deux). Il a même abandonné une bonne place et toutes ses affaires, pour ma sœur. Je crois que, s'ils étaient restés ensemble, ils seraient arrivés à quelque chose.

Marta s'était disputée avec Consuelo et était partie à Acapulco avec un homme, Baltasar, qui, on peut dire, était mon nouveau beau-frère. Je n'ai appris ça qu'après mon retour à la maison, quand nous avons reçu une lettre d'elle. Aussitôt que mon père a su l'adresse de Marta, il m'a envoyé à Acapulco avec des affaires. Cette fois, j'ai voyagé payant, car je portais une grande bassine pleine de vaisselle et de vêtements. Je suis parti par le car de nuit et je suis arrivé là-bas le lendemain matin.

Avec la bassine dans une charrette, j'ai grimpé la colline jusqu'à la rue où vivait ma sœur. Je l'ai vue descendre, son panier à la main, pour faire son marché. J'allais siffler; mais j'avais à peine pris mon souffle que j'ai remarqué qu'elle était enceinte. Tout mon souffle m'a quitté et je suis resté planté là. Mais j'étais si content de revoir ma petite sœur que rien d'autre n'avait d'importance.

« Sœurette, comment vas-tu ?

— Mon petit frère ! Quel miracle ! Quand es-tu arrivé ? »

Nous nous sommes embrassés et elle m'a emmené chez elle faire la connaissance de Baltasar.

Franchement, il m'a paru affreux. Il ressemblait aux multiples gens avec lesquels j'avais dû me battre. Il n'avait pas exactement l'air féroce, mais plutôt agressif et prêt à toute éventualité qui pourrait surgir entre nous. Il était pieds nus et sa chemise était ouverte pour montrer sa poitrine. Il portait une petite boucle d'oreille en or, à une seule oreille, ce qui avait dû lui valoir beaucoup d'ennuis avec les Mexicains. Il expliquait qu'il la portait à cause d'un vœu qu'il avait fait à la Vierge.

La baraque de Baltasar avait un sol de terre battue, un toit de fer blanc et des murs faits avec des planches. La cuisine était plus petite qu'un cabinet et le réchaud à pétrole était très sale. Tout avait vraiment l'air très pauvre.

Enfin, j'ai demandé des explications à Baltasar, et il a raconté qu'il avait connu ma sœur à Mexico où il travaillait dans une boulangerie et qu'il savait qu'elle avait des enfants quand il lui avait demandé de le suivre à Acapulco. Il avait dit à Marta d'écrire à mon père mais elle n'avait pas voulu le faire avant un mois, car elle craignait que nous, ses frères, ne tombions sur Baltasar à coups de couteau.

« Non, dis-je, tu n'as rien à craindre. Je ne suis pas un égorgeur, mais n'importe quel frère se fâcherait contre ça, tu ne crois pas ? »

Quand j'ai entendu que Baltasar était boucher, je me suis dit : « Ah, le salaud, j'ai bien fait d'emporter mon couteau. » Je n'étais pas venu chercher la bagarre, mais j'étais armé et prêt à lui rendre la monnaie de sa pièce en cas de besoin. Il s'est tenu tranquille, j'ai donc fait de même. Il m'a parlé de sa famille... une grande famille, avec deux pères et deux mères, mais il n'avait pas grand-chose à voir avec eux. Il a dit : « Je ne veux pas avoir affaire à ma famille. Après tout, ils ne me donnent rien et je n'ai rien à leur donner. »

Ma sœur et ses enfants avaient l'air contents d'être avec Baltasar. Marta était assurée pour ses besoins quotidiens, malgré le penchant de Baltasar pour la boisson, car il l'envoyait chercher sa paye, et chaque jour, il rapportait de la viande de l'abattoir. Marta s'occupait de l'argent et c'était une chose nouvelle pour moi que de voir un Mexicain demander à sa femme de l'argent pour l'autobus, des cigarettes ou pour prendre un verre. Mais en même temps, je me rendais compte que ce n'était pas une bonne chose.

Avant tout, j'étais obligé de reconnaître que Baltasar avait fait preuve de noblesse en acceptant Marta avec trois enfants, bien que je pense être capable de faire la même chose. Cela n'aurait été absolument rien pour moi d'entretenir une femme et des enfants comme il le faisait. Je n'avais pas peur des femmes ni du mariage, mais je n'avais pas envie de m'attacher.

Ma famille ne cessait de me dire que je devrais me marier, mais je savais que j'étais un sacré fuyard de responsabilités et que je ne rendrais pas une femme heureuse. Je n'étais pas assez cruel pour obliger une femme à vivre avec moi, et d'ailleurs je n'avais pas rencontré de femme qui vaille la peine d'être épousée. Si j'avais été salaud, j'aurais pu profiter de deux ou trois jeunes femmes, mais je ne leur ai jamais rien fait, pas même avec mes *novias*. Je n'ai fréquenté que des prostituées, ainsi que deux ou trois femmes mariées séparées de leur mari. Elles satisfaisaient mes désirs sexuels. Je n'ai jamais eu d'enfants, pas que je sache, parce que je ne choisissais que des femmes stériles.

J'ai été un voyou, mais quand il s'agissait d'amour, j'ai toujours été un homme. Comme on dit ici, j'ai toujours été capable de leur tirer un bon coup, même si j'en sortais parfois épuisé. Je suis laid mais je plais aux femmes. J'ai rendu deux ou trois filles malheureuses, mais je préférais leur infliger une déception passagère plutôt que de les faire souffrir toute leur vie. Je ne veux faire de mal à personne dans ce domaine, car je n'ai pas pu le supporter quand ça m'est arrivé à moi.

S'il y a une chose que je détestais, c'est que des *novios* se trompent mutuellement. Voyez la contradiction ! J'étais un menteur de première et quand il s'agissait de faire un mauvais coup, j'étais imbattable. J'ai été une mauvaise graine, un cas désespéré, et rien de bon n'est sorti de moi. Eh bien, ce n'était pas entièrement vrai car si j'avais été cent pour cent mauvais, alors, ma parole, il aurait mieux valu qu'on me tue. Un type comme ça ne mérite tout simplement pas de vivre. Et pourtant, en amour je ne pouvais supporter de tromper ou d'être trompé. Et c'est dans l'amour qu'on se sert le plus du mensonge et de la tromperie.

Enfin Baltasar et moi nous nous entendions très bien. Il m'a immédiatement tutoyé et je me suis senti plus décontracté. Il s'est consacré à me faire visiter Acapulco. Je l'accompagnais à l'abattoir, au cinéma et dans les *cantinas*. En fait, il me faisait aller partout où il allait.

Un soir, j'avais envie d'une bière.

« Mais allons dans un endroit où l'on danse parce que je n'aime pas les boîtes qui ressemblent à des morgues.

— Eh bien, dit-il, allons dans la « zone » où travaille ma sœur.

— Ta sœur ? Qu'est-ce qu'elle fait, ta sœur ?

La « zone », c'était là où il y avait toutes les prostituées et j'étais très curieux de la voir. Comment était-il possible que... ?

« Viens, tu verras. Calme-toi, on est bientôt arrivés. Marta sait que j'ai une sœur qui travaille ici. Luisa est une des plus jolies putains du coin, mais je ne la vois pas souvent. »

Eh bien, nous sommes arrivés et Luisa collait parfaitement à ce genre d'endroit. C'est-à-dire, elle n'était pas trop mal roulée, disons. Elle s'est assise à notre table et nous avons bu de nombreuses bières. J'ai dû payer pour tout, y compris le tarif que prenait Luisa pour sa compagnie. Baltasar l'a engueulée de se faire payer pour boire avec son frère et son beau-frère. Mais elle a répondu : « Ecoute, frère, tu dois comprendre que c'est mon boulot... si tu ne veux pas que je travaille ici, tu n'as qu'à payer pour me faire sortir ! » Bref, j'ai donné l'argent et nous sommes partis.

Je ne suis pas resté à Acapulco plus de trois jours lors de ma première visite, car j'étais gêné de me faire entretenir à leur compte. En outre, je travaillais dans un atelier et je voulais rentrer avant de perdre ma place. J'ai donc fait mes adieux et je suis retourné à Mexico.

C'était le meilleur emploi d'usine que j'aie jamais eu et il me plaisait. Ils payaient douze pesos par jour pour huit heures de travail et nous accordaient trois jours de vacances par an. Nous étions environ quatre cents ouvriers et nous étions obligés de nous inscrire à la C.T.M. Je n'avais encore jamais appartenu à un syndicat et je dois dire que c'était une vaste fumisterie. Je n'ai jamais été convoqué à une seule réunion et je ne savais même pas où se trouvait le siège central. Ils ne se préoccupaient pas de nous renseigner à ce sujet mais ils n'oubliaient jamais de nous déduire nos cinq pesos de cotisation chaque mois.

Et la politique, ça aussi c'est une gigantesque farce, car c'est une histoire de millions de pesos... des millions pour cette œuvre publique et des millions pour celle-là, mais ça n'est qu'une façade pour cacher tous les millions qui vont dans les poches des bureaucrates. Je ne comprends rien à la politique, mais toute cette histoire de campagnes et d'élections est une telle farce que je ne sais pas pourquoi les Mexicains l'acceptent. Ici, les élections ne sont pas libres parce qu'on sait à l'avance qui va être le président.

Je ne prétends pas en savoir long sur la liberté, sauf que j'ai été libre toute ma vie et que j'ai toujours fait ce que j'avais envie de faire. Mais quand je travaillais à l'usine, je n'étais plus libre parce qu'on m'obligeait à m'inscrire pour voter et qu'on nous envoyait des circulaires pour nous dire qu'il fallait voter pour le parti gouvernemental. Le vote était secret mais ils nous menaçaient d'un renvoi de trois jours si nous ne votions pas comme ils le voulaient. A mon avis, ce ne sont plus des élections libres. C'est anticonstitutionnel, mais cela n'est plus fait pour me surprendre. Franchement, ça m'est bien égal que ce soit l'un ou l'autre des candidats qui passe, parce que les deux voleront le peuple.

L'année où j'ai travaillé à l'usine, je ne me suis bagarré que trois fois. Le milieu dans lequel nous vivons exige que nous nous battions. Je n'abandonne jamais une lutte sauf pour sortir les pieds devant. Comme les héros et les cadavres.

La première bagarre a eu lieu à propos d'une partie de poker entre moi et trois gars de la rue des Ferblantiers. Nous étions tous à moitié saouls, surtout Roberto, car l'alcool me fait beaucoup d'effet. J'ai été très fier de cette bagarre. Je les ai mis k.-o l'un après l'autre, jusqu'à ce qu'il n'en reste plus. Nous sommes tous les quatre restés bons copains. C'est comme ça que c'était ici avant, mais aujourd'hui ces règles ont dégénéré.

La seconde bagarre, c'est parce que j'ai été attaqué par une bande un soir pendant que je parlais à un ami, Miguel, près du marché. Miguel a fichu le camp et m'a laissé me faire dérouiller par cinq types. J'avais bu et je n'étais pas capable de bien me défendre. Ils m'ont blessé à la tête et donné un coup sur l'œil qui lui a fait prendre la taille d'une tomate. J'avais une lèvre qui pendait à cause d'une blessure qui a nécessité six points de suture. Je n'avais pas cherché cette bagarre, mais je n'en ai pas moins reçu une engueulade de mon père et de Manuel.

La troisième fut la pire. Je ne l'avais pas cherchée non plus celle-là, mais on m'y a obligé. J'étais tranquillement en train de discuter d'un match de boxe avec quelques types. Trois flics sont arrivés et nous ont dit de circuler.

J'ai dit : « On ne peut plus bavarder tranquillement dans la rue ? Ceci est un pays libre.

— Non, ce n'est pas un pays libre, répond l'autre. Tirez-vous, bande de voyous, et en vitesse.

— D'accord, ne me poussez pas, je sais marcher. »

Et puis ils ont essayé de me carotter vingt-cinq pesos; j'ai refusé, vu ? J'avais vingt-neuf pesos sur moi et je les ai passés à un copain.

« Tiens, ai-je dit, prends cet argent, car on dirait que ces messieurs veulent me voler.

— Ta gueule ! »

Et vlan ! L'un des flics m'a donné un coup de matraque, un de ces gourdins en caoutchouc dur. Quand ils vous frappent, vous ne saignez pas mais vous êtes assommés. Ça saigne à l'intérieur. Je me suis mis en boule, fou furieux, et je lui en ai envoyé un bien senti. Ils se sont mis à me flanquer des coups de matraque et des coups de poing, des coups de matraque et des coups de poing, sans arrêt, comme si j'étais un punching ball. Ils me donnaient également des coups de pied tant et si bien que tout le monde croyait que j'étais mort. Ils m'ont blessé aux côtes et à la tête et un de leurs coups de pied m'a démis le genou. Puis ils m'ont brisé le fémur.

Entre-temps, les voisins avaient prévenu ma famille et Consuelo et Manuel sont sortis discuter avec les flics. Pendant tout le passage à tabac, mes copains et les voisins criaient aux flics de me lâcher, mais pas un n'est intervenu, pas un. Deux ou trois fois mes amis m'ont déçu. Quand j'en vois un dans le pétrin, même s'il m'a tourné le dos auparavant, je vole à son secours. Mais eux, ils ne faisaient que regarder. Oh, enfin...

Les flics ne m'ont pas arrêté, ils m'ont simplement abandonné sur le terrain. Mon frère et ma sœur m'ont emmené en taxi au commissariat pour déposer une plainte, mais il n'est rien arrivé aux flics. Alors vous pouvez imaginer ce que je pense de la justice dans ce pays. Donnez-leur un peso et vous obtenez justice.

J'ai mis longtemps à me remettre de cette raclée. Ça m'a coupé le souffle et depuis j'ai vraiment essayé d'éviter les ennuis et les bagarres. Beaucoup de gens jugent un type à la façon dont il se bat. Ils le voient tirer un revolver ou un couteau et ils disent : « Ah ! Ça c'est un homme. Il ne recule devant rien ni personne. » Ce n'est pas comme ça que je juge un homme. Pour moi, un homme véritable c'est celui qui affronte la vie avec intégrité, celui qui affronte la réalité sans reculer. Je juge un homme sur ses actes. S'il est capable d'affronter la vie et ses obligations, alors pour moi il est un homme; en un mot, un homme véritable c'est un homme comme mon père.

Et à mon avis, un type qui ne fait que produire des enfants

sans accepter les obligations qui en découlent ne mérite pas de vivre. Ce salaud de fils de pute de Crispín est comme ça. Il a complètement oublié ses filles et ne leur envoie un cadeau qu'une fois par an. Il vaut mieux qu'il ne vienne pas à la maison, parce que le jour où il viendra, je ne sais pas lequel des deux en sortira vivant.

Je regrette d'avoir à dire ça, mais à ce propos mon frère a fait preuve d'un manque de sens des responsabilités, bien qu'il ait essayé de s'en tirer et d'assurer au moins l'essentiel à ses enfants. Mon père lui a pourtant donné le bon exemple, je ne comprends donc pas pourquoi Manuel a négligé ses enfants. Il me semble que la vie de mon frère a été un pitoyable échec. Il était plus instruit que moi et encore plus intelligent que Consuelo. Et il était renommé comme conteur d'histoires... une réunion sans lui n'était pas amusante... mais malgré tout ça, il a gâché de nombreuses années de sa vie. Moi non plus je n'ai pas fait grand-chose pour ma famille bien que je sois prêt à donner chaque goutte de mon sang pour Consuelo, Marta, Manuel, mon père, et pour mes neveux et nièces.

Ma famille tient la première place dans mon esprit. Ma plus grande ambition dans la vie est de pouvoir améliorer leur situation économique, si je peux le faire honnêtement. Je ne me suis jamais soucié de chercher une vie meilleure pour moi-même, seulement pour eux. C'était mon plus grand désir que nous soyons unis. Mais quand ma mère est morte, notre château s'est écroulé, ses fondations se sont enfoncées sous terre.

Quand la femme de Manuel est morte, Delila est venue s'occuper des enfants. Mon père avait l'air heureux avec elle et je m'entendais mieux avec elle qu'avec mon autre belle-mère, Elena. J'ai dressé un monument à Delila dans mon cœur pour la noblesse dont elle a fait preuve en prenant soin de mes neveux et nièces. Aucun de nous, pas même Manuel, leur père, n'a fait autant pour ces enfants. Je l'estimais et l'aimais pour ça, c'est pourquoi j'ai regretté ce qui est arrivé entre nous. Je n'avais pas l'intention de la frapper, mais elle m'y a obligé. Et je crois qu'elle l'a fait exprès.

Un soir, j'étais en train de boire une bière avec mon

ami Daniel quand mon neveu Domingo est arrivé en pleurant. « Qu'est-ce que tu as, mon enfant ? » ai-je demandé. Geofredo, le fils de Delila, l'avait fait tomber. Cela était déjà arrivé plusieurs fois et je n'avais jamais rien dit, malgré la colère qui montait en moi. Je suis allé me plaindre à Delila et j'ai donné quelques conseils à mon neveu. « Ne sois pas idiot, mon enfant. Je t'ai déjà dit qu'il ne fallait jamais céder à personne.

— C'est ça, a dit Delila, vas-y, dis-lui de prendre un couteau et de le planter dans le ventre de Geofredo. Tu lui apprends toujours à se battre et à dérouiller les gens. »

C'est vrai que j'avais enseigné à mes neveux quelques rudiments de défense personnelle, mais uniquement avec les mains, poings nus, comme tout homme doit l'apprendre. Cette fois, j'ai dit à Domingo de ne plus parler ni jouer avec Geofredo. Delila écoutait et finalement elle a dit :

« J'en ai assez de tes conneries. Qu'est-ce qui te gêne ? Allez, vide ton sac... tu m'en veux parce que je vis avec ton père ?

— Ecoute, Delila, pourquoi mêles-tu des choses qui n'ont rien à voir avec cette histoire ? Nous parlions des gosses. »

Elle a continué :

« Si ça ne te plaît pas que je vive avec ton père, tu n'as qu'à lui donner ce que je lui donne ! »

C'étaient des paroles grossières et je l'ai prévenue :

« Tu ferais mieux de la fermer ou ça va aller mal pour toi.

— Ça n'ira pas mal pour moi ! Pour qui te prends-tu ? Pour moi, tu n'es qu'un pitoyable con ! »

C'est alors que je lui ai flanqué un coup et elle m'a sauté dessus. Elle était assez batailleuse et j'ai dû lui en flanquer quatre ou cinq. Je me suis retenu d'abord parce que c'était une femme, ensuite parce qu'elle était enceinte, enfin parce qu'elle était la femme de mon père. Elle m'a griffé le visage et les mains et j'ai dû la tenir. A un moment, elle est tombée et elle m'a entraîné dans sa chute. Je serais tombé sur son ventre, mais j'ai réussi à m'arrêter à temps et je me suis mis à genoux au-dessus d'elle, lui tenant les mains. Les enfants ont couru au café chercher Manuel.

Quand il est arrivé, je m'étais un peu calmé, mais alors Delila lui a raconté que j'étais rentré ivre de marijuana et que je l'avais traînée dans la cour par les cheveux et que j'avais fermé la porte à clé. C'était un mensonge parce que je l'avais tirée par les mains. Manuel ne m'a pas demandé ma version de l'histoire mais il a commencé à m'engueuler et à m'insulter. C'était vexant parce que je n'avais fait que défendre ses enfants, et il aurait dû être un peu moins sévère.

Je n'ai pas attendu que mon père rentre. Je suis allé chez Ramón prendre un peu d'argent et je suis parti pour Acapulco.

Marta et Baltasar m'avaient invité à revenir les voir bien que je ne croie pas qu'ils m'attendaient si vite. J'ai de nouveau remarqué que Baltasar m'emmenait partout où il allait. « Viens, partons », disait-il toujours quand il devait s'en aller. Cela me semblait très naturel et je l'accompagnais en toute bonne foi. Ce n'est que beaucoup plus tard que je me suis rendu compte que mon beau-frère était jaloux de moi et ne me faisait pas confiance avec ma propre sœur.

Cette fois, j'ai cherché du travail. Baltasar ne cessait de dire qu'il allait parler à un tel et à un tel, mais je crois qu'il n'en a jamais rien fait. J'aurais pu trouver un emploi de camionneur si j'avais eu un permis de conduire. Je n'ai toujours pas de permis à cause de la vie que j'ai menée. Il faudra que j'économise cinq cents pesos pour pouvoir racheter mon casier judiciaire et le détruire avant d'avoir le droit de faire une demande de permis. Ici, avec de l'argent on peut faire n'importe quoi !

Si j'avais un permis de conduire, je pourrais me moquer du monde. Depuis que j'ai appris à conduire, j'ai senti que je voulais autre chose de la vie. Je voulais faire quelque chose qui ait à voir avec les voitures, comme travailler dans un garage ou dans un parking ou être chauffeur. Si je pouvais aller dans une école d'apprentissage, je ferais des études pour devenir un bon mécanicien d'autos.

J'ai failli me coller à une fille, là-bas, à Acapulco. C'est-à-dire c'était une femme mariée, mariée à l'église et tout, avec un gosse et un mari, mais elle était si jeune et jolie qu'elle m'a plu tout de suite. Elle était très amicale et un jour je lui ai demandé, en plaisantant, si elle voudrait bien aller à Mexico avec moi. Elle a dit oui, quand je voudrais, juste comme ça ! Et nous n'étions même pas *novios !* Bien qu'elle ait fait les premiers pas, je n'ai jamais osé coucher avec, premièrement parce que ma sœur était toujours là, et deuxièmement parce qu'elle était mariée à l'église. Si elle n'avait été mariée que civilement, ç'aurait été différent.

Baltasar m'a offert une autre de ses sœurs. Il a dit : « Elle est brune comme toi, mais c'est vraiment une jolie môme. Tu as vu Luisa ? Eh bien, celle-là est plus jeune et encore mieux. Règle ton histoire de permis de conduire et installe-toi à Acapulco. Tu n'as pas besoin de te marier ici. Si tu ne veux pas de ma sœur, je te donnerai Melania ! » Je ne suis jamais allé voir sa sœur, mais pour plaisanter j'appelais parfois Baltasar mon double-beau-frère.

Je n'ai jamais pensé que Baltasar était un mauvais type, mais il avait vécu autant que moi et entre deux aventuriers il y a peu de confiance. Ma sœur Marta formait toujours un mur infranchissable entre nous. Vous pouvez imaginer ce que j'ai ressenti quand il m'a dit qu'il avait eu trente femmes, dont certaines étaient les mères de ses enfants. Et en effet, nous avons rencontré l'une de ses ex-femmes dans la rue. Elle l'a arrêté et lui a dit : « Dis-moi, la bouteille, tu ne pourrais pas m'apporter un peu de tripes fraîches ? » Et nous sommes passés devant quelques-uns de ses enfants qui jouaient dans la rue.

Il disait que Marta était au courant de tout ça et l'acceptait, mais depuis ce moment je n'aimais plus Baltasar. Je ne lui faisais pas confiance. Il pourrait faire à Marta ce qu'il avait fait à toutes ses autres femmes. Je ne lui ai jamais rien dit ni à ma sœur, parce que j'aurais pu faire une gaffe.

Je suis resté chez eux quelques jours ou peut-être était-ce quelques semaines, mais Mexico me tenait et j'avais envie de rentrer. Mon milieu me manquait malgré le fait qu'il se soit détérioré et corrompu. Mais je me sentais tout de même quelqu'un, là-bas, et les gens me respectaient, respect que j'avais gagné à la force de mes poings. Et parce que ma mère y était morte, j'éprouvais un sentiment spécial pour cet endroit. Moi aussi j'y mourrai un jour, demain peut-être, car je ne le quitterai jamais.

Alors au bout de quelque temps j'ai dit à Marta :

« Tu sais, je vais rentrer.

— Pourquoi rentres-tu, dit-elle. Tu t'es battu avec Delila

et tu ne peux t'attendre à ce que papa te reçoive bien. Tu sais comment il est.

— Oui, dès le premier coup que je lui ai donné, je l'ai regretté. Mais que veux-tu ? La chose est faite et on ne peut plus revenir dessus. Je vais juste aller jeter un coup d'œil. Je reviendrai bientôt, je te le promets. »

Elle a essayé de me décourager, mais quand la marotte du voyage me prenait, je devenais têtu. Personne ne pouvait m'arrêter. Marta était habituée à mon caractère et à mes façons désespérées, elle m'a donc prêté un peso pour arriver jusqu'à la grand-route et de là j'ai fait du stop jusqu'à Mexico.

Je n'avais pas un sou en arrivant, alors je suis allé voir Ramón. Je ne vais jamais demander d'argent à Ramón, sauf si je suis vraiment fauché, déprimé et désespéré, car il ne vous rend pas simplement le service, il faut travailler pour. Ce type profitait de gens comme moi, des gars qui ont fait des trucs. Il se vengeait de cette façon, en nous utilisant. Il possédait des milliers de pesos que je l'avais aidé à gagner, mais quand je viens le voir pour un prêt, il dit qu'il n'arrive pas à faire d'économies. Par contre, si je veux gagner un peu de fric... il avait généralement un petit boulot pour moi, aller livrer ou chercher quelques articles de « fauche », par exemple... ou voler une chose pour laquelle il avait un client. Je ne demandais généralement qu'un prêt de vingt pesos, mais le service qu'il me demandait en retour aurait pu me conduire en prison !

Quand je suis rentré d'Acapulco, le fils de Ramón, qui suivait le chemin de son père, m'a dit : « Ecoute, Roberto, j'ai besoin de quelques antennes-radio de voitures, parce qu'un client m'en demande. »

J'ai réfléchi et j'ai répondu : « Bon, il me faut de l'argent. Prête-moi une bicyclette et je vais aller faire un tour à Lomas pour voir combien je peux en trouver. » C'était un boulot facile, mais j'ai joué de malchance dès la première que j'ai essayé d'arracher à une voiture. Elle ne voulait pas sortir et j'avais beau tirer dans tous les sens; avant qu'elle se décide à lâcher prise, je m'étais arraché un bout de doigt.

« Fichue déveine ! Perdre du sang pour un jeu d'enfant comme celui-là ! » J'étais furieux contre moi-même. Je suis reparti rapidement, j'ai livré l'antenne et j'en ai reçu dix foutus pesos.

Mon doigt était enveloppé dans un morceau de papier journal que j'avais ramassé dans la rue, mais il continuait à saigner. Je suis allé chez ma tante qui l'a nettoyé avec de l'eau bouillie et de l'eau oxygénée, puis elle m'a mis un pansement. J'habitais chez elle parce que mon père était encore en colère contre moi et ne voulait pas que je mette les pieds dans sa maison. Il avait dit à mon frère que ce que j'avais fait à Delila était impardonnable et qu'il ne voulait plus jamais me revoir. Mon père était mon univers, et quand on m'a rapporté ses paroles, mon univers s'est écroulé.

Le lendemain, le 25 juin 1958, une fille nommée Antonia (pas ma demi-sœur) est venue rendre visite à ma tante. Je connaissais cette Antonia depuis des années. Elle vivait avec sa mère et ses frères dans la pire « cité perdue » du quartier. En fait, je ne me suis souvenu que plus tard que je n'avais jamais aimé les façons de cette fille. Elle était le genre à se planter à des coins de rue pour parler à des garçons d'une voix haute et familière. Il ne m'était certainement jamais venu à l'esprit à cette époque qu'elle deviendrait un jour ma femme.

Il était tôt quand Antonia est arrivée, elle n'était pas encore coiffée et sa robe était sale. Je n'ai jamais aimé les femmes négligées, mais quelque chose en elle, je ne sais quoi, m'a attiré. En dehors du désir physique, ce qui me plaisait, c'était son attention. Ma tante nous a présentés et immédiatement Antonia m'a dit qu'elle était douée pour soigner les gens et qu'en moins de deux elle m'aurait arrangé le doigt.

Elle s'est donc mise à me soigner, tenant ma main dans les siennes et me demandant si j'avais une femme. Puis elle s'est mise à se plaindre de son mari :

« Il me fait mener une vie de chien, dit-elle.

— Mais pourquoi ? »

C'était la première fois que j'entendais une femme se plaindre de cette façon.

« Ah, c'est parce que nous vivons avec ma belle-mère et que tout ce que je fais est mal. Il ne me donne pas plus de deux ou trois pesos par jour et il exige de bons repas. J'en ai marre. Je crois que je vais être obligée de le quitter. »

Qué caray ! Elle a continué sur ce ton, et l'idée m'est immédiatement venue que je pourrais être l'ange sauveur de cette fille. Je me suis dit : « Pauvre fille ! Elle souffre tant avec ce salaud et sa famille. » Ma tante a confirmé ses paroles. Et elle n'était pas mal faite, bien qu'un peu grasse. Cet après-midi, Antonia m'a envoyé des *tamales* qu'elle avait confectionnées elle-même... puis elle a demandé à ma tante si j'aimais les hamburgers et, en effet, le lendemain à midi, j'ai trouvé des hamburgers.

Croyez-moi, après ça ce n'était pas tant un désir égoïste que de la compassion que j'éprouvais pour elle. Mon sentiment s'était transformé en quelque chose de plus noble, car je voulais lui venir en aide. Puisqu'elle avait déjà quitté son mari et vivait avec sa mère, je lui ai proposé de subvenir à ses besoins en échange du fait qu'elle s'occuperait de moi... étant bien entendu que nous nous marierions si nous nous entendions bien. Une fois ma décision prise, je suis allé me payer une bonne saoulographie pour célébrer l'événement avec mes amis.

Antonia n'a pas été fâchée de me voir ivre, et elle m'a même demandé de lui offrir une bière. Nous nous sommes assis à une table avec ses amis et je la caressais et l'embrassais en plein devant tout le monde. Elle a accepté de venir au cinéma avec moi le lendemain.

J'ai dû rendre un autre petit service à Ramón pour avoir de l'argent pour mon rendez-vous, mais quand j'ai retrouvé Antonia, elle m'a dit : « Non, je n'aime pas le cinéma. Prenons plutôt un autobus pour aller quelque part. » J'étais un peu lent, bien que je soupçonnasse quelque chose. J'ai réalisé quel était son but... c'était une agréable façon de faire plus ample connaissance, non ?

Bref, nous avons abouti dans un hôtel et j'ai passé la plus merveilleuse nuit de ma vie. Nous n'avons pas plus tôt été seuls qu'elle s'est jetée sur le lit et qu'elle m'a attiré vers elle. « Allons-y », dit-elle. Je l'ai déshabillée et, bref, nous nous sommes donné du plaisir.

Je l'ai emmenée habiter chez ma tante Guadalupe. Nous dormions par terre sur une paillasse et nous étions bien car je n'avais qu'à payer pour notre nourriture. Antonia n'est pas sortie du tout les premiers jours, mais j'avais perdu mon emploi à l'usine et je devais me dépêcher chaque matin pour aller chercher du travail à la pièce dans les verreries. Quand je ne trouvais rien, je comptais généralement faire dix ou quinze pesos en aidant Manuel à vendre au marché. Mais il y avait des jours où je ne pouvais donner à Antonia que deux ou trois pesos. Je lui disais que j'avais déjà mangé alors que ce n'était pas vrai, pour qu'elle ait assez pour elle.

Le matin même où Antonia et moi sommes sortis ensemble de la maison, son ex-mari, Cándido, était là, de l'autre côté de la rue, bavardant avec deux ou trois de ses copains. Il devait savoir ce qu'il mijotait et je suis sûr qu'il les avait payés au prix fort, parce que les gens qui vivaient dans la *vecindad* en face de celle de ma tante étaient tous des bandits, la fine fleur de la pègre, dont certains avaient été au Pénitencier. Je m'attendais à des ennuis avec Cándido, surtout s'il s'avérait être un type qui avait quelque chose dans le ventre, parce que je lui avais pris sa femme. Je portais toujours un couteau à la ceinture et je laissais le bas de ma chemise déboutonné de façon à pouvoir attraper mon arme rapidement si Cándido et ses amis me tombaient dessus. Je veillais à rester sobre, mais cela était facile car depuis que j'avais Antonia, je n'avais nulle envie de boire, ni de voler, ni de me battre. Je désirais simplement qu'on me laisse tranquille.

Quand j'ai vu que Cándido nous regardait, mon sang n'a fait qu'un tour. Je me suis dit : « Il va y avoir quelques gorges coupées. » Mais cette fois il n'a fait que nous regarder et il a continué à parler à ses amis. Les jours suivants, j'ai emprunté de l'argent pour qu'Antonia et moi puissions aller coucher à l'hôtel dans d'autres quartiers, mais sept pesos par jour pour une chambre c'était cher et nous avons dû retourner chez ma tante.

Nous avions d'autres difficultés dans cette *vecindad*. Il y avait une voisine, une tigresse nommée Julia, qui m'insultait à chaque fois qu'elle me voyait parce qu'un jour où j'étais saoul j'avais pris une bicyclette de son mari et je l'avais perdue. Elle hurlait : « Regardez-moi ce salaud de bandit : Il devrait avoir honte de ne pas rembourser la bicyclette de Guillermo, le fils de sa putain de mère ! » Et avec Antonia elle était encore pire : « *Ay*, voilà la pouilleuse. Elle couche avec n'importe qui, la salope, tous les hommes font l'affaire. »

Si Julia n'avait pas été une femme, je lui aurais évidemment fermé la gueule. Mais elle était la *comadre* de ma tante et son ex-belle-sœur, Antonia et moi passions donc devant elle sans répondre. Par la suite, j'ai dit à Guillermo personnellement que quand il voudrait je pourrais lui rapporter une meilleure bicyclette que celle que j'avais perdue. Le seul inconvénient, c'est qu'il devrait changer le numéro et régler les papiers pour que tout semble légal. Guillermo et moi nous entendions bien, mais sa femme était une mégère qui m'empoisonnait l'existence.

Cándido continuait à stationner de l'autre côté de la rue. On aurait dit qu'il n'avait pas assez de couilles pour me parler ou m'affronter seul. Il était toujours en compagnie de deux ou trois de ses « lapins ». Un jour, Antonia et moi nous promenions bras dessus, bras dessous le long de la voie ferrée quand il est arrivé avec deux de ses « lapins » et il a dit à Antonia qu'il voulait lui parler. Les deux autres, que je connaissais, étaient un peu ivres. L'un d'eux a crié : « Attends, *Negro,* laisse-nous simplement donner à cette putain ce qu'elle mérite. C'est une garce et une fichue salope. Elle t'a eu, espèce de maquereau, et on va te régler ton compte à toi aussi. »

Quand j'ai entendu la façon dont ils parlaient, j'ai insulté leur mère dans un langage qu'ils puissent comprendre. « Fils de pute! Mettez-vous en rang pour que je vous assomme un par un. N'essayez pas de me tomber dessus parce que j'en ai assez pour vous tous ! »

J'étais prêt à me battre, mais Antonia s'est interposée et m'en a empêché. Alors je lui ai dit de parler à Cándido pour la dernière fois, pour voir ce qu'il avait à lui dire. Elle est partie avec lui et j'ai attendu au coin, le dos au mur, pour qu'ils ne puissent pas m'attaquer de côté ni de derrière. Elle n'est pas revenue et j'en ai eu assez d'attendre, alors je suis allé au marché aider Manuel à vendre une pile de chemises usagées qu'il avait achetée dans une blanchisserie.

Ce soir-là, Antonia n'est pas rentrée, mais elle est allée chez sa mère. J'ai refusé d'aller la chercher, non parce que j'avais peur mais parce que j'ai compris qu'après tout la fille avait un mari et que je n'avais pas le droit de me mêler de sa vie. C'était la première fois que nous nous séparions. J'ai essayé de ne pas la revoir mais elle est venue me trouver et elle a même pleuré. Quand j'ai vu ça, j'ai dit : « Bon ! » et je l'ai reprise. Mon père et Delila avaient déménagé de la Casa Grande et seuls Manuel et sa nouvelle femme María y habitaient, alors j'ai parlé à mon père et il a fini par accepter que j'aille y vivre aussi avec Antonia.

A cette époque, malgré certaines difficultés avec ma femme, j'étais très heureux. Après tant de malheurs, c'était une chose belle et agréable que d'être amoureux. Quand on aime quelqu'un et que cet amour est partagé, nom de Dieu, c'est quelque chose de magnifique, de sublime ! Je regardais tout différemment, le détail le plus insignifiant prenait un autre aspect. L'amour, c'est vraiment la vie elle-même, c'est-à-dire, on a l'impression d'avoir atteint le but véritable de la vie. L'amour c'est Dieu, la bonté, la compréhension. La compréhension de l'autre vous aide spirituellement et parfois même matériellement. *Vaya !* C'est ce qui m'est arrivé. Mais j'avais l'illusion qu'Antonia en viendrait à m'aimer autant que je l'aimais sinon plus.

Je travaillais avec plus d'entrain et mes amis étaient surpris quand je refusais leur invitation à boire. Après le travail, je rentrais et je ne ressortais plus. Je passais les soirées à faire des projets avec Antonia. D'abord, je prendrais un emploi stable, puis un logement pour nous tout seuls, un lit et, peu à peu, toutes choses dont nous avions besoin. Si tout allait bien, nous nous marierions civilement, et plus tard, religieusement. Rendez-vous compte ! Je faisais le projet de l'épouser en robe blanche !

Au début, Antonia s'est très bien comportée. Elle restait à la maison toute la journée et ne se plaignait de rien. Manuel et María couchaient par terre sur un matelas d'un côté de la pièce et nous dormions sur des toiles d'emballage de l'autre côté. Manuel acceptait bien ma femme, bien que je ne croie pas qu'il l'ait jamais réellement connue. Antonia et María avaient des relations amicales et allaient partout ensemble. Je n'aimais pas ça du tout. Une femme mariée ne devrait pas sortir avec une amie; pour le meilleur ou pour le pire, je voulais que ma femme reste seule.

Mais un matin elle est sortie seule sans ma permission et elle n'est rentrée que tard le soir. Elle avait dit à Maria qu'elle allait à une *fiesta* chez une amie. J'étais indigné et blessé parce qu'elle ne m'en avait même pas parlé. J'ai tout de suite soupçonné le pire. Quand elle est rentrée, il fallait que je la punisse. Je l'ai frappée très fort à coups de ceinture et je lui ai dit de prendre ses affaires et de s'en aller.

« Je n'aime pas ces façons, dis-je. Tu veux t'amuser à ta manière, être libre. Tu veux un mari, mais tu ne veux pas être attachée à un foyer et à un homme. Tu ne fais que te servir de moi comme écran. Tu me ridiculises devant tout le monde; il vaut donc mieux que je te rende ta liberté. Prends tes affaires et va-t'en. »

Elle s'est mise à pleurer et elle a piqué une crise de nerfs, et elle a dit qu'elle ne voulait plus vivre avec moi de toute façon parce que j'étais trop jaloux.

« Ecoute, Antonia, c'est vrai que je suis jaloux, alors pourquoi ne m'aides-tu pas à surmonter ma jalousie ? Au contraire, tu me donnes toutes les raisons d'être jaloux. Même quand nous sommes dans la rue ensemble, tu ne cesses de tourner la tête d'un côté à l'autre. N'as-tu pas remarqué comme cela me met mal à l'aise ? Je t'aime de toute mon âme. Non seulement je t'aime mais je t'adore. Jamais de ma vie une femme n'a pénétré mon âme aussi profondément. C'est pourquoi je te supplie d'éviter de faire ce genre de chose. »

Mais elle n'a pas voulu écouter et elle a fourré ses affaires dans un sac à farine et elle est partie. Je ne l'ai pas revue avant longtemps et je me suis remis à boire. Quand j'étais bien rond, j'allais voir ma belle-mère pour savoir si elle avait des nouvelles d'Antonia car elle avait disparu. Je la cherchais partout, jour et nuit. Je demandais aux gens, mais personne ne savait rien.

Un jour, je l'ai rencontrée avec Cándido à l'entrée de la *vecindad* de sa mère. Nous avons échangé quelques paroles coupantes, puis j'ai dit :

« Antonia, dis-moi la vérité. Es-tu retournée vivre avec ce salaud ?

— Oui », dit-elle en se rapprochant de lui. *Ay !* le souvenir est douloureux. Elle était à côté de lui et cela m'a donné un sentiment terrible, non de colère mais de chagrin. Je me suis rendu compte que je me ridiculiserais si je me battais pour elle, alors je suis rentré parler à sa mère qui a essayé de me réconforter. Ma belle-mère m'avait toujours favorisé. C'était une femme de valeur qu'Antonia ne connaissait pas assez pour estimer. Je crois qu'Antonia avait mal tourné parce que sa mère était obligée d'aller travailler et qu'elle ne pouvait pas la surveiller convenablement.

Après ça, j'allais voir ma belle-mère tous les soirs. Si Antonia était là, nous bavardions et nous nous disputions au sujet de nos problèmes. Je la considérais encore comme ma femme et de temps à autre, je l'emmenais dans un hôtel prendre un « chocolat ».

Ma sœur Consuelo avait son propre petit appartement à l'époque, avec une cuisine et une salle de bains. Elle avait acheté une armoire et un divan et avec tout ça, j'avais l'impression qu'elle appartenait à la haute aristocratie. Elle ne cessait de me dire de venir habiter chez elle avec Antonia. Elle pensait que nous pourrions tout recommencer à zéro de cette façon. Antonia était consentante, mais l'idée ne me plaisait pas.

« Ecoute, ma sœur, disais-je, pas avec toi. Avec ton caractère, je sais que ça tournera mal un jour. Il vaut mieux que tu vives tranquillement et que j'installe un logement pour nous seuls dès que je le pourrai, pour que je puisse me sentir un homme. Je veux un endroit où je sois le patron, où je puisse dire ce qui me plaît, où l'on n'entendra que moi ! »

Mais Consuelo continuait à insister. « Ne sois pas bête. Je t'offre une vraie chance. Profites-en. Tu ne vivras pas à mes dépens, car une fois que tu auras trouvé du travail, tu devras m'aider à payer le loyer. Tu verras. Antonia sera contente, car je sors travailler et toi aussi, et elle aura la maison pour elle toute seule. »

Un soir, j'ai trouvé Antonia en train de broder une paire de taies d'oreiller dont elle a dit qu'elles étaient pour moi. Sur l'une était écrit : « Je t'aime », et sur l'autre : « Pour toi, mon amour. »

« *Ay, caramba !* Pour moi ? C'est merveilleux. »

Elle a dit qu'elle avait rompu avec Cándido, et qu'elle voulait vivre avec moi.

« Oui, Roberto, dit-elle. J'ai réfléchi. Je veux un homme qui m'installe un logement pour moi toute seule, où je pourrai dire ce qui me plaît et où personne ne se mêlera de mes affaires.

— Mais, Antonia, c'est ce que j'essaie de faire. Donne-moi

seulement le temps de trouver du travail et tu verras. Il n'y aura pas de luxe ni de richesses, mais ce sera un foyer pour toi où nous nous débrouillerons de notre mieux. »

C'est alors que j'ai parlé à Consuelo d'emménager chez elle. « Oui, bien sûr », dit-elle, et c'est ce que nous avons fait, bien que je me doutais que le caractère Sánchez monterait un jour à la tête de ma sœur et qu'elle en aurait assez de nous.

Pendant quelques mois, tout a bien marché. Mais je ne travaillais pas beaucoup et ma sœur payait tout le loyer et me prêtait de l'argent pour nos dépenses de nourriture. Dès le début, j'ai voulu qu'Antonia et moi couchions par terre pour que Consuelo puisse avoir le lit, mais elle n'a pas voulu en entendre parler. Certaines nuits, elle dormait sur le petit divan et nous laissait le lit, mais d'autres, quand elle sentait qu'elle avait besoin de bien se reposer, je devais dormir sur le divan tandis qu'elle dormait dans le lit avec ma femme.

Je devais gronder Antonia pour son manque de propreté, de laisser tremper du linge sale dans la baignoire, de hurler après mes neveux et nièces. Puis elle a commencé à sortir sans permission et quand je la battais pour cette raison, ma sœur arrivait et *huy !* le monde me tombait sur la tête ! Les deux femmes s'y mettaient.

Le lendemain du jour où j'ai trouvé une place dans un entrepôt, Antonia m'a quitté. Je suis de nouveau parti à sa recherche. Parfois à dix ou onze heures du soir, je commençais à faire des rondes. Plus d'une fois je suis resté à des coins de rue jusqu'à trois heures du matin dans l'espoir de la trouver. Ma belle-mère ne savait pas plus que moi où elle était et elle est allée voir une cartomancienne pour essayer de la faire revenir. Elle était furieuse et elle a juré que si Antonia ne retournait pas avec moi, elle la déshériterait.

Je me saoulais presque tous les soirs et par deux fois je me suis fait tabasser par des bandes qui ont profité de mon état. J'ai entendu dire qu'Antonia vivait avec Cándido et dans mon chagrin et ma rage, je me suis mis à sa recherche, le couteau à la ceinture. Je voulais rencontrer le salaud dans un combat d'homme à homme, une fois pour toutes. Mais il m'évitait, car je n'ai jamais pu le trouver.

Puis, un jour, d'un autobus je les ai vus ensemble dans

la rue. Je l'ai vue lui sourire et, je ne sais pas ce qui s'est passé en moi, mais à ce moment, j'ai renoncé à elle. « A partir de maintenant, Antonia est morte pour moi », me suis-je dit. Je me suis tellement saoulé que rien qu'à m'en souvenir je me sens encore saoul. J'ai mis la main sur une centaine de pesos et j'ai tout dépensé. Ma douleur était trop forte et tout a passé dans une immense saoulographie.

Je me suis rendu compte qu'Antonia ne valait pas un pet de lapin. Elle était insensible, sans cœur, sans une étincelle de noblesse. Rien n'avait d'importance pour elle, pas même elle. J'avais deviné dès le début quel genre de femme c'était, mais j'ai passé dessus parce que je l'aimais. Il m'a fallu six mois et quelques filles pour me remettre de cette blessure !

Quand il s'agit d'amour, je ne comprends pas mes actes. Dans le domaine de Cupidon, personne ne peut dominer ses impulsions. On peut imposer sa volonté dans le monde des pécheurs et régner sur l'univers entier, mais pas sur son propre cœur. Les choses qui doivent arriver arrivent parce qu'elles sont prédestinées. Elles sont déjà écrites quelque part là-haut et bien qu'il y ait des prophètes et des voyants dans le monde, je ne crois pas qu'ils, ou qui que ce soit d'autre, puissent savoir ce qui arrivera demain. Nous ne pouvons déterminer la date de notre naissance ni celle de notre mort. Tout est arrangé à l'avance. C'est pourquoi je dis que je crois au destin. Tôt ou tard, ce qui doit arriver, arrive. Ainsi va le monde.

Consuelo

A Monterrey, je me suis donnée, corps et âme, à Mario, ou plutôt corps seulement, car je ne l'aimais pas. On peut même dire que je le détestais. Je le maltraitais et je le considérais comme un ennemi, malgré le fait qu'il était bon pour moi. Pendant toute la durée du voyage dans le train, j'ai été torturée à l'idée qu'une fois arrivés et seuls dans une chambre, à des kilomètres de chez moi, ne connaissant personne, je devrais être à lui. Il m'avait fait promettre. J'ai été froide avec lui après ma promesse et mon unique pensée était que cette fois je n'avais aucun moyen de m'en sortir.

Nous avons emménagé dans une pension le premier jour. J'avais peur de la nuit qui approchait, quand nous devrions aller nous coucher. Il attendait ce moment depuis longtemps. Chez sa mère, cela avait été impossible car elle nous avait immédiatement séparés. Chez ma tante, c'était encore moins possible car la pièce était trop petite pour qu'il puisse tenter quoi que ce soit.

J'ai réussi à le rejeter les deux premières nuits. La troisième nuit, il ne pouvait plus y tenir. Il a commencé très tendrement : « *Mi vida*, nous allons enfin être mari et femme. » J'ai senti mon estomac se retourner de frayeur, et j'ai dit : « Oh ! cesse de m'ennuyer ! »

Mais il a poursuivi son attaque. Il m'a caressé les épaules et les cheveux. Il m'a embrassé le visage et prononcé des paroles douces. Je transpirais, pensant au moment où je devrais me donner. Je souhaitais que quelqu'un vienne me sauver. J'ai arraché ses mains de mon corps et je lui ai dit de me laisser tranquille. Il m'a rappelé que je lui avais donné ma parole. Je me suis sentie coupable et sans rien dire, je l'ai laissé m'embrasser et m'étreindre.

Mais au moment de devenir sienne, je n'ai pas pu en supporter davantage; je l'ai repoussé d'un coup de genou dans la poitrine. Il a gémi et repris son souffle. Puis, il s'est mis à me parler, calmement, et peu à peu, il m'a de nouveau gagnée à sa cause. J'ai regretté mon attitude et je lui ai demandé pardon. Il m'a embrassé le front et s'est éloigné de moi. Je suis restée à regarder son jeune dos blanc et ses cheveux noirs ondulés. J'ai pensé que la lutte était terminée pour cette nuit et je me suis endormie.

Vers le matin, il a recommencé à me caresser. Je me suis réveillée désespérée et je me suis débattue, mais il a de nouveau brisé ma résistance par des paroles de tendresse. Mario a consommé son acte. Il s'est efforcé de me faire le moins de mal possible, mais c'était insupportable. Je voulais que ça se termine à l'instant même, que ce qui devait arriver arrive et qu'on me laisse tranquille. A la fin, Mario était presque défaillant, en transpiration, le pauvre. Je lui ai tourné le dos et j'ai éclaté en sanglots.

« Mais, Consuelo, comment imaginais-tu le mariage ? Ne sois pas bête. Je t'aime, Consuelo, crois-moi. Je ne te quitterai jamais. Ne pleure pas, ne pleure pas ! »

Mais je ne l'écoutais pas. Je me disais : « Ça y est ! Maintenant je suis perdue à jamais. Maintenant je ne suis plus une *señorita*, et tout ça à cause de cette p... de Delila. Mais c'est la faute de mon père. A cause d'elle, mon père m'a mise à la porte de la maison... Si seulement tu savais ce que tu as fait, père ! C'est toi qui es responsable de ce qui va m'arriver dorénavant ! » J'ai continué à pleurer amèrement. J'imaginais que mon père me voyait pleurer et qu'il souffrait lui aussi. Il me demandait pardon. Mais il n'y avait plus rien à faire. Mario me consolait mais j'avais envie de le repousser. J'ai fini par prendre refuge dans ses bras et je me suis endormie comme ça.

Le lendemain, je ne voulais pas le regarder en face. En rentrant du travail, il m'a embrassée sans faire allusion à ce qui s'était passé la nuit précédente. Je savais exactement quelles étaient ses intentions et je l'ai repoussé. Il n'a pas réalisé ses désirs cette nuit-là. En fait, nous avons eu très peu de rapports lui et moi, quelques fois seulement. Je refusais toujours. Quand il s'approchait de moi, me demandant de lui caresser la tête, de lui dire un mot tendre, cela me rendait folle. Mes nerfs explosaient. Je le repoussais et je lui jetais des paroles méprisantes. Au début il me cédait, mais par la suite, nous avons eu de vraies disputes à ce sujet.

Son désespoir fut tel qu'un soir il devint enragé. Il brisa tout ce qui lui tomba sous la main. Il déchira ses vêtements et les couvertures. Il me jeta un verre d'eau à la figure, tout ça parce que je lui avais dit que je ne l'aimais pas. Cela me fit peur de l'entendre maudire l'amour qu'il avait pour moi, le moment où il m'avait rencontrée. Nous n'avions pas de lumière, seulement la lampe à pétrole qui avait roulé par terre à la suite du coup que Mario lui avait donné. Profitant de l'obscurité, j'ai mis ma robe et je me suis glissée le long des murs de la pièce. Mario continuait à jurer et j'étais terriblement effrayée; j'ai fini par trouver la porte et m'enfuir, pieds nus comme j'étais.

J'ai buté plus d'une fois et en essayant de passer sous un fil de fer barbelé, j'ai déchiré ma robe et je me suis fait mal au dos. Je tremblais de peur que Mario me rattrape et me batte. Je perdais mon souffle et j'avais peur de l'obscurité qui était si différente de celle de Mexico. Je me suis assise devant la porte d'une maison, me sentant perdue. sans connaître personne, sans vêtements, où pouvais-je aller à cette heure de la nuit ? Je me suis arraché les cheveux et frotté les pieds, essayant d'en sortir les épines de chardon. Quand je me suis arrêtée de pleurer, j'ai entendu une forte respiration, j'ai senti quelque chose me chatouiller les jambes. Je me suis levé d'un bond, imaginant que c'était un scorpion. Je me suis secouée et j'ai senti des choses tomber. J'ai eu peur.

Je me suis approchée de la fenêtre d'une maison et j'ai chuchoté : « *Señora*, *señorita*, soyez gentille, laissez-moi entrer. Mon mari est saoul et j'ai peur qu'il me batte. » Grâce à Dieu une voix de femme a répondu. C'était une femme qui avait offert de nous faire la cuisine et la lessive le jour de notre arrivée. Elle m'a laissée dormir chez elle. Le lendemain, elle m'a demandé si j'allais retourner chez Mario et je lui ai dit que non, que j'avais l'intention de travailler. Alors Brígida m'a vraiment ouvert sa maison. Après le départ de Mario au travail, je suis allée chercher mes vêtements.

Je n'avais pas un sou, rien qu'une paire de boucles d'oreilles que j'ai vendues pour avoir l'argent pour prendre l'autobus et acheter un journal. J'ai répondu à une annonce demandant une sténographe et je fus reçue par l'épouse de señor Pacheco. Elle m'a prise à l'essai puis elle m'a donné l'emploi. J'ai commencé à travailler tout de suite. C'était un magasin de fournitures de bureau et j'étais chargée de la correspondance et de la comptabilité. Je ne gagnais que cent vingt-cinq pesos par mois, mais j'ai pris la place en attendant de trouver mieux.

A midi, Clemente, le mécanicien qui réparait les machines à écrire et moi avions le temps de sortir déjeuner. Je n'avais pas mangé depuis la veille et j'avais l'impression que mon estomac était collé à ma colonne vertébrale. Je n'avais pas d'argent, j'ai donc regardé quelques vitrines puis je suis rentrée au bureau. Les portes n'étaient pas encore ouvertes et je suis restée dans l'entrée les bras serrés sur mon estomac bruyant. Le premier à arriver fut Clemente. Il a dû deviner que je n'avais pas mangé, car il insista pour que je prenne un verre avec lui.

Il m'a emmenée chez des amis à lui qui tenaient un restaurant tout à côté. Il a dit quelque chose à la serveuse et au bout de quelques minutes, Priciliana m'a apporté du bouillon de poisson et un cocktail de crevettes. J'étais terriblement gênée, mais ma faim était trop forte pour que je puisse refuser un mets aussi délicieux. J'ai été inquiète pendant toute la durée du repas, car si Mario ou l'un de ses amis postiers étaient passés à ce moment, cela aurait mal tourné pour moi.

Je m'attendais à ce que Clemente me fasse quelques insinuations, mais, Dieu merci, il n'en fut rien. Dès lors, nous avons établi une amitié sincère. Je ne crois pas que je rencontrerai jamais un autre jeune homme comme lui. Il venait en aide rien que pour le plaisir d'aider, sans rien attendre en retour.

Quelque temps plus tard, un Chinois est entré et m'a regardée travailler. Le lendemain il m'offrit un emploi de caissière dans son café. Le salaire était de douze pesos par jour plus trois repas. Je travaillais de huit heures du matin à huit heures du soir sans arrêt — pas comme au bureau de *señor* Pacheco. Le travail était très simple : tenir la comptabilité de la marchandise utilisée, noter l'argent dépensé et vérifier les registres.

Une serveuse là-bas m'a dit que maintenant que j'étais une *señora*, je ne pourrais plus vivre sans mari. Elle m'a dit que le jour où je m'y attendrais le moins, je me donnerais à un autre homme, non parce que je l'aimerais mais parce que mon corps l'exigerait. Ces paroles m'ont réellement effrayée. Si je devais choisir entre me donner à quelqu'un que je ne connaissais pas et continuer à vivre avec Mario, je ferais mieux de retourner avec lui pour me préserver du danger.

Mario n'avait pas eu de mal à me retrouver, car il travaillait à la poste. Il m'avait présentée au chef de bureau et aux employés là-bas et j'avais été bien reçue. De sorte que même si j'avais voulu me cacher, cela aurait été impossible, car tous les facteurs me connaissaient. Quand je travaillais chez señor Pachevo, Mario était venu me voir trois fois. « Réfléchis bien, Consuelo. Tu dois venir avec moi. Nous sommes seuls ici. Tu as besoin de moi et j'ai besoin de toi. A propos, tu n'as besoin de rien ? »

J'ai répondu avec une sacrée arrogance : « Je n'ai absolument pas besoin de toi. Je suis assez grande pour m'occuper de moi. Et ne t'attends pas à ce que je revienne. » Mais après son départ, je me sentais sentimentale à son égard. Quand je ne le voyais pas, il prenait plus d'importance à mes yeux.

Il venait me chercher tous les soirs au Café Frontera. J'avais loué une petite baraque en bois pour cinquante pesos par mois. Je n'avais pas un seul meuble et je dormais par terre. La seule lumière que j'avais étant celle qui venait de la maison de Brígida qui se trouvait en face de la mienne. Mais au café je ne connaissais plus la faim. Et j'avais une bonne amie en Brígida. J'avais l'impression qu'elle était une parente proche, comme une tante.

Tout le monde me conseillait de retourner chez Mario. Je résistais; puis un soir, après avoir travaillé plus tard que je n'étais supposée le faire, je suis tombée épuisée sur mon « lit » par terre. Une terrible douleur dans les côtes gauches m'a réveillée. Je me suis mise à pleurer. J'ai essayé de me relever, mais la douleur s'est faite plus aiguë. Je me suis pliée en deux et j'ai eu le souffle coupé; ma jambe gauche s'est paralysée. Je voulais crier mais je ne pouvais pas. Je n'avais même pas de bougie. Il y avait une jolie lune dehors et je l'ai regardée par la fenêtre en pensant qu'à la maison mon père et ma sœur étaient au lit, dormant tranquillement, sans souci, l'estomac bien rempli.

J'ai pleuré pendant longtemps, aux prises avec ma douleur. Quand peu à peu, j'ai pu de nouveau bouger la jambe, je me suis souvenue de Mario. S'il avait été là, il m'aurait emmenée chez un médecin ou il aurait préparé du thé. Au moins en sa compagnie, je n'aurais pas eu peur. Le lendemain, j'ai rencontré Mario et je lui ai dit que j'avais décidé de revivre avec lui. J'ai quitté mon travail et Brígida nous a prêté une paillasse et une couverture, et elle m'a donné la permission de faire la cuisine sur son fourneau.

C'était étrange, mais peu à peu j'ai repris des forces. A présent, j'avais quelque chose pour occuper mes pensées, ce n'était pas l'amour, car je n'aimais pas Mario et je ne l'acceptais pas réellement, mais un sens du devoir. Il m'était difficile de feindre un grand amour que j'étais loin d'éprouver et je continuais à être indifférente et froide avec lui. Mario disait que j'étais douée d'une cruauté raffinée, car lorsqu'il était pris d'une de ses rages... de véritables crises d'hystérie... je ne faisais rien pour le calmer. Il fermait la porte à clé, m'empêchant de sortir et il brisait désespérément tout contre les murs, il déchirait ses vêtements, pleurait, criait, devenait à demi fou. Je restais immobile comme une pierre, ne montrant ni peur ni colère, les yeux fixés sur un point de la pièce.

Il disait que je prenais plaisir à le voir en colère et désespéré, mais en moi je ne sentais qu'horreur et crainte à l'idée qu'il pouvait s'en prendre à moi. J'avais envie de m'enfuir, mais j'étais comme un chien pris au piège de ma lâcheté et de ma peur. J'avais envie de pleurer et de dire ces magnifiques paroles : « Pardonne-moi », mais j'étais paralysée.

Mario m'avait souvent priée d'essayer de le calmer quand il avait ces crises de nerfs : « Avec une caresse simplement, tu peux me calmer. Je t'en prie, Consuelo. Quand tu me vois en colère, parle-moi, injurie-moi, bats-moi si tu veux, mais ne reste pas immobile. Tu n'as donc pas de cœur ? »

A ma grande honte, je ne faisais que le regarder enrager, jusqu'à ce qu'il s'attrape la tête dans les mains et qu'il tombe sur le lit en sanglotant. Il ne se passait pas une seule journée sans dispute et les quelques objets que j'achetais étaient bientôt en miettes par terre. Les voisins prenaient peur et frappaient à la porte, demandant : « Vous a-t-il battue ? » Mais je sortais toujours en disant calmement : « Non, il ne me bat jamais. Ce sont ses nerfs. »

La vérité c'est que c'était moi la nerveuse. Je ne trouvais aucun moyen d'en sortir. Je n'étais satisfaite de rien. S'il disait : « Allons au Zócalo, ça te reposera un peu », ma réponse était : « Au Zócalo ? Tu parles d'un divertissement ! » S'il disait : « Allons au cinéma. — Au cinéma ? Pas moi. Tu sais que ça ne m'intéresse pas. Vas-y avec tes amis ! » Il laissait tout passer. Il m'ennuyait et je regrettais d'être retournée vivre avec lui. Mais quand il disait qu'il s'en irait si je n'étais pas contente, je promettais de ne plus être méchante avec lui.

Pendant tout ce temps, la seule raison pour laquelle je ne me suis pas suicidée c'est que je ne voulais pas Lui désobéir. Mais dans quelle fièvre d'anxiété je L'implorais de me rappeler à Lui ! L'après-midi ou le soir, avant que Mario ne rentre, je m'allongeais sur mon misérable lit. Le lit se composait d'un petit sommier monté sur cadre, avec un matelas fait d'une couverture étalée sur une pile de cartons et de vieux vêtements. Un traversin que j'avais confectionné moi-même complétait la literie. La pièce était éclairée par une bougie. Les yeux au plafond, pleurant des larmes amères qui montaient du plus profond de mon être, je Lui demandais, je Le suppliais de me rappeler à Lui.

Mon corps appartenait à Mario, mais comme c'était dur pour moi ! Jamais de ma vie, je n'avais eu le désir d'appartenir à un homme, pas même une fois. Je n'y avais jamais pensé ! Et maintenant, je mourais à chaque fois qu'il rentrait à la maison, content de son travail, pour m'embrasser. J'en avais peur : « Pourquoi les hommes sont-ils si vils ? Vous feriez mieux de prendre ma vie, Seigneur. Je ne veux pas de cette vie. Je ne suis pas née pour ça. » Ceci n'était pas seulement des mots. C'était mon être même, tous mes sentiments, tout ce qui était en moi et qui L'implorait de m'accorder ce miracle. J'attendais, j'attendais toujours que cela arrive. On peut dire que j'étais déjà comme morte.

Mario s'efforçait de me rendre heureuse, satisfaite. Quelle

mauvaise chose que d'être incapable de feindre ! Je restais hébétée jusqu'au moment où il arrivait. « Ma petite Consuelo, où es-tu, *mi vida ?* Je suis rentré. Qu'est-ce qui ne va pas ? Pourquoi pleures-tu ? Viens, allons dîner dehors ou allons au Zócalo ? Ne sois pas triste. » Il m'aimait tant qu'il ne se rendait pas compte que quelques minutes plus tôt j'avais souhaité mourir, fuir cette vie.

Je commençais réellement à l'aimer quand la lettre de sa mère est arrivée lui conseillant de me quitter. « Cette femme n'est pas bonne pour toi. Elle est plus vieille que toi et très rusée. Quitte-la, trouve-toi une amie là-bas et ramène-la à la maison. Je t'enverrai l'argent. » J'ai eu l'impression d'être battue à coups de pierres, chaque mot laissant une ecchymose. Continuant la lettre, j'ai lu à la fin : « Ton fils n'a plus de chaussures. Envoie-moi de l'argent pour lui en acheter au lieu de le gaspiller avec cette femme. » Je me suis retournée pour le regarder : « Alors, il a un fils. » Je me suis caché le visage et j'ai pleuré.

En réalité, je ne savais rien sur Mario. L'amour que je commençais à éprouver pour lui s'est effondré. Il m'a expliqué à propos de l'enfant : « Ecoute, *mi vida*, il y a des choses que je ne t'ai pas racontées, à cause de mon honneur d'homme, mais Camilia... » Puis il m'a raconté la vie qu'il avait menée avec cette femme. La mère de Mario les avait mariés de force quand elle avait découvert qu'il avait mis Camilia enceinte. Mais cela avait été la faute de la fille, parce qu'elle avait couru après lui. Il ne l'avait même jamais aimée parce qu'elle était trop hardie. La mère avait appelé la police et ils l'avaient traîné au tribunal en sous-vêtements. De là, ils allèrent à l'église — la police, les parents de Camilia et la mère de Mario — pour marier le couple. Peu de temps après, après son seizième anniversaire, il eut sa première déception quand il trouva sa femme dans un dancing avec un de ses amis. La seconde fois, il la surprit chez eux avec un soldat; la troisième, il la vit sortir d'un hôtel avec un autre homme. Après ça, il la quitta.

J'acceptai son explication, mais la seule chose à laquelle je pensais c'était que nous ne pourrions jamais nous marier. Il n'y avait pas la moindre possibilité. Et savoir qu'il avait un enfant m'empêchait de me rapprocher de lui. Je me sentais comme une voleuse. Je continuais à vivre, mais je ne prenais plaisir à rien. La vie était incolore. Etre en vie sans vivre était une chose laide. J'étais inutile, un être à demi inconscient qui se mourait mais qui ne sentait plus rien.

Comme c'était horrible la nuit, quand il avait raison de moi et qu'il fallait me donner à lui contre ma volonté. Il n'y a rien de plus affreux que de se livrer, de n'être qu'un instrument. Mais Mario me disait : « Non, *mi vida*, je ne le fais pas seulement par désir. Il y a beaucoup de femmes qui pourraient me satisfaire mieux que toi. Non, ne pense pas comme ça, *mi vida*. Je le fais parce que je veux un enfant, ton enfant. Tu imagines ? Une petite fille juste comme toi ? Comme je serais heureux si tu me donnais un enfant. »

Un enfant était bien ce que je désirais le moins au monde. Je disais : « Un enfant ? L'enfant que j'aurai devra porter le nom de son père. Tu l'as donné à un autre. Si j'avais un enfant avec toi, il serait en position d'infériorité, ce que je ne veux pas. »

Il essayait tout de même de me convaincre que ce serait sublime de lui donner un enfant. Un après-midi, ivre de colère, j'ai maudit le jour où je devrais avoir un enfant. Il ne m'avait jamais battue, mais ce jour-là il l'a fait. Il m'a giflée plusieurs fois. Je n'ai même pas protesté, car j'ai compris qu'il avait raison.

J'ai continué à jouer de malchance. Un matin, le cierge de l'ex-voto s'est renversé et la maison a brûlé, pas entièrement, une partie seulement. Mais nous sommes restés avec seulement deux chemises et deux pantalons de Mario et trois ou quatre de mes robes. Je suis restée là à regarder brûler les choses. Mario a allumé une cigarette. Il a dit : « Tu ne vas pas pleurer ?

— Pourquoi ? C'est fini maintenant. » Et de nouveau, la vie sans intérêt.

Il est douloureux de se rappeler certaines choses — des choses qui vous mettent mal à l'aise même quand on n'en parle pas. Oui, j'allais être mère, tout en ne le sachant pas à ce moment-là, car je n'avais noté aucun des symptômes. Je me suis sentie bien jusqu'au mois de janvier. Je n'avais ni nausées ni arrêt de règles. C'est pourquoi Mario ne m'a pas cru quand je lui ai dit que j'avais mal dans le dos.

« Nous allons peut-être avoir un enfant », dis-je. Mais il

avait perdu confiance en moi. Il m'a regardée froidement et il a dit : « L'immeuble de la poste s'effondrera avant que tu ne sois mère. Je crois que le jour où tu seras enceinte, tu mourras. » J'ai serré les dents et nous en sommes restés là.

Mais cette nuit-là, comme d'autres, je n'ai pas voulu laisser Mario dormir à côté de moi. Je lui ai dit de coucher par terre comme il l'avait déjà fait. Nous nous sommes disputés et il est entré en fureur. Il pleurait de rage et m'insultait, me disant que j'étais encore pire que sa femme.

« Oui, Camilia est mieux que toi. Elle m'a donné un fils, elle, alors que tu n'en es même pas capable. Tu n'es bonne à rien. » C'était terriblement humiliant pour moi de me faire insulter ainsi, allongée à demi nue près de lui. Je me suis couvert la tête pour ne plus entendre ses cris : « Camilia, Camilia, viens, j'ai besoin de toi. Toi seule sais me guérir ! »

Il criait en me frappant le visage avec un journal. Il semblait fou de colère. Je l'ai vu saisir son rasoir et j'ai cru qu'il allait s'en servir contre moi, mais il a tendu son bras pour se couper les veines. J'ai réussi à lui faire lâcher la lame. Je l'ai mis au lit. Toute cette nuit, j'ai eu une terrible douleur dans l'abdomen. Il est allé travailler tôt le lendemain matin sans croire à mes plaintes.

Je me suis réveillée au cri de : « Consuelo, le vent du nord emporte ton linge. » Très ensommeillée, je me suis levée et j'ai couru vers les fils de fer pour décrocher la lessive. Le ciment était glissant; je suis tombée et je me suis évanouie. Quand je me suis réveillée à la Maternité, deux jours plus tard, Mario était près de mon lit, pleurant. En le voyant dans cet état, quel amour j'ai éprouvé pour lui ! Il m'a demandé de lui pardonner et il a dit qu'il s'en voulait de ne pas avoir cru à mes paroles. J'ai souri. Il ne m'avait pas abandonnée et j'étais heureuse de l'avoir près de moi. Il est venu me voir tous les jours pendant les cinq jours que j'ai passés là-bas. Il n'a pas voulu prévenir mon père. Mais je me sentais mal, vraiment malade et brisée. Grâce à Brígida, j'ai réussi à envoyer un télégramme : « Papa, j'ai besoin d'argent. Suis à l'hôpital. »

Un après-midi, le cri d'un nouveau-né m'a réveillée. Quelques instants plus tard, une civière est passée, transportant une femme qui venait d'accoucher. Ce n'est qu'à ce moment-là que j'ai ressenti la tristesse de ne pas voir mon enfant à côté de moi. Comme cela aurait été magnifique d'avoir un bébé à mon côté. Quand j'ai quitté la Maternité, cela m'a rendue triste de voir des enfants jouer dans la rue. J'ai été comme ça pendant longtemps, me disant : « Mon bébé aurait six mois maintenant », ou plus. A mesure que le temps passait je me résignais et j'essayais d'oublier ce qui était arrivé.

J'attendais une réponse de mon père. J'étais inquiète, car rien ne venait. Ce n'était pas possible qu'il me déteste tant. Un après-midi, j'étais allongée sur mon lit de chiffons dans la pièce qui faisait deux mètres sur deux, avec ses murs minces et son plafond de carton comprimé noir soutenu par six poutres étroites reliées par des clous et des goulots de bouteilles. Les murs étaient soutenus par trois poutres horizontales, dont l'une servait d'étagère pour mes saints. Mes vêtements étaient suspendus à des clous plantés dans les planches; mes chaussures étaient dans une boîte en bois.

J'étais là, dans cette petite pièce, seule. Mario était parti travailler à la Poste. J'avais mal partout. Mes hanches et mes jambes semblaient avoir reçu des coups de marteau. Ma main était engourdie, mon visage enflé et mes dents me donnaient l'impression de s'émietter. Et j'étais sourde. Je n'entendais qu'un bourdonnement dans les oreilles.

Puis ma douleur a commencé à disparaître. Mon corps était libre, comme si je m'étais tout à coup divisée en deux. Une partie flottait tandis que l'autre restait au lit : « Enfin », murmurai-je, et je sentis un sourire sur mes lèvres. Je me suis sentie si légère, comme jamais auparavant, et je L'ai vu, là, au plafond. Il y avait une croix lumineuse dans une étrange ombre verte, avec une petite flamme au centre. J'avais l'impression qu'elle m'incorporait à elle. Je ne sentais plus mon corps douloureux. J'étais une espèce de voile qui, peu à peu, s'élevait dans les airs.

Ce que je ressentais était si beau que je ne peux trouver les mots exacts pour le décrire. Je peux seulement dire qu'en un tourbillon je suis entrée dans le néant. C'est ce que j'avais attendu toute ma vie. Mon bonheur n'avait pas de limites, il est impossible de décrire le degré de joie que j'ai atteint. Cela dura quelques minutes. Au loin, j'ai entendu la voix de l'enfant d'une voisine : « Consuelo, Consuelo, quelqu'un te demande. Je crois que c'est ton papa. » Mon rêve ne disparut qu'à ce moment. J'aurais voulu rester dans cet état pour toujours. Quand je suis revenue à moi, j'ai senti une vive douleur dans le ventre et j'ai embrassé mon père.

Nous avons pleuré tous les deux. Une fois calmé, il m'a dit : « Est-ce pour ça que tu es allée à l'école ? C'est pour ça que tu es devenue sténographe ? Regarde dans quel bouge tu vis ! »

J'ai senti la colère monter en moi. Jusque-là personne ne m'avait rien dit de ce genre à propos de la maison dont j'étais la maîtresse et où je pouvais changer mes quelques affaires de place sans avoir peur de personne; où María et Brígida pouvaient me parler sans gêne, où il n'y avait personne pour me dire que ce n'était pas mieux qu'une porcherie. Je m'étais prise à aimer ma petite maison : « Je suis heureuse ici, papa. Mario est très bon. Il ne me donne pas davantage parce qu'il ne peut pas. Mais il est bon. »

Mon père voulait que je rentre à Mexico avec lui et il a fait venir un autre médecin qui a dit que je pouvais voyager. J'ai réfléchi. Mario était marié à une autre, civilement et religieusement, et ne pouvait pas obtenir de divorce. Il avait un fils à élever. D'autre part, Mario avait recommencé à m'insulter et à me vanter sa femme : « Tu ne peux même pas te comparer à elle ! Sa peau est très blanche et la tienne est brune. Elle m'a donné un enfant. Ça c'est une femme ! » Mario m'avait dit ça quand j'avais refusé d'être à lui.

C'est pourquoi j'ai accepté d'accompagner mon père. Mario est resté à Monterrey. Je lui ai dit : « Aussitôt que tu auras arrangé ton transfert, je t'attendrai. Je ne t'abandonnerai jamais, tu le sais. » Je suis retournée à Mexico en autocar. Mon père voulait m'emmener à la Casa Grande, ce qui signifiait affronter de nouveau Delila. Je ne voulais rien avoir à faire avec elle, alors il m'a conduite chez ma tante. Mario a immédiatement commencé à m'envoyer des lettres. Je les ai gardées pour me consoler — ces paroles de tendresse et d'amour.

Quinze ou vingt jours plus tard, Mario est arrivé chez ma tante. J'étais déjà beaucoup mieux. Mon père avait payé tout mon traitement qui comprenait quatre transfusions, des sérums et des piqûres. Mario a dit qu'il rembourserait tout, mais je pensais déjà que nous devions nous séparer. Je ne pouvais plus me donner à lui. Quand j'ai refusé de revenir à Monterrey avec lui, il est retourné chez sa mère.

Je sais maintenant qu'en rejetant Mario, j'ai perdu la chance de ma vie d'avoir un foyer et une famille à moi. Il a été bon avec moi dès le début, il me défendait, il me donnait tout ce qu'il gagnait, il me consultait pour tout. Mais dans mon maudit orgueil et ma stupidité, je n'ai pas su estimer ces choses.

Chez ma tante, la bataille a recommencé, sauf que c'était pire à présent car mon oncle ne m'évitait plus les grossièretés quand il me grondait. Les voisins avaient pitié de moi mais bavardaient encore plus qu'avant. J'étais revenue vaincue.

Je me suis mise à chercher du travail. Par mes amis, j'appris que Jaime avait grimpé dans l'échelle sociale et qu'il était toujours célibataire. Il gagnait un très bon salaire, mais cela n'avait aucun sens pour moi. J'ai trouvé un emploi chez señor Ruiz qui vendait des voitures d'occasion. Il était très gentil, mais je ne pouvais supporter les plaisanteries et les vulgarités des mécaniciens et du directeur quand ils se rassemblaient au bureau pour jouer aux cartes. Toute la journée je devais me battre pour me faire respecter. Je restais parce que je ne pouvais trouver de meilleure place. Je n'ai tiré qu'une seule bonne chose de cet emploi, c'est la rencontre de la tante de señor Ruiz qui m'a par la suite aidée quand j'étais dans le besoin.

Entre-temps, il y avait eu certains changements dans ma famille. Mon père avait construit une petite maison sur un terrain qu'il avait acheté dans la colonie El Dorado. Il avait gagné deux mille pesos à la loterie nationale et c'est ainsi qu'il avait eu l'argent pour acheter le terrain. Il vendit quelques cochons pour pouvoir commencer à construire la maison. C'était la première propriété que mon père ait jamais possédée et il était le seul parmi nos amis et parents à avoir réussi une telle chose. Mais la maison n'était pas pour nous. Lupita et mes demi-sœurs, Antonia et Marielena, y habitaient et prenaient soin des animaux de mon père. Tonia avait deux enfants mais elle ne vivait pas avec Francisco, leur père, car il n'avait pas voulu ou pu lui installer une maison. Mon père l'avait entretenue, elle et les enfants depuis qu'elle était devenue la femme de Francisco.

Marta avait maintenant trois petites filles et elle avait quitté son mari Crispín pour de bon. Quand elle est revenue à la Casa Grande, notre pièce était très peuplée. Manuel et ses quatre enfants étaient là, Roberto, mon père, Delila et son fils, et Marta avec ses trois enfants. Mon père décida de louer une autre pièce pour Delila et lui, dans la rue de l'Enfant-Perdu et de laisser Marta en charge du logement de la Casa Grande.

Marta était déprimée et j'essayais de lui redonner du courage. Je lui disais : « Ne sois pas bête. Tu as eu raison de quitter Crispín. S'il ne remplit pas ses obligations, pourquoi en as-tu besoin ? Ecoute, tu es jeune, tu as encore le temps, mais si tu continues à avoir des bébés tu seras fichue. Etudie quelque chose, la couture, par exemple... ça ne te prendra que quelques mois et tu pourrais travailler sans quitter la maison. Il y a un centre d'apprentissage près d'ici, va voir à combien s'élèvent les droits d'inscription et dis-le-moi. Je paierai. Ma tante prendra soin de tes filles pendant que tu seras à l'école. Vas-y et donne-moi la réponse. Il est encore temps. »

Marta restait immobile tandis qu'assise sur le lit, j'essayais de la convaincre. Elle était sur un banc près de la porte, les yeux baissés, très jolie. Mais elle était comme une statue vivante. J'aurais voulu un regard, un geste, quelque chose pour me prouver que mes paroles avaient touché un point sensible. J'aurais voulu la voir sourire, faire preuve d'un peu de joie de vivre, comme lorsqu'elle courait avec sa bande quelques années auparavant. Je me souviens de ses dents blanches et droites et de ses fossettes quand elle riait, et comment elle se promenait avec ses amies bras dessus, bras dessous. Mais elle restait insensible à l'intérêt que je lui manifestais. C'était une statue orientale douée de respiration.

J'ai essayé de lui trouver un emploi qui la sortirait de son milieu. Je voulais lui montrer qu'il existait des endroits où elle serait traitée décemment et où elle pourrait trouver un jeune homme sérieux qui l'aiderait à résoudre son problème familial et à éduquer ses filles. Pendant longtemps j'ai absolument refusé le fait que ma sœur appartenait au bas niveau culturel de son entourage.

Mais elle était loin de comprendre la sincérité de mes intentions. Elle déformait tout, et, j'ai de la peine à le dire, elle me prenait pour une putain ou une délurée qui obtenait tout avec son corps. Je n'ai su que plus tard que ma sœur, ma chère petite sœur, pensait ça de moi. Quand je travaillais, je faisais de mon mieux pour prendre soin de mon apparence, me peindre les lèvres et les ongles et me faire faire une mise en plis de temps à autre. Etre bien soignée était pour moi un moyen de lutter pour maintenir ma position, d'empêcher les gens de m'humilier et de me prendre de haut. Mais je ne m'habillais pas pour plaire aux hommes! Ma sœur ne pouvait comprendre ça. Pour elle... je peux en rire maintenant... prendre soin de mon apparence signifiait seulement que j'étais une femme légère.

Je n'avais pas la moindre idée à l'époque qu'elle préférait des critiques dures à ma gentillesse, qu'elle cultivait la négligence de soi pour protéger sa « morale », des vêtements sévères pour préserver sa religion, et l'économie de paroles pour maintenir le respect de ses enfants. Et elle faifait tout ça pour conserver l'amour et le favoritisme de mon père. Je m'interrogeais à son sujet en essayant de la comprendre, mais je ne pouvais pas. Je finissais toujours par dire : « Oh, la pauvre, elle n'a jamais connu sa mère ! »

Marta n'accorda aucun intérêt à ma suggestion et accepta de s'occuper des enfants de Manuel, alors que je sais qu'elle ne les aimait pas. Je suis venue habiter avec elle pour l'aider. Mon père venait tous les jours vers sept heures pour nous voir et donner à Marta l'argent pour les dépenses de la maison. Avec Manuel, Roberto et moi travaillant, cela commença assez bien, mais Manuel refusa bientôt de contribuer et Roberto y manqua souvent. Je ne pouvais manger la viande frite et la nourriture au lard que ma sœur servait à la maison et, pour éviter des disputes avec elle, je prenais mes repas dans des restaurants bon marché. Cela prenait presque tout l'argent que je gagnais de sorte que moi aussi j'ai cessé de contribuer aux dépenses.

Marta n'avait pas besoin de mon aide, mais cela la mettait en colère si je ne lui donnais rien. Je remarquais, et, oui, cela me faisait de la peine, que chaque jour mon père lui apportait du savon, du sucre, du café, du riz, des tomates, de l'huile, du chocolat. etc., en plus des dix pesos quotidiens. Et puis, il lui donnait de l'argent pour aller au cinéma deux ou trois fois par semaine, des chaussures et des vêtements pour les enfants ou tout ce dont elle avait besoin. Elle jouissait de sa faveur et de toute la liberté qu'elle voulait. Chaque jour, elle emmenait les enfants au marché, ou en ville pour regarder les vitrines et si elle voulait quelque chose en plus elle demandait de l'argent à Roberto, car il travaillait dans une usine à l'époque. Le dimanche, elle allait avec mon oncle et ma tante à la Villa ou au parc manger des *tacos plazeros* et boire du *pulque*. De temps à autre, j'apercevais Crispín autour de la Casa Grande. Alors je me suis demandée pourquoi je devais l'aider. Elle avait mon père et mon frère de son côté, elle pouvait sortir quand elle en avait envie, elle pouvait avoir des relations avec son mari et n'avait aucun souci à se faire. Et elle avait ses enfants. Je n'avais que mon travail... et très peu de tranquillité à la maison.

A mesure que les jours passaient, Marta et moi avions de plus en plus de différends. Elle avait la mauvaise habitude de laisser Trinidad, la benjamine sans culotte. Naturellement l'enfant faisait ses besoins par terre ou n'importe où. Je ne cessais de dire à Marta de mettre une culotte à Trini et de lui apprendre où il fallait aller. Malheureusement ma sœur ne faisait que se fâcher davantage et disait que je me prenais pour une dame de la haute ou que j'étais une *pocha*, que je voulais imiter les autres. Un jour, je me suis mise en colère quand Trini a vidé ses intestins près du fourneau où Marta était en train de faire la cuisine. Ma sœur a continué à travailler, puis elle a pris le bébé et est allée le laver dans l'évier.

Je n'ai pas pu me retenir : « Pourquoi ne lui apprends-tu pas à s'asseoir sur le pot de chambre ? Tu en fais un cochon !

— Si tu es si délicate, tu n'as qu'à t'en aller ! Tu ne donnes pas un centavo à la maison et tu fais la difficile. Pourquoi ne vas-tu pas vivre à Lomas avec les riches ? »

Telle était la réponse de ma sœur, quoi que je dise. J'essayais de lui apprendre à couvrir la boîte à ordures et les aliments cuits, pour les protéger des rats, de mettre le linge sale dans un carton sous le lit au lieu de l'entasser sous l'évier, de mettre la nourriture à l'abri de la chaleur du soleil et du fourneau, pour qu'elle ne s'abîme pas, mais elle refusait d'apprendre. Quand je décrivais la maison de señor Santiago, ou la façon dont vivait une de mes amies, elle se vexait et disait que je méprisais les pauvres. Elle se moquait de moi avec ses amies et elle se plaignait tous les jours à mon père qui lui donnait toujours raison.

Marta n'aimait pas s'occuper de tous les enfants et elle a pris un emploi dans une fabrique de tasses en papier. Elle ne m'a pas dit qu'elle allait travailler; le premier jour, elle est partie à sept heures du matin et elle n'est rentrée qu'à sept heures du soir. Je suis restée à la maison avec les enfants, mais je me suis inquiétée toute la journée à son sujet, ne sachant pas où elle pouvait être.

J'ai refusé de me charger des enfants. J'ai continué à travailler et mon père a engagé une femme qui avait deux petits enfants à elle, et l'a fait emménager à la Casa Grande pour s'occuper du ménage. La maison était plus bruyante et bondée que jamais. Tous les soirs, je devais prendre des médicoments pour les nerfs. Assise au bord de mon lit, je promenais mon regard sur la pièce sombre. On avait de nouveau coupé l'électricité et la bougie éclairait à peine la table et les pâles petits visages des enfants penchés sur leur gobelet de café, où ma sœur, décoiffée, le tablier sale et à demi tombant, criant à Conceptión de nettoyer après Trini : « Dépêche-toi, sale môme, lave ta sœur si tu ne veux pas avoir la fessée ! » Cela me mettait hors de moi de voir ma nièce, les yeux tristes, abandonner son pain et son café pour aller nettoyer les saletés diarrhéiques sur le parquet.

Immédiatement après le dîner, tout le monde allait se coucher, Marta dans le grand lit avec ses filles; Mariquita, Conchita et moi dans mon petit lit; Alanes, Domingo et Roberto se recroquevillaient de froid par terre; et à présent, la bonne et ses enfants également par terre. Nuit après nuit, tel était le triste spectacle que j'avais devant les yeux. J'essayais d'améliorer les choses, mais j'en étais venue à avoir peur de parler. Ils me rendaient responsables de tout, même si la mèche du réchaud était lente à s'allumer. Non seulement Marta et mon père, mais même Roberto prétendaient que c'était moi qui avait semé la discorde dans la famille. Ils voulaient que je m'en aille, mais je ne voulais pas renoncer à essayer de les faire vivre mieux. D'autre part, j'avais peur de vivre seule. Les gens s'interrogeraient à mon sujet, et les hommes profiteraient de ma situation.

Pour aggraver les choses, Mario puis Jaime, ivre comme d'habitude, sont venus me chercher. Un soir, comme je sortais de chez ma tante, j'ai vu Jaime venir vers la Casa Grande. Je suis rentrée en courant dans notre cour. Il m'a vue et s'est mis à courir aussi, mais, Dieu merci, je suis arrivée dans notre pièce avant lui et je me suis enfermée. Jour après jour, Jaime est venu rôder autour de la maison, jusqu'à ce que je lui parle et que j'accepte de sortir avec lui. Il a dit qu'il m'aimait toujours et qu'il voulait m'épouser. Je ne l'ai pas cru, mais je prenais tout passivement, pour éviter un scandale, surtout quand il était ivre. Franchement, j'en avais assez de la maison et je ne mangeais pas bien. Il m'emmenait au restaurant et au cinéma et il me faisait des cadeaux, de sorte que je pouvais faire des économies.

Mon frère Roberto me conseillait d'utiliser mon argent à acheter un électrophone, me disant que je pourrais en tirer davantage que le prix d'achat en le louant pour des bals et des *fiestas*. Et si jamais j'avais besoin d'argent, je pourrais le revendre ou le mettre en gage. J'adorais la musique et j'ai pensé que ce serait très agréable d'avoir des disques à moi. Un jour, j'étais au lit malade quand Roberto est arrivé en disant : « Ecoute, j'ai rencontré un type qui veut vendre un très bon électrophone pour quatre cents pesos.

— Vraiment ? » Je dois avouer que je ne faisais pas confiance à Roberto, mais c'était mon frère et je l'aimais. J'ai toujours pensé que c'était lui qui avait le plus souffert de la mort de notre mère. J'ai voulu lui prouver que j'avais confiance en lui, que je croyais en sa bonté et que quelqu'un au moins avait foi en lui. Bref, je lui ai donné l'argent. Il a dit qu'il allait revenir immédiatement avec l'électrophone.

Tandis que j'attendais, ma tante est venue se faire payer pour le blanchissage de mon linge. Je lui ai raconté ce que j'avais fait et elle s'est fâchée, disant que je n'aurais pas dû lui donner un centavo, que je le tentais, que j'étais une imbécile.

« Mais tante, c'est mon frère, comment est-ce possible qu'il... »

Plus tard, quand je suis allée pleurer chez elle parce que Roberto n'était pas revenu, mon oncle et ma tante m'ont grondée davantage. J'ai raconté l'histoire à mon amie Angélica et elle aussi a dit : « *Qué barbaridad !* Comment as-tu pu être si bête ? Pourquoi as-tu donné tant d'argent ?

— Mais c'est mon frère ! » disais-je en pleurant, non pas à cause de l'argent mais parce qu'il avait trahi ma confiance. Je l'ai trouvé en train de boire de la bière avec un ami dans un café près de la Casa Grande. J'ai eu peur de lui demander l'argent, parce que j'aurais pu l'embarrasser ou le blesser et le mettre en colère.

« Qu'est-il arrivé ? dis-je simplement.

— Rien », fut son unique réponse.

J'ai pensé qu'il valait mieux que je sois en compagnie de mon oncle et de ma tante pour lui réclamer l'argent; je suis donc allée les chercher. Le temps de revenir au café, mon frère était parti. Il n'est pas rentré à la maison pendant trois jours et j'ai eu tout le temps de pleurer. Quand je l'ai revu, je n'ai pas demandé d'explication, mais j'ai simplement dit : « Tu me rembourseras peu à peu. » En effet, il m'a donné dix ou quinze pesos par semaine jusqu'à ce qu'il ait rendu environ la moitié de la somme.

Il ne s'est pas excusé pour ce qu'il avait fait. Il a simplement expliqué que l'électrophone n'était pas bon et qu'il avait eu l'intention de me rendre l'argent... il l'avait encore en poche quand je l'avais vu au café... mais alors quelques amis étaient arrivés et il les avait tous invités à boire : « Mais je te rembourserai, petite sœur, ne t'inquiète pas. »

J'espérais tant que mon frère allait changer ! Je pensais qu'avec des conseils et un soutien moral plus solide, avec des études... si seulement il terminait ses études primaires ! S'il voulait seulement essayer ! Quand je voyais la réalité des choses, je prenais peur. Je ne voulais pas croire qu'il ne changerait jamais.

Le second coup vint deux jours seulement après que je me fus relevée de maladie, maigre comme une allumette. Marta et moi étions déjà endormies quand señora Luz qui vendait des *tacos* à l'entrée de la Casa Grande, est venue tambouriner à la porte en disant que la police était en train de passer Roberto à tabac. Comme c'est terrible d'être réveillé de cette façon ! Nous avons sauté du lit. Marta dormait dans sa robe mais j'ai dû enfiler ma vieille robe de chambre bleue, tremblante et pleine de crainte car je savais bien ce que la police était capable de faire. J'ai eu la frayeur de ma vie en voyant Roberto étendu par terre avec deux policiers penchés sur lui en train de le matraquer sauvagement. Leurs coups l'avaient fait vomir. Il saignait du nez et leur hurlait des jurons, dont le seul effet était de faire redoubler les coups.

J'ai crié : « Non, Roberto, non, petit frère, tais-toi, tu aggraves ton cas.

— Lâchez-le, a dit Marta aux policiers. Ne soyez pas cruels, vous ne voyez pas qu'il est saoul.

— Eh bien, dites au salaud de la fermer, sinon... » et ils ont continué à le frapper avec leurs matraques. Mon Dieu, je me sentais si impuissante ! Je me suis retournée, cherchant de l'aide désespérément, hurlant : « Ils vont le tuer ! Arrêtez-les ! »

Trois amis de Roberto ont essayé d'intervenir, la foule qui s'était rassemblée a également menacé de s'en mêler, mais les policiers ont tiré leur revolver et les ont chassés. Quand ils ont vu que mon frère ne pouvait plus bouger, ils se sont enfuis. Marta et moi pleurions. Des gens nous ont conseillé d'emmener Roberto au commissariat pour porter plainte contre les deux policiers, alors Marta est allée chercher Trinidad qu'elle allaitait encore et moi mon manteau. J'ai pris cinquante pesos que je tenais cachés et je suis allée chercher un taxi. Une ambulance est venue chercher mon frère et deux de ses amis qui nous ont accompagnées au commissariat comme témoins.

Quand nous sommes arrivés, Roberto était à l'infirmerie, pleurant et se plaignant de terribles douleurs dans la tête, l'estomac et les jambes. Il ne cessait de crier des insultes à la police, ce qui aggravait les choses. J'ai mis ma main sur sa bouche... Le médecin l'a envoyé à l'hôpital et au moment où l'ambulance partait, Manuel est arrivé, très indigné. Il a accompagné Roberto, tandis que Marta et moi restions pour tenter d'obtenir justice. Justice ! Nous sommes restées là-bas jusqu'à neuf heures du matin, sans réussir à faire quoi que ce soit, ayant simplement perdu notre temps.

J'étais désespérée. Je n'avais abouti à rien avec Marta, j'avais dépensé mes quelques centavos pour Roberto, mon père avait ramené les enfants à Delila... J'ai senti que j'allais tomber malade si je continuais à supporter ses regards durs et ses paroles hostiles, ses menaces quotidiennes de nous jeter Roberto et moi à la rue. Je n'en pouvais plus et j'ai décidé de déménager. Je suis allée exposer ma situation, avec certaines réserves bien entendu à señora Andrea, la tante de mon patron, et comme elle avait une chambre de bonne, elle me l'a louée. Elle habitait presque à l'autre bout de la ville et j'ai pensé que je pourrais ainsi échapper à ceux qui me faisaient du mal.

Mais Jaime m'a retrouvée. Au début, sa conduite était convenable et je commençais à reprendre confiance en lui. Puis vlan, un nouveau coup ! » « Je ne veux pas qu'on sache chez moi que je te vois. Ma mère me l'a interdit. Si mon père l'apprend, ça fera un scandale. Mais si tu veux, je t'installerai un appartement. » Au lieu du mariage, Jaime m'offrait à présent de devenir sa maîtresse.

J'ai reçu des offres de ce genre de plusieurs hommes, parmi lesquels certains dont je m'y attendais le moins. Un ami de la famille, un homme que j'avais toujours considéré comme mon oncle, m'a dit : « Si tu veux, tu peux travailler; sinon, tu n'en as pas besoin. Je t'installerai un appartement. » Ensuite, ce fut mon beau-frère : « Si tu veux je t'installerai un appartement quelque part à Veracruz ou à Guadalajara. » J'ai cessé de lui parler à lui aussi. Puis le mari d'Elida, que je considérais comme un ami, a proposé de « s'occuper de moi ».

Je me suis sentie désemparée. « Mon Dieu, me demandai-je, est-ce que je ne représente qu'un instrument de plaisir ? » Je voulais échapper au mal et il me poursuivait comme une malédiction. J'ai commencé à avoir peur de tout le monde. Puis une nuit, Jaime est arrivé saoul, hurlant des injures et donnant des coups de pied dans la porte de señora Andrea. Réveillée et entendant le scandale qu'il faisait dans cette maison respectable, ce fut un choc et je m'évanouis.

A cette époque, je ne mangeais pas convenablement, parfois à cause du manque d'argent, ou parce que je n'avais pas faim ou que je devais attraper l'autobus. Les colères quotidiennes au bureau avaient également miné ma santé. J'étais aussi maigre que lorsqu'on m'appelait « la tuberculeuse ». J'ai commencé à perdre le contrôle de mes nerfs. J'avais des crises de larmes et de dépression. Je parlais comme une idiote ou une femme ivre. Inutile de dire que je faisais d'innombrables erreurs dans mon travail.

J'ai commencé à avoir de nombreux rêves éveillés. L'un de mes rêves, ou plutôt cauchemars, fut le suivant : je me trouvais sur une plage, puis je nageais jusqu'à une île où j'apercevais une petite grotte. J'allais voir comment c'était à l'intérieur, quand brusquement la terre se mettait à bouger sous mes pieds. Je tombais dans un tourbillon. Je luttais de toutes mes forces pour remonter à la surface, mais l'eau de ce tourbillon m'attirait vers le bas. Je croyais que j'allais mourir. Je tombais de plus en plus. Arrivé au fond, le tourbillon me jetait dans une espèce de pièce aux parois terreuses, divisée en deux parties par une plate-forme. D'un côté, il y avait une échelle en bois comme en vendent les Indiens. L'eau coulait le long d'un côté de la maison mais n'y entrait pas. Mes vêtements étaient en lambeaux. Mes cheveux étaient secs, mais très longs et en désordre. J'avais les pieds couverts de terre. La chose curieuse, c'est qu'il y avait une ampoule électrique suspendue à l'une des poutres qui soutenaient la plate-forme. Je me suis mise à grimper sur l'échelle. Soudain un homme a paru. Je voyais ses vêtements, mais pas son visage; il était habillé en pirate. Il a tiré sur une corde et de la poussière a commencé à tomber sur moi, des tonnes de sable blanchâtre. J'ai continué à grimper et, à ma surprise, sur la plate-forme il y avait un lac d'eau bleue. Puis là, sans savoir comment, je me suis retrouvée dans un bateau à voiles. Les hommes qui étaient dedans m'avaient sauvée, mais je ne cessais de leur dire de me laisser partir. Ils ne voulaient pas. Le petit bateau a chaviré. Je suis retombée dans le tourbillon et j'ai été de nouveau engloutie par l'eau et le sable. Je luttais, je me débattais de toutes mes forces et je me réfugiais de nouveau dans la grotte. L'eau du tourbillon me recouvrait entièrement excepté la tête qui était couverte d'un bonnet ciré. L'eau était d'un vert très foncé. Une planche flottait dans ma direction et j'ai avancé vers elle. Quand je l'ai atteinte, quelqu'un m'a aidée à monter dessus. Je ne voyais pas le visage de cette personne, rien que le bras tendu pour m'aider. Je suis restée allongée sur la planche, mais toujours dans le tourbillon. Je n'avais plus la force de nager et je suis restée couchée sur le ventre tandis que la planche continuait à tourbillonner sans fin.

Mon état s'est aggravé. Un soir, en rentrant à la maison, je suis tombée évanouie sur la route. Je ne sais pas combien de temps je suis restée comme ça avant de revenir à moi et de rentrer. *Señora* Andrea crut que j'étais ivre et me donna beaucoup de conseils. Je finis par m'écrouler sur mon lit. J'avais peur de l'obscurité, des gens, du bruit des voitures. Je ne pouvais plus travailler.

Mon père alla habiter chez Lupita. Je ne me souviens de rien des deux premiers jours. Je me souviens simplement que je regardais tout le monde et que je parlais, je ne sais pas de quoi. Puis, tout à coup, je ne les reconnaissais plus. Les objets paraissaient énormes et j'avais l'impression qu'ils allaient me tomber dessus. Les voix étaient étranges et lointaines. Une très forte douleur dans la tête ne me quittait pas. La nuit, on me mettait de l'alcool sur la tête. Tout semblait lointain, les meubles si petits et si loin de moi. Les visages, lorsqu'ils riaient, me menaient au bord de l'évanouissement — je ne pouvais dire exactement à qui ils appartenaient. Je savais que Lupita était là, je le devinais, quelque chose me disait qu'elle s'occupait de moi. Quand j'ai commencé à aller mieux, je me suis aperçue que j'étais incapable de parler correctement et que je bégayais beaucoup.

La première fois que je suis sortie seule pour aller chez le médecin, je suis restée plantée au milieu de la rue. J'avais oublié où c'était. Soudain, tout avait changé. Je me suis mise à trembler et à pleurer. Une femme est venue me demander si elle pouvait m'aider à rentrer.

« Rentrer ? Où ? ai-je demandé.

— Chez vous, bien sûr.

— Chez moi ? » Je ne me rappelais plus où c'était. Au bout d'un moment, je me suis remise et je suis allée voir le docteur Ramón à qui j'ai raconté ce qui s'était passé. Il a dit que je ne devais pas sortir seule. Mon père est venu me chercher. Quand je suis arrivée à la maison, mon lit avait l'air si petit qu'il semblait impossible que je puisse y entrer. Je le regardais de très haut. Je me suis écroulée dessus et je me suis endormie, je ne sais pour combien de temps.

Du vide que j'avais en moi, j'ai essayé de résoudre mes problèmes. Je me sentais seule quand les autres me couvraient de quolibets parce que j'essayais de m'élever. Je me sentais submergée, prise dans un tourbillon d'événements, de scènes, de choses que je ne pouvais comprendre. Je croyais que les gens étaient pleins de haine et de mépris, qu'ils me voulaient du mal, qu'ils voulaient ma perte. Je ne savais pas pourquoi les choses arrivaient et il n'y avait personne pour m'aider. J'arrivais à des conclusions sans comprendre la situation mais je n'avais aucun moyen de corriger mes erreurs. J'avais peur, je savais pas de quoi, sauf que j'étais certaine que ce n'était pas la crainte de la mort, car celle-ci m'avait toujours attirée. Je tremblais et je transpirais quand je sortais dans la rue. A chaque fois que je voyais beaucoup de monde, j'avais envie de prendre mes jambes à mon cou. En traversant les rues, j'avais envie de me jeter sous les roues d'une voiture. J'étais très malade; seule ma foi en Dieu m'a soutenue. Enfin, mon état s'est amélioré.

Une nuit, j'ai fait un merveilleux rêve en couleurs. Cela m'a redonné du courage. J'étais dans une très jolie maison, un pensionnat pour étudiants. Mais au début, c'était une espèce de café en plein air, quelque chose comme une croisette où les gens en excursion partent pour aller se baigner. Le café était à deux étages, avec un toit de paille. Je tournais le dos aux tables. Du toit à la balustrade contre laquelle j'étais appuyée, étaient tissés de très jolis brins d'herbe, avec de petites feuilles en forme de cœur. Je regardais la piscine avec sa bordure de petits cailloux et son eau bleue limpide. Soudain, plusieurs couples d'amoureux surgirent de quelque part, longeant le couloir qui menait à la piscine, bras dessus, bras dessous, les garçons regardant les filles d'un air tendre. Je les observais d'en haut, en souriant. Quelqu'un est venu vers moi et tout de suite j'ai quitté la balustrade.

Quand je suis arrivée à l'endroit où se trouvait la piscine, elle a disparu et à sa place, je me suis retrouvée sur une espèce de comptoir rouge près d'une bibliothèque posée contre un mur brun. Les livres étaient d'un brun intense. Près de cette bibliothèque, un peu en arrière, il y avait une fenêtre. Un peu plus bas, il y avait mon lit, très petit.

De nouveau, plusieurs jeunes gens et jeunes filles sont apparus — je ne sais pas d'où ils venaient. Je les regardais étonnée de là où j'étais, un livre à la main. Ils riaient et parlaient fort.

Leurs vêtements frappèrent mon regard — pantalon rouge et chemise jaune. Les garçons se tournaient pour regarder leur compagne, les tirant par les mains. Ils sautèrent par-dessus mon lit et disparurent par la fenêtre. L'un des garçons, le dernier, me demanda de sauter dehors avec lui. « Viens, partons », me dit-il en riant. Ils étaient tous très gais. Même moi, si fatiguée, je me sentais très heureuse. Quand ils eurent tous disparu, ma chambre resta silencieuse. Je me suis tournée pour regarder les murs, et quelle splendides couleurs j'ai vues ! Un vert pistache, un rouge rubis, un jaune magnifique. J'ai fermé mon livre et je l'ai posé sur le comptoir rouge. J'ai découvert que j'avais de longs cheveux bouclés; je portais également un pantalon rouge.

Je suis allée à la fenêtre et j'ai revu les jeunes gens et une haie vert sombre à quelque distance de la maison. L'herbe était d'un vert jaune. Les jeunes gens étaient blonds, très bien mis. Ils couraient et sautaient par-dessus la haie. Le dernier insista pour que je saute aussi. « Viens, viens, dépêche-toi ! » Mais de la fenêtre, je fis un signe de tête négatif.

Quand ils eurent disparu, je sentis un désir insurmontable de les suivre et je sautai par la fenêtre. J'étais environ à mi-chemin de la croisette quand je me suis retournée pour regarder la maison. Elle était blanche, un si joli blanc que je regrettais de l'avoir quittée. Mais quelque chose me disait que je ne pouvais plus y retourner; j'ai donc continué à courir pour rattraper les autres. Je ne les voyais plus. Je n'entendais que leurs rires. J'ai essayé de passer la haie, mais je suis restée accrochée en haut. Quand je me suis réveillée, j'étais allongée en travers de la haie à plat ventre, face au vert de l'herbe et à cette maison blanche, blanche avec son toit rouge.

Peu à peu, j'ai perdu ma timidité et retrouvé mes forces. Les grosses vagues concentriques de mon tourbillon ont commencé à diminuer et à s'éclaircir, jusqu'à ce que je finisse par en émerger. Je me sentais revivre comme une nouvelle Consuelo. Mon corps me donnait une sensation de plénitude et non de manque comme avant. J'ai retrouvé l'énergie que j'avais quand j'étais à l'école. Je savais que j'étais redevenue quelque chose, quelqu'un qui pourrait faire des choses, qui valait plus qu'une cacahuète, comme disait mon père. J'ai commencé à apprendre le véritable visage de la vie.

Tout au fond de moi subsistait un violent sentiment de douleur et de colère, Mais il valait mieux ne pas le mettre à jour car j'aurais été capable de prendre une vengeance terrible contre ceux qui m'avaient fait du mal. Je ne souhaitais faire souffrir personne, surtout pas mon père, et je préférais supporter en secret la douleur qui sommeillait en moi. C'était assez que je sois à nouveau capable de répondre aux insultes et aux humiliations par le défi. Je sentais que je pouvais m'affirmer et rejeter ce qui me faisait mal. C'était assez que je puisse affronter le monde sans crainte.

J'ai toujours désiré arriver à « quelque chose », quelque chose de différent de ce que j'avais connu, quelque chose en dehors de mon milieu, peut-être même en dehors de mes possibilités. Je ne pouvais me résigner à rester toujours au même endroit, au lieu où j'avais fait mes débuts, que ce soit celui où je vivais ou celui où je travaillais. Me limiter à un seul travail, un seul domaine d'étude, une seule activité, n'avait pas d'attrait. Je ne voulais pas suivre de voie tracée pour moi par des générations passées. Je rejetais le mot « destin » que j'entendais de tous côtés. « Celui qui est né pour être une casserole ne quitte pas la cuisine. » Combien de fois ai-je entendu prononcer cette phrase par mon père, ma tante, des amis, des voisins. A des veillées ou après des accidents, les gens aimaient dire : « C'était son destin ! » et ils étaient satisfaits. Mais je ne l'étais pas. J'avais peur de l'avouer tout haut car les autres me seraient tombés dessus. Ils auraient dit que je m'opposais au cours de la vie et qui croyais-je être pour me permettre une chose pareille ? Ma famille, surtout, aurait dit que moi, qui étais la plus faible et la plus sotte, j'étais la plus rebelle. Ils ne m'auraient pas comprise; alors je ne révélais pas mes pensées. Mais au-dedans de moi, je pensais à ce qui était arrivé et j'essayais de trouver une explication. Jamais de ma vie, je n'ai cru que c'était le « destin ».

« Il n'y a rien à faire, disaient-ils, ne t'oppose pas à la volonté de Dieu. » Je ne pouvais pas accepter cela et je suis même entrée en lutte avec l'Eglise et les préceptes divins. Plus encore, j'ai commencé à analyser la personnalité de mon Dieu, contre qui je ne m'étais pas révoltée. J'y ai réfléchi et j'ai étudié la question de bout en bout. J'ai remarqué que certaines personnes ne cédaient pas au destin mais le combattaient d'une volonté inébranlable. J'ai connu un Espagnol qui avait ouvert un magasin de meubles qui fit faillite au bout de quelques mois. Il n'abandonna pas mais emprunta de l'argent et recommença. Il dut recommencer environ cinq fois, mais il finit par obtenir ce qu'il voulait. Alors il se rendit compte que ce n'était pas le destin, mais la volonté qui l'avait fait réussir.

Parmi nos voisins, il y en a quelques-uns qui ont progressé et monté des échelons dans la société. Raúl est devenu comptable, un autre faisait du cinéma, un autre a monté une affaire. Aucun de ces jeunes gens n'avait suivi la bande de garçons qui traînaient dans les rues en vêtements sales, et en disant des grossièretés. Ils étaient sérieux et on leur avait appris à s'habiller avec bon goût, à ne jamais céder devant les critiques des autres. Résister, rejeter, ne pas céder à la majorité, tel était leur secret. Je ne savais pas encore qui ils étaient, mais ils avaient toujours l'air d'être contre quelque chose. Ils disaient : « Quoi ? il *faut* que ce soit comme ça ? Pas pour moi ! » ou : « Non, mon vieux, t'es un imbécile si tu crois que je vais faire ce que tu me demandes ! »

Je pensais à ces choses, assise sur un banc devant la porte ou appuyée contre le mur. Les gens disaient que j'étais trop pensive, que j'étais dans les « nuages ». Mais j'observais. Je me rendais compte qu'il fallait être fort pour résister aux autres. Il fallait être indifférente à un joli visage, à un beau pantalon, ou aux garçons les plus en vue. Si l'un d'eux condescendait à choisir une fille plus jeune ou moins bien habillée que lui, elle se sentait flattée d'être choisie et considérait ça comme une espèce de triomphe. Au bal, si l'un de ces garçons « supérieurs » m'invitait, j'acceptais, puis je le plantais au beau milieu de la piste avant la fin de la danse. C'était une grave humiliation que je lui infligeais pour le punir de sa vanité.

Je me rendais compte qu'il était nécessaire de ne pas

offenser autrui, et souvent, il me fallait condescendre à rire aux plaisanteries des amis de ma sœur, même quand je ne les comprenais pas. Je ne prenais pas l'attitude de Rufelia par exemple, qui se fâchait en disant : « Je ne te permets pas de plaisanter avec moi, imbécile. » Naturellement, cela ne lui valait que l'antipathie de tout le monde. Il était très, très difficile de trouver l'attitude correcte pour résister dans ce milieu. Si j'étais trop sévère, j'étais isolée, si j'étais trop accessible, les autres en profitaient.

Mes aspirations étaient différentes de celles des gens de notre milieu. Avant même que j'étudie la sténographie, je rêvais d'étudier les langues étrangères. Pourquoi ? Je n'en sais rien. Tandis que j'étais sténo-dactylo, je visais à devenir hôtesse dans une compagnie d'aviation. Je n'avais abouti à rien, mais je n'avais pas abandonné mes illusions. Endormi dans mon cerveau, avec un désespoir tranquille, il y avait le désir d'avoir de l'argent. J'avais besoin d'argent pour vivre à un niveau différent, pour entrer dans un autre milieu, pour être de quelque valeur, pour avoir une vie meilleure.

Et pourquoi voulais-je avoir de l'argent et une vie meilleure ? Non pas parce que je m'intéressais aux choses matérielles, mais parce que je pensais que si je pouvais passer le mur qui m'enfermait, alors peu à peu, je pourrais également faire sortir mes quatre neveux et nièces. L'argent servirait à payer un avocat pour me faire nommer leur tutrice, pour les défendre contre les autres; pour les envoyer à l'école, pour former la famille que je n'avais pas réussi à avoir avec mes frères et sœurs. Je ne voulais pas que l'histoire se répète; ils ne devaient pas devenir un second Manuel, un Roberto, une Consuelo ou une Marta ! Je voulais pouvoir donner aux enfants tout ce dont ils auraient envie et veiller à ce qu'ils soient bien élevés, à ce qu'ils aient une profession afin qu'ils puissent affronter la vie sans crainte ni honte. Je voulais qu'ils m'aiment.

D'autre part, j'espérais que si je sortais de mon milieu, mon frère Roberto réussirait à s'échapper lui aussi, à remonter à la surface, respirer librement et sans crainte. Et quand je serais plus vieille et bien installée, je pourrais montrer mon visage avec courage, sachant que je n'aurais pas gâché ma vie et que ma famille valait elle aussi quelque chose.

Tels furent les moteurs qui me tirèrent de la léthargie

due à la maladie et aux circonstances. Je ne les voyais pas encore très clairement à l'époque. J'ai simplement emprunté la route qui me plaisait, simplement parce qu'elle me plaisait, sans avoir besoin d'autre explication. J'avais toujours l'espoir qu'elle me conduirait à ce « quelque chose » et je ne prenais même pas la peine de regarder devant moi afin d'éviter qu'une branche d'arbre ne m'assomme en tombant.

Quand je me suis sentie suffisamment forte, j'ai cherché du travail et trouvé une place dans un bureau; le salaire était bas et la journée longue. Tant que je vivais chez Lupita ou à la Casa Grande, je n'avais pas de loyer à payer; je n'avais pas d'enfants, pas de mari, ni même de *novio*. J'étais libre de faire ce que je voulais. J'aurais aimé suivre des cours secondaires le soir, mais j'étais trop fatiguée et il m'aurait fallu des années pour obtenir le diplôme. Pendant des mois, je n'ai fait qu'aller de chez moi à mon travail, de mon travail à chez moi, et rien de plus. Je me suis sentie de nouveau sombrer dans le gouffre des ennuis de famille. « Roberto est saoul et il se bat »; « Les yeux de Mariquita sont infectés et Manuel ne s'en occupe pas »; « Marta revoit Crispín »; « Tante Guadalupe a besoin de trente pesos pour le loyer du mois dernier. »

Il fallait que j'échappe à ma famille et je me suis mise en quête d'une chambre meublée. Il m'a fallu deux semaines pour en trouver une selon mes moyens. Nulle part, on ne voulait prendre une jeune fille seule et j'ai dû finir par dire que j'étais une étudiante d'un autre Etat pour pouvoir louer une petite chambre à cent quatre-vingt-dix pesos par mois dans l'appartement d'une *señora* dans la rue du Docteur-Manzanares.

La *señora* avait d'autres locataires et l'une d'elles, Beatriz, devint mon amie. Elle était gentille et je l'aimais bien, bien que la propriétaire m'ait prévenue qu'elle avait mauvais caractère. Beatriz me réveillait le matin et nous déjeunions ensemble dans la cuisine. « Nous sommes seules toutes les deux, me dit-elle un jour, alors nous avons besoin l'une de l'autre. » Parfois elle et moi nous asseyions sur un banc au soleil devant la maison. Felipe, le facteur, s'arrêtait pour bavarder et nous faire rire, ou Alejandro, le *novio* de Béatriz, nous rejoignait. La propriétaire n'aimait pas ça et nous insultait ensuite. « Il n'y a que les prostituées pour s'asseoir dans la rue comme ça, pour racoler des clients. Je vous prie de rester dans vos chambres dorénavant. »

Mais nos chambres étaient sombres et froides et nous n'avons pas obéi à la vieille sorcière.

Mais une chose menant à une autre, elle a commencé à nous faire des difficultés; elle jetait notre nourriture ou tout ce que nous laissions traîner, elle inondait le sol de la cuisine quand nous voulions manger, ou elle le parsemait d'ordures. Elle voulait augmenter mon loyer parce que je prenais trois bains par semaine et que je laissais allumé après dix heures. Elle nous interdisait de bouillir le lait, de faire cuire de la viande ou des fèves car cela consommait trop de gaz; elle examinait les casseroles sur le fourneau pour voir si nous obéissions.

Je commençais à en avoir assez de la *señora*. J'avais remarqué que son appartement n'était pas déclaré comme garni et qu'il n'y avait pas de reçus d'impôts sur les murs. J'évaluais que les locataires lui rapportaient environ mille pesos par mois. Quand j'ai eu deux semaines de retard dans le paiement de mon loyer et que je lui ai demandé d'attendre car je n'avais pas d'argent, elle s'est fâchée. Le lendemain, la cuisine était inondée avec des détritus flottant dans l'eau.

J'étais furieuse et je suis allée frapper à sa chambre : « *Señora*, pour qui diable vous prenez vous ? Croyez-vous que parce que je suis calme, je vais supporter n'importe quelle vexation ?

— Si ça ne vous plaît pas, vous pouvez déménager.

— Je m'en irai quand ça me plaira et pas avant d'avoir déposé une plainte devant le gouvernement au sujet de votre commerce secret ici. Je suppose que vous avez payé vos impôts ? Où sont vos reçus alors ? Vous nous exploitez pour cette cave compartimentée que vous nous louez en guise de chambres et vous avez encore le culot de nous traiter de femmes légères. Qui sait quel genre d'oiseau vous êtes ! Pour autant que je sache, vous avez un casier judiciaire assez chargé. »

Elle ne répondit pas un mot. Elle resta immobile. Ce que j'avais dit était peut-être vrai. Quoi qu'il en soit, elle ne nous ennuya plus. J'étais soulagée, car je ne voulais pas déménager et quitter Beatriz, bien que je commençais à désapprouver sa façon de vivre. Alejandro était son amant et payait son loyer et tout, mais elle se moquait de lui en fréquentant d'autres hommes. Je commençais à être fatiguée de leurs querelles.

Puis cinq mois après mon installation, j'entendis le sifflement familier de Jaime. Je ne sais pas comment il avait découvert mon adresse (probablement par ma tante), mais une fois, à trois heures du matin, il sonna toutes les cloches de la maison et entra dans la cour en hurlant mon nom, des insultes et des malédictions. Il s'est mis à me suivre quand je rentrais du travail et à m'espionner. Il marchait derrière moi sans dire un mot, me rendant presque folle. J'ai pris l'habitude de regarder derrière moi à chaque fois que je sortais. Je sentais mes nerfs me lâcher et je savais que je devrais déménager. Je répondis à une annonce dans le journal et j'eus la chance de trouver une jolie chambre pour deux cents pesos par mois, dans une maison louée par une famille cubaine. Comme je me plaisais là-bas ! C'était propre, il y avait de l'eau chaude à volonté, une jolie salle de bains, un salon et le téléphone. J'aimais ma compagne de chambre, Nancy, ainsi qu'Emita et son mari, Lucy et Raúl, leurs enfants et tous leurs amis cubains et les locataires qui étaient venus au Mexique pour échapper à Batista. Là, j'ai trouvé une véritable hospitalité et de bonnes manières, de la gaieté, des fêtes et de l'amitié. Ils m'invitaient à jouer aux cartes, ils plaisantaient et taquinaient sans cesse. Les hommes flirtaient outrageusement et essayaient de séduire, mais quelques paroles sèches les arrêtaient. J'étais heureuse là-bas et j'y serais bien restée pour toujours.

Mais la situation économique de la famille s'est aggravée. Ils ont cessé de recevoir de l'argent de Cuba, le mari n'avait pas de travail, Lucy avait des ennuis avec son *novio*, plusieurs locataires déménagèrent. Emita décida de céder la maison à un nouveau locataire qui en donnerait quelques milliers de pesos. Nancy alla habiter chez son frère marié, qui était avocat. Quant à moi, ne pouvant trouver d'autre chambre tout de suite, je dus rester avec la nouvelle famille qui me plaisait moins. Un jour, en rentrant, j'ai trouvé mon lit et mes affaires dans le salon, car le propriétaire avait eu l'idée de repeindre ma chambre avant que je m'en aille. Je faisais un début de bronchite et je dus passer les jours suivants dans le salon.

J'ai trouvé une chambre dans la rue Sonora, dans un appartement d'un bel immeuble. Le loyer était élevé, deux cent cinquante pesos, mais le quartier était le plus agréable que j'aie jamais habité. Ma nouvelle propriétaire, Juanita, vivait seule avec une domestique et j'étais son unique locataire. Elle m'autorisait à me servir de son électrophone et de son poste de télévision (je m'étais acheté un petit poste de radio) et d'amener Mariquita ou un autre de mes neveux et nièces passer le dimanche avec moi. Ce jour-là, je me lavais la tête, prenais un bain et je me reposais.

Jusqu'à un certain point, Juanita était une bonne propriétaire; mais m'effrayait quelquefois. Elle injuriait sa bonne très durement, riait d'une façon exagérée et me racontait des tas de mensonges sur elle-même. Elle disait qu'elle était d'une famille aristocratique mais elle parlait de la manière la plus vulgaire. Sa vie privée m'importait peu, mais cela m'irritait quand elle me disait que son mari était un médecin qui ne rentrait que deux fois par semaine. Entretemps, elle recevait de longues visites de son « oncle » ou de quelque autre « parent » mâle.

Je ne faisais pas attention à ses agissements, mais elle essayait de m'inciter à prendre le même chemin. Elle voulait me présenter à ses visiteurs, disant : « Viens, Consuelo, ne sois pas bête. Tu es si jeune. Qu'est-ce qui t'arrête ? J'ai eu trois maris et je sais que tous les hommes sont les mêmes hypocrites. Il faut apprendre à en tirer profit. La vie est pour ceux qui savent vivre ! Dis-moi, qu'est-ce qui t'arrête ?

— Non, Juanita, je ne pourrais pas, même si je voulais. Je voudrais être capable de faire ça sans remords, mais ma conscience ne me laisserait pas en paix.

— La conscience ! Quelle rigolade ! L'Eglise parle de la conscience parce que ça l'arrange, mais en fait, qu'est-ce que c'est ? Dis-moi, qui en ce monde n'est pas humain ? Vis tant que tu peux, avant d'être trop vieille. Mets tes scrupules de côté. A quoi servent-ils, sinon à faire de nous des imbéciles. Il y a beaucoup d'hommes qui ne sont pas heureux chez eux et s'ils trouvent une femme qui sache les satisfaire, ils sont naturellement généreux avec elle. Car c'est un besoin, quelque chose de mécanique que le corps exige, alors pourquoi ne pas profiter des occasions.

— Oui, mais...

— Mais, rien ! Cesse de dire des bêtises. La vie n'est pas telle que l'on puisse tout prendre en considération. Fais ce que je te dis, bon Dieu, et tu finiras par trouver quelqu'un qui t'épousera et qui te donnera une jolie maison. Ça ne te tente pas ? »

Juanita me montrait ses bracelets, ses bagues, sa montre : « Tu vois cette bague de diamant ? Un de mes *novios* me l'a donnée. Je la mets en gage à chaque fois que j'ai besoin d'argent. Tu vois comme elle est jolie ? »

J'éprouvais une espèce d'admiration et de respect pour Juanita. Elle avait l'air si adulte, si sûre d'elle-même. Elle avait tout, un bel appartement, une bonne, tout l'argent qu'elle voulait. A côté d'elle, je me sentais insignifiante. Je sentais qu'elle avait probablement raison. Je me tuais à gagner quelques misérables pesos. Mais pourtant je la méprisais et je ne pouvais penser à mener la même vie qu'elle. Je n'étais pas née pour ça. Je me disais : « Il vaut mieux que je fasse à ma façon et que je garde la tête haute. Il est vrai qu'elle a beaucoup de choses, mais ne ressent-elle pas aussi de la honte ? Non, si je veux une robe, je l'achèterai. Si je n'ai pas d'argent, j'attendrai. Je ne pourrais pas me servir d'une chose que j'aurais payée de mon corps. Et si mes frères ou les enfants l'apprenaient ? Non, mille fois non ! Tu possèdes beaucoup maintenant, Juanita, mais un jour tu te repentiras. »

Carmelita, une fille qui travaillait dans mon bureau, vivait dans le même monde que Juanita. Elle était très jolie et pendant quelque temps elle m'a plu. Elle me parlait franchement elle aussi : « Ne sois pas idiote ! Tire tout l'argent que tu peux des hommes. Tout ce que tu as à faire c'est montrer une figure triste, et ils te donnent immédiatement quelque chose. Prends Honorato, par exemple, crois-tu que je fréquente ce gros lard parce qu'il me plaît ? Non, ma chère, j'ai eu mieux que ça !

— Ah bon ? Alors pourquoi l'acceptes-tu ?

— Comment peux-tu être si bête ? Parce que j'en tire de l'argent, naturellement. Il arrive en disant : « *Ay, mamacita !* » Tu crois que je ne le fais pas payer pour ça ? Je réponds : « Allons, *papacito*, tout ce que tu veux. » Mais ensuite je le fais casquer.

— Mais il est marié ?

— Marié, mais pas châtré. Qui empêche sa vieille de s'occuper de lui convenablement ? Ecoute, je vais te présenter à Léon. Le vieux bouc a des tas de pesos. »

Je riais de ce qu'elle me disait, mais je la laissais m'apprendre à me maquiller. Elle était bien habillée, quoique ses vêtements n'étaient pas aussi chers que ceux de Juanita. Je sortais avec Carmela, malgré les conseils de mon patron et des autres. J'aimais la façon dont elle riait et plaisantait avec tout le monde, surtout les hommes et je l'enviais quand elle partait avec eux dans leurs magnifiques voitures. Elle m'invitait à l'accompagner, mais je n'acceptais jamais. La vérité, c'est que je me sentais inférieure à elle, et à tout le monde. Quand je voyais leurs voitures luxueuses et leurs beaux vêtements, je ne me sentais pas à la hauteur. Malgré tout, depuis que j'étais petite fille, je n'ai jamais su profiter des autres. Je ne savais rien du mal, de l'hypocrisie, de la ruse, et je voulais apprendre. Je voulais sortir du brouillard dans lequel je vivais.

Cependant, je continuais à chercher une meilleure place et finalement, après beaucoup d'efforts et de nombreuses lettres de recommandation, j'ai trouvé une place dans la fonction publique. Je travaillais de 8 h 30 à 14 h 30 pour cinq cent quarante pesos par mois. Je devais souvent faire des heures supplémentaires non payées « pour être bien notée », me disait mon chef de service. Je me suis inscrite à un cours du soir d'anglais et j'ai enfin commencé à étudier une langue étrangère. Qui plus est, j'ai fait une demande d'appartement dans un H.L.M. pour fonctionnaires. J'étais bien placée pour en obtenir un, car l'ami de mon *novio* travaillait au ministère de l'Urbanisme et promit de dire un mot en ma faveur. Je prenais de plus en plus la voie de bâtir une vie nouvelle pour moi et, si Dieu le voulait, pour mes « enfants », mes chers petits neveux et nièces.

Mon principal souci était toujours ma famille, mais l'émotion et l'anxiété que je ressentais auparavant avaient diminué. Loin d'eux, je me rendais compte qu'ils formaient un cercle uni ou plutôt un filet, dans lequel ils étaient tous pris. J'étais la seule en dehors. Etre près d'eux ne faisait que renforcer mon sentiment de solitude. J'avais toujours été comme ça, mais je n'avais pas eu le courage d'affronter la réalité. Je savais que je ne devais pas intervenir dans leur vie, que je devais lutter pour moi seule.

Si je n'avais vécu que pour moi seule, je serais partie. Mais mon amour pour ma famille, ce puissant amour mexicain, était comme un ressort qui me tirait en arrière, qui me faisait sombrer. Je voulais avancer, mais il m'en empêchait. Ils ne comprenaient pas que je voulais leur ouvrir un chemin. Le plus terrible, c'était que je me sentais obligée de leur tendre la main, non pas parce qu'ils étaient des mendiants... pas du tout. Ils étaient plus courageux que moi pour affronter la vie, pour affronter la faim, l'humiliation, les mauvais traitements, jour après jour. Ils y faisaient face alors que j'en étais incapable. J'étais trop lâche.

Comme j'aurais aimé faire mes bagages et m'en aller loin ! Je rêvais d'aller à la frontière, en Californie. J'épouserais peut-être un *gringo*, qui serait plus compréhensif que les Mexicains. Mon caractère était trop sec... Je ne pouvais être assez douce et soumise pour plaire aux hommes d'ici. Le *macho* mexicain, dans son orgueil et sa vanité, considérait les femmes comme des êtres inférieurs et prenait plaisir à les humilier. *Lui* seul a raison et seuls *ses* sentiments comptent. Dans une discussion, il ne s'intéresse pas à trouver la vérité, mais seulement à parler plus fort que les autres. Si un type dans une Nash se fait doubler par une Chrysler, il accélère pour la rattraper, pour montrer qu'il est quand même le plus fort. Une femme ne peut se promener seule, sans qu'un homme vienne s'arroger des « droits » sur elle. Tous les hommes que je connaissais, mon père, mes frères, mes *novios* et mes collègues de travail, croyaient que c'était à eux de donner les ordres et d'être obéis.

Je n'aurais jamais pu m'entendre avec un homme dominateur et autoritaire. Je n'aimais pas l'autorité écrasante, je ne voulais pas me sentir inférieure. Je combattais même mon père dans ce domaine. Une chose n'était pas juste, rien que parce qu'il l'avait décrétée ainsi. Les hommes étaient plus forts physiquement (mais pas moralement) et derrière toute leur « supériorité », et il n'y avait que la force ! C'est pourquoi je n'avais aucune confiance dans les Latins et que je ne pourrais jamais, jamais m'entendre avec eux. Je voulais être indépendante, suivre ma propre route, trouver le milieu qui me convenait.

Je faisais de beaux rêves, mais quand j'allais à la Casa Grande et que je voyais la situation là-bas, je flanchais. Ce serait lâche d'abandonner ces quatre orphelins. Delila s'était disputée avec mon père et avait renvoyé les enfants chez Marta. De nouveau tous les soirs, au lieu d'étudier l'anglais, j'allais à la Casa Grande pour les faire dîner et les mettre au lit.

Je ne pardonnerai jamais à mon père et à cette femme la façon dont ils ont utilisé ces pauvres enfants à leurs fins personnelles, d'abord pour se marier, ensuite pour se menacer mutuellement. Certainement, Manuel était un mauvais père, mais pourquoi mon père ne l'avait-il pas obligé dès le début à s'occuper de ses enfants ? Mon père ne faisait rien de plus que se lamenter et gronder, toujours avec les mêmes mots : « Comment peut-il être si paresseux ? C'est incroyable ! Il dort jusqu'à midi, pendant que je m'éreinte à travailler. Je ne sais pas quoi faire de ce vaurien. Il ne travaille même pas pour lui-même. »

Cela me faisait mal au cœur de penser que les enfants n'avaient pas de meilleure perspective de lendemain. Etaient-ils condamnés à n'avoir pas de foyer, à recevoir des coups des uns et des autres, à manquer de vêtements, de jouets, de lit même ? Cela me faisait enrager de voir Manuel « oublier » régulièrement de laisser de l'argent pour leur nourriture. Lui et María vivaient au café de Gilberto et ne prenaient même pas la peine de venir voir les enfants. Mes protestations étaient comme un cri dans le désert; je sentais les chaudes flammes du soleil me brûler moi et ces quatre petits arbres.

J'ai décidé que si l'on faisait appel à la force, Manuel prendrait plus au sérieux ses obligations. Un soir, j'ai dit à mon père que j'irais parler à l'avocat, señor Marroquin, qui avait aidé Roberto à sortir de prison. Mon père a hésité, mais il a donné son accord. Avant d'avoir eu le temps de m'en apercevoir, j'étais au bureau du Service Social, accusant mon frère d'irresponsabilité. Il ne répondit pas aux deux premières convocations, mais à la troisième j'ai envoyé un agent de police au café. Manuel a pâli quand on lui a tendu la convocation et il s'est rendu au bureau le lendemain.

J'avais amené les quatre enfants au Service Social le matin, sans être certaine d'ailleurs que Manuel viendrait. Je faisais les cent pas dans le hall d'entrée, à sa recherche. Vers dix heures, je l'ai aperçu au bas de l'escalier. J'avoue que j'avais peur de l'affronter, mais parce qu'il aurait pu repartir sans entrer, je me suis dirigée vers lui et j'ai dit : « Papa t'attend à l'intérieur. » Manuel m'a jeté un regard de colère et de haine : « Qu'est-ce que tu manigances ? Pourquoi ces salauds viennent-ils m'emmerder ? » De mauvaise grâce et marmonnant tout seul, il est entré dans le bureau. Je suivais, la gorge serrée.

Il fut étonné de voir ses enfants.

« Que font-ils ici ? »

Alanes s'est caché derrière moi. Mariquita a dit : « Ne t'inquiète pas, papa. Ils ne te feront rien. Ma tante veut seulement que tu nous achètes des chaussures et des vêtements et que tu nous donnes de l'argent pour manger. » Je me tenais de l'autre côté de la table, bien à l'écart de mon frère. L'employée, señorita Olga, a dit : « Etes-vous le père de ces enfants ?

— Oui, señorita, à votre service.

— Jeune homme, votre père vous a accusé de négliger vos enfants. Ils sont chair de votre chair, sang de votre sang, et vous refusez de subvenir à leurs besoins. Qu'y a-t-il, vous ne les aimez pas ? »

Elle l'a longuement sermonné. Pendant tout ce temps, Manuel a écouté froidement, les bras croisés, lui offrant de temps à autre des réponses : « Oui, je les aime. Non, bien sûr que non... Non, je ne veux pas qu'il leur arrive du mal... »

Quand señorita Olga eut terminé, Manuel a dit : « Ecoutez, mademoiselle, mes enfants n'ont pas été abandonnés. Ils étaient bien soignés chez leur grand-père. Ce n'est pas vrai qu'ils sont battus ni maltraités. Ma sœur exagère toujours. Une petite tape pour elle c'est une raclée. C'est entièrement faux ! Delila est une sainte. Je voudrais bien que toutes les femmes lui ressemblent. Mes enfants ne manquent de rien. Ma sœur veut qu'ils vivent comme des Américains. Je ne gagne pas assez d'argent pour ça. Ce n'est pas que je ne veux pas entretenir mes enfants, c'est que je n'ai pas de revenu régulier. »

Je me suis fâchée en entendant ses excuses : « Quel sauvage ! Est-ce vivre comme un Américain que de manger trois fois par jour ? Dormir dans un lit et avoir un manteau sur le dos ? Tu gagnes suffisamment pour jouer aux cartes, aux courses et aux dominos et pour parier sur les boxeurs ! Si tu dépensais cet argent pour la maison, les enfants auraient ce dont ils ont besoin. »

Puis Manuel commit l'erreur de tendre la main pour me demander de l'argent. Il dit : « Allons, donne. Je ne veux pas de conseils. Ce que je veux, c'est de l'argent pour leur acheter des affaires. Si ça te fait mal au cœur de les voir dépourvus, tu n'as qu'à donner de l'argent. »

Sur-le-champ, tandis que sa main était encore tendue, l'employée du Service Social l'a accusé de refuser d'entretenir ses enfants et elle a dit qu'ils seraient envoyés dans un orphelinat et lui en prison s'il ne venait pas déposer quinze pesos pour eux, chaque jour au bureau. Mon frère a eu du mal à l'avaler, mais il a dû signer les papiers. J'ai moi aussi signé et accepté de venir chercher l'argent au bureau une fois par semaine et de le remettre à la personne chargée des enfants.

Je ne sais pas quels étaient les sentiments de Manuel en sortant. Cela devait être un mélange de colère, de honte, et d'envie de me battre. Les enfants s'étaient déjà mis à discuter ardemment des choses qu'ils voulaient acheter, mais nous avions peur de quitter le bureau. Le fait est que mon frère n'est jamais allé déposer d'argent au bureau, mais il contribua dès lors aux dépenses de la maison, et lui ou María venait chaque jour à la Casa Grande voir les enfants.

Un matin de mercredi des Cendres, je suis arrivée avant que les enfants partent pour l'école. Conchita, la plus jeune fille de Manuel, est venue me dire que Marta les avait baignés dans l'eau froide. Il faisait très froid ce jour-là et naturellement j'en ai éprouvé de la colère, mais je n'ai rien dit de peur de déclencher une dispute. J'ai dit à Concha de ne pas s'inquiéter et de mettre son chandail. Marta était dans la cuisine et sans plus de façons, elle s'est mise à hurler contre moi : « Ça te regarde, fille de pute ? » Elle m'a traitée de sale garce, de putain des rues et autres noms que je ne peux pas répéter. Puis elle a voulu me frapper et n'étant pas une sainte, je me suis défendue. Je ne voulais pas me battre, mais elle était hors d'elle, donnant des coups de pied, griffant et hurlant des injures. Je ne peux toujours pas m'expliquer pourquoi ma sœur m'a toujours détestée. En présence des enfants, elle a dit que je couchais avec un autre homme tous les soirs. Je n'ai pas pu le supporter et je suis allée en pleurant à l'atelier de Roberto pour lui raconter, puis chez ma tante, puis chez mon père qui a grondé ma sœur et lui a dit de laisser les enfants à Delila et d'aller travailler. Marta s'est fâchée et le soir même, elle disparaissait avec ses filles. Nous avons pensé qu'elle était retournée chez Crispín, le père de ses enfants.

Manuel et María sont allés vivre à la Casa Grande pour s'occuper des quatre enfants. Pendant quelque temps, tout a bien marché. Puis cette sorcière de Delila a emménagé dans la maison que mon père avait construite pour elle. Elle a tout sorti de la Casa Grande et a laissé Manuel sans même une chaise, ni une assiette et sans réchaud. Elle a également emporté les affaires de Marta et elle aurait pris le plancher aussi si elle avait pu. Sans aucune raison, elle a déchiré mon certificat de sténographie et mes papiers scolaires. Voyant que Manuel se retrouvait sans rien et pensant toujours à ses enfants, je lui ai dit d'aller chez Lupita chercher mon petit lit. J'y avais aussi un grand lit que je mettais à sa disposition pour les enfants. J'avais vendu le matelas à ma demi-sœur Antonia, de sorte qu'il devait en racheter un. J'avais besoin d'argent à l'époque et je lui ai proposé de lui vendre les deux lits pour cent pesos. Cela me semblait juste. *Caramba !* Il était plus vieux que moi et c'était un homme, j'ai donc pensé qu'il pouvait bien me payer quelque chose. Enfin, il m'a donné cinquante-cinq pesos et il a oublié le reste. Nous en sommes restés là... Enfin, c'était mon frère.

Ce qui m'a rendue furieuse, c'est qu'il n'a pas acheté de matelas et qu'il faisait dormir les enfants sur des sacs de chanvre sales étalés sur le sommier. Lui et sa femme dormaient dans le petit lit, sur un matelas, et bien au chaud sous une couverture. Mais les pauvres petites créatures n'avaient qu'un bout de vieux couvre-lit et gelaient toute la nuit. Seul mon frère, qui n'avait pas d'âme, restait aveugle devant cette injustice.

Mariquita couvait une bronchite et était enrouée depuis trois semaines quand je l'ai emmenée à l'Hôpital des Enfants.

Son père n'a même pas voulu payer les médicaments ! Un soir, j'ai trouvé la petite Concha couchée sur un tas de chiffons par terre, brûlante de fièvre. María et Manuel ne s'étaient pas aperçus qu'elle était malade ! La famille de María a commencé à venir habiter chez eux et la pièce est devenue un asile de fous. Je sentais que je ne pouvais laisser passer une journée sans aller voir quelle nouvelle calamité avait frappé les enfants. Je talonnais Manuel pour qu'il achète un matelas pour leur lit. Il me répondait de me mêler de mes affaires et que si je les aimais tant, je n'avais qu'à les prendre avec moi et les entretenir.

« Oui, je prendrai tes enfants, mais je veillerai à ce que tu ailles en prison d'abord ! Et tu sais que je fais ce que je dis. »

J'ai commencé par emmener les enfants dans ma chambre chez Juanita pour quatre ou cinq jours de suite. Comme j'aurais voulu les garder toujours avec moi ! Je sentais qu'ils étaient vraiment à moi. J'aurais voulu avoir une maison où ils pourraient courir et jouer en liberté, où ils n'entendraient que des paroles de tendresse et mèneraient la vie que doivent mener des enfants. Peu à peu, mon désir de faire cela pour eux est devenu un besoin.

Entre-temps, nous avons reçu d'Acapulco des nouvelles de Marta. Elle attendait son quatrième enfant — et je n'en avais même pas un ! Mon père est allé la voir et il est revenu en disant qu'elle vivait dans un endroit même pas convenable pour des animaux. Qui sait s'il n'exagérait pas. Mais franchement, je ne voulais pas entendre parler de ma sœur. Je m'intéressais bien plus à trouver une maison pour moi et les enfants et pour mon frère Roberto.

Roberto avait une femme à présent, Antonia. Il n'avait pas de maison, pas de travail, pas de vêtements, mais il avait une femme ! Ils étaient comme deux petits enfants, traversant la vie en dormant. Roberto a vécu avec elle d'abord chez ma tante, puis à la Casa Grande. Mais mon père était fâché contre lui parce qu'il avait frappé Delila et un jour il l'a mis à la porte. « Tu ne peux pas rester ici, a-t-il dit, tu es couvert de boue et tu t'attends à ce qu'on te décerne un prix de propreté ! »

Nous étions tous embarrassés et fâchés car il a dit ça devant Antonia, qui s'est mise à pleurer. Sans un mot à mon père, Roberto a dit à Antonia : « Prends ta couverture, petite, et allons-nous-en. »

J'ai prié mon père de leur permettre de rester jusqu'à ce qu'ils aient trouvé un autre endroit où habiter. Grâce à Dieu, il a accepté. Mon pauvre frère a commencé à penser à installer une pièce à lui, tout en étant encore sans travail. En partie à cause de lui et en partie parce que moi aussi je voulais avoir un foyer à moi, j'ai proposé que nous partagions un appartement. Je ne pouvais pas le faire seule, mais avec leur aide... J'avais appris à vivre sur un budget et je connaissais la valeur de l'argent. Tous les quinze jours le jour de la paye, je mettais de côté la moitié du loyer, je rendais dix ou quinze pesos sur la somme que j'avais empruntée pour acheter des vêtements, je gardais vingt pesos pour les frais d'autobus, et les repas en dehors, et je faisais des provisions de nourriture pour la semaine. S'il me restait quelque chose, j'achetais de petits cadeaux pour ma tante ou pour les enfants. Très souvent, je me retrouvais à sec avant le jour de la paye et je devais me passer d'un ou deux repas.

Il me fallait convaincre Roberto que ce serait une bonne chose que de vivre ensemble : « Voyons, ce sera une aide pour toi. Je connais quelqu'un qui peut te trouver un emploi dans les chemins de fer ou les camions Coca-Cola, alors tu pourrais payer la moitié du loyer et contribuer aux frais de la maison. Antonia peut faire la cuisine et le ménage et elle peut être heureuse toute la journée dans sa propre maison. » Il a fini par accepter et nous avons trouvé un petit appartement de deux pièces, cuisine, salle de bains, dans un immeuble modeste non loin de la Casa Grande.

J'en étais ravie; Roberto et Antonia pensaient que c'était un palais : il y avait des fenêtres par lesquelles le soleil passait toute la journée, un chauffe-eau à bois dans la salle de bains, de l'eau courante et des sols carrelés. Les pièces étaient minuscules, même sans meubles, mais c'était d'autant mieux que nous n'en avions pas. Le loyer était de deux cent quarante pesos par mois. Nous avons laissé quatre-vingt-cinq pesos d'arrhes et nous sommes allés chercher un cosignataire pour le contrat. Mon père a platement refusé. Antonia et Roberto ne connaissaient personne d'acceptable, et j'ai finalement dû demander à mon chef de service de remplir ce rôle. J'ai envoyé deux ou trois fois Antonia porter de l'argent à la propriétaire pour augmenter les arrhes afin d'être bien sûre qu'elle nous réservait l'appartement. Roberto a fini par en avoir assez de tous ces retards et ces histoires. « Tant d'ennuis pour un appartement », ne cessait-il de dire. Il n'avait aucune idée de ce que c'est que d'avoir une maison et de payer le loyer et je crois qu'il s'en est désintéressé ou qu'il a pris peur. Quoi qu'il en soit, il m'a dit qu'il n'en voulait plus et que je pouvais le garder pour moi toute seule. J'ai essayé de récupérer mes arrhes, mais ce fut impossible; je me suis donc retrouvée avec l'appartement sur les bras.

Quand j'ai transporté mes affaires en taxi, tout ce que j'avais étaient mes vêtements, un poste de radio et une planche à repasser. J'avais prévenu Manuel que s'il ne me payait pas le reste du montant des lits, pour que je puisse m'en racheter un autre, je reprendrais mon petit lit. Il ne m'a pas écoutée et le jour de mon déménagement, je suis allée à la Casa Grande et j'ai pris mon lit, leur laissant le matelas. Naturellement, lui et María étaient en colère, mais comment pourrais-je dormir par terre ? Par la suite, Manuel a été assez cruel pour prendre le lit pour lui-même et mettre les enfants par terre, à la merci des rats. J'ai compté neuf trous dans le parquet, et mon frère ne faisait rien pour les boucher ! Il a acheté un nouveau matelas pour le lit et il a laissé les enfants coucher sur une *petate* de paille !

Je me disputais avec lui à ce sujet car en lui vendant le grand lit, je lui avais dit qu'il était pour les enfants. Il disait qu'il l'avait payé et qu'il pouvait en faire ce qui lui plaisait. Il refusait de discuter même lorsque je le poursuivais dans la rue. Cela m'a décidée : je suis allée tout droit à la Casa grande, j'ai laissé l'argent à María et j'ai emporté le lit en taxi. Roberto voulait que je le lui donne, mais *chihuahua* ! après tout ce qu'il m'avait fait, je ne le lui donnerais que s'il le payait. J'ai fini par le vendre à une voisine pour cent pesos.

J'étais bien chez Juanita et j'ai dû renoncer à beaucoup de confort en changeant de logement. Je n'avais pas assez d'argent pour faire installer l'électricité, je me suis donc éclairée aux bougies le premier mois. Pas d'armoire pour mes vêtements, pas de réchaud, pas moyen de repasser. Il me fallait une heure pour arriver à mon travail et je n'avais pas le temps de prendre mon petit déjeuner. Je devais utiliser mon argent à d'autres choses et pendant des jours je ne me suis nourrie que de pain et de café. Heureusement pour moi, à dix heures et demie chaque matin, toutes les filles de mon bureau donnaient quelque chose pour acheter des bonbons, des gâteaux et des boissons.

Je faisais des heures supplémentaires pour pouvoir installer la maison, mais Noël est arrivé et je n'avais toujours pas de meubles. Un soir, je suis allée rendre à Juanita de l'argent que je lui devais et je lui ai confié mes ennuis. Je lui ai dit que je voulais de l'argent pour pouvoir faire venir mes neveux et nièces chez moi une fois pour toutes, mais cela prendrait un temps infini d'économiser sur ce que je gagnais. « Il faudra que j'emprunte de l'argent à intérêts. » « *Ay*, Consuelo, quel dommage ! Pourquoi n'essaies-tu pas à « L'heure des amateurs » à la télévision ? Tu sais chanter ! Tu sais danser ! Si tu gagnes, tu auras plein d'argent et aussi des contrats de travail. » Je n'avais qu'une phrase en tête : « Il me faut de l'argent. Il me faut de l'argent. » Je n'avais pas bonne mine. J'avais maigri et j'étais pâle. Toutes les quelques semaines, j'avais un rhume, une bronchite ou des maux d'estomac. Mais l'idée de gagner de l'argent me donnait des forces, et un jour je suis allée aux bureaux du *televicentro*. J'ai passé les épreuves des chanteurs et des danseurs et j'ai été admise pour la finale. L'un des jurés pensait que j'étais un meilleur « élément » pour la danse que pour le chant et au lieu de me mettre dans « L'heure des amateurs », ils m'ont accordé une bourse pour étudier la danse à l'école des Beaux-Arts ! Ils paieraient toutes les dépenses et au bout de six mois, si je marchais bien, je serais lancée comme danseuse au théâtre ou au cinéma, ou dans une boîte de nuit afin de pouvoir les rembourser. J'ai dit oui à tout, sans réfléchir, et il s'ensuivit des tas de rendez-vous, de coups de téléphone et d'interviews. En avril, j'entrais à l'école de danse moderne.

Je travaillais à mon poste de fonctionnaire jusqu'à 14 h 30, tous les jours et j'avais des cours à l'école de danse de 8 à 9 heures chaque soir. J'avais une bourse, mais j'ai dû faire un autre emprunt pour acheter des chaussons de danse, un collant et pour les frais de transport. Je travaillais furieusement aux exercices et aux pas, afin de rattraper les autres élèves. Cela demandait une incroyable somme d'énergie et me laissait en grande transpiration. Tous ces mois de mauvaise alimentation m'avaient miné le corps. Je mangeais toujours sur le pouce... certains jours, je ne prenais rien d'autre que des Coca-Cola et des bonbons jusqu'au dîner à 10 heures du soir. A cette époque, Roberto et Antonia habitaient avec moi, et pour économiser quelques pesos, j'attendais de rentrer à la maison pour manger ce que ma belle-sœur avait préparé. Jamais de ma vie je n'avais travaillé aussi dur ! Je devais calculer mon temps et mon budget; chaque minute et chaque centavo comptaient.

Après deux mois de ce régime, j'ai commencé à avoir des migraines tous les jours. Je ne pouvais pas me lever le matin, et toute la journée j'étais trop fatiguée pour travailler. Je maigrissais et je sentais que mon esprit et ma santé se détérioraient. Je ne voyais pas comment il était possible que je continue à étudier la danse. Il apparaissait que je devais me préparer à un nouvel échec, une nouvelle déception.

Qu'allais-je faire du volcan d'espoir qui s'était levé en moi, l'espoir de devenir quelque chose, l'espoir de ne pas mourir sans laisser de trace derrière moi ?

Alors quand l'un des jeunes gens du cours de danse m'a demandé si je voulais faire de la figuration de cinéma pendant les vacances, j'ai accepté. Par lui, j'ai trouvé du travail aux Studios Churubusco. J'étais très contente et un peu effrayée d'être là, parmi les vedettes et les personnalités de l'industrie cinématographique. Jamais de ma vie je n'avais rêvé de jouer devant une caméra et *zas !* j'étais là, sous contrat. Je jouais aussi naturellement que possible et ils semblaient satisfaits, car ils m'ont gardée toute une semaine. J'ai gagné cent quatre-vingt-dix pesos, repas compris, pour ces sept passionnantes journées.

Tandis que je flânais aux alentours du bureau d'embauche, dans l'espoir d'un nouveau contrat, un type, un acteur de second ordre s'est approché de moi et m'a dit de monter dans sa voiture car il m'engageait. Je l'ai cru et je suis montée.

« Quel genre de travail cherchez-vous ?

— Moi ? Eh bien, j'aime chanter. Mais je ne suis qu'amateur.

— Ça ne fait rien, il faut bien commencer. Nous devons tous commencer par le bas pour arriver en haut. Regardez-moi ! Je n'ai pas honte d'avouer que j'ai débuté avec rien et regardez maintenant où j'en suis. Avez-vous vu mon dernier film ?

— Non, je ne vais pas souvent au cinéma. Comment vous appelez-vous ? »

Tandis que nous bavardions, señor Angel Montero a sorti sa grosse voiture des studios et nous avons pris une route bordée d'arbres. Il était beau et bien habillé et... c'était un acteur ! Il m'a montré quelques récentes photos de lui et promit de m'en dédicacer une. Il parlait de ses rôles, des grandes vedettes qu'il connaissait, il dit qu'il allait ouvrir une agence de placement et qu'il cherchait des gens de talent. Il avait besoin d'une jeune femme pour chanter avec un trio. Il m'a demandé de chanter. Quand la chanson fut terminée, il eut l'air impressionné.

« Sapristi ! J'avoue que je ne m'attendais pas à ce que vous soyez aussi bonne ! Je crois que vous ferez l'affaire. Vous avez simplement besoin de quelques leçons pour vous apprendre à y mettre plus d'expression; je vais vous faire donner quelques cours par la chanteuse Sarita. C'est une bonne amie à moi et elle ne refusera pas. Je vais vous mener chez elle immédiatement.

— *Señor* Angel, excusez-moi, mais ne devions-nous pas aller signer un engagement ?

— Quelle fille ! vous ne me faites pas confiance ? Je ne sais pas comment d'autres vous ont traitée, mais moi je suis un gentleman.

— Non, non ! Ce n'est pas ce que je voulais dire... j'aimerais bien rencontrer señora Sarita. J'étais simplement curieuse... je demandais, c'est tout.

— Voilà qui est mieux. Ecoutez, la vérité c'est que vous me plaisez. Si seulement vous saviez combien de femmes... combien d'occasions j'ai ! Je ne les cherche pas, elles me courent après. Par exemple, vous connaissez l'actrice Martita ? eh bien... »

Tandis qu'il parlait, je me disais : « Naturellement, connaissant toutes les artistes, il ne s'occuperait pas de moi. » Nous roulions depuis quelque temps déjà. Il avait commencé à pleuvoir. Il ne cessait de parler de ses amies et de lui-même. J'ai commencé à avoir de l'appréhension.

« Où est la maison de Sarita ? Je ne savais pas que ce serait si loin.

— Bon Dieu, je vous ai dit que c'était tout près ? Vous ne me faites pas confiance ? Vous me donnez l'impression d'être un sauvage !

— Excusez-moi, señor Angel, mais je suis curieuse de faire sa connaissance. »

Il avait l'air fâché et je me suis sentie honteuse. Soudain, il a tourné dans une allée et là, devant mes yeux, à travers la pluie épaisse, j'ai vu le mot « Motel ».

« *Señor* Angel, je ne vais pas entrer là-dedans ! Vous avez dit que vous m'emmeniez signer un contrat, c'est pour ça que je vous ai suivi.

— Chut ! Cessez de faire du vacarme. Je n'aime pas ce genre de clownerie. Je vous offrirai un contrat, mais en ce moment je suis fatigué. »

Il a arrêté la voiture devant l'un des bungalows et il est sorti pour ouvrir ma portière. J'étais nerveuse et inquiète. J'avais la gorge nouée et j'avais envie de pleurer mais je ne pouvais pas, par crainte ou par honte. Je ne voulais pas sortir. Il pleuvait fort et il se faisait tremper. Il m'a tirée hors de la voiture et m'a serré le bras si fort que j'ai eu mal.

« Je ne veux pas entrer. Laissez-moi tranquille ! »

Comme je me sentais humiliée !

« Je ne vous demande pas votre permission. Ne faites pas l'imbécile ! Ça ne prendra pas longtemps. Combien de filles voudraient être à votre place. Elles se sentiraient honorées ! Alors pourquoi pas vous ? Vous vous prenez pour une déesse ? Vous devriez me remercier ! »

Je me suis assise sur le lit. Il a ri d'un air moqueur, il a fermé la porte à clé et déboutonné sa chemise.

« Embrasse-moi !

— Non, je ne veux pas. Laissez-moi ! Vous devrez me prendre de force. Lâchez-moi, vous me faites mal.

— Oh ! Ferme-la ! Pourquoi en fais-tu une telle histoire ? Je suppose que tu es vierge ? Allons, petite, calme-toi. C'est la chose la plus naturelle du monde. De quoi as-tu peur ? Tu es une charmante petite garce, mais je n'ai pas l'habitude d'implorer. Si je peux le faire avec Sarita et Martita, pourquoi pas avec toi ? »

Quatre mois plus tard, j'ai découvert que j'étais enceinte. Je ne m'y attendais pas car mes règles ne s'étaient pas arrêtées. Je n'avais jamais revu señor Angel et quand j'ai téléphoné aux studios et au *televicentro*, où il avait paru, on m'a répondu qu'il était en voyage. J'ai fini par trouver un médecin qui était prêt à faire la délicate opération et j'ai vendu ma nouvelle armoire pour payer les frais. J'ai été très malade après ça et j'ai manqué deux semaines de travail.

Ainsi, à mon grand chagrin, je fis ma première et amère rencontre avec ce maudit *machismo* mexicain. Moi, comme un nombre infini de femmes mexicaines, j'étais prise dans ce jeu cruel dans lequel le mâle dominateur gagne toujours. « Vais-je te battre ou te rendre ta liberté ? » Il n'y a rien de généreux, de noble, ni de valeureux là-dedans, car il faut payer le prix de sa liberté. C'est un acte sauvage d'égoïsme et de lâcheté, enrobé de paroles persuasives.

Après ma maladie, j'étais désormais trop nerveuse pour travailler dans un bureau. J'étais endettée et j'avais trois mois de retard dans le paiement de mon loyer. Mon père refusait de m'aider et je n'avais personne d'autre à qui m'adresser. J'avais désespérément besoin d'argent. Je suis retournée aux studios pour voir si l'on pouvait me prendre comme figurante permanente. J'ai rencontré une fille qui avait gagné trois mille pesos comme figurante dans un seul film. Elle m'a dit qu'il fallait que je m'inscrive au Syndicat et elle m'a envoyée chez señor Pissaro, l'un des dirigeants du Syndicat.

Il m'a dit : « Alors, une fois qu'on a mis les pieds devant une caméra, on veut recommencer, hein ?

— Oui, señor Pissaro. C'est que j'ai besoin d'argent.

— Ah bon ? et vous n'êtes pas membre du Syndicat ? Accepteriez-vous des engagements temporaires en province ?

— Oui, monsieur.

— Bon. Etes-vous mariée ?

— Hum... enfin... », je l'ai regardé.

« Sapristi, je ne vous demande ça que pour savoir si vous êtes réellement libre de partir. Vous n'avez pas à vous inquiéter. J'arrangerai vos papiers et tout, soyez ici lundi. »

Cette fois, j'étais consciente de ce que je faisais. *Señor* Pissaro n'était pas mal. Il devait valoir quelque chose pour être devenu un dirigeant. Il était en position de me venir en aide. S'il désirait quelque chose de moi, je serais consentante... surtout si nous étions loin de la ville en déplacement ou du moins lorsque je me serais familiarisée avec lui. Je me suis arrangé les ongles et les cheveux et j'ai sorti ma plus belle robe du mont-de-piété où Roberto l'avait portée un jour où il avait un besoin urgent d'argent. Ça ne ferait pas de mal d'avoir l'air jolie !

Mais je ne m'attendais pas à ce que señor Pissaro m'emmène dans un motel le jour même et qu'il s'impose à moi comme señor Angel ! Etait-ce que j'avais réellement l'air d'une femme facile ? Mais j'ai essayé de me débattre ! Puis quand j'ai vu que je ne réussissais pas, je me suis transformée en pierre. Je me suis dominée d'une manière incroyable et je n'ai pas bronché. Il était furieux et m'a forcée à m'allonger en m'appuyant sur la poitrine avec son genou.

« Je vous en prie, señor Pissaro, ne me traitez pas de cette façon !

— Qu'espères-tu ? Que je te laisse partir pour que tu puisses de moquer de moi ensuite ? Avant tout je suis un homme et tu veux dévaloriser ma virilité ! Pourquoi ne remplis-tu pas ton rôle de femme ? Ne sois pas ridicule ! Tu m'aides et je t'aiderai. »

Il a eu ce qu'il voulait. Mais quand je lui ai demandé si j'aurais un contrat, il a dit : « Si je pars, tu pars. Je ne sais pas si on va me prendre. Appelle-moi demain à ce numéro. »

J'ai appelé et il n'était pas là; je suis allée aux bureaux du Syndicat, mais je n'ai jamais pu le trouver. J'ai fini par m'avouer que j'avais été trompée. Je me suis défendu d'y penser et j'ai fermé mon esprit à tout sentiment. Peu de temps après, je suis allée vivre dans l'appartement d'un étudiant américain qui était venu en vacances au Mexique. Il m'a présentée à quelques-uns de ses amis.

Caray ! Tant de choses me sont arrivées depuis. Je ne sais pas où je prends ma force ! Que puis-je faire pour cesser de me punir ? Est-ce la malchance ou le manque de foi qui a été la cause de mon échec ? Pas un jour ne passe sans que je reçoive de proposition malhonnête et qu'il n'y ait de raison majeure pour accepter. Mais à présent, plus rien n'a d'importance pour moi, ni morale, ni principe, ni mon amour pour ma famille. J'essaie de calmer la souffrance et l'angoisse que je sens en moi et je regarde avec indifférence les quatre enfants que j'ai tant aimés. Il n'était pas juste que je dépense toute ma force physique et morale pour leur offrir une vie meilleure, si je devais en sortir anéantie.

Je n'ai plus de travail et cela me procure une solide défense. Maintenant, quand je vois ma tante malade ou en difficulté, je peux dire : « Je ne travaille pas. Je ne peux pas t'aider. » Quand Roberto a besoin d'un avocat ou qu'il doit payer une amende, je peux dire : « Je n'ai pas d'argent. Ne t'adresse pas à moi. » De même pour les enfants pour lesquels j'avais autrefois nourri tant d'espoirs. Il faut que je brise la chaîne qui me tire vers le bas et qui me blesse, pensée qui m'a coûté cinq ans de ma vie et tous mes nobles sentiments. Désormais, je vivrai à demi-aveugle, comme les autres, et je pourrai ainsi m'adapter à la réalité.

Mais tout en me dégageant, je ne puis manquer de voir ce qui arrive à ma famille. Oh, mon Dieu ! Ils se détruisent, peu à peu. Ils s'usent, disparaissant les uns après les autres, comme mes oncles, ma mère, ma grand-mère, Elena, Paula... ils sont tous partis et m'ont quittée trop tôt. Maintenant, ma tante Guadalupe est comme une lumière qui faiblit, un cierge au pied d'un autel; Marta n'a que vingt-quatre ans et en paraît plus de trente; chaque année, je crois que ce sera la dernière de Roberto, car sa vie est mouvementée et il n'a peur de rien. Il manie le couteau comme s'il s'agissait d'un jouet d'enfant. Manuel ? Oui, il vivra, mais qui en fera les frais ? Combien de fois encore éprouvera-t-il l'amour de ses enfants en leur refusant à manger ? C'est horrible de penser qu'il survivra à ses propres enfants ! Paula ! comment as-tu pu te laisser mourir aussi facilement ? Comment as-tu pu abandonner tes adorables enfants, sachant ce qui les attendait ?

Marta

La raison pour laquelle je suis retournée chez Crispín... bon, qu'était-ce déjà ? Oui, c'est qu'après tout ce temps, sa mère demandait à voir les filles, Concepción et Violeta. Trini avait tout juste un an et demi et Crispín n'avait jamais demandé de ses nouvelles. J'ai emmené les deux plus grandes voir leur grand-mère en décembre. Crispín et moi avons discuté, bien qu'il n'y eût plus rien à dire car il savait très bien qu'il était responsable de Trini.

Enfin, cela faisait longtemps que nous ne nous étions pas parlé et nous ne nous quittions pas des yeux, vous voyez ce que je veux dire ? Alors il a dit : « Très bien, alors quoi ?

— Bien, alors quoi ? ai-je dit. Concepción a besoin de chaussures et de vêtements. Et Violeta aussi. » Je n'avais vraiment rien d'autre à lui dire.

« Nous en achèterons samedi.

— Très bien.

— Ton père est avec Delila, n'est-ce pas ?

— Non, je ne sais pas. » Je crois que j'ai rougi, parce qu'il a dit :

« Eh bien, tu n'as pas besoin d'avoir honte.

— Je n'ai aucune raison d'avoir honte. Est-ce une honte de vivre avec une femme ?

— Non, ne sois pas gênée. »

Notre discussion n'est pas allée plus loin. Il a dit qu'il m'attendrait devant l'immeuble de la Sécurité Sociale le samedi suivant et je suis rentrée à la maison avec les filles.

Le samedi, nous sommes allés acheter des chaussures pour Concepción et Violeta. Je n'ai même pas fait allusion à

Trini. La seule chose qu'il m'a dite, c'est que j'étais trop orgueilleuse. Je lui ai répondu que ce n'était pas de l'orgueil mais de la honte qu'il ne m'ait plus adressé la parole après ce qu'il m'avait fait.

« Qu'est-ce que j'ai fait ? » dit-il comme s'il s'attendait à ce que je passe sur tout et que je revienne à lui sans parler de Trini. Il semblait être prêt à la reconnaître comme sa fille, comme si elle allait naître à partir de ce moment-là. Rendez-vous compte, il ne m'avait quittée qu'à mon septième mois de grossesse; et c'est alors qu'il avait voulu me prouver que l'enfant n'était pas de lui. Si un homme sait que sa femme va avoir un bébé et que ce n'est pas le sien, il devrait le dire immédiatement. « Où l'as-tu fait, car je suis certain qu'il n'est pas de moi. »

Mais Crispín n'a jamais agi ainsi. Il ne m'a quittée que deux mois avant la naissance de Trini. Il n'a pas eu honte de se montrer avec moi pendant tout ce temps. Si cela avait été comme il le disait, il aurait dû me quitter dès le début, vous ne croyez pas ? Je ne sais vraiment pas ce qui s'est passé. Sa mère et sa sœur avaient une grande influence sur lui et lui ont dit que je fréquentais d'autres hommes. Et je ne fréquentais personne à cette époque. Quand on me voyait, j'étais seule ou avec mes filles, je n'ai donc rien à me reprocher dans ce domaine.

Quand nous avons eu terminé nos achats, je lui ai dit au revoir et j'ai fait mine de partir.

« Tu t'en vas ? Juste comme ça ? dit Crispín.

— Qu'est-ce que tu attends ? Qu'est-ce que tu veux ? » dis-je. Puis je me suis mise en colère. « Tu t'attends à ce que je te rembourse ? Avec quoi veux-tu que je paye, avec mon corps ? » Je parlais de cette façon depuis le jour où nous nous étions battus dans la rue. On peut dire que c'est ce jour-là que je me suis libérée de lui. Depuis lors, je disais ce que j'avais à dire, crûment. Souvent, j'allais jusqu'à lui dire qu'il devrait avoir honte de ne pas entretenir ses enfants, chose que je n'aurais jamais osé lui dire avant.

« Ne sois pas comme ça, Marta, dit-il.

— Pourquoi pas ? C'est ce que tu as toujours voulu, n'est-ce pas ? Je savais à quoi m'attendre de ta part, qu'il te faudrait obtenir quelque chose en échange de ce que tu donnes à tes filles.

— Non, dit-il, ce n'est pas ça... je ne sais pas comment l'expliquer.

— Si tu en avais assez de moi, pourquoi en veux-tu encore?

— Je n'ai jamais dit que j'en avais assez.

— La preuve, c'est que tu es parti sans même dire un mot. »

Il est resté silencieux et nous avons continué à marcher jusqu'à ce que nous arrivions devant la porte d'un hôtel.

— Viens, dit-il.

— Non ! dis-je.

— Ne fais pas de manières.

— J'en ferai si j'en ai envie, même si tu me bats. » Puis tout à coup, j'ai dit : « En effet, il faut bien que tu te fasses payer d'une manière ou d'une autre, non ? » Et je suis montée. Après être restée sans homme pendant si longtemps, je suis allée à l'hôtel avec lui.

Pourquoi l'ai-je fait ? Parce que j'en avais envie ? Par désir ? Pas tout à fait. Il y avait plusieurs hommes qui ne m'avaient pas seulement proposé de m'emmener à l'hôtel, mais qui m'avaient même offert de m'installer un appartement. Cependant, je n'ai pas accepté car je savais bien depuis que Trini avait un an que si j'allais avec un homme, je serais de nouveau enceinte. Je suis toujours tombée enceinte quand mes filles avaient un an et c'est précisément la raison pour laquelle je m'étais retenue.

Mais je ne peux tout de même pas dire que Crispín m'a obligée à entrer dans cet hôtel, du moins en un certain sens. On peut dire que j'ai eu mon bébé suivant pour deux paires de chaussures. Il savait quand il les a achetées que je n'avais pas d'autre moyen de le rembourser. J'ai cédé parce que je me suis dit : « Cet homme ne changera pas. »

Nous avons donc eu cette entrevue à l'hôtel. Quant à mon plaisir... eh bien je n'en ai pas eu parce que j'ai fait l'amour avec colère. La seconde fois que nous sommes allés à l'hôtel... nous devions acheter des vêtements pour Concepción, mais en fait nous n'avons rien acheté car nous sommes allés directement à l'hôtel. Cette fois je l'ai rendu furieux car je me suis enfuie. Je commençais à me rendre compte que j'étais idiote; tout à coup, cela m'a mise en colère de penser que nous allions tout recommencer de la même manière. Nous étions au lit et il était sur le point de se servir de moi quand j'ai été prise de colère et je suis sortie du lit.

« Où vas-tu ?

— Je m'en vais.

— Pourquoi ?

— Parce que j'en ai envie.

— Essaie de sortir et tu verras ce qui va t'arriver.

— Tu ne me feras rien. Ni toi ni vingt comme toi ne m'arrêteront. Tu n'as pas affaire à la même dupe qu'avant. »

La même scène s'était passée d'autres fois dans des hôtels, mais je n'avais jamais été plus loin que la porte car il me rattrapait et me giflait. Il a dû croire que je n'oserais pas et il était encore couché quand je suis sortie. J'étais nerveuse dans la rue, me demandant à quel moment il allait me rejoindre et déclencher une bagarre.

C'était en décembre. En janvier, j'ai attendu mes règles et elles ne sont pas venues. Je n'ai même pas eu le temps de dire à Crispín que j'étais enceinte, car lorsqu'il est venu le Jour des Rois donner leurs jouets à Concepción et Violeta, il était fâché avec moi et n'a pas voulu entrer. Puis, le soir, je l'ai rencontré dans la rue en allant rendre visite à Lupita avec les filles. Quand il nous a vues, il a traversé la rue pour nous éviter, mais Concepción a crié : « Regarde, voilà Crispín », et il est revenu sur ses pas.

« Où vas-tu ? m'a-t-il dit.

— Chez Lupita.

— Ah, tu vas voir ton amant là-bas.

— Quel amant ? » J'en avais assez de ses soupçons et pour changer de sujet, je lui ai parlé du cirque à la colonie El Dorado. Il m'a donné cinq pesos pour y mener les filles.

« Et moi ? » ai-je demandé et il m'a tendu cinq autres pesos. Puis il a dit à Concepción : « Je viendrai te chercher samedi, ma fille, pour t'acheter des bonbons. »

La semaine est passée sans qu'il paraisse. Le samedi matin, mon amie Raquelle est entrée me dire : « Comment trouves-tu ça ? Crispín s'est planté à l'entrée de sa maison et Eustakia fait les cent pas devant.

— Ah bon ? dis-je. J'ai envie de les voir ensemble.

— D'accord. Allons-y. »

Cette Eustakia avait eu une aventure avec le *novio* de Raquelle et en était sortie enceinte. Puis elle s'était collée à Crispín et lui avait dit qu'il était le père de l'enfant. De sorte que Raquelle et moi en avions toutes deux après cette fille.

Nous sommes passées devant chez Crispín mais comme il n'y avait rien, nous avons fait plusieurs fois le tour du pâté de maisons. Puis tout à coup j'ai vu Crispín au loin, avançant, le bras passé autour d'une femme qui s'est révélée être une vieille amie de sa famille. Elle était mariée et elle avait des enfants; je l'avais souvent vue chez Crispín. J'avais toujours pensé qu'il y avait quelque chose de bizarre à son sujet, mais comment pouvais-je soupçonner qu'elle et Crispín... J'étais si jeune alors, n'importe qui pouvait me rouler.

« Regarde-moi cette vipère, dis-je à Raquelle. Je m'attends à le voir avec une femme et je le trouve avec une autre. Et regarde qui c'est ! Amelia. »

Crispín est entré à la Sécurité sociale et Amelia s'est assise sur les marches pour l'attendre. Rien que par méchanceté, je me suis approchée et je me suis assise très tranquillement à côté d'elle, comme ça. Je ne sais pas à quel saint elle se vouait, mais juste à ce moment, un homme qu'elle connaissait est passé à bicyclette et elle s'est levée pour aller lui parler, comme si de rien n'était.

J'ai pensé que Crispín allait bientôt sortir, alors je me suis cachée au salon de coiffure qui se trouvait au coin de la rue et que tenait une amie à moi, Nicha. Quand Nicha m'a vue, elle a dit : « Qu'est-ce qui se passe ? Qu'est-ce que tu manigances ?

— Tu ne le croirais pas, dis-je. Mon homme... mon ex-mari se trimballe avec cette garce là-bas et je veux simplement les voir ensemble.

— Vraiment ? T'as la peau si dure que ça ?

— Pourquoi pas ? Nous n'avons pas été ensemble depuis je ne sais combien de temps et je veux le surprendre avec l'une de ses maîtresses. Mais je n'ai aucun moyen de l'accuser ni d'exiger de lui quoi que ce soit. »

J'ai vu venir Crispín. Amelia avait traversé la rue et elle était passée devant le salon de coiffure d'où je regardais derrière les rideaux. Il la suivait. Au moment où il arrivait devant la boutique, j'ai envoyé Concepción lui dire bonjour.

« Papa, donne-moi un *quinto !* »

Crispín s'est retourné, très surpris. Je suis sortie, portant

Trini dans mes bras. Il disait à Concepción : « Samedi, je viendrai te chercher. » Il était vraiment nerveux et ne cessait de regarder en direction d'Amelia qui avait fait demi-tour pour regarder. Puis j'ai dit : « Viens, ma fille. Tu ne vois pas qu'on ne veut pas de toi ici ? Viens, pourquoi te rends-tu insupportable. Tu gênes ton papa. » Et au lieu de demander : « Pourquoi dis-tu ça ? », car après tout nous avions entamé une réconciliation, il a sorti : « Toi et moi n'avons rien à nous dire. »

Cela m'a rendu furieuse de le voir se tourner vers cette femme avec une expression désespérée sur le visage. Il devait se dire : « Maintenant, je me suis offert en spectacle ! »

J'ai dit : « Tu as raison. Nous n'avons rien à nous dire, alors ne crois pas que je vais me battre. C'est là que tu te trompes. Viens, ma fille, allons-nous-en. »

J'étais encore calme. Puis tout à coup, il a lancé ce qu'il ne fallait pas : « Si tu veux que je t'entretienne, pourquoi fais-tu la putain ?

— Ecoute, je ne fais pas la putain. Je n'ai pas trouvé mes enfants dans la rue. Tu sais bien qui m'en a fait cadeau. »

Nous étions devant la fabrique de machines, et il y avait plein de gens qui écoutaient. J'ai continué à parler.

« C'est tant pis pour le jupon que tu t'es choisi. Tu as peut-être eu raison de me quitter, mais pas pour cette femme. Tu aimes le genre de femme qui est déjà collée à un type pour ne pas avoir d'obligations. Tu es un homme qui aime tirer profit. Un homme qui se respecte ne fais pas ce que tu as fait.

— Tu n'as rien à dire car toi aussi tu as ton maquereau.

— Je n'en ai pas, mais je vais m'en trouver un, rien que pour te faire casser la gueule. » Je l'ai traité de salaud et un tas d'autres injures. J'ai été bien grossière avec lui. « Et ne m'embête plus. C'est tout ce que je te demande. »

C'est l'une des plus grandes disputes que nous ayons jamais eues. Je l'avais prévenu une fois que je m'accrocherais à lui jusqu'à ce que je voie de mes propres yeux qu'il fréquentait quelqu'un d'autre. Des gens me disaient qu'il sortait avec des filles et j'essayais d'oublier ce qu'ils disaient. Mais ce que je voyais de mes propres yeux, je ne pouvais pas l'oublier. « Alors, fais attention à ce que je ne te voie pas, lui avais-je dit. Car sinon, ne compte plus sur moi à partir de ce moment-là. »

J'aurais dû être capable de me forger une coquille comme d'autres femmes qui ne prêtent pas attention à ce que font leur mari en dehors de la maison, surtout quand le mien essayait de me récupérer. Mais en voyant qu'il me trompait avec cette vieille femme, je n'ai pas pu me contenir. Je préférais renoncer de nouveau à tout. Je ne pouvais pas accepter l'idée qu'il puisse avoir une autre femme et moi en même temps. Non ! Il valait mieux qu'il m'abandonne ou que je le quitte, une fois pour toutes. Je suis donc montée dans l'autobus et depuis je ne lui ai plus jamais adressé la parole.

En février, le 13, j'ai eu ma grande querelle avec Consuelo. Delila en avait assez de s'occuper des enfants de Manuel et j'avais donc la charge des quatre, en plus des trois miens. Roberto travaillait à l'usine et contribuait aux frais du ménage, mais après un certain temps, il a cessé. Simplement, il ne voulait plus et il n'y avait pas moyen de le forcer. Le seul qui m'aidait était papa. Il me donnait dix pesos par jour, en plus du fait qu'il m'apportait du café, du sucre et de l'huile. Quand les enfants sont venus vivre à la Casa Grande, Manuel a accepté de me donner dix pesos par jour pour leur nourriture. Sa nouvelle femme, María, venait de temps à autre m'aider pour les enfants.

J'avais prévenu Manuel que le jour où il ne me laisserait pas d'argent, je n'aurais rien à donner à ses enfants. Je l'ai dit sans élever la voix, mais cela n'a servi à rien. Deux fois, il ne m'a pas donné d'argent et j'ai dû envoyer les enfants le chercher au café d'Alberto. Je les ai fait déjeuner tôt, puis j'ai dit à Mariquita, l'aînée : « Va, va dire à ton père que tu n'as pas encore déjeuné parce qu'il ne m'a pas apporté d'argent. »

Il me fallait activer pour nourrir tous ces enfants et les envoyer à l'école. A midi j'apportais à Roberto son déjeuner à l'usine, et les enfants devaient déjeuner à midi et demie pour retourner à l'école. Et je les envoyais toujours à l'école baignés ou du moins lavés.

Alors, ce jour-là, il était bientôt l'heure d'aller à l'école. J'ai dit à Mariquita : « Je suis en retard. Je vais te laisser les baigner. Mais ne les baigne pas dans l'eau froide, ma fille. » Enfin, elle les a tous baignés dans l'eau froide... Alanes, Domingo, Conchita et Concepción. Je me suis arrangée pour baigner Violeta et Trini et je pressais les autres d'aller à l'école quand Consuelo est arrivée.

Tout de suite, Consuelo a vue Concepción arriver avec un crayon et un carnet appartenant à Domingo. Consuelo a grondé la petite, disant : « Je t'ai déjà dit de ne pas prendre les affaires de tes cousins. »

Consuelo et mon aînée avaient eu plusieurs querelles parce que Concepción ne voulait pas prêter ses jouets à Alanes et Domingo, qui cassaient tout. Elle était très soigneuse avec ses affaires et, naturellement, elle ne voulait pas que les garçons les lui abîment. Cela rendait Consuelo furieuse.

Elle avait toujours favorisé les enfants de Manuel, surtout Mariquita, et rares étaient les jours où elle donnait quelque chose aux miens.

Alors je me suis levée et j'ai dit : « On dirait que tu ne comprends pas ce que te dit ta tante, Concepción. Apparemment tu aimes être grondée.

— Oui, à partir de maintenant je vais être aussi mesquine pour les affaires de tes cousins que tu l'es pour les tiennes », a continué Consuelo. Cela m'a mise en colère et je lui ai jeté le crayon à la figure.

« Voilà, ton fichu crayon. C'est pour ça que tu te bats ? »

Nous étions déjà à demi fâchées depuis quelque temps, parce que Consuelo se mêlait tout le temps de mes obligations. C'est moi qui avais les gosses sur le dos toute la sainte journée tandis qu'elle ne venait que le soir leur préparer à dîner et donner des ordres à tout le monde.

Manuel m'apportait habituellement l'argent le soir afin que je l'aie pour le lendemain. Quand je faisais dîner les enfants, je leur servais du café au lait, du pain et ce qui restait du déjeuner. C'est ainsi que dînaient tous les gens que je connaissais. Mais pas Consuelo ! Non, Consuelo la présomptueuse allait leur acheter des œufs, comme si j'avais plein d'argent. Depuis qu'elle était allée à l'école et qu'elle travaillait dans des bureaux, elle était devenue si huppée qu'elle méprisait nos façons de faire. La *Presumida* ne cessait d'affirmer que nous ne mangions pas bien... elle s'était même acheté un couteau et une fourchette... et quand elle sortait faire le marché, elle revenait avec des choses comme des *cornflakes*, de la soupe en conserve et du jus de tomate. Elle dépensait tout l'argent de la maison à des choses dont nous n'avions pas besoin. Pourquoi achèterais-je une boîte de petits pois quand avec la même somme je peux avoir une tranche de viande pour chacun de mes enfants ? Je savais comment tirer sur l'argent pour que nous puissions tous bien manger, mais elle ne comprenait pas.

Il y avait des fois où elle me laissait avec à peine deux pesos. Imaginez avoir à affronter une journée avec deux pesos ! Elle m'a fait ça quatre fois, mais je n'ai rien dit; je recevais simplement l'argent de mon père sans me plaindre d'elle devant lui, et j'utilisais l'argent pour nous nourrir tous. Je ne me disputais pas avec ma sœur mais nous ne nous entendions pas bien.

Après que j'eus jeté le crayon, Conchita s'est plainte à ma sœur d'avoir été baignée dans l'eau froide. Cela a mis Consuelo en colère. Elle s'est tournée vers moi et elle a dit : « A ta place, je serais morte de honte.

— Honte ? Pourquoi aurais-je honte ?

— Bien sûr. Bien que papa t'entretienne, bien que Manuel t'achète des vêtements et te donne à manger, tu n'es pas capable de t'occuper convenablement de ses enfants. On voit bien que ce ne sont pas les tiens. Manuel t'entretient et tu traites ses enfants de cette façon !

— Il m'entretient ? Il n'est pas si généreux. S'il donne à peine pour ses enfants, ce n'est pas aux autres qu'il donnera. » Le croiriez-vous ? Elle me disait ça alors que ce n'était pas seulement Conchita qui avait été baignée dans l'eau froide, mais tous les enfants. Ma sœur pourtant insistait : « On t'entretient tes enfants et tu as encore le culot d'être susceptible.

— Oui, dis-je, mais ce n'est pas toi qui m'entretiens. Quand t'ai-je jamais rien demandé ?

— Oh, dit-elle, alors rends-moi tous les vêtements que je t'ai donnés.

— Quels vêtements ? » J'en avais quelque-uns à l'époque, mais ils étaient faits dans des coupons que mon père m'avait apportés, ou que j'avais achetés moi-même à crédit. Consuelo m'avait donné un petit chandail et une robe qui ne lui allaient pas. La femme de son patron lui avait fait cadeau d'un tas de vêtements, mais c'est tout ce qu'elle m'avait donné, car ils ne lui étaient d'aucune utilité. Elle répétait que c'était elle qui m'habillait alors que c'était un mensonge. Si elle m'a jamais donné quelque chose, c'étaient des vieux trucs qui ne lui allaient plus.

Alors, je suis allée ouvrir l'armoire. « Vas-y, reprends tes robes. Si tu penses que j'ai des vêtements à toi ici, prends-les. »

J'étais furieuse car elle disait que tout ce que je savais faire c'était la putain, écartant mes cuisses devant n'importe qui pour me faire faire des gosses. « S'il s'agit de putains, je voudrais bien savoir qui est la plus putain des deux ! Tous mes enfants sont du même père. Jusqu'à présent, tu ne m'as jamais servi d'entremetteuse, n'est-ce pas ? »

Cela me mettait en fureur de l'entendre parler comme ça, surtout qu'elle était allée vivre avec Jaime après avoir rompu avec Mario. Oui, elle avait été assez stupide pour revenir à Jaime après avoir perdu sa fleur, comme on dit et naturellement ça n'a pas marché, car il n'a fait que se venger d'elle pour toutes les fois où elle l'avait humilié. Je ne sais pas comment elle a fait pour ne pas tomber enceinte... Elle dit qu'elle ne l'a pas laissé user d'elle une seule fois, mais je ne vois pas comment c'est possible puisqu'ils couchaient dans le même lit. Elle est devenue malade de colère, et elle a fini par quitter Jaime. Mais par la suite, elle a recommencé à se maquiller, à bien s'habiller et à se soigner et qui sait comment elle obtenait tout ça.

Elle travaillait mais dépensait tout son argent en loyer, en nourriture, et en meubles pour son nouvel appartement. Naturellement, ce qu'elle gagnait ne pouvait couvrir toutes ces dépenses.

Je lui ai rappelé tout ça : « Le fait que tu n'aies pas d'enfants ne prouve rien ! Qui sait comment tu t'en débarrasses. »

J'ai sorti le chandail et je l'ai déchiré. Il était trop grand pour moi et j'avais payé pour le faire arranger, j'avais donc le droit de le déchirer.

— Voilà ta robe !

— Misérable ! » c'était son mot favori. « Misérable idiote! Ne déchire pas ma robe. Ne la déchire pas ! » Quand elle l'a vue déchirée, elle a fait un pas vers l'armoire dans l'intention de déchirer mes vêtements. « Maintenant tu vas voir », hurla-t-elle.

Alors je me suis approchée et j'ai lutté avec elle. Nous nous sommes réellement battues, nous griffant et nous déchirant nos vêtements. Je ne m'en suis aperçue que plus tard. Sur le moment, j'étais si furieuse que je ne voyais rien. María, qui était enceinte, est entrée et nous a séparées. Les enfants ont assisté à toute la scène et ne sont pas allés à l'école ce jour-là. Je ne me suis même pas rendu compte du départ de Consuelo.

Papa est arrivé vers trois heures et demie. Je lui ai jeté un seul regard et je me suis dit : « Hum... ça y est. La bombe est déjà partie. »

« Que s'est-il passé ? dit-il. Consuelo est arrivée en pleurant et en disant que tu l'as traitée de tous les noms et que tu lui as déchiré ses vêtements. »

Figurez-vous, ma sœur était allée déranger mon père au café pour lui raconter un tas de mensonges. Voilà, je me suis laissée gronder, sans ouvrir la bouche. Mon père est ainsi, il vous engueule sans même savoir comment les choses se sont passées.

« Tu as des enfants et tu ne sais toujours pas comment te comporter. Vous refusez tous de comprendre. Pas un des quatre ne se conduit en frère et sœur.

— Mais papa, ce n'était pas de ma faute. Je n'y peux rien si elle s'est mise en rage parce que j'avais baigné les enfants dans l'eau froide. » C'est tout ce que j'ai dit, bien que ce fût très révoltant d'être blâmée pour tout.

Consuelo avait commencé en disant que je me faisais faire des enfants par tout le monde. Ceci était toujours un point sensible entre ma sœur et moi et c'était le fond du problème. Je ne sais pas si c'était la jalousie ou quoi... Elle avait toujours été envieuse et irritable comme ma grand-tante Catarina... Mais le nœud de l'affaire, c'est qu'elle n'aimait pas l'idée que mon père me venait en aide. Je crois que c'est la raison pour laquelle elle n'a pas pu tenir et qu'elle a éclaté.

Le reste de ma famille était pareille et j'en éprouvais de la rancœur. Manuel aussi jugeait ma façon de vivre. Un jour, nous parlions de María et il avait dit : « Cette chèvre n'aime que marcher dans les rues. Je lui ai dit que lorsqu'elle en avait assez de rester à la maison, elle pouvait sortir un peu. Je ne suis pas le genre à garder ma femme dans une cave comme un lapin rien que pour faire des bébés. Je ne veux pas qu'elle soit comme toi, enterrée entre quatre murs, ne s'habillant ni ne sortant jamais.

— Si je ne sors pas, c'est que j'ai plein de choses à faire à la maison. Que veux-tu que je fasse dans la rue ? Je ne vois pas à quoi ça m'avancerait. »

Je ne sais pas s'il avait l'intention de me traiter de lapin ou quoi, mais indirectement c'est bien ce qu'il avait fait et cela m'irritait. Il était bien placé pour me faire des reproches ! Moi au moins, je prenais soin des enfants que je faisais ! Il n'a jamais aimé ses enfants suffisamment pour s'occuper d'eux. Le fait d'avoir des enfants ne signifie pas seulement les mettre au monde, mais les nourrir, les envoyer à l'école et leur accorder toute l'attention dont ils ont besoin. Si c'est pour les élever comme des animaux, à quoi bon en avoir ?

Et sa femme était pire. María avait dit à la fille de mon amie Herlinda que nous étions fous si nous nous attendions à ce qu'elle s'occupe des enfants de Manuel. Elle ne pouvait pas les sentir et elle n'avait pas l'intention de se tuer au travail pour eux, qu'ils étaient les enfants de Manuel et non les siens, et qu'il n'avait qu'à s'en occuper lui-même. Naturellement, si lui n'a pas de sentiment pour eux, comment peut-on s'attendre à ce qu'elle en ait ? Personne ne peut aimer des enfants autant que leurs propres parents. Manuel n'a jamais agi en père car il n'y était pas obligé. Il savait que même s'il ne travaillait pas ou s'il ne donnait pas d'argent, il était assuré de pouvoir manger et dormir chez mon père. Si mon père nous avait fait travailler quand nous étions petits, s'il avait dit : « Si tu ne travailles pas, tu ne mangeras pas », nous aurions tous été différents.

Bref, j'en avais assez d'être critiquée et blâmée pour tout, surtout lorsque ce n'était pas moi la coupable. Mon père est resté quelque temps à me gronder. Alors je me suis levée et j'ai commencé à faire des choses dans la maison. D'abord, j'avais beaucoup de linge sale. J'ai trié mes affaires et celles de mes neveux et nièces. Mon père me regardait de près. Des soupçons ont dû lui venir car il a dit : « Que vas-tu faire avec ce linge ?

— Je vais le laver », ai-je répondu.

C'est alors qu'il m'a dit qu'il allait me donner la moitié du terrain de la colonie El Dorado, et me construire une pièce, ne serait-ce qu'avec des planches, afin qu'aucun de mes frères et sœurs ne se mêle plus de mes affaires. Il a dit qu'il allait régler les papiers et hâter la pièce et qu'il m'y ferait emménager très bientôt. Je n'ai rien répondu et il est parti.

Aussitôt après son départ j'ai trouvé un sac à farine et j'y ai fourré une couverture, un drap, trois robes pour moi et chacune de mes filles et un tas de chiffons pour les langes de Trini. J'ai fait dîner tous les enfants et j'ai dit à Mariquita d'aller chercher María. J'ai envoyée Concepción voir si mon amie Herlindita voudrait m'acheter ma montre neuve pour quatre-vingts pesos.

J'étais navrée de vendre ma montre car je ne l'avais que depuis une semaine. La semaine précédente, j'avais reçu quatre cents pesos d'une *tanda* à laquelle j'avais participé avec dix autres voisines et j'avais utilisé l'argent à m'acheter une montre et une veste. J'avais fait un voyage à Puebla avec Angélica Rivera et mes filles et il me restait encore cinquante pesos.

Quand María est arrivée, je lui ai dit que je m'en allais.

« Où ? demanda-t-elle.

— Je ne sais pas, mais je m'en vais. Tout le monde ici trouve à redire sur tout ce que je fais. Je suis comme une fontaine d'eau bénite, chacun y trempe la main.

— Mais que vas-tu faire ? Tu ferais mieux de rester, dit-elle.

— Non, je ne veux pas rester ici. »

Roberto est rentré, mais il était furieux contre moi, lui aussi, et il ne m'a même pas demandé où nous allions ni rien. Herlinda n'avait pas assez d'argent pour acheter ma montre; j'ai donc pris le sac et mes filles et j'ai traversé la cour pour dire au revoir à ma *comadre* Angélica.

« Tu ferais mieux de rester, dit-elle.

— Mais je ne peux pas. Tu vois comment sont les choses ici. »

Tandis que nous parlions, ma tante Guadalupe est arrivée. Elle était venue me gronder pour quelque chose, mais j'en avais déjà plus qu'assez et je lui ai dit : « Cesse de m'empoisonner. J'en ai marre de vous tous. » Je ne lui avais jamais parlé sur ce ton.

Elle m'a simplement regardée. « Allons, allons, calme-toi, ou je vais croire que tu parles sérieusement.

— Ecoute, dis-je, cesse de m'embêter. On dirait que je suis ta fille ou quoi. »

J'ai ramassé mon sac et j'ai pris un bus pour le dépôt central. De là, le car de nuit pour Acapulco était le seul à prendre des voyageurs, j'ai donc acheté un billet et je suis montée avec mes trois filles.

J'avais si peur en montant dans ce car que je devais avoir l'air d'une voleuse. Mon billet était pour la place n° 13, mais je me suis assise à celle qui était juste derrière. L'homme qui avait le n° 12 est monté au moment même où le car partait.

« C'est ma place », dit-il.

J'étais si nerveuse et déprimée que de m'asseoir à une place ou à une autre m'était totalement indifférent. Quand j'étais montée dans le car, il y avait un garçon, il ne pouvait pas avoir plus de seize ans, assis en face de moi de l'autre côté de l'allée. Tout de suite, il m'a demandé où j'allais et si je connaissais quelqu'un à Acapulco.

« Non, personne.

— Moi, non plus, dit-il. Je me suis enfui de chez mon père et je vais chercher ma marraine. Mon père est un agent de police. »

Puis il m'a offert du chocolat et il a continué à parler. Je n'avais envie de parler à personne. Je voulais être absolument seule.

« Si vous voulez, je prendrai l'une de vos filles à ma place pour que vous ne soyez pas si serrée. » Mais les filles ne voulaient pas me quitter. J'ai dit : « Merci quand même. »

C'est alors que Baltasar est monté et j'ai dû me déplacer au n° 13. Il était assis derrière moi de sorte que je ne le voyais pas, ni rien. Ce garçon en face ne cessait de me parler.

« J'avais une petite amie qui m'a donné une bague. » Puis il m'a montré plusieurs tickets du mont-de-piété. L'un était de quinze cents pesos pour une bague. Il a dit qu'il avait plein d'argent, mais je ne lui prêtais pas beaucoup d'attention. Quand le car s'est arrêté, il m'a invitée à prendre une tasse de café; j'ai refusé et je suis restée à ma place avec les trois gosses sur les genoux. A cause de ce garçon, j'ai eu par la suite une grande dispute avec Baltasar. Il ne cessait de me lancer que nous avions été *novios* et que j'étais montée dans le car avec lui. Il a même cru que le gosse était le père de mon enfant !

Baltasar et moi ne nous sommes pas parlé durant tout le voyage, sauf une fois où il a dit : « Passez-moi une de vos filles. L'inspecteur arrive et il va vous faire acheter un billet supplémentaire.

— Un billet supplémentaire ! dis-je. Ce serait la ruine. » Alors je lui ai passé Violeta pour le restant du trajet.

J'ai pleuré pendant presque toute la durée du voyage. Mes deux filles sur les genoux. Je crois que cela a été le jour le plus triste de ma vie. S'il n'y avait pas eu les enfants, je me serais suicidée. Ce n'était pas la première fois que j'avais de telles pensées; en fait, un jour j'avais acheté de la mort aux rats, et je l'avais déjà mélangée à de l'eau quand mon père est monté me chercher sur le toit et m'a arrêtée. J'étais petite à l'époque, encore à l'école; il m'avait grondée, je ne sais plus pourquoi, et tout à coup je m'étais sentie seule et dégoûtée de la vie. J'ai vraiment donné une suée à mon père. S'il ne s'était pas aperçu que j'étais sortie du lit et montée sur le toit, qui sait ce qui serait arrivé ?

Plus tard, avec Crispín, je prenais parfois conscience de ma situation et je sombrais dans le désespoir. C'était le même désespoir qui m'étreignait dans le car pour Acapulco. Je sentais que pour moi tout était fini. La vie était un mensonge et toutes les portes étaient fermées. C'était dur d'avoir des frères et sœur qui vous reprochent ce que vous êtes et qui vous blâment injustement. Je n'ai jamais aimé qu'ils se mêlent de mes affaires ou de celles de mes enfants, surtout celles de mes enfants. J'explosais comme une bombe car je voyais la façon dont Roberto et Consuelo emmenaient les enfants de Manuel en promenade et faisaient des choses pour eux quand ils y pensaient. Ils ne faisaient que les désorienter. Je n'ai jamais permis qu'on agisse ainsi avec mes enfants, alors mes frères et sœur disaient que j'étais susceptible et qu'on ne pouvait pas me parler.

C'est vrai que mon caractère est le pire de la famille. Je suis très rancunière. Je n'oublie *jamais.* Si quelqu'un me fait quelque chose, je ne lui adresse plus la parole. S'il est dans son tort, je le déteste encore plus. Delila dit toujours que Manuel et moi sommes les meilleurs, car nous nous vengeons par le silence. Les autres oublient bientôt leur colère, mais pas moi.

Je voudrais bien être comme les autres femmes, comme ma tante et mes belles-mères qui prenaient leur mal en patience. Elles ne se sont jamais plaintes de leur sort et n'ont jamais pensé à se jeter dans une vie de perdition. Mais certaines d'entre nous ne sont pas préparées à tenir le coup en cas d'ennuis graves et agissent comme des sottes. Comme moi par exemple. J'ai pris mes enfants et je suis partie, sans savoir ce qui allait nous arriver. Ce n'est qu'une fois dans le car que j'ai pensé : « Et maintenant ? Où vais-je ? Que vais-je faire ? Je n'ai pas assez d'argent... »

Vers la fin du voyage, Baltasar s'est penché vers moi et m'a demandé si j'avais de la famille à Acapulco.

« Non, je vais chercher du travail. »

Alors il a dit : « Si ça vous intéresse, j'ai une tante qui tient un restaurant. Je peux vous trouver du travail chez elle immédiatement. Vous n'aurez aucun problème de nourriture pour les enfants. »

J'ai réfléchi. Je pourrais faire quelque chose au restaurant, ne serait-ce que laver la vaisselle. Alors j'ai dit : « Je verrai. Ce que je veux c'est travailler.

— Je parlerai à mon cousin quand nous arriverons. »

Enfin le car est arrivé à Acapulco et nous sommes descendus. Alors le garçon m'a dit : « Regardez, il y a un hôtel ici. Vous pouvez vous y installer si vous voulez. »

Baltasar était à côté de nous. Il a dit : « Vous venez avec moi ou non ? »

J'étais donc là entre les deux, me demandant lequel je devais accompagner. Je me suis dit que le gosse avait de l'argent mais que où que nous irions, les gens diraient que je suis sa maîtresse. Et il avait peut-être volé les tickets du mont-de-piété ou l'argent et c'est sur moi que l'on rejetterait la responsabilité. Baltasar n'avait pas l'air très bon non plus. Sa chemise et son pantalon de coton étaient sales et froissés (il m'a raconté par la suite qu'il avait bu pendant deux jours d'affilée) et il portait des mocassins très bon marché. Sa chemise était toute déboutonnée, montrant son ventre gras. Je n'aimais pas la boucle d'oreille en or qu'il portait à l'oreille droite. Avec ça et ses cheveux bouclés, ses dents en or et ses yeux qui lui sortaient de la tête comme ceux d'une grenouille, il avait l'air, comme dit Manuel, un peu exotique. Mais il était plus vieux que le garçon et m'inspirait davantage de confiance.

« Bien, dis-je à Baltasar, allons voir votre cousin. » Je ne voulais pas blesser le gosse et pour lui prouver que je ne faisais pas de favoritisme, je lui ai dit : « Venez, prenons tous une tasse de café en attendant. Qu'en pensez-vous ? »

Alors le gosse a dit : « D'accord. Je vous rejoins. Je vais acheter des cigarettes. » Il est parti, et je ne l'ai plus revu.

Enfin, Baltasar m'a emmenée au restaurant de son cousin, et il a commandé du café. Il avait ses problèmes lui aussi, car il était aventurier à l'époque. Il m'a exposé sa situation. Il était routier aux environs d'Acapulco, mais il n'avait pas de logis. Il dormait dans le camion et mangeait sur la route. Il se demandait où il pourrait me placer. Ce n'était pas qu'il n'avait pas de famille, car il avait une mère et un beau-père, un père et une belle-mère, et je ne sais combien de demi-frères, demi-sœurs, oncles, tantes et cousins. Mais il était en mauvais termes avec la plupart d'entre eux et n'aimait pas leur demander de services.

Son oncle Pancho est venu et ils ont parlé à voix basse. Puis Baltasar m'a dit : « Venez, allons chez mon oncle. Il est bon et vous serez bien là-bas. » Et je l'ai suivi comme une vache à l'abattoir. « Enfin, me suis-je dit, si je vois quelque chose de louche, je peux toujours crier, non ? »

Chez Pancho, nous avons pris un peu de repos, puis Baltasar nous a emmenées à la plage pour voir la Quebrada, le Malecón et les quais. J'ai appris par la suite qu'il avait vendu son poste de radio à son cousin pour avoir quatre-vingts pesos à dépenser pour nous. Je ne voyais pas encore les choses clairement, ni ce que valait Baltasar. J'étais tendue et inquiète, mais je souriais. Je ne faisais que me répéter : « Dieu merci, nous sommes bien arrivées. » Je ne pouvais guère penser plus loin.

Dans la soirée, j'ai eu des soupçons, car Baltasar a dit que son patron voulait l'envoyer à Acopana pour quelques jours.

Il m'a dit de ne m'inquiéter de rien, que son oncle ne me ferait pas de mal. Avant de partir, il m'a apporté de la viande, du lard et de la pâte de maïs pour faire des *tortillas* et il m'a donné vingt pesos. « Prenez ça, jusqu'à ce que je revienne. Si vous avez besoin de quelque chose, dites-le à mon oncle. »

Pancho m'a prêté une paillasse. J'ai fait coucher les filles par terre d'un côté de la paillasse et Pancho s'est couché de l'autre côté. Il s'est révélé être un homme très gentil et il ne m'a jamais importunée. J'ai appris plus tard qu'il avait demandé à Baltasar s'il pouvait m'avoir, mais que la réponse avait été négative, car Baltasar se réservait ce droit pour lui-même. Quand Baltasar est revenu, il a dormi par terre près des filles et ne m'a fait aucune proposition.

Je ne cessais de me dire qu'il allait bientôt espérer quelque chose de moi en retour. « Si le père de mes enfants exige que je le rembourse, cela serait encore plus justifié d'un autre homme. » J'étais mal à l'aise chaque nuit entre ces deux hommes. J'imaginais que si ce n'était pas l'un, ce serait l'autre qui allait me sauter dessus. Je ne pouvais pas dormir. Malgré la chaleur, je ne me déshabillais pas. Je restais allongée, en sueur, sursautant au moindre bruit, m'attendant à ce que l'un des deux entre dans mon lit.

Mais Baltasar était un homme comme il n'y en a pas. Pendant dix-huit jours, il m'a donné de l'argent sans me toucher. Je lui ai dit que je voulais travailler et que je ne voulais pas lui être à charge, que j'étais gênée de me faire entretenir.

« Si vous voulez, dit-il, je vous installerai un stand de fruits ou de tomates. Après ça, si vous voulez partir, vous pourrez. »

Quand il rentrait de voyage, il nous emmenait à la plage ou au cinéma et le soir, il dormait par terre à côté de moi, toujours gardant ses distances. Il parlait dans l'obscurité et c'est alors que je lui ai raconté ma famille et que j'ai appris sa vie.

Il était né à Acapulco, mais il avait séjourné dans beaucoup de villes et de villages avec ses parents, qui s'efforçaient de gagner leur vie. Où qu'ils aillent, sa mère montait un petit stand d'alimentation dans un parc, et lui et son père allaient vendre des journaux. Aussi loin que remontaient ses souvenirs, Baltasar avait toujours travaillé, d'abord à s'occuper de ses frères et sœurs cadets, puis à l'âge de sept ans, à vendre des journaux, tirer de l'eau, attraper des poissons, fabriquer des sandales et tout ce que ses parents lui demandaient de faire. Ils l'avaient envoyé à l'école quatre fois, mais chaque fois il n'y était pas resté plus d'une semaine ou deux, car on le mettait à la porte pour s'être battu ou avoir dit des grossièretés.

A treize ans, Baltasar découvrit que son père était en fait son beau-père. Il dit qu'au fond du cœur il l'avait toujours su, car son père était méchant et le traitait plus mal que les autres enfants. Il battait Baltasar pour n'importe quelle petite chose, parce qu'il jouait au lieu de travailler, parce qu'il n'avait pas remis tout son salaire, parce qu'il demandait à manger... Il recevait une correction au petit déjeuner, une au déjeuner et une au dîner.

A Puerto México, ils vendaient des journaux aux voyageurs des trains de nuit et pendant qu'ils attendaient les trains, son beau-père jouait aux pronostics ou entrait dans une *cantina*, laissant Baltasar dormir dehors sur le trottoir comme un chien. On l'envoyait livrer les journaux dans des maisons de l'autre côté des bois ou du cimetière, et le petit avait peur des animaux, des fantômes et de l'obscurité. Une fois, il devait faire cinq kilomètres à pied pour livrer un journal et en traversant un pont, il a vu un homme sans tête debout de l'autre côté. Baltasar a eu peur, mais il ne pouvait pas retourner, car il avait encore plus peur de son beau-père, alors il est passé en courant devant l'homme sans tête, a livré le journal puis il est rentré chez lui en courant tout le long du chemin.

Baltasar était tellement battu que les gens le prenaient en pitié. Une fois, à Cuernavaca, des hommes lui ont acheté un billet pour le renvoyer dans sa famille à Acapulco, mais son beau-père l'a vu dans le car et l'a obligé à redescendre. Après ça, il a puni Baltasar en ne lui donnant pas à manger. Sa mère devait voler des *tortillas* pour lui, comme s'il était un étranger dans la maison.

A l'âge de neuf ans, Baltasar a été placé comme apprenti chez un boucher le matin, et chez un boulanger l'après-midi afin d'apprendre deux métiers à la fois. On le payait d'un morceau de viande et d'un peu de pain, ainsi donc il n'avait plus faim. Puis Baltasar est tombé malade et quand ses parents sont retournés à Cuernavaca, ils l'ont laissé chez la sœur de sa mère, jusqu'à ce qu'il soit suffisamment rétabli pour voyager. C'est alors qu'il a perdu son affection pour sa mère, parce qu'elle l'avait abandonné à sa tante. La tante était de ces gens qui veulent mettre de l'argent dans leur bourse sans en jamais sortir. Par pur intétrêt, elle a gardé Baltasar pour qu'il travaille pour son fils à l'abattoir. Il travaillait toute la journée à laver et sécher des intestins et des estomacs de vaches et à transporter les détritus aux ordures. Puis tout ce qu'il obtenait c'était un *taco.* Ils le battaient s'il disait qu'il avait faim, ou s'il pleurait ou qu'il disait qu'il voulait voir sa mère. Sa mère envoya de l'argent pour son billet de car, mais sa tante mit l'argent dans sa poche.

Plus tard, Baltasar eut une dispute avec son beau-père qui essayait de frapper sa mère avec un marteau tandis qu'elle était saoule et qu'elle ne pouvait pas se défendre. Alors ils ont mis Baltasar à la porte et dès lors il s'est débrouillé tout seul. A douze ans, il a trouvé du travail à l'abattoir pour cinquante centavos par jour. On lui donnait également des tripes qu'il nettoyait et séchait et qu'il mangeait quand il n'avait pas d'argent. Il dormait sur la plage ou sur des marches d'hôtel avec d'autres garçons. Ils attrapaient des poissons, les faisaient cuire sur la plage et les recouvraient de papier journal pour la nuit. Il lavait son pantalon et sa chemise, les étalait sur une pierre chaude et allait se baigner dans l'océan en attendant qu'ils sèchent. C'était une vie triste. Il se sentait comme un orphelin, car il n'avait personne pour s'occuper de lui.

Baltasar n'a fait la connaissance de son véritable père qu'à l'âge de seize ans. Son père était un pêcheur qui vivait dans un autre village. C'était un homme généreux et il reçut bien son fils, mais Baltasar ne retourna pas le voir avant plusieurs années. Baltasar a eu des tas de femmes mais aucune n'a su lui offrir un foyer. Il dit qu'elles ne le comprenaient pas... tout ce qu'il demandait à une femme c'est qu'elle soit pour lui tout seul, qu'elle lui fasse la cuisine et la lessive au moment voulu et quand il rentre saoul qu'elle lui enlève ses chaussures, qu'elle le mette au lit et qu'elle ne fasse pas d'histoires.

La première nuit où j'ai couché avec Baltasar, tout semblait avoir été arrangé d'avance. Son oncle ne dormait pas là, cette nuit, pourquoi, je n'en sais rien. Je suppose que c'en était déjà trop pour Baltasar. Je m'y attendais. J'étais donc là, sur la paillasse, et lui par terre. Il faisait très noir.

« Marta, je veux vous parler, dit-il.

— Qu'est-ce que c'est ?

— Non, venez ici. »

En entendant ça, je me suis dit : « Hum, c'est ça qu'il veut. C'est ce qu'il attendait. » « Non, je vous entends très bien d'ici, dis-je, faisant semblant de ne pas comprendre.

— Non, dit-il, écoutez, j'en ai assez de tourner autour du pot. Si vous voulez vivre avec moi, je ne peux pas vous offrir beaucoup, mais au moins vous n'aurez pas faim. »

J'ai dit non, que je devais m'en aller, que je devais attendre... que je ne pouvais pas. Je savais que j'étais enceinte. Comment pourrais-je lui dire qu'il y avait encore un enfant à venir, en plus des trois filles. Impossible !

« Dites-moi pourquoi. Votre mari doit-il venir ? » Il croyait que Crispín et moi ne nous étions séparés que pour un temps. Je ne cessais de dire non, non et non.

« Ecoutez, dit-il. Restez, et si vous voyez que je ne vous conviens pas, dites-le-moi, et si vous ne me convenez pas, je vous le dirai. Ce sera comme me mettre à l'essai, car je ne sais pas comment je serai avec une femme. Je n'ai pas vécu avec une femme depuis longtemps. »

« Brr, je suis fixée ! pensai-je. Ayant été longtemps sans femme, il va en vouloir d'autant plus. » J'allais lui dire que j'étais enceinte quand il a dit : « Pourquoi ? A cause du bébé qui va naître ?

— Oui, c'est ça. » J'ai toujours été très, très honnête avec lui, comme je ne l'avais jamais été avec Crispín.

« Eh bien, vous ne devez pas partir avant que le bébé soit né, dans de bonnes conditions. Il est innocent... Les enfants ne sont responsables de rien. Moi-même j'ai été dans ce cas. Mon vrai père n'a fait qu'inséminer ma mère. Il ne savait rien de moi... c'est un autre homme qui s'est chargé de m'élever et je veux payer cette dette même au travers d'une autre personne. Je ne suis pas jaloux de votre passé.

Ce qui est derrière n'a pas d'importance, c'est ce qui est devant qui m'intéresse. »

Entre-temps, j'étais sortie du lit et je m'approchais de lui. « Taisez-vous ou vous allez réveiller la petite », dis-je. Je me suis glissée sous sa couverture. « Vous êtes comme les autres; vous ne donnez rien gratuitement.

— C'est une accusation injuste. Ce que je veux, c'est vivre avec vous.

— Même si je ne voulais pas, je serais tout de même obligée de vous donner quelque chose en échange, n'est-ce pas ?

— Non, ne le prenez pas de cette façon. Ce n'est pas vrai.

— Je ne peux pas le prendre autrement. » Quand il m'a prise dans ses bras, j'ai senti la colère monter en moi. J'ai essayé de me dégager, mais il a dit : « Non, que ce qui doit arriver arrive, une fois pour toutes. » Bref, la chose s'est faite.

Ensuite j'ai pleuré. J'ai dit : « Je ne pensais pas que vous étiez comme ça. J'avais l'intention de tout vous rembourser un jour. Je ne veux pas que vous croyiez que je suis venue pour cette raison... pour gagner de l'argent avec mon corps. Je porte un enfant en moi et maintenant j'ai peur qu'il sorte mélangé à un autre sang. Si j'avais su que ça allait se passer comme ça, je serais partie dès le premier jour. »

Mais dès lors, Baltasar n'a plus voulu me laisser partir. Il ne voulait pas que je travaille. Il avait d'autant plus de raisons de me donner de l'argent et de m'apporter de la viande. Ensuite, nous avons commencé à chercher un autre logement.

La vie à Acapulco était très calme. J'avais vraiment eu une chance miraculeuse de rencontrer Baltasar, surtout qu'il avait failli rater le car. Peu à peu, je me suis mise à l'aimer. Comme on dit : « Les maris et les enfants sont aimés pour leurs actes. » Baltasar était bon et généreux et s'il criait après les filles, c'était pour les empêcher de prendre de mauvaises habitudes. Il allumait le réchaud et m'aidait à faire la cuisine. Si je ne pouvais pas sortir, il n'avait pas honte de prendre le panier et d'aller au marché, ou de porter un enfant. Dès le début, il m'a donné son argent et le compte de ce qu'il dépensait. C'étaient des choses que Crispín n'avait jamais faites.

Je ne sais pourquoi, mais les hommes que je connais à Mexico ne traitent pas leur femme de cette façon.

Avec Baltasar, je n'étais plus triste. J'avais retrouvé un peu de courage car je voyais que les gens me respectaient davantage. Avant, je menais la vie incommode d'une mère sans mari, avec mes propres frères et sœur qui me traitaient de putain. Quant à Baltasar, il ne m'embêtait pas trop. Il n'était pas comme Crispín qui en voulait tous les jours, et dans des positions différentes. Non, Baltasar ne faisait pas le rigolo. Il était normal. Mais si je ne voulais pas, il disait : « Si tu ne veux pas, je peux trouver une paire de fesses n'importe où. » Parfois je refusais, mais d'habitude j'acceptais, que j'en aie envie ou non.

Je n'aimais peut-être pas Baltasar comme j'avais aimé Crispín, mais nous nous entendions mieux à tous les points de vue. C'est peut-être parce que je n'avais pas peur... parce que je savais me défendre. J'étais plus libre et je pouvais faire et dire ce qui me plaisait. Je pouvais mettre la maison sens dessus dessous sans que personne me dise quoi que ce soit.

Et je ne craignais pas de parler franchement à Baltasar. J'étais si sûre de moi que je sortais parfois des choses très dures. Je disais : « Tu es vieux déjà, alors que peux-tu espérer ? Le jour où tu ne me plairas plus, je te quitterai », ou : « Je ne mourrai pas de chagrin si tu pars avec quelqu'un d'autre. » Il me disait qu'il m'avait aimée dès l'instant où il m'avait vue, mais je répondais crûment qu'il n'en avait jamais été ainsi pour moi, sauf quand j'étais tombée amoureuse de Crispín. Pourquoi aurais-je dit à Baltasar que je l'aimais, alors qu'il n'en était rien ? Parce que je disais les choses carrément, il disait que j'étais cruelle, que j'avais un cœur de pierre.

C'est vrai que j'avais aimé Crispín dès la première fois qu'il m'avait parlé. Ce qui m'avait le plus impressionnée c'était son allure et ses bonnes manières. Il était petit et mince avec de jolis traits. Ses oreilles étaient petites et fines comme celles d'une souris et il avait les yeux brun clair. Immédiatement, j'ai vu qu'il n'était pas grossier comme les autres garçons du voisinage. A la façon dont il parlait, je voyais bien qu'il n'était pas si vulgaire. Il avait un meilleur vocabulaire et ne disait pas de grossièretés devant les filles. Ses vêtements de travail étaient toujours propres et, le dimanche, sa chemise et son pantalon de gabardine étaient bien repassés. Il ne s'habillait pas comme un *Pachuco* et il ne se laissait pas pousser les cheveux à la Tarzan, et, à cette époque, il ne buvait pas, ne fumait pas et ne se mêlait pas à sa bande. C'était un bon ouvrier et dans l'ensemble un type d'une classe supérieure. J'estimais avoir de la chance de lui plaire.

Baltasar était exactement à l'opposé. En fait, il était très vulgaire. Il ne disait que des grossièretés et même dans la rue et dans l'autobus, il parlait de choses intimes à haute voix, sans se préoccuper qu'on puisse l'entendre. J'étais gênée et c'est pourquoi je n'aimais pas sortir avec lui. Et la façon dont il mangeait ! Il faisait tant de bruit avec sa bouche que je ne pouvais pas rester à table avec lui, surtout quand il y avait d'autre gens.

Je le corrigeais toujours : « Ferme ta bouche, *hombre* », « Baisse la voix », « Boutonne ta chemise, tu n'as pas honte ? » Mais il répondait : « Qu'est-ce que ça peut faire ? Je me sens mieux comme ça », ou : « Non, Martita, je suis trop vieux pour apprendre. » C'était son excuse quand il reprochait aux enfants de manger bruyamment. « Je ne peux pas changer parce que je suis sur la pente déclinante. Mais je peux leur apprendre les bonnes manières, parce qu'elles sont jeunes et qu'elles ont l'avenir devant elles. »

Et sa fameuse boucle d'oreille ! Quand nous montions dans un autobus, les gens le regardaient et commençaient à chuchoter. Cela me contrariait et je lui disais qu'il ferait aussi bien d'en mettre une à l'autre oreille, puisqu'il avait de toute façon l'air d'une tapette. Ça m'était bien égal qu'il ait fait le vœu de la porter ! Vous parlez d'un vœu qui l'obligeait à se déguiser en clown !

Baltasar ne cessait de me dire : « Ecris chez toi. Ecris-leur. Ton père et ton frère vont s'inquiéter. » Mais pendant deux mois et demi, j'ai été si fâchée contre mon père que je n'ai pas voulu. Je disais : « Je n'ai personne à qui écrire. » Mais Baltasar insistait tellement que j'ai fini par écrire. Mon père a immédiatement répondu. La fois suivante, il n'a pas écrit, mais il est venu.

Baltasar dormait encore, car il travaillait au marché de quatre à six heures du matin, et à l'abattoir toute la soirée. J'ai su que c'était papa aussitôt que j'ai entendu le coup à la porte. Il était venu avec ma demi-sœur Marielena. Baltasar les a emmenés au marché et à la plage et ils sont repartis par le car de nuit.

Mon père ne manquait jamais une journée de travail, à moins qu'il ne soit malade au point d'être incapable de marcher. Si mon père n'était pas là pour ouvrir le restaurant, il n'était jamais ouvert à temps. C'est pourquoi son patron l'estimait et le gardait depuis tant d'années. Il confiait de l'argent et tout à mon père et j'avais toujours cru que papa était le directeur. Ce n'est que récemment que j'ai découvert sa carte syndicale et que j'ai appris qu'il n'était enregistré qu'à titre de commis. Et toutes les fois où je m'étais vantée à mes amis que mon père avait un emploi important !

Puis Roberto est venu apporter quelques-unes de mes affaires. Il a été sérieux avec Baltasar au début, lui demandant quelles étaient ses intentions et des choses comme ça. Baltasar lui a dit qu'il m'aimait et les filles aussi. Il a dit : « Si j'aime l'arbre, il faut que j'aime aussi les branches, non ? »

Roberto fut satisfait et ils en restèrent là. Mais dès le début, Baltasar n'a pas aimé la façon dont Roberto me passait le bras autour du cou et me tenait par la main quand nous marchions. Mon frère et moi avions un langage secret que nous utilisions entre nous et j'ai remarqué que cela irritait Baltasar. Il m'a dit de changer d'attitude et je lui ai répondu que nous étions toujours comme ça à Mexico. « Eh bien, dit-il, tu es à Acapulco maintenant. Ici, si on voit un frère et une sœur se comporter de cette façon, on le prend mal. Je n'aime pas ça. »

Il m'a raconté qu'il s'était fait « rouler » une fois par des soi-disant frère et sœur. Une de ses femmes l'avait présenté à son « frère » qui s'est révélé être son amant. Il savait très bien que Roberto était mon frère, car il avait vu mon père, mais il avait été trompé une fois et ne pouvait pas l'oublier.

Figurez-vous, quand le bébé est né, Baltasar a dû aider la sage-femme. J'ai passé un mauvais moment. La tête du bébé est bien sortie, mais il étouffait parce que je n'avais plus la force de pousser. Baltasar ne savait que faire; il m'a pincée très fort aux muscles des épaules, à la base du cou. Il m'a dit plus tard qu'il avait fait ça parce qu'il savait que cela relâcherait mes muscles inférieurs et permettrait au bébé de sortir. Ça m'a fait très mal et j'ai hurlé, mais le bébé est né. Baltasar a été fâché pendant quelque temps, car il trouvait que le bébé ressemblait à mon frère.

Baltasar a fait un nœud au cordon ombilical, il a lavé le bébé, puis il a enterré les déchets. Il a tout fait et il s'est également occupé des enfants. Le lendemain, Roberto et Marielena sont venus me voir... mon père les avait envoyés exprès pour qu'ils m'aident lors de l'accouchement... mais ils étaient allés à la plage au lieu de rester avec moi et ils avaient passé toute la journée à se baigner. Baltasar était fâché et il n'a pas voulu qu'ils restent plus longtemps à Acapulco. Avant qu'ils partent, Baltasar leur a dit qu'il avait l'intention de m'épouser à l'église. Roberto a pris un air grave et lui a demandé de réfléchir sérieusement à la question et Marielena a répondu la même chose, parce que, a-t-elle dit, le mariage est une affaire compliquée et qu'il faut apprendre toutes les lois de l'Eglise. Baltasar a demandé comment cela serait possible puisqu'il savait à peine lire. « Vois-tu, Marielena, dit-il, je sais que je suis catholique parce que je vais à l'église. Je me recommande à un saint, mais je ne peux pas faire plus. C'est à peine si je sais faire le signe de croix !

— Alors tu ne pourras pas te marier », dit-elle. Marielena était la plus catholique de la famille et elle savait tout sur ces choses-là. Elle a essayé de le décourager, mais il a dit : « Dieu dira ce que nous devons faire pour nous marier. En attendant, nous nous marierons civilement pour que je puisse adopter les enfants et les faire miens légitimement. Je veux l'« acte de vente » pour que ce salaud de Crispín ne puisse pas les enlever. *Señor* Jesús nous a dit que Crispín cherchait Concepción et quand la pauvre gosse a entendu ça, elle a eu peur et elle s'est mise à pleurer. »

Baltasar n'était pas jaloux de mon passé et ne me le reprochait pas, mais il craignait que Crispín ne cherche en fait à me rejoindre sous le prétexte de voir Concepción. Il disait : « Je parie que c'est lui que tu préfères et que tu veux le voir en cachette, hein ? Je ne te comprends pas. Tu dis que tu ne vivais pas avec lui et tu as réussi à te faire faire quatre enfants ! C'est à se demander s'il n'est pas ton souteneur ou quoi ? S'il vient ici je le reçois à coup de couteau et je lui fends le crâne en deux. Et pourquoi Roberto ne veut-il pas que je t'épouse ? Est-ce qu'il te veut pour lui-même ou quoi ? Qu'est-ce que ça peut lui faire ? »

Je me fâchais et le traitais de fou. Nous nous disputions beaucoup, car je ne voulais pas me laisser mener par le bout du nez, mais généralement il était gentil. Même quand il était saoul, il rentrait de bonne humeur. Il ne m'a battue que deux fois à Acapulco.

La première fois, avant la naissance du bébé, ce fut à cause de ses deux maudits frères. Ils étaient venus lui rendre visite pour la première fois depuis deux ans. Je leur ai préparé à dîner et je les ai servis sur une table devant la maison. Ils parlaient entre eux du bon vieux temps, des femmes que Baltasar avait eues, et autres choses qui ne m'intéressaient pas. Ils ne m'ont pas appelée ni invitée à m'asseoir, alors je me suis dit que j'allais m'occuper de mes affaires et rester à l'intérieur. Quand ils sont partis, j'étais au lit, feignant de dormir. J'ai entendu Baltasar s'excuser pour moi, mais il ne m'a rien dit ce soir-là.

Le lendemain, il est rentré saoul et il a commencé. « Espèce de vieille bique ! Quand mes frères viennent tu pourrais les recevoir convenablement. Tu es partie et tu nous as laissés comme des chiens. Est-ce ainsi que j'ai traité ton père quand il est venu ? Ou ton frère ? » Puis il m'a frappée deux fois avec sa ceinture. J'étais en colère mais il était saoul et j'avais peur qu'il ne devienne vraiment méchant. Je me suis contentée de pleurer et de commencer à rassembler mes affaires.

« Tu es un imbécile si tu crois que je vais supporter ça, dis-je. Si j'ai quitté le père de mes enfants parce qu'il me battait, pourquoi accepterais-je de me faire battre par toi, qui n'es même pas mon mari ? » Je lui ai fait des reproches, mais ça n'a pas été plus loin. Un peu plus tard il m'a emmenée au cinéma pour me calmer.

La seconde fois qu'il m'a battue, il était également saoul. Il avait acheté un porc, légalement et tout, et on lui avait accordé qu'il le paie après l'avoir tué. Mais la viande fut confisquée par le tribunal parce que Baltasar n'avait pas demandé de permis pour l'abattre. En rentrant, il m'a dit :

« Figure-toi qu'ils m'ont piqué le porc et collé une amende.

— Eh bien, dis-je, la prochaine fois, c'est toi que te feras piquer ! »

C'est comme ça qu'il était, irresponsable de ses actes et se plaignant ensuite de ce que les autres lui avaient fait. Il est reparti pour faire quelques courses, et il n'est pas revenu. L'horloge a sonné quatre heures, cinq heures, huit heures et il n'était toujours pas là.

« Ils ont certainement dû le mettre en prison, avec le porc. »

Cela se passait après la naissance de mon fils, Jesusito. Je m'en souviens très bien car j'avais déjà préparé le chocolat pour son baptême. Ce soir-là, le bébé et Trini dormaient. Concepción était allée à Mexico voir sa grand-mère, alors j'ai dit à Violeta : « *Ay*, ma fille, Baltasar est peut-être en prison et nous ne le savons pas. Allons voir. »

Je suis d'abord passée au P.M.U., puis dans les *cantinas*. Je disais : « Regarde sous les portes, ma fille, pour voir si ton papa est là. » A un moment, je me suis retournée et j'ai vu Baltasar sortir d'une *cantina* de l'autre côté de la rue. Cela m'a rendue furieuse d'avoir eu peur qu'il soit en prison, alors qu'il était en train de s'amuser. Il était avec une fille, un bras autour de ses épaules. « Ah, le salaud va me payer ça ! » dis-je à Violeta. Je les ai suivis et j'ai vu la fille s'en aller. Puis Baltasar a sorti de l'argent de sa poche et l'a donné à un ami. Une voiture s'est arrêtée et ils sont tous deux montés dedans et ils sont partis en direction de la zone rouge.

« Doublement fautif ! Il va voir ! » Je suis immédiatement rentrée à la maison et je me suis mise à faire mes valises. J'avais économisé une centaine de pesos et j'avais l'intention de partir avant qu'il rentre. « Non seulement il boit, mais il fréquente d'autres femmes. Le salaud ! »

Il est rentré en disant : « *Ay, mujer*, maintenant je suis bien saoul. Sois gentille et enlève-moi mes chaussures, veux-tu ? — Qu'est-ce que ça peut me faire que tu sois saoul, fils de pute ? — *Ay*, la vieille bique est très fâchée, hein ? Depuis quand me parles-tu sur ce ton ? »

Puis il s'est levé et il m'a giflée. Il a aperçu mon paquet, et il l'a ouvert avec son couteau. J'ai cru qu'il allait s'en prendre à moi après et je me suis tenue tranquille. Nous ne sommes restés fâchés qu'un ou deux jours. Après ça, il ne savait plus quoi faire pour moi. Il m'emmenait au cinéma et m'achetait ceci et cela et me protégeait même des courants d'air. Il croyait que ma colère se calmerait, mais il était fou de croire qu'il pourrait m'acheter de cette façon. Depuis cette dispute, j'ai perdu beaucoup de respect à son égard. Avant, je n'avais jamais dit de grossièretés en sa présence, et je n'étais pas aussi vulgaire avec lui que je le suis maintenant. Il pense que je suis réellement dépravée, à la façon dont je parle, mais si on n'élève pas la voix, on est écrasé. Comme Paula avec Manuel. Quand Manuel fréquentait cette autre femme, Graciela, Paula n'a rien dit, pour ne pas faire de scandale. Manuel ne s'est même pas aperçu qu'elle souffrait, mais comment pouvait-il croire qu'elle ne savait rien ? Non, quand un homme fait souffrir une femme, elle doit faire entendre sa voix, la faire monter jusqu'à Dieu. Si je suis grossière avec Baltasar, c'est parce qu'il m'a faite ainsi.

J'étais bien à Acapulco, mais mon père voulait que je revienne avec les enfants, alors je ne cessais de dire à Baltasar qu'il fallait que je rentre à la maison. Il ne voulait pas quitter Acapulco. Il disait : « Je ne suis pas familiarisé avec la vie là-bas. Ici, nous avons de la viande tous les jours et du pain, pas seulement des *tortillas.* Quand je n'ai pas d'argent, je peux aller à la pêche avec mes amis, ou jouer aux dominos et gagner trente ou quarante pesos. Ici, nous avons toujours assez d'argent pour aller au cinéma. Pourquoi irais-je à Mexico, pour y vivre comme un chien ? »

J'étais obstinée et je le tannais. Mon père écrivit que nous pourrions habiter dans la maison de la colonie El Dorado car Lupita la quittait et déménageait. Cette folle de Marielena ne cessait de dire que sa mère vivait dans le péché avec mon père et que s'il ne l'épousait pas, il fallait qu'elle se sépare de lui. C'est peut-être pour ça que Lupita a fini par s'en aller, mais je crois que c'est parce qu'elle ne pouvait pas supporter de voir la façon dont Delila avait pris possession de mon père. Il n'allait presque plus jamais voir Lupita et quand il y allait, c'était pour s'occuper des pigeons et des cochons.

Aussi mon père a-t-il dit que nous pouvions emménager

dans la maison dès que Lupita en serait partie, et qu'il nous donnerait un cochon pour commencer, afin que Baltasar puisse devenir boucher et vendre de la viande à ses voisins. Baltasar a pensé que c'était une magnifique occasion et il s'est mis en quête d'argent pour le voyage. Il a dû mentir un peu, mais il l'a fait pour me faire plaisir. Il est allé voir un ami qui travaillait au ministère de la Santé et lui a demandé une lettre disant qu'il devait aller à Mexico pour se faire opérer d'une hernie. Il avait réellement une hernie car lorsqu'il s'était fait sortir l'appendice, le docteur le lui avait dit. Puis il a porté la lettre à ses compagnons de l'abattoir pour voir s'ils voudraient faire une collecte pour lui. Baltasar n'avait que cent pesos à ce moment-là et nous ne pouvions pas partir avec cette somme, n'est-ce pas ?

Enfin, ses amis ont rassemblé cent cinquante pesos. Ce n'était pas assez et Baltasar a fait semblant d'avoir très mal et qu'il s'agissait d'une urgence. Son ami de la Santé est venu leur dire qu'il s'agissait d'un cas grave, alors ils ont collecté cinquante pesos de plus. Ils ont dit que s'il avait encore besoin d'argent après l'opération, qu'il le leur fasse savoir et qu'ils le lui enverraient.

Nous sommes partis en toute hâte. Baltasar a voulu prendre le car de nuit, afin de ne pas avoir à dépenser d'argent en nourriture au cours du voyage, mais il y eut un malentendu avec le conducteur qui demandait quatre-vingts pesos rien que pour prendre nos meubles. Nous avons attendu à la gare jusqu'à ce qu'un conducteur accepte de les prendre pour soixante-dix pesos. Baltasar a monté le lit, le chiffonnier, et d'autres affaires sur le toit du car, et il a acheté des billets pour quarante-six pesos. Il y eut encore des dépenses par la suite en nourriture pour les enfants, une veste pour Baltasar et un camion pour emporter les affaires à la Casa grande; finalement, le voyage nous est revenu assez cher.

Lupita était encore chez mon père; nous sommes donc allés habiter avec Manuel et María. Roberto et sa femme Antonia y étaient également ainsi que mon cousin David, sa mère, sa femme et quatre enfants. La pièce ressemblait à une caserne avec tout ce monde couché par terre la nuit. Ils dormaient avec la bougie allumée sur l'autel et Baltasar a commencé à se plaindre que dans ces conditions il ne pourrait même pas satisfaire ses désirs. A Acapulco, nous pouvions au moins faire sortir les enfants dans la journée et nous donner un peu de plaisir. Il n'était pas vorace et faisait attention à ne pas trop en demander, mais tout de même, mes caresses lui manquaient. Dieu merci, mon cousin a déménagé avec sa famille dès qu'il a trouvé une pièce pour lui. Ensuite, Antonia a quitté le pauvre Roberto et il est allé habiter avec Consuelo. Il a perdu son emploi et ne cessait pas de se bagarrer. Sa seule consolation était l'alcool.

Nous partagions donc le n° 64 avec Manuel, María et leur petit bébé, Lolita. Les quatre enfants de Manuel vivaient avec mon père et Delila dans la petite maison qu'il achevait de construire dans la colonie Ixmiquilpan. Delila avait eu un deuxième bébé, et les gens disaient qu'elle s'était fait aider par quelqu'un d'autre, que l'enfant n'était pas de mon père. Cette manière de douter de la paternité d'un enfant est nuisible, comme je le sais par expérience. Qui peut savoir mieux que la mère qui est le père de son enfant ? Pour ma part, je suis prête à croire la parole de la mère.

Enfin nous avons tout de suite commencé à avoir des ennuis. Pour le loyer, il avait été entendu que nous paierions un mois sur deux, et Manuel les autres mois; mais quand nous avons emménagé, le propriétaire nous a dit que Manuel lui devait cinq mois et que s'il ne payait pas, mon père perdrait le logement. Pour bien inaugurer ses rapports avec Manuel, Baltasar lui a offert de mettre son poste de radio en gage et de payer cinq mois de loyer à l'avance, pour que nous ayons un endroit où nous loger. Manuel a pris le poste; il a donné cent soixante-cinq pesos au propriétaire, c'est-à-dire trois mois de loyer en retard, et Dieu sait ce qu'il a fait du reste de l'argent. Il a dit que c'est tout ce qu'on lui a donné, mais Baltasar ne l'a pas cru, car le poste valait cinq cents pesos. Au début, je défendais mon frère, mais quand il a vendu le ticket du mont-de-piété, je me suis rangée du côté de Baltasar.

Entre-temps, Manuel et Baltasar étaient devenus *compadres* car j'avais eu l'idée de demander à mon frère d'être le parrain à la confirmation de mon fils. Baltasar était donc obligé de le traiter avec respect, tout en essayant de récupérer son dû. Il disait : « Avec tout le respect que je te dois, *compadrito*, cesse de tourner autour du pot et rends-moi ma radio. » Mais, quoi qu'il dise ou fasse, il n'a jamais pu récupérer ni le poste ni l'argent. Manuel promit de le rembourser peu à peu, mais avant même d'avoir donné un seul centavo, il décida que le poste devait être un poste volé et que Baltasar n'avait donc pas à s'en préoccuper.

Baltasar est allé demander du travail à l'abattoir, mais comme il ne possédait pas de permis de la ville, ils n'ont pas voulu le prendre. Il a essayé les boulangeries, mais il lui fallait acheter une carte du syndicat. Mon père lui a trouvé du travail dans une fabrique de clés, mais Baltasar en est parti parce que, disait-il, le syndicat était dirigé par le patron et ne servait à rien. Quand il s'est absenté trois jours pour maladie, on les lui a déduits de son salaire et de toute façon, ils ne payaient que douze pesos par jour.

Dans d'autres usines, ils posaient trop de conditions... Ils voulaient savoir qui était sa famille, depuis combien de temps il était dans la capitale, s'il avait son certificat d'études primaires, une lettre disant pourquoi il avait quitté son dernier emploi, une lettre de recommandation. Il expliquait qu'il était étranger ici et qu'il ne pouvait obtenir de lettre de personne, mais ils ne comprenaient pas. Ils disaient : « Une lettre ou un contrat ! une lettre ou un contrat ! »

Baltasar commençait à haïr les Mexicains. Il disait qu'ils sont méchants et égoïstes; que les *Acapulqueños* donnent du travail à qui en demande, car si le type n'en avait pas besoin, il n'en demanderait pas; que les Mexicains sont tous des voleurs, que s'il y avait des vols à Acapulco, ils étaient toujours commis par des gens de la capitale. Il était prêt à rentrer chez lui.

Mon oncle Ignacio lui a proposé de vendre des journaux, mais comment pouvions-nous vivre avec une aussi maigre pitance ? Finalement, Manuel a offert à Baltasar de lui apprendre à être « coyote » au marché Tepito. Baltasar a commencé par vendre ma table. Il a utilisé l'argent à acheter un tas de chemises sales dans une blanchisserie. Quand il les a vendues, il a acheté d'autres choses. Les deux hommes travaillant comme marchands ambulants, notre pièce était remplie de miroirs, de jouets cassés, de vêtements usagés, de chaussures, d'outils, et autres choses de ce genre. Quand ils n'avaient rien à vendre, María et moi devions cacher nos affaires, car ils auraient piqué n'importe quoi pour gagner de l'argent. Une fois, Manuel a enlevé le tricot de

Lolita du dos de l'enfant et il l'a vendu à un client, sur-le-champ !

Baltasar et moi, nous nous sommes mieux entendus pendant quelque temps, car il me donnait mes dix pesos par jour et nous avions assez à manger. Il a même payé les arriérés à la Compagnie pour qu'on nous rebranche l'électricité. Mais Manuel n'ayant pas payé pour les deux mois suivants, la Compagnie nous a de nouveau coupé et Baltasar a laissé tomber. Il disait que les bougies, c'était beaucoup mieux, car ainsi Manuel et María ne risquaient pas de nous réveiller en allumant la lumière lorsqu'ils rentraient tard. Ils prenaient tous leurs repas chez Gilberto et y passaient toute la journée avec Lolita jusqu'à près de minuit.

Baltasar avait besoin de capital, alors quand Roberto a demandé vingt-cinq pesos pour aller à Acapulco, Baltasar s'est souvenu des types de l'abattoir. C'était de la folie d'envoyer mon frère collecter l'argent mais comme il y allait de toute façon, pour disposer d'une « fauche », Baltasar a pensé que cela nous économiserait les frais d'un voyage. En outre, Roberto a dit à Baltasar que s'il vendait la marchandise à bon prix, il nous offrirait un autre poste de radio.

Je n'ai pas cru un mot de ce que disait mon frère. Je lui en voulais parce qu'il avait mis en gage une bague que j'avais prêtée à Antonia et qu'il ne voulait pas la rendre. J'avais amassé sou à sou pour m'acheter cette bague et elle m'avait coûté tant de sacrifices ! S'il voulait voler, il n'avait qu'à prendre aux riches, pas à nous ! Mais il disait : « Petite sœur, ne t'en fais pas. Je t'en rendrai une plus belle un jour. »

Baltasar ne m'a pas écoutée et il a emprunté vingt-cinq pesos à mon père pour les prêter à mon frère. Quatre jours plus tard, Roberto est revenu d'Acapulco avec cinquante pesos seulement pour Baltasar. Il a dit qu'il avait dépensé le reste en nourriture, hôtels et déplacements. Nous n'avons jamais su combien les bouchers avaient collecté, mais selon Baltasar, Roberto l'avait volé de plus de la moitié. Il a commencé à éprouver de la haine pour Roberto.

Un jour, ils étaient tous deux en train de faire un punch pour une fête chez ma tante Guadalupe et ils buvaient tout en travaillant. Sous l'effet de l'ivresse ils se sont mis à parler plus librement, et leur rivalité a fini par éclater au grand jour. Baltasar a dit à Roberto de ne plus remettre les pieds à la Casa Grande, parce qu'il arrivait comme un caïd, en poussant la porte comme si la maison lui appartenait. Baltasar avait payé trois mois de loyer et s'imaginait qu'il était le maître. Il ne voulait plus que les frères de María viennent coucher, car, disait-il, si l'un des salauds mettait la main sur une de mes filles, il se sentirait responsable.

Roberto a répondu que c'était la maison de son père et qu'étant mon frère, il avait le droit de venir quand ça lui plaisait, d'y manger et d'y dormir aussi, s'il en avait envie.

« Veux-tu dire que je suis obligé de t'entretenir ?

— Oui, dit Roberto, aussi longtemps que je le voudrai.

— Alors tu veux me faire payer pour la tendresse que je porte à ta sœur; c'est-à-dire que tu la vends ?

— Ah ? et toi qui es-tu ? N'es-tu pas venu comme un malin te faire entretenir et aider par mon père ? Personne ne sait mieux que toi comment obtenir quelque chose pour rien. Mon père fait davantage pour toi que pour ses fils. »

Un mot en a entraîné un autre et ils ont fini par insulter leur mère et à sortir des couteaux. Ma tante s'est blessée au doigt en essayant de les séparer. Puis Baltasar m'a dit qu'il retournait dans sa ville natale avec ou sans moi, parce qu'il ne voulait dépendre en rien de ma famille. J'ai eu beaucoup de mal à le calmer. Il a dit : « D'accord, je reste, mais si ton frère me tue, tu en porteras la responsabilité. »

J'ai cessé de parler à Roberto après ça et, pour la première fois je lui ai donné l'ordre de ne plus mettre les pieds chez moi, car il n'y venait que pour causer des ennuis. En vérité, personne ne voulait de lui. Il a pleuré et il s'est saoulé, mais, Dieu merci, il a accepté de se tenir à l'écart pour le bien des enfants.

Ensuite Lupita et Marielena ont quitté la maison de mon père dans la colonie El Dorado, et nous avons emménagé. C'était un lieu modeste, mais il était entouré d'un grand mur et la cour était pour nous tout seuls. C'était propre et calme et il y avait deux chambres à coucher, une vraie cuisine et une fenêtre dans chaque pièce. L'eau était apportée tous les jours dans un camion, nous avions l'électricité. Bref, c'était la plus jolie maison que Baltasar et moi ayons habitée. Je disais, pour plaisanter, que nous devrions mettre une antenne sur le toit pour que les voisins pensent que nous avions la télévision et que nous étions vraiment de la haute.

Je voulais que Baltasar connaisse enfin la chaleur et l'affection d'un foyer. Aucune de ses femmes ne le lui avait donné. Elles étaient toutes des garces qui buvaient et l'abandonnaient lui et les enfants pour d'autres hommes. Sa vie m'attristait et c'est pourquoi je restais avec lui. Il était comme un enfant qui avait besoin de moi. Moi non plus je n'avais jamais eu l'impression d'avoir un foyer, bien qu'avant j'aie toujours eu un endroit où dormir et suffisamment à manger et à m'habiller. Je voyais mes frères et sœurs, mais nous n'étions pas unis. Nous aurions pu travailler ensemble, comme d'autres, pour nous fonder un foyer agréable, mais au lieu de ça, nous sommes partis chacun de notre côté. Je n'avais jamais envié les riches, car je savais qu'il y en avait de plus pauvres que moi. Par contre, j'enviais les gens qui avaient une bonne famille et un vrai foyer.

Je voulais montrer à Baltasar que je n'étais pas comme les femmes qu'il avait connues. En effet, nous avions de petites disputes et nous récriminions l'un contre l'autre, mais cela n'allait pas plus loin. Notre seul sujet de querelle au début était le bébé Chucho, comme nous l'appelions. Quand je donnais une fessée à Chucho parce qu'il avait mouillé le lit ou ses culottes, Baltasar se fâchait. Il m'interdisait de lui mettre des culottes. Il allait au marché, en autobus ou même au parc le dimanche en portant l'enfant à demi nu sur ses épaules. Quand Chucho urinait sur lui, Baltasar ne faisait que rire. Si le bébé pleurait pour avoir quelque chose, Baltasar le lui donnait, même si les filles jouaient avec. Bien que Chucho ne fût âgé que d'un an, il semblait savoir que lorsque son papa était à la maison, je ne pouvais pas dire : « Ne fais pas ceci, ne touche pas cela. » Baltasar m'avait prévenue que s'il me voyait fesser Chucho, j'en prendrais pour mon compte et quand il sortait, il disait : « Rappelle-toi, laisse le gosse faire ce qui lui plaît. »

Je n'avais jamais gâté mes enfants de cette façon. Baltasar dit que je suis dure avec eux. Je crois qu'à cause de toutes ces choses qui me sont arrivées et de la colère que j'ai éprouvée, je deviens neurasthénique. Je n'ai pas la patience de répondre aux questions des enfants : « Maman, qu'est-ce que c'est ? Maman, où allons-nous ? » Je les fais taire immédiatement. Je ressemble de plus en plus à mon père. Si je lis un journal, je ne leur permets pas de m'interrompre. Mes pauvres petites filles deviennent renfermées, comme l'était Consuelo parce que je ne les prends plus dans mes bras.

Quand j'ai de nouveau été enceinte, je m'y suis résignée. Baltasar méritait au moins un enfant de moi, pensais-je, surtout depuis qu'il m'avait épousée civilement avant même de savoir qu'un enfant était en route. Ma famille croyait que Chucho était son fils et je ne les ai jamais détrompés car j'aurais été gênée d'avouer que Crispín m'avait fait un autre enfant. J'avais donc épousé Baltasar, malgré les conseils de mon père qui n'avait pas confiance dans les beaux-pères. J'avais entendu parler de ce que certains beaux-pères font à leurs belles-filles, mais cela ne pouvait pas arriver chez moi aussi longtemps que je serais en vie.

Je croyais que Baltasar serait content d'avoir un enfant à lui, mais il ne l'a pas été. Il a dit que le nouveau bébé ne ferait que voler une part d'amour au petit Chucho et qu'il le rendait *chipil*, malade de jalousie. Au lieu de Chucho, ce fut Baltasar qui tomba malade. La nuit il se tournait et se tordait; il se plaignait d'avoir le cœur lourd et de ne pas pouvoir respirer. Ma tante Guadalupe voulait l'emmener au Temple de la Lumière pour le faire soigner par le spiritualiste, mais Baltasar préférait sortir boire avec ses amis. C'est alors qu'il a changé, qu'il s'est mis à fréquenter des voyous et à me laisser sans argent.

Il rentrait ivre et nous nous disputions. Je disais : « Si tu ne trouves pas le bonheur ici dans ta maison, si tu le trouves avec tes misérables copains du marché, tu ferais mieux de me quitter et d'aller avec eux. »

Il me reprochait d'avoir changé, qu'avant je lui donnais au moins une étreinte ou un baiser. Et je répondais : « Oui, franchement, je perds ma tendresse pour toi ? Si j'ai changé, c'est de ta propre faute.

— Bien, disait-il, en ce cas, le jour où je trouverai une autre paire de fesses, je ne resterai pas ici.

— Mais en attendant de la trouver et pendant que tu te demandes si tu veux des figues ou du raisin, ne viens pas m'embêter. Encule la première venue, parce que je ne vais pas me crever pour toi. Quand je t'ai rencontré, je ne vivais pas comme je le fais maintenant, mal nourrie, mal vêtue et mal traitée. Qu'est-ce que ça me coûterait de prendre un autre homme pour m'entretenir ? C'est la chose la plus facile au monde que de mener la belle vie, de commencer avec un, puis deux, puis n'importe quel homme qui se présente. Mais je ne suis pas comme tes autres femmes, qui se donnaient à tout vent. Tant que mon père vivra, je ne prendrai jamais la vie facile. Non, Baltasar, il vaut mieux prier Dieu que mon père ne meure pas. »

Je lui disais que même si j'avais une douzaine d'enfants, je ne pleurerais pas s'il me quittait, qu'aucun homme ne valait la peine qu'on pleure sur lui, surtout un ivrogne. Des hommes comme ça étaient mieux morts, car alors tout le monde vivait en paix. Je préférerais faire des travaux de couture dans un atelier, même si je devais y laisser mes poumons et gagner un misérable salaire de huit ou neuf pesos par jour. Et j'ai prévenu Baltasar que si je restais, il devrait travailler. « Ne crois pas que je vais te permettre d'être une charge pour mon père. Veux-tu devenir comme ses fils ? Il vaudrait mille fois mieux que tu partes. »

Nous n'avions pas un seul centavo dans la maison et Baltasar n'avait pas d'argent pour travailler, alors nous avons vendu le cochon que mon père nous avait donné, avant même qu'il soit tout à fait grand. Si mon père le savait, il serait en colère; il dirait que nous sommes incapables de nous accrocher à quoi que ce soit et que nous n'arriverons jamais à rien. J'avais l'intention de prendre cinquante pesos sur la vente pour aller à Chalma avec ma tante, mais j'ai pensé qu'il valait mieux que Baltasar travaille et nous n'y sommes pas allés. Après tout, si nous n'avons pas quelques centavos quand ma grossesse viendra à terme, qui accouchera le bébé ?

Baltasar a donc pris l'argent et s'est remis à travailler. Je ne sais pas ce qui est arrivé, mais il a pris un associé surnommé le Cochon qui l'a entraîné dans des *cantinas* et qui a fini par lui soutirer l'argent. J'attendais que Baltasar rentre à la maison car j'avais besoin d'argent pour des médicaments. Mon père n'aimait pas ma mine et m'avait envoyée chez le docteur Ramón, qui m'avait prescrit une ordonnance pour un tonique.

Depuis quelque temps, Baltasar rentrait très tard ou pas du tout. Je l'avais averti que c'était dangereux pour lui d'être seul dans la rue quand il était saoul, mais il croit qu'il est à Acapulco. L'autre soir, une bande de garçons... des blousons noirs... l'ont pourchassé et il l'a échappé belle. Je lui ai dit que s'il lui arrivait quelque chose, sa famille viendrait s'en prendre à moi. Ils viendraient me dévorer toute crue car c'est ainsi qu'ils sont. Mais il n'y pense pas. Il dit que je ne fais que gronder et me fâcher, que je veux le garder attaché à la maison.

Baltasar n'est pas rentré de deux jours. Quand il est revenu, je lui ai tendu l'ordonnance. « Prends ça, dis-je, et demande au Cochon de l'argent pour acheter le médicament parce que le docteur m'a dit que c'était urgent. » Il a été surpris que je ne crie pas et il a essayé de me prendre dans ses bras. J'ai simplement dit : « Laisse-moi tranquille. Je suis là, si heureuse avec mes filles, et tu viens m'embêter. Qui t'a dit de revenir ? Quel diable t'a ramené ? La rue est ta maison.

— Quoi ? Je ne peux plus rentrer chez moi ? Je suis en retard parce que j'ai dû livrer de la marchandise. »

Il était tout le temps en train de livrer de la marchandise. J'ai soudain remarqué du rouge à lèvres sur sa chemise. Jusqu'alors, selon ses dires, toutes ses bringues ne se passaient qu'entre hommes, sans femmes. Je n'étais pas née d'hier et je ne l'avais jamais cru, mais là il y avait une preuve.

« C'est pour cette raison que tu as ça sur ta chemise ?

— Oh, ce n'est pas de ma faute : là où je suis allé il y avait des chiffons avec de la peinture rouge. » Plus tard, il a raconté à mon cousin David, qui à cette époque était déjà venu vivre avec nous, qu'il était allé danser avec une femme dans la rue des Teinturiers parce que je ne voulais plus coucher avec lui et que j'étais toujours de mauvaise humeur. Et il m'avait presque fait croire que c'était de la peinture rouge. Ce n'est pas que je sois jalouse; je me rends compte qu'un homme ne peut se satisfaire d'une seule femme, mais je ne peux pas supporter qu'on se moque de moi.

Enfin je l'ai envoyé chercher le médicament et il n'est revenu que le lendemain matin. Il n'a pas rapporté le tonique et il avait même perdu l'ordonnance. Il était un peu ivre et il a eu le front de me dire que le Cochon l'avait de nouveau invité dans la rue des Teinturiers. « Je lui ai dit franchement que je ne pouvais pas dépenser beaucoup et nous avons fait la rue en demandant les prix », expliqua Baltasar. Rendez-vous compte, le Cochon l'aidait même à choisir !

« Ecoute, dis-je, furieuse, tu n'es pas mon premier homme et tu ne seras pas le dernier. Ce qui me met en boule, c'est que tu essaies de me faire passer pour une imbécile. Dis-moi carrément que tu ne rentres pas, pour que je ne t'attende pas. » Il savait que je n'irais jamais le chercher, comme je le faisais à Acapulco. C'est pire pour moi de courir le risque de l'attraper avec une autre femme. Imaginez qu'il se mette avec elle contre moi ? Quelle humiliation ! Non, je ne vais pas le chercher parce que je ne veux pas le surprendre en flagrant délit d'adultère.

Je vais au marché de la Merced tous les jours, pour voir mon père. Quand les choses vont mal pour lui et qu'il est triste, je suis triste. En ce moment, il est paisible et content et je me sens mieux. Après tout, il est fatigué d'avoir tant travaillé et il ne peut plus en supporter autant qu'une personne jeune. Aucun de nous ne peut acheter de la vie et je dois considérer le fait qu'il peut mourir d'un jour à l'autre. Tant que mon père est en vie, je n'ai pas à me plaindre. Après oui, tout sera fini pour moi.

Au début, je défendais Baltasar, mais maintenant, je raconte tout à mon père : « Qui aurait pu croire, dis-je que Baltasar se révélerait être si ingrat ? Il ne paie pas le loyer, que veut-il que tu fasses de plus pour lui ? Il s'est complètement lavé les mains de ses obligations. Il sait que tu ne me laisseras pas mourir de faim, alors il ne me donne plus d'argent. »

Mon père perd de l'argent sur la maison, parce qu'il aurait pu la louer pour deux cent cinquante pesos par mois. C'est pourquoi je dis que nous devrions nettoyer la pièce où se trouvaient les pigeons et la louer à mon cousin David, pour que mon père puisse se faire quelques centavos. Au moins maintenant il a cent pesos par mois, pour l'aider dans tous ses frais. Aucun de nous ne lui donne d'argent, au contraire, nous prenons le peu qu'il a. Quand je le vois au marché, il ne me laisse jamais repartir sans me donner cinq ou six pesos, et un pour chacun de mes enfants. Il regarde leurs vêtements et leurs chaussures, et s'il voit qu'ils ont besoin de quelque chose, il l'achète le lendemain. S'ils ont un rhume ou une douleur quelque part, il me gronde de ma négligence et me donne de l'argent pour des médicaments, comme si c'était son devoir. Si je ne veux pas le prendre, il dit que ce n'est pas difficile pour lui d'en entretenir trois ou quatre de plus, surtout quand il s'agit de ses petits-enfants. C'est un cas parmi un million ! Mais il n'est pas juste qu'il me donne tant. A quoi me sert Baltasar ?

Maintenant mon terme approche et j'ai peur. Comme je le dis à Baltasar. « Ecoute, à quoi ça nous sert d'avoir une maison où habiter si à la naissance du bébé, nous n'avons pas un centavo en poche. Je n'ai rien préparé... ni couverture, ni tricot, rien. — Bien, répond-il, aussitôt qu'Un Tel viendra ou qu'Un Tel donnera... attends. »

Cela me désespère de voir qu'il n'a pas confiance en lui et qu'il ne fait aucun effort. Cette histoire d'attendre me ronge. Qu'est-ce que j'attends ? Je n'attends rien, absolument rien.

Je n'ai jamais eu aussi peur d'un accouchement que de celui-ci. Trini a été difficile, et si Baltasar ne m'avait pas aidée pour Chucho, je crois que je n'y serais pas arrivée. Maintenant, comme je le dis à Baltasar, j'ai l'impression que je vais mourir, comme ma mère. Je ne m'inquiète pas pour moi, mais pour mes enfants. Si cela n'avait pas été pour eux, il y a longtemps que je me serais supprimée. Mais je sais très bien qu'ils ont besoin de moi. Sans moi, ils seraient malheureux, car personne ne les aimerait tous comme je les aime. On les séparerait, Crispín prendrait Concepción, quelqu'un d'autre Violeta et Trini irait autre part. Sans la mère, tout s'écroule.

Baltasar dit : « Ecoute, j'ai trente-quatre ans, je suis plus vieux que toi et pourtant je ne veux pas mourir.

— Oui, dis-je, parce que tu es un homme. Tu peux sortir, te saouler, tu as des distractions et tu oublies tes soucis. Moi je suis bouclée à la maison et les soucis me pèsent davantage. »

La nuit, quand je ne peux pas dormir, je commence à penser. Je me dis que la chose qui me chagrine le plus c'est que j'ai brisé mon foyer avec Crispín. Dernièrement, j'ai rêvé que sa mère et ses sœurs m'accueillaient gentiment chez elles. Peut-être, si j'avais attendu un peu, Crispín et moi aurions pu nous raccommoder. Je me suis fait du mal ainsi qu'aux enfants en allant vivre avec Baltasar. J'étais habituée à être seule, et j'aurais dû le rester. Je dis à Baltasar que je ne mourrai pas de chagrin s'il me quitte, mais qui sait ? Quand je me retrouverai seule... qui sait ?

Nous devrions peut-être retourner à Acapulco. Baltasar pourrait travailler à l'abattoir et me donner à nouveau de l'argent et de la viande. Là-bas, il ne pourrait pas dépendre de mon père. Il saurait que s'il ne me donne pas d'argent, nous ne mangerons pas. Là-bas, après tout, son seul vice était de boire. Il comprend les gens de là-bas et il reprendrait confiance. Et au moins je ne serais pas témoin de tous les soucis, les souffrances, les disputes de ma famille. C'est ce qui me rend malade. Je cesserais peut-être d'avoir des cauchemars sur moi et mes filles coupées en morceaux et Baltasar fusillé. Ici, quand je me couche le soir, j'ai l'impression que je ne me relèverai plus le lendemain matin. Si je survis à mon prochain accouchement, nous devrions peut-être retourner à Acapulco. Je me sentais plus tranquille là-bas.

ÉPILOGUE

Jesûs Sánchez

Je suis une personne rancunière et j'en veux beaucoup à trois de mes enfants : Manuel, Roberto et Consuelo. Mon corps devient à demi paralysé d'être si fâché contre ces enfants. J'ai honte d'en parler. C'est dur pour un père d'avoir de tels fils. Ils ont mal tourné à cause d'un mauvais milieu et de mauvaises fréquentations. Leurs amis ne font pas de bien à ces garçons. C'est une honte et je suis incapable d'y remédier. Malgré mes conseils ils ne prennent pas le droit chemin.

Il n'y a rien de mieux en ce monde que le travail honnête. Je suis un homme pauvre et modeste, mais j'essaie de faire les choses au mieux. Ils ne peuvent pas dire que leur père rentrait ivre ou qu'il les a abandonnés. Un de leurs oncles est mort alcoolique. Il semble qu'ils suivent plutôt l'exemple de leur oncle que le mien. Je ne comprends pas.

Mes fils ne sont arrivés à rien parce qu'ils n'aiment pas recevoir des ordres. Ils veulent d'abord être millionnaires et chercher du travail ensuite. Comment peut-on espérer commencer par en haut ? Nous devons tous faire notre chemin en commençant par le bas, n'est-ce pas ? Mais mes fils, ils veulent procéder à l'inverse. Alors tout ce qu'ils font est un échec.

Ils n'ont aucun courage pour travailler. Ils n'ont pas de bon sens. Ils n'ont pas la volonté de prendre un emploi et de s'y tenir, un emploi honnête afin qu'ils puissent sortir dans la rue la tête haute et fiers d'eux-mêmes. Je serais heureux, cela me procurerait la plus grande satisfaction s'ils pouvaient être ainsi.

L'autre jour, j'ai dit à Consuelo : « Je ne veux pas que tu sois quelqu'un que tu n'es pas censée être ou que tu oublies à quelle classe sociale tu appartiens. Quand les gens qui ont un peu d'éducation se mettent tout à coup à jouer à la haute, ils se font moucher. Regarde-moi, par exemple, j'ai toujours été un simple ouvrier et je ne serai jamais rien d'autre et personne ne pourra me moucher. Ce n'est pas parce que tu es allée quelques années à l'école que tu as rejoint la haute société. Regarde-toi dans la glace et dis-moi à quelle classe tu appartiens, quelle est ta place dans la société. » C'est très bien qu'elle s'élève un peu, mais elle ne devrait pas se monter la tête et mépriser ses semblables, sa classe. Je lui ai dit l'autre soir : « Je suis ton père, que ça te plaise ou non. Peu importe comment je m'habille et quelle est ma pauvreté, je suis ton père et tu ne peux pas y échapper. »

Je reconnais que j'ai fait des erreurs. Je ne suis pas une colombe mais j'ai toujours pris soin d'eux. Il y a beaucoup d'hommes qui se débarrassent de leurs enfants quand ils ne prennent pas une femme. Savez-vous ce que c'est d'avoir des enfants sans mère sur les bras ? Un orphelin a tout contre lui, personne ne veut de lui. Alors que pouvais-je faire ? Je leur ai donné tout ce dont ils avaient besoin, parce que j'aime faire les choses ainsi. Je travaille comme un nègre et je continue à lutter de mon mieux, à aller de l'avant, comme tout le monde le voit. On peut souvent faire plus de mal à ses enfants en leur donnant à manger et en leur servant tout tout cuit... Ils ne se soucient plus de faire les choses par eux-mêmes.

Je voulais qu'ils aillent à l'école, qu'ils apprennent un métier. Je ne leur ai pas demandé d'aller travailler pour me rapporter de l'argent, s'acheter leurs vêtements ou se nourrir. Cela fait plus de vingt ans que je veille sur eux et ils n'ont jamais manqué d'une assiette de soupe ou d'une tasse de café. Pourquoi ont-ils mal tourné ? Je ne comprends pas.

Quelques années après la mort de Lénore, j'ai rencontré Elena là-bas, dans la *vecindad*. Comme je l'ai déjà dit, je dois avoir de la chance, car je plais aux femmes. C'est ainsi qu'il en a été. Pourquoi ? Je ne sais pas. Imaginez, il y avait cette femme, cette fille, qu'elle repose en paix, vivant la porte à côté avec son mari, un type qui allait devenir prêtre. Mais il ne lui donnait rien à manger, et naturellement elle venait chez nous parce que la grand-mère des enfants vendait des ornements de gâteaux, un panier par jour, vous comprenez ? Alors elle venait à la maison pour en acheter et elle voyait comment c'était et ça lui plaisait. Tout s'est passé très vite. Elle s'est disputée avec son mari ; ils n'étaient pas mariés légalement.

Vous savez, c'était vraiment une très jolie femme et chaude comme un four. Elle était très bien faite et un homme s'échauffe, il veut l'avoir, n'est-ce pas ? Bref la chose s'est réglée en un clin d'œil et elle est venue vivre chez moi, étant donné que j'étais seul à l'époque, juste avec les enfants.

Quand son mari m'a appelé, j'ai cru que mon dernier moment était arrivé. Je ne porte jamais d'arme. Alors je lui ai dit : « Bon, écoute... ta femme est venue chez moi travailler comme domestique. Si tu veux, tu peux aller la chercher. C'est d'accord pour moi si tu y vas et si elle veut bien te suivre, mais je sais qu'elle ne veut pas. » Juste comme ça, face à face. Eh bien, il ne s'est pas mis en colère, il ne m'a pas injurié comme ça arrive souvent dans ces cas-là, ils tirent un pistolet et ils vous tuent sur place. Moi je prenais un grand risque.

Deux fois il m'a arrêté dans la rue ; c'était le soir. Je me disais : « Ça y est, maintenant il peut arriver n'importe quoi. » Parce que ces gens de Jalisco ont la réputation d'être des tueurs. Quoi qu'il en soit, Elena a enlevé ses affaires de chez lui, bien qu'elle n'ait en fait pas eu grand-chose. Il était très pingre. C'est bien d'être économe, mais il faut pas aller trop loin. Trop de n'importe quoi est mauvais. Bref, elle est venue vivre avec moi. Et ne croyez pas qu'elle avait peur, parce qu'elle avait vraiment du caractère. Elle était très jeune, quinze ans seulement, mais quand elle décidait de faire quelque chose, elle le faisait. Et elle n'avait pas du tout peur de lui.

Elle s'est occupée de mes enfants comme si elle était leur mère. Elle les aimait et protégeait les filles quand les garçons voulaient les battre. Consuelo et Roberto avaient plus souffert de la mort de leur mère que les deux autres. Manuel jouait dans la cour et il l'a oubliée. Il est allé à l'école mais n'a pas fait preuve de beaucoup d'aptitudes, comme son fils Alanes maintenant. Il ne voulait pas étudier et il était lent à l'école. Roberto et Marta étaient pires. La seule qui ait fait des études est Consuelo. Elle était calme et obéissante, et elle n'avait pas d'amies. Elle ne m'a pas causé de soucis avant beaucoup plus tard. Mais les garçons ne pouvaient pas sentir Elena. Ils lui rendaient la vie dure.

Aujourd'hui, nous avons la même situation avec Maria qui s'occupe des quatre enfants de Manuel. Naturellement, je suis là pour veiller à ce que les enfants se tiennent bien et qu'ils respectent Maria. Elle ne fait pas beaucoup pour eux, mais au moins elle s'en occupe un peu. Elena était comme ça et on se sent reconnaissant. Il n'y a pas moyen de les payer en retour. Comment est-il possible de ne pas aimer et respecter une personne comme ça ?

Elena a vécu avec moi pendant cinq ans. Je n'ai pas eu d'enfants avec elle. Mais il y a des choses que je ne peux pas comprendre. Pourquoi, quand on rencontre une personne qui est bonne et utile, qui vous aide tant, pourquoi doit-elle tomber malade et mourir ?

Elle était très catholique et elle m'a demandé d'appeler un prêtre pour qu'il nous marie, alors je l'ai fait. Je l'ai fait parce qu'elle le voulait, non pas parce que je croyais que son âme allait brûler en Purgatoire. Non, je n'y crois pas. Et je vais vous dire autre chose. Quand on est en bonne santé, on ne pense même pas à aller à la messe, mais quand on est mourant, on devient pieux envers Dieu et l'Eglise. C'est alors qu'on appelle un prêtre et qu'on se confesse. C'est la crainte de l'inconnu et le repentir pour tout le mal qu'on a fait dans sa vie.

Pendant qu'Elena était malade, je ne gagnais pas assez d'argent au restaurant pour faire vivre ma famille, alors j'ai commencé à vendre des oiseaux et à élever des porcs. J'ai rencontré une femme au marché qui possédait une grande basse-cour en banlieue, à Ixmiquilpan. Je lui ai demandé de m'en louer une partie. J'ai acheté un peu de bois et j'ai construit une petite porcherie. Puis j'ai acheté quelques porcs pour vingt-cinq pesos et je les ai revendus pour cent. Là-bas à Ixmiquilpan, ils vendent les porcs très bon marché, mais j'achetais des porcs de race et j'en tirais de bons bénéfices. Sur chaque porc tué, je tirais six à huit cents pesos. Une fois j'en ai vendu un pour quinze cents pesos. Les autres prélevaient dix pesos par porc d'haras, mais j'en demandais cinquante parce que le mien était un Chester croisé de Jersey, très blanc et très beau. Ce petit porc m'a bien rapporté et il faisait du bon fumier à Ixmiquilpan. Cinquante pesos, c'était beaucoup mais c'est parce que le porc m'en avait coûté quatre cents. Il avait quatre mois quand je l'ai acheté et il a bien grandi. Je le lavais et le nourrissais chaque jour. Il y avait une mare d'eau très limpide près de la porcherie et je n'avais qu'à plonger un seau dans la mare et jeter de l'eau sur les porcs. C'est comme ça que je les lavais. Pendant des années, j'allais tous les jours à la porcherie nourrir et laver les bêtes.

Puis un jour j'ai acheté des billets de la Loterie Nationale, et j'ai gagné deux mille cinq cents pesos. J'étais assis ici quand la fille de Lupita est entrée et m'a dit : « Papa, il y a un type de la colonie El Dorado qui veut vendre son lot avec deux pièces. Il en veut deux mille cinq cents pesos. »

« C'est beaucoup d'argent, dis-je. Conduis-moi. Si je dois conclure l'affaire, allons-y tout de suite. » Je suis allé parler au type. Je lui ai dit : « Laissez-le-moi pour deux mille pesos. Je n'ai pas d'argent. » Je lui ai demandé s'il voulait prendre un porc en compensation.

Il a dit : « Bon, d'accord, voyons le porc. »

Puis il m'a demandé combien j'en voulais. C'était un porc d'haras, un croisement de Chester et de Jersey. J'ai dit : « Donnez-moi douze cents pesos. »

Il a répondu : « Non, trop cher, je vous en donne huit cents. »

« Il est à vous », dis-je. Avec les mille sept cents pesos qui me restaient de mon gain à la loterie, nous avons conclu l'affaire et le lendemain je suis allé voir la compagnie qui vendait les terrains. J'ai signé le contrat et c'est ainsi que ça s'est passé, tout honnête, propre et légal.

Quelques jours plus tard, j'ai vendu un autre porc, j'ai acheté des matériaux de construction et j'ai commencé à travailler à la nouvelle maison. Cependant, je continuais mes visites quotidiennes à la porcherie à l'autre bout de la ville. Qu'il pleuve ou qu'il vente, fatigué comme je l'étais, je prenais l'autobus à demi endormi d'épuisement et, ne trouvant pas de place, je faisais le voyage dormant debout. Mais vous devriez voir la maison que j'ai bâtie. Devrais-je vous dire que c'est un palais ? Enfin, pour un homme comme moi qui n'a jamais rien eu...

Et dans tout ce dur labeur, mes fils ne m'ont jamais aidé.

Par la suite, j'ai acheté ce terrain à la colonie Ixmiquilpan et j'ai commencé à y bâtir une petite maison afin d'avoir une grande porcherie. Si seulement Dieu voulait me faire la faveur d'un autre gain à la loterie ! La maison serait pour mes enfants. J'aimerais partager le lot en quatre.

Oui, j'ai beaucoup battu les garçons, surtout Roberto, car il s'est mis à voler des choses de la maison. Si je travaille dur pour acheter cette table, que je rentre à la maison et qu'elle a disparu... qui ne va pas punir une chose pareille ? Et deux fois on m'a mis à la porte de chez moi à cause des garçons. Une fois parce qu'ils faisaient trop de bruit en patinant dans la cour, et dans la rue de Cuba, parce qu'ils avaient cassé une conduite d'eau. Roberto était violent et sauvage comme sa mère.

Je gardais les filles à la maison et je surveillais les garçons, veillant à ce qu'ils n'attrapent rien et n'apportent pas de maladie à la maison. Quand leur grand-mère ou quelqu'un d'autre faisait la lessive, j'examinais le linge des garçons. Une fois, quand ils étaient plus grands, j'ai trouvé un morceau de coton dans un coin et j'ai obligé les deux garçons à baisser leur pantalon afin de les examiner. Mais ils n'ont jamais attrapé de maladie vénérienne. C'est une chose importante. Etant leur père, je ne pouvais pas leur parler franchement, mais je veillais.

Eh bien, je ne comprends pas mes fils. Vous voyez qu'ici ils ont un foyer qu'ils peuvent mettre à profit pour s'améliorer, pour apprendre un métier, pour étudier. Pourquoi ne le font-ils pas ? J'ai amélioré ma situation. Je vis mieux qu'il y a trente ans. Pourquoi n'en font-ils pas autant ? Parce qu'ils n'en ont pas la volonté, c'est tout. Ils aiment être paresseux. Dites-moi, que pouvaient-ils demander de plus ? D'autres garçons n'auraient été que trop contents d'avoir l'aide que j'ai fournie à ces deux-là. J'ai passé ma vie à travailler pour eux. Je n'ai jamais failli à mon devoir de père. Je n'ai jamais fui mes responsabilités, je ne les ai jamais mises de côté. Pour n'importe quoi ils pouvaient compter sur moi, que ce soit un médecin la nuit ou à l'aube, de l'argent pour ceci ou cela, ou pour payer des médicaments.

A vrai dire, je ne sais pas où je prends ce sentiment qui me fait vouloir assumer mes responsabilités, remplir toutes mes obligations. J'étais un pauvre illettré, un paysan sans éducation — j'aurais pu les abandonner quand leur mère est morte, n'est-ce pas ? Mais je ne l'ai pas fait.

J'avais déjà Lupita et elle avait eu une fille ou deux. Mais elle vivait dans la rue Rosario et je ne voulais amener personne à la maison pour qu'il n'y ait pas d'ennuis avec les enfants. J'ai réfléchi à la question. Vous voyez, on a besoin de quelqu'un à la maison qui s'occupe de votre linge, qui vous sert une tasse de café, des choses que je n'avais pas chez moi parce qu'il n'y avait personne pour le faire. La grand-mère m'aidait beaucoup et elle s'occupait des enfants. Mais elle a été furieuse quand Elena est venue. Elle n'avait pas de raisons, car cette fille faisait le travail pour nous tous, pas seulement pour moi. Pourtant, un jour mes beaux-frères m'ont dit que la grand-mère avait quitté la maison, qu'elle regrettait beaucoup, etc. Je leur ai dit : « Que voulez-vous que je fasse ? Vous voyez ce qu'il en est, quelle est la situation. Vous dites que vous êtes leurs oncles et que vous aimez beaucoup les enfants, mais vous n'êtes même pas venus une seule fois leur apporter une tasse de café. Je vais travailler tous les jours, je n'en manque pas un seul, alors je ne peux pas travailler et m'occuper des enfants en même temps. Il faut que je trouve quelqu'un, et vous pouvez en être aussi fâchés que vous voulez. » Je ne pouvais pas les emmener chez Lupita. Des demi-frères et des demi-sœurs vivant avec des beaux-pères et des belles-mères ne s'entendent presque jamais.

J'aime mes fils et Consuelo, mais je ne peux plus les traiter avec tendresse. Ils m'ont fait dépenser beaucoup d'argent inutilement. Quand Roberto était au Pénitencier, cela m'a coûté mille deux cents pesos. Quand il était dans l'Armée, il m'a demandé d'arranger son transfert à Mexico. J'ai parlé à un capitaine et cela m'aurait coûté de l'argent, alors je ne suis pas allé plus loin. Après tout, Roberto s'était engagé volontairement. Il ne voulait pas travailler, alors il s'est engagé ! Je ne sais pas combien il était payé. Ils ne me disaient jamais rien. Jamais ils ne disaient : « Papa, je vais gagner tant, en voici un peu pour toi. » Rien ! Jamais rien. J'ai des fils, mais c'est comme si je n'en avais pas. Mais malgré ça et le fait qu'ils sont des hommes à présent, je veille toujours sur eux. Je les gronde et je leur dis quand ils ont fait quelque chose de mal. Je pense toujours à eux et quand je ne les vois pas, je demande de leurs nouvelles.

Manuel est père de cinq enfants et il ne veut toujours pas ouvrir les yeux. Pour l'amener à faire la moindre chose pour eux, ça me coûte trop d'efforts, trop de sermons. Avec l'aide que je lui ai fournie au cours de toutes ces années, il devrait avoir sa propre maison maintenant ou être capable de louer une autre pièce pour ses enfants. Il a pris un associé au marché et il prétend que le type est parti avec leur argent en laissant une dette de cinq mille pesos. Mais je ne crois pas un mot de ce qu'il dit. C'est mauvais de raconter tout le temps des mensonges, car même quand vous dites la vérité, on ne vous croit pas. Ils essaient de vous convaincre que le lendemain ils vont tourner une nouvelle page. Mais ils ne me trompent plus. Je suis leur père et je les connais.

Consuelo m'a fait souffrir à cause de son caractère difficile. C'est une forte tête comme sa mère. Elle était jalouse d'Antonia. Vous savez qu'en général demi-frères et demi-sœurs ne s'entendent pas bien et se disputent. Eh bien, chez nous, il n'y avait pas de bagarres car j'étais en plein milieu. J'ai dû amener Antonia à la Casa Grande parce que sa mère travaillait la nuit et qu'il y avait certaines difficultés. Antonia avait grandi seule et elle prenait le mauvais chemin. Il fallait que je l'enferme dans une chambre pour l'empêcher d'aller danser et dans les cabarets. Je ne lui avais jamais rien donné, absolument rien, mais elle est venue me chercher et naturellement j'ai dû faire attention à elle. Je lui ai acheté quelques vêtements et des petites choses et, malheureusement, cela a contrarié Consuelo et les autres.

Autant que je parle à Consuelo et que je lui donne des conseils, elle n'écoute pas. Elle ne me donne pas un sou. Je ne veux rien pour moi. Je ne veux absolument rien de mes enfants. Dieu merci, je travaille pour tout le monde. Ce que je construis est pour eux. Si elle me donnait quelque chose, ce serait mis de côté pour acheter un terrain et leur construire une maison.

Imaginez ma peine quand Consuelo m'a télégraphié de Monterrey il y a quelques années. Je n'avais pas un sou et j'ai dû emprunter sept cents pesos alors qu'il n'était pas nécessaire de dépenser cette somme, sept cents pesos, c'est une fortune. Et puis j'ai quitté mon travail, ce que je ne fais jamais, même en période de vacances.

J'ai commis une grave erreur en ne partant pas vivre loin quand j'ai pris Delila. Vous savez, quand les enfants sont grands, ils se fâchent si le père se remarie. J'ai lu l'autre jour qu'une mère s'est fait assommer par ses deux fils parce qu'elle s'était remariée. Et à Mexicali, des fils ont tué leur père quand il s'est remarié, mais dans ce cas, c'était à cause de l'héritage. Ils devaient être des sauvages pour faire une chose pareille, ou complètement ivres ! Je dois être reconnaissant, car bien que je ne me sois pas toujours comporté aussi bien qu'un père le devrait, mes fils ne m'ont jamais répondu ni maltraité.

Quand Claudia travaillait pour nous, Consuelo a dit : « Marie-toi, papa. » Eh bien, je me suis marié et les choses ont changé. Sa réaction fut très différente, j'ai été blessé. C'est parce que mes enfants ne se rendent pas compte que riche ou pauvre, nous avons besoin les uns des autres. Maintenant seulement ils commencent à comprendre ce qu'est la vie, que seul on ne peut rien faire. Ils croient que parce qu'aujourd'hui ils sont forts, ils n'auront pas besoin d'aide demain. Mais deux bâtons brûlent mieux qu'un !

Cette Claudia était très jolie, bien faite et avec la peau claire. Elle avait quinze ou dix-huit ans et je pensais à l'épouser. Mais Delila vivait avec nous à l'époque et elle était plus intelligente. Quand quelqu'un se met à vouloir quelque chose, s'il a un peu d'intelligence, il l'obtient. A vrai dire, il y avait deux choses en cause pour moi. Je ne pensais pas seulement à ma vie sexuelle, mais j'avais besoin de quelqu'un pour les enfants. Claudia voulait rester avec moi, mais elle a remarqué que Delila était déjà grosse d'un enfant et elle est retournée chez elle.

J'ai fait une mauvaise chose quand j'ai chassé Consuelo. Elle est partie avec ce type par pure colère, mais ce n'est pas moi qu'elle a puni, elle s'est blessée elle-même. J'ai dit : « Ma petite fille, tu as souillé ta vie pour toujours. »

Je suis allé chez ce garçon et j'ai parlé à sa mère. Il a dit qu'il allait divorcer et l'épouser. Il a promis une montagne de choses, mais ce n'étaient que mensonges. C'était un de ces types paresseux qui n'aiment pas travailler ni rapporter de l'argent à la maison. Ça, et le caractère de Consuelo et... il ne s'est rien passé. Maintenant ma fille doit faire son chemin toute seule.

Et rendez-vous compte, ces trois petites filles de Marta ! Je m'inquiète beaucoup pour Marta. Voyez quelle malchance elle a eue. C'était par manque d'expérience et parce qu'elle n'a pas voulu suivre mes conseils. Je lui ai dit de continuer à vivre avec Crispín parce qu'elle avait déjà deux enfants de lui. Elle a pleuré et elle n'a pas voulu pour une raison ou une autre. Je ne sais pas pourquoi. Mais en tant que père, je ne pouvais pas lui dire de s'en aller avec ses enfants et de voir comment elle se débrouillerait, n'est-ce pas ? C'est une question de chance. C'est comme une loterie, parfois on perd, parfois on gagne. Le monde est plein de ce genre de choses. Il y a des milliers de cas comme le mien.

La volonté et le grand amour que j'ai pour mes petites-filles est ce qui m'aide à tenir le coup, avec l'aide de Dieu. Je ne me repose qu'un seul jour par an, le 1er mai. Il y a toujours des problèmes financiers. Vous payez dans un endroit et vous devez dans un autre. J'aimerais laisser une petite maison à chacun de mes enfants quand je mourrai. Avec celle que je suis en train de construire, j'ai besoin de beaucoup d'argent. Quoi, avec cinquante ou cent pesos de plus je peux acheter une charge de sable et de pierres et peu à peu terminer cette maison que je vais laisser à mes enfants, pour qu'ils aient un endroit où habiter. Quel père se démènerait comme je le fais pour bâtir une maison à des fils qui se sont révélés être des vauriens ?

Je ne manque pas de reconnaître mes erreurs et ma souffrance vient de la mauvaise atmosphère dans laquelle mes enfants ont vécu. Que puis-je incriminer : ma propre malchance ? Mon manque d'expérience dans la vie ? L'absence d'un guide ? Je ne sais pas, mais je ne m'arrête pas. Je continue à marcher comme un *burro* portant son fardeau. J'ai fondé un foyer avec beaucoup d'efforts, beaucoup de travail. Que ne donnerais-je pas pour que mes fils fassent de même : je vivrais plus heureux qu'un millionnaire si je les voyais travailler honnêtement, et subvenir à leurs besoins.

En ce qui concerne la religion, eh bien, vous voyez, j'ai hérité de la religion de mes parents, et naturellement un homme qui étudie, qui est éduqué, a un point de vue différent sur la religion. Et d'après ce que je vois, je critique l'attitude de mon peuple, les catholiques mexicains, parce qu'ils font beaucoup de bêtises. Ma façon d'être catholique est comme ça — je vais rarement à l'église, mais je suis quand même catholique. Je n'aime pas aller lancer des pétards et porter des fleurs aux saints et des trucs comme ça pour que tout le monde sache que je suis catholique. Je suis catholique à ma façon et ça me convient très bien. Quant aux autres religions, je crois qu'elles sont très bien parce que les gens ne se saoulent pas et ne s'entre-tuent pas comme le font mes compatriotes, les bêtises qu'ils font pour montrer qu'ils sont catholiques. Pas pour moi, je n'aime pas ça.

Comme un prêtre l'a dit à l'église il y a peu de temps, Dieu ne veut pas de cierges, il n'a pas besoin de tout ça, ce qu'il veut, c'est davantage de bonnes actions. Le reste est inutile. C'est pourtant ainsi qu'il en est avec ces gens-là. Je ne veux pas m'en mêler, dis-je.

Non, je ne crois pas que nos âmes souffriront en purgatoire. Qui y est allé et en est revenu pour nous le dire ? Nous avons besoin de preuves. Je dis que cette tasse est ronde et blanche parce que je la regarde. Mais qui peut nous raconter son expérience du purgatoire ? Non, Dieu n'a permis à personne de revenir. S'il y a un Dieu, je le saurai bien assez tôt, quand je serai mort.

Les gens disent que la sorcellerie existe, mais je n'en ai jamais vu, peut-être parce qu'aucune femme ne m'a jamais jeté de sort. Il se peut que j'aie simplement eu de la chance, parce qu'on dit que rien n'arrête une femme jalouse; oui elle est capable de meurtre et ces choses arrivent tout le temps.

On m'a dit qu'il y a des gens qui possèdent un pouvoir spécial dans les yeux et la mère d'un médecin, celui qui m'a opéré, m'a raconté un cas très curieux. Des gens qui vivaient à Toluca avaient un oiseau chanteur, une très jolie grive, et une femme qui passait a dit : « *Señora*, vendez-moi votre grive, je trouve que c'est un bel oiseau. » Alors l'autre a dit : « Non, señora, je ne le vends pas, il est à moi »; et elle ajouta : « On m'en a fait cadeau. » Alors la femme a dit :

« Vous feriez mieux de me le vendre parce que quand je partirai, l'oiseau mourra. » Eh bien, la femme est partie et presque aussitôt l'oiseau est tombé mort. Il y a donc peut-être des gens qui ont un pouvoir spécial dans les yeux.

Je suis allé à Pachuca une fois voir une femme parce qu'on m'avait dit que quelqu'un m'avait jeté un sort. Une de ces femmes qui vendent des oiseaux connaissait un guérisseur là-bas, mais tout ce qu'ils font c'est prendre votre argent, vous comprenez. Il n'y a pas de sorcellerie, ce sont des bêtises, car quiconque y laisse de l'argent est un imbécile.

Quant à mon problème, c'est que je ne pouvais pas bander, vous comprenez ? Ça marchait bien avec Elena, mais quelquefois je n'arrivais pas à bander avec Lupita et Lénore. Mais, naturellement, à chaque fois qu'on abuse de quelque chose c'est nocif. On boit trop d'alcool et on s'écroule, on est mort en quelques jours, n'est-ce pas ? Eh bien, il est naturel qu'en abusant de la vie sexuelle, on ne peut s'empêcher de faiblir un peu. Or, ajoutez à ça les deux hernies dont j'ai été opéré. Le médecin m'a dit que certaines parties délicates ont été coupées, et ça affaiblit un homme et son membre. Mon médecin Santoyo m'a raconté le cas d'un type qui aimait baiser beaucoup; il vivait ici, et il était très jeune, mais il adorait ça. Eh bien, le docteur Santoyo m'a dit qu'il lui a fait des piqûres à lui et à des garçons de quinze et seize ans qui étaient tout dégonflés. Ils ont vraiment dû mener une sacrée vie, ces pauvres gosses et maintenant que valent-ils ? Comme je dis, je suis encore en assez bon état.

Une fois, un médecin homéopathe m'a dit que les femmes sont plus passionnées que les hommes. Et c'est pourquoi, quand on est avec une Mexicaine — je ne sais rien des autres — plus longtemps vous restez avec et plus vous lui en donnez, plus elle en veut. On n'arrive pas à les satisfaire, elles sont très sensuelles. Il y a des femmes qui ont besoin d'un homme chaque jour.

Enfin, comme je vous l'ai dit, je suis allé à Pachuca et la *curandera* m'a dit d'apporter un œuf de dinde et des trucs comme ça, puis elle a pris autre chose et elle s'est mise à me « nettoyer » et à faire diverses choses. Elle me prenait dix, quinze pesos par visite. J'y suis allé cinq ou six fois. Mais mon état ne s'est pas amélioré. Le trouble dont je souffrais n'était pas l'effet d'un ensorcellement; c'était un cas de faiblesse sexuelle.

Je ne sais pas comment j'ai eu l'idée que c'était un ensorcellement. Des femmes... enfin, vous voyez, je croyais que c'était là où je travaillais, et ici dans la *vecindad* aussi. Enfin, vous comprenez, c'est un sale coup de décevoir une femme quand on est déjà au lit avec elle, on a honte. Il y en a beaucoup qui vous attrapent et qui vous flanquent une raclée. Naturellement, aucune femme ne m'a battu. Bon Dieu, je quitterais Mexico si ça arrivait !

Je ne suis pas retourné à Pachuca parce que j'ai vu que ça ne servait à rien et que mon état était inchangé. L'inconvénient, vous voyez, c'est que j'ai besoin du genre de femme en qui je puisse avoir totalement confiance, qui soit tendre et qui m'embrasse. Qu'une femme me caresse et je marche très bien. J'ai besoin d'un sentiment de sécurité, comme dans cette pièce, si on m'interrompt, si j'entends un bruit ou quelqu'un qui parle, je suis fichu, je ne peux rien faire.

Avec Delila, nous mettons le matelas par terre, mais je m'assure que tous les enfants sont endormis, car ce serait leur donner le mauvais exemple. Très mauvais. Rien qu'à ce que je vois, c'est terrible de vivre dans ces immeubles ici à Mexico. Beaucoup de femmes enlèvent ce qu'elles portent pendant leurs règles et le jettent dans un coin. Et des petits enfants le voient. Alors ils continuent à apprendre et peu de temps après, ils savent tout, parce qu'ils ont tout vu chez eux.

C'est difficile pour un homme de satisfaire une femme mexicaine. On m'a dit personnellement : « Oh, *querido*, tu as terminé et je n'en suis qu'à la moitié. » Comme ça, vous vous rendez compte ! « Ecoute, *mi vida*, je ferais mieux de t'apporter un bout de tuyau parce que moi j'ai fini maintenant. » C'est ainsi que sont les Mexicaines. J'ai entendu dire que certaines femmes qui sont par ailleurs heureuses en ménage et qui se conduisent toujours très bien à la maison, sortent de temps à autre, regardent discrètement et finissent par se trouver un amant parce que leur mari ne les satisfait pas. J'en ai rencontré plusieurs. On ne peut pas les satisfaire.

Je me soigne. Deux fois par semaine, je leur tire un coup ou deux, comme on dit vulgairement. C'est à peu près tout ce que je fais, parce que je n'ai jamais été très puissant. Même quand j'étais plus jeune, je n'en faisais pas trop. Une fois ou deux au plus, et je veux dire une ou deux fois par semaine, pas tous les jours. Vous voyez, je suis un peu malingre, ou disons que je ne suis pas très fort, et naturellement du fait que je n'ai pas bien mangé quand j'étais petit, je crois que j'en suis affecté aujourd'hui, dans ma vie sexuelle. J'ai pratiquement cessé mes rapports sexuels avec Lupita il y a quelques années. Mais avec Delila c'est différent. Bien que je sois vieux, elle m'aime beaucoup vraiment. C'est une fille travailleuse qui vaut son pesant d'or, croyez-moi. Une femme honnête, dure à la tâche. Oui, Lupita était très décente aussi, et honnête. On ne l'entendait jamais dire un mot vulgaire, on ne l'entendait jamais rien dire. Une fois, elle s'est fâchée quand elle a appris mes rapports avec Delila, et je lui ai parlé sérieusement : « Il n'y a pas de raison que tu fasses un tel scandale. D'abord tu as un toit et à manger, ce qui n'est pas donné à tout le monde. J'ai eu deux filles avec toi, d'accord, elles travaillent maintenant et peuvent subvenir à leurs besoins. Alors si tu continues à me tanner comme ça, tu seras obligée de t'en aller d'ici et je ne te donnerai plus d'argent. Je donnerai la maison à l'un des garçons si tu ne veux pas y rester. » Elle s'est mise très en colère. Elle était restée clouée au lit pendant deux ou trois mois par des rhumatismes. Bien sûr, on se sent coupable jusqu'à un certain point, mais enfin, je vous demande, qu'est-ce que je ferais avec mes quatre petits-enfants, pratiquement abandonnés, si Delila n'était pas là ? elle a été une mère pour eux, une seconde mère.

Ils ont tous besoin de chaussures en ce moment. Mes deux autres petits ont besoin de vêtements, d'argent pour un médecin, pour des médicaments. Delila est de nouveau enceinte. Si j'avais de l'argent, j'aimerais qu'elle se fasse opérer... qu'on lui lie les trompes... pour qu'elle ne puisse plus avoir d'enfants. Je lui en ai parlé, bien que je n'aie pas l'argent nécessaire. Je suis à la Sécurité Sociale, mais nous n'utilisons pas leur hôpital ni leurs services; j'y perds beaucoup de temps, jusqu'à une demi-journée de travail. Le bébé ne peut pas naître chez eux car je ne suis pas marié à Delila. Il faudrait que je présente un papier du Registre Civil pour la faire entrer. C'est pourquoi je dis qu'un de ces jours j'épouserai peut-être Delila... pour les enfants. C'est parce qu'on est bien soigné à la Maternité.

Il faut que je désigne le bénéficiaire de mon union, parce que quand je mourrai, il y aura un héritage de quatre mille pesos. Je pense à mettre le nom de Marta pour ça. Delila aura la maison de Ixmiquilpan pour les enfants. Je n'ai qu'à régler tous les papiers.

Si Delila n'était pas là, qu'est-ce que je ferais ? Elle a eu une vie difficile, pire que la mienne, parce que la pauvre recevait des coups du père de Geofredo. C'était un ivrogne et il ne voulait pas travailler. Pauvre fille ! Avec moi elle vit tranquillement, elle est bien et j'espère que ça ne changera pas. C'est une femme qui sait travailler dur et qui mérite d'être aidée. Quand les enfants de Manuel étaient petits, elle est venue s'occuper d'eux. Elle a laissé tomber pendant un ou deux mois parce qu'elle s'était fâchée contre eux. En fait, c'était à cause de Consuelo, et elle s'est mise très en colère. Mais elle est revenue.

Je pense à ces choses et je sais ce qu'il y a dessous, mais comme je vous l'ai dit, parfois on fait des choses par simple nécessité, pas pour son plaisir personnel, ni par désir sexuel. Je n'ai plus vingt ans, ni même vingt-cinq. Bien sûr, je peux encore fonctionner, mais croyez-moi les enfants ont eux aussi leur part dans cette situation, car si je ne lui avais pas demandé de venir à la maison, mes petits-enfants seraient morts de faim — sales et abandonnés.

Mon fils Manuel n'est pas un père, il ne vaut rien; à mon avis, il pourrait aussi bien être mort. Je porte tout le poids, la responsabilité de ses enfants et des miens. Quand il est allé aux Etats-Unis, il ne m'a envoyé que cent cinquante dollars. Je dois subvenir à tous les besoins et je dois trouver le moyen de le faire, que je sois fatigué ou non, je dois sortir et gagner de l'argent pour ces enfants. L'un d'eux tombe malade, il faut appeler le médecin. Un autre tombe malade, il faut appeler le médecin. Alors que puis-je faire ? Les jeter à la rue ? Non, je ne peux pas faire ça.

La plus grande erreur que nous faisons, nous Mexicains, c'est de nous marier trop jeunes, sans argent, sans économies et avant même d'avoir trouvé un emploi stable. Nous nous marions et nous nous retrouvons bientôt avec une maison pleine de gosses, et alors nous sommes ligotés, pratiquement incapables de nous en sortir. A vrai dire, nous Mexicains, sommes insuffisamment préparés à la vie.

Il y a beaucoup de cas d'abandon d'enfants au Mexique. Ça arrive tout le temps. Le gouvernement devrait prendre la chose en main et y mettre fin. Je voudrais bien que nous ayons des lois au Mexique, dans mon pays, comme aux Etats-Unis. Nous n'aurions pas tant de voyous... cette façon pourrie de traiter les gens, franchement, tout ça est mauvais pour les enfants, pour les gens, pour tout le pays. Toute cette liberté est néfaste. On devrait fermer 80 % des bars, construire davantage d'écoles, fermer 80 % de ces endroits qui nourrissent le vice. Les jeunes devraient être plus surveillés, qu'ils soient riches ou pauvres. « D'accord, dites-moi combien d'enfants vous avez. » « Quatre. » « Quel âge ont-ils ? Plus de quinze ans ? Que font vos enfants, qui subvient à leurs besoins, comment passent-ils leur temps, où travaillent-ils ? » « Ils ne travaillent pas. » « Pourquoi ? Obligez-les à aller travailler, sinon vous serez condamné à huit jours de prison pour commencer. » Pas de pots-de-vin, huit jours de prison et si ça arrive une seconde fois, ça serait un an et vous verriez comme tout serait plus en ordre et comme les Mexicains se comporteraient plus décemment si nous avions des lois plus strictes, parce que les lois de mon pays sont très lâches. Le peuple mexicain est en train de s'effondrer, parce qu'il n'y a pas de direction, pas de foi, et il y a tant de corruption, comme vous le voyez.

Si nous avions vraiment un gouvernement fort ici et s'il convoquait tous ceux qui ont été président et qu'il leur disait : « Allez au Zócalo et rapportez tous les millions que vous avez volés au peuple », eh bien, il y aurait assez pour bâtir une autre capitale !

Il vous faut vivre parmi nos familles pour voir ce dont nous souffrons et comment on peut y remédier. On n'a pas fait d'étude approfondie du problème. Ces messieurs qui nous gouvernent possèdent des voitures luxueuses et des millions en banque, mais ils ne voient pas ce qu'il y a en dessous, là où vivent les pauvres. Ils ne viendraient même pas regarder à travers les vitres de leurs voitures. Ils restent là-bas au centre de la ville, où se trouvent tous les beaux magasins, mais quant aux quartiers où vivent les pauvres... ils ne savent tout simplement pas quelle misérable vie nous menons. Ils se désintéressent de ce problème essentiel qui existe au Mexique. Ils se désintéressent du fait qu'ici même dans la capitale, il y a des tas de gens qui ne mangent qu'une ou deux fois par jour.

Il n'y a pas assez d'argent, pas assez de travail et tout est si cher; les prix ont encore monté aujourd'hui. Le coût de la vie a beaucoup augmenté en quelques jours. Prenez par exemple une famille de six ou huit bouches à nourrir. Comment allez-vous les faire vivre sur un salaire de onze pesos par jour ? C'est vrai, ils ont augmenté le salaire minimum d'un peso par jour. Mais que représente un peso quand tout ce qu'on achète vaut trois ou quatre fois plus cher ? Eh bien, c'est comme ça. Nous avons besoin de dirigeants différents qui étudient mieux le problème mexicain et qui fassent quelque chose pour le peuple, pour l'ouvrier et le paysan, car ce sont eux qui ont le plus besoin d'être aidés. Prenez un ouvrier dans la capitale, par exemple, il se trouve en possession de deux cents pesos le jour de la paye, il en dépensera cent cinquante ou cent quatre-vingts dans les bars et rapportera vingt pesos à la maison. Les gens ne savent pas utiliser l'argent qu'ils gagnent. Pauvres mères et les enfants à demi nus ! On voit des enfants de cinq ou dix ans avec la tuberculose. Quelle en est la raison, croyez-vous ? Manque de soin de la part des parents, manque de sens des responsabilités et manque d'argent. Ils dépensent davantage au-dehors pour des bêtises que pour ce qui est nécessaire à la maison. Il y a très peu de pères qui essaient de remplir leurs obligations. Un type qui est à peu près décent et qui s'efforce de faire ce qu'il est censé faire, finit bien par trouver un moyen de s'en sortir, il rapporte un peu de pain à sa famille.

Je suis allé jusqu'à dire à des gens que j'aimerais que nous ayons un président américain ici au Mexique. Alors nous verrions comme le Mexique changerait et ferait des progrès. Il éliminerait tous les voyous, tous les clochards. « Tu ne veux pas travailler ? Aux îles Maries pour le restant de tes jours. » Pas question de filer un peu d'argent, à celui-ci, à celui-là et les voilà revenus. Non, monsieur, qu'ils restent là-bas. Ce sont des parasites.

Oui, il y a eu quelques progrès et certains en ont bénéficié, grâce aux gouvernements qui se sont occupés des ouvriers. Mais ils ne m'ont jamais aidé, moi ! Ma situation est meilleure à cause de mes porcs et de la loterie. J'ai eu beaucoup de chance à la loterie. J'ai gagné mon premier lot avec le n° 9878. Je n'oublie pas les numéros qui m'ont fait gagner. Avec cet argent j'ai acheté le poste de radio. Avec le même numéro j'ai de nouveau gagné et j'ai acheté le lit. Mon plus gros lot a été de cinq mille pesos, que j'ai gagnés avec le n° 19 228. Avec une partie de cet argent, j'ai construit une maison à l'El Dorado. Et avec le reste, j'ai acheté la pendule. Le peu que j'ai eu, je l'ai bien utilisé et ça m'a aidé à aller de l'avant.

Mais au cours des trente années que j'ai passées à Mexico, la vie des pauvres a très peu changé, très peu. Il y en a qui appellent ça un grand changement, quand, par exemple, ils gagnaient un peso ou un peso et demi, à l'époque de Calles, ce qui était peu, n'est-ce pas ? Mais alors le sucre et les fèves coûtaient quinze centavos. Maintenant prenez les fèves; vous faites onze pesos par jour et les fèves coûtent de trois à quatre pesos. C'est un fait ! Alors où est l'amélioration ? Maintenant, par exemple, il y a des choses qui coûtaient vingt pesos hier et qui sont montées à trente-cinq. Puis, pour une raison ou une autre ils baissent de deux pesos. Alors vous dites quelque chose, mais on vous répond : « Quoi, si ça valait trente-cinq pesos hier et que ça en vaut trente-trois aujourd'hui, on a baissé les prix. » Baissé les prix... avec une augmentation de treize pesos ! C'est comme ça qu'ils baissent les prix ici. Alors c'est ça l'avantage pour les gens, pour l'ouvrier, pour le paysan ? Rien du tout, à ce que je vois. Au contraire, chaque jour ils nous pressurent davantage. Alors ?

Nous avons besoin de dirigeants qui regardent et étudient ce qui se passe dans le foyer d'une famille pauvre, qu'ils voient la misère dans laquelle les gens vivent, et comment ils meurent pratiquement de faim. Pourquoi ne le font-ils pas ? Pourquoi des milliers et des milliers de travailleurs agricoles quittent-ils le pays ? Vous avez là une preuve tangible. Parce qu'il n'y a pas de sécurité ici, parce que les salaires sont terriblement bas, des salaires misérables qui ne suffisent pas à nourrir une famille. Naturellement, les gens sont obligés de grapiller du travail où ils peuvent pour gagner un peu plus et rapporter quelque chose à leur famille.

Le gang politique ne laisse pas parvenir les bons éléments. On a ce genre de gang, ici comme ailleurs. Quand Alemán était candidat, comme je l'ai appris — on apprend toujours des tas de choses, n'est-ce pas ? — beaucoup d'argent de propagande est allé aux vendeurs de stupéfiants, ainsi qu'aux propriétaires d'autobus, au monopole des autobus. Ils leur ont dit : « Si nous gagnons, nous vous laisserons augmenter les tarifs de cinq centavos. » Il a gagné et les tarifs ont augmenté.

Et les dirigeants syndicaux ne valent pas mieux; tout va directement dans leurs poches. Prenez mon syndicat, un des types possède une ou deux maisons et seize taxis. Il n'y a rien à espérer d'eux. Non, monsieur ! Je paie cinq pesos par mois de cotisation à mon syndicat. Mais nous sommes nombreux, des milliers. Quand quelqu'un meurt, nous donnons cinq pesos par personne pour la famille du défunt, en plus des cinq pesos mensuels. Qu'obtenons-nous en retour ? Rien ! Nous n'avons pas eu de convention depuis des années. Tout ce que nous recevons, ce sont des rappels de cotisation. Ils le déduisent du salaire. Alors, si vous devez deux mois, ça fait dix pesos. Si quelqu'un se casse la pipe, cinq pesos. Alors je dis au type : « Est-ce que ça va au mort ou à un vivant ? » Il répond : « Un vivant, bien sûr, tu veux rire ? » Alors je lui dis : « Ecoute, je ne sais pas ce que vous faites avec mon argent que vous êtes tout le temps en train de déduire; nous gagnons très peu et tout est cher aujourd'hui, alors l'argent ne va pas loin. On dirait que les gens meurent trop souvent ici. » Et ça n'en finit pas.

Je ne vois pas que les syndicats aident beaucoup les ouvriers. Je vois le *Sindicato* comme une cave, une trappe, pour exploiter la masse des ouvriers. Les dirigeants s'enrichissent avec l'argent des ouvriers. Je me demande pourquoi le gouvernement permet une chose pareille. N'est-il pas possible d'arranger les choses en faveur des ouvriers sans avoir de dirigeants ? Si le gouvernement pouvait éliminer les syndicats et créer des organismes spéciaux pour arranger les choses entre les ouvriers et les patrons, tout cet argent qu'ils ramassent tous les mois sur les cotisations pourrait être employé à bâtir des écoles, des hôpitaux, et d'autres choses pour les enfants d'ouvriers, au lieu de servir à acheter des voitures et des maisons pour les dirigeants.

Je ne suis pas un homme instruit, mais je m'aperçois qu'avant, les ouvriers étaient exploités d'une façon et que maintenant ils le sont d'une autre, et qu'ils continueront à être exploités. Naturellement, le Mexique a fait des progrès, mais l'ouvrier continue à être l'ouvrier et continue à être pauvre, jusqu'à sa mort, car lorsqu'il obtient une augmentation de cinquante centavos, la nourriture augmente de un, deux, cinq pesos. De sorte que l'augmentation n'aide pas l'ouvrier, elle ne lui fait que du mal car il n'y a pas de contrôle effectif.

C'est pourquoi je ne me soucie que de mon travail. Je n'y connais rien en politique. Je lis un ou deux paragraphes dans les journaux, mais je ne les prends pas au sérieux. Rien dans les nouvelles n'est important pour moi. Il y a quelques jours, j'ai lu quelque chose sur les gauchistes. Mais je ne sais pas ce qu'est la gauche ou la droite, ni ce qu'est le communisme. Je ne m'intéresse qu'à une seule chose... gagner assez d'argent pour subvenir à mes besoins et veiller à ce que ma famille soit plus ou moins bien. L'ouvrier ne devrait s'occuper que des besoins de sa famille, qu'il y ait à manger à la maison. La politique est une chose compliquée et que ceux qui sont nés pour s'en occuper, s'en occupent. S'il y a une troisième guerre mondiale, les messieurs qui l'auront provoquée se retrouveront sous terre avec des millions d'autres. Je ne m'en soucie pas beaucoup.

Je ne comprends pas cette histoire de communisme. Cette agitation communiste a commencé en Russie, n'est-ce pas ? Ils ont eu une guerre là-bas, ils ont tué les tsars et tout ça. Lénine et cet autre type, Trotsky, ont tué beaucoup de gens là-bas. L'autre type est mort, ou ils l'ont jeté dehors, ce type, comment s'appelait-il ? Staline. On dit qu'ils ne pouvaient plus le supporter, et je crois qu'ils l'ont fichu en l'air parce qu'il s'apprêtait à commettre un nouveau meurtre, une nouvelle purge dans l'armée. C'était un terrible tueur, ce type. Comment peuvent-ils tuer tant de gens, je vous le demande ?

J'aimerais bien visiter la Russie, ne serait-ce que pour un mois, voyager dans tout le pays pour voir personnellement comment vit l'ouvrier et si le socialisme ou le communisme est à son avantage. Selon les journaux, ils vivent plus mal qu'au Mexique, alors je doute que le communisme soit bon pour le prolétariat. Mais puisque je ne suis pas allé en Russie ni nulle part ailleurs, comment puis-je réellement savoir ?

Je suppose qu'ils ont eux aussi un gang là-bas qui dirige

le pays, selon les journaux, n'est-ce pas ? Ici, le P.R.I. (*Partido Revolucionario Institucional*) dirige tout, alors s'il y a un autre candidat, ils lui plantent une mitraillette dans le dos. Alors qui gagne ? Eh bien, le candidat du P.R.I. Il n'y a rien à faire. Comme maintenant, c'est López Mateos; et le P.R.I. dit ceci et cela, c'est le candidat, il est déjà président. C'est sûr.

Ça doit être différent aux Etats-Unis. Enfin, c'est peut-être mieux qu'il n'y ait qu'un seul gang qui gouverne le pays, parce qu'il a un pistolet dans chaque main. Vous ne connaissez pas cette histoire des deux types qui jouaient aux cartes et l'un avait deux as et l'autre lui demande : « Qu'est-ce que tu as ? » « Deux as, et toi ? » « Deux pistolets. » Alors il dit : « D'accord, c'est toi qui as gagné. » C'est comme ça que le P.R.I. agit ici; il a les pistolets et si un type objecte, eh bien, il se fait écraser par une voiture.

Quant à la protection des droits des individus qui vivent dans ce pays, le paysan continue à manger des fèves dans un pot en terre et des poivrons chauds qu'il écrase sur une pierre; c'est la seule nourriture du paysan et il marche toute sa vie à demi nu. Il ne fait aucun progrès, il n'avance pas. S'il se trouve que le gouvernement est un type décent, les gangs qui le contrôlent ne le laissent rien faire. A chaque fois qu'il y a un type bien qui veut faire quelque chose pour le peuple, les autres l'en empêchent.

Il n'y a rien de plus sale que la politique. C'est complètement pourri et ça a fait couler beaucoup de sang aussi, et qui sait quoi d'autre. Combien de gens meurent pour qu'un homme vienne au pouvoir ? On embrouille tout, on ne pose pas cartes sur table, je veux dire. Naturellement, les gens n'ont pas d'éducation, ils sont ignorants, ils sont comme un troupeau qui suit le berger aveuglément. Il leur dit, allez là, et ils vont là. Vous devriez voir ce qu'ils font dans les syndicats quand il y a une réunion. Ils leur disent ceci, cela. Qui est pour ? Tout le monde est pour. Ils ne savent même pas pour qui ils ont voté. Le mois dernier on nous a donné deux reçus de cotisation. Pourquoi ? Eh bien, vous avez voté pour, n'est-ce pas ? Vous voyez comment ça se passe. Les gens, les masses, suivent n'importe quel charlatan qui vient à passer; en conséquence, au lieu de voir les choses s'améliorer pour eux, ils les voient s'aggraver. Et si vous voulez parfois leur parler, essayer de leur faire comprendre, raisonner et leur montrer que ceux pour qui ils vont voter sont contre leurs intérêts, ils ne vous écoutent pas.

Ils écoutent le type qui est au sommet, assis derrière son bureau, même s'il leur fait du mal. Puis ils l'applaudissent. Alors comment allez-vous redresser les choses ? Que peut-on faire ?

En plus de tout ça, les Mexicains n'ont pas d'unité. Ils ne sont pas unis, l'un tire dans une direction, l'autre dans une autre et ainsi de suite. Si les gens s'unissaient, l'union fait la force dit-on, alors ça changerait. Je sais que dans d'autres pays, si le président ne leur plaît pas, ils posent une jolie bombe et ils ont un autre président. Pas ici. C'est ce qu'on devrait faire ici. Un peu de cyanure, une crise cardiaque, oui, c'est ce dont beaucoup de nos présidents, gouverneurs et chefs de police auraient besoin. Enfin, ce n'est pas bien de dire ça et de l'avouer car ce sont mes compatriotes, n'est-ce pas ? Ce sont des Mexicains, mais comme je vous l'ai dit tout à l'heure, la vérité finit toujours par ressortir.

J'ai lutté et travaillé jour et nuit pour me forger un foyer, un pauvre foyer, comme vous voyez, mais j'ai mes moments de bonheur avec mes petits-enfants. C'est grâce à Dieu et à mes petits-enfants que je suis encore sur mes pieds. Quand je suis en ville, je fais attention à la circulation. A mon âge, ce n'est pas pour moi que je dois faire attention, mais pour les enfants. Je ne suis pas capable de leur donner beaucoup mais au moins ils vivent et grandissent et j'espère que Dieu me permettra de rester avec eux jusqu'à ce qu'ils puissent gagner leur vie eux-mêmes.

Je veux leur laisser une pièce, c'est mon ambition; construire cette petite maison, avec une, deux ou trois pièces afin que chaque enfant ait un foyer et qu'ils puissent vivre ensemble. Mais ils ne veulent pas m'aider. J'ai prié Dieu de m'accorder la force de continuer à lutter, pour que je tienne le coup et que je puisse terminer cette maison. Juste un modeste endroit d'où on ne puisse pas les chasser. Je poserai une grille autour et personne ne viendra les ennuyer. Ce sera une protection pour eux quand je tomberai pour ne plus me relever.

DU MÊME AUTEUR

Aux Éditions Gallimard

LES ENFANTS DE SANCHEZ.

PEDRO MARTINEZ. *Un paysan mexicain et sa famille.*

LA VIDA. *Une famille portoricaine dans une culture de pauvreté : San Juan et New York.*

UNE MORT DANS LA FAMILLE SANCHEZ.

TROIS FEMMES DANS LA RÉVOLUTION CUBAINE. *En collaboration avec Ruth M. Lewis et Suzan M. Rigdon.*

Ouvrage reproduit
par procédé photomécanique.
Achevé d'imprimer
par la Société Nouvelle Firmin-Didot.
à Mesnil-sur-l'Estrée, le 2 février 2005.
Dépôt légal : février 2005.
Numéro d'imprimeur : 72028.
ISBN 2-07-029978-3/Imprimé en France.

135168